# 衣钵

—一部慷慨悲歌的英雄传奇

张俊山◎著

河北出版传媒集团
花山文艺出版社
河北·石家庄

图书在版编目（CIP）数据

衣钵 / 张俊山著 .—石家庄：花山文艺出版社，2020.10

ISBN 978-7-5511-1117-1

Ⅰ.①衣… Ⅱ.①张… Ⅲ.①长篇小说－中国－当代 Ⅳ.①I247.5

中国版本图书馆CIP数据核字(2020)第147749号

| 书　　名： | 衣　钵 |
|---|---|
| | Yi Bo |
| 著　　者： | 张俊山 |
| 出版策划： | 张采鑫 |
| 责任编辑： | 尹志秀 |
| 责任校对： | 李　鸥 |
| 装帧设计： | 陈　淼 |
| 美术编辑： | 胡彤亮 |
| 出版发行： | 花山文艺出版社（邮政编码：050061） |
| | （河北省石家庄市友谊北大街330号） |
| 销售热线： | 0311-88643221/29/31/32/26 |
| 传　　真： | 0311-88643225 |
| 印　　刷： | 石家庄市西里印刷厂 |
| 经　　销： | 新华书店 |
| 开　　本： | 700×1000　1/16 |
| 印　　张： | 32 |
| 字　　数： | 480千字 |
| 版　　次： | 2020年10月第1版 |
| | 2020年10月第1次印刷 |
| 书　　号： | ISBN 978-7-5511-1117-1 |
| 定　　价： | 78.00元 |

（版权所有　翻印必究·印装有误　负责调换）

# 序　言
□ 郭宝亮

　　第一次见到俊山兄是在河北省作家协会的一次会议上，那时他是省委宣传部文艺处处长，主管河北省的文艺工作。那次他给我的印象是质朴、实在、很有亲和力。记得他在会上做了重要讲话，那个讲话既得体又朴实，还很特别，颇有几分专业的水平。后来，见面多了，也知道了他的不少"秘密"：他虽然是个管文艺的"官"，但却酷爱文学，业余时间创作了不少的文学作品，曾出版过长篇小说《攀岩世家》、散文集《乡村情感》、诗集《张俊山短诗选》以及报告文学、文学评论等，是个地地道道的内行领导。

　　记得是2010年的一天，俊山兄寄给我一本他创作完成的长篇小说《衣钵》的打印稿，说是希望我给提提意见。我认认真真地阅读了原稿，感到这是一部比较厚重大气的作品，于是郑重地提了好几条意见，写在打印稿上。后来在省作协组织的改稿会上，大家诚恳地各抒己见，给他提出了中肯的修改意见。他很虚心地接受，说回去认真修改，争取早日出版。当我盼望着他的大作出版的时候，一个令人震惊的噩耗传来，俊山兄于2012年8月7日因病不幸辞世，永远地离开了我们，他的这部作品似乎也胎死腹中了，我感到万分悲伤和遗憾。

　　2019年年末的一天，俊山兄的夫人田春秀女士和他的女儿张蕾女士找到了我，说是要把这部《衣钵》修改出版，希望我给其作个序，并且说是从俊山兄生前修改稿上看到了我的名字，然后辗转找到了我。我当然义不容辞，同时也很欣喜俊山兄的这部遗作终于要出版了。我作为俊山兄的朋友，也要感谢田春秀女士和张蕾女士完成了他的遗愿，了却了我和朋友们的遗憾。于是，我再一次阅读了小说，借此机会，谈谈我对这部作品的粗浅感受。

《衣钵》是一部大气磅礴、充满正气的作品。小说以太行山腹地的十八盘村为基点，记述了抗日战争后期1944年8月至1945年8月，石家庄（石门）地区——井陉、赞皇、元氏、栾城等地的人民群众和八路军联合起来英勇抗击日本帝国主义侵略者的故事。十八盘村的高德显家与何玉棠家，还有元氏南佐镇的刘融家都是当地的大户，他们既是儿女亲家又互有龃龉，但在抗日救亡的大局下，他们相互影响，互为掎角，团结乡亲们与日本侵略者展开了殊死的斗争，得到了八路军太行一分区和县政府的表彰。小说描写的大大小小的战役有七次：八路军强攻南佐镇，九龙关伏击战，白城口桃花垴战役，帽山垴战役，智取豆妣大炮楼，偷袭豆妣火车站，龙凤山阵地战。这些战役或输或赢，都异常惨烈。血战南佐一役伤亡惨重，帽山垴战役损兵折将，然而，我军民前仆后继，不屈不挠，顽强抵抗，表现出可歌可泣的牺牲精神和英雄主义气概！腊月初八，十八盘村的十好汉火烧白城口侯记草料行，砸了日本人的盐店，沉重打击了日本人的嚣张气焰。侵略者怀恨在心，在除夕之夜包围了十八盘村，幸好柳细腰机灵，被抓前摔破灯笼，燃起大火，烧退了日本人。日本人还制造了骇人听闻的"野头镇活埋人"惨案，欠下了中国人民累累血债。小说塑造了一批鲜活的人物形象，如英勇顽强的八路军独立营营长高长英，机智勇猛的打铁匠刘黑牛，儒雅多智的说书匠刘黑丑，美丽娴静大胆心细的妇女主任刘凤阁；另外，林成、六指、柳细腰、捞鱼鹳、睪睁眼、陈元、敖敖等形象也都栩栩如生。

当然，《衣钵》的主要着力点不完全在于对战争过程的表面描绘上，而是加大了对战争本身的反思。小说将对战争的描写镶嵌在对日常生活的描摹上，旨在表现战争对人民美好的日常生活的毁灭以及对美好人性的摧残上。小说浓墨重彩地描写了十八盘人民对生活的热爱。十八盘村人杰地灵，山姿水色秀丽，人文底蕴深厚，明代的一代清官海瑞路经此地，留下墨宝，后人建了海瑞祠。之后，高何两家在此安营扎寨，繁衍子孙，安居乐业。即便是在日本人的统治下，十八盘人也是按部就班地生活着。比如，逢年过节，刘黑丑的书场照开，高德显家还是要在三十亩坪摆"八卦黄河阵"，何玉棠家也要在十八盘盘道上点"火龙盘山灯"，这些都是非常热闹的传统民俗项目。然而，战争最终还是使得这一切成为泡影，日本人甚至利用十八盘村人"狂欢"的机会进行偷袭。还有，高家利用"战余"时间，给在八路军独立营当营长的儿子高长英娶亲，洞房花烛夜，高长英却因为对那喜庆的"红色"的恐惧而逃回部队，把新婚的妻子何灵芝独自扔在了婚房。这一看似不合情理的描写，实际上真实表现了战争导致的"血色"恐惧症的严重后果！小说的结尾，高长英与日本队长井上岩全被炮声震聋了耳朵，被双双强制送去疗伤，实际上正是作者对战争的反思：战争尽管有正义与非正义之分，但从人类的意义上看，战争面前没有赢家，无论输赢都是人类的悲剧。

《衣钵》在艺术上颇具匠心。我注意到，小说中插入的刘黑丑说《三国》的描写，占有大量篇幅，像"孟德献刀""煮酒论英雄""祢衡击鼓骂曹""关公过五关斩六将""诸葛亮三气周瑜""诸葛亮挥泪斩马谡""诸葛亮收姜维"等等，联通了传统文化与所叙现实的关节，使得小说具有了厚重的历史感。《三国演义》传达出的智、信、忠、义、勇等民族精神、民族气节正是十八盘军民所继承的"衣钵"。小说在结构上分为日、月两部，用风、雨、雷、水、火等自然现象与人间百态紧密相连，将人物的生存状态隐于山水的形态当中。小说特别注意了对石家庄（石门）地区的文化名山的描写，比如苍岩山、天桂山、封龙山、龙凤山等；另外还有对"八卦黄河阵""火龙盘山灯"这些颇具民俗特征的娱乐活动的描写。据说"黄河阵"最早见于《封神演义》的记载，三国时诸葛亮加以改造，称为"八卦黄河阵"，到了宋朝，用于军事目的的"八卦黄河阵"就传到了民间，被演变成一种娱乐或祭祀祈福活动。小说中对教书先生陈元的书法及其传说的描写，也颇具传奇色彩：

"陈元还拥有多套文房四宝。笔架上吊着大狼毫、小狼毫上百支。最引人注目的是他自制的那支如椽巨笔，这支笔仅上等马尾毛就用了八斤八两，蘸一次墨汁需要五十余斤，写一个字需要几个人研多半天的墨。陈元用这支笔书写了'白勺关'三个大字，用了白布九丈九尺，墨水一百多斤，被人镌刻在白勺关大峡谷入口处的悬崖绝壁之上，至今还熠熠生辉。"传说陈元还拥有不少价值连城的砚台、刻刀，其中一方易水砚（龙凤砚），据说是海瑞大人赠予宫廷御史王鼎王大夫的礼物。明亡后，王大夫携砚台逃往大太监吴世雄为崇祯帝修建在平山天桂山上的行宫藏匿，王鼎临终前把这方砚台传于一位高僧，后来传到陈元的老师甄乃赍手里，甄乃赍又将此物传于陈元。这样的掌故在《衣钵》中随处可见，增添了小说浓郁的文化底蕴。小说语言灵动，文采斐然，表现出作者驾驭语言的超强能力。

总之，俊山兄的《衣钵》是一部厚重大气的作品，它的出版将是河北现实主义文学的重要收获。在写这篇序言的时候，俊山兄的夫人田春秀女士告诉我，俊山的这部力作，倾注了他的全部心血。小说从2005年开始创作，2009年完成初稿，2010年修改完成第二稿，前后历时五年。在这五年中，俊山兄利用业余时间埋头创作，几乎每天都要熬到深夜，终因积劳成疾，英年早逝，这是很令人惋惜的。好在，大作就要出版，俊山兄的遗愿就要实现了，对我这个朋友也是一个极大的安慰。

是为序。

2020年2月12日于石门

（作者为文学评论家，河北师范大学文学院教授、博士生导师，河北省作家协会副主席）

# 目录 CONTENTS

## 日　部

| | |
|---|---|
| 雷 1~6 | 003 |
| 火 1~6 | 045 |
| 水 1~2 | 090 |
| 风 1~6 | 100 |
| 雨 1~6 | 136 |
| 火 7~9 | 172 |
| 风 7~9 | 187 |
| 雨 7~8 | 209 |
| 水 3~5 | 227 |
| 火 10~11 | 247 |
| 风 10~13 | 262 |

## 月　部

| | |
|---|---|
| 雪 1~4 | 281 |
| 火 12~21 | 322 |
| 雪 5 | 445 |
| 风 14~16 | 463 |
| 雨 9~10 | 483 |
| 风 17~19 | 491 |

# 日　部

长篇小说《夜袭》梗概

之一：

公元一九四三年农历八月初一正午时分，从鲁云寨滚个一个惊雷，在十八垒村造成下列严重事态：

——真龙大爷给儿子高岛英成的结婚用的铜镜从案上掉到地下摔了个粉碎，高岛和刘扎面面相觑，以为大不祥；

——家住十八垒村中垒的佃户棠家的玉犬房惊掉下了一窝猫仔，都被玉犬一个一个咬死，然后就落也不疯跑。其妻吕王汇、其子数救、其少东营营四处去寻却不见影踪；

——抗家林戍坦在东平公森林边缘的土枪走了火，没打中野猫，却打掉了……

# 雷 1

公元一九四四年农历八月初一的正午时分。

一枚携带着巨响的橘红色火球从盘云寨顶的云层里嘎巴巴跌落下来,划过十八盘村的三梁四沟五面坡,闪烁着跳跃着奔腾着呼啸着扑向甘陶河卧龙潭,在墨汁般的水面上激起一根冲天水柱,让卧龙潭以前所未有的姿态倒立在空中。这是一根蜡白色的水柱。这根蜡白色的水柱只在空中凝固了片刻,随即便哗啦啦崩裂开来,先是片状鳞形,后是泡沫齑粉,五颜六色,洋洋洒洒,乘风飘落,拦腰将甘陶河斩断,把卧龙潭一池清水全部推向岩石,制造出史无前例排山倒海惊天动地轰轰烈烈的声音,这声音惊心动魄震耳欲聋裂人心脾催人泪下。紧接着,苍天与大地就被麻花状的雨绺死死地纠缠在了一起。

十八盘,这个名不见经传却在太行山上屹立了千百年的村庄,这个依着青山傍着绿水的村庄,这个祥云游走天地宁静的村庄,就因为这声炸雷,顿时变得天旋地转风雨飘摇阴森可怖。所有走着的坐着的躺着的说着话的唱着歌的做着各种营生的想着各种心事的男男女女,一瞬间都没了听觉,没了视觉,没了知觉,没了思想,没了欲望,没了希望。天上的乌云不再翻滚,地上的树枝不再摇曳,甘陶河水似乎也不再流淌,就连街巷深处的鸡鸣狗吠虫吟鸟唱等诸多声音也都戛然而止。

十八盘村的人们千百年传承而来的既定秩序被这声炸雷炸成了框架。

十八盘村的人们千百年修炼而成的恬适心境被这声炸雷炸成了碎片。

十八盘村的人们千百年沿袭至今的伦理习惯被这声炸雷炸成了烟尘。

据不完全统计,这声炸雷在十八盘村共造成下列严重事态:

其一,一面铜框水银镜从高宅正房中厅的方桌上跌下来,先在右侧的太师椅扶手上颠了一下，然后掉到地上，脆生生地响了一声便成了一堆玻璃碴。这面镜子是高宅的主人高德显为给儿子高长英结婚花十五块现大洋从平定城买回来的。坐在太师椅上的老态龙钟的暮气沉沉的高德显，情不自禁地倒吸了一口凉气，身子慢慢地向后倒去，靠在了椅子背上。当他的大脑由一片空白恢复到色彩斑斓，当他的眼神由呆滞转为灵活，当他的表情由惊恐变为犹疑之后，他的脸色顿时就暗了下来，像一块树荫下爬满苔藓而且形状怪异的顽石。高德显确认这是一个不祥之兆。于是，他把手里握着的那枚硕大无朋的烟斗放到方桌之上，颤着身子从太师椅上站起来，把双手反剪到后腰部，移步走到门前，抬头看看，眼前是从灰暗天空倾泻而下的雨水。这雨水在屋檐上集合起来，形成了一串串珍珠般的雨帘。这珍珠般的雨帘一直垂到地上，然后摔成了碎珠。这腾跃着的碎珠在地上汇成了一片汪洋。这浩瀚而迅猛的汪洋，淹没了院子里石板铺成的甬道，淹没了甬道周围的草坪，仿佛要把院子中央的那棵百年银杏树簇拥起来。就在这雨水的一系列转换过程中形成的暴响，使得裹在肥大皂袍里的高德显那瘦小的身躯不由得打了一个冷战，尽管他的这个冷战极其有限，却被站在一旁的刘凤阁看在眼里。身材娇美的刘凤阁见高德显的脸上没了往日的斯文，自己便做出一副镇静自如的样子，对高德显说："德显，都怪我没把镜子放好。"刘凤阁说着话，步态轻盈地走到门后，拿起笤帚把玻璃碴扫到簸箕里端走了。高德显自言自语道："无缘无故啊！"

其二，何玉棠家的母猫玉犬受惊惨叫一声，早产下一窝猫崽，随即把它们一个个咬死，然后蹿上房顶，在雨中的山地疯跑。玉犬是何玉棠家的猫王，因通体洁白光润而得名，在何家庞大的猫群中地位最为显赫，大有统帅三军威震四方的气派，是何玉棠的二儿子何敖敖的命根子。今天，玉犬这一反常举动令人惊愕不已。敖敖冒雨冲出家门，从西平台追到东平台，一连翻了好几道圪梁，又一连跨了好几道沟，最后追到东坡的黄栌树底下，便没了玉犬的踪迹。敖敖把脑袋咣咣地撞在高大粗壮的黄栌树上，让肥大的黄栌叶纷纷飘落。何玉棠的妻子王默宜站在影壁墙后面的何首乌架下，紧缩着身子，一双眼睛在两行纤细眉毛的覆盖下无序地转动着，一派六神无主无可奈何的样子。何玉棠见状，急忙让灵芝去叫。灵芝披一肩散发从屋里跑出来，一把将母亲搀住，说："娘，下雨了，快回屋吧！"王默宜望着天空，喃喃地说："你说说，玉犬这是怎么了？怎么了啊！"

其三，教书先生陈元的锅台发生断裂，支在上面的铁锅塌落下来，将一锅即将被柴火烧开的水倾泻下来，浇灭了一灶旺盛的火苗。正伏案挥毫写字的陈元听到噗的一声，回头一看，只见一股冒着腾腾热气的灰白色泥水漫了一地。当他放下手中的毛笔赶过来，水头已经从门道眼儿钻了出去，汇入从房檐上蹿到海瑞祠大院中央的洪流之中了。陈元望望这座古刹，望望院子中央那棵巨大的银杏树，望望远处的山峦，一切都埋在了雨中，他这才意识到，眼前这景象是刚才那声雷造成的。于是，他心无怨恨地把双手往胸前一摊，说："得，这顿午饭又省下了。"

其四，一只木头钵碗从捞鱼鹳那只巨大的树根状的黑手里蹦出来，当啷啷掉在地上，先是在高德显家朱红大门口的青石台阶上颠了几下没停住，继而旋转着朝大街上滚去，一直在雨中滚出一丈多远，才被衣衫褴褛的捞鱼鹳奋力追回。捞鱼鹳捧起那只用柚木老根雕刻而成的绛紫色钵碗，并不急着回廊檐下避雨，也不顾及其他，先用衣袖捩拭一圈，又用手指仔细抚摸，发现钵碗的边缘又多了一道新的豁口，脸上的表情也随之生动而鲜明起来。捞鱼鹳伸出舌头小心翼翼地去舔碗上那块新伤，直到伤心地落下两行泪来。

其五，正在十八盘西沟为何玉棠家采摘核桃的老窦从树上摔下来，便像浑身上下没了一寸筋骨，胳膊腿儿软得像面条似的，眼睛半睁不睁的样子，只有一口气吊在嗓子眼儿里，上不来也下不去，直到被人抬回家放到炕上也没说出一句话来。人们叫他老窦，其实老窦并不老。据说，老窦刚一出生，人们见他额头上顶着好多条抬头纹，所以就叫他老窦了。老窦在前年豌豆开花的时候刚娶了媳妇，人们管老窦的媳妇叫老窦媳妇。去年豌豆开花的季节，老窦媳妇给老窦生了个儿子，取名豌豆，人们改口管老窦媳妇叫豌豆娘。豌豆娘坐在老窦身旁抓着老窦的手腕抚着老窦的胸口哭天抢地咿咿呀呀号个不停，众人在一旁看着，谁也没有主张。闻讯赶来的何玉棠摸摸老窦的额头，又摸摸老窦的鼻息，说："大家都别急，老窦还有救。"何玉棠说罢，急忙派人去请中医赵本初来为老窦诊治。何玉棠一边攥着老窦的手，一边安慰豌豆娘，说："老窦就是受了点惊吓，吃几服药歇几天就会好的。"豌豆娘慌乱地抹着眼泪，鲜鲜亮亮的泪光从她的脸上射出来。何玉棠见了，也不好再说别的，给豌豆娘撂下一摞钱，迈步走出老窦家的柴门。

其六，放羊汉六指和喇叭匠卷毛鹰正在村南卧龙潭中央的青石龙脊上做棋子游戏"狼看羊"，奔雷激起的水柱下落的时候，不仅冲散了他们的棋局，还把二人砸到了水中。六指在水中翻了几个跟头挣扎着爬到青石龙脊上，却不见了卷毛鹰，正四下张望，却见卷毛鹰飞也似的奔往南沟，那里有何玉棠让他负责管理的近百箱蜜蜂。这时，六指才想起自己的羊群，便撒腿朝杀虎尖跑去。当卷毛鹰上气不接下气地跑到沟口一看，脑袋嗡地一下大了，成千上万只蜜蜂正在上演大逃亡，却又被大雨砸在地上，随即被雨水席卷而去。卷毛鹰的身子一软，瘫坐在地上，哭道："老天爷，箱崩了，蜂跑了，蜜流了，我完了！"

其七，活神仙犟睁眼设置在东屋的神龛被震塌了一个角，将一尊清静庄严慈眉善目普度众生的南海观世音菩萨像污染了个一塌糊涂。犟睁眼听到了东屋的动静，冒雨奔过去一看，顿时傻了眼，扑通一下跪在地上，双手合十，然后五体投地，嘴里念念有词地祈祷起来。

其八，玩家林成设置在东平台森林边缘的那支土枪被震得走了火，一粒枪子儿正好击中从盘云寨下来的席匠刘黑丑的草帽檐儿，差一点没把他的天灵盖揭上天去，当下就把这位原本眉清目秀一脸斯文的刘黑丑吓了个人仰马翻失魂落魄，滚在盘道旁的一棵橡树底下不敢吱声了。

## 雷 2

这阵滂沱大雨下罢多时，十八盘村的人们才战战兢兢地推开街门，小心翼翼地来到街上，怯生生地瞧看外面的世界。那些早已烂熟于他们内心的山川风物，今天却令他们耳目一新感慨万千。

他们眼前的天，他们眼前的地，真的就在转瞬之间改变了模样。只见东南方向的杀虎尖和西南方向的龙凤山像两位饱经沧桑的老人，正精神矍铄地矗立在太行山的东麓，与东北方向挺入云霄的盘云寨一起，形成三足鼎立之势。

今天的盘云寨一改往日云遮雾罩的朦胧面孔，俨然是一道生机盎然的翠屏，正巨人般顶天立地，扼守着一道雄关。盘云寨的山顶生长着茂密的白桦林，一棵棵粗壮高大的阔叶橡树夹杂其中，为盘云寨增加了高度和力量。半山腰是油绿油绿的针叶松和大叶黄栌，山桃树山杏树也不少。再往下就是何玉棠家的桑树林。一眼望去，这片桑树林，层层叠叠，葱茏无际，青翠欲滴。只有海瑞祠的上空还笼罩着一层薄薄的雾岚，为这座神秘古刹增添了无限古韵风情。再往村南瞭望，则是东平台和西平台。说是平台，其实是两座高大的土丘，河东河西比肩而立，恰似一对孪生姐妹，生机勃勃，玲珑剔透。一圈一圈的梯田缠绕在上面，梯田里的庄稼都沐浴在雨后清新而湿润的阳光里。接下来便是宽阔的甘陶河横亘在人们的视线里。甘陶河真是一条生命之河啊！它发源于太行山腹地的小五台山，经白勺关、红岭湾、白城口等关隘险滩到此，一下子变得胸襟宽广，变得青春靓丽，变得风情万种，变得激情荡漾。此时此刻，它正铺张地奢侈地慵懒地享受着天地之爱，把一片一片的水光雾气呈现得鲜亮耀眼。墨池一样的卧龙潭也恢复了既往的宁静和深邃，深蓝色的潭水静止着沉默着，像一枚伟人的头颅，闪烁着睿智而诡谲的波光粼影，仿佛刚才什么事也没有发生过。人们的视线越过卧龙潭越过甘陶河越过东平台越过西平台再往西远眺，则是渐次上升的一架架山体，直至苍茫无际。

全副武装的林成第一个来到大街上，身躯彪悍的两匹大狗黑令和白令咻咻地尾随在他的身后。在林成的身上及其周围，有着鲜明而生动的生命符号。林成的眼睛闪烁着，炯炯有神的瞳孔往外喷射着一束束蓝色的火苗。有人说林成是猫科动物转世，前世很有可能是金钱豹或花斑虎，敲打他身上的每一块骨头都铮铮作响，划拉一下他的头发都哧哧放光，还说他身上至少长着一百根瘆人毛。林成对此不予理睬。有时闲下来他一个人仔细想想，并不是没有这种可能啊！现在正是兵荒马乱的年月，山野狐狸不多见，人间豺狼倒成群。林成常常在诸如此类的想象中自豪起来。林成的嘴角紧闭着，一丝蔑视群雄的神情凝聚在那近似括弧的皱纹里，时隐时现的浅笑让人觉得他是一个独具匠心的人，是一个老谋深算的人，是一个机关算尽的人，是一个四两拨千斤的人。林成的肩膀高耸着，似乎承担着十八盘村除他之外任何人都无法肩负无法担当的历史重任。林成的腰杆雄健而挺拔，就是泰山压下来，也不会弯曲或垮塌。林成的脚步稳健如磐，正如他刚正不阿无所畏惧的内心。现在，他的右手插在腰间那条足有四指宽的蛇皮腰带里。这条腰带是他用豢养多年的蜈蚣在森林里捕杀的一条花斑蟒蛇的脊背皮精制而成的，真可谓价值连城金不换。他的这条蛇皮腰带，不仅在十八盘村独一无二，就是在甘陶河流域山南川北一百单八村也绝无仅有，是林成手上诸多敢于拿出来在众人面前炫耀的饰物之一。今天，林成在蛇皮腰带上挂了一对镶着白铁套的驴蹄葫芦，一个盛满铁砂，一个盛满火药。一支几乎与林成身体等高的长枪被他斜挎在肩上。这支长枪通体锃亮，不染纤尘，让人望而生畏。他的左手拿着一顶暗褐色毡帽，先在脑袋上放了一下，又重新拿在手上，扭头将跟在他身后的黑令和白令喝回，才径直沿大街往东走去。林成浑身上下收拾得干净利落，从里到外迸射着凛然正气。此时如果让林成骑上一匹红鬃烈马，挎上一把三尺宝剑，披上一件红里黑面大斗篷，换上一顶镶金嵌银的黑色大檐儿礼帽，再戴上一副宽边儿墨镜，那简直就是一个典型的驰骋于美国西部的牛仔。

在老窦家的大门口，林成撞见了本村的中医赵本初。二人对视了片刻，似乎无话可说。这两个人的脾气和性格都与众不同。与众不同倒也罢了，要命的是他们两个谁也瞧不起谁，谁也不服谁的劲，见了面不说话则已，一旦搭上话茬儿，不出三句准得抬起杠来，在嘴上争斗个你高我低你长我短。所以，今天林成和赵本初一见面，本来谁也不想说话，可是因为刚才打了那声巨雷下了那场豪雨，好像刷新了他们两个人的灵魂和视野，都觉得在目前情况下，在空无一人的大街上，既然见了面，就该打声招呼，要不然就显得小气，似乎不大像男子汉大丈夫的做派。

到底还是林成经常走南闯北，见多识广，多少有些胸襟。当二人刚刚错过肩膀，林成就把脚步收住，侧过身没话找话地问赵本初道："老赵，是刚才那雨把你留在老窦家了吧？"

赵本初听见林成跟他说话，也把头扭过来，先看看林成的脸，又看看林成的装束，感觉有点儿莫名其妙，支应道："哪儿啊！那雷把老窦从树上砸下来摔着了。"

林成关切地问:"是吗?不要紧吧?"

赵本初摇摇头,声音低沉地说:"像是遭雷劈了,神志还算清楚,但不言语,也不睁眼,软软地躺着,不知道这孩子能不能逃过这一劫,唉,我正要去给他配药呢。林成,你这是要去做什么?"

林成说:"我,嘿嘿,一条老闲汉,不像你老赵,有人求有人叫的。这不,今天下午没事可做,随便上东平台看看。"

赵本初也不计较林成的口气,平静地说:"那你去吧,我也得赶紧走。"

林成说:"哎,走吧,救人要紧啊!"

赵本初走出老远,扭头看看林成那得意扬扬的样子,还是打心眼儿里不服,暗自说道,林成,别看你整天神气活现的,你的脑袋上可没有铁箍子箍着,你敢保证一辈子不闹个头疼脑热吗?迟早有一天你得求到我赵本初的门上来,哼!

赵本初生于井陉南关中医世家。他的爷爷赵甫鼎擅长中草药药理研究,六岁时就能倒背《本草纲目》,八岁开始坐堂问诊,人称太行赵童医。井陉南关甫鼎药房因他而得名,并且生意红火,五十年兴隆不衰,驰名于太行山及京津冀鲁豫蒙等地。赵甫鼎医术高超,有时病人不能前来,只要家人将病人病症告知于他,他就能开出药方,而且药到病除。相传山西太谷县一农妇得了口歪眼斜之症,求医无数而三年不愈,后慕名来求赵童医。那年赵甫鼎刚满十五岁,待问清病妇年龄几何,上下四肢左右两侧孰重孰轻之后,当即提笔开了一张方子,递给来人,说三服见效,七服痊愈。恰逢有多名中医在场,有人见他开的是黄芪、当归、赤芍、川芎、桃仁、红花、地龙、桑枝、桂枝等味中药,知道是"补阳还五汤",便问其理由,赵甫鼎说:"半身不遂之症有两种脉象,弦大有力,洪实势强,则为肝火生风;微细虚大,濡弱平缓,则是气虚中风。刚才我听病人家属所言,判断为后者,所以就开出了补阳还五汤,有何不妥吗?"众人听罢,无不啧啧称奇。果然不出所料,半月之后,那农妇健步上门酬谢,称赵甫鼎为恩医,非要将自己十八岁的女儿送给赵甫鼎做媳妇,闹出了一段趣话。

赵本初的父亲赵嘉永工于经络学和针灸推拿,凭一个袖珍针包和一卷精制艾叶丝绳走南闯北,盛名远播。赵嘉永用针缜密与粗犷相结合,大胆与心细相协调，人送外号"赵神针"。传说有一回他给一位因腹痛而昏厥多时的病人用针，只见他取出五寸银针直刺病人胃脘，把在场的另一位医生吓得不敢直视。不多时，病人的痉挛症状消失，额头浸出一层汗珠，长叹了一口粗气，苏醒过来。赵嘉永从医几十年，如此经典案例不胜枚举。

到了赵本初辈，赵家从医的人数不下十人，赵本初专攻妇科，兼医他病。五年前，赵本初为躲避阎锡山抓壮丁，只身一人离开南关来到十八盘村定居，成为甘陶河流域山南川北一百单八村一代名医。有人曾三问赵本初：你为什么不继承爷爷和父亲的医路而改为妇科？为什么不在南关坐堂问诊而跑到这甘陶河畔的小村庄定居？为什么舍弃城市繁华而求乡野寂寞？赵本初只是笑而不答。有一回他跟林成等人抬杠，着急说走了嘴，说他爷爷赵甫鼎和父亲赵嘉永的医术已经登峰造极，想超越他们比登天还难，自己再不独辟蹊径，必是死路一条。人们这才知道，赵本初离开南关到十八盘村定居的真实意图。后来，赵本初与何玉棠一起品评陈元老师的书法时，谈到他改攻妇科的另一个原因，是受到了古代邢州名医扁鹊兄弟三人同医不同道的启示。赵本初说，扁鹊兄弟三人中，长兄专治无病之病人，疗病于无病之时；二兄专治有病之初，灭病于肇始，于星火，于萌芽；扁鹊则专治病中之人，疗人筋骨之痛五脏之疾。扁鹊兄弟三人尚且能够同医不同道，何况我们祖孙三代呢？何玉棠和陈元等人听了后，才恍然大悟，对赵本初更加钦佩了。

林成听说老窦遭雷劈了，正想去看个究竟，却迎面来了个活神仙犟睁眼，一下给绊住了脚。

人称活神仙的犟睁眼比林成大许多，却历来十分敬重林成，言必称兄，每次见了面总要主动搭讪着说上几句闲话，今天却来了个例外，摆出一副严肃认真的面孔给林成看。林成觉得有些异样，就站住脚仔细打量犟睁眼。他发现犟睁眼今天的脸色黑着，眼神散乱着，精神木讷着，脚步僵硬着，就上前询问道："犟睁眼，你怎么了？你家里出事了？是不是刚才那声雷……"

犟睁眼惊愕地僵在林成面前，使足了劲往起抬抬眼皮儿，却还是没把眼睛睁大，倒把头仰起了许多，问："林成哥，你是怎么知道的？"

林成一怔，纳闷儿道："我？我知道什么了？"

犟睁眼说:"林成哥,你又在耍弄我。你不是说我家出事了吗?"

林成差点儿笑出声来,说:"咱俩刚一见面,你什么也没说,你家出没出事,我怎么会知道!"

犟睁眼这才恍然,拍了一下脑门子,做出一副无知落魄的样子,哦哦了两声,心想,看来林成并不知道我家东屋神龛被震塌的事,就接着问:"林成哥,刚下过雨,你扛着枪到哪儿去呀?"

林成回答道:"东平台。"

犟睁眼说:"是不是去往回收你那支老枪?"

林成果断地说:"收?早走火了!"

犟睁眼往林成跟前凑了凑,惊讶地问道:"你说什么?林成哥,你再说一遍!你说那支老枪走火了?"

林成接着说:"我早就说过,那野猪比你们这些人还精,别说支一两支老枪,就是支上一百支老枪也不管用!到头来恐怕连一根野猪毛也打不着,可你们一个个就是不听我的话!"

犟睁眼更惊讶了,眼珠子在绷紧了的狭窄而细长的眼缝里滴溜溜转了好几下,问道:"林成哥,你还没到东平台,怎么就知道老枪走火了?"

林成有些不耐烦,用毡帽帽檐儿刮刮耳朵,对犟睁眼说:"我听见了,就在那雷劈来的时候。"

犟睁眼听罢,心里不服,说:"那枪如果真的走了火,林成哥,你就是神。"

林成在十八盘村瞧不起的人很多,但对犟睁眼却格外看重。今天这一见面,林成却多少有点儿看不起他了。林成上一眼下一眼地打量了犟睁眼几下,见他瘦小的身体更加瘦小了,细长的脖子更加细长了,狭窄的眼睛更加狭窄了,粗糙的脸皮更加粗糙了,稀疏的头发更加稀疏了,邋遢的衣着更加邋遢了。他的上衣领子不展肩不平,扣子也好像不全,丝毫看不出像人们所声称的那样,是一位有学问有韬略有胆量有阅历有本事有绝技的人,是一位精通奇门遁甲融会诸葛神算的人,是一位修炼着百步穿杨术隐身术锁山术飞行术的人。那么,人们为什么还如此器重他推崇他标榜他赞赏他敬畏他呢?人们为什么还拿他当棵葱当瓣蒜当回事呢?林成摇摇头,百思不得其解。

林成想到这儿,脸上升起了轻蔑的笑意。他往犟睁眼跟前跨了一步,压低了嗓音说:"犟睁眼,当初支枪的时候还是你给下的罗盘定的方位呢,瞧你当时说得有鼻子有眼板上钉钉,你曾一口断定那野猪子时来走东北方向,丑时来走西南方向,我说不信,你还跟我抬杠。怎么样?到现在已经三天了,连一点动静也没有。这下可好,野猪没蹚上枪口,倒让刚才那雷给震走了火。你要是不信,这就跟我一起去东平台看个究竟。"

犟睁眼仰起脸望着林成,虽然受到了讥讽和挖苦,心里觉得窝火憋气,但嘴上却不敢说。要不是刚才那雷震塌了他家的神龛让他心里发虚,要不是遇上林成这样一个身怀绝技世人景仰的人,要不是他吃不准东平台上的老枪到底走没走火,他早不干了!如果换个别的什么人这样跟他说话,这样小瞧他,这样挖苦他,哼,他岂肯善罢甘休!

林成早就看出犟睁眼不服气了,才说要走,就听犟睁眼在身后说:"林成哥,你什么也别说了,我跟你一起去东平台看个究竟,当初我定的方位怎么会错了呢?"

林成说:"好吧,到底错没错,你去看看就知道了。"

人们听说林成和犟睁眼要上东平台看老枪,有几个人也跟在他们身后一起奔东平台而去。

东平台上一层一层缠梁绕洼的梯田,从最底层的三十亩坪到最高层的巴掌堰,层层叠叠,没有人能数得清一共有多少堰,有说九十九堰的,有说一百零一堰的,有说一百单八堰的,至今也没个定论。不管是九十九堰还是一百单八堰,人们管它叫东平台。东平台是十八盘村最大的粮仓之一,上半部分土壤稍显贫瘠,只能种一年一熟的谷子高粱玉米土豆山药之类;中间部分一年两熟,农历五月收了小麦之后,再抢种一茬玉米或其他作物;底层靠近甘陶河的平地则是一村人的菜园、麻地和苇田。这东平台梯田中的七成是高德显家的土地,其余三成是杂姓户的土地,像犟睁眼、林成、老窦、葛掌柜、卷毛鹰等农户也都耕者有其田。这些田地用来种植粮食和蔬菜,成为人们赖以生存的有形资产。

众人来到东平台顶的森林边缘一看,全部惊呆了。正如林成所说,埋在土坑里的那支老枪走火之后,擦着地皮崩出一道两丈多长的壕堑,方向正冲着盘云寨十八盘盘道，可见这一枪的威力非同小可，要是让野猪撞上，肯定是有来无回。林成跳进坑里，把枪提在手上，用袖子揩净了上面的泥土，哗啦一下拉起打火扣，用指尖仔细抠抠，然后用鼻子仔细去闻，说："还好，没有给我炸了膛。"

犟睁眼说："林成哥，你不要埋怨我了，要怨还得怨刚才那声雷。"

林成抬头看了看犟睁眼，说："你是在给自己找台阶下吧？"

犟睁眼说："林成哥，不是我自己找台阶下，今天当着这么多人的面，我说的可是实话。我们请你在这里埋下这支老枪是起了大作用的，它虽然没有打住野猪，最起码也把它们给镇住了，你瞧，这几天野猪没敢来东平台不是？"

林成从坑里跳上来，对犟睁眼说："我真是想不到啊，你犟睁眼什么时候也学会吹捧人了？"

犟睁眼说："哎，大伙儿都在这儿呢，我说的哪句话不对了？一会儿都去你们的地里走走，看看玉米高粱土豆让野猪拱了没有。如果没有，就说明林成哥的老枪在此发挥了震慑作用。"

犟睁眼的话音未落，六指气喘吁吁地跑过来对林成说："林成叔，你的老枪走了火，没打着野猪，却把说书匠刘黑丑给打伤了，你快去看看吧。"

林成在人群中晃着脑袋坚决地说："不！不能！不可能！绝不可能！绝对不可能！一万个不可能！你们又不是不知道，我的老枪埋在东平台上，他刘黑丑在盘云寨上，那枪的火力再猛也够不着他呀！再者说，我与那刘黑丑远日无仇近日无怨的，干什么要冲他开枪呀！告诉你们啊，我林成可是胆小的人，你们这样说，都快把我吓死了！"

卷毛鹰站出来声援六指说："林成，六指说的是真的，是你的老枪把刘黑丑的草帽揭走了，差点儿没揭了人家的天灵盖，现在刘黑丑就在敖敖家，我们都看见了。"

林成将信将疑地看看六指，又看看卷毛鹰，疑惑地问道："真的？你们说的可是真的？"

卷毛鹰晃晃手里的喇叭，说："不信，你自己去看！"

林成这才相信，趴到地上，端起老枪朝前方的十八盘瞄瞄，恰巧冲着第十一个盘道，忙站起身来，二话没说，风风火火地冲出了人群。

## 雷3

八月雷，遍地贼。

犟睁眼见林成走了，就吆喝人们散伙，来到自家的玉米地。

今年开春下种的时候，犟睁眼就在他家玉米地的四个地角上分别下了罗盘，插了用朱砂画了神符的山桃木条子，旨在镇压四方，驱邪避灾，祈求五谷丰登。但是现在，他一边走一边寻思那声雷震塌神龛的事，越寻思心里越没底。他在家里立上神龛已经十几年了，期间也有类似惊天动地的霹雳响过，却都安然无恙，这次怎么就给震塌了呢？这件事让犟睁眼放心不下劳思费神，甚至心惊肉跳。一种不祥的预感已经困扰了他快两个时辰了。

犟睁眼离开人群拐弯抹角来到沟里。沟里有他的八亩堰。这堰地夹在东平台层层叠叠的梯田中间，从这道沟绕过一道圪梁扎在另一道沟里，一眼望不到尽头。今年大年初一凌晨，犟睁眼在自家院子里设了祭坛，摆了香案，香案上摆满了各式各样的供品，香炉里点了三炷大香，其中一炷香是用来观天象测风雨的。他通过袅袅上升的缕缕香烟分析判断，得出一个结论：今年是五龙治水，肯定会风调雨顺，适宜种植谷物和麻类，而且东南方的收成最好。果然，一开春雨水就好，犟睁眼就计划把玉米种在沟里，把谷子种在梁上。有人见犟睁眼在梁上种谷子，就劝说他，说沟里背风，应该把谷子种到沟里。玉米喜光耐旱，应该把玉米种在梁上。犟睁眼对这些劝说不以为然，他心里有数啊！他胸有成竹啊！他秘而不宣啊！他在自己的心里打着如意算盘，便以换茬为名，反其道而行之，硬是把玉米种到了沟里，把谷子种在了梁上。

犟睁眼今天关心的不是玉米的收成，而是野猪来没来过。犟睁眼老远一看，见他家的玉米都齐刷刷地站在八亩堰里，一簇一簇的红缨缨指向空中，像一列列整齐的队伍，就把心放到肚子里去了。可是，当犟睁眼刚到地边，就发现一穗带皮的玉米掉在地垄里。他过去捡起来仔细看看，见是新新鲜鲜的茬口，心里就犯疑，接着他又看见几片折断的叶子掉在地上，这才引起他的警觉，心想，莫非野猪真的来过了？可是不像呀，野猪吃东西总是从地边开始的呀！野猪所到之处都会被践踏成一片狼藉的呀！那么,如果不是野猪,又会是什么呢？呀！莫非招贼了？犟睁眼在脑海里闪出这个念头的同时，脊背上也随即冒出了一层冷汗。当犟睁眼急忙拨开两行玉米钻进地中心，呀！呀呀！呀呀呀！眼前的景象令他倒吸了一口凉气。他发现八亩堰中间地带的玉米穗子齐刷刷地不见了。这时，犟睁眼的脑袋才嗡地一下大了，他从这头奔到那头，又从那头奔回来，摇摇立在地上的玉米秸，玉米穗子没有了，空有肥壮的红缨缨望着天空。犟睁眼一动不动地立在地上，成了一尊目瞪口呆的塑像。半天，他才意识到问题的严重性，自己家的玉米地的确招了贼。犟睁眼拄着一根粗壮的玉米秸，眼前一阵发黑，差点晕倒在地上。这是哪个贼干的！真该断子绝孙！真该千刀万剐！犟睁眼在心里狠狠地骂出了一系列粗话。

骂毕，犟睁眼拔出一双泥腿，急匆匆赶回家跟老婆葛氏一五一十地说了。葛氏一听，一把推开犟睁眼，疯了似的奔出家门，奔向东平台，奔向八亩堰，奔向地中心，一二三四挨个数了一遍，一共被贼人偷去了二百八十五穗玉米，然后往地边儿上一坐，就语无伦次地骂开了腔："这，这这，这这这还了得！没，没没，没没没了王法了！老，老天，老天爷，这到底是怎么回事呀！这是不想让我们全家活了呀！是哪个混蛋竟敢在太岁爷头上动土了呀！是哪个王八羔子做下这等伤天害理断子绝孙的勾当呀！"

随后赶来的犟睁眼见老婆葛氏正抓天挠地地哀号，心里也没了主张，蹲在地头上抽旱烟。雨后的阳光娇艳妩媚，从龙凤山的脊背上射过来，不间断地照着东平台，照着八亩堰，照着这对伤心的人。

据说，这个葛氏是甘陶河发大水时从上游漂下来的女人，被十八盘村的人们救起，由高德显家暂时收留。她究竟是上游哪个村庄的人，究竟父母兄弟都叫什么名字，究竟自己是谁家的女儿，究竟叫什么名字，究竟年龄几何，她都记不起来了。人们一问她话，她就仰起脖子不停地打嗝，眼神茫然无助。问她姓什么，她一会儿说"郭"的音，一会儿又说"葛"的音。到底是姓"郭"呢，还是姓"葛"呢？她说不清，也不识字。最后，还是高德显做主让她姓了葛。葛氏在高德显家住了不到半年，就出落成一个水灵灵的姑娘，做活也干净利索，就是不爱说话，干完活就一个人坐在大门口的台阶上望着甘陶河发呆。那时候，犟睁眼是个十七八岁的毛头小伙子，因为父母双亡，家境贫寒，娶不起媳妇，只有浑身的蛮力气。高德显见犟睁眼是个好劳力，就雇他做了长工，在龙凤山喂马放羊打桩围栏开荒造田搬运粮草。高德显认为犟睁眼这个人除了眼睛小点儿和饭量大点儿之外，别的什么毛病也挑不出来，就和夫人商议，给犟睁眼娶个媳妇，让这一对苦命男女结为夫妻，也算做了一件积德行善的好事。就这样，由高家操办，给犟睁眼娶了葛氏，并且把东平台八亩堰划给他，他们也算有了一份财产。犟睁眼一夜二喜，乐得合不上嘴，更加任劳任怨奋发有为。葛氏一进了犟睁眼的家门，活脱脱变了一个人，脸上不仅有了笑模样，还把房前屋后收拾得干干净净，该种花的地方种上了花，该种树的地方种上了树，还有南瓜豆角萝卜白菜之类，更有鸡鸭猪狗之声，硬是撑起了这个家。犟睁眼看到原先破破烂烂的家竟从里到外都有了新气象，也打起了精神，在做农活的间隙或利用阴天下雨的闲暇时间在家念起了书。他念的书很杂，有《三字经》《百家姓》，也有《地理五诀》《阴阳八卦》，后来还有《奇门遁甲》和《诸葛神算》之类。这一念书不要紧，犟睁眼竟然在十八盘村成了一个人物。

葛氏哭罢多时，扭头逼住前来叫她回去的犟睁眼问道："老头子，你这个死鬼，快说说这该怎么办！"

犟睁眼摇摇头说："唉，我看算了，吃了这点哑巴亏吧。"

葛氏腾地一下从地上蹿起来，不依不饶地说："什么？你说什么？你说这话脸上也不害臊呀？你还像不像个男子汉呀？你还像不像个活神仙呀？"

犟睁眼说："不是我不害臊，不是我不像男子汉，不是我不像活神仙，而是因为这点小事就大动肝火，或者兴师动众，闹得满城风雨的，不值得。"

葛氏不依，理直气壮地说："你说，什么叫不值得！这是小事吗？我刚才一一数过了，一共二百八十五穗玉米呀！这是小数吗？多半堰地的玉米都让贼人偷了去，你拿西北风当粮食呀！"

葛氏一番话把犟睁眼给说住了。这时，犟睁眼嘴里刚好吐出一口浓烟，在他的脸庞周围弥漫着，久久不肯散去。

葛氏见犟睁眼不说话了，就命令道："快，死鬼，你还愣着做什么？快看看地上的脚印，找找那小偷来去的方位。"

犟睁眼叹口气，说："唉，你好懵懂，刚才没听见打那雷没看见下那雨呀！雨早把脚印冲没了，你让我到哪儿去找小偷的脚印？你让我怎么去定小偷来去的方位呀！"

葛氏还是不依，说："好啊你，平时人们都叫你活神仙，依我看，你算个屁神仙呀！平时你深更半夜跑到龙凤山滴水岩拜狐仙，跑到苍岩山檀树林练功学法，百步穿杨都快练成了，一架大山都能让你给锁上，一粒蓖麻子能让你给变成大老虎，怎么现在连个小偷也找不出来了！嗯，谁信？"

犟睁眼听到这儿，在石头上磕磕烟斗，无可奈何地说："不是我找不出来，是怕得罪人。"

葛氏一听，气狠狠地在犟睁眼的胸脯上捣了一拳，用手指着犟睁眼的鼻子骂道："死鬼，你真是块囊膪！现在，贼人欺负到你的头上来了，骑在你的脖子上屙屎了，你给我说说，你还怕得罪谁！我告诉你，你要是放过他这一回，以后他就会胆大包天，再来偷你第二回第三回。这次他偷了咱家的玉米，下次就来割咱家的谷子刨咱家的山药，甚至逮咱家的猪牵咱家的牛！那你说，从今往后咱家哪还有太平日子过呀！"

葛氏这番话犹如利箭穿心，一下击中了犟睁眼的痛处。自从娶了这个女人以来，犟睁眼还是头一回听到她的数落，而且数落得头头是道句句在理。最近他还发现，他们的两个儿子大黄毛小黄毛也常常站在葛氏一边说话，弄得犟睁眼一点脾气也没有。他只有暗暗下功夫苦练，练就一门绝技以期出人头地。也正是因为犟睁眼有这样的胸襟这样的抱负这样的目标，才不把包括他老婆孩子在内的绝大多数人放在眼里。其中最不让他看好的是他的妻弟，名字叫作葛掌柜。就在高德显为他和葛氏操办了婚事一年之后，从甘陶河上游来了一个人，说是来寻人的。人们问他寻找什么人，男人还是女人。那人说是寻找姐姐。村里有人就把葛氏指给他认。那人猛一看，硬是倒吸了一口凉气，心想，这不正是之前让大水冲走的姐姐嘛！可是，他又没想到这么突然这么巧合这么省事。他还没回过神儿来，葛氏却好像恢复了记忆，拉起那人就往自己家走。姐弟俩认下之后，葛氏有意让弟弟迁到十八盘村定居，姐弟俩也好有个照应。谁知弟弟也不推辞，说回去安顿一下就过来。又过了半年多，葛氏的这个弟弟真的来了，还带来了家眷，以及剃头磨剪锔锅之类的工具，在瞫睁眼家的背后搭了三间草房住了下来，就算成了十八盘村的一户人家。话说当年高德显给做的主也对，葛氏真的姓葛，人们给她弟弟送了个雅号葛掌柜。葛掌柜的儿子长得要模样有模样要个头有个头，一双眼睛滴溜溜乱转，一张小嘴吧嗒吧嗒很会说，从小好玩弹弓，用弹弓打鸟自不在话下，打天上的大雁也没什么问题，人们都很羡慕，就是左脚掌长着六根指头，得名六指。十八盘村的人们很快就接受了这家人，但忽略了葛掌柜的来历。

瞫睁眼听老婆说到这儿，拍拍脑门想想，觉得也是。心想，娘的，这贼人也太可恶了！自己也长着一双手，也长着一双脚，也长着一副肩膀，为什么就专干这等不劳而获见不得人的勾当呢？这一回我瞫睁眼要是不给他点颜色看看，一来让人们觉得自己好欺负，二来说明有人公然小瞧我瞫睁眼多年来修炼成的本事，说我徒有虚名，说我沽名钓誉，说我外强中干，今后我瞫睁眼在十八盘村还有什么地位可言！在甘陶河流域山南川北一百单八村还有什么地位可言！在太行山上还有什么地位可言！几十年培养起来的信誉岂不付之东流！几十年树立起来的名声岂不一败涂地！几十年修炼成的功夫岂不毁于一旦！今天要是忍了这口气，今后谁还拿我瞫睁眼当棵葱当瓣蒜当回事当个人物！哼，我瞫睁眼在方圆左近也算得上一个赫赫有名的人物了吧！凭我在苍岩山檀树林深处的老虎洞里修炼成的本领也可以称霸一方了吧！然而至今还不曾有机会大显身手，只在去年秋天小试牛刀，演示了一回蓖麻子变虎，差点把老婆葛氏吓死。没想到才过了几天，竟有人敢来偷他家的玉米了。想到这儿，瞫睁眼挺挺胸脯，大声对老婆说："好吧，老婆子，这回我听你的。现在你就妥妥地给我回家去，不出三天，我定让那贼人把玉米一穗不少地给咱送回来。"说罢，瞫睁眼拿起镰刀进了山。工夫不大，瞫睁眼腋下夹着一把嫩闪闪的山桃木条进了村。

这天黄昏，西天上的火烧云灿烂如花，给盘云寨上的十八盘盘道，给东平台上的层层梯田，给龙凤山上的辽阔牧场披上了绚丽的霓裳。奔腾着泱泱大水的甘陶河从白勺关蜿蜒而来，涛声澎湃，气象万千。卧龙潭仿佛把一河大水都汇聚起来，呈现着迷人的波光粼影，美妙绝伦。一弯新生的月牙悬在盘云寨顶，遥远的繁星也正悄然集合起来，铺满了苍穹。这时，从卧龙潭边传来了嘹亮而凄婉的喇叭声，卷毛鹰那孤独而猥琐的身影被清淡的星光透在了鲜鲜亮亮的水波里。

## 雷 4

听到这声炸雷的时候，高长英和他的三连正在白勺关的丛林里集结待命。

白勺关在太行山上真可谓一道雄关。黄沙岭和杀虎尖双峰对峙，形成一道十里多长的大峡谷，甘陶河从峡谷里穿过，滋润着两岸茂盛的植被。中秋的山野，一层一层的红叶在风中翻动，撩拨着高长英纷繁复杂的心情。此前他接到的命令是经白勺关到白城口打埋伏，随后又让他在此待命。高长英让他的部队分散在毗邻的两道沟里，分别埋锅造饭，先让战士们吃饱肚子。根据他的经验，又得等到天黑才能知道新的任务是什么。果然，就在黄昏时分，一匹快马驰来，让高长英率三连取道十八盘村于天亮之前包围南佐镇，具体位置是东门外前沿阵地。

高长英靠在一块大石头上，手里攥着两块石子，捏出嘎嘎的声响。他没有注意天空乌云的布局，但突然打起的一声响雷，让他站直了身子，朝黑云聚集的北方望望，那里是十八盘的盘云寨，莫非十八盘又要下雨了？

身材魁梧相貌英俊的高长英当兵才三年多，一连几次战斗打下来，就从一个普通士兵升到了连长，成为八路军太行一分区秦司令员部下赫赫有名的战将之一。高长英以多谋善断作战骁勇著称，令盘踞在太行山上以及太行山山前平原的日伪军闻风丧胆。据说，驻扎在昔阳、平定、井陉、高邑、柏乡、隆尧等地日本据点里的日伪军不怕八路军别的部队，就怕所谓的八路军独立团独立营，就怕听到高长英这个名字。

高长英入伍当战士的头一年，因偷袭山西平定县七亘村日本炮楼成功，缴获三八大盖儿十支、山炮两门、手枪一支，而被提拔为班长。第二年，在一次部队转移途中与一股尾随而至的日伪军短兵相接，他带领全班战士发起反冲锋，一举击溃日伪军一个排，歼灭二十余人，制造了以少胜多并且无一人伤亡的胜局，随后就被擢升为排长。他当排长的第二天，在奉命执行阻击任务时截获一份情报，说一支给日军驻昔阳县野头镇司令部运送物资的运输队要路过白勺关，他就以"将在外，君命有所不受"为名，带领二十个人星夜兼程抢先占领白勺关。战斗在一个薄雾轻漫的黎明打响，高长英的部队如猛虎下山，悉数歼灭日伪军两个班，缴获枪支衣被和粮食五车，立下奇功，立即被秦司令员提升为独立团三连代理连长。这时，与高长英同时入伍参军的人们多有不服，就到秦司令员那里告状，说高长英是个人英雄主义者，虽然连连打胜仗，但总也不能把战功都记在他一个人的头上等等。秦司令员早已明察秋毫，认为眼下大敌当前，需要高长英这样富有英雄主义的士兵和指挥员，需要这种机智勇敢善于发现战机并且抓住战机的士兵和指挥员，需要这种**敢**于蔑视敌人敢于冲锋陷阵的士兵和指挥员。这样的士兵和指挥员越多，部队的战斗力就越强，部队的凝聚力就越强。部队的战斗力和凝聚力强了，才会发展壮大，才会战无不胜。所以，秦司令员就拿高长英当典型，决定再次提拔高长英。于是，在打娘子关的时候，秦司令员就把高长英的三连安排为先头部队。果然不出秦司令员所料，高长英率领三连作战神勇，在部队发起总攻之前，一举拿下敌人三座炮楼，为大部队迅速突进扫清了道路，为提前一天拿下娘子关立下头功。在表彰大会上，秦司令员操着浓重的南方口音说："我们八路军之所以能在太行山上站稳脚跟，之所以能让日本人闻风丧胆，晋察冀和晋冀鲁豫根据地之所以能在日本鬼子的包围和'扫荡'下迅速发展壮大，我们的人民之所以能在这样艰苦险恶的环境中越来越多地加入八路军的队伍中来，就是因为我们八路军的每一个战士都是英雄好汉，我们八路军的每一个指挥员都是英雄好汉。"这一回，秦司令员任命高长英为三连连长，亲自给他佩戴大红花，并且骑马游街。高长英骑的马正是秦司令员的铁乌骓，让人羡慕得吃不下饭睡不着觉。但是，高长英心里非常明白，好事不过三，他从士兵连升三级，当上了连长，下一步肯定会有大仗恶仗等待着他。果然，这回打南佐镇，高长英又被指定为主力先锋。高长英虽然没到过南佐镇，但他觉得，秦司令员这回给了他一块硬骨头，必须认真对待精心部署才行。

高长英命令部队在卧龙潭边三十亩坪的地垄上休息待命,自己回家看望父亲和其他亲人。其实,高长英现在最想见的人不是父亲高德显,不是弟弟高长命,不是用人柳细腰,而是继母刘凤阁。五年前,高长英的生母王氏病故不久,父亲高德显执意要娶元氏县南佐镇大商人刘融之女刘凤阁为妻。高长英听别人说那个刘凤阁与自己的年龄差不多,就觉得父亲不该这样做。可是,父亲已经派人去南佐镇下了聘礼,十八岁的高长英就赌气要去当兵,可走了几次都又回到了十八盘,说山西阎锡山的部队不打仗光挖洞,跟他们干肯定干不出什么名堂来。他想参加八路军,可是八路军在哪儿,他又找不到,这让高长英辗转反侧坐卧不宁。大概过了一年多,高长英在父亲和那个蒙着红盖头的女人举行盛大婚礼的当天夜里再次离家出走,投奔了秦司令员领导的太行一分区平西独立营。高长英在离开十八盘渡过卧龙潭的时候,头也不回一下,心里流着泪踏上了征程,再也不想回到十八盘村,再也不想见到甘陶河,再也不想见到父亲高德显,尤其是那个被父亲用红绸子牵进洞房的女人。这是怎样的一个女人啊!她为什么不在元氏城和赞皇城,甚至太原府找婆家而非要嫁给十八盘村一个年近半百的老头子呢?疑团,这个天大的疑团犹如一块巨大的磐石压在高长英的心上。

然而,令高长英觉得意外和不安的是,在他当八路军的三年间,不管是转战打仗还是整编休息,不管是冬天还是夏天,不管部队开到哪里,都能收到从十八盘村捎来的布鞋、衣服和煎饼之类,大包小包的,吃的穿的用的,样样都有,很让人羡慕。开始高长英还不以为然无动于衷,但时间一长,他就开始从心里惦记这个女人,想见见这个女人,想和这个女人说说话。有时候高长英一个人躺在老百姓的土炕上,或者在行军打仗的间隙,或者在身体觉得困乏和疲惫的时候,或者在思念亲生母亲的雨夜,往往想起这个女人。当他翻开一个个粗布包裹,品尝一样样可口的食物时,就觉得这个女人对自己这样一个非亲生而且不听话的孩子还如此牵挂如此疼爱,那么对待父亲肯定也会疼爱有加。于是,在高长英的心里就有了一份说不出的激动,就有了许多想要对她说的话。高长英今天按照上级的命令,取道十八盘盘云寨赶奔南佐镇,心里觉得庆幸,一是能够回家看望一下久别的父亲,二是能够亲眼看一看亲耳听一听,这个名叫刘凤阁的女人在高家在十八盘村到底是怎样的表现怎样的为人怎样的口碑。

这时，高长英已经望见了灿烂星空下巍峨高大的盘云寨山体，望见了生长在这座常年白雾朦胧的山体之上的桦树林，望见了掩映在郁郁葱葱的树林深处的十八盘盘道。相传，这条盘道开凿于明朝天启年间，是连接晋冀两省的一条重要的交通枢纽，成为两省四县物流通达的骡马大道。铺在盘道上的青石条早已光滑如玉，留下了沧桑岁月流金淌银的印痕。大家都不知道当时为什么不在别处开凿道路，而非要把道路修到盘云寨顶，并且恰好盘了十八个弯道，但毫无疑问的是，十八盘村正是因此而得名。高长英把目光停在海瑞祠上空的雾岚上。海瑞祠，是他童年恋恋不舍的学堂。他的启蒙老师刘晔，学富五车，治学严谨，但不知什么原因，老师突然辞职，离开了海瑞祠，离开了十八盘，在高长英幼小的心灵深处埋下了一粒不安的种子。接下来，高长英看见了两座豪宅，一座是高家宅院，另一座是何家宅院。这两座宅院像两颗璀璨的明珠，分别镶嵌在盘云寨脚下和甘陶河畔。无论是宅院建筑风格上的古朴典雅、建筑规模上的豪华气派，还是它们的主人的知名度影响力，在甘陶河流域山南川北一百单八村都是绝无仅有的。更让高长英激动的是，他已经知道家里给他定下一门亲事，未来的媳妇就是何家的二女儿何灵芝。高长英一边看着一边想着，就到了自家的大门口。

高长英在门口与一个衣衫褴褛的陌生人打了个照面，那人从他的腋下悄悄地溜到了一边，把器宇轩昂挺拔英俊的高长英让了进去。

这是一次历史性的会面。

当高长英背着山坨一样的背包跨进自家大院的时候，当高长英咚咚的脚步声打破覆盖在巨大的银杏树下的寂静的时候，当高长英大声地把"爹"字喊出口并且在院子里发出宏大回响的时候，最先推开门最先迎到堂前的不是父亲高德显，不是弟弟高长命，也不是用人柳细腰，而是一位既陌生又熟稔的女人。借着从屋里泄出的一抹灯光，高长英看到的是一个亭亭玉立光彩照人的女人。这让高长英暗暗吃了一惊。他的大脑以极快的速度思想着判断着定义着结论着——莫非这就是三年前蒙着红盖头让父亲用红绸子牵进洞房的那个女人吗？莫非这就是仅比自己大五岁，所谓知书达理贤淑端庄并以此博得父亲欢心，进而甘愿做他的续弦的女人吗？莫非这就是曾经让他记恨让他猜想让他回忆让他放心不下让他好奇进而总是萦绕心头的继母刘凤阁吗？

时间在此静止。

画面在此定格。

接下来映入高长英眼帘的景物更让他觉得意外。他发现这个女人今天穿的衣服格外眼熟，高耸的领口，宽宽的袖口，随风乱摆的裙边儿，裤脚上那生动鲜明的彩绣图案，与母亲生前的衣衫是一样的款式一样的面料一样的颜色。所不同的是，印象中，这衣衫穿在母亲的身上是那样的丰腴端庄，而穿在这个女人身上则是如此的精巧秀丽。还有这个女人的眼神和表情，怎么也跟母亲一样慈祥一样和蔼一样激动人心呢？不知怎的，高长英的眼窝一热，进门前想好的几句话也竟然忘了个一干二净。

高长英没有猜错，站在台阶上用灼热殷切深情的目光注视着他的这个女人，正是刘凤阁。他正想上前说句什么，却听见刘凤阁说："长英，我没猜错，你就是长英。"随后扭回头朝屋里喊道，"你们都快出来呀，长英回来了！"

不一会儿，众人就把高长英围了起来，一家人都觉得喜从天降。高长命一把将哥哥身上的背包拽下来，说："哥，你怎么不带警卫员回来呀？"

高长英拍了一下弟弟的肩头，说："回家还带警卫员？那像什么话！"

柳细腰在一旁痴笑，叫了一声"长英哥"就躲到银杏树后边去了。

高德显也从屋里走出来，脸上堆着少见的笑意。他上下打量着高长英，说："嗯，三年不见，长高了！长英，你回家怎么也不提前说一声，让家里也好有个准备，部队呢？"

长英过来拉住父亲的手，回答说："爹，部队在卧龙潭边儿休息呢。"

高德显不悦地说："什么？怎么能让部队在野外呢？快去把他们叫到家里来，给他们弄点吃的。"

高长英阻止说："爹，那可不行，我们部队有纪律呢！"

高德显摇摇头说："你们有什么纪律我不管，我要管的是让这些路过家门的孩子们吃饭！你不去叫，我去！"

高长命在一旁兴奋地说："爹，我去。"

高长英伸手拦住弟弟高长命，说："爹，这回来的人多，一个连，一百多号人呢。再说，这次行动也是临时决定，我提前也不知道。"

"哎，你们都闪开点，先让长英喝碗水。" 一个脆生生的声音从人们的头顶飘过来。说话的不是别人，正是刘凤阁。

刚才，当人们拥上来把长英团团围住的时候，刘凤阁就退了出去，回到屋里沏了一碗茶水。现在，她双手捧着一碗水立在人群外，脸上溢满了红润的光彩。高长英也不客气，从刘凤阁手里接过碗，看了刘凤阁一眼，就把略带羞涩的脸扭在一边，仰起脖子，一饮而尽。然后，阔步上了台阶迈进屋子。

高长英一进屋就愣住了，他发现，这间屋子里依然弥漫着从前那样微暗的光线，依然摆放着从前那些紫檀木雕花家具，依然保持着从前的秩序，依然流动着从前的幽幽暗香。但是，看上去几乎所有的东西都变了样子，似乎比以前整洁了许多，光亮了许多，精神了许多。这让高长英觉得十分意外。高长英记得，在他当兵之前，在他母亲生病期间，这间屋子里的摆设常常因无人收拾整理而显得零乱和无序，只有到了年关才找人彻底清扫一番。现在怎么一下子就换了气象了呢？是刘凤阁调教柳细腰做的，还是她亲自动手做的呢？高长英不得而知。他见人们都进了屋，就让父亲先坐下，自己立在一旁。刘凤阁款款地走过来，说："长英，你还没吃饭吧？我给你煮饺子去。"

高长英犹豫了一下，脸上露出了极不自然的笑容。这都让高德显看在眼里。还没等长英开口说话，高德显一手拉起儿子高长英，一手拉起刘凤阁，说："长英，这就是……"

高长英腼腆地打断父亲的话，说："爹，你什么都别说了，我早就知道了。"接着，高长英转脸对刘凤阁说，"不用做饭了，怕是来不及。"

刘凤阁见高长英的脑门上浸出了汗珠儿，就从衣服大襟上摘下她那条洁白透亮的手帕去为高长英揩汗，说："长英，来得及。你急什么？看都急出汗来了！细腰，快去点火煮几碗饺子端过来！"

高长英又阻止道："快别去了，真的来不及了，我们必须在天亮前赶到指定地点，一分钟也不能耽误。"

刘凤阁见长英执意不吃饭，就换了个话题，说："长英，给你和灵芝完婚的日子定下来了,我正说要给你捎信儿呢,你这一回来,可算省了我的事。"

高长英看着刘凤阁,问:"几时?"

刘凤阁说:"就是这个月的十六,你可要记住了。"

高长英在刘凤阁的面前像个腼腆的孩子,不住地摸着光光的脑壳,连着说了两个"没问题"。

不知道什么时候院子里挤满了人。身穿灰布军装,打着裹腿的高长英迎出来,抱拳向大家问好致谢。人群中有人高声对高长英说:"长英,刚才你喝的水是谁端给你的呀?"

众人一看,说话的是林成。高长英当兵之前,曾经崇拜过林成这个人。他崇拜林成天马行空独往独来的独特个性,崇拜林成说一不二说到做到的诚信精神,崇拜林成行侠仗义乐于助人的慷慨豪情,尤其崇拜林成百发百中弹无虚发的精准枪法,对林成那支老枪常常爱不释手。现在正好倒过来了,林成听说长英带着部队回来了,猜测长英身上肯定带着新式武器,就带头跑进高家大院来见长英。果然,他发现高长英的腰上别着一把盒子枪,心里暗暗羡慕着赞叹着,并想,今天可没白来看热闹。

刚才,林成见长英始终没叫刘凤阁一声娘,就半开玩笑半认真地说了一句,没想到高长英的脸腾地一下红到了脖子底下。刘凤阁往前挤挤身子,对林成说:"林成,你来起什么哄!"接着,刘凤阁又对长英说,"长英,别听他们瞎闹哄,回屋陪你爹说会儿话,晌午那声雷响过之后到现在,他念叨你三遍了。"

一院子人还在熙攘着询问着打探着。有人问道:"长英,你的马呢?"高长英笑笑说:"我还不配骑马,等打下南佐镇我就骑马回来!"

高长英说等他打下南佐镇就骑马回十八盘村的时候,脸上是一百二十个自信,因为他知道日本人在南佐镇驻扎着一个骑兵连。据说这个骑兵连十分了得!一百多匹高头大马全是纯正蒙古马种,膘肥体悍,训练有素。前两天有侦察兵报告,说有一回日本人在元氏城西的丘陵高地上演示骑兵阵法,一时间搞得黄尘蔽日蹄声如雷。人们一提到南佐镇,议论最多的不是这支骑兵的长官井上岩,而是那些四蹄咆哮一日千里的战马。

高长英还听说,井上岩这小子嗜好读书,尤其喜欢中国的诗词和武侠小说,收藏《三国演义》的各种版本，言谈举止与驻扎在野头镇的山岛一虫不大一样。但高长英心里明白，不管以什么面目出现，侵略者终究是侵略者，他们的本性是一样的，利益是一致的。这两个日本人率领各自的部队分别盘踞在南佐镇和野头镇，妄图组建"太行行动联队"，协同作战。

　　高长英还知道，日本人的这个骑兵连和其他驻军养活了南佐镇东西两条大街的多家店铺，其中生意最好的是铁匠铺。铁匠铺当中最有名气的就是刘黑牛。这刘黑牛不是别人，正是高长英继母刘凤阁的胞弟。高长英早就听说，刘凤阁有一个哥哥一个弟弟，哥哥刘黑丑是方圆百里有名的说书匠，编一手好苇席，能在席上编出各式各样的图案，也有人管他叫席匠。弟弟刘黑牛是方圆百里有名的打铁匠和生意人。高长英虽然没见过这两个人，但听到过许多关于他们的传闻，尤其刘黑牛的故事最多，说他是一个臂长腿粗膀阔腰圆的小伙子，说他是个心直口快性情爽朗的年轻人，说他是个臂如挠钩腿如象柱的异类人，还有人说他说话如吼声如爆豆落地有声，还经常与人吹牛打赌干仗云云。

　　高德显坐在太师椅上静静地看着儿子高长英，见他已经蹲成了一棵大树桩子，心中暗喜。心想，这是他自打当兵走后第一次路过家门，也是第一次与继母刘凤阁见面，虽然这孩子没把"娘"字喊出口，但看上去两个人好像并不陌生。这让他悬之已久的心彻底放了下来。他深沉地问道："长英，你们什么时候才能打下南佐镇？"

　　高长英摇摇头说："我也说不上。但首长已经提醒我们，这可能是一场恶仗，千万不能轻敌。一是日本人井上岩这家伙太猖狂太凶残太狡猾；二是南佐镇的城墙太高大太坚固太复杂；三是南佐镇太靠近豆妞大炮楼，太靠近豆妞火车站，给养充足，易守难攻。不过，请爹放心，我们已经做好战斗动员，战士们的情绪高昂，有信心也有能力打下南佐镇，把日本人赶出去！"

　　高德显又问："就你们这一个连队去打南佐镇吗？"

　　高长英肯定地说："不会。"

　　刘凤阁截住他们两个人的谈话，说："德显，长英回来这一下，你能不能点儿别的话，说起打仗来就没完。"

　　高德显说："那好吧，现在你来说。"

刘凤阁关切地说:"长英,这回给你完婚的日子可是定准了,亲戚朋友的帖子也都送了出去,灵芝姑娘家上上下下也都开始准备了,你可一定要回来啊!"

高长英笑了,说:"一定。给我完婚,我要是不回来,像什么话!爹,你说是不是?"

高德显听儿子突然问自己,心里一点准备也没有,忙说:"你娘嘱咐得对,你回答得也对。长英,等你完了婚,再找个良辰吉日,给咱家的大戏楼搞个奠基仪式,尽快把大戏楼盖起来,也算了了我的一桩心事。"

高长英没接父亲的话茬儿,从怀里掏出怀表打开看了一眼,说:"哎哟,爹,我得走了,部队必须星夜翻过盘云寨。"说罢,高长英站起身就往外走,一家人自然依依不舍。柳细腰一直躲在银杏树下不往人前站,高长英见了走过来,拍拍柳细腰的肩头,说:"细腰,等我打下南佐镇,回来再吃你烙的甜饼。"

柳细腰指指刘凤阁小声说:"她烙的比我烙的还好吃。"

刘凤阁给柳细腰使了一个眼色,说:"去把行李拿过来。"

就在高长英一脚门里一脚门外的时候,又听见刘凤阁嘱咐道:"长英,别忘了完婚的日子!"高长英答应着,扭回头拉住弟弟长命的手,说:"咱爹说的盖戏楼的事等我回来再定,你在龙凤山没有胡闹吧?现在战事正紧,你要好好在家守着咱爹咱娘和这家业,听见没?"

刘凤阁望着高长英远去的背影,突然想起了自己的母亲,担心八路军与日本人兵戎相见,南佐镇的老百姓命悬一线,尤其是白发苍苍的亲娘,更是孤苦无依。母亲嘱咐她的话又在耳边响起。刘凤阁必须和哥哥弟弟一起,尽快把父亲刘融失踪的原因搞清楚,给母亲一个交代。现在,这份责任在她的内心又膨胀开来。

这时,刘凤阁的弟弟刘黑牛正在南佐镇的大街上吹大话,说他打的大片钢刀削铁如泥,能把日本人井上岩的战刀削成两截。在场的人没有一个相信的,问他敢不敢与那井上岩赌上一回?刘黑牛说:"有什么不敢,你们谁去把井上岩叫来,我当面跟他赌一回。"正说着,那井上岩骑着大马挎着战刀来了,听到了刚才刘黑牛的话,哈哈大笑起来,从马上跳下来,走到刘黑牛跟前,上上下下打量起来，一脸不屑的神情。

刘黑牛早就看出来了，问道："你不信？"

井上岩说："你信吗？"

刘黑牛说："我既然敢说，也就敢做！"

井上岩说："那好，我就给你这个机会。"

当下二人约定，如果刘黑牛用他自己打的大片钢刀把井上岩手上的日本军刀斩成两截，井上岩就送给他一匹战马；如果刘黑牛输了，井上岩就取他项上人头。这条约明摆着是一个不平等条约，但刘黑牛竟欣欣然同意了，并且找来文书和证人，当面写下字据，并在上面签了字画了押。南佐镇的人们都以为刘黑牛这下完蛋了，二十来岁的小命从此交代给小日本儿了。有人当下来劝刘黑牛，说："兄弟呀，你快拉倒吧，那日本人的战刀别看薄薄的，可人家那是东洋造，用的全是好钢，你没有听见过呀，那刀从刀鞘里往外一拽，铮铮的响声直往耳朵眼儿里钻，砍人的脑袋就跟斩一根白草一样。你跟人家比，还不是白白去送死吗？"更有人来劝，说："黑牛哥，你现在生意做得正红火呢，万一比输了，脑袋一搬家，可是什么也没有了呀！咱现在还年轻，连媳妇还没娶上呢，再说还有你娘呢！你就舍得撇下生意撇下老娘白白去送死吗？"

刘黑牛听听这个，看看那个，说："弟兄们放心，井上岩手里那把战刀我见过，那算个什么屁玩意儿呀！薄薄的铁片儿而已！"

这时，又有人过来劝刘黑牛，说："黑牛呀，不要给日本人斗气了，你还是连夜跑了吧，到十八盘你姐姐家躲一躲，那可是个大户人家，听说他家有个儿子是八路，兴许能护住你。不然，你有几个脑袋也得搬家，有几条命也得扔掉。"

刘黑牛听罢，哈哈大笑了一阵，昂首挺胸地说道："南佐镇的老少爷们儿，你们的心意我刘黑牛全领了，但是大家都看见了，日本骑兵在咱南佐镇里住着，顶着咱的天，踏着咱的地，还耀武扬威的，人家让咱往东，咱就不能往西，就是不砍咱的头，还不就等于先死掉了吗？倒不如抖擞抖擞精神，亮出咱的本事，跟他们比试比试。明天，万一我的刀把狗日的日本人的刀斩断了，咱心里也痛快一回不是！万一比不过人家，那只好怨咱没本事，认短命就是。今天你们谁也不要再劝我了，我主意已定，明天早晨来看输赢吧！"人们见劝不住，就只好等着看热闹。

## 雷 5

何灵芝目送高长英所率部队的最后一个士兵上了盘云寨，转回身扑进母亲王默宜的怀里就哭了起来。何灵芝这一哭，把何玉棠一家人的心都给搅乱了。

去年刚出嫁的姐姐妙芝站在母亲王默宜的身边，劝灵芝说："灵芝，快别哭了，看把头发弄乱了！"

灵芝并不听姐姐的劝告，仍旧在哭，一团乌黑的头发从母亲的胸前散落下来，形成一道乌黑的瀑布。

妙芝在一旁继续劝道："灵芝，你在担心长英这一去生死两不知是不是？但你想想啊，长英作为一个当兵的，他要是不去打仗，你让他做什么去呢？现在，兵荒马乱的，十八盘的岭东岭西，都让日本人占着，我们每个人连睡觉都不得安生，更别说做买卖了。你姐夫不就在家里待着呢，哪儿也不敢去，生意都荒废半年多了。人们都盼望着早日把日本人从南佐镇赶出去，我们该种地的种地，该做生意的做生意。这回好了，八路军开过来了，我们应该高兴才是。长英他知道，军令如山，只能义无反顾地开往前线。不过，灵芝你放心，我从岭东过来的时候，见了好几拨当兵的，都开往南佐镇方向了，又不是光长英他们打南佐镇，相信他不会出事的，嗯。"

妙芝说了这一大段话，灵芝才慢慢地从母亲的怀里抬起头来，把散乱的长发捧在怀里，孩子似的任着性子，也不去擦脸上的泪花，任它们向四处汪洋恣肆，说："姐，我不是担心长英的生与死，而是觉得他这个人不懂人情世故。刚才，他带兵从咱家门口路过，也不说停下来看看我。"

妙芝一听灵芝是为这事哭，脸上露出了释然的笑，说："傻妹子，还没过门呢，就想让人家捧着敬着呀？真没羞！"

母亲王默宜也抿嘴笑了。

灵芝说："他不来看我，是小不懂事，不来看看咱爹咱娘，是大不懂事！"

妙芝说:"长英他们是急着赶路呢,如果停下来看你,还进院来看咱爹娘,那还有个完呀!"

灵芝说:"娘,姐,不知为什么,我这会儿心里空落落的,总觉得不踏实,怎么办呢?"

王默宜看看灵芝,又看看妙芝,茫然地说:"怎么办?孩子,你让我怎么说呢?我早就跟你们说过了,女人寻婆家,好比跳火坑。"

妙芝说:"娘,你嫁给我爹,可不是跳火坑啊,而是跳进了蜜罐罐,你说是不是?"

灵芝还没等母亲说话,着急地说:"姐,你跟咱娘一样,都是好命。"

妙芝说:"灵芝,你也是好命。你命中有水,看把这头发养得多壮,咱一村女人的头发接起来也没你的这么多这么长。"妙芝说着话,过来捧住灵芝的长发,仔细端详起来。

王默宜看着两个水灵灵的闺女,一个刚刚出嫁,一个即将出嫁,心里的滋味一半是欢喜一半是惆怅。本来女儿出嫁就是摘娘的心,今天又百年不遇地打了那声雷,让玉犬受惊早产不说,还一去不回头。在她看来,这总也不是什么吉祥的征兆。想到这儿,她对两个女儿说:"想当初,我寻婆家的时候,有人说要找没有婆婆的,进门就当家,图的是清净省心;有人说要找没有小姑子的,进门少麻烦;有人说要找弟兄少的,日后好分家。总之,各有各的道理。你奶奶死得早,我进门没有婆婆管着,可时间一长,才知道什么是当家的滋味儿,什么是不当家不知柴米贵。忙了一天,躺在炕上仔细一想,觉得还是有个婆婆的好。灵芝,现在轮到了你,嫁到高家去,不仅有婆婆,而且还是个年轻貌美的婆婆,你们两个上下相差五六岁,不知道能不能处得来?唉,就由你的命去吧!"

灵芝说:"娘,你放心,长英的后娘是你的表妹,既当我的婆母,又是我的姨娘,亲上加亲,我会和她处好的。娘,我还就不相信你的话,嫁人怎么是跳火坑呢?我现在就没有害怕的感觉。姐姐,你当时出嫁的时候害怕了吗?"

妙芝说:"傻妹子,瞧你这小嘴,不说是不说,一说起来就没个完。"

今天,王默宜对那声怪雷产生了许多疑惑,并与女儿灵芝的婚事联系在了一起。她的确认为，女人出嫁，就好比往火坑里跳，并且在多个场合表达过这个意思，却遭到何玉棠及两个女儿的反驳。大女儿妙芝许配赞皇城东街的杜家三公子杜潼梓，一家人都觉得称心如意。赞皇城的杜家与许亭村的杜家是一根血脉，族上曾出过像杜南棠杜翰林这样的大人物。但从杜南棠之后，杜家的子嗣大都弃学经商，做起了生意。妙芝的丈夫杜潼梓掌管着设在许亭镇和白城口等地的多家商号，与张家口、太谷等地的商家有着密切的贸易往来，是赞皇城最具实力的商家之一。妙芝出嫁的时候，喜事办得隆重排场，加上二人婚后感情甚笃，夫唱妇随，冲淡了王默宜的忧郁心情。二女儿灵芝读书多，长相在方圆左近十里八乡也是数一数二的，并且，她已经为自己设计好了前程，声称将来嫁人要自己做主，做事要自己做主。她心目中的男人一定是顶天立地叱咤风云的男人，要有大出息，要有大作为，要干大事业。她挑来挑去，就挑中了高长英。二人订婚的时候，王默宜并不大同意，认为这年头本来就兵荒马乱的，再嫁给个当兵的，总也放心不下。但见灵芝主意已定，当娘的哪有不心疼女儿的？王默宜就没有硬坚持自己的看法。目前这桩婚事已经无法逆转了，高家早把婚期定在了八月十六日。唉，听天由命吧！

这时，敖敖仍沉浸在巨大的悲痛之中。玉犬的走失仿佛摘走了他的心肝。他可以不要新衣服穿，可以不要好房子住，甚至可以不娶媳妇，却不可以没有玉犬。玉犬之于敖敖，近乎生命，近乎事业，近乎影子。昨天黄昏，敖敖发现玉犬的情绪变了，变得急躁，变得焦虑，变得惊恐万状。敖敖喂它吃的，它不予理睬。敖敖把它抱在怀里，它急于挣脱，独自在院子里走个不停，不时地发出怪异的尖叫声。眼看玉犬要产小猫崽，这令敖敖高兴至极，硬把玉犬抱进他的房内，并找来一只大箩筐，在里面铺上棉花和软布，让玉犬睡在里面。这回玉犬还真给敖敖面子，真的就在箩筐里睡了一夜，直到今天快晌午的时候才醒来。就在玉犬把长长的腰身拉成了一条优美的弧线的时候，炸雷在头顶响了。玉犬随之发出一声惨叫，接连在地上打了几个滚，身后就流出了鲜红的液体，玉犬早产了一窝猫崽。当那雷声化作人们的耳鸣的时候，更加恐怖的场景出现了，平时温顺和善的玉犬突然扭过头去，把一窝猫崽用嘴衔住从箩筐里扔出来，然后撕咬践踏，全部致死。之后，玉犬就冲到雨中，在院子里疯跑。敖敖见状，冒雨紧紧追赶，大声呼唤。谁知那玉犬越跑越快，越叫越惨烈，随后蹿上房顶，又从房上跳到房后的庄稼地里，奔上了东平台。敖敖追了半天，却是踪迹皆无，把敖敖急得在东坡的黄栌树上咚咚地撞脑袋，脑门上撞起了几个大包，敖敖却全然不知。

敖敖一个人平躺在小东屋的炕上，眼睛直勾勾地望着房顶，那是一排排整齐的椽木。在靠近门窗的檩条和椽的交汇处，筑有一个巨大的燕窝，每年春天都有一对燕子在这里产卵生子。在燕窝和门窗之间，斜拉着一张精致的蜘蛛网。今天，雨后的阳光从窗棂上照射进来，在蜘蛛网的经纬线上明晰地滚动着弹跳着，形成一片艳丽的光晕。然而，所有这一切，丝毫引不起何敖敖半点兴趣，任凭死一样的寂静向四处蔓延。恍惚中，敖敖想起在太原教书的哥哥霓霓，在心里不无埋怨地说："哥，你倒在太原图了清净，家里这么多事你从来也不管不问！"

这一阵子，何玉棠的心境也笼罩在一块阴云之中。想想这几十年子承父业辛苦经营，想想这几十年沧海桑田风云流变，想想这几十年与天斗与地斗，竟然如有神助般迅速发达起来，家业如日中天，财源茂盛如三江之水滚滚而来。家庭和和睦睦，夫唱妇随，儿孝女贤。然而，何玉棠的内心无论如何也激动不起来，心情总是沉甸甸的。

三十八年前，年仅十岁的何玉棠跟着他的父亲从赞皇县野草湾跋山涉水登上盘云寨，顿时在他们父子俩的眼前展开了一片崭新的天地：十八盘盘道九转回肠，恰似一条盘筋拱脊的巨龙盘在太行山上。盘道上云雾缭绕，一幅世外桃源景象。清一色的青石石条被岁月之轮打磨得光滑如玉，盘道两侧的苍松翠柏盘根错节。数百年间，有无数的黎民百姓走过这十八盘，也有无数的达官贵人走过这十八盘。他听说在盘道中央的一块青石上有两行字迹："青石青云鉴青史，青衣青丝映青天。"据民间传说，这是明朝的海瑞大人路经此地留下的，但所谓的青衣到底是谁，到底是男是女，至今还是个谜。但旁边的海瑞祠好像在证明这个传说的真实性。盘云寨、杀虎尖、龙凤山三峰鼎立，高耸云天，恰似三根擎天柱，支撑着奥妙无限的苍穹。东平台、西平台宛若两株巨大的蘑菇对峙于河东河西。十八盘盘道上下三道梁四道沟五面坡，皇天后土，起伏蜿蜒，树木森森，荒草萋萋。甘陶河从白圽关奔突而来，犹如卧龙潜飞，又若天际之水，一泻千里，粼波荡漾，风光无限。十八盘村，天飘祥云，地淌金水，物华天宝，人杰地灵。

何玉棠的父亲老何头觉得，这十八盘村与自己久居的山村相比，简直一个是天上，一个是地下，无论是山姿水色，还是人文底蕴，都不可同日而语，都不可相提并论，都不可平起平坐。他心想，如果能够在此创业，一定会奠定兴旺发达之基，一定会打通财运亨通之气。于是，老何头就决定在十八盘安家落户，干一番大事业。好在当时的十八盘村，除了高德显家沿甘陶河两岸开荒种地之外，其他山地均未有归属。老何头就在第八个盘道上向阳的山湾里修建了一座院落，并且在影壁墙前后种了一畦何首乌和山丹丹花，还在房屋左侧的山湾里穿石凿井，打出一汪清泉。

这汪清泉说来也带着仙气。老何头初来乍到，也不知道哪里有水，就选择了一个就近的地方挖井，刚挖到一尺多深的时候，何玉棠就挖出了一丛丛鲜嫩的草根。但何玉棠不认识这是何物，去问父亲。老何头告诉他那是蒹草根，也就是芦苇的一种。何玉棠立即背出了《诗经》里的一首诗："蒹葭苍苍，白露为霜。所谓伊人，在水一方。溯洄从之，道阻且长。溯游从之，宛在水中央。"何玉棠问："爹，这里离河滩这么远，又没有芦苇，怎么会有这么多的蒹草根？"老何头摇摇头说："我也不知道，接着往下挖吧。"何玉棠再挖，挖到的却是坚硬的红土和圆圆的石块，并没有任何出水的迹象。老何头对何玉棠说："孩子，这叫红土抱石，即使打不出水来，也是一块福地。"直到天黑，何玉棠父子两个人已经挖了五尺多深，还是没有丝毫出水的迹象。谁知，第二天清早起来，何玉棠发现一群喜鹊在昨天挖井的地方"喳喳喳"地叫个不停，忙跑过去一看，只见这里已经是绿汪汪的一井水。何玉棠跑回去叫父亲来看，可把老何头高兴坏了，一时间不知说什么好，以为如有神助。这天恰逢农历夏至，老何头就把这眼泉水命名为夏至泉，一直叫到了现在。人们都说夏至泉是一眼神井，一点也不为过。这眼井自从出水那天起就再也没有干枯过，一年四季总是绿汪汪满当当的，遇上旱年头，大河小河都干涸了，这眼井的井水也是满的。遇上涝年景，大河小河泛滥成灾，这眼井的井水也不往外溢一滴。

老何头在夏至泉边栽下了一排白杨树。何玉棠天天被父亲领着到井边挑水，还让他用力推那小树，意味深长地说："玉棠啊，我要你与这些白杨树一起成长，它们长筋骨，你也长筋骨；它们长力气，你也长力气，等树苗长到一人粗八丈高，你也能够撼得动它们。"何玉棠当时已经是一个初谙世事的半大小子了，非常懂得父亲的良苦用心，坚持按照父亲的训导办事，每天清晨和黄昏都到这排白杨树旁练臂力。三十多个寒暑过去了，当时的小白杨长成了大白杨，何玉棠也由一个稚气未脱的孩子长成了年近半百之人。面对十八盘村的人事变迁，面对十八盘村的自然景象，尤其是面对这排高大挺拔的白杨树，何玉棠常常感慨万千思绪难平，这正是江山不被寒暑易，人生只因春秋老啊！

老何头率领全家还在西平台以及周围的红土地上栽下了上万株桑树苗。转眼光阴流转至今，这些桑树苗也长成了大树，形成广袤浩瀚风光无限的桑园。何家的蚕桑事业也跟变戏法似的迅速发达起来，桑园面积越来越大，蚕茧生意红红火火。何玉棠建议父亲把一家人从岭东的野草湾迁移过来，成为十八盘村的永久性居民。一眨眼的工夫，自己的两个儿子霓霓和敖敖已经长成了人桩子，大女儿妙芝在赞皇城寻了婆家，二女儿灵芝年前刚从赞皇城念书回来，经人说媒与高德显的儿子高长英定了亲，并将于本月十六日举行盛大婚礼大宴亲朋。

对于这门亲事，何玉棠一直心存不满。何玉棠的不情愿，不是因为两个年轻人不般配，不是因为高何两家不门当户对，不是因为高何两家在甘陶河流域山南川北一百单八村的地位不相称，而是对高德显的为人不敢苟同。首先是高德显无所不在的霸气让人无法接受。高德显的霸气表现形态多种多样，有时让人窒息，有时让人苦闷，有时让人压抑，有时让人无可奈何。那年何玉棠的父亲老何头突然病倒在炕上，眼睁睁就要咽下嗓子眼儿那口气，临终前叮嘱何玉棠要在十八盘村找一块坟地安葬他。于是，何玉棠就请来平定城著名风水先生甄奋世帮忙定夺坟址。甄先生在卧龙潭边的三十亩坪下了一罗盘，用手一指西平台，说："就是那里了。"何玉棠建议在山下的平地上找，甄先生摇着脑袋说："山下就这块三十亩坪。"何玉棠说："那就定在这儿！"甄先生又摇摇头说："可惜啊，你晚了一步，高家已经在此栽了桩。"何玉棠不信，甄先生不急不慌地从三十亩坪的地边走到中央，右脚一跺，说："高家栽下的桩子就在这儿,你如果不信,就从这儿往下挖。"何玉棠拿起铁锹就挖,没挖几下,就挖到了一只青瓷碗。甄先生说:"怎么样?是不是人家先走了一步?"何玉棠这才信了。从此以后,何玉棠愈加信任甄畚世的慧眼和才智。

果真这世上就没有不透风的墙。何玉棠选坟址的事很快就传到了高德显的耳朵里,这让一向充满骄矜之气的高德显十分不悦,他便找到何玉棠论理。何玉棠说:"我父亲临终的时候,让我在十八盘选个坟,现在我已经请人选好了。"高德显问:"在哪儿?"何玉棠说:"西平台。"高德显追问道:"听说你领人去了三十亩坪?"何玉棠淡淡地一笑说:"老兄,你说对了,我是领人去过三十亩坪,但没别的意思,我只想试一试甄先生的本事。"高德显把小脑袋摇得像拨浪鼓似的,说:"玉棠啊,你不用瞒我,你请的那个甄畚世先生有没有真本事,我不知道,而你的本事可是越来越大了。"何玉棠听着高德显的话里带着刺儿,便问道:"德显兄,你说这话是什么意思?"高德显在鼻子里轻轻地哼了一声,拿眼睛瞅瞅何玉棠,说:"玉棠啊,你是在装糊涂吧!上个月我请昔阳城的贾定桩贾先生已经在三十亩坪定了坟址,你为什么还要领人去三十亩坪勘察,而且还动了我埋下的桩子!"何玉棠说:"没有动啊!那只是一只瓷碗。"高德显突然抬高嗓门说:"对啊!你用铁锹挖的时候,把碗口朝上的瓷碗给我扣倒了,是不是?"何玉棠这才惊讶地说:"老兄,这我还真没有注意到。说实在的,我的确看上了那三十亩坪。那天听甄先生说早有人占了,我不信,才用铁锹去挖,刚一见到瓷碗,我就信了。后来,我们才到西平台选定了坟址。"高德显把眼皮一抬,盯住何玉棠的眼睛说:"西平台?你的西平台比我的三十亩坪可是高多了!"何玉棠说:"那怎么办呢?"高德显转身就要走,又突然停下,扭回头重重地甩下几个字:"无缘无故啊,咱们走着瞧!"

这是一次不温不火的谈话,但何玉棠却从高德显的话里听到了霸气。同时,何玉棠还从高德显的身上看到了与他的身份地位极其不相称的吝啬之气。何玉棠认为,男人的内心世界应该在其外部,女人的外部世界应该在其内心。而高德显却恰恰相反。高德显凭借他比何玉棠等人早到十八盘多年的优势,处处表现出先入为主的心态。何玉棠一家来到十八盘以后,高德显已经把龙凤山、杀虎尖、东平台等地垄断起来,并且给一些长工分了土地,形成了一个比较稳固的利益集团。何玉棠家只在高德显没有涉足的地盘上开发产业，避开了种植和养殖两大行业，在西平台等地开辟了桑园，致力于发展蚕桑业；又沿甘陶河两岸开辟了麻地苇田等，尽量避免与高德显发生冲突。但是，高德显就是要在气势上压倒何玉棠，此次选坟事件就是一个很好的注脚。

两个风水先生分别为高家和何家选了两座坟址，一座在卧龙潭边的三十亩坪，一座在河西的西平台。高家坟的后山是龙凤山，前山是杀虎尖，甘陶河是玉带水。据贾定桩先生预测，今后的高家必定是人才俊秀，财气兴旺。何家坟的后山是杀虎尖，前山是龙凤山，玉带水同样是甘陶河。据甄畲世先生的演算推测，今后何家财运亨通，人气上升。自此，高德显和何玉棠两家就在暗中较上了劲。

山不转水还转。三年前，如日中天的高德显娶了南佐镇刘融之女刘凤阁为续弦，恰巧是王默宜的表妹，两家成了亲戚。如今，高何两家的儿女都长大成人，而且就要拜堂成亲了。何玉棠认为，两家疙瘩归疙瘩，怨气归怨气，亲家还得做下去。何玉棠从老窦家回来，就坐在他家的北屋正厅的太师椅上，泰山一般稳健。刚才那惊心动魄的雷声过后，玉犬咬死小猫在山里疯跑的事，老窦从核桃树上掉下来不省人事的事，西沟一百多个蜂箱崩裂的事，刘黑丑仓皇到来说他差点儿丧命的事等等，都没有让何玉棠失去常态。

此时此刻，何玉棠的眉宇间凝聚着许多思考和忧虑，正与惊魂甫定的刘黑丑一起品茗聊天。这刘黑丑不是别人，正是刘凤阁的胞兄，长着一副白脸庞，高挑个子，文质彬彬，像个教书先生。但他从事的事业是编席和说书，在甘陶河流域山南川北一百单八村也算得上一个人物。今天他在十八盘盘道上差点挨了枪子儿。何玉棠对刘黑丑说："兄弟，刚才真是怪了啊，都进八月了，还打那么大的雷，还下那么大的雨。再说，是谁冲你打的枪呢？莫非是林成？不对呀，林成怎么会冲你打枪呢？可是，除了林成，又会是谁呢？这下把你吓坏了吧？"

刘黑丑说："可不是咋的！我一开始以为真的是遭雷劈了呢，半天才想起摸摸脑袋，才想起掐掐虎口穴，还能感觉到疼，知道自己还活着。后来，我才想起林成在东平台埋老枪的事，说是要打野猪，莫非是他的老枪走火了？可又不像。林成的老枪我见过，它是打不远的，从东平台上能打过甘陶河就不错了，要是能够打到十八盘盘道，除非他把火药装满了枪筒子。现在我敢说了，肯定是林成这狗日的的土枪，因为在十八盘村没有第二个会耍枪的。唉，这回可把我吓草鸡了！老兄你不要笑话我啊！"

何玉棠说："哎，哪能呢，一会儿见了林成，我要问问他。总算没出什么大事，谢天谢地了，说不定兄弟你从今往后就要交好运了呢！"

刘黑丑憨厚地笑笑说："玉棠兄，你又在逗我了，我一个编席匠兼说书匠，就是交上一百个好运，还能发达到哪儿去呢？"

何玉棠十分正经地说："兄弟，话可不能这么说，乱世出英雄嘛。"

刘黑丑一边摆摆手，一边说："算了吧，老兄，我还是当我的编席匠吧，白天编编席，黑夜说说书，就图个清闲自在！"

何玉棠把话锋一转，说："黑丑兄弟，你对南佐战役的前景如何判断？"

刘黑丑像是胸有成竹，说："我判断会有八成胜算。"

何玉棠说："怎么才有八成胜算？"

刘黑丑说："玉棠兄别急，咱八路军占有天时、地利、人和等重要条件，打胜不会有问题。但是，那日本人井上岩也不是吃素的，他把南佐镇的城墙修得高大坚固，加上他们的武器装备也比八路军先进，我想这一仗肯定是一场硬仗恶仗。"

何玉棠皱皱眉头，说："我也担心这个，万一一时半会儿打不下南佐镇，捅了这个马蜂窝，野头镇的日本人必然赶来救南佐镇，到那时，遭殃的就不仅是南佐镇附近的老百姓了，恐怕岭东岭西岭南岭北的人们也都脱不了干系。"

刘黑丑说："老兄，你这担心大可不必，三天之后，一定会有好消息传来。"

何玉棠低沉地说："但愿如此。"

刘黑丑见何玉棠心事重重的样子，就接着说："不过玉棠兄，你还要往最坏处想想。"

何玉棠说："你是说万一打不赢，高长英他……"

刘黑丑忙说："玉棠兄，我是说南佐镇万一打不下来，八路军也会想别的办法，长英他们不会吃亏的，我是怕长英他不能按时回来完婚。"

何玉棠长叹了一口气，说："我也担心这个。"

刘黑丑接着说："不过，玉棠兄，这话又说回来了，南佐镇毕竟是弹丸之地，我猜想那井上岩不会孤军死守，肯定要伺机突围逃跑。八路军拿下南佐镇只是时间问题。现在，我不担心别的，只担心一个人。"

何玉棠问道："谁？"

刘黑丑说："是我那兄弟黑牛。"

何玉棠问："黑牛怎么了？"

刘黑丑声音低沉地说："他为日本骑兵打刀片儿！"

何玉棠说："兄弟，你是不是担心他当了汉奸？"

一说到这儿，何玉棠发现刘黑丑的脸色有点儿沉。刘黑牛在何玉棠的印象中是一个挺不错的孩子，打铁打得也好，在甘陶河流域山南川北一百单八村赫赫有名，全凭他的本事过硬。刘黑牛这孩子还能喝酒，高德显娶刘凤阁那天，高家大院大排筵宴盛邀亲朋。高德显调集十八盘村能言善辩而且号称有斗酒之才的小伙子不下十人，却都在刘黑牛的面前败下阵来。刘黑牛临走留下话：要论喝酒，把你们十八盘村的男人绑在一起也不是个儿！这显然是一句大而不当的狂言，但也确实让高德显以及十八盘村的男人们脸上挂不住。何玉棠摇摇头说："不会不会，黑牛这孩子一定是哄着日本人玩儿呢。"

刘黑丑说："南佐镇的人们都传遍了，说黑牛非要和日本人井上岩打赌，常常在南佐镇的大街上走来走去，见了熟人连看都不看一眼，见了朋友也不打招呼，简直变了一个人，我感觉这是一个不祥的兆头。我来的时候，我娘还嘱咐，快想办法往回拉黑牛，别让他当了汉奸，为这事，我娘已经骂了他一顿了。"

何玉棠说："兄弟，果真如此的话，倒让我想起了《三国演义》中孟德献刀的故事。"

刘黑丑笑笑，说："玉棠兄，你拿黑牛与曹操曹孟德相比，我看他没有曹操那样的韬略和手段，到头来说不定他会与日本人搞在一起，留下千古骂名！"

何玉棠说："兄弟你一定是多虑了，人们肯定是见黑牛给日本人打了几把刀片儿才这样猜测的。依我看，黑牛这孩子挺精的，他绝不会去当汉奸。哎，你什么时候去看凤阁？"

刘黑丑说："不着急，我这回来了就不走了，要在十八盘住一冬天呢，有时间去。"

何玉棠说："是吗？这比往年可早了不少！苇子刚打倒，编席怕是还不行吧？"

刘黑丑说："编不成席，就做点别的小事。"刘黑丑所说的小事的分量，只有他心里明白。原来，刘黑丑是从保定二师毕业的，他在学校里加入了共产党。毕业后，接受党组织安排，他先到西北受训学习，后来又被派遣回家乡，身上负有历史和人民赋予的重任。但他对外只是说在这兵荒马乱的年头，外面不好糊口，只能回家乡混口饭吃。与此同时，刘黑丑还对母亲许了愿，一定要把父亲刘融失踪的原因查个水落石出。

何玉棠这才发现，刘黑丑的脸色比以前憔悴了许多。

席匠刘黑丑是何玉棠年轻的时候结交的挚友，后来又成了表亲，还做了何玉堂女儿灵芝的干爹，二人更加亲密无间。此人凭借一把柳叶刀打天下，是甘陶流域山南川北一百单八村有名的编席匠。他一天编五领六尺宽一丈二尺长的席子还等不到天黑，沿甘陶河凡是生长芦苇的村庄，没有一个人不知道刘席匠的。他编席质量之高、速度之快、手法之娴熟、技艺之精湛、动作之优美，令人叹为观止。不仅如此，刘黑丑还擅长说书，像《三国演义》《封神演义》《七侠五义》《岳飞传》《杨家将》等成套成本的大书，都一部一部地摞在他的肚子里，一章一章地码在他的舌头底下，说起来章回分明，风云激荡，山高水长，环环相扣，引人入胜，有时一个冬天就说一部大书。后来，他的妹妹刘凤阁嫁给十八盘村的高德显，刘黑丑几乎每个冬天都在十八盘村度过，白天编席，晚上说书，书场就设在海瑞祠。何灵芝三岁的时候得了一场病，为了让这孩子长命百岁，何玉棠就让灵芝认刘黑丑做了干爹。刘黑丑每年过年都要给灵芝编一串铜锁，现在已经攒了十多串了，全挂在灵芝的屋子里，让一家人看了都心存感激。

今天下午，二人喝了一会儿茶，何玉棠说："兄弟，你发现没有，灵芝的心里好像有一疙瘩心事，你这当干爹的来半天了，她也不来看你一眼，我去叫她去。"

说罢，何玉棠就要起身，被刘黑丑拦住，说："玉棠兄，灵芝这孩子聪明伶俐，在即将完婚之际，长英又去打南佐了，她怎么能放得下心？虽然还没过门，但孩子毕竟长大了。"

何玉棠说："你表姐也愁眉不展的。"

刘黑丑说："闺女出嫁，好比是从娘身上往下割肉呀！这样吧，我去开导开导她们娘俩。"

坐落在甘陶河畔十八盘第一盘道上的高家大院，现在的情形也异常平静。高德显坐在北屋客厅的太师椅上往烟斗里装烟丝，刘凤阁在一旁伺候着。虽然南佐战役还没有打响，刘凤阁却不无担心地说："德显，用不用把粮食和布匹往龙凤山上搬一搬？"

高德显说："不急。长英他们这一仗要是打赢了，一切都会平静下来的。"

刘凤阁说："那要是打不赢，又该怎么办呢？"

高德显把烟点上，深深地抽了一口，看看刘凤阁，反问道："凤阁啊，你认为打不赢吗？"

刘凤阁说："德显，我也说不上来，我只希望长英他能在八月十六前毫发未损地骑着高头大马回来和灵芝完婚。"

高德显又深深地吸了一口烟，然后在鞋底上磕磕烟斗，脸上露出一丝少有的笑意，说："我想会是这样的。"

刘凤阁说："那就好，我去给你煮饺子。"

# 雷 6

就在这天黄昏，南佐镇南街的一座豪宅里却发生了一场不大不小的骚动。这个宅院的主人王大满刚从日本驻南佐镇行动大队井上岩那里回来，向一家人通报了八路军要攻打南佐镇的消息，当下他老婆王李氏就吓哭了。王大满见状，训斥道："你哭个屁呀！你们女人总爱听风就是雨，现在，风还在井陉城呢，你在这儿就下起雨来了！"

王大满的话音刚落下,大门就被人推开了,急匆匆进来一个人。大家一看,进来的不是别人,正是王大满的堂弟王大水。王大水现在是驻南佐日伪军第一支队的支队长,负责协防豆姬大炮楼和豆姬火车站,在井上岩那里十分吃香。这王大水可不是一般的人物,日本人没来之前,他就吃喝嫖赌五毒俱全。日本人一来,犹如苍蝇遇见大粪坑、屎壳郎撞上牛粪堆,他立马投靠过去,当了铁杆汉奸。王大水被井上岩任命为支队长那天,他在南佐镇摆了十桌酒席,大宴亲朋,风光至极。王大水此番来找堂兄王大满,传达了井上岩的一道命令,让王大满及其全家迅速离开南佐镇,否则,八路军打进来,皇军不再予以保护,一切后果自己承担。

王大满一听,就像一尊塑像一样呆在那里,半天也没说出一句话来。

王大水对王大满说:"哥,事不宜迟,你可要早做决断,你和嫂子先走一步,带上点当下用的东西,家里的房子和财产由我来帮你照看着,一切尽管放心。"

王大满目光呆滞地问:"兄弟,日本人、日本人为什么只让我走啊?"

王大水说:"哥,这还用问吗?还不是因为你跟日本人的交情深呀!井上岩说了,南佐镇这么多人,他谁也不放走,单独把王大满一家放走。哥,你得好好感谢感谢人家皇军才对!"

王大满信以为真,就让王大水给井上岩捎话,说日后有机会回到南佐镇,一定重谢皇军。当天夜里,王大满一家就悄悄地离开了南佐镇。

刘黑丑今晚要在海瑞祠开书场的消息从陈元老师的嘴里一传出,就迅速在十八盘村传播开来。人们的兴奋点也随即从那声雷以及那雷造成的许多严重事态上,从高长英带兵打南佐镇路过十八盘村这件事上,从何灵芝要嫁给高长英并且马上就要举行婚礼这件事上,转移到了海瑞祠,转移到了刘黑丑身上,转移到了猜测刘黑丑今年要说哪本大书上。十八盘村的人们就这样激动着,猜测着,议论着,奔走相告着。刘黑丑今年冬天到底要说什么书?为什么比往年提前一个多月开书场呢?为什么还没开始编席他就在十八盘村住了下来呢?如此等等,连天上的星星月亮也都充满了期待。

其中最为兴奋的是陈元。这位教书先生因不满阎锡山的军阀作风,毅然从省府辞职回乡,后来被何玉堂和高德显两人请到人烟稀少的十八盘村当了私塾先生，至今已经十多年了。刘黑丑一到十八盘，就住在海瑞祠，与陈元老师是莫逆之交。何玉棠和高德显两家轮流负责海瑞祠基本供给，比如柴米油盐笔墨纸砚之类，同时，何玉棠和高德显还是刘黑丑书场的忠实听众，没有特殊情况，他们会一场不落地来听书。何玉棠听说刘黑丑今晚就要开书场，多少有些意外，心里琢磨，刚才我虽然提到了《三国演义》中孟德献刀一节，但那纯属无意，而刘黑丑也没有说今晚就开书场的事呀！何玉棠思来想去，不知道刘黑丑的葫芦里卖的是什么药。

八月初一，一个既平平常常又轰轰烈烈的日子，像一首雄壮宏伟的进行曲正在太行山上十八盘村的山水间演绎着。

天色渐渐暗下来，云朵在苍穹上飘浮着，森林在远处的山冈上静止着，一股无以名状的气息在空气中凝聚着弥漫着。今天这个黄昏是多么的来之不易啊！是多么的不同寻常啊！十八盘村的人们一个个兴奋着机灵着守候着，他们对事物的感觉好像都游走起来悬浮起来飞翔起来，一下子没了根基没了依靠没了依托。他们不知道在自己的身边还将会发生什么事情，不知道自己的命运到底会是怎样的结局。

卷毛鹰的喇叭声又在卧龙潭边响起，向左灌溉着十八盘村人的听觉，向右漫上了雄浑高大的太行山。

这一夜，刘黑牛在铁匠铺里铿铿锵锵干到了天亮，把两个小伙计大黑二黑累了个半死，打造出了一把青锋翠背大刀片儿。

刘黑牛把这把刀掂在手上，用手指弹弹刀背，铮铮作响；用拇指肚刮刮刀刃，绵若蚕丝。他在心里得意地笑了。他笑自己为什么心血来潮跟狗日的日本人开这样的生死玩笑。他笑那个井上岩为什么用轻蔑的眼神来看待自己这个打铁的。一个堂堂的日本军官，叫什么少佐，居然要跟一个铁匠打赌，为一句话而认真而较劲而一般见识。他笑南佐镇五百成年男人中为什么就再没有一个人像自己这样挺身而出与日本人一决高下。

刘黑牛在心里笑罢多时，见从窗棂上射进几束强光，知道天已经亮了，就让伙计开门。门一打开，刘黑牛大吃了一惊。他发现在他的铁匠铺门前的石板路上笔直地插着一把战刀，战刀插在两块青石板的缝隙里，初升的太阳照在战刀的刀刃上,溅出了一团又一团的火光。再看地上,战刀的影子射出一条刺眼的黑线。远处,井上岩骑在一匹大白马上,嘴角挂着鄙夷的微笑。在井上岩的身后,是一排日本宪兵,两旁都是南佐镇的百姓,由于逆光,刘黑牛看不清他们的表情。

刘黑牛二话没说,转身回屋取刀。片刻之后,刘黑牛从屋里走出来,脸上的表情静如止水。只见他把新出炉的钢刀衔在嘴里,来到井上岩的面前,用手指指井上岩骑的大白马,再用手指指自己的脑袋,示意这两样东西是同等的,是可以互换的。井上岩点点头,说:"你的,可以开始了!"

刘黑牛把刀握在手上,大步来到战刀的近前,向四周扫视了一眼,发现来看热闹的人们一个个面如死灰表情呆滞,长长的一条街上鸦雀无声。他便大声喊道:"各位乡亲,都提起点精神来,好不好?都挺起脊梁骨来,好不好?都对我刘黑牛笑一笑,好不好?连我自己都不怕掉脑袋,你们怕个屁啊,是不是?日本人的刀在我眼里头就像一根草一棵葱,是不是?你们都别害怕,等我把他狗日的战刀削成两截,请你们给我叫声好,好不好?万一削不断,我掉了脑袋,请你们给我收收尸,好不好?拜托你们把我埋在我家的坟前,好不好?还请大家先不要给我姐姐捎信说我死了,她要问,就说我出远门了。各位乡亲,黑牛拜托了!"

就在这时,刘黑牛想起了自己的亲娘,后悔昨天夜里没回去陪娘说会儿话,没给娘收拾一下院落,没给娘洗洗衣服。可是,现在说什么都晚了,来不及了,狗日的井上岩就在旁边等着要结果呢。想罢,刘黑牛又抱拳对乡亲们说:"我再拜托各位一件事,万一我走了,你们一早一晚地去陪陪我娘。"

"孩子,不要怕!你不会死!你还有许多事要做呢!娘等着你!"人们一看,说话的正是刘黑牛的老娘,她步履铿锵地朝黑牛走来,黑牛往前抢了两步,扑通一声跪在娘的膝下,说:"娘,黑牛不孝,对不住你和我爹了。"

老人家拍拍黑牛的头,说:"孩子,站起来,你做的是男子汉该做的事,娘高兴!"

听到这儿,刘黑牛抖擞起浑身的精神,从地上站起来,趴在老人的肩头,说:"娘,你放心,我爹会回来的!"说罢,刘黑牛健步如飞地来到井上岩的战刀前，把大刀片儿握在手上，从腹腔的深处吼出一个"呀"字，只见他手起刀落，一道寒光下去，咔的一声，在两刃接触的地方溅起一朵艳丽的火花。人们再看，日本人井上岩的战刀真的被削成了两截，而刘黑牛的钢刀刀刃却完好无损平展如初。

刘黑牛立在原地，在人们的一片欢呼声中，他举起他的大刀片儿在空中挥了几下，然后当啷一声扔在地上，又拍了拍手，拍落一片汗水。

井上岩见此情景，在马上倒吸了一口凉气，险些摔下来。片刻，井上岩滚鞍下马，快步跑过来，双手捧起被刘黑牛扔在地上的大刀片儿，用戴着洁白手套的手擦拭着。他一边擦一边来与刘黑牛握手，刘黑牛却弯下腰捡起掉在地上的那半截战刀递给井上岩，说："这半截儿你拿回去做纪念，地上这半截给我留下拴狗。"

井上岩满脸堆着笑，客气地连声答应着。接下来，井上岩命令士兵把他的坐骑牵过来，亲手把缰绳递到刘黑牛的手里，冲刘黑牛竖起大拇指，说："你的，好样的，恕我的失礼。"

刘黑牛对井上岩说："你以后对南佐镇的百姓客气点，知道不知道？打仗是军队对军队的事，不要祸害平民百姓，知道不知道？"

井上岩点头道："我会的。刘铁匠，听说你哥哥是个说书匠，能倒背《三国演义》，我想和他交个朋友，你能给他捎个信儿吗？"

刘黑牛说："莫非太君看过我们的《三国》？"

井上岩说："岂止看过，是十分喜欢。"

刘黑牛说："我会告诉他的。"

井上岩又讨好地说："刘铁匠，是不是把你的这把刀赐给我做纪念？"

刘黑牛轻蔑地笑笑说："好吧，它的任务已经完成了，你拿去玩儿吧。"说着，他手一挥，让伙计把井上岩的大白马牵上，自己转身进了铁匠铺。

通过这场生死赌博，井上岩把刘黑牛奉为英雄好汉，佩服得五体投地。从此，刘黑牛也就更加声名远扬，更加牛气十足，南佐镇东关刘记铁匠铺的生意更加红火。

# 火 1

  饥肠辘辘的捞鱼鹳躲在东平台下的麻地里,看完过兵之后,才怀揣着中午在高德显家门口摔伤的老柚木钵碗重新来到高家的朱红大门楼前。

  无缘无故地,捞鱼鹳的眼底又生成一汪泪水。自从他孤身一人浪迹于甘陶河流域山南川北一百单八村以来,自从他成为甘陶河里的一条鱼以来,自从他开始吃百家饭穿百家衣以来,或遇到高兴事,或遇到伤心事,或遇到刮风天,或遇到下雨天,或想起往事,或想到未来,他都要泪流满面。有时他躺在冰凉的土炕上熬来熬去熬到天明,有时他走在炽烈的骄阳下盼来盼去盼到黄昏,也要无端地流出眼泪。甚至于在饥饿难耐时看见前面的村庄,在横卧花丛时听到蜜蜂的吟唱,在静静的卧龙潭里潜游时发现有鱼儿伴随,他也会大泪滂沱。他的眼泪有时毫无来头,有时毫无意义;他的眼泪有时情不自禁,有时莫名其妙;他的眼泪有时大可不必,有时事出有因;他的眼泪有时无所畏惧,有时肆无忌惮。他流泪的原因有时很复杂,复杂到无以表达;他流泪的原因有时很简单,简单到无以表达。几年下来,捞鱼鹳终于发现了一个道理,天下没有平等可言,男人与男人不平等,女人与女人不平等,男人与女人更不平等。要饭的与要饭的不能平起平坐,有钱人与有钱人也不能平起平坐,捞鱼鹳获得的最为深切的体会是,三教九流各色人等对待要饭者的态度千差万别,有凶神恶煞的,有慈眉善目的,有不凉不热的,有惟恐避之不及的,而要饭的人只能使用两种表情,一种是哭,一种是笑。更多的时候,哭比笑更实用,更万能。时日久了,用得多了,捞鱼鹳的脸上就少了笑容。

  然而今天,捞鱼鹳站在高家大门楼下,高大的门楣,苗壮的明柱,方正的青砖,雄伟的石狮,无一不让他感觉到内心的压抑,无一不让他感觉到自己的渺小。尽管如此,捞鱼鹳还是打定主意,不管遇到什么情况,都不能让泪水流出眼眶,更不能让人看见自己的悲伤,说自己不像男人。于是,捞鱼鹳就仰起脸来,只让那泪水在自己的眼圈儿里转悠,以期让它们慢慢地在体内化掉。捞鱼鹳甚至认为,如果让眼泪流出来,一旦让人看见,就是对人的不恭敬。

泪眼蒙眬中，捞鱼鹳看见头顶上门楼的东西两侧各有一个燕窝，这两个燕窝硕大无比，窝里传出燕子唧唧咕咕的聊天声。

这时，不远处的甘陶河正浩浩荡荡地从白勺关涌来，又声势浩大地流向卧龙潭，流向下游的河川，流向捞鱼鹳的记忆深处。

捞鱼鹳鼓了鼓勇气，把那只干柴似的右手从宽大而且露着毛毛边儿打着补丁的黑布衬衫的袖子里伸出来，轻轻地叩响了门扇上那衔在狮子嘴里的铜环。他现在的首要任务，就是从这个豪门大院里要到一顿可以果腹的晚餐。他再次仔细地查看柚木钵碗上刚刚摔出的新伤，脸上的表情又一次复杂起来生动起来。捞鱼鹳恍惚想起了自己的身世，原来自己也曾经是个有名有姓有棱有角的男孩，在离此地不远的杀虎尖有父母有家园有田亩，还有一头犍子牛。那是高大雄伟的杀虎尖，是太行山层峦叠嶂的山峰中的一座高峰，是一座孕育雄浑和传奇的山峰啊！

相传很早以前，那里住着一户姓于的人家，主人春夏耕种，秋冬捕猎。有一年秋天，高原上劲风遍野，黄草连天，红叶如染。这天早晨，主人把犍子牛放到山坡上，黄昏时他发现犍子牛大汗淋淋地回来了，而且一身疲倦，卧在牛棚里不吃也不喝，只呼呼地喘粗气。主人摸摸牛的头，又摸摸牛的肚皮，不像有病的样子，便觉得事情有些蹊跷，决定明天去看个究竟。第二天，他把犍子牛放到山上，就悄悄藏在一块石头后面窥视，只见那牛站在山坡上无心吃草，只哞哞高叫。到了中午时分，一只斑斓猛虎长啸一声从山垴后蹿出来直奔黄牛而去，主人立即被吓得闭上了眼睛，浑身的汗毛也都倒立起来，心想，这下完了，犍子牛的性命没了。这时，主人听见那牛哞地吼了一声，尾巴就朝天立了起来，身子也绷成了弯弓，扎着脑袋，两只锋利的犄角猛地向老虎刺去。虎扑牛，牛扑虎，一而再，再而三，直斗到红日偏西也不见输赢。主人早心疼不已，但又爱莫能助，直把一双老拳攥得咔吧吧响。又过了一会儿，那猛虎大吼一声蹿上地垄，甩甩尾巴朝后山去了，那牛却一下卧在地上呼呼直喘气。主人忙跑过去抚摸，看见那牛的四肢在不停地抖动，身上淌着白汗，就像刚从水中捞出来似的。犍子牛见主人来了，挣扎着站起来，用犄角在主人的胸脯上抵了又抵蹭了又蹭。主人立即想出了一个主意，一个能够置老虎于死地的主意。黄昏，他找出两把尖刀，在磨石上磨出利刃，夜里，主人给黄牛加了上等饲料，第二天出门时就把锋利的尖刀结结实实地绑在了牛犄角上。又到了中午时分，还是那块草地，一场牛与虎之间的生死决战即将开始，恐怖和死亡正融进阳光，融进绿地，融进清新的空气。又是一声长啸，那老虎从后垴蹿出来，四蹄张开扑向黄牛。谁知那黄牛却不进攻，扎着脑袋一动也不动，摆出防御的架势，犄角上那两把雪亮的钢刀闪着刺眼的光芒。然而，这耀眼的光芒并没有震慑住老虎的嚣张气焰。在双方对峙了片刻之后，只听那猛虎长啸一声向黄牛扑来。当那猛虎蹿到近前，腾在空中，两只海碗大的前蹄利爪就要踏在黄牛背上的时候，那犍子牛哞地吼叫一声，将头猛地高高仰起，迎着猛虎扑来的方向直抵过去，只听哧啦一声，猛虎的肚皮被挑开了一个大口子。随着一声尖叫一声嘶鸣，但见那猛虎的一腔热血彩云般喷射出来。紧接着，黄牛一抖身子，那猛虎被摔出去一丈多远，轰然倒在地上。几天来黄牛与猛虎的争斗终于有了结果，犍子牛赢了，斑斓猛虎死了。消息传开，人们就把这座人迹罕至的山垴称作杀虎尖。

捞鱼鹳就是杀虎尖于家的后代。自从捞鱼鹳有了记忆有了行为有了思想有了语言的那天起，他就为有聪明果敢的祖先而自豪不已，为有强悍勇猛的犍子牛自豪不已，为有神秘而高大的杀虎尖而自豪不已。

这时，街巷里刮起了一阵风，这风不停地掀动着捞鱼鹳的破衣裳，让他禁不住打了一个冷战，肚子也随之咕噜噜叫了几声。他抬起头，看见从高家大院中央升起的巨大的银杏树冠，浓云一样盘亘在星空之下。在十八盘村，有两棵银杏树长势出奇，一棵长在高家大院，另一棵长在海瑞祠，人们说这两棵树是一雄一雌，虽然树身相距百步之遥，而树根却紧紧相连，在何玉堂家夏至泉下不远处还有一个巨大的根结。现在，在捞鱼鹳眼前的这棵银杏树上，一团一团金黄色的叶子交叉着重叠着，星光均匀地洒在上面，像是铺了一层晶莹雪亮的水珠。风从树上刮过，也早已化作琴瑟鼓乐般的旋律和婀娜跳跃的舞姿。

街上的行人渐渐稀了下来。携带着寒意和潮湿的风从石头缝里钻出来，将片片落叶掀起来又放下，让它们舞蹈着踢踏着翻飞着飘扬着去了远方。

捞鱼鹳在一片随风飘飞的落叶上看到了自己的影子。八年前的那个风高月黑之夜，捞鱼鹳在梦中被一股浓烟呛醒，猛地睁开眼睛，看见隔壁已是一片火海。他喊了一声娘，便从炕上跳到地上，随即从头顶掉下一根着火的椽头，溅起了一片火星，烧着了捞鱼鹳的红兜肚。捞鱼鹳下意识地用手去扑，却是越扑越旺。正在这时，随着一声巨响，捞鱼鹳被一团热气卷到了院子里，身后的茅草屋便升起了熊熊大火。捞鱼鹳觉得胸口一阵灼热，他把这团灼热用力甩到了身后，披着一身火光奔向洼底的碧水池，纵身跳了进去。那是一汪清清冽冽的泉水啊！就是那池泉水浸灭了捞鱼鹳身上的火焰，保住了他的一条小命。

一个牧羊人目睹了这壮烈的一幕。那是一个漆黑的夜晚，突然从天边飞来一个红火球，砸向杀虎尖脚下山坳里的一座草屋，工夫不大，整个院子就燃起了大火，紧接着，从院墙上蹦出一团火，这团火骨碌碌奔向水池，火光也最终消失在水池里。后来人们才知道，那披着火焰奔跑的人就是苦命的捞鱼鹳，就是于家惟一从火中逃出的生命。那一刻，也就成了捞鱼鹳苦命生涯的开始。那时候捞鱼鹳还不叫捞鱼鹳，叫于什么来着，谁也记不起来了，就连捞鱼鹳本人也说不清楚道不明白了。叫什么名字倒不十分要紧，要紧的是从那以后，捞鱼鹳就得了恐火症和健忘症。当人们七手八脚将捞鱼鹳从池塘里捞出来后，问他家里还有什么人，火是从哪儿着起来的，他只愣愣地在那里摇头，什么话也说不出来。人们又问他父母兄弟叫什么，他也愣愣地不说话。此后，他就开始害怕任何火光，哪怕是划一根火柴，他也害怕得要死。他看见人们手里拿的用艾蒿拧成的火绳，就浑身哆嗦，上牙直碰下牙，碰得咯咯直响，让人听着心碎。再后来，捞鱼鹳一看见火光就会抱头鼠窜，逃窜和隐遁的方向总是杀虎尖脚下的那个碧水池，不管是酷暑盛夏，还是数九寒冬，不管是三里五里还是十里八里，他都要跑回来跳进去，而且半天不肯出来。

捞鱼鹳经常趴在碧水池畔打量这个世界。有时他朝山下瞭望，看见的是一条涓涓细流在空中飘浮着旋转着下沉着，与那条滔滔西去的甘陶河衔接起来融合起来，成为日光下的一条彩带，成为月光下的一盏银灯。每当此时，捞鱼鹳的心就忘情地跳跃起来哼鸣起来飞翔起来，觉得自己的天地漫无边际，自己的四季五谷丰登，自己的亲人无处不在。也就是从那时候起，捞鱼鹳就真正成了甘陶河里的一条鱼。载着日月行走载着风雨奔腾的甘陶河，同时也载起了捞鱼鹳卑贱而多舛的命运。

记忆的增长往往因为事件，而记忆的消失也往往因为事件。

捞鱼鹳又伸出干柴一样的手捏住铜环轻轻地叩了两下门。看样子他并不十分着急。早早失去亲人的捞鱼鹳，命运多舛的捞鱼鹳，靠吃百家饭穿百家衣顽强地生存在这个世界上。他一年当中的所有日子几乎都在沿街乞讨，有时也给人打短工。在十八盘村，他给何玉棠家栽过桑树，给高德显家喂过马，但始终没进过高何两家的大门。他尤其对高家这串宅院充满了敬畏感和神秘感，对大门楼上挂的那个刻有被打了叉的狗的木牌充满了敬畏感和神秘感，对在院子里来回走动的每个人充满了敬畏感和神秘感，对院中央那棵树身高大树冠如云的银杏树充满了敬畏感和神秘感。他曾经用双手亲密地无数次地摸索过大门楼上的每一块青砖每一块门墩，摸索过蹲在门口左右两侧的汉白玉巨狮，摸索过从高墙上爬出来的每一根藤蔓每一片叶子。他还乐意听见院子里女人的脚步声和她们的轻声细语，哪怕看不见她们的面容，哪怕看不见她们的衣衫。那时，捞鱼鹳的心境就是湛蓝湛蓝的天空，就是明快欢畅的河流，就是空旷无垠的原野。每当他登上山巅，每当他蹚过大河，每当他感到饥饿难耐，每当他觉得伤心不已，总要把仅会的几句信天游哼鸣出来，尽管哼得不入调门儿，他也不气馁。可是今天，捞鱼鹳像是变了一个人。从前他无论干什么都是风风火火像模像样，今天不是那么一回事了。从前他眼睛里总是迸发着热情的光芒，今天却暗淡下来。从前他对吃饱穿暖总是充满渴望，今天却几近消失。他命中注定就是要四处飘零，像刚才被风吹走的那片叶子。眼下天气还不算太凉，他就一个劲儿地打战，一个劲儿地在原地踏脚，一个劲儿地把手放在嘴边呵气。就在他呵到第六口气的时候，从院子里传来一串细碎的脚步声。这声音虽然十分轻盈，但声声都撞在捞鱼鹳的耳膜上。捞鱼鹳为此警觉起来。他知道三年前这座宅院的主人高德显从南佐镇娶来一个小女人。捞鱼鹳不知道那个小女人叫什么名字，只听人们议论那个小女人是如何如何的美貌，是如何如何的善良，是如何如何的工于心计等等，捞鱼鹳的心里就产生了好奇，产生了联想，甚至产生了隐忧。

如今朝大门走来的是不是那个小女人呢？如果不是，那就会是高家的用人柳细腰。捞鱼鹳见过那个名叫柳细腰的用人。印象中，柳细腰的腰并不细呀，怎么非要叫这么个名字呢？捞鱼鹳在心里打了一百个问号。他现在只希望见到那个小女人，哪怕只看她一眼，哪怕让她出来骂一顿擂一拳呢，也算不白来十八盘村叩这一回门。捞鱼鹳急忙从青石门墩上站起身来，恭敬地立在大门的一侧。

捞鱼鹳这回真切地听到了轻轻的脚步声，同时也听到了女人清脆的声音："是谁在敲门呀？"

捞鱼鹳说："大娘，是我，要饭的。"

女人顿了一下，又问："从哪儿来的？"

捞鱼鹳没说话。

女人又问："那你是哪一个？"

捞鱼鹳说："我是捞鱼鹳。"

女人自言自语地说："捞鱼鹳，好怪的名字。"

捞鱼鹳暗自庆幸这回没有招来打骂。从前，他挨门挨户要饭，常常遭人棒喝、白眼、唾弃和耍笑，有时还被人放出的狗咬得遍体鳞伤。他今天手里没拿打狗棒，因为他知道这个人家没养着狗，听主人说话也绵软顺耳。捞鱼鹳心想，今天莫非遇上菩萨了？

女人没再问下去，但脚步声越来越近，已经到达门口，一边开门一边问："你刚才叫我什么来着？"

捞鱼鹳支吾道："大娘。"

女人坚决地说："捞鱼鹳，快别再大娘大娘叫我，叫我大姐好了。"

两扇大门吱呀呀开了一条缝。捞鱼鹳马上闻到一股异样的香味儿，一股他从来没有闻到过的香味儿。他抬头往门缝里看了一眼，依次看见一点粉白一点大红一点翠青一点淡黄。粉白是那女人的细腮，大红是那女人的夹袄，翠青是那女人的裤脚，淡黄是那女人的绣花鞋。捞鱼鹳的心就颤了几颤，怪不得这个女人的声音如此甜腻呢！怪不得这个女人走路的脚步如此轻盈呢！怪不得这个女人还没走到跟前就传来淡淡的香味儿呢！原来是天仙一样的美人。

女人从门缝里往外看了捞鱼鹳一眼，又自言自语地说道："捞鱼鹳，你为什么叫这样的名字呢？怪有意思的。"捞鱼鹳正想解释什么，那女人又说："快把碗递给我。"

捞鱼鹳忙从怀里把柚木钵碗掏出来，双手举过头顶说："大姐，有干的给块干的，没干的给碗稀的，捞鱼鹳今生今世忘不了大姐您的大恩大德，来生来世当牛做马给大姐效力。"

捞鱼鹳一边说着话一边拿眼睛观察那女人，这回他看清了女人纤纤细细的五根手指和粉白粉白的脸庞。女人也不在乎捞鱼鹳的表情，接过木头钵碗，咯咯地笑了，说："捞鱼鹳，怪不得你会耍贫嘴呢，看你这碗上豁口摞豁口的，怎么连个瓷碗也没有呀？"

捞鱼鹳说："大姐，瓷碗用不住，木碗摔不烂。"

女人没说话，只让捞鱼鹳听到一声轻轻的叹息。

捞鱼鹳把碗递到女人手上的时候，他又看见女人手腕上戴着一个翠绿色玉镯。女人说："捞鱼鹳，你等一会儿。"

真的就是一会儿的工夫，捞鱼鹳听见细瓷碗碰撞木头碗的声音。女人把木头碗递出来，捞鱼鹳接到手上，觉得分量沉甸甸的。捞鱼鹳一边往回撤身，一边寻思，今天要到的这碗饭一定不寻常。凭他的感觉和经验，他猜测这碗饭可能是带馅的东西或是年糕之类。他还没来得及仔细看，就听那女人说："捞鱼鹳，今天算你运气好，这是他爹刚才吃剩下的，你拿回去把能吃的吃了，不能吃的留着，说不定日后能帮你度饥荒呢。"女人的话音一落，两扇大门就被吱吱呀呀地关上了，一串轻轻的脚步声也随之远去。

捞鱼鹳断定，这个女人就是高德显的夫人刘凤阁。她的脸色阳光般灿烂，一下就温暖了捞鱼鹳的心；她的体态如春风中的杨柳，一下就丰富了捞鱼鹳的视野；她的气质如月光一样纯真，一下就穿透了捞鱼鹳的胸膛。捞鱼鹳几乎支撑不住自己的身体，险些向后摔倒，他的四肢又一次莫名其妙地战栗起来。

刘凤阁是南佐镇号称京南第一绸缎庄掌柜刘融的女儿，自幼聪明好学，在本镇念了完小又到赞皇城念私塾，人也出落得大大方方端端庄庄，前来求婚说媒的踏破门槛，她竟然个个回绝。到了二十五岁，她突然决定嫁给十八盘村的高德显，给人留下一个不解之谜。半年前，她父亲突然失踪，生不见人，死不见尸，一下把刘凤阁推到了生活的漩涡之中。红极一时的绸缎生意和太行山山前第一煤炭商行开始凋敝，偌大的宅院风光不再，使刘凤阁过早地感受到了世事流转不定命运舛误无常的残酷现实，也为她后来自己决定自己的人生走向奠定了基础。母亲因思念丈夫而得了癔症病，整天坐在织布机上织布，更让刘凤阁放心不下。

刘凤阁到今年年底才二十八岁。今天，她将高德显吃剩下的饺子一股脑儿收进碗里，端出来打发给要饭的捞鱼鹳，好像还跟捞鱼鹳说了几句什么话。这一系列动作都让高长命看在眼里。高长命是高德显的二儿子，六岁时得了小儿麻痹症，成了一个瘸子。别看高长命身有残疾，但聪明过人，有一目十行过目不忘出口成章之能。自从高德显娶了刘凤阁以来，高长命就经常独自一人待在龙凤山上的庄园里不回来，谁也不知道他在想什么做什么。今天他从刘凤阁的眼神和行动里好像察觉到了什么。他知道刘凤阁日子过得精细，过去家里人吃剩下的东西都是要扔掉的，自从刘凤阁进了这个家门之后就不让扔剩东西了。有一回，她看见柳细腰把一块剩了几天的白面馍馍扔进了猪槽，便亲自跳进猪圈把它捡了出来，把柳细腰吓得哭了一场。今天，高长命长时间地注意着刘凤阁，看见她把父亲吃剩下的饺子收在碗里，但不知放到了什么地方，然后又拿饺子去打发要饭的，觉得有些异常，便在暗地里操上了心。

捞鱼鹳看着自己的柚木钵碗，里面全是白生生的白面饺子，鼓鼓的肚儿，宽宽的边儿，一股幽香沿着他的鼻孔袅袅地滑进了他的肺腑。捞鱼鹳把碗放在门墩上，把脸贴在门缝处往里观瞧，怎奈两扇门关得严丝合缝，什么也看不见了。捞鱼鹳仍不死心，见门槛底下有个水道眼，忙趴倒身子侧头往里观瞧，借着从厨房里射出的一束强光，他看到了一双淡黄色绣花鞋的后跟儿。同时，他听到一串轻轻的脚步声从青石板上溅起来，穿过满是花草的庭院，穿过厚厚的围墙和高高的门楼，一下接一下地撞击在捞鱼鹳的心坎上。

眼下还不是落叶季节，尽管下午下了一场暴雨，但天气一晴还是生出了些许暖意。然而捞鱼鹳的牙齿却咯咯地响个不停。他手捧着满满一碗饺子，琢磨着刘凤阁刚才说的话，弄不明白是什么意思。明明是一碗白面饺子，为什么让我把能吃的吃了，不能吃的放起来？捞鱼鹳目不转睛心神专注地望着他的钵碗，里面盛的是白生生的饺子，碗的边缘还丝丝缕缕地冒着热气，这可是平常人家一年当中只有大年初一的早晨才能见到的食物呀！平时在这些大户人家也很难见得到，对于捞鱼鹳来说更是头一回。捞鱼鹳看看碗里的饺子，又往门缝处看看，轻轻的脚步声远去了，消失了，可碗里的饺子还在。于是，捞鱼鹳的内心深处就涌出一种莫名其妙的感觉，不知道自己是神圣还是卑贱，不知道自己是得到了尊敬还是受到了践踏，不知道自己是得到了福还是得到了祸。但有一条让捞鱼鹳看清楚了，刘凤阁是一副好心肠，跟她交谈他没有丝毫的恐惧。这一下，捞鱼鹳不再感觉饥饿，不再感觉寒冷，不再感觉无助，不再感觉空虚，不再感觉气馁，他忙将碗和碗里的饺子统统装进口袋里，向甘陶河奔去。

甘陶河里的水因为刚才那场暴雨骤然上涨许多，已经没过卧龙潭中央的龙脊，卧龙潭的水面也因此而扩大而延伸，南北汤汤，东西泱泱，这真是多年来未曾见到的壮观景象啊！

发源于小五台山的甘陶河千里横穿太行山，沿途形成无数个河套和深潭，独有这卧龙潭与众不同。常言道，卧龙潭有三怪：河水断流龙脊不露，河水泛滥龙脊袒背，芍药牡丹花开两季。也就是说，大旱三年，甘陶河的河水几乎要断流了，卧龙潭中央的青石龙脊还没在水中。夏秋季节发大水，卧龙潭中央的青石龙脊则袒露在外。卧龙潭四周的花卉，尤其是芍药和牡丹每年春秋总要盛开两次。相传八仙中的张果老和何仙姑在赶往东海途中曾在卧龙潭边不期而遇，张果老醉卧潭中央的龙脊之上，何仙姑采来荷叶覆盖其身。张果老走后，在这块巨大的青石背上留下一处人形凹坑，人称"仙人榻"。

星夜，捞鱼鹳立在卧龙潭边见大水没过了龙脊，心里一下没了底。这倒不是因为涨水的缘故，河水再涨也难不住捞鱼鹳，他一个猛子扎进水里，半天可以不露头。从卧龙潭这头到那头五十余丈宽，捞鱼鹳来回游百十趟也不在话下。可今天他游不过去，他的怀里揣着一个小口袋，里面装的是白生生的饺子，这饺子是高德显的小媳妇送给他的。捞鱼鹳记得清楚，刘凤阁不让他叫她大娘，让叫大姐。刘凤阁还说了，把能吃的吃了不能吃的留着。光听她说话，就让捞鱼鹳五内俱热了，至于这话是什么意思，以后再慢慢体会去吧。此时此刻，捞鱼鹳只觉得腰里的小口袋沉甸甸的。所以，捞鱼鹳就不能轻易过河了。他把怀里的口袋掏出来衔在嘴上，把衣服脱下，浮着水来到卧龙潭中央的青石龙脊上。

这时，水面正好与龙脊持平，浪花一层层地涌过，仿佛一条巨龙在水中潜行。捞鱼鹳的肚子饿了，他忍不住把口袋里的饺子倒了出来，这一倒不要紧，捞鱼鹳的心里全明白了。原来这一碗饺子里头有一半是饺子，另一半是饺子边儿，馅却没有了。捞鱼鹳拿起一个饺子边儿的轮廓仔细看看，竟然看出了参差不齐的牙齿印。这，这不是高德显的牙印吗？捞鱼鹳看着看着，眼睛就发直了，半天才意识到自己的脚下是深不见底的卧龙潭，潭水清明透亮，一眼可以望穿。捞鱼鹳面对这一堆饺子和饺子边儿，心里还有什么话要说呢？没有了！还有什么弄不明白的呢？没有了！高德显娶的这个小女人哪是人呀？分明是个人精！想到这儿，捞鱼鹳把几个囫囵饺子扔进嘴里吃了，把饺子边儿过了一下数，一共是二十八个。捞鱼鹳重新把它们装进钵碗里，用脱下的衣服和裤子包住，举在左手里，一下游到甘陶河西岸去了。

　　捞鱼鹳刚穿好衣服，便看见六指指挥着一群山羊浩浩荡荡地从龙凤山上下来，在河西口刚刚修葺一新的羊圈门口停住。六指早就看见捞鱼鹳了，他看见捞鱼鹳从卧龙潭里游过来，心里十分钦佩，都八月天了，这家伙还不嫌冷，一定有个好身体。六指啪啪地甩了两声响鞭，对捞鱼鹳说："哎，要饭的，你真是好身手，不怕凉啊？"

　　捞鱼鹳甩了一下头，说："大哥，以后叫我名字好不好？"

　　六指说："好啊，可是，我不知道你叫什么呀！"

　　捞鱼鹳说："大哥，你就叫我捞鱼鹳吧，人们都这么叫。"

　　六指停了一下，说："怎么叫了这么个鸟名？"

　　捞鱼鹳纠正说："大哥，你把字咬清楚了，不是鸟名。"

　　六指理直气壮地："怎么不是？我问你，捞鱼鹳是鸟不是？"

　　捞鱼鹳说："是啊！没错啊！"

　　六指说："这不就得了，是鸟名就是鸟名，我可没有骂你。哦，你是不是听过刘黑丑说书呀？他说的《水浒传》里的人们骂官时都鸟鸟的，哈哈。"

　　捞鱼鹳说："随便怎么叫，随便叫什么吧。你怎么把羊都屯在门口呀？"

　　六指乐呵呵地说："捞鱼鹳，你傻了不是？今天羊群合圈，卷毛鹰赶的公羊还没到呢，一会儿让你开开眼。"

　　二人正说着，从杀虎尖方向奔来一群羊，把一条宁静的山路弄得尘土大起，一只只体形彪悍、长着弯弓似的犄角的公羊争先恐后地朝这边拥来。

六指说:"捞鱼鹳,看见没?羊群公母分开都三个多月了,公羊一个个都快疯了,一会儿它们见了面,有你好看的。"

刹那间,一群公羊疯狂地冲进了母羊群,将地上的杂草和尘土腾上了天空。

起先捞鱼鹳不知道将要发生什么事,后来渐渐地明白了,抽身就跑。

卷毛鹰喊道:"哎,傻小子,你跑什么跑?"

捞鱼鹳说:"我害臊!"

六指大笑道:"捞鱼鹳,你害臊个屁!"

卷毛鹰说:"就是,你连零件怕是还没长全呢,害个屁臊!"

捞鱼鹳说:"六畜才不害臊呢!"

六指一听,自己和卷毛鹰都被骂了,挥起鞭子,啪啪地甩了两响,奋起直追。捞鱼鹳哪能让六指追上,连蹦带蹿地,一会儿就没了踪影。

星空下,卧龙潭边,卷毛鹰又吹起了他的唢呐。

# 火 2

南佐镇的战事并没有动摇高德显为儿子操办婚事的决心。高家迎亲的一切事务都已经进入既定日程和序列。就在刘凤阁打发走要饭的捞鱼鹳之后不久,高德显就指派儿子高长命第二天过河到龙凤山去。龙凤山是高德显家的农牧场,高家百分之三十的谷物、百分之五十的干鲜果品和百分之九十的牲畜都来自龙凤山。站在山脚下遥望龙凤山好像只是一座孤堆,但过了卧龙潭往西穿过一条峡长的山谷,却是一座雄浑的山体,共有三层天地:第一层是良田百亩,可种植玉米谷子高粱和大豆;第二层是郁郁葱葱的果园,主要果树是雪花梨树和核桃树;第三层则是一望无际的草原牧场。高德显每年雇用二十多人在龙凤山上经营农事和牧事。高长命此番奉命上山,要带回十数头牛羊和米面若干,准备给哥哥高长英结婚用。

刘凤阁刚才得知,打雷的时候,老窦从核桃树上掉下来摔着了,跟高德显说去看看。高德显仍沉浸于见到儿子高长英的兴奋之中,吃罢饺子之后,不干别的，正坐在太师椅上剔牙。他对刘凤阁说："一会儿让柳细腰陪你去看看老窦吧。"于是，刘凤阁让柳细腰装了几斤白面，两个人出门去了。

豌豆娘见刘凤阁推开了她家的大门，急忙从屋里跑出来，离老远就伸出双手去扶刘凤阁，说："哎哟，是大姐呀！你是咋知道的？小心脚下，有水！"

刘凤阁让豌豆娘搀住，说："豌豆娘，客气什么。老窦怎么样了？"

豌豆娘感激地说："哎，大姐，您不用惦记了，听赵本初说，没大事，吃几服草药兴许就好了。"

刚刚会走路的豌豆，正挥着一根木棍在院中央的水坑里击打，把脏水溅了一身，嘴里还呀呀地喊着。刘凤阁看看豌豆，是个虎头虎脑的孩子，夸赞道："看这孩子精的，比他爹强。"

豌豆娘把刘凤阁让进屋里。屋里的光线很暗，陈设也简陋。刘凤阁来到炕沿跟前，见老窦仰面躺在炕上，面色蜡黄蜡黄的，她的心情也就随之暗了下来。

豌豆娘摸摸老窦的头，说："老窦，凤阁大姐看你来了。"

老窦像是听见了，但没抬眼皮，只小声说道："谢谢大姐操心。"

刘凤阁说："老窦，这算什么操心。你人没事就好。"

老窦没再说话，又沉沉睡去。豌豆娘送刘凤阁出来，说："大姐，长英结婚要用人，您就说话，我可以去做些粗活。"

刘凤阁说："会的，到时候老窦要是能离开人，你就去，不用我再来叫了。"

两个人在大门口碰见了赵本初。赵本初手里提着几服中药，看见豌豆娘搀着刘凤阁出来，就对刘凤阁说："大姐也在这儿呀？我配了几服药，先让老窦服一服。"

刘凤阁说："抓紧治吧，我看老窦不要紧。"

赵本初看看豌豆娘，含蓄地说："我想也是。"

入夜，星汉灿烂，山川入寐，甘陶河河东河西风平浪静，十八盘盘上盘下寂静下来。惟独海瑞祠汽灯高悬，亮如白昼，人声鼎沸，热闹非凡。刘黑丑和陈元老师见来听书的人太多，就把一张方桌搬出来，在院子中央的银杏树下摆好，又把何玉棠捐的汽灯挂在树杈之上。工夫不大，海瑞祠大院里就坐满了男男女女老老少少，高德显和何玉棠也在其中。

这时，刘黑丑在方桌后面，双手抱拳在胸，大声说道："各位前辈，各位兄弟姐妹，刚才有人问我，为什么今天突然在十八盘开了书场？为什么比往年早了一个多月？是不是山外的形势变了？这样吧，我今天在说书之前，就真的给大家说说山外的形势。从近处说，南佐镇的日本人被八路军给围住了，现在这伙日伪军成了八路军的囊中之物，成了疑神疑鬼的惊弓之鸟，成了一群走投无路的瓮中之鳖。八路军分别从东南西北四个方向把他们包围起来，只要我们听到第一炮，就说明战斗已经打响。那么，我们应该做些什么呢？大家知道，参加打南佐镇的就有咱十八盘村的高长英啊！他是我妹夫的儿子，我虽然不是他的亲舅舅，可我照样替我妹妹和妹夫脸上有光呀！过几天长英就要和灵芝完婚，灵芝是谁呢？她是我的干闺女呀！等他们完了婚，长英就也得叫我干爹呢！长英带着一个连的战士，他们在没有当兵之前，都是这甘陶河流域山南川北一百单八村的乡亲，现在他们正扛着枪在打小日本儿，流着血在保卫着我们的家乡。我想啊，我们这些庄稼人之所以现在还能够一天仨饱俩倒地过日子，还能够稳稳当当地坐在这儿听书，就是因为八路军在前线把狗日的日本人给围起来了，就是因为八路军把狗日的日本人给打怕了，就是因为八路军在太行山上不断扩大自己的根据地，日本人才伸展不开他们的拳脚，才龟缩在一个个小镇上不敢轻举妄动。南佐镇的日本人就是在目前这样的大气候下遭到围攻的。所以，我在这儿冒昧地说一句，如果我们大家有钱的出钱有力的出力有物的出物，积极地支援前线，我想，小日本儿的日子就长久不了了。大家说，是不是这个道理啊？"

书场上鸦雀无声，而且是长时间的鸦雀无声。刘黑丑的手心里滋滋地往外冒汗，寻思道，难道上述这段话在十八盘村的人们心里引不起共鸣吗？哪怕有人站起来说不，也算有个呼应呀！刘黑丑知道，说书说到这个程度，就算是成功了，可是，现在不是说书，而是在讲形势，是不是人们听不懂呢？是不是反感了呢？是不是人们见高德显和何玉棠都在场不好发言呢？

正在这时，有人从人群里站了起来，说："刘黑丑，我们是来听你说书的，你就应该先说书后讲什么形势。既然你刚才讲到了支援前线，不当汉奸等等，那就请说说你那兄弟刘黑牛是不是汉奸！"人们一看，说话的不是别人，正是活神仙犟睁眼。当下就有几个呼应的，议论起刘黑牛给日本人打刀片儿的事。

高德显一看这阵势，忙从椅子上站起来，对刘黑丑说："黑丑啊，还是先说书吧！"

何玉棠也给刘黑丑打了一个手势，示意他快点儿开始说书。

刘黑丑说："刚才，犟睁眼老哥提到了我家兄弟黑牛的事，我也正为这事犯愁呢。我真担心他年轻气盛，给日本人当了走狗，丢了我们刘家的脸面。但我今天不想说他，因为一句两句话也说不清楚。下面，言归正传，我就开始说《三国演义》。这《三国演义》是一部什么书呢？它是一部白话小说，记录了曹操、刘备、孙权三个军事集团割据成魏、蜀、吴三国的斗争故事。这部书不仅在中国影响巨大，在日本也有许多读者，我听说驻军在南佐镇的井上岩就是一个三国通，以后要是有机会的话，我倒想和他'切磋切磋'。好，我今天就先从'孟德献刀'一节开始说起。

"话说天下大事，分久必合，合久必分。单说公元一六八年，汉高祖刘邦打下的江山就传到了汉灵帝刘宏的手里。当时朝里有一位大臣，姓董名卓，陕西郡临洮县人也。此人一心想窃取国家大权，终于在公元一八九年的九月抓住了一次机会，废了刘宏，立年仅九岁的刘协为帝，也就是人们都知道的汉献帝，董卓窃取了国相。他当了宰相之后，更加专横跋扈，为所欲为，祸国殃民。书上这样写道：董卓为相国，入朝不趋，剑履上殿，威福莫比。董卓如此表现，把满朝文武恨得咬牙切齿。一群大臣在王允王司徒家饮酒，为其贺寿。王允非但不喜，反而当众大哭，在场的人也跟着王允伤心。独有一人拊掌狂笑，说，你们纵然从夜哭到明，从明哭到夜，还能哭死董卓吗？王允等人一看，笑者乃曹操曹孟德。王允责问道，曹操，你祖宗三代吃汉朝俸禄，今天不思报国反而狂笑，为什么？曹操说，我笑你们这么多人竟然无人设计杀死董卓。我曹操虽然不才，愿立即断其头，悬之于都门，以谢天下。曹操当众夸下海口，不得不做，于是，借了王司徒七星宝刀一口，于第二天来到相府，见吕布也在董卓房内。董卓问曹操为什么来迟了，曹操说，我的马又瘦又小，走不快，所以来迟了。董卓让吕布去挑选一匹西凉好马赐予曹操。曹操见吕布出去了，心想董卓老贼死期到了。他见董卓倒身而卧，正要行刺，没想到董卓早有防备，从镜中看见曹操从背后拔出一把刀，问道，孟德，你想干什么？这时，吕布也牵马到了门外，曹操惶恐之中，持刀跪倒在董卓面前，说，丞相，我有宝刀一口，今献给恩相，请笑纳。董卓接过一看，果然是一把宝刀。这时，曹操对董卓说，愿骑马一试。董卓示意同意后，曹操跨上马猛加鞭，往东南仓皇而去。曹操行刺被董卓识破之后，谋士李儒献计擒拿曹操，说现在就派人去召他回来，如果他来，就说明是献刀；如果不来，必是行刺。董卓依计而行。结果有人来报，声称曹操根本没回寓所，早已乘坐快马飞出东门。门吏上前拦住，问曹操出城何事，曹操谎称丞相差我出城有急事要办。于是，曹操不曾下马，夺路而去。董卓闻听大怒，命令遍行文书，画其影，图其形，告示天下，捉拿曹操，有擒献者，赏千金，封万户侯。曹操在逃窜途中被中牟县令陈宫拿获，星夜坐堂突审。陈宫问曹操，我听说丞相待你不薄，你为什么还要自取其祸呢？曹操蔑视道，燕雀安知鸿鹄之志哉！陈宫一听，忙下堂亲自给曹操松绑，拜曹操说，你真是天下忠义之士也！后来，陈宫弃官不做，跟随曹操而逃。二人走在路上，曹操指着一片树林说，那里有一人姓吕，名伯奢，是我父亲的结拜兄弟，咱可去借宿一夜。伯奢见到曹操之后，喜出望外，寒暄罢了，就骑驴到西村买酒。这时，曹操听见后院有磨刀声，还隐隐约约听见有人说"缚而杀之"等等。曹操疑心大起，拔剑闯入后院，不问男女，全部杀死，一连杀了八口人。当他搜到厨房，才见地上绑着一头猪要杀。陈宫说，你太多疑，误杀好人了。曹操不语，立即收拾东西离开伯奢家。二人刚出村不到二里，看见伯奢骑驴回来，鞍鞯上挂着两瓶酒，手里提着水果和酒菜。伯奢问道，贤侄为何匆匆要走啊？不是说好要住一夜的吗？曹操说，我是负罪之人，不敢久住。伯奢一脸无奈，怅然无言。曹操走出没几步，回头对伯奢说，你看那边来的是谁？伯奢正欲回头，曹操挥剑砍伯奢于驴下。陈宫见状大惊，说，刚才已经误杀了多人，现在又为什么杀死他老人家？曹操说，伯奢到家，见家人都被我等杀害，岂肯罢休，必去报官，我等休矣！陈宫说，刚才误杀犹可原谅，现在你故意杀人，大不义也！曹操说，宁教我负天下人，休教天下人负我！陈宫见曹操如此不义，断不可交，于是不辞而别。欲知后事如何，咱明天接着说。"

## 火 3

刘黑丑这段"孟德献刀",把在场所有听书的人都给说痴迷了。刘黑丑抱着拳说了三遍"好戏还在后头,咱明天接着说",可是,人们就是不肯散场。汽灯慢慢暗了下来,眼看就要熄灭了,林成问陈元老师:"还打不打气?"陈元老师说:"打呀!人都还没走呢!"林成就又给汽灯打上了气,灯罩里又滋滋地冒出了白炽之光,海瑞祠大院亮如白昼,把外围一架一架的大山反衬得更加漆黑遥远。

十八盘村的许多人第一次见到如此巨大的灯盏,铁的架子,可以吊在空中,没有灯捻,却有雪白的灯芯,滋滋地冒着白光,不仅照亮了海瑞祠的上空,就连附近的几架山梁上的树木也照得一清二楚。这盏汽灯是何玉棠年初去太原卖蚕茧时买回来的,在自家大院里点了一个晚上,觉得有些奢侈,就跟妻子王默宜商量捐赠给了海瑞祠。今天,刘黑丑第一天开书场,这汽灯便派上了用场。陈元老师不会使用这洋玩意儿,就请林成帮忙。林成乐此不疲,觉得这是陈元老师信任他重用他。

这时,高德显从椅子上站起来,朝四下看看,说:"乡亲们,八月十六晚上,也就是长英完婚的当天,我高德显要在三十亩坪摆'八卦黄河阵',明天就动工打桩子,有愿意去当把式的,我高德显举双手欢迎。今天,大伙都散了吧!"说罢,他离开海瑞祠走了。

何玉棠本来不打算在这样的场合说什么,但听说高德显要在三十亩坪摆"八卦黄河阵",也就趁机向乡亲们宣布了两件事。第一是为了庆贺女儿灵芝出嫁,迎接八方贵宾,从八月十六开始,何家要在十八盘盘道上点"火龙盘山灯"。第二是要组织一支担架队,一旦南佐战役打响,就去支援前线的八路军。何玉棠最后说:"关于在十八盘盘道上垒大灶的事,明天一早,我何玉棠会让敖敖去给各位送请帖的。有愿意去南佐镇抬担架的,也请明天跟我说一声。"

南佐战役还没有打响,十八盘村却早已经热闹非常了。原来,高德显和何玉棠两家为操办长英和灵芝的喜事展开了各项准备工作。经约定,农历八月十六晚上，高德显要在卧龙潭边的三十亩坪摆"八卦黄河阵"，何玉棠要沿十八盘盘道点"火龙盘山灯"，这两项工程需要大量的人手，几乎把十八盘村的男人们都用上了。

摆"八卦黄河阵"是高德显祖上传下来的祭祀活动，每逢重大节日和重要纪念日举行，以展示主办者显赫的社会地位和雄厚的物质基础，同时也是主办者人格魅力和精神世界的大渲染大写意。

这"八卦黄河阵"，在《封神演义》中就有记载。姜子牙率领杨戬等人战死赵公明，惹恼了三仙岛云霄等姊妹多人。云霄誓为道兄报仇，遂服下仙丹，到闻太师那里借了六百士兵，取白土画成城郭，内藏先天秘密，布下生死机关。外设九宫八卦，出入门户。全城连环进退，井井有条。把六百士兵摆在城内，其中玄妙可敌百万之师。纵然是神仙入内，也会魂销魄散。阵排天地，势摆黄河，名为"黄河阵"。姜子牙等人不知其中玄妙，料这些小女子也不会玩儿出什么花样，便贸然进军，结果第一天就有杨戬、金吒、木吒三人被擒。第二天这座"黄河阵"又大败姜子牙和燃灯道人，生擒五人。结果惊动了元始天尊和玄都大老爷老子，二位天神赶来才把"黄河阵"破掉，救了姜子牙。后来，又相传诸葛亮依照八卦图和星象图推演成为一个新的城局，名为"八卦黄河阵"。整个城局只有一个入口一个出口，其中设回廊迂道和开合机关，诱敌深入之后，只要拨弄机关，敌人就会迷失方向，不辨东西，步伐大乱，最终陷入困境，导致全盘皆输。到了宋朝，用于军事目的的"八卦黄河阵"就流传到了民间，被演变成一种娱乐或祭祀祈福活动，俗称为"转黄河"。有民谣为证："四四方方一座城，住着三百六十兵。天天晚上来操练，个个头上甩红缨。"

自高德显的爷爷高鼎在十八盘开埠后首次引进以来，经其父亲高朋的经营和推动，"八卦黄河阵"已经成为太行山上甘陶河流域山南川北一百单八村最具影响力和最具规模效应的社交活动，十八盘村也因此而闻名四方。十八盘村的"八卦黄河阵"一般在每年的农历正月十六这天举办，地点是卧龙潭边的三十亩坪，前来"转黄河"的人们的目的各不相同，有祭祀天地之神祈求风调雨顺的，有祈求婚姻天成生儿育女的，有求神保佑全家身体健康出入平安的，有谋求子孙后代官运亨通事业发达的，有谋求财源滚滚通达三江四海的，凡此种种，不一而足。近年来，高德显因为新娶了刘凤阁，更是不遗余力，每年都把摆"八卦黄河阵"的阵势推向极致，前来"转黄河"的人恰似潮水，绵延月余不绝。在"黄河阵"的带动下，海瑞祠的香火也鼎盛无比，名气越来越大。

何家的"火龙盘山灯"则是何玉棠的首创。虽然老何头在晚年曾提出在每年的正月十五搞一个大型灯会，但因为高德显的"黄河阵"声势浩大，未能组织起来。老何头出殡那天，何玉棠命人在自己所居住的第八盘盘道上下点了几盏松油灯，彻夜不熄，很有气魄。当时，在何玉棠的心里萌生了一个想法，就是沿十八盘盘道的外侧修建百座大灶，在灶里装上木炭，每逢正月十五把大灶点起来，从卧龙潭边一直点到盘云寨顶，彻夜光芒四射，蜿蜒上升，犹如飞龙盘山，肯定会让十八盘大放异彩。今天，他听说高德显要打破常规，提前在三十亩坪摆"黄河阵"，就决定把本来打算在正月举行的"火龙盘山灯"仪式提前，趁女儿灵芝出嫁之际，将此宏伟计划付诸实施，不仅要求在气势上压倒高德显的"黄河阵"，还力求形式新颖独特，夺人耳目，寓意龙腾盛世、红红火火、吉祥平安。同时，让十八盘村的人们看一看，让所有前来参加婚礼的人们看一看，他何玉棠也有此实力，不仅能够干成大事业，而且也能搞出惊天动地的大举动来。

今年，高何两家要在八月十六日晚上同时举办两大盛事，足见高德显和何玉棠对这桩婚事的重视程度非同一般。何玉棠请陈元老师写了上百份大红请帖，派儿子敖敖登门去送。而高德显则一反常态，让妻子刘凤阁领着用人柳细腰亲自到各家各户送口信。于是，很快，十八盘村以及邻近村庄就家喻户晓人人皆知了，而且自然而然地分成了两大阵营。卷毛鹰六指等是何玉棠的人，犟睁眼林成等是高德显的人，葛掌柜却骑墙，见哪边势力大就往哪边倒。现在葛掌柜见高德显和何玉棠较上了劲，就放出风来，说十八盘村的东平台和西平台以及龙凤山可能是一座铜矿的矿脉，日本人早就看上了，要来十八盘建铜矿。

这个消息就像一块石子投进了甘陶河卧龙潭，一村人好像都没有注意到，却在高德显和何玉棠的心里引起了巨大震动。龙凤山和东平台西平台可是高何两家乃至十八盘村最集中的财富之源，最富庶的田亩粮仓啊！如果日本人在此开了矿山，高德显家的牛群羊群马群怎么办呢？何玉棠家的桑田怎么办呢？一村人的千亩良田怎么办呢？这样严峻的现实，不得不引起十八盘村两位巨头的高度警觉。但目前，八月十六日高长英和何灵芝的大婚，却是压倒一切的大事。

今天一大早，林成的大门被人敲响的时候，他正在茅房里蹲着办大事。这是林成十多年来雷打不动的规矩，这是林成十多年来风雨无阻的作业，这是林成十多年来从不间断的晨练。

林成的宅院在十八盘村算不上多好的，宅院里的正房是三间草房，进门是一个门厅，没有八仙桌，没有太师椅，也没有条几，更没有中堂画，甚至连一件看得过眼的家具也没有。西屋摆的全是些杂货和农具，东厢房处则是有地基而没有房屋，上面堆放着山一样的柴草。但这串院子里的南屋被林成搞得神神秘秘的。南屋的东侧是林成存放长枪炮制火药的地方，不让任何人参观甚至接近。西侧是林成豢养宠物的地方，更是神圣不可侵犯。据说屋里有一个秘密通道，一直通到村外的大山里，有人说与海瑞祠相通，有人说与卧龙潭相连，人们问林成，他总是笑而不答秘而不宣，像高德显和何玉棠这样的头面人物也问不出所以然来，就连他老婆马音音也不例外。

林成心中的另一个圣地就是他的茅房。他喜欢凌晨时分在茅房里蹲着思考各式各样的问题，把一天中最为清醒最为黄金的时光安排在茅房里度过。林成蹲在茅房里用一根木棍在面前的一片沙地上排兵布阵，或演练攻守战法，或勾勒狩猎路线，或运筹宏图大业，或调动天兵天将。有时他用几粒黑豆几粒黄豆做假想敌我，对峙于峡谷之中，命令两条猛犬黑令和白令或突起于沟壑之间，或迂回包抄到敌后，最终置猎物于死地；有时他用一根白草代替山中巨蟒或潜伏于草丛，或布局于岩石，或假寐于洞府，使鹰隼和狐兔命悬一线；有时他果断地下达作战命令，催动或引领着他的猛犬冲锋陷阵乘胜追击；有时他命令自己的爱犬在草丛中蹲坑，伺机伏击敌人于郊外；有时他居高临下扼关守隘不给猎物以可乘之机；有时他运筹帷幄之中，决胜千里之外；有时他一溃千里，兵败如山倒；有时他奇兵突起，克敌制胜；有时他背水一战，有惊无险；有时他旗开得胜，马到成功；有时他情不自禁地在唇齿之间发出刺耳的哨声，快乐着歌唱着欢呼着哈哈大笑着狂言乱语着；有时他沉默寡言心事重重甚至泪流满面，呐喊着愤怒着失望着捶胸顿足着一声叹息着悲痛欲绝着。林成经常在大街上给人们讲他在捕猎行动中的精彩篇章，其中包括在茅房里演绎和操练出来的动人情节，常常把人们带到一个个真实的或虚拟的时空。总之，林成的茅房俨然就是他的阵地他的战场他的前沿他的边疆。

开始，林成的老婆马音音以及许多人都不以为然，以为林成养成了一个见不得人难以启齿的癖好。老婆马音音为此与林成有过一百次小吵，有过五十次中吵，有过九次大吵，还有一次负气跑回岭南娘家搬兵，扬言要根治林成这一恶习。娘家人一听马音音是为这丁点小事生气，也就知趣地没跟她来十八盘，劝马音音说，这不是男人的毛病，他不偷不抢不睡别人的老婆，你拿着钱去买怕也买不来，打着灯笼去找怕也找不到。马音音听了这话，就没等林成来找，自己骑着毛驴回到了十八盘村。据说林成在大修宅院的时候，特意请犟睁眼在院子的中央下了罗盘，把院里除了正房之外的另一个吉星位留下来盖了一间茅房。林成认为，茅房务必要盖在重要的位置上，务必要选用上等石材和木料，务必要每天打扫三遍。这三个务必从林成可以掌握自己的命运那天起一直坚持到了现在，算下来也已经快十年了。正是这份执着这份坚定这份持之以恒，才成就了林成的事业，完善了林成的人生。于是，林成在漂亮贤惠的妻子马音音以及其他家人的心目中占据着至高无上的地位，在十八盘村乃至甘陶河流域山南川北一百单八村的人们心目中也有沉甸甸的分量。

敖敖在大门外喊林成的名字，林成就知道敖敖是来送请帖的。林成紧着收拾干净，来把门闩拉开，看见敖敖棱角分明的大方脸上铺满了阳光，手持大红请帖，恭恭敬敬地递到林成的面前。还没等敖敖说出话来，林成就忙抱拳道贺："恭喜恭喜，敖敖，你姐姐灵芝出了阁，你也就快当新郎官儿了，是不是啊？我可是早盼着喝你的喜酒了。"

敖敖把请帖递到林成手里，也不接他的话茬儿，正经地说："林成叔，我家人手少，你可不能不去呀！"

林成说："红事请，白事到，今天既然你来请了，我林成哪有不去的道理呀！再说了，你们老何家向来对我林成不薄，请你回去转告你爹，今后有活尽管吩咐，要是都像今天这样客气，就把我林成当外人了！"

敖敖说："林成叔，那你就准备去帮厨垒灶。"

林成一听敖敖这么说，心里就有点儿不大乐意了。他认为自己这一生注定是要干大事业的，最不愿意做的营生是锄锄刨刨修修理理帮厨垒灶什么的，但今天当着敖敖的面没有说出口。林成知道，自己打外场是个人物，挎枪打猎是个英雄，但对家务活却是擀面杖吹火——一窍不通。马音音刚嫁给林成的时候，也曾一度想改造林成，让他像其他男人一样懂得春种秋收，操持家务驾轻就熟，盘锅垒灶一把好手。但是，林成总也不是那样的人，对一切家务都置之不理，尤其对修理农具更是不屑一顾。那年冬天，他家的火炕不过烟了，烧火做饭的时候，浓烟不往炕洞里钻，硬是顺着灶脸往外冒，呛得马音音泪流满面。马音音指着在院子里摆弄老枪的林成骂道："林成，你倒是腾点空把灶修理修理呀！看把我熏成猪獾了！"林成看看马音音，笑笑说："我哪儿会修灶台呀！你去找个人来修修吧。"马音音说："家里做什么你都让我找人，也不怕我把野男人找到家里来呀？"林成哈哈地笑了，一连说了三四个不怕。

　　刚送走敖敖，林成就听到街巷里传来一串清脆的笑声。这笑声由远及近，由缥缈到真实，由滑行到飞翔，让满街的阳光都生动起来鲜活起来。老远地，林成就看见刘凤阁款款地朝他走过来。

　　今天，端庄靓丽的刘凤阁穿一件浅紫色旗袍，领口镶金，袖口和裙边镶银，一抹新鲜的阳光洒上去，金灿灿地往外折射光芒，形成一轮绚丽多彩的光环，衬托着刘凤阁苗条匀称的身材和红扑扑的面庞。然而有谁知道，就在这绚丽的面庞之后隐藏着多少沉重而艰涩的岁月故事啊！

　　刘凤阁的父亲刘融在南佐镇乃至元氏城赞皇城都算得上出类拔萃的人物。他经营的绸缎庄生意兴隆通四海，财源茂盛达三江。他经营的煤炭生意在当地更是绝无仅有，就连外国人在井陉煤矿开采出来的煤炭多数也得通过刘融的转运站输送到山东河南等地。可惜就在半年前，刘融去山西上党办货突然失踪。后来有朋友送来一个口信，说刘融得暴病而亡，并说尸首在什么什么地方。又过了几天，有人来告知，说是图财害命。但经刘凤阁的哥哥刘黑丑四处寻访，排除了上述说法，他怀疑父亲的死与日本人的"大扫荡"有关。因为有人曾在野头镇见到过刘融，是被日本人用铁丝穿着锁骨绑在老槐树上，后来这批人被活埋在野头镇后山的万人坑里了。刘黑丑和妹妹刘凤阁弟弟刘黑牛强忍悲痛，暗自发誓,要为父亲报仇。但是他们三个表面上都没有丝毫波澜,该编席的编席,该打铁的打铁,刘凤阁更是出人意料地平静,有条不紊地经营着高家的家业。

刘凤阁一见林成就问:"大兄弟,你是不是刚收到何家的请帖呀?"

林成右手拿着刚从敖敖手上接过来的请帖,啪啪地在左手上拍了两下,说:"可不,这倒让我没了主意。"

刘凤阁说:"哎哟,你已经答应了人家,怎么转眼又没了主意呢?"

林成说:"这不是又见到姐姐你了嘛!"

刘凤阁说:"见了我就要改主意呀?"

林成说:"那倒不是,敖敖请我去他家帮厨垒灶,看起来,何家好像没有重用我。"

刘凤阁笑笑说:"傻兄弟,帮厨垒灶就是重用,谁家过喜事不先盘锅垒灶呀!"

林成一脸无奈,说:"那有什么好玩儿的?在十八盘村,谁不知道我林成最不愿意干的营生就是盘锅垒灶、收拾家务和跟女人打交道。"

刘凤阁止住笑,说:"林成,你这话可就不对了,跟女人打交道怎么了?再说,你都多大岁数的人了,整天耍枪弄武的,还没玩儿够呀!帮厨垒灶多好啊,冷不着饿不着的,跟厨子关系搞好了,什么饭食还都能尝个鲜儿。"

林成说:"反正呀,我不稀罕那营生。"

刘凤阁说:"林成,你真的是不喜欢盘锅垒灶,才站在这儿犹豫呢?"

林成说:"是呢,姐姐,我不骗你。说实话,我家的灶还是请人垒的呢。那年我家的炕塌了个洞,马音音硬让我修,结果让我把烟道给堵死了,烧火做饭可是让她吸了不少烟。姐姐,你做什么去?"

刘凤阁说:"我也是去请人,不过,我就不给人们送请帖了,碰上谁说一声就得,要是有空就来,没空就算。就算没空来做活,到时候喜酒总还是要来喝的。林成,你说是不是这个理儿?"

刘凤阁在街上这一嚷嚷,立即围了不少人。平时,人们很少看见刘凤阁到大街上来,更没听见过她在大街上高声说话。林成当下就问道:"姐姐家有什么当紧的活吗?"

刘凤阁干脆地说:"林成,昨天晚上德显在海瑞祠书场散场时说的话你准没听见,我们要平了三十亩坪的玉米,打桩子,摆'八卦黄河阵'呀!"

一听说高家真的要摆"八卦黄河阵",林成的眼睛里就放出了异常兴奋的光芒。林成的眼睛能够放射出这样的光芒,说明他的内心已经激情澎湃了。以往,每当他取得一项巨大成就的时候,每当他干成一件惊天动地的事业的时候,每当他对某个事物某个事件充满向往的时候,比如他捕获了一只金钱豹,得了一张炕席大小的豹皮;比如他意外戕住了一只大猪獾,熬了几斤上等獾油;比如他希望猎到一只千年红狐,弄一件狐皮翻毛大衣领等等,他就会用这样的目光在人前人后显摆,目的是想让人们从心里知道他的厉害,从骨子里佩服他的能耐。林成之所以有这种目光,就是因为他有这样的信心,有这样的资本,有这样的智慧,有这样的能力。这时,林成抢上前去,对刘凤阁说:"姐姐,三十亩坪打桩子,摆'黄河阵',我算一个!"

刘凤阁笑笑,说:"我的大兄弟,那你手里的请帖可怎么办呢?"

林成说:"这好办,我这就给敖敖送回去!"

林成是何等精明的人物啊!

林成的耳朵是一对价值连城的耳朵。这对耳朵支棱着长在林成那颗与常人大小方圆差不多少的脑袋的两侧,时时刻刻都在谛听着来自四面八方的各种声音,并由此来判断许多事情,决定许多事情,操作许多事情。有一回林成站在家门口突然听到八里地以外的龙凤山上发出一声怪叫,断定那里发生了一起命案。他立即提醒高德显应该派人去看个究竟。高德显派人去龙凤山一调查,结果发现马群里少了一只小马驹。人们再找,就在龙凤山滴水岩附近发现了一架白骨。毛骨悚然的人们接着发现,在不远处的山头上一字排开蹲着十多匹大灰狼,它们正得意地舔着腮边的血。这件事促成了高德显在龙凤山上修建大马圈工程。

林成的眼睛是一双价值连城的眼睛。这双眼睛生动地长在林成那张与常人大小方圆差不多少的脸的上方,被浓密而粗壮的睫毛包围着,极像两粒毛栗子。这双眼睛里的两枚眼珠总是在灵活有序地转动,而且每一次转动或每一次闪烁都有讲究,都有故事,都有收获。更有奇者,他的这双眼珠可以同时转动,也可以不同时转动。可以左眼转右眼停，也可以右眼转左眼停。可以右眼向左转，也可以左眼向右转。据说像这样的眼睛在动物世界里也找不出几双来。所以，林成登高一望，不敢妄言千里万里，看清楚十里八里以内的景物大概不会有问题。他可以面朝前方而体察到身后的事物，有人要想从后面袭击他，怕是永远也不会得手。有一次，人们坐在高家大门口外的老槐树底下闲聊，话题自然是林成一向好谈的《聊斋志异》。林成刚说到某小生被一狐仙迷了心窍，突然停下来，人们发现林成的一双眼珠朝西平台方向同时转动，知道他又发现了猎物。片刻，林成站起身来对大家说："你们在这儿稍等，我去去就回。"犟睁眼问："林成哥，你到底发现了什么？"林成诡秘地说："蛇缠兔。"说罢，他扔下众人奔了西平台。果然，工夫不大，林成从西平台下来，人们看见林成的肩上搭着一条比胳膊还要粗的青蛇，左手攥着蛇头，右手提着一只灰兔，身上不免泛起一层鸡皮疙瘩。林成来到人群里，把兔子往地上一扔，说："我晚了一步，兔子被蛇缠死了。"有胆小的问林成那蛇是死是活，林成反问道："想知道吗？"那人缩着脖子直摇头。林成笑笑，把搭在肩上的青蛇拽下来放在地上，又慢慢地松开左手。林成的手刚一松开，只见那青蛇滴溜溜在地上转了几个圈，嗖地一下在林成的面前盘成了一个圆盘，硕大的脑袋直直地竖在中间，冲着林成吐信子。人们见状，哗啦一下散了大半，剩下的无不对林成的耳聪目明佩服至极。

　　林成的鼻子是一只价值连城的鼻子。这只鼻子敦敦实实地长在林成那张与常人大小方圆差不多少的脸盘中央，上面覆盖着一层由细微红斑组成的淡淡的红晕，使之神神秘秘地捕获着耳朵和眼睛所不可胜任不可达到无能为力无从把握的信息。有一天，邻居犟睁眼在外喝醉了酒，回来扶着门框哇哇狂吐，老婆葛氏非但不管，反而恶语相加，扬言吐吧吐吧吐吧，吐出心吐出肺吐出肠子来才干净！结果遭到犟睁眼一顿暴打，葛氏坐在地上大哭大闹。林成立在他家的房顶上看热闹，看着看着就看不下去了，他大声对葛氏说："傻弟妹，你快拉倒吧，你知道犟睁眼吐出来的是什么东西吗？"葛氏抹一把眼泪甩一把鼻涕，语气递进地说："屎，是屎，都是屎，一堆臭狗屎呀！"林成也语气递进地反驳说："错！大错！全都错！大错而特错！弟妹，我来告诉你，犟睁眼今天吃的是肉，喝的是酒。那肉可是上等的狗肉，那酒可是上等的枣木杠酒。他现在正因为吐了那些好东西而伤心落泪呢，你不但不去帮他捶捶前胸拍拍后背什么的，还拿脏话来损他骂他贬低他，你要是不挨打还会怎么样呢！"犟睁眼一听林成在给他评理，立即清醒了多半，仰起脸张开嘴翻卷着僵硬的舌头问道："林成哥，你怎么知道我吃的是上等狗肉，喝的是上等枣木杠酒呢？"林成一提鼻子，说："犟睁眼，我不仅知道你吃的是狗肉喝的是枣木杠酒，我还知道你在谁家吃的饭谁家喝的酒，怎么样？还用我说出来吗？"犟睁眼惊奇地仰望着站在房顶上的林成，觉得林成异常高大魁梧，更加肃然起敬。

林成的嘴巴是一张价值连城的嘴巴。这张嘴巴内涵丰富地长在林成那张与常人大小方圆差不多少的脸的下方，轮廓清晰，棱角分明，内中不仅有一条能言善辩之舌，还有大约三十六颗能嚼铜碎铁的巨齿钢牙。这既是一张不空虚不空泛不空洞的嘴巴，又是一张公道公允公正的嘴巴。无论到什么时候无论在什么情况下，林成都有话说，有时成套成本长篇大论地说，有时言简意赅一字千金一言九鼎一言以蔽之地说。林成见不得邪的歪的，看到谁越了轨或听到谁的话不在理，他必然站出来干预，发表他内心的见解。林成的内心与嘴巴始终是一致的，心里怎么盘算，嘴里就怎么表达，心里有十，绝不说九，所以，听林成说话谁都觉得踏实。

林成凭借他的这对耳朵这双眼睛这只鼻子这张嘴巴，经过十多年的苦心经营，就理所当然地成为太行山上赫赫有名的猎人。耳聪目明嗅觉灵敏口齿伶俐的林成从事着与众不同的营生。他的四季更与众不同，尽管是同样的日日夜夜，同样的春夏秋冬，同样的寒来暑往，林成与其他人的收获和喜悦却大不相同。春天他抱着那支长筒子老枪在森林的深处对付野兽，夏天他拿着特制的夹子和绳索在向阳的山地捕杀蛇蝎，秋天他用一种效力奇特的腌制品诱杀狐和獾类，冬天他则深居简出在自家院里炮制獾油之类的灵丹妙药。

林成就是这样一个拿得起来放得下的人物，在刘凤阁面前也不例外。往老辈子上论，林成和刘凤阁还沾亲带故。所以，林成叫起刘凤阁姐姐来是那样的干脆那样亲昵。

这天，林成在高家摆"黄河阵"引起十八盘村许多人的注意。

正在为何家盘锅垒灶的卷毛鹰发表了自己的看法。他对敖敖说："敖敖，我看林成这个人不怎么样，是根小拇指！"卷毛鹰说着话，伸出右手的小拇指，使劲往地上戳着。他见敖敖没搭话，就又接着说，"他看见高家目前势力比咱何家大，就把请帖送了回来，去给高家摆'黄河阵'，算是挫了你的面子，日后是不是该想办法修理修理他？"

　　敖敖听卷毛鹰这话带有挑拨性，就没理他，转脸问在旁边写大字的陈元说："陈元叔，我家的大牌坊还没盖，听说你已经想好了一副对联，能不能念给我们听听？"

　　陈元停下笔，对敖敖说："敖敖，不瞒你说，对联是想了一副，我还没顾上给你爹商量呢，你倒急着想听了，也好，我就先念给你听听，不过，你得帮我斟酌斟酌。"

　　敖敖说："陈元叔，你又不是不知道，就我这点文化，能帮你斟酌出什么来呢？你快念吧！"

　　陈元顿了一下，又清清嗓子，念道："上联是：盘云寨山高林深火龙灯九转回肠承接日月光影，下联是：甘陶河水长波远黄河阵八卦阴阳演绎乾坤流变。"

　　敖敖听罢，好像没有听明白似的愣着。陈元问："敖敖，怎么样？听着哪个字用得不合适，说出来我再考虑考虑。"

　　敖敖恍然说道："哎呀呀，陈元叔，以前我光听人们说你毛笔字写得好，今天听了你念的这副对联，原来你还有包罗万象经天纬地之才呢！"

　　陈元听敖敖一夸奖，得意地笑了，说："包罗万象经天纬地不敢当，舞文弄墨咬文嚼字倒不是吹。"

　　敖敖转而又说："哎，不过陈元叔，你这副对联要是挂出去，得让高德显拿一半工钱才对。"

　　正在陈元嘴边没词之际，何玉棠从门外进来，问道："你们在说什么呢？我也听听。"

　　陈元对何玉棠说："敖敖听说我为咱家即将兴建的大牌楼想好了一副对联，非让我念念，我刚念完，你就回来了。"

何玉棠说:"那就再念一遍,我也听一听。"

陈元又念了一遍,何玉棠听罢,说:"好,好,太好了,你把十八盘村两大景两大家两大集会形式都写进对联里了,陈老师果然是学富五车才高八斗啊!只是下联最后的'流变'两个字似乎还有待斟酌。"

陈元点头依了,说:"我也在想有没有比'流变'更合适的词。"

何玉堂望着山下波光粼粼的甘陶河水,沉思了片刻,说:"不知'盈虚'两个字是否合适?"

陈元眼神亮了起来,重新念道:"'盘云寨山高林深火龙灯九转回肠承接日月光影,甘陶河水长波远黄河阵八卦阴阳演绎乾坤盈虚。'何老弟,这'盈虚'二字实在是太妙了,不仅涵盖了'流变',还对上了'光影',平仄也更加合适!"

何玉堂不好意思地笑了,刚想谦虚几句,却听敖敖在一旁冷淡地说:"纵然是神来之笔,也不能挂在咱家的大牌楼上。"

何玉棠一听敖敖这么说,立刻把脸沉了下来,质问道:"敖敖,你这是怎么说话呢?"

敖敖说:"我怎么说话!爹,我没别的意思,就是觉得对联中既然写了高德显家'黄河阵'的事,就应该让高家给咱的大牌坊掏一半的工钱。"

一串银铃般的笑声从大门外传了进来,接着是一句问话:"你们何家父子在给我们高家派什么工钱呢?"

人们扭头一看,说话的不是旁人,正是高德显的妻子刘凤阁。何玉棠首先迎上前去,说:"哎呀呀,你看看,不知表妹光临,有失远迎,失敬失敬!"

刘凤阁冲何玉棠摆摆手,说:"姐夫,我又不是外人,失什么敬呀!刚才你们说得那么热闹,怎么我一来,都闭上嘴不说话了?"

何玉棠说:"我们正在说几句闲话,敖敖,快去告诉你娘,说你姨来了。"

众人让在一旁,何玉棠领着刘凤阁往后宅走去。何玉棠对刘凤阁说:"表妹,今年你这是第一次到我这寒舍来吧?"

刘凤阁一边环顾这座豪宅,一边找话回答何玉棠,说:"虽然人来得少,可我的心好像天天来。"

何玉棠没想到刘凤阁说这话，疑惑地问："是吗？"

刘凤阁说："那可不，反正我嫁到十八盘已经三年多了，你这个姐夫一次也没请过我，你说是不是？"一句话把何玉棠问得哑口无言，幸好王默宜迎了出来，才给何玉棠解了围。

## 火 4

南佐战役从八月初五中午打响第一枪之后就陷入了胶着状态。八路军攻城不敢贸然进兵，日伪军守城不敢有丝毫懈怠，打一阵停一阵，战场气氛十分紧张，胜负形势扑朔迷离。

从兵力上讲，八路军占有绝对优势。据侦察员得到的情报分析，南佐镇共驻有日伪军一个步兵连和一个骑兵连，而我八路军共有四个连的正规部队，加上民兵和支前的老百姓就更多了，敌我双方力量对比悬殊，四打二，没问题。从战略上讲，南佐镇是一座孤城，西南是山地，东南是平原，除西北方向的豆姬大炮楼和豆姬火车站之外，其他外围早已被我军控制。南佐镇的东西南北四座城门也被我军用重武器封锁起来，通往太行山的惟一交通要道也在三天前被我民兵切断，粮食及弹药补给线全在我军封锁之下。从心理上讲，日伪军料想自己已经是瓮中之鳖插翅难逃，早已惶惶如丧家之犬，开小差的当逃兵的脱下军装充当老百姓的大有人在。而我军则刚刚拿下娘子关、九龙关、白勺关及其周边广大地区，缴获敌人轻重机枪数百挺，三八大盖无数支，还有大量弹药辎重，战士士气正旺，老百姓在欢欣鼓舞庆祝胜利的同时，更是同仇敌忾，倾尽全力支援八路军，我抗日根据地广大军民占据了心理上的绝对优势。

然而，小日本儿也不是泥捏的土造的，不是吃干饭的，不是白送人的。他们占领南佐镇之后，强迫当地的老百姓挖红土筑城墙，开凿护城河，收买当地土豪劣绅等等。几年下来，把南佐镇东南西北四道城墙修得高大坚固，又引了上游潴龙河水放进护城河里。一眼望去，南佐镇城墙像铁桶，护城河河面宽阔，水深莫测。日本长官井上岩整天骑着马在城墙上转悠，瞅着一座座暗堡，看着一个个工事，心里乐了，放出大话来，说南佐镇固若金汤，八路军土打土闹，攻我三年也攻不下来，等到冬季援兵到了再大举反攻。八路军不是已经从四面把他围住了吗？就是围上八面十面他也不怕！所以，井上岩在被八路军包围之后，并没有成为惊弓之鸟，反而对城中的老百姓实施攻心战术，除了继续鼓吹所谓建立"大东亚共荣圈"那一套骗人的东西外，还宣传千万不能让八路军打进来，诬蔑八路军是杀人不眨眼的恶魔，是洪水猛兽，是土匪莽汉，是共产共妻，是曹操式的军阀如何如何。日本人还把城里的老百姓集中到四个军营周围，表面上宣称是要保卫平民的安全，实际上是要老百姓充当人体盾牌。这天，井上岩在东城门附近的广场上公开处决了三个带头闹事的汉子，把人头高悬在城门楼的旗杆上。这一招叫作杀鸡给猴看，目的是要杀一儆百，震慑人心。一时间，把南佐镇搞得乌云翻滚，人心惶惶。

南佐镇头号财主王大满带着老婆和孩子在几位保镖的保卫下悄悄地离开了南佐镇。井上岩立即把汉奸王大水找来，密授给他一道命令，限定他务必在明天天黑之前除掉王大满及其一家，一定要干得干净利落，干得神不知鬼不觉，不能留下任何破绽。王大水的脸皮不由得泛起一阵轻微的痉挛，暗自揣度井上岩为什么先把王大满放走，然后紧接着又要下令追杀呢？为什么限定在二十四小时之内呢？王大水看看井上岩，见井上岩一脸的杀气，本想问句什么话，又给咽了回去。井上岩看出了王大水的心思，说："你的，还犹豫什么？"

王大水弯着腰说："不敢，太君。只是我不知道王大满的确切去向。"

井上岩递给王大水一样东西，说："我来告诉你。拿上这个，就能找到他。"

这时，王大水壮起胆子问井上岩："不知道太君为什么要这样做？"

井上岩笑笑说："他知道的太多了，你的，明白？"

王大水点点头，说："知道了，太君，保证完成任务。"

井上岩拍拍王大水的肩膀，说："幺西，完成任务后立即回来见我！"

王大水奴颜婢膝地喊道："嗨！"

我军针锋相对，一方面利用党的地下组织散发传单，张贴标语，宣传八路军的政策，策动伪军出城投降八路军；另一方面发动南佐镇周围村庄的青年积极参军支前，仅担架队就组织了五十余支，支援门板三百余副，米面蔬菜不计其数。负责攻打东门的三连连长高长英派人进城找刘黑牛。刘黑牛是高长英后娘刘凤阁的亲弟弟，在南佐镇经营着铁匠生意，南街还有绸缎布匹食品五金杂货等铺子，生意做得十分红火。高长英想通过刘黑牛来刺探日伪军的布防情况，特别是火力部署、弹药仓库等军事情报，并送去他写给刘黑牛的亲笔信，告诫刘黑牛不要为日本人做事，要站稳立场，宁死不当汉奸等等。然而，被派去的人回来禀报说，那刘黑牛牛气烘烘的不予理睬，你给他的信人家连看都没看，拿起来放在火上引着点了烟，跟他说话，他也不搭腔，只顾叮叮当当在那里打他的大刀片儿。

听罢这话，高长英的脸一下就给气黑了，他在心里骂道：刘黑牛，你牛个什么劲儿！虽然你姐姐做了我的后娘，我该称呼你舅舅，也该亲自进城去看望你，可是，现在是什么时候？现在是大敌当前你知道不知道！现在是全中国四万万五千万同胞团结一心打日本的时候你知道不知道！八路军都兵临城下了，你还无动于衷，还端什么铁匠的架子，还在给日本人打大刀片儿，你是不是身上哪块骨头痒痒了，想让我的大炮机关枪给你治一治呢？你是不是当了汉奸铁了心要跟着日本人干，把人情世故亲戚朋友什么的都给抛到脑后了呢？高长英想来想去没想出刘黑牛为什么会这样干，骂来骂去还觉得不解气，就命令炮兵瞄准南佐镇东街的铁匠铺。

高长英的命令下达了半天，炮兵阵地却没有一点动静。高长英把手里提着的手枪插进腰间的枪套子里，一把抓下头上的帽子，在战壕的土沿儿上啪啪地甩了几下，骂道："大炮大炮，你们的蛋是软的还是硬的，是泥捏的还是棉花包的？怎么连我的话也不听了？怎么连南佐镇的一个小小的铁匠也不敢对付一下呢？"

一排排长不顾危险，上来劝道："连长，你先消消气，上级有命令，不管遇到什么情况，也不能对老百姓开炮。我们再想想办法。"

高长英一把抓起几粒石子，在手里攥得嘎嘎直响，说："你们能想出什么办法？你们有什么能耐？都多长时间了，你们连刘黑牛也拿不下！有本事去把城门打开给我看看呀！有本事去把城墙炸开个豁口让我看看呀！有本事你去把井上岩的老窝端了让我看看呀！要是没这个本事，就给我往城里打炮！"

一排排长又说："连长，往城里打炮可以，但不能打铁匠铺。"

高长英把眼睛瞪了瞪，说话近似于吼："为什么？为什么？为什么不能打铁匠铺？你给我说出个子丑寅卯来！那刘黑牛早和日本人井上岩穿一条裤子了！"

一排排长看看左右，见没人注意，就压低声音说："连长，话可不能这么说，我们没有证据。"

高长英拿眼睛死死地盯住一排排长，说："什么？你说什么！证据，现在是什么时候，还要什么证据！他给日本人打大刀片儿就是证据！他不配合八路军攻城就是证据！他不出城来见我就是证据！你去，给我组织炮火，先打刘黑牛的铁匠铺，再打井上岩的指挥部，打出乱子，有我高长英顶着呢！快去呀，愣什么愣！"

一排排长不敢再顶下去，便给炮兵阵地打了个手势，然后一溜烟儿地跑了过去。

大炮轰轰地响了一阵，南佐镇里多处升起了浓烟。但立即遭到城墙上日军的疯狂扫射，一梭一梭的子弹箭雨般射向三连阵地，溅起一层又一层烟尘。

然而，这仗一连打了两天也没打出个结果来。八路军的大炮轰轰地响彻云霄，但硬是打不掉敌人的有生力量。相反，井上岩在这天的黎明时分，凭借着空气中一层薄薄的轻雾，出其不意地打开东门杀出一队骑兵，说时迟，那时快，日本骑兵就杀到了三连的前沿阵地。高长英还没有反应过来眼前到底发生了什么情况，阵地上就乱了套，士兵们手里举着枪不知道是先打马还是先打人，结果让日本骑兵马踏连营，见人就砍，所到之处，血光冲天，三连官兵死伤惨重。等到高长英醒过神来，等到他知道是日本骑兵出来搞偷袭的时候，等到他大声命令战士们开枪还击、连马带人一起打的时候，日本骑兵早就脱离战斗，一溜烟返回了南佐镇东门之内。高长英连日本人的一根马尾巴毛也没捞着，气得在嗓子眼儿呼呼喘粗气。事后不久，上级首长召集攻城的四个连长开会，先点着高长英的名字，批评了一顿，然后研究对策，重新布置攻城计划，给高长英增加了一个排的兵力和三门火炮。

高长英挨了首长的批评，心里窝火，但哑巴吃黄连有苦说不出，打掉牙只好往自己肚子里咽，便暗自咬牙切齿，痛骂井上岩，好你个狗日的！好你个混蛋！等我打进南佐镇，等我端了你的老窝，非把你小子生擒活捉不可！非把你小子枭首示众不可！非把你小子碎尸万段不可！所以，他就命令炮兵开炮，对准东城门的门楼猛轰。怎奈南佐镇的城墙厚得像一道圪梁，全是用封龙山下的黏胶土垛起来的，一个炮弹落在上面轰地一下，竟然炸不出个所以然来。加上日军手里的武器厉害，一律是长枪短炮，架在城门上的机关枪更是非常了得，嗒嗒嗒地扫射着，使攻城的八路军组织不起一次有效的冲锋。高长英几次想利用月黑风高之际偷袭日军，但都无法回避城墙上巨大探照灯的扫描。那探照灯可不是一般的灯笼火把，它把城下的原野照得如同白昼一般，连只爬行的蚂蚁和腾越的跳蚤也能够看得清清楚楚。两天来，我军东西南北四个方向的攻城将士们在南佐镇外围的工事里捕捉不到合适的战机，一个个都急红了眼睛，搓破了手掌。看来，这一仗是一场非同小可的恶仗。

据派往南佐镇的侦察员报告，由高长英担任连长的三连受命攻打的东门最为坚固。自八月初六凌晨发起第二轮攻击后，高长英命令一排拿出一个尖刀班，在火力掩护下冲出战壕。一排长把这个班分成三个梯队，一队三个人，每个人的怀里抱一个炸药包，任务就是突击到城墙根炸开一道豁口，打开一条进攻的通道。然而，第一梯队的三个人冲出战壕没跑几步，就被城头上的敌人发现了，嗒嗒嗒一阵机关枪扫过来，就把他们给撂倒了，趴在地上不再动弹。城头上的机关枪早不响了，那三个人还是不起来。高长英拿盒子枪的枪筒子往上顶了顶帽檐儿，正想看一看是怎么回事，有人跑来报告，说那三个战士光荣了。那时候战死沙场不叫死，也不叫牺牲，而叫光荣。同样，战士在前线负了伤不叫负伤，叫挂彩。什么叫宣传？这就叫啊！什么叫鼓动？这就叫啊！什么叫鼓舞？这就叫啊！让人们一听，不论是光荣还是挂彩，都觉得其中蕴含着几分庄重，几分悲壮，让活下来的人们觉得这样的牺牲这样的付出，值！值得！值得纪念！更显示出男子汉视死如归的豪迈气概。

高长英的脸顿时就黑了半边。他偷眼往城墙上瞭望，看到的情形是人影幢幢。警卫员递过望远镜来，高长英把望远镜架在眼睛上仔细注视前方，半天也不放下。

战壕里死一样寂静。秋风淡淡地刮过来，在松软的土上打个旋儿，又在战士们的身上打个旋儿，让人们感觉到它的存在。半天，高长英才把望远镜放下来，目光炯炯，神情严肃，随即，他命令一排排长道："再给我派一组上去，再不行，你就给我上！告诉你，不把城墙给我炸开一道豁口，你就别回来见我！"

一排排长随即又甲乙丙点了三个人的名字，说："二梯队上！"这三个人抄起炸药包就扑到战壕边上。一排排长命令火力掩护，喊了一声上，三个人刷刷地跃了上去，如蛟龙出海，如鹞子翻身，然而，没等他们跑多远，敌人的机关枪又嗒嗒嗒地响了一阵。这一回倒下了两个，另一个如有神助，左冲右突，步走龙蛇，滚爬腾挪，一溜烟儿地往前冲去。高长英攥着拳头喊道："好小子，沉住气，一定要把那包'点心'给狗日的井上岩送上去！"那名战士好像听清楚了，贴着地皮又往前冲，眼看就要接近护城河了，却被城墙上扔下来的手雷掀翻在地，连同他怀里被高长英称作"点心"的那包炸药也轰的一声化作了一团烟尘。

这回高长英看得清清楚楚，他又拿枪筒子顶了一下帽檐儿，露出了那双冒火的眼睛，还没等他说话，一排排长在他的耳边吼道："连长，光这样下去不行，得想个办法！是不是等到天黑之后再组织工兵上！"

高长英黑着脸，斩钉截铁地吼道："我不管你白天还是黑夜，也不管你用什么兵什么战术，我只要你在最短的时间内给我打开城门！城——门！"

接下来又是一轮连一轮的进攻，冲锋号吹了一阵又一阵，然而，高长英看到的却是一拨又一拨的人倒下，到天黑又伤亡了一个排。这一天，一排二排就死伤过半，二排排长阵亡前线，副连长身负重伤。高长英的眼睛红了，把牙齿咬得咯吱吱地响。仗打到了第三天头上，东门仍在敌人手里，高长英就觉出自己窝囊来了。"娘的，秦司令员说我是常胜将军，我说是狗屁！是大草包！以前我攻关夺隘，所向披靡，攻无不克，战无不胜，怎么眼前这个小小的南佐镇，一个小小的东城门，硬是拿不下来呢？"

这时，有人传过话来，说二连连长已经告诉他手下的战士们做好到城里吃晚饭的思想准备。高长英一听，心里的压力就更大了。他想，二连连长是谁？不就是赵贵喜吗！前年还是我高长英手下的一个新兵蛋子，就在打娘子关时跟着我立了战功，由战士提成了排长。打白勺关的时候又跟着我立了战功，由排长提成了副连长。此次出征南佐镇，上级首长让他带二连，自然就升成了连长。

高长英心里不服气，嘴里骂道："娘的，赵贵喜！赵贵喜，娘的！你吹什么牛！莫非这回你想在暗中抢个头功呢！哼，告诉你小子，胜仗是靠一枪一炮打出来的，不是你小子吹牛吹出来的！"

就在高长英愤愤不已而又一筹莫展的时候，上级派人给他送来一张二指宽的纸条，高长英展开一看，脊背上的汗毛全部立了起来。纸条上面写道：高长英，八月初八天一亮，我要骑马从你的东门进入南佐镇吃早饭，请你给我安排羊杂汤、油果，外加驴肉火烧！

高长英的脑袋嗡地一下就大成了斗。八月初八，也就是明天，明天一早，上级首长要骑马从东门进入南佐镇吃早饭。当兵多年身经百战出生入死的高长英是什么人物！他知道这张轻于鸿毛的二指宽纸条上所承载的命令非同一般，它是千斤重担，它是泰山压顶，它是自古华山一条路啊！

天又一次黑了下来，只存一抹暗红色的云在南佐镇西边的盘云寨上徘徊着逗留着，一副依依不舍的样子。

高长英朝西望望，那黑沉沉的山体就是盘云寨。此时此刻，盘云寨上挂着一弯新月，那月光是多么的清新，但又是多么的脆弱，多么的微不足道啊！高长英知道，沿盘云寨往下共有十八个盘道，十八个盘道的尽头就是他的家园。高长英还知道，他的家人正陷入一片焦虑和担忧之中，南佐镇的每一枪每一炮都让他们牵肠挂肚，都让他们心惊肉跳，都让他们食不甘味，都让他们彻夜无眠。最先从高长英脑海里跳出来的是刘凤阁，第一次见面就将他以往所有的疑虑甚至敌意消除了，扑面而来的是亲情，甚至是溺爱。特别是第八盘上的老何家有他见面不多的未婚妻灵芝，再过几天，就要与自己拜堂成亲结为夫妻了。此时此刻，何灵芝一定是忧心如焚肝肠寸断。高长英有些后悔，那天路过十八盘时，水灵灵的灵芝就站在她家的门前，连句话也没顾上和她说，现在，她在做什么呢？绣花呢，梳头呢，还是在流泪呢？唉，等到洞房花烛之时再问也不迟。高长英想象中，还有柳细腰，三年不见，她也由一个黄毛丫头出落成俊俏的大姑娘了，那天见了面，只羞答答地叫了长英哥。高长英知道，十八盘村所有的亲人都在这样的焦虑这样的担忧中忙着给他筹办八月十六的婚事呢。

同样，刘黑牛也在经受着夜的煎熬。他先是打发大黑二黑两个伙计走了，让他们离开南佐镇，找一个不打仗的地方安身立命。谁知，大黑二黑说什么也不走，把刘黑牛给的工钱全部放在了砧子上。刘黑牛劝道："大黑，二黑，这些年你们哥儿俩跟着我没少吃苦，没少流汗，没少担惊受怕。眼下，八路军围了南佐镇，看样子这一仗得打疯了，到时候，我不敢保证你们不死。趁现在炮声歇了，我送你们从东门出去，我有井上岩开的路条，外面的八路我也认识，保证放你们走。"

大黑二黑只低着头不说话。刘黑牛急了，拿起锤子在砧子上敲了几下，把上面的钱震了一地，说："不要闷着了，快走吧，再晚怕是走不了了！"

大黑从地上捡钱，二黑的眼圈成了泪洋。

刘黑牛说："求求二位了，你们走了，我锁上门也回家去，省得让我娘夜里孤单。"

大黑说："师傅，不是我们不走，而是我们没地方去了。不瞒你说，我们家的房子早就让日本人烧了，我们的父母也让日本人杀了。"大黑说着，嗓子就哽咽起来。

刘黑牛听罢，沉默了半天才说："大黑，你为什么不早告诉我？你们恨日本人，为什么还天天跟着我给日本人打刀片儿？"

大黑说："师傅，我们早就看出来了，你是好人，跟那井上岩打赌那天，我们就看出来了，你给日本人打刀片儿不是情愿的。你虽然不说，但我们心里全明白。师傅，这辈子，我们哥儿俩就跟定你了，相信你不会把我们往火坑里推的。"

刘黑牛听到这话，心头一热，眼睛里涌出一串泪来，说："那好吧，话既然说到这儿，咱弟兄们还一起干！二黑，去把火点旺，咱接着打刀片儿！"

大黑说："师傅，今天晚上你回家歇着吧，我们哥儿俩先收拾收拾，干点粗活。"

刘黑牛说："这样吧，今天晚上咱都不干了，回家去住，一起陪我娘说会儿话。"

大黑说："师傅，我去割二斤驴肉，打一壶酒，咱喝上两口怎样？"

刘黑牛说："好，咱一起去。"

三个人从铁匠铺里出来,刘黑牛望望西边的盘云寨,看到一弯新月正在被盘云寨顶的云彩蚕食着,他的心就沉了下去。姐姐刘凤阁就在这弯新月的照耀下,正忙着给高长英筹备新婚大礼呢。三年多来,不只爹娘为姐姐的命运操心,刘黑丑和刘黑牛兄弟两个也在为她的命运担忧。十八盘村的高家在刘黑牛看来,就好像陷阱一样把姐姐给吞噬了,十八盘村和南佐镇无论在地缘上还是在亲情上,一下就成了唇齿相依祸福相附的关系。目前,随着八路军兵临城下,气氛更加浓烈更加紧张了。

刘黑牛何尝不想给高长英送些情报出去,何尝不想给八路军打造一些大刀片儿啊。可是,此时此刻,他必须做出让井上岩放心的姿态,不能落了王大满一样的下场。从种种迹象表明,爹的失踪与日本人有关,说不定就是井上岩部署的。想到这儿,刘黑牛情不自禁地握紧了拳头。

刘黑牛和大黑二黑穿过东街回到家里,见大门虚掩着,知道娘还在等他,并且隐约听到"唰啦——铿,唰啦——铿"的织布声。刘黑牛知道,自从爹失踪之后,娘就癔症了,衰老了,整天坐在织布机上织布。今天,他来到娘的跟前,从机杼上拉开娘的手,小声说:"娘,下来回屋睡吧,天不早了。"

老人家抬头看看儿子,说:"牛啊,娘睡不着,一合眼就看见你爹了。"

刘黑牛一边往下扶娘一边说:"娘,我们姊妹三个早就分好工了,很快就会找到爹的下落,生要找到人,死要见到尸。"

老人家见大黑二黑也跟来了,就把话题转开,问道:"牛啊,你把铁匠铺关了?"

刘黑牛让大黑从织布机上摘下灯盏放到炕头的桌子上,他把娘扶到炕上坐好,说:"没有啊,娘,是他们哥儿俩要来看你的。"

老人家说:"牛啊,你别糊弄娘了,我看这仗就要打疯了!"

刘黑牛说:"娘,你就别操这心了,好不好?"

老人家说:"不操这心就操那心,你什么时候给我娶媳妇回来呀?"

刘黑牛笑笑,说:"娘,上次我姐姐回来不是跟你说了吗?她正在给我张罗呢,这事你问她好了。"

老人家说:"问她,她能顾得上吗?"

刘黑牛说:"娘,实话告诉你吧,我已经给你看上了一个儿媳妇,你肯定喜欢。"

老人家沉着脸说:"我不信。"

刘黑牛半开玩笑半认真地说:"娘,谁骗你是小狗。"说罢,他扒住娘的肩膀摇晃起来。

老人家也认真地说:"牛啊,等你把姑娘领来娘才信。"

刘黑牛说:"不过,娘,我想明天让大黑二黑把你送到十八盘去,我姐姐那里比咱南佐镇安全些。"

老人家一听,不高兴地说:"牛啊,你可别出这主意,我哪儿也不去!我都这把老骨头了,早不怕死了。"

刘黑牛忙说:"娘,看把你急的,我是跟你商量的,不是决定了。娘,我请大黑二黑来咱家喝酒,你就先歇着吧。"

老人家这才摇摇头,微微笑着对大黑二黑说:"辛苦了一天啦,快吃点儿喝点儿吧。"

三个人这才摆开了喝酒的架势。

## 火 5

远在太原的何霓霓,今夜的情绪也陷落到了谷底。八月初一发生在十八盘村的一系列事件,何霓霓虽然不尽知晓,但早有耳闻,正想借八月十六妹妹何灵芝结婚的大喜日子回家为父母分担一些忧愁,没想到今天却收到封匿名信,信中言道:"请立即让你妹夫高长英从南佐镇撤走,不然,皇军将一举捣毁十八盘村。"何霓霓看罢,出了一身冷汗,心里琢磨,这是谁干的呢?我在太原城教书,从来不抛头露面,又有谁知道我和高长英的关系呢?我和高长英已经多年不见面了呀!他当八路军打南佐,与我这个教书的有什么关系呢?这一夜,何霓霓坐在书案前心乱如麻,一个字也写不出来,留声机里一遍遍放着京戏《四郎探母》的唱段。他现在正夜以继日地为井陉南关小杜梨改写新戏《四郎探母》,他要亲自扮演四郎杨延辉,正在为一段唱词发愁呢。

这天夜里，在十八盘村海瑞祠的书场上又聚满了听书的人。刘黑丑在说《三国演义》之前又重复了一遍目前的抗日形势，还说他刚学了一首歌曲，想教大家唱唱。人们都说好，让他先唱一遍。刘黑丑就先唱了一遍，歌词大意是：太行山，八百里长，日出日落旧模样。穷苦人，受罪又遭殃，东洋鬼子动刀枪。天是咱的天，地是咱的地，凭什么让日本人跑铁蹄！太行儿女团结紧，同仇敌忾去杀敌！全民皆兵摆战场，誓将鬼子全埋葬！刘黑丑唱一句，人们跟着学一句，刚学到第二遍，葛掌柜就不干了，嚷嚷着要听《三国演义》，刘黑丑就此打住，开始说书。

刘黑丑今天说的是曹操约刘备煮酒论英雄一段。大意如下：却说曹操在杨梅青青季节约刘备到小亭相会，二人面前放一方桌，桌上杯盘琳琅，樽俎交错，青梅杂陈，一樽煮酒，二人对坐，开怀畅饮。当时，刘备还不得志，寄身于曹操门下，空有闲号刘使君。然而，曹操对这个刘使君却是一百个放心不下，生怕其日后羽翼丰满霸业有成，所以，曹操表面上对刘使君尊重有加，暗地里却千方百计揣摩其意向。今天设酒畅谈，就是一个试局。酒至半酣，忽然西北天际风起云涌，千变万化，一会儿阴云漠漠，一会儿白光剧烈，一会儿又生成怪异图形，令人魂惊魄疑，眼睁睁雷滚云翻骤雨将至。这时，侍从遥指天外云图，惊呼：龙挂！龙挂！曹操与刘备凭栏观之，唏嘘不已。曹操问刘备道："使君可知龙之变化否？"刘备心里早有警惕，自己拿定主意今天在曹操面前一定要装傻充愣不露破绽，于是答道："未知其详。"曹操乜斜刘备一眼，大放议论道："龙能大能小，能升能隐；大则兴云吐雾，小则隐介藏形；升则飞腾于宇宙之间，隐则潜伏于波涛之内。方今春深，龙乘时变化，犹人之得志而纵横四海。龙之为物，可比世上之英雄。玄德久历四方，必知当世英雄。请试指言之。"曹操的意思是说，你刘备不是不知道龙的变化吗？我可以告诉你。由龙引申到世上英雄，你还能再说不知道吗？正好今天就咱们两个人，不妨请使君指出一两个英雄的名字来让我听听。刘备岂肯上曹操的当，摇头说道："刘备肉眼凡胎，怎么能识得谁是天下英雄呢？"曹操哄怂刘备说："使君休得过谦！"刘备说："刘备只知道受您的恩庇，才得仕于朝廷。至于天下英雄，实在不知。"曹操进一步引导说："既然不识其面，也应该听说其名呀！"刘备被逼无奈，说：

"河北袁绍，四世三公，门多故吏，今虎踞冀州之地，部下能事者极多，可为英雄？"曹操见刘备已经上道，笑笑道："袁绍色厉胆薄，好谋无断；干大事而惜身，见小利而忘命，非英雄也！"刘备接着说："有一人名称八俊，威镇九州：刘景升可为英雄？"曹操把手一摆，说："刘表虚名无实，非英雄也！"刘备又说："有一人血气方刚，江东领袖——孙伯符乃英雄也？"曹操说："孙策借父之名，非英雄也！"刘备继续说："益州刘季玉，可为英雄乎？"曹操不屑，说："刘璋虽系宗室，乃守户之犬耳，何足为英雄！"刘备故意不着边际地说："那么像张绣、张鲁、韩遂等辈皆如何？"曹操鼓掌大笑，说道："此等碌碌无为之人，何足挂齿！"这时候，刘备偷眼看看曹操，见其面色狡黠，眼睛深邃，且暗藏祸心，自己更加惟恐言语不周，招致杀身之祸，便搪塞道："舍此之外，刘备我实在不知道了。"曹操让刘备坐下，又斟满一杯热酒，说："大凡英雄者，必然是胸有大志，腹有良谋，有包藏宇宙之机，有吞吐天地之志者也！"刘备试着问道："敢问谁能当之？"只见曹操一手指玄德一手指自己，朗声阔气地说："要说当今天下之英雄，惟使君与曹操耳！"刘备闻听，大吃一惊，手中所拿匙箸等物，不觉落于地下。恰巧一声惊雷在头顶炸响，大雨倾盆而至，刘备一边从容地俯首拾匙箸一边自言自语道："一震之威，乃至于此。"曹操见状，又笑笑说："大丈夫也惧怕雷声吗？"刘备说："圣人迅雷风烈必变，怎么能不怕呢？"只这一句话，将闻言失箸之缘故，轻轻地掩饰过去。于是乎，曹操不再怀疑刘备。有诗言道："勉从虎穴暂栖身，说破英雄惊杀人。巧借闻雷来掩饰，随机应变信如神。"这就是曹操和刘备在小亭"煮酒论英雄"古书一段，要知后事如何，咱明天接着说。

刘黑丑说罢书要回屋休息，却见书场上只剩下高德显和何玉棠两个人没走，便走了过去，问道："你们二位好像有话要说？"

高德显看看刘黑丑，阴阴地说："黑丑啊，你是不是拿这段书来影射我们两个人呀？"

还没等刘黑丑说话，何玉棠抢先说："德显兄，你一定是多虑了，怎么可能呢？黑丑兄弟只是在说书，哪有其他意思？走吧，让黑丑兄弟陪着，到我那寒舍坐坐吧，咱不妨也筛一壶热酒，论一论天下英雄。"

刘黑丑积极响应着，说："走，走，我正好还有话给你们二位说呢。"

结果，高德显半推半就地来到何玉棠家，但是，不管何玉棠和刘黑丑是说即将举行的婚礼，还是正在进行中的南佐战事，还有高家的"八卦黄河阵"和何家的"火龙盘山灯"，高德显只是哼来哈去，没说出一句带有实质内容的话来。但是，当何玉棠提到葛掌柜曾找他商议在甘陶河卧龙潭上修建浮桥和扬言日本人要在东平台西平台和龙凤山开铜矿的事情的时候，高德显立刻把腰杆挺了起来，急切地问道："他跟你还说了些什么？"

何玉棠说："葛掌柜说他有几个朋友张罗着要在甘陶河上修建一座浮桥，以利于河东河西的人员往来和货物运输，他们首先看中了咱十八盘的卧龙潭。另外还透露日本人早就想在龙凤山开铜矿办兵工厂。"

高德显又问："兄弟，你怎么说的？"

何玉棠说："我还没有细想，总觉得这事有点儿蹊跷，今天咱俩和黑丑一起商量商量，拿出一个对策来才是。"

高德显往椅子背上一靠，不再问下去，眼睛盯住刘黑丑。刘黑丑岁数比高德显小得多，却做了他的大舅哥。高德显知道，刘黑丑把媳妇和孩子留在了保定清苑县，自己孑然一身，至今一贫如洗，仅凭一把柳叶刀和一张嘴皮子过日子，但在高德显的心目中，刘黑丑可不是一般的说书匠，在待人接物分析事理上，常常让他佩服得五体投地。

文质彬彬的刘黑丑学识渊博眼界开阔，朋友往来胸怀宽广，调解纠纷入情入理，分析事物料断如神，说文解字口若悬河。今天，刘黑丑却十分镇静地说："这是件大事，涉及十八盘村的利益，你们二位可得拿好主意。依我看，葛掌柜的这几个朋友肯定有来头。"

高德显声音低沉地问："会是日本人吗？"

刘黑丑摇摇头，说："我也说不准是什么人，但我觉得这些人都有背景。前几天他们通过葛掌柜的口，放风说东平台西平台有矿产，要在十八盘建铜矿，后来又传说要在卧龙潭上架浮桥，我分析，日本人的可能性最大，但也不排除阎锡山。不管是谁，他们一是冲十八盘这块富庶之地而来，二是冲我们这些人而来，因为我们跟秦司令员来往密切，高长英又在秦司令员手下当连长，而且屡建奇功，日本鬼子见奈何不了秦司令员，奈何不了高长英，必然会迁怒于我们这些与八路军和高长英有关的人，你们想想我的话有没有道理？"

高德显和何玉棠互相看看，没说话。刘黑丑接着说："二位老兄，眼下当务之急是找一个领头人，把十八盘村以及周边村庄的人拢在一起，把他们的心凝聚起来，拧成一股劲，一起跟日本人对着干。我们虽然干不了别的，出钱出力总是可能的。你们说呢？"

何玉棠说："我组织人去南佐抬担架算不算？"

刘黑丑肯定地说："算啊，太算了！"

何玉棠笑笑说："兄弟，我的文化不高，不会说文词儿，但我知道，我们每个人都是一捆黄栌柴，一根火柴就能让它燃起火焰，就能把日本人烧成灰。"

刘黑丑高兴地说："老兄，快别说你不会文词儿了，你刚才这话就是红军的话，毛泽东就曾说过，星星之火，可以燎原。"

高德显说："黑丑，你说的领头人，是不是共产党的地下党员？"

何玉棠说："肯定是。"

刘黑丑说："事实上是，但还不能明说，因为自去年以来，日伪军针对各村各乡的地下党组织进行了多次清剿行动，抓了不少共产党员和八路军的家属，都被活埋在野头镇的后山了，老百姓都害怕受连累，有的人明明是党员，却也不敢承认，更不敢站出来挑头干，咱十八盘村怕也是这样吧？"

高德显略有所思地说："黑丑，我听凤阁说，咱家老爷子好像也遭了此难。"

刘黑丑说："我还没有找到真凭实据，不敢妄言。但种种迹象表明，我爹是在日本人的一次'扫荡'行动中失踪的，这是千真万确的。"

高德显和何玉棠两个人不约而同地叹了一口气。

刘黑丑说："二位老兄不必叹惜，我们会与日本人清算这笔血账的。"

高德显说："怪不得上次秦司令员来时还问我，村里谁是党员，谁是干部呢。"

刘黑丑说："秦司令员也问过我，说十八盘村不能没有党组织，要是没有，必须抓紧建立起来，并且把这个任务交给了我。"

听到这话，何玉堂与高德显心中明白了刘黑丑的真实身份。

何玉棠说:"那好啊,兄弟你就挑起这个头,领着我们干吧。"

高德显也说:"黑丑,我也支持你!"

刘黑丑说:"二位老兄,我不是十八盘村人,只是一个说书匠,怕服不了人。"

何玉棠说:"兄弟,没关系,有我和德显兄说话,村里没人敢不服你!"

高德显也点头同意。三个人一直说到鸡叫三遍东方破晓之际。原来,何玉棠、高德显两人也是地下党员,只不过在日伪清剿中,组织被破坏了,他们与上级失去了联系。

从此,刘黑丑出面组织十八盘村党支部,并且担任党支部书记,刘凤阁担任妇救会主任。

## 火 6

在南佐镇东门外的工事里,高长英把三排排长找到跟前说,你再派人到城里去一趟,找那刘黑牛看他有什么办法没有。三排排长无奈地说:"连长,白天去过两次了,都扑了空,铁匠铺的伙计说,刘黑牛去豆妪大炮楼了。"

高长英就又在心里骂刘黑牛。娘的,姓刘的,你还是不是中国人?你小子是不是真的当了汉奸?是不是真的做了日本人的走狗呢?为什么我们兵临城下已经四五天了,你连一个照面也不来打一个呢?是不是非得让我亲自进城去叫你一声舅舅才肯出面呢?高长英心里琢磨着猜测着嫉恨着怒骂着刘黑牛,但这仗该好好打还得好好打。

刘黑牛跟大黑二黑喝完酒,安顿他们在家里睡下后,就自己一个人去大街上溜达,不知不觉中来到了井上岩住的宅院前,只见门前戒备森严警犬咻咻。刘黑牛对警卫说:"我要见井上岩。"片刻之后,警卫就让刘黑牛进了宅院。刘黑牛见井上岩正伏案看书,便问道:"太君您真能沉住气,外面炮火连天的,您还在这儿看书。"井上岩说:"你来得正好,我在研读你们的《三国演义》。你说曹操和刘备谁是英雄?"刘黑牛说:"都不是,吕布是。"井上岩说:"吕布算不上英雄,刘备才是真正的英雄。"刘黑牛问道:"此话怎讲?"井上岩说:"刘备闻听曹操说他是天下英雄之时,正巧一雷炸响,刘备掉了筷子,他掩饰得很巧妙。他这一招可谓韬光养晦,表面上装孙子,而其内心则一万个看不起曹操。他们两个一个是世之奸雄,一个是世之枭雄;一个露于外,一个藏于内。所以我喜欢刘备,正如我愿意与你交朋友一样。你说我与刘备有相似之处吗?"

时间一分一秒地往前挺进着,高长英从远处飘过来的风中听见了鸡叫声。他抬头看看东方,启明星亮得扎眼。高长英想起首长天一亮就要从东门骑马进入南佐镇吃早饭的事,突然眼前一黑,差点儿一头栽倒在战壕里。

正在这时,有人向高长英报告,有一支担架队从赞皇县许亭村过来了,说是十八盘村的,队长叫何玉棠,他今天带来了十八个人,两个人一组,一共是九个担架组,九副门板,每个人都戴着白羊肚毛巾,还打出了口号:支援南佐前线,确保南佐大捷。

高长英一听,心头猛地一热,随即手里的石子就发出了嘎嘎的声响。他在心底暗暗抱怨,打仗本来只是当兵的事,怎么能让平民百姓卷进来呢?当兵的死了,还能被追认个烈士什么的,活下来的人还能被提拔当官,可是老百姓要是死了,谁对他们的妻儿老小负责呢?但是现在,听说自己未来的岳父带着人来支援南佐前线,他还是受到了巨大的鼓舞和震动。高长英心想,这一仗必须尽快打赢,我必须第一个打开南佐镇的东城门,我必须亲手活捉狗日的井上岩,绝不能给十八盘人丢脸,绝不能给自己的岳父大人丢脸!

八月初七的后半夜下了一阵雨,空气中弥漫着一股浓郁的芳香。高长英命人清点了一遍兵力和武器,三个排加起来不足八十人了,加上身负轻伤的战士才一百挂零,而且士气也大大下降了。打仗就是这样,士气可鼓不可泄,兵法云:一鼓作气,再而衰,三而竭。越是在久攻不下的情况下,越是在敌人气焰嚣张的情况下,越容易削弱斗志。高长英立即做出决定,火线提拔一批干部,由各排排长推荐。随后,他站在工事的最高处张三李四王二麻子等点了几个人的名字,指着他们的鼻子明确了谁当副排长,谁当副班长,从班到排再到连,全部配齐干部,而且是双保险,就连司号员也配了一个替补的,全连的干部人数增加了一倍多。高长英在如此这般地下达了战斗命令之后,就把自己的生死置之度外了。他命令炊事员抓紧时间做饭，保证每个人吃三碗小米干饭。此时，人们发现高长英从眼睛里直往外喷火。

天似亮非亮的时候，三颗蓝色信号弹升上了天空。刹那间，北门南门和西门同时闪出了耀眼的火光，枪炮声响成了一片。高长英从地垄上抓起一根草棍塞进嘴里，死死捉住司号员的手腕，命令道："等等！等一下！等三分钟！你再给我吹冲锋号！"

司号员急切地说："连长，兄弟部队都上去了！我们落了后怎么办？"

高长英狠狠地拉了司号员一把，骂道："娘的，落后？落什么后？怎么办？你说怎么办？天塌下来有我高长英呢，你操个什么心！快看表，三分钟！三分钟！"

高长英扭头看看战壕，见尖刀班的战士们都跃起来了，他大声吼道："你，你你，你你你，你们谁也不准冲在我的前头，听见没？如果让我看见哪一个跑到我前头了，我就崩了他，要让我看见两个，我就崩了他们两个！有种的，都跟着我上！吹——冲——锋——号——"

高长英吼罢，伴随着嘹亮而悦耳的冲锋号声，他一跃身拎起两个炸药包和一挺机关枪冲出了战壕，眨眼间就跃到了护城河边。连长这一冲，三连的战士们都急红了眼，怒吼着咆哮着腾跃着扑向了南佐镇的东门。

高长英轰的一声炸塌了东城门的半个城墙垛子，杀气腾腾地杀进东门再杀到高高的城墙之上，端着机关枪嗒嗒嗒地把敌人扫了个人仰马翻，消灭了敌人的全部火力点，并肃清了负隅顽抗之敌。看着从东方的地平线上跃然升起的那轮红日，他把烧红了的机关枪狠狠地掼在地上，扯开铜锣一般的大嗓门喊道："弟兄们，快上来呀！我们胜利了，胜利了呀！"

然而，高长英没听到丝毫动静，没看见一个人跟上来。高长英这才猛然发现他的三连只冲上来他一个人，一百多个弟兄就冲上来他一个光杆儿司令！

阳光照亮了一面坡！

阳光照亮了一面坡！这是一片殷红的土壤！

阳光照亮了一面坡！这是一片殷红的土壤！一片起伏着升腾着飞翔着的土壤！

阳光照亮了一面坡！这是一片殷红的土壤！一片起伏着升腾着飞翔着的

土壤！一片用生命和灵魂筑成的梯次上升的喷薄欲飞的土壤！

高长英的脑子一下变成了空白，他的双眼迸出了两枚火球，他的耳朵里爆炸了一串惊雷，他的内心就这样深深地烙上了这面坡，烙上了这片被三连战士们的鲜血染红的土壤，烙上了这个血色的清晨。

高长英不知道自己是以怎样的姿势矗立在南佐镇的东门城楼上的，不知道自己是怎样被后来冲过来欢庆胜利的人们抬起来一次次地抛向空中的，不知道自己是怎样从城墙上下来又怎样进入南佐镇的，更不知道是怎样度过八月初八这一天的。据何玉棠说，他们十几个人在城墙外抬了一阵伤员，看见一个人站在城墙上大喊大叫，浑身是血，摇摇晃晃的，眼看就要倒下去，就带了几个人冲上去，到了跟前才发现是高长英。高长英没说别的，只让他们去抬别人，别管他，话还没说完，就倒在了地上，是何玉棠把高长英抱到担架上抬下来的。

八路军又打了一个大胜仗，一举拿下了南佐镇以及南佐以西的校马场，拔掉了我军从山区转战平原的一颗大钉子，打通了进入太行山山前平原作战的大通道，为解放元氏县城、豆妪火车站等平原重镇奠定了坚实基础。打下南佐镇，不仅扩大了抗日根据地，更重要的是又一次鼓舞了广大抗日军民的士气，坚定了战胜日本鬼子的信心和决心，同时，也狠狠地打击了日军的嚣张气焰。"狗日的，你们不是有骑兵吗？你们不是有小钢炮吗？你们不有机关枪吗？你们不是有探照灯吗？你们不是有武士道精神吗？狗屁！统统都是狗屁！"秦司令员在南佐大捷总结表彰大会上讲着讲着就把袖子撸了起来。台下的将士和老百姓听着听着就欢呼了起来。最后，战士们又山呼海啸般地唱了一遍："大刀向鬼子们的头上砍去，杀！"

南佐战役尽管伤亡惨重，三连几乎全军覆没，只有高连长一个光杆儿司令冲上了东城门，但东门还是第一个被打开，为解决城里的敌人立下了头功。为此，高长英被晋升一级，荣升为平东独立营营长。秦司令员特批，允许他回十八盘村完婚，并将自己的坐骑铁乌雅赠给了高长英。

这天黎明前，刘凤阁做了一个离奇荒诞而又十分恐惧的梦。她梦见爹提着自己的脑袋在甘陶河卧龙潭中央的龙脊上站着，大河从上游席卷而来，眼看就要把他吞没，刘凤阁喊声爹，喊得声嘶力竭惊天动地，爹却一点反应也没有，只见一个浪头扑过去，就没了爹的影子。刘凤阁就此惊醒，身上出了一层细汗。她见高德显还沉沉地睡着，便独自落下泪来。爹的下落至今不明，生不见人死不见尸的，真让人揪心。事后始终一言不发的母亲那天突然对刘凤阁说："什么时候才能找到你爹呢？"这句话至今还在刘凤阁的耳边回响，至今还让她心惊肉跳夜不能寐。院墙外有狗在狂吠。刘凤阁看看窗户，星光把窗棂照得清清楚楚。屈指算算，再过七天就到了长英和灵芝的婚期，还有多少事没有安排好，还有多少亲戚朋友没有请到啊！刘凤阁收不住如麻的心，静静地撩开被子，轻手轻脚地从炕上下来，披上衣服，拉开门闩来到院里，把自己的身子全部融入了星光闪烁的夜幕里。

## 水 1

南佐大捷的消息飞也似的传到了十八盘村，如同八月初一中午那声惊雷，让人们刚刚平静下来的心又一次激动起来沸腾起来飞翔起来。十八盘盘上盘下的男女老少扶老携幼奔走相告，一个个热切地期待着高长英骑着高头大马衣锦还乡，期待着高长英和何灵芝喜结良缘，期待着高德显家的"八卦黄河阵"和何玉棠家的"火龙盘山灯"。

高德显坐在院子中央石头圆桌旁的太师椅上，独自一人在那里品茶，虽然他一动不动，虽然他闭着眼睛，虽然他不言不语，虽然他的头就像一块布满苔藓的顽石，但他的思绪却萦萦如藤攀缘而上，在他的前额幻化为一片云彩。

最近一段时期以来，高德显对何玉棠的敬畏感越来越深重了。何玉棠的人气蒸蒸日上有口皆碑，何玉棠的财气隆隆日上有目共睹，何玉棠的胆识和谋略与自己相比有过之而无不及，这一切简直让高德显坐卧不宁心绪繁乱。高德显心想，想当初何玉棠的爹老何头是个穿粗布衣衫吃粗茶淡饭下巴上翘着一小撮山羊胡子的干巴老头，何玉棠还是一个乳臭未干的小毛孩子，刚到十八盘村的时候，父子俩对谁都毕恭毕敬，见了我们高家人更是犹如仰望泰山。没想到才三十多年的工夫，何玉棠就由一只黄嘴燕变成了志在千里的鹰隼。他的大儿子霓霓在太原教书，能写戏能唱戏，自白勺关以下百里甘陶河一河两岸一百单八村无人不知无人不晓。他的大女婿杜潼梓更是人物，八路军后方医院驻扎黄北坪之后，他就做起了医药生意，成为秦司令员的座上宾。如今的何家，竟然有了与高家比肩抗衡的实力。

高德显想到这儿，叹了一口长气，感觉当初就不该让老何头在十八盘安营扎寨，不该让何家在十八盘村种桑植麻，不该让何玉棠在十八盘村发展他的桑蚕事业。高德显深深地责备着自己，真是聪明一世糊涂一时，一山岂能容二虎呢！可是，事到如今，说什么都晚了，晚了啊！眼下，高何两家就要联姻了，还有什么可说的呢？自己的儿子高长英就要娶何玉棠的女儿灵芝为妻了，还有什么恩怨应当再继续下去呢？这些道理高德显都明白，然而，在他的心里，总有一块芥蒂横亘着。

今天，高德显回想起昨天晚上在何玉棠家的谈话，突然觉得何玉棠的心境比自己高远，何玉棠的视野比自己宽广，何玉棠的胸襟比自己开阔。高德显越想越觉得自己狭隘，越想越觉得自己保守，越想越觉得自己夜郎自大，越想越觉得自己没什么了不起。所以，高德显觉得目前最该做的事，就是把"八卦黄河阵"摆好，为儿子的婚事增添重要砝码。同时，再拿出足够的精力，关注一下山外边的事情，关注一下十八盘村的未来。

刘凤阁对高何两家的背景虽然知道的不多，但她知道高德显心里有事堵着。前两天，南佐战事紧张，他整天紧锁双眉，即使刘黑牛来十八盘说了高长英给他写信等情况，劝他放心，他也没把心放下来。现在，岭东南佐镇的战事结束了，南佐大捷的消息传回来了，他仍愁眉不展心事重重。高德显早就把筹办儿子婚事这副重担交给了刘凤阁，叮嘱说："凤阁啊，家有千口，主事一人。你就把这事张罗起来，凡事你说了算，我顶不上事了。"刘凤阁笑笑说："德显，你说什么呢？话我可以多说，事我可以多做，腿我可以多跑，但主意还是由你来拿。"

刘凤阁的脸上虽然阳光灿烂，内心却是阴雨连绵。这天早晨，哥哥刘黑丑向她证实了父亲失踪的原因，他就是在井上岩的一次清剿活动中被抓了，然后被交给了驻野头镇的山岛一虫，后来被当成共产党的地下交通员活埋了。同一天被活埋的有五十多个人，多数是甘陶河沿岸村庄的共产党员、村干部和八路军的交通员。听到这一令人毛骨悚然的消息，刘凤阁觉得好像是有人当众打了自己的脸。她对刘黑丑说："哥，等忙完长英的婚事，咱姊妹仨去把爹的尸首找回来！"刘凤阁说着话，眼泪就流了出来。多时，她见刘黑丑不说话，就又问："哥，你是从哪儿知道的？黑牛知道了吗？"刘黑丑说："是他告诉我的。"刘凤阁说："哥，咱现在怎么办？"刘黑丑沉着地说："先把灵芝娶过来再说。"

话说到这儿，刘凤阁的心境反而开朗了许多，她的心绪反而条理分明了，她的笑容反而更灿烂如花了。刘凤阁真是一把好手，筹办喜事千头万绪，但对她来说只当是耍了。这几天，她把家里的一切事务安排得井然有序，有杀猪宰羊的，有碾米磨面的，有为亲朋下帖子的，有扯布做衣服的，有张灯结彩的，仅摆"八卦黄河阵"工地就用了十几个壮劳力。高家上上下下一派繁忙景象，单等八月十六这天为高长英迎娶新人。

这天一直忙到后半晌，刘凤阁见高德显独自一人坐在银杏树下抽闷烟，就走过来坐在对面，关切地问道："德显，你一个人坐在这儿半天了，别着了凉，回屋去吧。"

高德显说："凤阁，有些事我总也想不明白，你说怪不怪？"

刘凤阁说："是什么事，你老去想它？"

高德显说："你猜猜。"

刘凤阁说："这还用我去猜呀！你的脸色已经告诉我了。我早就说过，何家是咱的亲戚，默宜是我的表姐，况且再过几天，灵芝就进了咱的家门，两家人亲上加亲，你还老想过去那些疙疙瘩瘩的事做什么？即使我们不做儿女亲家，也是吃着一条大河的水，烧着一座山上的柴，走着一条十八盘，低头不见抬头见的，有什么看不开绕不过的事呢？"

高德显好长时间没说话，嘴唇吧嗒吧嗒地嘬着大烟斗，一缕一缕的白烟弥漫在他的面前，散发出呛人的气味。刘凤阁又说："那天我去了一趟玉棠家，觉得何家的气氛并不像你以前所说的那样，大人小孩对我还是蛮客气的。你说人家王默宜的脸不会笑，我去坐了半天，人家可是一直笑来着。"

高德显说："我对玉棠的为人了如指掌，就是对你这个表姐不甚了解。她总是神神秘秘阴阴阳阳的，养那一群猫做什么？真让人莫名其妙！"

刘凤阁说:"德显,原来你是为这个呀!那你就多虑了。我和表姐虽然接触不多,但人家念书比我多,针线活比我做得好,待人接物比我周到细致。这些年何玉棠很快发达起来,与我这个表姐做内当家不无关系。再说,人家养猫碍咱什么事?一个人一个爱好,咱计较不着,你说是不是?"

高德显说:"凤阁,这么多年了,你应该清楚,我这个人最讨厌养猫养狗,宁肯养一群乞丐,也不养一只猫!"

刘凤阁听高德显说话有一搭没一搭的,心就往上悬着,便找话安慰道:"德显,过去,人家过人家的日子,咱过咱的光景,井水不犯河水。今后,长英和灵芝结了婚,两家就成了亲家,还说这些做什么!你以后有时间多去跟玉棠坐坐。他跟我哥是莫逆之交,这你还看不出来呀?我哥八月初一在海瑞祠开书场后,经常去何玉棠家,今天才来咱家里喝了口水。你发现没有,何玉棠受我哥的影响不小,这回他领着十几个人去南佐前线,连我都没想到。"

高德显沮丧着脸,重复道:"我最讨厌那些猫!"

刘凤阁一听,咯咯地笑了,说:"德显,这回可得委屈你了,我听灵芝说,她过门来什么也不带,就带一只小猫来,你说,这可怎么办吧?"

高德显听罢,把烟斗在石头桌子上磕了磕,叹了一口气,意味深长地说:"无缘无故啊!"

刘凤阁一听高德显换了口气,忙转了一个话题,说:"你猜何家会让谁来押轿?"高德显摇摇头,刘凤阁说:"肯定是敖敖,咱得多准备些押轿钱,我看敖敖这孩子不简单。"

高德显听到这儿,把身子欠了欠,说:"这话我信。他爹是什么人呀!俗话说,老子英雄儿好汉。你看见何家房后边那排白杨树了吗?"

刘凤阁点点头,说:"看见了呀,怎么说着说着又说到白杨树了?"

高德显说:"问题就在这儿,那排树中间有一棵最高最粗的,现在两个大人都搂不住了,可何玉棠一只手能把它推得摇摇晃晃,树叶哗哗直响。据说何敖敖也能,你信不信?"

刘凤阁笑道:"说别的我信,说这我不信!"

高德显说:"凤阁,这你就错了。你出门打听打听,十八盘村谁不知道这是真的。想当初，老何头栽这树的时候，玉棠才十来岁，老何头天天让玉棠用手去推那树，一天也不让间断。日久天长，树长大了，玉棠也长大了，练就了千斤臂力，在甘陶河流域山南川北一百单八村也是出了名的。我和老何头相比，所缺乏的大概就是这份心计，在培养儿女的问题上用心太少了。噢，对了，凤阁啊，我听说那天你把我吃剩下的饺子打发给了要饭的，是真的吗？"

刘凤阁爽快地说："我觉得像往常那样扔掉怪可惜的，正好来了要饭的，我就让柳细腰收拾了一大碗给了那个要饭的。怎么，德显，我这样做有什么不妥吗？"

高德显又欠了欠身子，支吾道："这好像没什么不妥吧，我只是随便问问而已。刚才我说何玉棠力大无比的话可是真的，你别不相信。"

刘凤阁见高德显把话说到这儿，就认真地说："那我改天得去见识见识。说正事，押轿钱给五十块够不够？"

高德显说："五十块，两个五十块也不一定下得来，准备二百吧。"

刘凤阁说："我怕坏了咱十八盘村的规矩，价码一抬上去，就下不来了。"

高德显从椅子上站起来，背起手往前走了两步，在鼻子里哼了一声，说："规矩，什么规矩？十八盘村的规矩还不都是咱老高家定下来的呀！"

刘凤阁说："那好，就照着让敖敖满意去准备了。"

高家尽管用了许多人，还是忙不过来，刘凤阁就把上门讨饭的捞鱼鹳留下当帮工。捞鱼鹳水性好，据说能在卧龙潭里待上三天三夜不出来。这一点还真没有一个人敢站出来与捞鱼鹳比试比试，而就在捞鱼鹳来到高家的第二天，他的好水性就派上了用场。

# 水 2

那天，捞鱼鹳正在卧龙潭边检修渡船，忽然听见甘陶河里有人喊救命。捞鱼鹳手搭凉棚往河水中央一看，见一个人在卧龙潭里挣扎，扑腾扑腾地溅起很高的浪花。捞鱼鹳二话没说，就朝卧龙潭奔去，到了水边，连衣服也没顾上脱就一头扎进卧龙潭。工夫不大，捞鱼鹳将那人连拉带拽救到卧龙潭中央的青石龙脊上。捞鱼鹳抹了一把脸上的水珠，定睛一看，觉得这个人面熟，再仔细一看，才认清是葛掌柜的儿子六指。谁知那六指见被人救了，不但没有丝毫感激的意思，反而破口大骂道："捞鱼鹳，好你个臭要饭的，好你个不长眼的，你是不是跟上鬼了？是不是吃饱了撑的？是不是狗拿耗子多管闲事了？"

捞鱼鹳挨了骂还不知为什么，弄了一头雾水，一脸迷茫，傻乎乎地说不出话来。那六指见捞鱼鹳不说话，又骂道："捞鱼鹳，你这个该死的家伙，你不知道呀！我不能在世上活了，我没脸见十八盘村的人了，想一个人沉到卧龙潭底去享清福，你救我上来干什么？你可算是把我害死了呀！"

捞鱼鹳见六指呜呼呐喊又哭又闹，更是丈二和尚摸不着头脑。捞鱼鹳有些急，抓住六指的麻秆似的脖子说："喂！喂！你这人怎么不识好歹，真是狗咬吕洞宾不识好人心，我救了你，反倒受了你的埋怨，你既然想死，那你为什么喊救命呀？"

六指把身子一挺，理直气壮地说："捞鱼鹳，谁喊救命了？你听见有人喊救命了吗？你准是听错了，反正我没喊，你一准是听错了！"

捞鱼鹳越发不知道这是怎么回事了。他刚才分明听见河里有人在喊救命的，莫非真的见鬼了？捞鱼鹳重新看看河面，见河面宽阔，浪平风静，并无他人，就拍拍六指的头说："六指，你别嘴硬了，刚才肯定是你在喊救命，不然我怎么会从卧龙潭里把你捞上来呢？"

六指一听，知道耍赖是耍不过去了，就捂住脸呜呜地哭了起来。捞鱼鹳觉得这里面肯定有事，一个年轻人平白无故地怎么会跑到大河里寻死觅活呢？半天，捞鱼鹳才问："六指，你为什么要跳河寻死呀？"

六指用手捂住嘴唇，一脸痛苦的样子，说："捞鱼鹳，别怪我骂你，你看看我这样子，还有脸见人吗？还能活在这世上吗？"

捞鱼鹳定睛一看，果然被吓了一跳。他发现六指的脸从额头到下巴起满了水疱，红肿粗糙，大的有红枣那么大，小的有小米那么小，密密麻麻的，就连鼻子尖上也都是，只留下两只眼睛一闪一闪的，往外冒着伤心而痛苦的泪水。于是，捞鱼鹳就关切地问："兄弟，这到底是怎么回事？你能不能告诉我？"

六指抬头看看捞鱼鹳，长叹了一口气，说："捞鱼鹳，我看你是个老实人，你想知道我为什么要跳河寻死吗？看在你救了我一命的分上，我也不怕你笑话了，这就告诉你，可你得答应我，不往外传。"

捞鱼鹳伸出左手的小手指，冲六指说："拉钩！"

原来，那天犟睁眼发现他家东平台八亩堰的玉米被人偷了以后，在老婆的逼迫下进山割了一把山桃木条子，回来在院子里摊开，从中挑了又挑选了又选，选了三根上等桃木条，用清水洗了三遍，然后就进了东屋。这东屋是犟睁眼修行练功的地方，被犟睁眼称作"金銮殿"。这座"金銮殿"虽然只是两间小屋，收拾得却干净利落，一进门迎面摆着一张方桌，桌子上方的墙上挂着祖宗神案，神案下面是被那声雷震塌的神龛，现在早被修复一新。桌上放着三只香炉三个烛台三个供盘。方桌右手一侧放一张条桌，上面摆的是文房四宝，赤橙黄绿青蓝紫诸色纸张应有尽有。方桌左手一侧依次摆放着刀枪剑戟斧钺钩叉，还有七八种葫芦做成的面具等物。需要特别注意的是墙上挂着的那三只驴蹄。这三只器具对犟睁眼来说具有极其重要的价值和意义，也是确立他在十八盘村乃至甘陶河流域山南川北一百单八村独特地位的依据和象征。这三只驴蹄子是犟睁眼花高价从白城口驴市上买来的，据说这些驴生前都是种驴，体大凶悍，从它们身上取下来的零件能够驱凶避邪，是阴阳先生必备的工具之一。有一年冬天，村里一个妇女上吊自殁，家人认为是凶死，想从速办理丧事，就来请犟睁眼确定出殡日期。心里早有提防的犟睁眼把驴蹄子揣进怀里。就在行将大殓之际，有人发现死尸突然抖动起来，把盖在身上的单子抖落下来，众人惊呼诈尸啦诈尸啦，蜂拥而出。正在西房喝酒的犟睁眼不慌不忙地来到北房，从怀里掏出驴蹄子在停尸的铺板上当当当砸了三下，那死尸就不动弹了。犟睁眼转身出来，对事主说："时辰到了，抓紧入殓吧。"惊魂甫定的人们央求犟睁眼就在现场盯着，不要远走，战战兢兢地把死人装进棺材，用七寸洋钉把棺材盖铆死。人们这才知道犟睁眼的法术十分了得。

今天，犟睁眼进门之后背着手就将门闩给闩死了。老婆葛氏尾随在他的身后却被挡在了门外。葛氏拍着门大声说："死鬼，你为什么不让我进去？"犟睁眼说："我今天要给那小偷来点狠的，让他三天之内把咱的玉米如数送回来！"葛氏一听，心里就乐了，隔着门鼓励犟睁眼道："对，老头子，你今天这样才像个男人样。"犟睁眼对门外的老婆说:"你呀,就回屋妥妥地歇着去吧,我这就净手作法,让那小子知道知道我犟睁眼的厉害!"

犟睁眼来到放有文房四宝的条桌前,依次从墙上摘下三个叫驴蹄子,挨个拧开机关,分别从中倒出少许红、黄、蓝三种粉末,放在三只盘中,取净水调匀。红的是朱砂,犟睁眼又取出在苍岩山檀树林里采回来的多年野生人参与朱砂一起研磨,据说人参与朱砂混合在一起,具有更大的法力。犟睁眼研磨了半天,直到研成红色糊状才作罢。然后他又取出一张黄表纸铺在桌上,从笔架上取下一支狼毫细笔,蘸着朱砂等物在黄表纸上分别画了三个人头像,一个圆脸,一个方脸,一个长脸。接着,犟睁眼拿过三根山桃木条子,用小刀将桃木条尖上的嫩皮划开一个小口子,慢慢将皮翻转下来,再把画有人头像的黄表纸贴在上面。犟睁眼又在圆脸的脑门上点了一点朱砂,在方脸的下巴上点了一点黄颜色,在长脸的嘴唇上点了一点蓝颜色。点完之后,犟睁眼看了又看,确信没有问题了,才把山桃木条子竖着放在了供桌前。最后,他点起了三炷大香三支白蜡,取了几张五色纸在地上的火盆里烧了,一边烧一边磕头,嘴里还"天灵灵地灵灵,吾神助我开天门"之类地念念有词。

一切操办停当,犟睁眼又在神像前磕了几个头,才开门来到院子里,见葛氏正在院中央的石榴树下坐着,便走过来说:"老婆子,放心吧,一切都弄好了,那小偷一定跑不了,这回你就等着开心乐和吧。"

葛氏心里的火气还没有完全消去,恶狠狠地说:"这回要是知道了谁是贼,我就跟他没完,得把咱那玉米全部要回来,一穗儿都不能少,我还得上房顶去骂,让他臭名远扬。"

犟睁眼笑了,说:"我的傻老婆,你真是妇道人家头发长见识短,还用得着你开口去要呀?还用得着你上房去骂呀?放心,那贼人会乖乖地给咱送回来的。不过,我总担心会不会整到自己人的头上。"

葛氏说:"死鬼,你担什么心?自己人会来偷咱家的玉米?"

犟睁眼摇摇头说:"哼,这可是说不准,眼下这世道哪还有谱儿哟!"

接着,六指跳进卧龙潭的一幕就上演了。

早晨一起来,六指就觉得浑身不自在,头皮一阵紧似一阵,伸手摸摸脸,摸着了一把疙瘩，到他娘的屋子里一照镜子，才发现他的头顶和嘴角平白无故地长起了一串串燎泡，先是一个两个，后是十个八个，再就是一串两串一片两片，接着片片相连，向四周扩散。长燎泡的地方先是奇痒难忍，一会儿就钻心地疼，抓不得挠不得，一抓一挠就流黄水，黄水所到之处又长燎泡，燎泡破了又流黄水。六指不敢出门，在院子里疯跑一阵呆坐一阵，一会儿站在梨树下咣咣地跺脚板，一会儿用手啪啪地去拍梨树，从梨树上掉下来一只毛毛虫，正巧落在六指的脖子上，六指用手使劲一拍，拍了一手黄水，然后，他又狠命去拍树。然而，疼和痒却依然不减，他就跑回家蹿到炕上扯条被子蒙在身上，却又捂出了一身臭汗。六指一个鲤鱼打挺把被子掀开，将头在炕沿上喀喀猛磕。

六指这一顿折腾，惊动了齐氏。齐氏从外面推门进来一看，见儿子早已经不像人样。还没等她说话，六指就从紧咬着的牙缝里迸出话来："娘，你不该让我去东平台担那玉米！"

这时，齐氏已经来到六指跟前，见儿子头上脸上都是鲜红的燎泡，心疼地说："儿啊，你这是怎么了？"六指说："娘，你让我做了见不得人的事，准是遭报应了。"齐氏忙上前用手捂住六指的嘴，小声地说："活祖宗，你瞎说什么呢？我这就去叫你爹。"齐氏说着，哎呀哼哟地来到街上喊葛掌柜。葛掌柜正与人们聊得上劲，见老婆喊他，就抽身往回走。他到家一看，六指的脸肿成了一块年糕，惊讶地道："六指，我问你，那天你担了东平台哪堰地的玉米？"六指说："大概是八亩堰。"

葛掌柜一听是八亩堰，浑身立即软了下来，就势蹲在了地上，骂道："好你个活祖宗，真是不长眼，这下可惹出大祸来了。"齐氏询问道："八亩堰怎么了？"葛掌柜把眼睛一瞪，怒道："你知道吗？你知道那八亩堰是谁家的地吗？"齐氏又问："谁家的？"葛掌柜压低声音并且狠狠地说："是犟睁眼家的，是他姑夫家的，准是他掐咒念诀使法术治小偷治到咱六指头上了！"齐氏这才急了，说："哎呀呀，这可怎么办呀？他爹，你倒是给想个办法呀！"葛掌柜把脸一沉，说："哼，都是你办的好事，你自己想办法去！"说罢，朝大门扬长而去。

六指不再说话，捂着头奔到院里，又奔回屋里，咣地一下把门关上，工夫不大，又咣地一下把门拉开，径直奔到大门口，拉开条门缝往街上看，瞅了个没人的工夫蹿将出去，一溜烟奔到甘陶河边，一闭眼就跳进了卧龙潭。幸亏捞鱼鹳今天在这儿修大船，才把六指的小命从河里捞了回来。

天刚黑下来不久，六指在他爹葛掌柜的陪同下，担着玉米来到了犟睁眼的院子里。六指放下担子便扑通一声跪倒在地上哭开了。葛氏听到院里有动静，从屋里出来一看，见院里放着满满两担玉米，旁边站着一个人，地上还趴着一个人，问是谁，才知道是自己的兄弟和侄子六指，顿时傻了眼。犟睁眼刚端起饭碗一口还没吃，见此情景也僵在那里不再动弹。

这时，葛掌柜往前走了两步，来到姐姐和姐夫跟前，说："姐姐，姐夫，都是这畜牲干的，我让他把玉米送回来了，你们看着发落吧。"

六指也哭着央求道："姑夫，是我鬼迷了心窍，是我瞎了眼睛！求你快念念咒语，别让我的头和嘴再疼了。玉米我都送回来了，一穗儿也不少，我再也不敢了呀！"

犟睁眼放下饭碗，看看自己的老婆葛氏，又看看葛掌柜和跪在地上的六指，见六指的脸肿得像个烂南瓜，心也疼了，暗自在心里埋怨葛氏："我说别弄吧，可你非逼着不让，这下可好，应验了我说的那句话了，果然整到自己人的头上了。"犟睁眼想到这儿，二话没说，只是用鼻子哼了一声，甩手出了大门。

犟睁眼以为果真是自己的法术见效了灵验了。他背着手来到大街上，脸上洋溢着得意的笑容。此时此刻，他多么希望能见到林成啊！多么希望能见到卷毛鹰啊！多么希望能见到捞鱼鹳啊！多么希望能见到村里的其他人啊！不管见到谁，哪怕是高德显，哪怕是何玉棠，都要给他们讲一讲自己这一招的法力，给他们讲一讲这事件的来龙去脉，好在羞辱葛掌柜的脸面的同时，也震慑一下那些曾经或者正在小看他忽略他的人们。但今天的夜空格外深沉，黑得要死，静得要死，大街上一个人影也没有，只有林成家的两条大狗黑令和白令在那里肆无忌惮地玩耍。

其实，六指的病根本不是因为犟睁眼的"法术"应验了。自从八月初一见到一身戎装的高长英，自从听说高长英率领八路军要去攻打南佐镇，六指就拿定主意要去当八路，要去打日本鬼子。这两天南佐大捷的消息，高长英当上平东独立营营长的消息,就像一把火点燃了六指的血液。可是他爹他娘硬是反对,几次扩兵时,他都被支到外地去走亲戚了。有一次他正好在家,葛掌柜和齐氏硬是把他按在炕上,捂了两条老棉被,说他正在发疟子。六指在被子里头喊:"我没病,没有发疟子。"齐氏对村干部和区里负责扩兵的人说:"你们听见没?六指又在说胡话了。"昨天上午,上级来了人,传说又要扩兵,葛掌柜和齐氏又如法炮制,把六指捂在棉被底下不让出来,一直折腾到今天,硬是捂出了一身热疮,捂烂了嘴唇。可怜的六指,还以为是偷姑父家的玉米遭了报应,让姑父识破了,使"法术"治的。在六指给姑父䐃䐃眼跪下的一刹那,他就立下誓言,明天一早就去南佐镇找高长英,要求参加八路军,就是天塌下来他也不回头了。

就在这天夜里,葛掌柜告诉老婆齐氏,明天他要去河西走一趟,可能三五天回不来。齐氏说:"咱家出了这丑,你知道出去躲几天,我怎么办?"葛掌柜从鼻腔里哼了一声,说:"你这叫自作自受。告诉你,你哪也不能去,好好在家看着六指,防备他跑去当了兵!"

# 风 1

这时,何玉棠率领的担架队回到了十八盘。一进村,卷毛鹰就从腰上取下喇叭吹了起来,吹的是一支旋律欢快的《小放牛》。何玉棠对大家说:"弟兄们跟着我去这一趟南佐镇,等于上了一趟生死线,闯了一回鬼门关。大家没有一个后退的,没有一个喊累的,让我何玉棠十分感动。今天都到我家去,好好吃一顿喝一顿,给大家压压惊。"

卷毛鹰把喇叭停下来,对何玉棠说:"不用了吧,玉棠哥,我们跟你去南佐镇,都是自愿的,你往前头一冲,我们还能落后呀?再说了,看那些当兵的,吹号前还好好的,一眨眼的工夫就死了,多可怜!再看看那长英,机关枪把手烫烂了都不知道,眼睛都杀红了!一个连就剩下他自己,他的心还不疼死!唉,跟八路比起来,咱做这点事不算什么。"

林成也说:"玉棠兄,我就不去吃饭了,我要去告诉凤阁姐姐和德显,就说是我们把长英从南佐镇的城墙上抬下来的。"

何玉棠一把拉住林成，说："林成，你去给他们捎信可以，但是话可不能像你这样说，你要是这样说了，还不把德显和凤阁吓死呀？！"

卷毛鹰一听乐了，说："林成的主意不错，就该吓唬吓唬他。咱这么多人去南佐镇抬担架，他高德显连一句客气话也没有！大伙说是不是？"

众人说话间就到了何玉棠的家门口。何玉棠把大家拦下来，说："先回咱家吃饭，然后再去听刘黑丑说书，我一会儿亲自去高家，把咱见到的听到的都给他们说说。"

坐落在十八盘村第八盘道上的何家大院早已是灯明烛亮，一片光明。一家人这回为聘闺女做了大量的准备工作，事先把大红请帖送往晋冀两省三县四邻各村有头有脸的人士和亲朋手中，盛情邀请他们届时光临。家里提前三天开始杀猪宰羊蒸炸烹煮，剪窗花扯绸缎挂红灯贴喜联，十八盘村上上下下男男女女忙得不亦乐乎。

灵芝见父亲回来，喜鹊般飞了过来，扑在何玉棠的肩头，急切地问道："爹，没伤着你吧？"

何玉棠眯起眼睛看着女儿，寻思着，这个乖巧的孩子，分明是牵挂着另一个人，却不明说，反倒来问候我，我倒要沉住气，先不给他说实情。想到这儿，何玉棠用右手的食指刮了一下灵芝的鼻子，然后从挂包里掏出一把亮晶晶的子弹壳递给灵芝，说："孩子，拿着它，是长英让我捎给你的。"

灵芝激动地跳了起来，说："真的呀爹，他怎么样？"

还没等何玉棠开口，卷毛鹰抢步过来对何灵芝说："灵芝，你就听好吧，长英他们又打了一个大胜仗，听说要提拔他当营长了！"

灵芝不信，拽住何玉棠的胳膊摇晃着问："爹，是真的吗？"

又没等何玉棠说话，林成挤过来对灵芝说："灵芝，这还能有假？是我们亲眼看见的。打了信号弹，吹了冲锋号，长英就带领队伍冲上去了，长英冲在最前头，第一个炸开了东门，第一个杀上城墙，可他手下的兵却都……"

何玉棠打断林成的话，对灵芝说："孩子，是真的，我们都亲眼看见了，南佐镇被八路军打下来了，长英被提拔当了营长，过两天就回来了。"

何玉棠还想说什么，灵芝却不再听下去，甩开他的胳膊跑回了屋，把父亲和一群人扔在了院子里。

何灵芝的情绪立马好了起来。前两天，她从干爹刘黑丑那里听说南佐镇是座不大的小城，南佐战役也是个小战役，八路军四个连把南佐镇围得跟铁桶似的，战役一旦打响，很快就会解决问题。可刚开始打炮那天，灵芝听着炮响就好像炸在自己的心上，后来炮声稀了，灵芝也就不想那么多了，只在心里惦着八月十六这个日子。现在，仗打胜了，长英马上就要回来了，两个人拜堂成亲的时刻就要来了，灵芝的脸色滋润了，说话的音调也升高了，她跑回自己的屋子里，一会儿把长辫子盘在头顶，一会儿又放下来缠在胳膊上，一会儿又扔到身后，在她细长的腰部摆来摆去。灵芝，活脱脱地变了一个人。

敖敖也已经从丧失玉犬的巨大悲痛中解脱出来。他认真清点了一下家里现有猫的总数，大的小的白的黑的花的黄的加起来一共是三百六十五只。从前他总也搞不清家里到底有多少只猫，问他娘，他娘也说不上。玉犬失踪后，敖敖把一只大黑猫封为首领，在这只猫的脖子上系了一条红绳子，取名墨星，享受特殊待遇。

何家的院子里聚了不少人，要求参加在十八盘的盘道上垒大灶的队伍，准备八月十六晚上点"火龙盘山灯"。这天，卷毛鹰在炸油果的时候不小心烫了手，消息传到给高家摆"八卦黄河阵"的林成耳朵里，林成很快送来了獾油让卷毛鹰抹上。林成一边给卷毛鹰上药一边说："兄弟，前两天在去南佐镇的路上，我想起一事，一直没顾上跟你说。听说你那天对到高家三十亩坪摆'黄河阵'的工地上干活有意见，是不是？"

卷毛鹰心里发虚，不敢正眼看林成，忙说："没有啊，没有！"

林成笑笑说："没有就好，你看你，紧张什么？脸上都出汗了！"旁边有人赶紧给卷毛鹰打圆场，说："那不是紧张的，是疼的，对吧，卷毛鹰？"

卷毛鹰忙点头，嘴里却说："玩笑，玩笑。"其实，林成早就看穿了，只是不再往下说，对众人打着哈哈说："以后啊，谁要是没这个胆量没这个能耐，就别跟我林成开这种玩笑！"

这天早晨天一亮，老窦居然也起了炕，跟常人一样有说有笑，一家人恢复了往日的景象。上午，老窦去了何玉棠家一趟，说要来帮着垒大灶。何玉棠见老窦说话的声音很弱，走路也摇摇晃晃的，就婉言谢绝了，让他回去再好好调养一阵子，等把身体养壮了再来干活不迟。老窦还去了三十亩坪，见玉米地早被平了，正在沿地边栽桩子。老窦见这里没有主事的，就没要求干活，独自一人回了家。等吃罢黑夜饭，老窦又昏沉沉地睡了过去，一黑夜也没动弹，豌豆娘的心里一下子又没了主张。

## 风 2

这天早晨，有人来向高德显报告了两条消息，一条是说虽然南佐大捷了，但没有抓住日本人的头目井上岩，让那狗日的给跑了，有的说跑到豆妪火车站了，有的说跑到豆妪大炮楼了，不管他跑到哪儿，都给今后的战事增添了麻烦；另一条是说刘黑牛与高长英两个人闹翻了脸，传言八路军要求地方政府严惩一批汉奸，其中就有刘黑牛。

高德显听罢，摇摇头说："不可能，绝对不可能！八路军四个连，把南佐镇围得水泄不通，据说连只苍蝇也没逃出去，他井上岩还能跑得了？另外，这黑牛是我小舅子，高长英是我儿子，一个是铁匠，一个是当兵的，他们两个人怎么会闹翻脸呢？准是瞎传。"

原来，南佐战役除了鬼子头目井上岩和王大水等人骑着十匹快马从北门仓皇突围逃进豆妪大炮楼之外，其余守军全部被歼。八路军共缴获战马一百余匹，轻重机枪十八挺，粮食、弹药和战刀无数。战斗结束当天，上级对参加攻打南佐镇的八路军正规部队和民兵部队进行了整编，由原来的四个连整编成一个独立营，即平东独立营，并任命高长英为平东独立营第一任营长，驻防南佐镇以及白城口、苍岩山一线，将驻昔阳野头镇的山岛一虫联队和栾城豆妪大炮楼、豆妪火车站的井上岩分割开来，伺机歼灭。

南佐镇这一仗果然长了八路军的志气，灭了日本人的锐气。井上岩等人龟缩在豆妪大炮楼里三天三夜不敢出来，命令在大炮楼的外围加强了警戒，岗哨林立，警犬咻咻。通往大炮楼的大小道路一律关闭，禁止老百姓通行。眼看大炮楼附近地里的玉米谷子熟了，红枣树核桃树上的果子熟了，但谁也不敢去收割和采摘，一任秋风浩浩荡荡地在田野上刮来刮去。

独立营接管南佐镇之后，高长英首先拜见了当地有威望的几个人，其中就有铁匠刘黑牛。这刘黑牛与刘黑丑、刘凤阁虽然是一母同胞，但姐弟三人除了相貌迥然不同外，脾气秉性也大相径庭。刘黑丑长得一副儒相，个子瘦高，弱不禁风的样子，却是满腹经纶，学富五车。刘凤阁则是窈窕淑女，才智双全，胸有韬略，行有规矩，言有分寸，处处为人楷模。而刘黑牛却是身高两米有余，肩宽膀阔，腰圆腿壮，臂长手大，眉粗目硕，头肥耳大，往人前一站，好似山梁倒立一般。尤其是他胸前那撮黑毛，乌黑浓密，仿佛能把人的眼睛扎出毛病来。

别人见了高长英无不客客气气毕恭毕敬地营长营长地叫着，只有刘黑牛不把高长英放在眼里。二人一见面，高长英就质问刘黑牛："前两天，你为什么不理睬我派去的人？为什么把我给你的信放在炭火上燃着点了烟？"

刘黑牛把眼皮儿一翻，说："高长英，我为什么要搭理你的人？为什么不能用你的信点烟呢？再说了，你高长英到城外三天了也不进城来跟我打个照面，反过来倒怪我长了短了的，你什么意思？"

高长英一听，气得差点背过气去，说："我是部队指挥员，能擅离职守跑到南佐镇会客吗？"

刘黑牛把脸扭到一边，说："你们军人有纪律，我们生意人也有职责，那两天我脱不开身！"

高长英心想，刘黑牛，你小子说不定真跟日本人瓜葛上了，要不然你不敢如此傲慢无礼。于是，高长英继续说道："听说日本骑兵用的大刀片儿都是你给打的？"

刘黑牛用眼睛盯住高长英，直言不讳地说："开始用的不是，后来用的就是了。怎么了？这事你们八路军也管呀？"

高长英越听越觉得刘黑牛像汉奸。他压了压心头上的火气，对刘黑牛说："刘黑牛，这叫助纣为虐，你知道吗？这是借日本人的手来杀中国人，你知道吗？我们八路军不管谁管！"

刘黑牛一百个不服，把一双眼睛瞪得老大，说："高长英，你不要来教训我，别的随你的便。"

高长英说:"这可是你自己说出来的。我想你是明白人,那些日本人是什么东西,你不会不知道。那些汉奸是干什么的,你也不会不知道。日本人是我们的敌人,是我们民族的敌人!汉奸同样是我们的敌人,是我们民族的败类!"

刘黑牛摇摇头,挺挺胸脯,说:"高营长,你刚才说了那么多,对我这个铁匠来说,一点儿用也没有。我只知道卖苦力挣钱,别的不想知道。日本人买我的刀,给钱我就卖。你们八路军买我的刀,给钱我也卖呀!"

高长英听罢,不由得咬紧了牙关攥紧了拳头,心想,与这小子打交道可得小心着点,他肯定不是什么好东西,一定跟日本人穿一条裤子了。高长英想着想着,一股火苗就从心底往上蹿腾。他从椅子上站了起来,走到刘黑牛跟前,把眼睛睁大了瞪圆了,对准刘黑牛的眼睛放光。他举起一只老拳在空中挥了挥,不轻不重地砸在了刘黑牛的肩膀上,一字一顿地说:"刘黑牛,你这样下去会很危险的,知道吗?"

刘黑牛笑笑,说:"不知道。刚才我已经说过了,打铁的只知道卖苦力挣钱是正理。"

高长英说:"刘黑牛,我也告诉你,卖苦力挣钱没错,错的是你给日本人卖苦力,给日本人打大刀片儿,我再告诉你一遍,你这叫助纣为虐!叫借刀杀人!"

刘黑牛把大脑袋摇了三摇晃了三晃,说:"高长英,你别给我扣帽子!什么纣不纣虐不虐的,谁给我钱,我就给谁打铁,谁给我的钱多,我就给谁好好干活,不管别的。你别以为打开东门就算立了头功,别以为当了独立营营长就有什么了不起,那些掩护你冲上去却被你丢在城墙底下的士兵至今还没合上眼睛呢!"

高长英早气得牙根疼了,听了这话,初八清晨那片血红的土壤又浮现在他的眼前,不由得一阵眩晕,但片刻后就恢复了清醒。高长英心想,你刘黑牛是在拿狠话刺激我,便追问道:"刘黑牛,听说你跟日本人井上岩打过赌,赢了一匹蒙古马,有这事?"

刘黑牛说:"有啊,这事一点不假!南佐镇的人们都知道啊!我用我的刀把井上岩的东洋刀削成了两截，他就把他的坐骑给了我。赶明天，我把那匹洋马骑过来让你看看。"

高长英的心肝早就裂了，心想，拉倒吧，刘黑牛，与你这种人对话无异于对牛弹琴。至此，高长英已经断定这个刘黑牛是汉奸了，与汉奸还有什么好说的？他压住内心的火气，说："刘黑牛，我今天给你说不下长短，一会儿我去拜访你娘，听说她老人家德高望重，知书达礼，在南佐镇以及两省三县妇孺皆知。我让她老人家好好管教管教你！"

刘黑牛说："随你的便。"

当时在场的不少人建议高长英必须给刘黑牛点颜色看看，不然的话，他必将成为铁杆汉奸，必将成为害群之马，必将祸国殃民！还有人建议，今晚就去捣毁他的铁匠铺，绑了刘黑牛，送到黄北坪秦司令员那里去。高长英叹了一口气说："唉，按理我还得叫他舅舅呢。"

高长英嘴里说着，心里盘算，等回家见了刘凤阁，一定先告刘黑牛一状。

这天黄昏，天空飘起了细雨，一架架山，一道道梁，全部迷失在雾一样的空气中。就在这个黄昏，被井上岩送出南佐镇的王大满遭到了一次莫名其妙的"袭击"。他们一家人和管家兼保镖黄老二正在一起说话，他怀疑是因为十八盘村的高德显心生妒忌，怕王家的光景和势力压过他，就怂恿自己当八路的儿子来打南佐镇，才造成了他目前这种颠沛流离无家可归的艰难处境。王大满说："此仇不报，我王大满咽不下这口恶气。想当年，高德显继承了祖上传下来的一份家业，自以为就了不得了，到南佐镇和赞皇城摆阔，是我在一次谈话中告诫他做生意如同坐江山，创业容易守业难。我这一句话照亮了他的前程，这小子很快就发达了起来，成为甘陶河流域山南川北一百单八村的首富。没想到自从娶了刘融的闺女刘凤阁，这小子就看不上我了，好歹我也是南佐镇的大财主呀！我的庄园一点儿也不比他高德显的小呀！我的土地我的牲畜我的金银哪一点也不比他的少呀！"

黄老二说："大哥，不是我说话扫兴，要对付高德显怕是不能来硬的，他儿子高长英手下有人，手里有枪，我们不会占到便宜。我听说高德显有一大爱好，那就是爱看戏，经常请井陉南关的小杜梨来唱戏。据说他还要在十八盘村盖大戏楼，请平定、昔阳、井陉的剧团来唱对台戏。我想找个机会，在这方面做些手脚，修理修理那高德显，至少也得让他破破财。"

黄老二的话音还没落下，就听见有人在街上放了一枪，还拦住一个妇女打听王大满的住所。黄老二急忙让王大满和老婆从后门出去藏到麦秸垛里，自己上到房顶往街上一看，只见四五个人围着一个妇女骂骂咧咧，问道："见没见到过一伙生人，南佐口音，其中有个老爷子五十多岁，左边腮帮子上有个大瘊子，还有个七八岁的小男孩？"那妇女摇头说："没见过。"那几个汉子就要打人，被村子里的男人们喝住，问："你们为什么敢在大街上打人？反了天了吗？"有个汉子还嘴硬，说："我们村里跑了人，不让来寻呀？"当地一群人就冲这个人来了，说："你们村跑了人，关我们屁事，到别处寻去！快滚！再不滚，你们一个也别想出这个村子！"这个说话的人扭回头问一个上了年纪的人说："阎老西派来扩兵的人走了没有？不行把这几个捆了去充数吧！"那伙人一听，吓得急忙跑了。

黄老二在房顶上听得清清楚楚，断定那伙人就是来找王大满的，而且一个个面带凶相，肯定不是什么好人。他从房顶上下来，向王大满汇报了刚才的经过，他们都觉得这事有些蹊跷。

王大满说："老二，莫非是八路军派人来追杀咱的？"

黄老二摇摇头，说："大哥，我看不像是八路，南佐镇方向的炮刚停下来，还不定谁赢谁输呢。你想呀，要是八路军败了，他们自己连命还保不住呢，哪顾得上来追杀咱呢？要是八路军胜了，占领了南佐镇，那日本人井上岩肯善罢甘休吗？说不定八路军在南佐镇还没站稳脚跟，就又被日本人打出来了。你说是不是？"

王大满又说："莫非狗日的井上岩反悔了，是他派人来杀人灭口？"

黄老二大摇其头，说："不可能。那井上岩与大哥您的交情是什么交情？他就是一头壳郎猪，也早就让您喂肥了，他要想杀您，又何必派人派车把咱送出城呢？"

王大满心里还是不踏实，说："老二，不能排除这种可能，日本人终究跟我们不是一条心。井上岩刚到南佐镇，就让我给他找了一套《三国演义》，说要看看中国印的《三国》是什么样子。依我看，这小子像曹操，对咱起疑心了。我们还是迅速离开此地，以防不测。"于是，他们星夜奔走转移，天亮才进入山西昔阳地界。

## 风 3

高长英披征尘裹硝烟登上了盘云寨。他把秦司令员送给他的乌骓马和两名警卫员留在了海瑞祠里，自己一个人从盘道上下来。

高长英一眼就看见了他熟稔在胸的山峰。

虎头虎脑的杀虎尖，是他儿时经常去的地方。山顶那块巨大的岩石和石缝里那棵怪模怪样的柏树疙瘩总也让他放心不下。这柏树疙瘩虽然早已没了枝叶，用手扳一扳忽忽悠悠的，却总是弄不下来，一股比胳膊还粗的根深深地扎在岩缝深处。高长英小时候就想把这棵柏树疙瘩弄下来拿回家制作一枚大烟斗，送给父亲，料想父亲一定会爱不释手。高长英知道父亲此生创业历程的艰难和不易。几十年风雨沧桑，几十年励精图治，几十年卧薪尝胆，几十年呕心沥血，成就了今天的家业，而父亲的身体却急剧地衰老了。尤其是生母去世后，父亲一下子变得沉默不语郁郁寡欢。虽然后来娶了生性活泼的刘凤阁，但父亲的脾气和性格好像越来越糟糕了。父亲此生在创业的大路上行走，养成了两大嗜好，一是看戏，二是抽烟。他一个人出门在外，逢戏必看，不管什么剧种，不管喜剧悲剧，不管坤角丑角，他都要看到底。看戏是他生命中最重要的一部分，他朝思暮想要在十八盘村建一座大戏楼，用他的话说："办成此事，死亦足矣！"抽烟是他生命追求中又一不可或缺的重要部分。高家有百亩良田，父亲都放心地交由别人代管，惟有卧龙潭西边的峡谷里那十亩烟田由他一个人亲自耕种，从选择烟秧到种植再到收获，从烟叶的采摘到晾晒再到切丝等等环节，他从不让别人插手。父亲用过的烟斗已经不计其数，估计不比何玉棠家的猫少。而且这些烟斗种类繁多，有银的有玉的有铜的，还有柚木芯的荆条疙瘩的等等。但在高长英看来，能称得上精巧别致的烟斗并不多。这就是高长英千方百计想把杀虎尖岩石缝里那枚柏树疙瘩弄到手做枚烟斗送给父亲的根源。然而，高长英当兵一走，他觉得这个愿望就无法实现了，不免有些伤感和郁闷。高长英就在这一次次的伤感和一次次的郁闷中迅速地成长起来了。

高大雄浑的龙凤山，也是他儿时经常去的地方。龙凤山是高家的仓廪，是高家的钱袋，是高家的命脉。从甘陶河卧龙潭边开始次第上升的是百亩良田、千亩果园、万亩草场。那里有滴水岩，有响马洞，有檀树林，也有高长英敬畏的丹霞、长风以及苍穹。春天梨花绽放的时候，梯次上升的山体变成了银白色，梦幻一般吸引着高长英。他曾追逐着蝴蝶和蜜蜂在梨树上攀上攀下，摇落无数的花瓣。秋天一到，朔风劲吹，梨树叶子开始泛红，黄澄澄的雪花梨挂满枝头，龙凤山果香弥漫，沁人心脾。到了冬天，整座山坳就成了一望无际的草甸子，高长英骑着马挥着马鞭打着口哨在草甸子上奔跑，有时惊起一群兔子，他就用弹弓去打，打不着也不气馁；有时看见一群狼一字排开蹲在远处的山梁之上，高长英就大声呼唤林成的名字，希望林成带着老枪来把这群狼一个个打死，尽管林成多半是听不见。高长英就在这一次次的期盼和一次次的呼喊中迅速地成长起来了。

高长英一眼就看见了他魂牵梦绕的大河。

这条发源于太行山脉的小五台山并流经白勺关奔涌而来的甘陶河，是他儿时常去的地方。它从北面绕过东平台，又从南面绕过西平台，在十八盘村前边形成一个宽阔的河套。河套里那泱泱大水，那深邃如眸的卧龙潭，那卧龙潭中央隆起的青石龙脊，都是他心驰神往之地。尤其是那神秘莫测的卧龙潭，镜子一样的水面，翡翠一样的潭水，荷花瓣一样的涟漪，无一不让他思绪万千遐想如飞。据说当年海瑞大人从十八盘上下来，徜徉在甘陶河边，欣赏春兰秋菊，观看鱼虾百态，聆听夏雨秋风，凝视大雪缤纷，好不惬意。一天，海瑞忽然看见河面上那条时隐时现的青石脊，犹如龙游江海，起伏蜿蜒，大气磅礴，便脱口说出"卧龙潭"三个字，从而给这流淌千年万载的甘陶河上最大的河套最深的水潭命了名。后人据此演绎出许多故事，说卧龙潭里有一座龙宫宝殿，里面盘着一条巨龙，时常浮出水面来观看这世外桃源，也趁机晒一晒宽阔的龙脊。传说八仙中的张果老在这龙脊之上睡过一觉，留下一个人形凹坑，人称"仙人榻"。还有人说八仙中的何仙姑在潭水边采过荷花，把花瓣洒在水里，形成了荷花状涟漪，至今卧龙潭里的涟漪还是荷花瓣形状的，形成了甘陶河上独一无二的景观。高长英曾经无数次地幻想，有朝一日与伙伴们潜到那龙宫宝殿里走一遭，去看一看那条龙的真身；有朝一日也到"仙人榻"上睡一觉，体验一下梦里升天的感觉。然而，这一切只是幻想而已。记忆中，卧龙潭中荷花瓣状的涟漪一层又一层地叠起来，把阳光或月色叠成一把又一把小伞，送给岸边的岩石和花丛，常常制造出如潮大歌和翩翩舞影。记忆中，一到夏天，十八盘村里胆大的男人们都到卧龙潭潜水，胆小的汉子也到卧龙潭边的浅水处摸鱼逮虾。记忆中，父母亲的规矩甚严，从来不让高长英等人去卧龙潭耍水。有一次，高长英从后门翻墙逃了出来，到卧龙潭边耍了一回水，结果让老师陈元告到父亲那里，被罚在骄阳下站了一个中午。但高长英总也忘不掉在卧龙潭里潜水畅游和在甘陶河里捕鱼抓虾时的惬意。高长英就在这一次次的向往和一次次的惬意中迅速地成长起来了。

高长英一眼就看见了东平台和西平台。

这隔河对峙的高大土丘，是他儿时常去的地方。今天，他看见了东平台上的百层梯田千层金黄，看见了西平台上的千亩赤桑万株碧绿。这真是天地间神奇的造化。东平台西平台是太行山中罕见的红土大岗，圆圆地向着高处隆着，一条缠绵的甘陶河将其绕着缠着滋养着，天生就是供人类在上面种桑植麻广种五谷的。东平台和西平台仿佛一双巨乳隆起在甘陶河畔，用它天生的肥沃和丰富滋养着这一方百姓。高长英清楚地记得，儿时跟在母亲身后到麻地采麻，到黍地割黍。桑葚儿熟了的季节，小孩子们蜂拥至桑园，猴似的攀到树上，手抓嘴捧，比着赛着，一个个都吃成了大花脸。有一次，一个孩子在桑树上被一条大蛇缠住，幸亏林成在此经过，擒住了那条大蛇，孩子才得救。高长英还清楚地记得，小时候与敖敖、老窦等人角逐力气，经常受他们的气，他就别出心裁，提议比赛跳大堎，从东平台顶层的巴掌堰一口气跳到三十亩坪，高长英身轻如燕，总是头一个到达三十亩坪，让敖敖和老窦等人栽了面子。那一次次腾起和一次次跌落的感觉，那一次次飞翔和一次次跨越的感觉，深深地印在高长英心的原野和梦的蓝图之上。高长英就在这一次次的竞争和一次次的腾跃中迅速地成长起来了。

今天，当高长英又一次把目光投向杀虎尖，投向龙凤山，投向甘陶河，投向卧龙潭，投向东平台西平台，投向那层层叠叠的梯田和桑林的时候，他看见的是漫山遍野的丹红流霞，他突然觉得一阵眩晕袭来，眼前一片漆黑，险些摔倒在盘道上，幸好身旁有一座刚刚垒好的大灶，他赶紧把身体靠在上面。他闭上眼睛把心静了静，心想，娘的，怎么回事？自从打下南佐镇后，他一看见红色就心烦意乱，就头昏脑涨，甚至火冒三丈，这到底是怎么了呀？为什么看见青山看见绿水看见金黄就神清气爽，而一看见红色，就头发晕眼发酸心发慌腿发软了呢？

高长英使劲眨巴眨巴眼睛，这阵眩晕很快就过去了。他仔细看看眼前这座炉灶，知道是何家为点"火龙盘山灯"垒的大灶。前两天他在南佐镇见到带领担架队上前线的未来的岳父大人，已经听说了这件事。高长英小的时候，每逢重大的节日或是重要仪式，何家都要在门前用青砖垒许多大灶，在灶的外侧留有若干透火孔，白天装好木炭，天一黑就击鼓放炮点大灶，火焰腾空而起，气势磅礴，几十里之外的村庄都能看得见。高长英从小就喜欢看灯，不喜欢转"黄河阵"。今天他站在十八盘的盘道上往下观看，发现了许多这样的大灶，想数一下有多少，却没能数得清。高长英在大灶旁的一块石条上看到了两行字：青石青云鉴青史，青衣青丝映青天。他便蹲下身子去抚摸，一个谜团又一次在他心里膨胀开来。高长英心想，哎，想这些做什么？何家如花似玉的灵芝明天就要成为我的新娘，以后会有时间慢慢弄明白的。高长英想到这儿，心中突突地跳着，犹如脱兔在怀，兴奋而忐忑，脚下不由得加快了步伐。

现在，身为八路军太行山平东独立营营长的高长英，与八月初一路过家门时穿戴的军衣军帽虽然没有多大变化，还是戴一顶灰布帽子，还是穿一身灰布衣衫，还是穿一双灰布鞋子，还是打一条灰布裹腿。然而，他昂首挺胸的雄姿，他顾盼炯炯的眼神，他走路生风的步态，都发生了明显的变化。这时，他迈着大步甩着胳膊，双脚踏在十八盘盘道中央的青石板上发出咚咚的声音。特别是他身上斜挎着的那把锃光瓦亮的拴着牛皮条的盒子枪，毫不掩饰地说明高长英已经在打南佐镇时立了头功并被晋升了职务。

最先发现高长英这些变化的是陈元。陈元在十八盘村乃至甘陶河流域山南川北一百单八村是一位相当了得的人物。他早年师从平定城晚清秀才甄乃赏习练诗文和书法。甄先生虽然遭遇乱世，却也具有真才实学，不仅古文讲得地道通透，而且文风甚端，所教弟子无不得了功名利禄。独其儿子甄畲世不给他争气，放着四书五经孔孟之道不学，反而跑到五台山拜云迹大师为师，皈依佛门，当了五台山俗家弟子。后来又学了阴阳八卦，专攻易经风水，整日怀揣一只罗盘游走四方，成了江湖术士。陈元在甄乃赏的私塾里潜心钻研孔孟之道，兼学琴棋书画诗词歌赋，打下了深厚的文化功底。他的道德修养和文化修养，主要体现在他后来的文化影响力上。他先在太原一所学校教书，后又到政府当文书，由于不满阎锡山的军阀专制，毅然辞职回到老家白勺关，后来受何玉棠和高德显之邀到十八盘村的海瑞祠兴办学堂，收了几个儿童，教他们识文断字习练书法。陈元对他的学生倾其所学，诲人不倦，口碑甚好，十八盘村无论男女老少都叫他老师。陈元老师写一手好字，曾经跟师傅甄乃赏临摹颜柳正楷，后习练欧苏行楷，再研习王羲之行草。他谨遵师命，写字时不求形似，但求神似。认为形似则死，神似乃活。所以，多年下来，陈元的书法果然集百家之长，而又自成一体，在书法界堪称一绝。他的笔体被公认为遒劲刚毅，古拙苍莽，独树一帜，人送雅号"陈铁笔"。陈元还拥有多套文房四宝。笔架上吊着大狼毫、小狼毫上百支。最为引人注目的是他自制的那支如椽巨笔，这支笔仅上等马尾毛就用了八斤八两，蘸一次墨汁需要五十余斤，写一个字需要几个人研多半天的墨。陈元用这支笔书写了"白勺关"三个大字，用了白布九丈九尺，墨水一百多斤，被人镌刻在白勺关大峡谷入口处的悬崖绝壁之上，至今还熠熠生辉。他还拥有大小不等质地不同的砚台上百方，什么徽州砚、易水砚应有尽有。其中最令人惊叹的是那方形状不规则而气势非凡的砚台，因砚台的边缘雕有五龙五凤，又叫龙凤砚。这方砚台据说是海瑞大人赠予宫廷御史王鼎王大夫的礼物。明崇祯皇帝吊死煤山之后，王大夫携家眷逃往大太监吴世雄为崇祯皇帝修建在天桂山上的行宫藏匿。后清兵追至天桂山，王鼎大夫又逃到山西五台山，遁入空门。王鼎临终前将此砚台交给一位高僧，再后来就落到了甄乃赏之手。甄乃赏本想把这方砚台作为传家宝传给儿子甄畲世，哪知道这甄畲世从小不喜文墨，更视龙凤砚如瓦砾粪土。甄乃赏一气之下，就把这方砚台赠予了得意门徒陈元。陈元得了这方砚台，如获至宝，恨不得供在神位之上。陈元还喜欢雕刻，拥有上百把大小不等削铁如泥的刻刀。卧龙潭中央凸起的青石龙脊上那"卧龙潭"三个大字和大大小小的棋盘都出自陈元之手。在陈元看来，他的每一支毛笔都价值连城，他的每一方砚台都价值连城，他的每一块香墨都价值连城，他的每一把刻刀都价值连城，远比高德显家东平台上层层梯田金贵百倍，远比何玉棠家西平台那千亩桑园金贵百倍，远比林成的老枪金贵百倍，远比犟睁眼的神龛金贵百倍，远比卷毛鹰的银喇叭铜喇叭金贵百倍。

今天，陈元老师受何玉棠之邀前来书写喜联，刚到卧龙潭净笔回来就碰上了高长英。他见高长英雄姿赳赳气宇轩昂的样子，就上前询问道："长英回来啦？看样子这仗打得痛快！"

高长英向来尊重有文化的人，对陈元老师这样的学富五车才高八斗的老师更是推崇备至敬畏万分。他见陈元主动与自己说话，便笑笑说："老师，仗是打胜了，不过那狗日的日本人把个南佐镇修得铁桶似的，可是让我们费了不少牛劲，也死伤了不少人！"

陈元夸奖道："长英，我看出来了，你又高升了！"

高长英这回没有正面回答，指指陈元手里的毛笔反问道："老师，你这是在忙乎什么？"

陈元说："还能忙乎什么，这两天十八盘村的所有人都在忙你和灵芝的婚事呢。"

高长英一听，拍拍脑门子，说："哎呀，对了，你看我说什么呢！老师，我把警卫员和马都留在海瑞祠了，麻烦您给照看一下。"说着话，高长英一溜烟地扑向村口。

刚到村口，高长英就被一群人团团围住了，其中有林成、犟睁眼、卷毛鹰和六指等人。犟睁眼的眼睛像席篾似的只是两条窄窄的缝，看人的时候总是先仰起脖子，往往走不到跟前，总也看不清眼前是谁。今天，犟睁眼的肩上挑着两桶棉籽油，顾不上放下担子，仰着头往人群里挤，一边挤，一边威胁人们说："喂，让一让！看什么呢？喂，让一让呀！让我也看看是不是村里又来新人了？"他这一挤，别人都呼啦一下给他让开了路。

捞鱼鹳看见了，忙过去拦他，说："你别在这儿看热闹了，三十亩坪还等着用油呢！"

犟睁眼仰脸看看捞鱼鹳，见他的脸不熟，也不理睬，照样往里挤，说："你们可别挤我呀，这油洒到你们身上不要紧，要是到晚上转'黄河阵'时没油点灯，有人怪罪下来，你们替我挨骂呀？"

林成说："犟睁眼兄弟，你嚷嚷什么呢？是长英打了胜仗当上营长从南佐镇回来了，有什么稀罕可看呢？"

犟睁眼不愿意听了，说："我当是谁呢，怪不得呢，原来是长英回来了，我说呢！林成哥，我今天不跟你说话，只想问长英一句话。"紧说着，犟睁眼来到了长英跟前，说："长英呀，你打胜仗的事我早就算出来了。初七那天后半夜，我在苍岩山檀树林老虎洞口的大石板上打坐练功，听到岭东的南佐方向静悄悄的，就觉得情况不妙。我闭着眼睛，却有无数的红灯笼在我的眼前晃来晃去，我掐指一算，恶仗就要开始了。果然天还不亮，炮就响了，其中有一炮最响，它响罢之后，枪声就紧了。长英，我知道那声大炮是你放的！"

林成一听不乐意了，心想，你们打听打听，在这十八盘村，谁能比得上我林成耳聪目明呀？谁能比得上我林成眼观六路耳听八方呀？犟睁眼，你一个簸箕眼儿，凡胎俗身，竟然听到了南佐镇那声炮响，竟然还从那炮声中听出故事来了，这不是瞎说吗？这不是胡扯吗？这不是公然瞧不起我林成吗？于是，林成抢过犟睁眼的话茬儿，说："犟睁眼，你在这儿瞎嚷嚷什么呢？长英，那声巨响不是大炮，而是炸药包，肯定是在南佐镇的东门炸响的，对不对？肯定是你冲在前边越过护城河安放到东门上的，对不对？肯定是你一把拉着导火索把南佐镇的东城门给炸开个大窟窿，对不对？长英，你倒是说话呀！"

长英左右看看，林成和犟睁眼这两个人较上劲了，就笑笑说："看你们两个，怎么跟神仙似的？那你们给我算一算，狗日的井上岩跑哪儿去了？"

林成和犟睁眼一听，就愣在了原地，两个人你看看我我看看你，不再说话。过了片刻，林成说："我猜测，那小子肯定是骑马跑的。"

犟睁眼掐着手指头在那里沉思了一会儿，说："那狗日的没跑远，就在豆妪大炮楼附近。"

高长英哈哈笑了，说："林成叔，老犟叔，你们两个都是人精，让你们说对了，那狗日的井上岩就是骑马从北门跑出来，逃到窦姬大炮楼上了。你们说的那一声巨响不是炮弹声，就是炸药包声。就是我那两包炸药，才把南佐镇的东城门的门楼给炸上了天，我才冲上城楼，打了个痛快仗。你们看看，我这手上当时被枪筒子烫没了皮，却一点也不知道！"

人们这才注意到，高长英的手上还缠着粗布。

林成见高长英表扬他和犟睁眼是人精，顿时高兴了，说："行了，都散了吧，犟睁眼，整个'八卦黄河阵'就差你摆灯碗了，快去干活吧，啊！"人们附和着林成的话，客客气气地推推搡搡地把犟睁眼挤到了人群的外边。

捞鱼鹳把高长英回村的消息报告给了高德显和刘凤阁。两个人迎到了大门口，见人们把高长英围得里三层外三层的，高德显就有些得意了。

这时，高德显听见林成在喊："让一让，大家都让一让，长英刚从南佐镇打日本回来，人困马乏的，让他早点回家吃饭休息吧，等明天晚上闹洞房的时候再跟他说话也不迟。"

林成一边说一边用手扒开一条缝，把长英推到了前边，一抬头，正好看见高德显和刘凤阁，忙说："哎哟，大姐，大哥，我正说要来向你们汇报'黄河阵'的事呢，刚好在街上碰见了长英。哎，长英，不对呀，是你亲口说过的，等打下南佐镇要骑马回来，你的马呢？你的警卫员呢？"

长英没接林成的话茬儿，紧走两步，上前一把拉住高德显的手，激动地说："爹，我回来了！"

高德显嘴里叼着一个硕大的烟斗，从袍袖里抽出另一只手来拍拍长英的肩膀说："回来就好，回来就好！快见过你娘。"

高长英腼腆地低下头，嘴唇动了动。

刘凤阁的脸上泛起了一阵红晕，拉起长英的一只手，关切地问："长英，你这手怎么了？"

长英说："没事，是枪筒子烫的，明天我就把这布撕掉。"

刘凤阁说："长英，这些天，我和你爹，还有乡亲们都为你揪着心，今天总算把心放下了。真是的，你的警卫员和马呢？"

高长英说："看把你们急的，我把警卫员和铁乌骓放在海瑞祠里了，一会儿我再去叫人去牵马。"

高德显埋怨道："你这孩子，那怎么行！现在就叫人去把警卫员请回来，把铁乌骓牵回来！"

六指一听，自告奋勇地去了。

高长英的确不再是当兵前的高长英了，不再是当连长时的高长英了，高长英已经是当营长的高长英了。于是乎，十八盘村的人们开始奔走相告，一村人很快都知道高长英骑回了铁乌骓，带回了警卫员，还说长英腰上插着的手枪和战刀都是从日本人手里缴获过来的。这在十八盘村也算是开天辟地第一人了呀！

人们散去以后，刘凤阁对高长英说："长英，我先给你煮碗饺子，一会儿咱拿上几包月饼去看看你玉棠叔和灵芝。"

中秋的月轮挂在苍穹的中央，把宁静祥和与欢乐悬了起来。

高长英和父亲高德显坐在中秋明月浸润的清风里，谈到南佐战役，长英说："爹，我开始把打南佐镇估计得太容易了，想一个早晨或一个晚上就能拿下，没想到狗日的井上岩才在南佐驻了两年，就把城墙修得像铁桶一样坚固，四个连硬是打了三天三夜，结果还是让井上岩跑了。"

高德显说："长英，胜败乃兵家常事，况且这一仗毕竟打赢了，解放了南佐镇，你还当上了营长。"

高长英叹了一口气，说："爹，那天早晨，我真的是豁出命了，因为首长给我下的命令是八月初八一早就要骑马从东门进入南佐镇吃早饭，我要是打不开东城门，就得掉脑袋！所以，我就抱起两个炸药包冲了上去。爹，现在想想，我的身子还在发抖呢。"

高德显说："带兵打仗，就得豁出性命，不然，哪个士兵肯跟着你干！"

高长英说："爹，对面拿枪的敌人并不可怕，可怕的是我们自己的人当汉奸，不配合八路军作战。"

高德显说："孩子，你说的是黑牛？"

高长英说："不是他是谁！这几天，刘黑牛可把我气坏了！"话刚说到这儿，高长英见刘凤阁和柳细腰端着饺子走过来了，忙用咳嗽来掩饰。

刘凤阁说:"长英,你说你的,没事的。黑牛这孩子从小就这样,不爱跟人打交道。这些年凭手艺吃饭,又养下不少毛病。"

高长英说:"可是,他整天跟日本人混在一起,还给日本人打刀片儿。"

高德显截住儿子的话,说:"长英,这事我们都听说了,我想,黑牛他也是出于无奈吧。你先吃点东西,一会儿该去看灵芝了。"

这天晚上,海瑞祠又是汽灯高悬,刘黑丑站在大院中央,手执一把折扇,准备讲他的《三国演义》。还没等刘黑丑开口,林成站起来说:"黑丑,你就直接说书吧,别讲抗日形势了,要讲,让长英来讲。"林成这么一嚷嚷,人们都说是。

刘黑丑也不生气,说:"林成,你先别急,我们说书人都有这个毛病,说书前都得打场子扯闲篇,不为别的,就是为了等人。今天我也不听你的,还是要先让大家温习一下昨晚我教的歌,不然我白费劲了。"说罢,他从口袋里掏出一张纸片,一句一句教唱起来。唱了一段之后,又开始教唱第二段,歌词大意是:四万万同胞拿起枪,同仇敌忾杀豺狼。最后一粒米,那个送去做军粮。最后一尺布,那个送去做军装。最后一床老棉被,那个盖在担架上。最后的亲骨肉啊,那个送去打东洋!

刘黑丑领着人们唱下来,一张张憨厚而粗糙的脸上都有了泪光。

刘黑丑说:"好了,大家都把眼泪擦擦,听我叙说祢衡骂曹。"

却说曹操欲招刘表来降,苦于无人去当说客。谋士贾诩对曹操说:"刘表刘景升爱好结交名流,必须派一个有名的人去说,他才有可能来降。"曹操问荀攸:"谁人可去?"荀攸说:"孔融可当此任。"当下曹操点头同意。荀攸来见孔融,说:"曹丞相要派一个有名望的人去刘表那里当说客,你愿意吗?"孔融说:"我有一个朋友叫祢衡,字正平,他的才气比我强十倍,不但可以当说客,我还想把他举荐给天子。我准备这样表奏献帝:臣闻洪水横流,帝思俾乂;旁求四方,以招贤俊……窃见处士平原祢衡:年二十四岁,淑质贞亮,英才卓跞。初涉艺文,升堂睹奥;目所一见,辄诵之口,耳所暂闻,不忘于心……忠果正直,志怀霜雪;见善若惊,疾恶若仇……鸷鸟累百,不如一鹗;使衡立朝,必有可观。飞辩骋词,溢气坌涌,解疑释结,临敌有余……今天,您既然来请我,不如先请祢衡去。"荀攸回报曹操,曹操当即应允。这一天,曹操招祢衡来,却不给赐座。祢衡仰天叹道:"天地虽阔,为什么就不见一个人呢?"曹操说:"我手下有数十人,都是当今英雄,你怎么能说没有人呢?"祢衡轻蔑地说:"那你说说都有谁,我当洗耳恭听。"曹操说:"荀彧、荀攸、郭嘉、程昱,机深智远,就是萧何、陈平也比不上他们。张辽、许褚、李典、乐进,勇不可当,就是岑彭、马武也比不上他们。吕虔、满宠为从事,于禁、徐晃为先锋;夏侯惇天下奇才,曹子孝世间福将。如此等等,怎么会说我帐前无人呢?"祢衡拊掌大笑,说:"公言差矣!此等人物,我都认识。荀彧可使他吊丧问疾,荀攸可使看坟守墓,程昱可使关门守户,郭嘉可使吟诗念赋,张辽可使击鼓鸣金,许褚可使牧牛放马,乐进可使取状读诏,李典可使传书送檄,吕虔可使磨刀铸剑,满宠可使饮酒食糟,于禁可使负版筑墙,徐晃可使屠猪杀狗;夏侯惇被人称为完体将军,曹子孝被人呼为要钱太守。其余各位都为衣架、饭囊、酒桶、肉袋是也!"曹操闻听,怒不可遏,大声说道:"你有何能?"祢衡说:"不是我自己吹嘘,你到大街上打听打听,我祢衡天文地理无一不通,三教九流无所不晓;上可以致君王为尧舜,下可以配德于孔子颜回。怎么可与你们这些凡夫俗子相提并论呢?"大将张辽想拔剑杀之,被曹操制止。曹操露出奸佞之笑,说:"那好吧,我这儿正缺少一名敲鼓的小吏,可以让你来充任此职。"那祢衡是何等人物,他见过长江咆哮黄河横流,更见过泰山之尊昆仑之威,明知曹操是在故意羞辱他,却不恼火,应声而去。第二天,曹操大宴宾客,命令鼓吏敲鼓。祢衡身穿旧衣而入,击鼓击出《渔阳三挝》,音节殊妙,渊渊有金石之声。在场坐客听了,无不慷慨涕流。旁边有人喝道:"祢衡,你为什么不去更衣?"那祢衡索性脱去破旧衣服,裸体而立,浑身袒露,所有在场的人都不敢正视。曹操怒叱道:"庙堂之上,你为什么这样无礼?"祢衡坦然说道:"欺君罔上才是无礼。我今天露出父母给我的形体,以显示我清白的本质,怎么能说无礼呢?"曹操质问道:"你为清白,谁为污浊?"祢衡回答说:"曹丞相,你不识贤愚,是眼浊也;不读诗书,是口浊也;不纳忠言,是耳浊也;不通古今,是身浊也;不容诸侯,是腹浊也;常怀篡逆,是心浊也!我是当今天下名士，你却让我充当鼓吏，犹如阳货轻视仲尼，臧仓毁誉孟子耳！你想成就霸业，为什么如此蔑视我呢？"祢衡当场侮骂了曹操，让曹操丢尽了脸面，但那曹操毕竟是世之奸雄，还是让祢衡出使荆州，劝说刘表来降。他对祢衡说，如果能够劝来刘表，就用你做公卿。祢衡知道曹操不怀好意，不肯前往。曹操便叫人准备了三匹马，由两个人扶挟而行，又让手下文武到东门外送行。荀彧使坏说："大家听着，一会儿祢衡进来，谁也不要起身。"果然，当祢衡走进大厅，见众人都纹丝不动地坐着，便放声大哭。荀彧问道："你为什么哭呀？"祢衡说："我行走于棺材之中，怎么能不哭呢？"众人说："吾等是死尸，你便是无头狂鬼耳！"祢衡大声说道："我是汉朝之臣，不作曹操之党，怎么能无头呢？"众人欲杀之，荀彧急忙制止，说："杀他一个鼠雀之辈，用不着玷污我们的刀刃。"祢衡又仰天大哭，说："你说我是鼠雀，尚有人性；你等只怕是蜾虫。"

　　说到这儿，刘黑丑放慢语气，问道，大家知道这蜾虫是什么吗？《诗经》里有这样两句诗："螟蛉有子，蜾蠃负之。"前者是一种绿色小虫，后者是一种寄生蜂，它把螟蛉逮住，放在自己的窝里，再把卵产在它们的身上，等小蜂孵化出来以后，螟蛉就被当作食物吃了。古人误认为蜾虫不产子，收养螟蛉为义子。其实，对于二者来说，螟蛉是无辜的，蜾虫是害人的。那祢衡借此把曹操以及手下一班人马都给骂了。祢衡骂罢曹操，被强制去往荆州见刘表，刘表知道这是曹操借刀杀人之计，便把祢衡支到江夏黄祖那里，结果两个人在一个酒场上喝得大醉，黄祖问："你在许都有什么朋友？"祢衡醉言道："大儿孔融孔文举，小儿杨修杨德祖，除他二人，别无朋友。"黄祖又问："你看我这人怎么样？"祢衡说："你是庙里的神像，虽然常受祭祀，却不灵验。"黄祖怒道："好啊，你把我当成泥土木偶人了！"于是就斩了祢衡埋于鹦鹉洲。后人有诗叹道："黄祖才非长者俦，祢衡珠碎此江头。今来鹦鹉洲边过，惟有无情碧水流。"

　　就在刘黑丑说书的时候，敖敖发现有几个人拐进了葛掌柜的院子。敖敖早就注意上葛掌柜。那天他爹和高德显在屋里说的话他都听见了，心想，这个人来历不明，除了在甘陶河流域山南川北一百单八村游走之外，还经常与一些外地人神秘来往，三番五次地在十八盘村散布流言，说东平台西平台是铜矿，

119

龙凤山是铁矿,后来又说要在卧龙潭上架设浮桥,肯定居心不良。敖敖还给父亲建议,以后对葛掌柜要提高警惕。敖敖说:"葛掌柜怎么会知道十八盘有铜矿有铁矿呢?怎么会知道在卧龙潭上修了浮桥会有利于河东河西的人员往来和物资运输呢?怎么敢在十八盘村的两个头面人物中间斡旋事情呢?"于是,敖敖断定葛掌柜的背后有人。要不然,他也不会到处发布消息,不会在高德显和何玉棠中间游说,更不会提出在卧龙潭上修浮桥的事。这时,敖敖的脑海里浮现出许多疑问:莫非葛掌柜是受日本人的指使来十八盘村做卧底,是日本人的走狗,以匠人的身份作掩护来与共产党和八路军作对的?敖敖越想越觉得葛掌柜不是好人。今天晚上,他看见又有几个人去了葛掌柜家,想去看个究竟,但转念一想,怕打草惊蛇,就决定先去跟爹和刘黑丑报告一声再做打算。

何玉棠和刘黑丑听了敖敖的汇报,也觉得葛掌柜最近的行踪有些异常,但现在不能马上采取行动与之对质,于是就让敖敖继续在暗中监视。

# 风 4

今年八月十五日的月亮出奇地圆出奇地明。天穹之上,月朗星稀,深邃空旷。地野之中,山高岭长,风静水平。硕大而明媚的中秋月轮,意气风发,静静地嵌在空中,和蔼可亲的光线正含情脉脉无微不至地抚慰着十八盘村的山川河流。近处的甘陶河以及河畔的山石草木清晰秀美,远处的景物则婉约含蓄,朦胧弥散,甚至飘浮不定。

一个新鲜的黎明在东方的天际悄然生长着。先是天边的一块块云彩开始变换队形,由几小朵汇集成一大朵,又由一大朵分散成几小朵。然后,这些云彩开始转换颜色,由铅灰演变成深蓝,再由深蓝演变成浅蓝。变幻中,这些云彩就渐渐地有了层次,一层一层地叠在一起,错落有致地排列着。忽然,不知是从云层的哪一个角上放射出一条洁白的丝线,为浅蓝色的云朵镶上了银边。就在云彩变幻的时候,山川里的风也在卧龙潭边秘密集合起来,又秘密潜散下去,在屋檐上街巷里地垄边盘道上,到处都有风的行动。此时此刻,盘云寨顶,高天碧空,风轻云淡。十八盘盘道,秋风习习,虫声唧唧,叶影婆娑。甘陶河上下，波载粼光，涛声悠扬。

十八盘村里一场惊世骇俗旷世未有的婚礼即将在云镶银边儿百灵高歌的黎明敲响锣鼓。

自从日本人骑着高头大马扛着洋枪洋炮打进太行山那一年算起，甘陶河流域山南川北一百单八村的老百姓就把红白事给简化了。在逶迤不绝的八百里太行山上，在绵延百里的甘陶河流域，在恬静舒适的家园里，八路军与日本人之间正在进行着一场殊死的战争，一仗比一仗打得艰苦，一仗比一仗打得惨烈。为了支援前线，政府一次接一次地征兵征粮，把村里的青壮年几乎一个不剩地送上了前线，后方只留下老弱病残妇女儿童来支撑这行将崩溃的日子，谁还有心思来张罗这事那事！谁家死了人，家境好一点的，找人刨一棵树割一口棺材埋到坟里去。穷人家死了人，则把炕上的席子揭下来，把死人裹进去，垒到荒沟野洼的大岩石下面。村里偶尔遇上一场婚事，也多半是残缺家庭的重新组合，就是所谓的爹死娘嫁人，当事人把亲朋好友叫到一起见个面吃顿饭了事。人们已经好几年没有见到过一次排排场场的结婚场面了。这虽然省了不少人力和财力，却也少了一份亲情一番热闹。在中国农村，村与村之间、人与人之间、家族与家族之间的关系，就是靠婚丧嫁娶之类的事情来维系和支撑的呀！

从前，刘黑丑每天晚上在海瑞祠里说书前总要先唱几句曲子，大都反映的是人们日常生活中常见的事物，东家丢了牛，西家跑了羊，张三的老婆养汉，李四的老婆偷人等等。从今年开始，刘黑丑说书打场用的说辞变成了山外的天地，变成了抗日形势，变成了教唱歌曲。开始人们听不惯，几天下来，人们跟着刘黑丑唱着唱着就流下了眼泪，唱着唱着心里就对自己的命运充满了担忧，唱着唱着心里就对日本人充满了仇恨。

这哀婉忧戚的歌声从一个戴着毡皮帽披着羊皮袄的说书人的喉咙里哼鸣出来，再传到同样戴毡皮帽披羊皮袄的人们的耳朵里，于是他们的心灵就产生了共鸣，发生了共振。到后来，这声音就变得滚烫，变得洗练，变得铿锵，变得明媚而灿烂，就像火把点燃干柴，把十八盘村的男女老少的血液给煮沸腾了。于是，一村人的心就凝聚在一起，就化作无穷的力量，就把在苦难中浸泡的人们的脊梁支撑起来，像巍峨挺拔的太行山一样！

然而，随着秋冬季的来临，战事越来越紧，人们的心思全部用在了保全性命和繁衍后代上了，每个人都从心底涌动起对婚事的渴望。这些天来，十八盘村的人们似乎已经找到了过喜事的感觉，浓郁的节日气氛让每个人都兴奋不已。高何两家联姻，真可谓门当户对众望所归。高长英娶何灵芝，真可谓郎才女貌天赐良缘，天生一对地造一双，一个是十八盘村迄今为止最有出息的男人，一个是十八盘村迄今为止最为标致的女人。高何两家都是富甲一方的豪门大户，高德显和何玉棠都是甘陶河流域山南川北一百单八村屈指可数的体面人物。所以，人们都希望这桩婚事办得隆重热烈，办得史无前例，办得旷古绝伦。

从昨天下午开始，高德显家的朱红大门的门庭两侧就挂起了大红灯笼，门楼的橡头上系着两个大红绸缎结成的绣球。门口那对汉白玉狮子的脖子上也系上了红绣球，把这座豪宅装点得既庄重气派又喜庆热烈。卧龙潭边三十亩坪的"八卦黄河阵"已经摆设完毕。入口设在西南，出口设在东北，在入口处和出口处各搭建一座牌楼。牌楼门口设置一对大狮子，威风壮观。在入口处的牌楼两侧贴着陈元老师书写的对联，上联：天下黄河九曲卧龙潭白露山门开金锁。下联：地上太行八陉盘云寨中秋月夜放银花。牌楼前各立三根旗杆，旗杆顶端挂三面大旗，三十亩坪周遭遍插五色刀旗，迎风猎猎，夺人耳目。

此前，高德显把犟睁眼专门请到后宅就"八卦黄河阵"进口与出口的方位进行了商议。高德显提醒犟睁眼，在卧龙潭边的三十亩坪摆"黄河阵"是开天辟地头一回，南边是水，北面是路，设进口和出口一定要考虑到前来转"黄河阵"的人们的出入平安，门要宽大，路要平缓，千万不能发生拥挤踩踏事件。犟睁眼说："这样下来，费用可能要比以往的'黄河阵'贵不少。"

高德显说："犟睁眼，你尽管放心大胆地去设计，不要担心费用。狮子用什么材料制作？"

犟睁眼说："木头和白纸就行。"

方案大致确定下来，高德显又把这些设想透露给昔阳城的风水先生贾定桩，得到贾先生的认可之后才付诸实施。在犟睁眼的指挥下，三十多人按图索骥，在三十亩坪栽下了三百六十五根碗口粗的椴木桩子，全部是从龙凤山背后的西沟采伐来的白生生的新茬木料。在碗口粗的椴木桩子上面要放置三百六十五盏灯碗。捞鱼鹳摆着大船从河西运回九十九荮印花大碗，八百斤棉籽油，一百斤搓灯捻用的新棉花，八百多丈豌豆粗的新麻绳子，还有烟花爆竹等等。上述材料悉数用在了"黄河阵"上。高德显早就说了，他要摆一次历史上规模最大的"黄河阵"，让人们体验到以往从未体验过的阵容和新奇，让"八卦黄河阵"内灯满城人满城，让高家赢得历史上最大的光荣和体面。

刘凤阁在前庭和大院里忙乎了大半夜，突然觉得头晕恶心。这是她多年来很少有的感觉。在这一瞬间，她又想起了父亲，想起了母亲。刘凤阁十分镇静地安顿下每一位客人，又到后厨检查了一遍，才回到后宅，见高德显还一个人坐在椅子上抽烟，一言不发，神情困倦，就埋怨道："德显，天都这么晚了，你不睡觉哪行！长英的婚事还没开始，你要是熬倒了身子可怎么办？"

高德显说："凤阁，今天晚上，月光很明，我该再去看看'黄河阵'。"

刘凤阁知道，这两天高德显的心思全部放在"黄河阵"上了。高德显认为，摆"八卦黄河阵"虽然是祖上流传下来的一种祭祀形式，但到了现在，就成了展示高家财富和地位的大舞台，同时也是展示高家每个人精神面貌的窗口，绝不能有半点差池瑕疵，绝不能有半点疏忽大意。"黄河阵"要是摆好了，不仅十八盘村的人们都来"转黄河"看热闹，就连附近村庄山寨的人们也都要赶来转黄河看热闹。他何家的"盘山灯"有什么玄妙可言呢？有什么新鲜花样可言呢？有什么文化品位可言呢？看不出来，一点也看不出来呀！高德显这次势在必得，非要比何玉棠高出一筹不可。

刘凤阁心想，现在都后半夜了，哪能再让他去三十亩坪呢？于是她婉转地说："德显，摆'黄河阵'有林成和犟睁眼他们操持，你就放心，不会有事的。"

高德显摇摇头说："他们毕竟都不是咱家的人，我哪能不操心呢！"

刘凤阁说："我看咱家用的这些人都能靠得住，包括捞鱼鹳。"

高德显说："捞鱼鹳我最放心，他一个要饭的孩子，能有多少心计？对了，长英呢？"高德显突然间想起了儿子高长英。

刘凤阁说："晚饭后我陪他去了一趟何家，看了看玉棠和灵芝，这会儿可能刚睡下吧。"

高德显噢了一声，抬起脚在鞋底子上磕了磕烟斗，说："他是该好好睡一觉了。"

刘凤阁说："德显，说起长英来，不知道你发现了没有，他这次回来与上次路过时有许多地方不一样了。"

高德显说："有什么不一样，我怎么没看出来呢？上次他路过回家，头一次见着你，看样子他很高兴。这一次，他刚打了胜仗，明天又要娶媳妇，怕是更高兴吧！"

刘凤阁说："我看不光是高兴。刚才我把新衣服拿去让他明天早晨换上，他说就穿军装。在去玉棠家的路上，我听到他衣服兜里哗啦啦响，问他装的是什么，他说是子弹壳，送给灵芝玩儿的，让我给拦下了。这孩子，我看他对婚事有一搭没一搭的，还没真正放在心上呢。"

高德显说："凤阁，你拦得对。长英的孩子性情还没改掉呢，加上当了三年兵，整天在战场上打呀杀呀的，对家长里短的事情怕是一点也不懂了。他不换衣服也罢，你可得换件好衣裳。"

刘凤阁笑笑说："不用，明天的主角是咱长英，是灵芝，不是我刘凤阁。"

高德显说："凤阁啊，你看长英还有哪些地方跟从前不一样了？"

刘凤阁说："不知道为什么，长英他开始厌烦红色，问我弄这么多红绣球红灯笼红绸子红对联做什么？还说前方正在打仗，咱把婚事简办了吧。德显，长英后一句话说得对，可是已经到这一步了，只能往下进行了，你说呢？"

高德显问："他还说了些什么？"

刘凤阁说："别的没说什么。他的脾气好像也变了。刚才他跟我说，打下南佐镇之后，他开了一次乡绅会，也让黑牛参加了，结果他俩就吵了一架。长英怀疑黑牛当了汉奸，与那个日本人井上岩打得火热，照此下去，怕是要在政府清除汉奸的名单上看见刘黑牛的名字，就像王大满、王大水、黄老二那样遭到通缉和镇压。德显，你说有这么严重吗？"

高德显沉思了片刻，肯定地说："这怎么可能！长英他不会那么做，他不会不顾及你和我的面子的。再说了，黑牛和王大满王大水黄老二不一样，他跟日本人打赌不假，可是他打赢了呀！灭了日本人的威风，给咱中国人长志气了呀！他给日本人打刀片儿也不假，可那是迫不得已呀！不能认为给日本人修过碉堡筑过工事的人都是汉奸。当时，南佐镇是敌占区，那敌占区的人都是汉奸吗？这个道理讲不通的。凤阁，你放心，等我明天见了长英，再探探他的口风，告诉他，这可是一个大是大非的问题，绝不能草率了事。"

两个人正说着，刘黑丑从外面进来了。刘凤阁见了，起身让座，说："哥，我还说你不来了呢，天都快亮了。"

刘黑丑说："凤阁，看你说的，我怎么会不来呢？你们俩说的话我都听到了，长英和黑牛在南佐镇的确吵了一架，长英也跟我说了，他只是担心而已，说他刚到南佐镇当独立营营长，怕别人知道他与刘黑牛是亲戚后说三道四。黑牛是什么样的人，咱还不清楚吗？他怎么会跟日本人混在一起呢？他怎么会当汉奸呢？他怎么会像王大满王大水黄老二一样上了共产党剪除汉奸的名单呢？"

高德显听罢点点头，说："黑丑，你这话我爱听。我刚才给凤阁说了，黑牛跟井上岩打赌，给日本人打刀片儿是迫不得已身不由己的事，顶多是年轻气盛，想炫耀一下自己的本事和能耐，这怕是免不了的。他不是一刀砍断井上岩的战刀了吗？狗日的井上岩不是也在咱中国人面前点头哈腰了吗？"

刘凤阁好像还有些忐忑，说："哥，我可是好长时间没见黑牛了，他明天到底来不来，我还没得到准信儿呢。"

黑丑看看凤阁，说："凤阁你放心，黑牛他一准儿来，是他亲口对我说的。"

刘凤阁说："这就好，不过，哥，黑牛来了，你可得好好说说他，不要耍小孩子脾气，不要喝大酒，闹不好会搅了场面的。"

高德显哈哈笑道："不怕，不怕，我知道黑牛能喝几碗酒，明天我找几个人来陪他好好喝喝，大喜的日子，不喝酒不热闹嘛。"

刘黑丑说："凤阁，你们早点儿睡吧，我去找长英聊聊。"

高长英压根儿就没回屋睡觉，而是叫上捞鱼鹳跟他一起上了杀虎尖。出门时，捞鱼鹳劝长英别去，路上又劝，高长英就是不听。高长英不但不听，还一个劲儿地向捞鱼鹳讲述那段关于牛虎斗的故事，讲述他对那场牛虎斗胜负双方的看法。长英说那牛是被人利用了，那虎是被人谋杀了。还说那黄牛和老虎是无辜的，是可怜的，而那人是卑鄙的，是可耻的。捞鱼鹳听不大懂长英的话，也讲不出自己的道理，只知道明天是高长英结婚的大喜日子，这深更半夜的不应该到这杀虎尖来，万一路上出点事，老爷非把他捞鱼鹳的腿打断不可。高长英见捞鱼鹳一再往后拖，就站住脚对捞鱼鹳说："捞鱼鹳，你是不是男子汉？是不是大丈夫？男子汉大丈夫就不是胆小鬼，就不是稀松软蛋！像你这样的人要是上前线打仗，一听见枪炮响，准得尿裤子！"高长英这样一说，捞鱼鹳就不敢拖拉了，乖乖地跟着长英往前走。

二人很快就来到杀虎尖顶巨大的岩石下面，高长英命令捞鱼鹳道："捞鱼鹳，给我上去把那柏树疙瘩拧下来！"

捞鱼鹳不敢怠慢，趁着明晰的月光，猴一样攀了上去，吭哧吭哧地弄了半天，也没把那柏树疙瘩拧下来。

捞鱼鹳心里直纳闷儿，暗自说道：你明天就要手牵媳妇儿入洞房了，还弄这柏树疙瘩做什么用呢？但他又不敢说别的，只对高长英说："长英哥，你不早点儿说是来拧柏树疙瘩，要是说了，我带把斧子来。"

长英大声地说："我要的是完整的柏树疙瘩，不是柏树劈柴，你拿斧子想干什么？那算什么能耐！"

捞鱼鹳说："长英哥，我明白了，你等着！"捞鱼鹳说罢，就又使劲去拧那柏树疙瘩，左一下，右一下，眼看要下来了，但硬是拔不起来，那股根扎在了岩石深处，手伸不进去，也用不上力气，可把捞鱼鹳急坏了。他停下手看看站在下面的高长英，月光披在他的身上，连头发都好像浸在水中。高长英问道："捞鱼鹳，怎么样了？不行我上去，两个人的力气会大些。"

捞鱼鹳说："不行，长英哥，这儿只能站一个人，你上来还碍事呢。"

高长英说："那你快点呀！"

捞鱼鹳又拧了一阵，还是不见效，便有些灰心，鼓起勇气问道："长英哥，你弄这柏树疙瘩做什么用？"

高长英说："给我爹做烟斗。"

捞鱼鹳一听，身子往岩石上一靠，像一只泄了气的皮球，心想，得，今天晚上不弄了，等明天我拿上斧子来，三下五除二就弄下来了，反正也不着急用。想到这儿，他就对高长英说："长英哥，咱商量商量行不行？"

高长英仰起脸问："行啊！捞鱼鹳，商量什么？"

捞鱼鹳说："长英哥，反正老爷也不急着用，改天我再来把它弄回去不就得了。"

高长英一听，断然否定，提高嗓门说："不行，捞鱼鹳，这事不能商量，今天晚上必须给我弄下来。你要是弄不动了，赶快给我下来，我上去！"

捞鱼鹳说："长英哥，你别上，我再试试！"

高长英说："我回去给你拿斧子吧！"

捞鱼鹳这才真着了急，哪能让长英再跑一趟呢。他看看月亮已经往西边沉了，光线也暗了许多，说："长英哥，你等着，我赶紧弄就是了。"

高长英在下面的崖畔看着捞鱼鹳，见他扭回头去，抓住那柏树疙瘩就使开了劲，连咬牙的声音也听到了。随着捞鱼鹳的一声吼叫，高长英听见咔嚓一声，那捞鱼鹳一下就坐在了悬崖边上，差点跌落下来，硬是蹬掉了一只鞋。这只鞋从上面掉下来，正好砸在长英的身上，被长英接住，喊道："捞鱼鹳，你怎么样？快抓紧了！"

半天，捞鱼鹳才说："长英哥，下来了。"

高长英说："捞鱼鹳，你别在上面待着了，快踩着我的肩膀下来吧！"

## 风5

这天夜里，何玉棠家自然也是张灯结彩喜气洋洋。值得一提的是，"火龙盘山灯"也全部完工了。何玉棠租用高德显家的大船从河西运回了青砖和木炭，又组织十几个壮劳力在十八盘盘道上修造了三百六十五座大灶，一个大灶高三尺有余，灶膛宽大，旨在多装炭块，使其彻夜不灭。想象中，这三百六十五座大灶点起来，恰似一条火龙腾空飞去，会把盘龙寨装点成一幅生动而壮观的景象。何玉棠早就说了，他要把"火龙盘山灯"办成一次最壮观、最气派、最精彩、最难忘的灯会。他吩咐卷毛鹰等人在垒大灶的时候不要吝惜材料，在不影响行人和牲畜过往的前提下，尽可能往大里做，并临时决定将原定使用的炭块撤下来，换成了上等木炭。为避免引发山火，何玉棠还命人给每一个透火孔装上了防火笮子。何玉棠心中暗想，你高德显有什么了不起！你的"八卦黄河阵"有什么了不起！人们转"黄河阵"顶多转上一个时辰，而我的"火龙盘山灯"却能够彻夜通明。

何玉棠正沉浸在想象之中，陈元老师过来叫道："何老弟，别人都在忙碌，你倒有空在这儿独坐，又在谋划什么大事呢？"

何玉棠忙起身让座，说："陈老师，这么晚了，你怎么还没睡呀？"

陈元说："我这人一辈子也没遇到过能让我激动的事，在咱十八盘村算是遇上了。明天是令爱的大喜日子，当然也是全村人的大喜之日，我怎么能睡得着呢？我琢磨来琢磨去，也没什么像样的礼物，就把这方龙凤砚拿过来，算是给灵芝添一份嫁妆，你可不要见笑。"

何玉棠双手接过用红绸子包着的砚台，说："哎呀，陈老师，你太见外了！我知道这方砚台是你的镇宅之宝，我怎么能夺你所爱，受此大礼呢？"

陈元说："老弟，你这话才见外呢。我陈元能有今天，多亏了你的大力相助，我正为无以报答发愁呢。正好灵芝明日完婚，以此砚相赠，也算我的一点心意。"

何玉棠说："那我就替灵芝谢谢你了。"

何灵芝不知从什么地方钻了出来，说："爹，不用你替我谢，我在这儿呢。"说罢，冲陈元鞠了一躬，说："谢谢陈老师，我早就喜欢上您的这方砚台了，就是没好意思开口。但我的字写得不好，您可不要笑话我啊！"

何玉棠嗔怪道："这孩子！"

陈元哈哈笑着说："灵芝，今天我说句实话，这方龙凤砚能传到你手里，我也就放心了。"

何灵芝抱着砚台刚走，从大门外匆匆忙忙进来一个人，开始谁也没认出来，等那人走近了，才看到是何霓霓。何霓霓见了众人，突然在院中央站住，眼睛六神无主的样子，脸上的表情也僵硬着，把大家吓了一跳。

敖敖惊讶地跑过去，一把抱住霓霓，说："哥，你回来早说一声，我好到河西接你！"

何霓霓说："我都到家了，不用说了，快帮我把东西拿下来，我跟咱爹有话说。"

何玉棠说:"霓霓,这里没外人,你说吧!"

何霓霓还是来到父亲身边,低声说:"爹,八路军打南佐镇,太原城都知道了,有人给我写信,威胁我,说高长英要是不从南佐镇撤兵,日本人就要血洗十八盘。"

何玉棠惊诧道:"八路军打南佐镇,与咱十八盘村有什么关系?与你这个教书的有什么关系?知道是谁给你写的信吗?"

何霓霓说:"不知道。"

何玉棠又问:"后来也没人找过你吗?"

何霓霓说:"没有。"

何玉棠说:"别理他,反正南佐镇早被八路军打下来了,高长英已经当上了平东独立营营长,势力越来越大,连日本人都不敢轻举妄动了。"

陈元凑过来,说:"兄弟,我看这事没那么简单,肯定有人在里头挑事,制造紧张空气,破坏你和高德显的关系,干扰灵芝和长英的婚事。"

何玉棠说:"霓霓,你先去吃点东西,一会儿咱一起去找你黑丑叔合计合计。"

灵芝已经梳洗完毕,正坐在镜子前仔细端详自己的面容。以前,她听惯了别人对她的夸奖,她自己也坚信自己的容貌可以沉鱼落雁,可以闭月羞花,可以让同龄的姑娘羡慕不已。

她认为自己的两道眉毛才是真正意义上的柳叶眉,细细的弯弯的长在两只水汪汪的眼睛上方,一颦一笑之间,就把自己心灵的窗户敞开来,让所有的人都觉得她无比天真无比纯洁。

她认为自己的眼睛才是真正意义上的眼睛,上睫毛自然地向上翘着,下睫毛也齐刷刷地排成一溜,仔细数数准能数得清楚,还有黑黑的眼珠,还有清澈的眼底,还有自信的神韵,一眨一眨的,生动鲜活,让谁看了都会心动。

她认为自己的嘴唇才是真正意义上的嘴唇,有清晰的轮廓,有细致的纹理,有丰润的色泽,更有洋溢的精神,加上洁白的牙齿,更是无与伦比绝无仅有。

她尤其认为自己的头发才是真正意义上的头发,两条五尺多长又黑又粗的辫子往身后一甩,随着轻盈的步态,一摇一摆,犹如杨柳醉春风,清泉韵依依，让十八盘村的女人们好生嫉妒。

何灵芝常常对着镜子看，看着看着自己就笑了，心里美得像一朵花。然而，自打那天见了刘凤阁，何灵芝产生上述认识的根基就动摇了瓦解了，她的心里就不像从前那样自信了。她觉得自己长得不如未来的婆婆刘凤阁出众。要论身材论脸盘论五官，灵芝自信哪一点也不比刘凤阁差多少，但综合起来分析，灵芝就不敢给自己打满分了。她也说不上自己差在哪儿，总是觉得人家刘凤阁比自己阳光，比自己丰满，比自己优雅高贵。

今天，灵芝对着镜子又一次用双手仔细翻阅着自己的长发，一会儿把它抟成一团捧在手上，一会儿把它编成辫子甩在背后，一会儿又把它散落开来披在肩上。这瀑布一般闪着晶莹之光的乌发，从头顶沿脖颈泼洒下来，一直披到了脚后跟儿上。

这真是一道壮丽的风景啊！

何灵芝看着自己的头发，心里产生了少许的平衡和慰藉。刘凤阁没有这样的秀发，没有这样的辫子。不仅刘凤阁没有，十八盘村其他女人也没有，就连甘陶河流域山南川北一百单八村也找不出第二个来。但是，何灵芝想起刘凤阁头上那对龙凤簪，心里又颤了一下。据说那一支银簪就有四两重，而且一支盘龙，一支腾凤，是十八盘村绝无仅有的头饰！

比来比去，何灵芝觉得，作为一个女人，光有这出类拔萃的辫子还远远不够，光有这柳叶眉杏核眼樱桃口还远远不够，光有窈窕的身材和漂亮的脸蛋还远远不够，还必须有与众不同引人注目的衣服，还必须有与众不同引人注目的举止，还必须有与众不同引人注目的言行。何灵芝在这三者之间先选择了头者，她从衣架上取下明天上轿时穿的旗袍铺在胸前，心里满意了。这是一件古典式大红旗袍，春水一样光滑柔软，秋风一样飘逸闲适，是姐姐妙芝从赞皇城著名绸缎庄买来的，灵芝自己又在左胸处绣了一片花蕊色桑叶。这一装点是灵芝的得意之笔，任何人都不知道，她相信，明天一穿出去，肯定会让人们感到新奇，包括母亲和姐姐。

此时此刻，王默宜正立在灵芝的身后，深情地注视着女儿的一举一动。这个女儿可是她的心头肉，眼看就要出嫁了，她的心犹如刀剜，犹如火焚。当年妙芝出嫁时,她倒平静如水,认为妙芝嫁的是赞皇城首富,家财万贯,丈夫风流倜傥一表人才。可如今,灵芝要嫁的是个当兵的男人,虽然是本村豪门高德显之子,但见面不多,心里没底。所以她正在为女儿担忧,为女儿伤心。

灵芝早在镜子里看到了母亲,她扭回头,把脸贴在王默宜的胸前,叫了一声娘,眼泪就扑簌簌地落了下来。

王默宜把灵芝推开,说:"孩子,不要难过。做女人的,迟早得有这一天。"

灵芝点点头,说:"娘,我明天就要离开你了,真舍不得!"

王默宜说:"傻孩子,舍不得什么?你又不是嫁得远,不是还没出这十八盘村吗?"

灵芝说:"娘,从明天起,我就不能天天跟你在一起了。"

王默宜说:"傻孩子,说傻话了不是?普天之下,哪有闺女跟娘厮守一辈子的?不过孩子,你要记住,到了高家,要守高家的规矩,不要像在咱家这样随便。"

灵芝推了一把王默宜,乖巧地说:"娘,这我知道,你放心,一切我都知道该怎么做。"

王默宜说:"孩子,你刚才也见到长英了,你觉得怎样?"

灵芝回避说:"娘,我这会儿心里很乱,不说他好不好?我想让你在这儿多待一会儿。"

王默宜说:"我就是来陪你了。"

灵芝问:"娘,我爹呢?"

王默宜说:"刚才你哥从太原回来了,他们两个正说话呢。一会儿你爹还要去老窦家,豌豆娘来说老窦又醒过来了。"

这一夜,注定是这娘儿俩的一个不眠之夜。

# 风 6

同样,这一夜,刘凤阁也是一夜无眠。她想起了八月初一那声雷,想起了那面镜子从桌子上摔下来的情景,想起了当时高德显那不可名状的神态。与此同时，刘凤阁再一次想起了父亲，再一次想起了母亲，仿佛看到了她老人家那双凄迷的眼睛，仿佛听到了那"唰啦——铿，唰啦——铿"的织布声。

灿烂的朝霞映红了天际。林成在十八盘村口的大石板上安置了一排铳子炮，分别要在起轿和落轿的时候放上一阵子。高长英向父亲建议说："爹，咱今天不要放铳子炮，要放就放长鞭。"

高德显问："为什么？"

高长英解释说："爹，眼下咱这一带正在打仗，南佐镇虽然打下来了，可豆妪大炮楼和豆妪火车站还没打下来，那里还住着不少日本人，八路军对豆妪火车站和野头镇等地的日本人进行了包围和封锁，只是围而不打。咱这里铳子炮冲天一放，岭东的元氏城赞皇城白城口，岭南的昔阳城野头镇白勺关都能听得见，如果因为咱这儿办喜事放铳子炮影响到了整个战局，我这个独立营营长可担待不起。"

高德显一听，觉得儿子说的有道理，就下令让林成撤掉铳子炮，改放长鞭。

现在，一幕幕喜庆热闹的场面渐次呈现在十八盘人的面前。

先是由卷毛鹰担当领班的八个吹鼓手奏响了《百鸟朝凤》，欢快而悠扬的乐曲从毕毕剥剥的鞭炮声中跳跃起来，飞翔起来，在十八盘盘上盘下跳跃着流淌着舞蹈着，正式拉开了高家迎亲的序幕。再是由三十二个壮小伙子分别抬着四顶大花轿从高家的大门楼里出来，在披红挂彩的新郎高长英的引领下向着第八盘道的何家进发。

与此同时，何家的大门口也奏响了鼓乐，响起了鞭炮声，两班吹鼓手展开了擂台赛，你吹《百鸟朝凤》，我吹《鸳鸯戏水》；你吹《蝶恋花》，我吹《凤求凰》，乐曲时而高亢激越，时而缠绵悠扬，挑逗着拉动着鼓荡着人们的情绪，让十八盘村所有的人都兴奋起来激昂起来，犹如那漫天朝霞，火红而升腾。

大约过了半个时辰，四顶大花轿在何家大门口被人抬了起来，在人流和音乐的簇拥下，像一支浩浩荡荡的船队在弯弯曲曲的水面上浮动。

工夫不大，四顶大花轿又回到了高家的门前，稳稳当当地落在红地毯上。第一顶轿里坐的是敖敖，第二顶大花轿里坐的是新娘灵芝，第三顶和第四顶轿里坐的是灵芝的姑姑舅舅等人。

这时，从高家朱红门楼里走出来一干人等，走在最前面的是高德显和刘凤阁，还有高长命、柳细腰和捞鱼鹳等人。高长英今天没有穿事先准备好的宝蓝色缎面长袍，还是一身灰布军装，一副军人打扮，在刘凤阁的坚持下，他才在肩上斜披了大红绸带，胸前系了红绣球，显得格外英俊潇洒。

高长英在大花轿前站住，鼓乐也停了下来，看热闹的人们早已将花轿团团围住，围了个严严实实水泄不通。这时，司仪刘黑丑挤过来打场子，嚷道："大家都往后让让，听见没有，新娘子你们又不是没见过，快快快，都给我往后退，往后退，听见没有！"刘黑丑喊了半天，才挤出碾盘大点儿地方。

刘黑丑看看东方天际，见是一片火红，知道时辰已到，便大声清了清嗓子，开始主持今天的婚礼。

对于十八盘村的人们来说，没有一个不熟悉刘黑丑的。他是著名的说书匠，他是著名的编席匠，他还是刘凤阁的亲哥哥，还是何灵芝的干爹，何玉棠的至交。但人们习惯上还是拿他当说书匠来看待，认为他肚子里的墨水多，上知天文，下知地理，博古通今，人知他知，人不知他也知，况且，他的嘴皮子好使唤，上嘴皮一碰下嘴皮，能把死的说活了，能把活的说死了，能把白的说黑了，能把黑的说白了。这还不算，一部《封神演义》，一部《三国演义》，他早已烂熟于心。就说《三国》吧，他知道《三国》是从哪年到哪年，一共有多少个人物，姓刘的多少个，姓张的多少个，男的多少个，女的多少个，每个人都喜欢说什么话喝什么酒等等。今天让他来主持这样隆重的婚礼，人们相信他一定会主持出新鲜花样来。所以，人们都一个劲儿地往前挤，一来是看新娘何灵芝，二来是看刘黑丑怎样主持，三来是看何敖敖怎样摆布高长英和刘凤阁。

刘黑丑今天是一手托两家，自知肩上的担子不轻，这与以往他主持的婚礼大不一样，所以他今天显得有一些紧张和无措。仪式开始后，他放着押轿的敖敖不管，伸手拉住高长英的手来到第二顶花轿跟前，恭恭敬敬地喊道："有请新娘子下轿！"

轿帘子却一动不动。刘黑丑又喊道："有请新娘子下轿啦！"

轿帘子还是一动也不动。刘黑丑喊到第三遍，新娘子何灵芝刚要欠身子，忽然听见前边那顶轿子里吭吭地大声咳嗽了两声，就知道是敖敖不让她先下轿。

这时，十七八岁的敖敖早一步从轿上下来，走到姐姐的轿子跟前。今天，他的角色是娘家押轿的童子。他才比灵芝小两岁，个子却长得像铁塔一般。今天要是有人惹他不高兴不满意了，他就会不让新娘子下轿，不让这婚礼进行下去。

满面红光的高长英正想上前去撩帘子，却被刘凤阁拉住了。刘凤阁步伐款款地来到敖敖跟前，从怀里掏出一个红包递了过去，说："敖敖，别不好意思，接了这个红包，就请你姐姐下轿吧。"

敖敖用眼睛瞥了一下，却没伸手去接。

刘凤阁从敖敖的眼睛里看到了一缕不屑的目光，她正要往外掏第二个红包，有人冲敖敖逗道："敖敖，你这么大人了，还当是吃屎耍尿的孩子呀！哪还好意思接红包呀！要接，一个就够了，我们急着看新娘子的俊俏模样呢！"

敖敖把袖子一抖，说："你们着什么急！我岁数大怎么了？就是八十岁，演的也是这个角色！"

人群中爆发出一阵热烈的笑声，有人就开始议论了。

"哎，你们看，高家就给押轿的一个红包，是不是小气了点？敖敖不接就对了，你们说是不是？"

"敖敖那么大人了，还好意思伸手要红包，真没羞！"

"羞什么？敖敖凭什么不要？这是老祖宗定下的规矩，几百年都传下来了，破坏不得！"

"唉，不这样逗一逗闹一闹，哪还像结婚的样子！"

人们正议论着，刘凤阁又从怀里掏出一个红包递到了敖敖的面前，敖敖看了刘凤阁一眼，犹豫了一下才伸手接了。他把两个红包攥在手上，转身去撩起帘子小声对灵芝说："姐姐，我的任务完成了，你可以下轿跟那小子走了。"

刘黑丑在一旁又高声喊道："恭请新娘下轿！"

这时，两班吹鼓手合吹一支曲子《百鸟朝凤》，使劲地拨动着人们的心弦。人们凝神静气，密切注视着那顶花轿的动静。只见轿帘子的底部轻轻动了一下，边缘处露出一对鞋尖。这是一双翠绿色缎面绣花鞋，鞋尖上顶着一团橘红色栽绒绣球，鞋帮上的图案清晰可见，外帮是龙，里帮是凤，绣花用的丝线有桃红有鹅黄有葱绿还有蛋清白。光是这一双鞋，就把众人看傻了，一个个屏住气，说不出话来。而高长英的心却被惊了一下。他在看见那团橘红色栽绒绣球的一刹那，禁不住眨了一下眼睛，又倒吸了一口凉气，紧接着打了一个冷战。然而，高长英很快把心静下来，众人谁也没有察觉到高长英脸上这一反常表情。

紧接着，人们又看见了扶在轿门上的那只玉手，看见了有限的一段手腕，看见了手腕上那只玛瑙镯子。那只玉手是怎样的一只玉手啊！那手上的五指是怎样的五指啊！那有限的一段手腕是怎样的手腕啊！那手腕上的玛瑙镯子是怎样的玛瑙镯子呀！在场的人谁也形容不上来，只使劲地瞪着眼睛瞅着，仿佛一错眼珠子，眼前的景物就会像蝴蝶飞走了似的。

再接着，人们就看到这双绣花鞋轻轻地踩在了红地毯上。然后，人们又真真切切地看到了旗袍的裙边儿，这裙边儿用一朵一朵的杜鹃花形织绣而成，颜色是金黄的花蕊色。随后，轿帘子被高长英轻轻掀开，头顶着红盖头的新娘何灵芝宛如一株出水芙蓉袅袅婷婷地立在了众人的面前。

这时，早有人递过一条红绸子，一头交给高长英，一头交给何灵芝。高长英的脸上的表情早已僵住，他身上披着红，胸前戴着红，手里攥着红，脚下踏着红，眼前晃着红，心就像被火烧着似的。

鼓乐吹打得正欢，新郎新娘经历着三拜九叩等繁杂程序，人群中不时涌起阵阵欢呼。从高家的大门口至后宅洞房有很长一段路程，需要走很长一段时间，高长英在刘黑丑等人的指挥下经过一系列繁文缛节，终于将水灵灵香喷喷的灵芝抱进了洞房的门槛。

世界顿时安静下来，天地间只剩下高长英和用一方红绸子覆盖着的何灵芝。三年前，高长英离开这个家的时候，他的父亲高德显刚刚娶来继母刘凤阁。那天，也是这样的朝霞，也是这样的清晨，也是这样的场景，高长英躲在银杏树的背后目睹了父亲迎娶刘凤阁的整套程序，至今还历历在目，盈盈在耳：四顶大花轿怎样从盘云寨上颤悠悠地飘下来，怎样停在大门口的红地毯上，如花似玉的刘凤阁怎样从大花轿上一寸一寸地挪下来，怎样被骨瘦如柴的父亲抱进怀里抱进洞房等等。当时，高长英同样是先看见刘凤阁脚上的绣花鞋，再看见扶轿门的纤纤玉手和玉镯，后来看见红盖头红旗袍。高长英清楚地记得，他的父亲同样是身上披着红，胸前戴着红，手里攥着红，脚下踏着红，眼前晃着红呀！看着看着，高长英的眼睛里滚出了一串发烫的泪珠。如今，自己也披红戴花地从大花轿里迎出来一个女人，也同样是绣花鞋，同样是红旗袍，同样是迎风飘扬的红盖头呀！高长英的脑袋就有些发晕。他一合眼，竟然跌进了他亲生母亲出殡那天的白色世界里。

## 雨 1

坐落在甘陶河畔的十八盘村，此时正沉浸在隆重热烈的节日气氛之中。

高家大院高朋满座，笑声盈盈。千年银杏树缠红裹绿，精神抖擞，一树白果，香凝秋野。相传当年海瑞大人曾在十八盘栽下许多银杏树，现在仅存两棵，一棵在高家大院，一棵在海瑞祠里。这两棵银杏树一公一母，树身虽然相距二里之遥，树根却千丝万缕地连在一起，也算是太行山一大奇观。

这时，高家的前庭后院酒席遍地，人声沸腾。说话声音最高的是南佐镇的铁匠刘黑牛。刘黑牛今天一早就到了十八盘村，来时骑着一匹高头大马，马蹄上钉着铁掌，嗒嗒地踏在十八盘盘道的青石条上，声音传出去老远。他在海瑞祠门口的下马石前停了一下，见上面写着"文官下轿，武官下马"八个字，丢下"狗屁"二字，径直策马朝村子奔来，都到了高德显的家门口了还不下马，一副趾高气扬盛气凌人的样子。

捞鱼鹳见来了骑马的客人，忙上前拉缰扶鞍，把刘黑牛从马上接下来，让进了院子，自己把马牵到后院洗刷打理，喂上饲料才算放心。那刘黑牛来到院子中央，见了高德显也只叫了声姐夫，再没说别的，就一头钻进了一间小屋，里面有几个汉子正在顶骨牌。

刘黑牛这一作派让高德显心里也敲起了小鼓。高德显心想，以前黑牛不这样啊！这孩子长得虽然有些蛮样，但内心还是很清楚的，在他做的铁匠营生上就能看得出来。今天，他这是怎么了？高德显放心不下，对刘凤阁说："黑牛来了，没来看你吗？"

刘凤阁说："我还没见他。怎么了？"

高德显说："我看他今天的情绪不对头。"

刘凤阁问："他去哪儿了？"

高德显说："去西屋看人们顶骨牌了。"

刘凤阁一听，释然地对高德显说："别管他，孩子气还没改掉呢。对了，我听说霓霓回来了，你见到没？"

高德显说："见到了，霓霓还对我说了一件蹊跷事，说八路军打南佐镇前有人给他写信，让他转告长英不要再打南佐镇了，否则日本人就要血洗十八盘。霓霓说，这简直是天大的笑话！威胁一个教书的管什么用！有本事直接去找八路军说呀！直接去找高长英呀！凤阁，八路军打南佐镇，怎么太原马上就知道了？"

刘凤阁也纳闷地说："我怎么知道！德显，马上就要来人了，你千万要沉住气，等把灵芝娶进门，下边的事咱一件一件去办。"

高德显点点头，说："霓霓在小杜梨那里，我去请他过来坐席。"

中午开席之前，高德显想把从外地来的亲戚朋友安排在一起，让何玉堂的大女婿杜潼梓陪席。人们都到齐了，惟独不见刘黑牛。有人来报，说黑牛已经在西屋和十八盘村里的几个人喝起来了。

刘黑牛坐在西屋的一张大桌子旁，与林成、卷毛鹰、葛掌柜等人一起拉开了喝酒的架势。人们都知道他是南佐镇来的亲戚，说他是上宾，应该到上房去坐席，他却不去，说在这儿喝酒不拘束，能放得开。人们拿他也没办法，只好让他坐到了上座。酒具上来之后，这刘黑牛就闹上了。他嫌酒盅太小，举着一个小酒盅嚷道："这是喝酒的家伙吗？拿这玩意儿喝酒喝到什么时候才是个够呀？你们十八盘村见过拿大碗喝酒的人吗？你们当中有拿大碗喝过酒的人吗？"

刘黑牛高声地喊着话，喊着喊着就从椅子上站了起来，在场的人一下全愣了，没有一个人敢跟他说话。

刘黑牛见没人理他，觉得是有人故意晾他的台，他就把举在空中的那个酒盅狠狠地掼在地上，咔嚓一声，震惊四座。幸好柳细腰从他身边经过，赶紧说："对不起，是我给碰掉的。"刘黑牛还想发泄，听柳细腰这么一说，顿时像一尊泥胎僵在那里，不再说话，只拿眼睛死死盯着柳细腰。

旁边有人小声说："谁也别理他，他跟日本人好，日本骑兵用的大刀片儿都是他给打的,他刚才骑的马就是跟日本人打赌赢来的。他好喝酒,听说昨天还去豆妪大炮楼跟日本人一起喝酒了。"

人们一看,说话的是葛掌柜的儿子六指。虽然六指在十八盘村算不上人物,但在这样的场合,人们都抱定一个信念,多一事不如少一事。今天是喝喜酒的日子,不是生闲气找别扭的场合,千万不要把场面闹翻了。于是,人们就不再理他。

这时,从门外进来一个人,除了刘黑牛不熟悉,其他人都知道是十八盘村的活神仙犟睁眼。犟睁眼是奉命来陪这一席的陪酒官。犟睁眼平时爱喝点酒,有了场合就想表现一下,今天他也知道这一席上有一个重要人物,就是南佐镇的刘黑牛,刘凤阁的一母同胞,于是就更想好好表现表现,还想借此机会讨好一下刘凤阁。谁知自打刘黑牛第一次看见犟睁眼那一刻起,心里就觉得不舒坦。他在心里暗想,这十八盘村真的是没人了,让这样一个丑陋的男人来陪酒,谁能喝得下去!刘黑牛这样想着,犟睁眼一点儿也不知道,心里还觉得挺美,端着酒盅一个劲撺掇刘黑牛喝酒。刘黑牛把身子往后靠了靠,离开犟睁眼老远,说:"犟睁眼,你老今年多大年纪了?"

犟睁眼仰头望望刘黑牛,虔诚地说:"黑牛兄弟,不瞒你说,我快四十五岁了,你看像不像?"

刘黑牛摇摇头说:"不像,不像呀!都快五十的人了,为什么还没睁开眼睛呢?"

刘黑牛这话一出口,在场的人都目瞪口呆了。他们发现刘黑牛铁塔似的身子坐在椅子上一动不动,乜斜着眼睛看着犟睁眼,那神情是一百二十个不屑,局面一下子就僵在了那里。犟睁眼端着那杯酒正不知如何是好,只听刘黑牛又说话了:"犟睁眼,我想起来了,你老人家身怀绝技,能锁山,能聚仙,能隐身,还能百步穿杨呼风唤雨起死回生,今天,能不能当着大家的面露上一两下子,也让我这来自南佐镇小地方的人开开眼界!"

刘黑牛的话越来越具有挑衅性,幸好让柳细腰听了去,她担心刘黑牛给惹出事来,急忙去跟刘凤阁说了。

刘凤阁过来装着没事的样子,把刘黑牛叫到院子里,说:"牛子,你来了为什么不先去见我和你姐夫一面呢？告诉你，今天的场面可不是一般的场面，朋友和乡亲们都来给我捧场，你可不能多说话多喝酒！记住没？一会儿我有话问你呢。"说完，她使劲地盯了黑牛一眼，又在黑牛的肩上重重地捣了一拳。

刘黑牛在姐姐的眼神里发现了她没有说出口的话题，就决定找个空好好跟姐姐说说话。

这时，洞房里花烛高挑，静如幽谷。高长英和何灵芝一对新人缄口无言，却心如脱兔。空旷的屋宇之内，只有数支高大的红烛静静地燃着。何灵芝坐在炕沿上一动不动。现在，她突然觉得心绪烦躁，乱如麻地，好像眼前就要发生一桩重要的事情。就在这时，她的右眼角突突地跳了几下，又发出一阵刺痒。何灵芝伸出手指压了压，仍不见好。

高长英也正手足无措地在地上来回走动。三年多来，他听惯了上级的命令，也习惯了命令他的下级。他听惯了枪炮之声，也习惯了在紧急情况下做出决断。他习惯了一次次站在土台或高冈之上下达战斗指令，一次次率领战士们呼啸着冲向敌营，一次次风卷残云攻城略地战胜敌人。他听惯了冲锋的号角，看惯了白刃格斗，看惯了旌旗招展。他在战场上所向披靡，摧枯拉朽，战无不胜。他发音如金刚击石铮铮入耳铿锵有力说一不二。可是现在，他面对着红绸子红灯笼红蜡烛，面对着锦帛缠绵光柔声细的女人，面对着突如其来的静谧、生疏以及孤独，面对着一分一秒在消失在延长的时光，他的头颅简直要炸开了，他的骨骼即将崩塌，他的血液就要愤怒地咆哮起来！他背着手来回在地上转圈，一双大脚踏出咚咚的声音，震得窗户上的纸都在瑟瑟发抖。他犹如一只困兽，徒有钢筋铁骨，徒有鲲鹏之志，徒有经天纬地之才，徒有开疆拓土之能。他犹如一匹钻进狼"梦子"里的老狼，为了贪图眼前的一点儿利益而身陷囹圄，后悔也来不及了，来不及了呀！此时此刻，他不能回头，也不能前行。此时此刻，他的心里烦躁着翻腾着惆怅着。此时此刻，他的情绪亢奋着激昂着鼎沸着滑落着。此时此刻，如果给他一个机会，他一定要苦海无边回头是岸。如果给他一条江河，他一定会把自己变成一条蛟龙腾跃其中。如果给他一片草原，他一定会把自己变成骏马驰骋其上。如果给他一缕清辉，他一定要如泣如诉如咽如吟。如果给他一堆柴薪，他一定把它变成火焰熊熊燃烧。

何灵芝说:"长英,快过来把盖头揭下来吧,我的眼睛像针扎一样疼。"

高长英听到了这天籁似的声音,听到了这魂牵梦绕的召唤。他在离何灵芝一步远的地方停了下来,看看这位在烛光中摇曳的女人,突然射出一个箭步,冲到炕沿儿跟前,用膝盖抵住女人的膝盖,一挥手掀起了红盖头,用滚烫的双手捧起何灵芝的脸蛋,两眼放出火辣辣的光芒。

何灵芝并没有感到长英的粗鲁,反而轻轻仰起头,嘴角含着笑容,双眉舒展开来,眼睛却微微合上。她像一座高山,准备接受爱人的登攀。她像一块原野,准备承受所有的风雨。她像一条大河,准备腾起冲天的波澜。

高长英急切而且大声命令道:"灵芝,我的亲亲,你快把你的眼睛睁开吧,让我好好看看你的明眸!让我好好亲亲你的睫毛!我想死你的这双黑眼睛了呀!我受不了这里里外外前前后后上上下下铺天盖地的红颜色了!"

何灵芝没说话,乖乖地坐在炕沿儿上,先是眉毛轻盈地颤动了两下,再是上睫毛均匀地抖动起来,后是眼皮轻轻地开启,开启了一条细线———一叶扁舟———一盏明灯。

当高长英的目光穿透灵芝那森林般的睫毛,射向瞳仁的一刹那,他那奔腾着咆哮着喷发着的血液的岩浆戛然而止,他那飞翔着腾越着漂移着的五彩的思绪折戟沉沙,他那整齐着昂扬着行进着的绚烂着的语言骤然消失。他泰山一样稳固的精神支柱立即天崩地裂排山倒海般毁灭殆尽,他太行山一样刚强的脊梁顷刻土崩瓦解般扭曲变形。

顷刻间,高家大院的形势发生了逆转。高长英疯了似的唰啦一下放下红盖头,转身吼道:"红!怎么会红?怎么会是这样的红?怎么都是个红啊!"

高长英把何灵芝丢在一边,像猛兽一样在地上蹿来蹿去,动作有些变形,近似于张狂。他呼呼地喘着气,像冬季在山口咆哮的野风。他大喊大叫,他语无伦次,他高声断喝:"红色!怎么,怎么都是个红色啊!娘的!"

何灵芝这才警觉起来,自己把红盖头揭下来攥在手上,她要看看高长英到底在地上做什么!她要看看高长英到底想在洞房里做什么!

这时,高长英发现灵芝揭了红盖头,正拿眼睛看着他,就大声吼道:"灵芝,你看见没有?你的眼睛怎么是血红血红的?你手里的红盖头怎么是血红血红的？还有你身上的旗袍，怎么是红旗袍？你旁边的蜡烛，怎么都是红蜡烛？这门上的绣球，怎么都是红绣球？"

灵芝这才觉得害怕。她不知道怎样回答高长英的问话，从炕沿儿上下来，站在地上，正想说句什么话，安慰一下焦躁不安情绪失常的高长英。但是，还没等她开口，只见高长英一步迈到她的跟前，左手钳子一样抓住灵芝的肩膀，右手指着灵芝的眼睛吼道："灵芝！快把镜子拿过来照照你的眼睛，红的！红的！红眼睛！我真的受不了了呀！"

高长英吼罢，把何灵芝推到一边，转身打开柜子，把皮带和枪套挎到身上，提起马鞭，拉开门闩，奔到院里，又吼道："怎么都是个红呀！你们怎么搞的？怎么全世界都是个红！我受不了这红，受不了这红色，受不了这红地毯红绸缎红绣球红蜡烛红旗袍红盖头还有红眼睛了呀！"

高长英在院子里吼着吼着，就把身上的红绣球扯下来扔在地上，跑到马圈牵出铁乌骓，又把马鞍子套上，纵身跨了上去，啪啪啪甩了三声马鞭，那铁乌骓载着高长英就蹿出了大门，把正在院子里吃喜酒的人们惊了个魂飞魄散。

两个警卫员听到院子里马蹄声响，警觉地站起身来到门口一看，发现铁乌骓驮着高营长朝十八盘盘道飞奔而去，不知道发生了什么事情，哪还敢待在这儿坐席喝酒，急忙跑到后院牵马坠镫，飞驰而去。两匹快马出了村，又不约而同地站住，一个问："高营长去哪儿了？咱往哪儿追？"另一个说："我哪儿知道！你问我，我问谁去？"一个说："肯定回南佐镇了！"另一个说："那咱还不快追！"

捞鱼鹳从马圈里追出来，早没了高长英的影子。他不知道发生了什么事，自己也不敢怠慢，马上跑到前院向高德显和刘凤阁报告，等见到高德显和刘凤阁，捞鱼鹳却说不出话来了，牙关咯咯咯直响。他这一副模样，更把众人吓得魂魄出窍了，以为捞鱼鹳见了火光又犯了病。正疑虑间，才听捞鱼鹳结结巴巴地说："不，不不，不好了，长，长英哥他骑马跑了！"

高德显正陪着何家的亲戚说话喝酒，一听说高长英骑马跑了，两个警卫员也骑马跑了，手里的酒杯禁不住晃了一下，把酒洒了许多，训斥道："捞鱼鹳，你胡说什么？长英他骑马跑了？跑哪儿去了？"

捞鱼鹳见主人怒了，更胆小了，战战兢兢地说："不知道。"

高德显骂道："你是干什么吃的？见他牵马，为什么不问问他干什么去？为什么不把他拦住？为什么开门放他走？"

捞鱼鹳委屈地说："我还没顾上问，也没顾上拦，长英哥就不见了！"

高德显愤愤地骂道："捞鱼鹳，废物！饭桶！"

刘凤阁一听，觉得事情非同一般，忙过来对高德显说："哎呀，德显，你光埋怨捞鱼鹳有什么用？咱快问问灵芝去！"

人们刚跑到后院，就听见洞房里传出一声尖叫。

这声尖叫响彻了整个高家后宅，又溜檐爬脊飞到银杏树上，然后跌下一片片叶子的阶梯，重重地落在了前院，让所有在场的亲朋好友心惊胆战噤若寒蝉。接着，从洞房里又传出叽里咣当稀里哗啦碎金裂帛等一系列声音。人们都在院子里目瞪口呆地站着，谁也不敢上前去看一眼唤一声，只有刘凤阁扒在窗前问原问委问根问底，说："灵芝，这大喜的日子，你们两个这是怎么了呀？长英他去哪儿了？孩子，你倒是开开门呀！这高家哪个对不起你，都冲我说！"

何灵芝一个人在屋里哭一阵喊一阵闹一阵摔一阵，几乎捣毁了桌子上摆放的全部东西，任凭刘凤阁等人在门外怎样软言规劝，总也无济于事。

刘凤阁的脸色早变了，她不担心别的，就担心灵芝一时想不开寻短见。今天一早，刘凤阁还对洞房进行了最后一次检查，把剪子针锥之类的物件都拿到了自己屋里，现在她就放心不下刚才拜天地时亲手递给灵芝的那对龙凤簪。这对四两一支的银簪子是刘凤阁出嫁时从娘的手里接过来的，眼下她又把它传给了灵芝，尽管她这个娘是后娘，尽管这个儿媳不是她的亲生儿的媳妇，她还是当着众人的面从自己头上拔下这对龙凤簪，给灵芝别在了头上。刘凤阁越想心里越没了底，越想心里越担心，越想心里越后悔，就对捞鱼鹳说："捞鱼鹳，快找东西来把门闩拨开！"

高德显在一旁不冷静地说："哎呀，火都上房了，哪还有时间慢慢拨门闩？撞开算了！"

刘凤阁说："捞鱼鹳，快把门撞开！"

捞鱼鹳已经在用镰刀刃拨门闩了，说："快了，快了，一会儿就拨开了。"

高德显急道："一会儿是多会儿？快撞！"

捞鱼鹳不敢再怠慢，把镰刀扔在地上，说："你们都闪在一旁，我可撞了！"

说时迟，那时快，只见捞鱼鹳往后退了几步，侧过身，腾腾几步冲上去，猛地一下向门撞去，只听嘎巴一声，门闩断成两截，捞鱼鹳随即被闪进屋里，跌倒在地上。人们蜂拥而入。刘凤阁第一个扑到何灵芝身边。

这时，何灵芝趴在炕上早哭成了个泪人。听见进来这些人，身子不由得战栗起来。刘凤阁扶住灵芝的肩膀，轻声安慰道："孩子，你先静一静，有话慢慢跟我说。"

灵芝不搭腔，仍在不住地哭。刘凤阁看看众人，见捞鱼鹳已经从地上爬起来，扶高德显在太师椅上坐下来，其他人早将地上的东西收拾干净了，便轻声叹了一口气。她吩咐柳细腰端来一盆水，放在脸盆架上。刘凤阁对人们说："你们都出去吧，这儿没事了。"

高德显突然想起八月初一那声炸雷那面碎成粉末的镜子。现在他伸手摸摸摆在桌子上的铜镜，心里多少还有些庆幸。他觉得自己在这儿不大方便，就站起身来往外走。捞鱼鹳最后从门上取下那半截门闩，把门虚掩上来到院子里。这串前后三进门的院子，现在几乎全是交头接耳的人，这场喜事接下来该怎么办呢？

刘凤阁从脸盆架上取下一条毛巾放到脸盆里浸湿，拿出来拧干，来到灵芝身边，轻声软气地说："孩子，快别哭了，扭过来擦把脸，这大喜的日子，你和长英之间到底发生了什么事？"

刘凤阁这一问，倒让何灵芝没了主张。灵芝把身子一扭，扑进刘凤阁的怀里，叫了一声"娘"，就哇哇地痛哭起来。哭了好一阵，灵芝才说："娘，你放心，我不会做傻事的。"

刘凤阁慢慢捧起灵芝那散乱如麻的头发，把两支簪子摘下来含在嘴上，以手代梳轻轻地梳理着，一边梳一边轻声问道："孩子，你们两个进了屋都说了些什么？"

灵芝说："我没说别的，只让他过来给我揭了盖头。开始长英他不听，一个人不停地在地上乱转，也不跟我说话，转了半天才来到我的身边，掀起我头上的盖头来，一把捧住我的脸，让我睁开眼睛，他说让他看一看我的黑眼睛。

143

我一睁眼，看见他的脸色就变了，他重重地丢开我的脸，又在地上乱走一气，嘴里说这红那红，让他受不了等等。后来，他就打开柜子，拿上皮带和枪，一个人奔到院子里，喊了一阵子就没了影。我一看他走了，就生他的气，心想，他刚把我娶进门，我还什么都没做，惹他生什么气了？哪儿对不住他了？哪儿不称他的心意了？他气我也气，就把门插上，摔了不少东西。娘，你摸摸我的身子，现在还哆嗦呢。"

刘凤阁抱着何灵芝的肩膀，说："可不是，孩子，快别生气了，长英他不会走远的，我这就派人去把他找回来，好好教训教训他！还男子汉呢！还八路军呢！还独立营营长呢！我看他都不是，倒像是个小孩儿！像个莽汉！"

灵芝说："娘，长英他在院子里喊声那么大，前院都没人听见呀？"

刘凤阁说："没听见，一点儿也没听见。还是捞鱼鹳去报的信，我才知道长英他扔下你走了。"

说着话，灵芝又要哭，说："娘，我的眼睛有点儿胀痛，你快看看是怎么了呀？"

刘凤阁捧起灵芝的脸，刚把毛巾贴到灵芝的脸上，就一下愣住了，惊讶道："孩子，你的眼睛怎么红得这么厉害？"

灵芝说："我也不知道。快拿镜子来让我照照！"

柳细腰忙捧过镜子，递到灵芝的面前。何灵芝只照了一下，就又哭开了。

刘凤阁说："孩子，是不是舍不得你娘，昨天夜里哭了一夜给哭红了？"

灵芝说："没有啊，娘，昨天夜里我一声也没哭，只是天明的时候觉得眼睛有点儿涩，我娘还给我点了眼药呢，没想到会成了这个样子。"

刘凤阁对柳细腰说："细腰啊，你快去叫赵本初来给你嫂子看看眼睛，对他说说症状，让他带点儿药来。"

灵芝说："娘，不用，再上点儿眼药兴许会好些。"

刘凤阁说："那我到前院拿眼药去。"

柳细腰说："我去吧。"

灵芝说："不用去了，我娘说给我带着眼药呢。"说着，何灵芝打开炕上的一个红包袱，从里面翻出一管眼药，说："娘，你来帮我点上。"

144

刘凤阁一边给灵芝点眼药，一边关切地说："孩子，是不是这些天总为长英担心，吃不好睡不好的，熬出火来了？"说到这儿，灵芝抓紧了刘凤阁的手，认真地说："娘，说真的，自从八月初一长英去打南佐镇，我就没有睡过一个囫囵觉，不管白天还是黑夜，总是心神不定的。我娘看出来了，劝过我多次，我干爹也劝过我。可是，我的心总放不下，不知道惦记他什么。有时我也能想得开，知道养兵千日用兵一时的道理，知道长英他一定会打个胜仗体面地回来娶我。可是总也不知道还胡思乱想些什么！"

刘凤阁认真地给灵芝点上眼药，又用毛巾轻轻地为灵芝擦着脸上的泪痕，嘱咐道："孩子，这都是熬出来的火气，现在，你可千万不能再上火了，长英他走不远，等把他找回来，我非让他当着众人的面给你赔不是。"

何灵芝从刘凤阁的怀里抬起头，进而又站起来，立在刘凤阁的面前。刘凤阁上一眼下一眼左一眼右一眼仔细打量着何灵芝，只见灵芝袅袅婷婷的身材，鲜鲜亮亮的旗袍，浓浓郁郁的香气，从头到脚都充满了生气，脸上也泛出了光彩，感慨地说："灵芝，我不知道这高家是哪辈子修下的福积下的德，让高长英娶了你这么一个知书达理俊俏秀丽的姑娘做媳妇。"

灵芝说："娘，你快别这么说，我觉得哪一点也比不上你。"

刘凤阁说："孩子，你这叫什么话！你还是花骨朵，我已经快谢了。"

灵芝说："娘，看上去你比我还年轻。"

刘凤阁叹一口气，说："不能，孩子，你瞧瞧娘这张脸，早有皱纹了。"

灵芝还想说什么，刘凤阁抢先说："孩子，咱今天不说这些了，你就在屋子里待着，我去前边安排安排，再过来陪你。"

灵芝见刘凤阁要走，说："娘，都是我不好，惹出这么大的乱子。"

刘凤阁回头严肃地制止灵芝道："孩子，不许这样说话！你一点儿错都没有，都是长英一个人的错！这大喜的日子，不知道他想干什么！"

灵芝说："娘，你忙去吧，告诉爹，我没事的。"

刘凤阁从后院刚来到前院，迎面碰上黑丑黑牛兄弟两个。刘黑丑说："凤阁，长英他？"

刘凤阁看看焦急的人们，对刘黑丑说："哥，牛子，长英他早就没影了，把灵芝扔在了屋里,你们看这事怎么办?"

刘黑牛抢先说:"姐,这高长英太不像话了,哪有这样当新郎的?那天我在南佐镇第一次见到他,就觉得这人不怎么样。他打了胜仗,有什么了不起?又不是他一个人打下南佐镇的!他当了营长,又有什么了不起?当营长的又不止他一个!"

刘黑丑上来劝道:"牛子,现在不是埋怨长英的时候,你就说长英现在可能在哪儿吧。"

刘凤阁说:"牛子,哥说得对,现在要紧的是把长英找回来,不然,高家就栽大面子了。"

刘黑牛借着点酒儿劲说:"姐,我看那高长英像头犟驴,找他?哼,怕是难了。"

刘黑丑对黑牛说:"兄弟,快别说这丧气话,怎么就难了?我估计长英他多半是回南佐镇了。凤阁,我这就回南佐镇,如果长英真的在那儿,我就把他叫回来。"

刘黑牛说:"姐,我也去!"

刘凤阁说:"现在你们谁也别去,他准还在气头上,谁去怕是也叫不回来。哥,你先去何家替我给人家赔个不是,千万别让人家派人来咱家闹事。黑牛,你哪儿也别去,回屋陪你姐夫坐着,这两天都快把他熬坏了。我这就安排人去找长英。"

此时此刻,高德显沉着一张绿色的老脸,坐在银杏树下的大方桌旁边抽烟斗,老远看上去,就像一块包裹着绿色苔藓的顽石。他似乎预感到长英的出走,将会给高家带来一场灾难。这场灾难将彻底改变高家所有人的命运,彻底颠覆他和他的父辈几十年甚至上百年苦心经营和构建起来的雄厚基业,彻底摧毁包括他本人在内的高家所有人的矜持和自信。

现在,坐在银杏树下抽烟斗的高德显又仿佛是一片秋天的落叶,脸上的皱褶高高耸起,两只眼睛在松弛的眼袋里静止着。他一会儿紧闭嘴角,一句话也不说,一会儿从椅子上站起来,前后晃两晃,又坐下去。只有系在烟斗杆上的红绸子在秋风中飘动着,格外扎眼。

刘凤阁见此情景，知道高德显的心乱了，走过来安慰道："德显，别担心，有我呢。"

高德显侧脸看了刘凤阁一眼，叹了一口气，说："无缘无故啊！"

刘凤阁说："事到如今，担心也没用。你先回屋歇着，让黑牛陪着你，我看这天要下雨了。"说着，她就指派柳细腰等人把高德显送回屋子，自己下意识地拍打了一下鲜亮的胸襟，像是在整理纷乱的思绪。刘凤阁心想，眼下这盘乱棋得由自己来收拾了。

这时，有人来报告，说："小杜梨问呢，这戏还唱不唱了？"

刘凤阁毫不犹豫地说："唱啊！你去告诉小杜梨，没有我的话，戏就不能停。"

其实，刘凤阁的心里也没了底。这高长英到底是怎么回事呢？他到底跑到哪儿去了呢？何灵芝乖乖地待在洞房是不是正常现象？何玉棠会不会找上门来说事？会不会提出把灵芝接走的要求呢？婚礼的程序还能不能继续进行？应该如何向前来祝贺的亲戚朋友做出解释？这些都需要她马上理清思路，拿出对策。眼下，她必须沉住气，就是泰山砸下来，腰也不能弯！

刘凤阁昂起头，鲜鲜亮亮的光线照在她的脸上，笑容也洋溢开来，号召大家继续安心坐席。她对大灶上的人说："你们大家都各就各位，没有我的话，上席的菜一刻也不能停！"

林成来到刘凤阁身边，小声建议道："姐姐，我看还是先派人去找长英，等把他找回来，大家吃也吃得安生，喝也喝得痛快，你说是不是？"

犟睁眼等人也附和道："对，林成哥说得对，咱先去找长英，等把人找回来，再喝酒吃肉坐大席也不迟！"

刘凤阁说："好吧，林成，你带几个人去杀虎尖方向。犟睁眼，你带几个去龙凤山方向。捞鱼鹳，你带几个人去盘云寨。大家记住，每一道弯每一面坡都要走到，防止长英跟你们捉迷藏。有了消息，马上回来告诉我。大家先辛苦辛苦，一会儿回来好好坐席！"

人们分头去了，高家大院静了下来。一阵秋风从屋脊上飘过，在硕大的银杏树上盘旋着，金黄色的叶子哗啦啦响成了一片。高德显来到院子里，问刘凤阁道："长英和灵芝之间到底发生了什么事？"

刘凤阁说："听灵芝说，长英进了洞房就在地上来回不停地走动，等揭开灵芝的红盖头看见灵芝的眼睛红了，他就疯了似的从屋里奔到院里，说这红那红，简直让他受不了等等，后来就骑上马走了。"

高德显气愤地骂道："这混账小子，他这回可给咱高家丢大丑了呀！"

高德显一边骂着，一边拿拳头大小的烟斗咔咔地敲击桌子，把摆在上面的丰盛酒菜震得乱抖。刘凤阁过来又安慰道："德显，你可不要着急，我已经派人去找了。估计长英他走不远，没准儿一会儿就自己回来了。"

高德显从椅子上站起来，说："哼，回来，回来有什么用！何家的亲戚都走了，一个也不剩。过一会儿，何玉棠不派人来兴师问罪才怪呢！"

刘凤阁又劝道："德显，你看你，有话不会坐下慢慢说？你放心，我这就去找玉棠，把事情的来龙去脉说清楚，我想他们不会生气的。"

高德显也不坐下，在鼻子里哼了一声，说："万一长英他走远了，何家把灵芝再领回去，那我们今天唱的这叫哪一出呀！"

## 雨 2

没有不透风的墙，纸里头哪能包得住火？高长英扔下新娘何灵芝骑马出走的消息立刻传遍了十八盘村，何家上下顿时也乱了营。第一个暴跳如雷的是何敖敖。敖敖押完了轿就被待为上宾，安排在一间宽敞的屋子里好茶好水地侍奉着。他见南佐镇的刘黑牛在隔壁搅闹了席面，心里就窝上了火，心想，南佐镇还有个正经人没有啊？能不能站出一个来制止一下刘黑牛的霸道行为啊？他见柳细腰一脸仓皇地跑进来拿簸箕，说刘黑牛摔了酒盅，他一把拉住柳细腰，说："别管他，让他摔去，看他是在摔谁的面子。"柳细腰的额头早急出了汗，说："那怎么行！"柳细腰丢下这句话，急忙跑了出去。敖敖见离开席还早，就溜达回家，跟几个亲戚在后宅逗猫玩儿。工夫不大，他见舅舅等人也回来了，小声跟父亲说着话，脸色不大好看。敖敖凑过去一听，才知道高长英骑马跑了。他也不问青红皂白，就嚷开了："这，这还了得！这还了得呀？他高长英有什么了不起？他高长英到底长着几个脑袋？我得去找高德显高老头子问问清楚，问他儿子高长英今天到底是吃了豹子胆了，还是活腻歪了！"说罢，他拔腿就往外走。

何玉棠把脸一沉，喝道："敖敖，你给我站住！你哪来那么多话！还没弄清楚是怎么回事，你就瞎咋呼！"

这时，刘黑丑也来了，证实了高长英离家出走的消息。何玉棠说："敖敖，你去把陈元老师和卷毛鹰叫回来，就说我有事要跟他们商量。"

何敖敖噘着嘴叫人去了。王默宜和灵芝的姐姐妙芝听说以后，不知道该怎么办，妙芝说："娘，我去看看灵芝，怕她想不开，再出点什么事！"

王默宜说："不用，等你爹他们拿了主意再说。灵芝这孩子，我知道她，能想得开。"

何玉棠在他的正房里召开了一个紧急会议，请刘黑丑、陈元、卷毛鹰等人一起商量对策。刘黑丑作为高家的代表，正式捎来了高德显和刘凤阁的口信，说长英不知道为什么突然离家出走，高家已经派出三路人马分头去找了，现在，灵芝的情绪还算稳定，结婚大宴仍在进行中。何玉棠坐在太师椅上，神情镇静，稳如泰山。他对大家说："这事来得急，我们老何家的每个人都要沉住气，包括每一位亲戚谁都不能着急。现在着急的不应该是我们，而是高德显和刘凤阁，你们说是不是？唉，这样吧，他们高家已经够乱了！今天中午，亲戚们都在咱家坐席。"

刘黑丑说："老兄，我先去跟德显和凤阁沟通一下情况，然后再拿主意。"何玉棠表示同意。敖敖自告奋勇地说："干爹，用不着你去，我去就把事办了。"

何玉棠说："你那火药脾气，干不了这个活，你去就等于兴师问罪去了，就等于火上浇油去了。现在，你哪儿也不准去！"

何玉棠转脸对刘黑丑说："老弟，那就辛苦你一趟吧，反正你今天的角色是一手托两家，你去不会给高家造成压力，妙芝也去，看看灵芝怎么样了。"

刘黑丑带着妙芝往高家走了。何敖敖不服气，从前院到后院不停地乱窜，还到处嚷嚷，说他早就看不上高家的人，一个也看不上！高德显，河滩里的顽石！刘凤阁，驴粪蛋，外面光！高长命，低能儿！柳细腰，花瓶儿！捞鱼鹳，

149

要饭的！他尤其看不起高长英。早晨押轿时他发现高长英一脸的傲慢，当了几年的兵，当了个什么营长，就不知道自己能吃几碗干饭了！就不知道自己姓什么叫什么了！就不知道人情世故是怎样的了！

人们听着何敖敖的话，知道他今天的火气不小。敖敖在院里嚷嚷一通，见没人理他，就到屋里找母亲拱火，说："娘，我们总不能就这样忍气吞声下去吧！我们总不能让他高家把我姐姐一个人搁在洞房里没人管吧！他高家明摆着是要给我们闹事呢！他高长英明摆着是要骑在咱的头上屙屎呢！他家娶咱家的人，倒让咱家让着他家，娘，你和我爹能咽下这口气，我可咽不下！你就让我去把我姐姐接回来，与高家一刀两断了事！"

王默宜沉着脸对敖敖说："儿子，这是你一个孩子家应该说的话吗？刚才，你在院子里嚷嚷，我就听着不顺耳！听你爹的话，老实在家待着，不许你到外边瞎说！听见没有？"

敖敖在母亲面前碰了一鼻子灰，心里还是不服，就乱追赶院里的猫，把猫们赶得四处奔逃。有一只老黑猫蹿到何首乌架子上，冲敖敖龇牙咧嘴做出一副鬼脸，把敖敖的嘴都给气歪了，他捡起一根木棍刚想打那猫，却不见了猫的影子。敖敖来到大街上，放出大话来，说如果高家在天黑之前找不回高长英，他就带人去高家说事，就要把何灵芝接回来，就要扫一扫高家的体面等等。

敖敖这话很快就传到了高德显的耳朵里，着实让这个瘦小的干巴老头冒了一身的冷汗。他心里明白，现在高家的人是嘴里没舌头的时候，是哑巴吃黄连有苦说不出的时候，是打掉牙往自己肚子里咽的时候。自己的儿子高长英在新婚之日不辞而别，真是丢尽了高家的脸面。何家别说让敖敖来，就是来一个三岁小孩，他高德显也无言以对，人家怎么说就得怎么听呀！

刘黑丑和妙芝刚来到高家的门口，早有人报告给了高德显和刘凤阁。高德显正要出来迎接，却被高长命拦住了。高长命说："爹，娘，你们不要出面，我去跟他们说。"

高德显看了儿子一眼，心有余悸地说："长命，来者不善，善者不来，你一个孩子家，知道说什么呀？"

高长命胸有成竹地说："爹，常言道，兵来将挡，水来土掩。他何家有来言，我自有去语，我去把那刘黑丑打发走就是，你们就在屋里歇着等信儿吧！"高长命说完，转身出了门。

在高家大院的银杏树底下，刘黑丑和妙芝就被高长命拦住了。高长命说："舅舅和妙芝姐二位等一下，等一下。"

刘黑丑站住了，而妙芝却没理睬高长命，径直往后院去了。

刘黑丑问道："长命，你爹和你娘呢？"

高长命见刘黑丑满脸的严肃，就先没说别的，搬来一把椅子让刘黑丑坐下，说："黑丑舅舅，我爹他身体不大好，我娘在里头伺候他呢。你有话，就先跟我说吧。"

刘黑丑第一次听见长命叫他舅舅，心里既好奇又吃惊，他没想到这个身有残疾的孩子，说话的口气倒像个大人，便正经地说："你？有话跟你说？你能做得了主吗？"

高长命说："舅舅，能不能做主咱先放一边，我爹他听说我哥骑马走了，一下就躺到炕上起不来了，是他让我来跟你说话的。"

刘黑丑说："那好吧，你说这事应该怎么办？"

高长命说："舅舅，你走南闯北几十年，走过的桥比我走过的路都长，吃的盐比我吃的米都多，今天是我爹请你来当婚礼主持的，你自然应该清楚这事该怎么办。不过，我爹和我娘还是让我代表他们向何玉棠大叔一家以及何家所有的亲戚表示歉意。这事来得突然，你也知道，刚才我们已经派出三批人马去找我哥了，请你去转告何家，请他们尽管放心，我们会尽快把我哥找回来。我爹说了，等把长英找回来，他会把人领到何家当面致歉的。"

刘黑丑听罢高长命这番话，脸上的神情尽管有些不屑，但内心还是十分惊讶高长命的头脑和口才，人家才是个十八岁的孩子，还是一个瘸子，怎么说出话来就如此头头是道滴水不漏呢？这真是人不可貌相，海水不可斗量呀！

刘黑丑在心里翻着个，同时拿眼睛不住地往后院瞧看。高长命知道，这个刘黑丑在甘陶河流域山南川北一百单八村算得上一个赫赫有名的人物。他有一双巧手，以编席为业，人称席匠。他满腹经纶，凭三寸不烂之舌，把成套成本的故事书背得滚瓜烂熟，人称说书匠。他要是认起真来，十个八个高长命也抵不过他一根手指头。

刘黑丑见与高长命说不出个长短，就严肃地说："长命，这样吧，你回去跟你爹娘说一声，老何家有意先让灵芝回何家去，等把高长英找回来了，咱这婚礼再往下进行。"

高长命笑笑说："舅舅，你可真会说笑话。你今天到底是哪边的人呀？怎么一屁股坐到老何家的筐里去了呢？我哥高长英是不是也叫你舅舅的？我娘是不是你的亲妹妹？我爹是不是你的亲妹夫？就算灵芝是你的干闺女，可现在她已经是我的嫂子，你要让我嫂子先回何家去，那我可做不了这个主，得问问我嫂子同意不同意。"

这时，何灵芝在姐姐妙芝的陪同下从后院来到前院，见到刘黑丑，说："干爹，长命，我既然进了高家的门，就算是高家的人了。我哪儿也不去！快去把亲戚们叫回来开席，我还要挨个给他们敬酒呢！"

听罢何灵芝的这番话，刘黑丑等所有在场的人都激动不已。

中午刚过，天空突然阴云密布，冷风嗖嗖，不一会儿，竟然哗哗地下起了大雨。这滂沱无边的大雨啊！竟然一直哗哗地下到了傍晚才停。高家摆在卧龙潭边三十亩坪上的"八卦黄河阵"成了一片汪洋，而何玉棠却下令去点燃"火龙盘山灯"。

雨停之后，高德显独自一人步履蹒跚地来到三十亩坪，在西南角的入口处坐下，六神无主地望着眼前的凄凉景象，禁不住潸然泪下。他看见工程浩繁的"黄河阵"浸在一片泥淖之中，多少心血付之流水。瞿眵眼费了九牛二虎之力扎成的一对雄狮被雨水浇成了空骨架，只留下一副破落形骸。"黄河阵"周围林立的彩旗也都在风雨中四处飘零，颜色皆无。摆在三百六十五根椴木桩子上的三百六十五只崭新瓷碗也都七零八落，光芒惨淡而凄凉。

天已经黑下来了，十八盘上的"火龙盘山灯"已经透出了耀眼的光束，星星点点地真的就连成了一条火龙，从卧龙潭边昂起头，蜿蜒着伸展着一直攀到了盘云寨顶。

高德显坐在那儿，看一阵天，看一阵地，埋怨老天爷为什么偏偏在这个时候来给他添乱，埋怨儿子高长英为什么要在他蓬蓬勃勃的心上扎这一刀子，埋怨自己为什么事先没有察觉到儿子的反常状态从而导致目前的尴尬局面，埋怨自己为什么就没想到会下这场大雨呢？

中秋的月轮在云层中穿行，秋风在空旷的河套和卧龙潭上徘徊低飞。然而，任凭月亮在黑云里怎样穿行，任凭它用怎样轻柔幽静的光辉包裹这世界，却引不起高德显一丝一毫的兴趣。想来想去，高德显得出一个重要的结论：这一回合他已经输给何玉棠了。

这时，卷毛鹰的喇叭声呜呜咽咽地响了起来，与小杜梨戏班的鼓乐丝弦一起，乘着秋风的翅膀翩翩跹跹地飘向远方。

# 雨 3

十八盘盘上盘下哪还有高长英的影子！

高家派出去的三路人马陆续回来了两路，都没有发现高长英的任何踪迹。犟睁眼迈着自信的步子来到高家大院，对高德显说："老叔，别找了，高长英早就坐在南佐镇独立营的中军大帐里了。你们要是不信，咱就等着，一会儿准有人来送信。"

在十八盘村，能推心置腹并且理直气壮地称呼高德显叔叔的，只有犟睁眼一个人。十多年前，是高德显为他操办了喜事，娶了从甘陶河上游冲下来的葛氏，并给了他东平台八亩堰，孤儿犟睁眼才算成了家立了业。打那以后，犟睁眼就从骨子里敬重高德显，敬重高德显一家人，一看到高家的大宅院，总有说不出的感激之情。后来他一心想学些本事，希望能在十八盘村出人头地，多半是为了报答高德显对他的恩情。偶尔在村里听到有人诋毁高德显和高家其他人，犟睁眼都要挺身而出，为高家说话，维护高家的尊严。功夫不负有心人，犟睁眼发愤学习，练成了许多法术，在人前人后总免不了炫耀，而在高德显面前却一句大话也没说过。今天，他把高家出事的原因仔细分析了一遍，又根据这两天他观察到的高长英的表现，推断出一个结论：高长英哪儿也没去，一定是回南佐镇了。犟睁眼在高长英的眉宇间看到了一股杀气，知道他的心思依然全部在战场上，他这个当营长的怎么会沉湎于洞房花烛灯红酒绿之中呢！因为他的任务还远远没有完成，井上岩没被消灭，豆姬大炮楼上的探照灯一到黑夜就亮了起来，豆姬火车站还在日本人手里，虽然日本人在战场上已经处于劣势，但狗日的嚣张气焰仍然未被打压下去。那些刚刚战死在南佐镇东门外的弟兄们的英魂仍在秋风中游荡，高长英一合上眼睛就能看到他们的面容。所有这一切，都让犟睁眼看了个明白，所以，犟睁眼就在高德显面前放下了这句话。

高德显的大脑现在还在云雾中飘着，他对犟睁眼的判断半信半疑。信的是，他知道儿子现在是八路军里带兵打仗的军官，因为刚打下南佐镇，独立营又刚刚组建，在南佐镇还没有站稳脚跟，担心军务有闪失，便急忙赶回去了。疑的是，他不理解儿子为什么如此荒唐地处理自己的婚事？为什么在这大喜的日子里突然不辞而别？为什么就忍心抛下刚刚进门的媳妇而一走了之？为什么抛下众多前来贺喜的亲戚朋友而心安理得？为什么当了几年兵就没了一点人情味？高德显百思不得其解。但他见犟睁眼一脸的自信，也就没说别的，只在嘴里感慨了一句："无缘无故啊！"

果然，工夫不大，就从十八盘盘道上奔来两匹快马。这两匹快马风驰电掣般来到高德显家的大门口，有两个人翻身下马，跑进了院子。人们一看背影，就知道是高长英回来时带的那两个警卫员。

警卫员向高德显报告说："大叔，我们的高营长已经回到了南佐镇独立营营部，请您放心！"

高德显激动地说："他，他在干什么？"

警卫员说："营长他立在作战地图前一句话也不说。副营长和连长们过来与他说话，他也不理睬。人们看他好好的，好像刚才什么事也没有发生过，就让我们两个认识路的来十八盘向您报告。"

高德显一听，想往起站身子，试了几下却没能站起来，人们发现高德显的手腕在微微地颤抖，导致从他手里的大烟斗中滋滋冒出的青烟在低空中盘成一圈又一圈的云雾。过了半天，高德显才嚅动了一下嘴唇，说出几个字："这就好，这就好。"

刘凤阁知道高长英回到了南佐镇，心里一块石头才算落了地。这几天，刘凤阁有一种强烈的预感，总觉着要在高长英身上出点什么事。她发现打下南佐镇得胜回来的高长英,跟八月初一部队路过十八盘时的高长英简直判若两人。那次见到的高长英,一脸天真可爱的样子,谈笑间流露出纯真和稚嫩的情怀,从他那双大眼睛里往外闪烁的是一股子英雄气,有一种锐不可当的军人气势。而这次的高长英,要么寡言少语,要么答非所问,要么说起来没完,不让别人插嘴。而且一见到红色就老大不高兴,反对在大门口贴对联挂红灯吊绣球,反对在落轿的地方铺红地毯,反对去何家迎亲的时候披挂红绶带和红绣球,甚至还反对在何灵芝头上蒙红盖头。刘凤阁没有听他的。虽然觉得过意不去,但她认为必须这么做。于是她在暗地里留心观察高长英的每一个动作每一个细节每一个表情甚至每一句话。今天在婚礼上,刘凤阁发现高长英在用红绸子牵引新娘何灵芝的时候表情一怔一怔的,她的心也随之被揪了起来。听说以前高长英是个爱说爱闹的孩子,在外面做了什么事,总要回来在父母跟前说个没完。刚参军那阵子,打了胜仗也往回捎话,说他们缴获了敌人多少挺机关枪多少门小钢炮,俘虏了多少日本人多少伪军什么的,而这回回来却只字不提南佐镇打仗的事,只字不提他当了营长的事,甚至连点儿兴奋的表情都没有。只有一次,高长英提起刘黑牛,刘凤阁见他的表情有些激动,他说:"黑牛你得管一管了,再不管他,怕是要给我们惹麻烦了。"刘凤阁说:"我也多日不见黑牛了,他哪儿做的不是,你就只管说他。"高长英好像还想说什么却没说下去。刘凤阁在心里猜测:是不是黑牛待八路军不热情了?是不是他听说黑牛给日本人打刀片儿的事生气了?后来又觉得不是。那是不是打南佐镇死的人太多了呢?是不是他率领的部队伤亡太重了呢?是不是他看到血流成河的惨烈场面了呢?是不是上级领导批评他了呢?是不是他的战友拿玩笑话刺激他了呢?猜测了一大圈,刘凤阁终于归结到了"血"字上。血,对了,就是血!就是血红色!刘凤阁由此断定,高长英是因为受了血色的刺激,才对红色敏感起来警觉起来。先是敏感,后是警觉,再是恐惧,后来就是憎恶,就是愤怒,就是逃避了。

那两个警卫员说完话就要走,硬被刘凤阁留下来吃饭。刘凤阁对高德显说:"德显,我把两个警卫员留下了,你陪他们吃饭去吧,我去告诉灵芝,让她把心放下,先过来吃点儿东西。"

高德显的脸色也生动起来,听刘凤阁这么一说,忙点点头说:"对,对,你快去把灵芝叫过来，咱大家一起吃顿饭，然后派人去南佐把长英接回来。"

刘凤阁说："依我看，还是不必着急去接他，先安顿好何家和亲戚朋友再说。长英他现在肯定遇上了什么紧急的事务，不然的话，他也不会不言语一声就走的。如果现在我们派人去，怕再生出什么岔子。"

高德显仔细想想，觉得刘凤阁的话在理，儿子已经不是从前的儿子了，不是从前的小战士了，他现在是一名八路军的营长，目前战事还没有结束，日本人还没有被赶出去，他这个当兵的就不能放松警惕，就不能跟平常老百姓那样自由自在地生活。但是，结婚娶媳妇是男人一辈子的大事，又怎能如此草率如此轻狂呢？高德显现在惟一不明白和不能原谅的就是高长英的鲁莽。

灵芝最终没有到前院来吃饭，她听凤阁说长英回到了南佐镇独立营营部，心就放下了多半。她对刘凤阁说："娘，他没事就好。要不是我穿着这身新婚的衣服，我就去南佐镇找他了。"

刘凤阁见灵芝的眼睛已经消了肿，脸上也有了些笑模样，也放心了许多，说："孩子，现在咱谁也不能去！长英他不辞而别，肯定事出有因，不光是看见你的眼睛发红，他身上的担子一定是太重了，他心上的压力一定是太大了，不然他不会这样。过两天等他冷静了，自己就会回来的，你说是不是？"

何灵芝捧着一大团头发往刘凤阁身上靠靠，说："娘，你说是不是他在打南佐镇的时候受刺激了？"

刘凤阁把散在灵芝前额上的一绺头发捋到她耳后，说："我也说不准。不过，我从他这两天对红颜色的反应看，好像是有点儿问题。还有八月十五他和捞鱼鹳星夜去杀虎尖弄柏木疙瘩的事，也很不正常。听捞鱼鹳说，长英小时候就想把那个柏木疙瘩弄回来给他爹做烟斗。那天晚上，我和他去你家回来，他就没了影，原来是去了杀虎尖。深更半夜的，虽然有月光，俩人还是跌了不少跤。他给捞鱼鹳搭着人梯上去，费了一个多时辰的劲，才给拧下来。那个柏木疙瘩长在那里少说也得几百年了，跟个葫芦一样。"

何灵芝激动地问："在哪儿？我怎么没看见？"

刘凤阁说："傻孩子，你是蒙着红盖头进来的，怎么会看见？哎呀，咱娘俩光顾说话了，快去吃点东西吧！"

何灵芝说:"娘,我现在什么也不想吃,谁也不想见,只想一个人静一静,你快去前边忙吧。"

刘凤阁说:"孩子,都一天了,你不吃点东西怎么行?人是铁饭是钢,一顿不吃饿得慌呢。"

何灵芝说:"我不饿,娘,你快去前边照应客人吧,我想睡觉了。"

刘凤阁说:"也行,孩子,你先睡,我一会儿过来陪你,咱娘俩一起睡。"

何灵芝点点头,说:"娘,我等你。"

## 雨 4

林成领着六指等人和他的黑令白令到杀虎尖方向寻找高长英,他在心里盘算着,高长英去杀虎尖的可能性最大。他知道杀虎尖顶有一块巨大的岩石,岩石缝里有一个硕大的柏树疙瘩,高长英小时候曾多次请林成帮他往下弄那柏树疙瘩,说要给他的父亲做一枚大烟斗。林成也曾诚心诚意帮长英这个忙,怎奈那柏树疙瘩天生地长,仿佛成了精似的,任凭怎样摇来晃去,却总也下不来。有人试图用斧子去砍,砍一下冒一团火星,斧刃就卷起一块,后来就没有人敢去碰它了。今天林成手搭凉棚往杀虎尖方向一望,见那柏树疙瘩不见了,就问六指怎么回事。

林成这一问,把六指问急了。自从他因为偷了姑夫犟睁眼家的玉米受到惩戒之后,他就对偷啊抢啊这类的词格外敏感格外忌讳。今天林成问他柏树疙瘩的事,他觉得林成是故意在揭他的短,当即对林成说:"你问我是什么意思?"

林成说:"没什么意思,不能问啊?"

六指倔强地说:"你问别人行,问我不行!"

林成好像意识到这事六指不会知道,就稀里糊涂地说:"不行就不问了。"

在回来的路上,林成的黑令和白令突然向西平台方向的一条山沟扑去,他的心里顿时乐了。他让六指等人回去给高德显报告,就说没有找到高长英的蛛丝马迹。

六指说:"你要做什么去?"

林成说:"笨蛋,没看见我的狗已经闻到獾味儿了?"

六指的眼睛一亮,说:"你要去戕獾?"

林成肯定地回答说:"戕獾。"

六指恳求道:"我也去!"

林成坚决地说:"不行,下回!"

什么叫一言九鼎?什么叫人微言轻?林成和六指这段对话就叫。

十八盘村的人们习惯把大点儿的獾叫成猪獾,把小点儿的獾叫成猫獾。其实獾也叫狗獾,是一种哺乳动物,身披一身灰色毛皮,有的四肢和腹部呈现黑斑,头顶有三条白色纵纹。獾的爪子是无与伦比的爪子,长而且尖锐,善于掘土挖洞,它把洞府建在山野空谷之中,每每昼伏夜行,攀高走低,神出鬼没,极其不易捕获。獾肉是无与伦比的肉,香而不滑腻,实而不粗糙,煮一锅獾肉,逆风也香十里地。獾的皮是无与伦比的皮,可以做衣领,也可以做褥子。做领子戴在脖子上,高贵大方。做褥子铺在身子底下,舒适安逸。獾的脂肪是无与伦比的脂肪,用它熬炼而成的獾油是一种昂贵的药材,可以治疗烫伤等等,在战争年代,獾油具有一定的战略价值。獾以杂粮水果为食,秋季是獾的狂欢季节,它们不分昼夜地与人们争夺果实。獾的性情乖巧而狡黠,嗅觉十分灵敏,行动十分机警,猎人常常拿它没有办法。但对于林成来说,戕獾是他众多技艺中最为拿手的一项,任凭那獾再狡猾再机警,总也无法逃出林成的手心。林成常说,戕獾犹如划拉一碟小菜儿,不费吹灰之力。林成戕獾一般先用他的黑令和白令去追,把獾追到洞里或树上,他就不再着急,先坐在地上一边抽烟歇着,一边琢磨对策。如果獾上了树,他就把一张大网铺开,四角固定在树枝上,一切安排牢靠,然后拿特制的钢叉上树去扎,獾被扎疼了,尖叫一声从树上掉下来,却被大网套住,让獾落个囫囵全尸。如果獾钻进了洞里,林成就动用烟火,将其制服。黑令白令是林成豢养的两大将军,两条训练多年且经验老到的大狼狗。凭着这两条大狗和这套娴熟的技巧,林成曾经生擒活拿了无数只獾。有时候,林成不用狗也不用钢叉和网,却用一根钢丝制成圈套,放置在獾类经常出没的地方,只要獾的头伸进套环里,便被牢牢套住,往前走走不得,往后倒倒不得,而且越挣扎套得越紧,直到被勒死了事。这种捕猎方法虽然简易,却也耗去林成好多时光和精力，同时也给林成的猎事增添了不少情趣。

这天午后的一场滂沱大雨，使广袤的田野释放出浓郁的芬芳。林成提鼻子一闻，一股奇异的香味滑进了他的鼻腔和肺腑。这股香味顿时让林成冲动起来，振奋起来，他急忙蹲下身子用手去抚摸套在黑令白令脖子上的护圈儿，说："伙计，给我精神起来，说不定今天有好猎物等着你们呢。"套在黑令白令脖子上的护圈儿，出自南佐镇刘黑牛之手，是用上等铁皮打造而成的，上面焊着几十根一寸多长的铁钉，目的是保护狗在与猎物搏斗时不受伤害。一般地，林成用手一摸黑令白令的护圈儿，这两只猛犬就会立刻心领神会。今天，林成的手刚一摸到狗的护圈儿，它们两个就把脑袋往地上一扎，冲向一条山谷。林成在后面紧紧尾随着，一直追到西平台桑树林深处的一片石砬子里，见黑令白令正气急败坏地在一个洞口乱刨，扬起了一片尘土。林成趴到洞口一看，心里乐了，自言自语道："狗日的，我总算找到你的老窝了！"

林成从怀里掏出一块事先准备好的高粱面饼子掰开喂了黑令和白令，自己在洞口坐了下来，点了一袋烟，不紧不慢地抽着。他一边抽着烟，一边趁着皎洁的月光打量这个山洞，见是夹在两块孤石中间的一条缝隙。他往里看看，黑洞洞的，又找来一根棍子往里捅了捅，也捅不到底。林成的眼珠子一转，便有了主意。

林成从事猎事这么多年，还真是第一次到这里来。在林成的印象中，早先这里是一座红土岗。这片石砬子一直通往西平台顶，像是天设地造一般，黑黝黝的大青石一块叠一块，上面铺着一层细细的苔藓，从远处一看就让人发毛。石砬子的两侧是厚厚的红土层，却没人来开垦耕种。还是何玉棠来了，才把这西平台开垦出来，造成一层一层的梯田，种上了桑树。几年下来，桑树就连成了一片，长成了这郁郁葱葱的森林，成为给何家创造财富的园地。林成偶尔戕獾来一次，也都在外围的桑树上或核桃树上结束捕猎行动，没想到这儿竟是獾的一个老巢。林成心想，我的乖乖，今天遇上我林成，也算你们倒霉，看我今天怎样修理你们。

想到这儿，林成跑到桑树园外边的大树下抱来一捆半干不湿的玉米秸，一半塞进了洞口，一半留在了外边，用一块石头压住，掏出火柴正要点，忽又把火柴收起，放进衣兜里。林成重新摸出火镰和艾条嚓嚓地打火。这盒火柴是高德显在三十亩坪"黄河阵"看他栽木桩时给他的。在十八盘村，目前能用得起火柴的，只有高家和何家，别人家都舍不得买。林成得了一盒，自然舍不得用。林成娴熟地用艾条燃着了玉米秸，等明火呼呼地着了一阵，林成就把火压灭，单让玉米秸冒烟。

说来也巧了，正好洞口对着一道山川，从川口嗖嗖地直往里灌风，这烟就咝咝地顺着洞口往里钻。夜色已经渐渐深了，天空的阴云还没有散去，看不到一颗星星，风却刮得很紧。林成在洞口坐下来，脸上洋溢着得意的神情。他又点着一袋烟，放在嘴上慢慢抽着，想以此解一解几天来积累在身上的困乏。忽然，林成听见洞里传出吱吱的叫唤声，继而又听见跟头骨碌的奔跑声。还没等林成把烟斗放下，还没等林成打响口哨，还没等林成想好到底是用三股钢叉捕获猎物还是空手套白狼将其生擒活拿，就见洞口噗的一声喷出一团黑烟，接着又噗的一声喷出一团黑烟。林成断定这是两只大獾，现在它们要突围出去，逃之夭夭。林成在心里暗想，乖乖，你们也太天真了，你们也太幼稚了，你们也太可笑了！也不睁开眼睛往外看一看，我林成是谁？也不张开嘴四处打听打听，我林成有什么能耐？我今天虽然没有布下天罗地网，但你们同样是瓮中之鳖走投无路，同样是笼中之鸟有翅难飞，纵然有三头六臂七十二般变化，同样是逃不出我林成的手心。

果然，第一个逃出洞口的家伙还没落地，就被十万分警惕的黑令扑倒了。紧接着，从洞里又冲出一个更大的家伙，只见白令像一道闪电在空中划出一道壮美的弧线，直射那团黑烟。黑令和白令携手并肩把那两个家伙围在距离林成一丈多远的地方。

月轮在淡淡的云层里穿行，大地的颜色也忽明忽暗地变幻着。林成提起三股钢叉过来助阵，见两条大狗围住的不是猪獾，而是两头野猪。借着月光，林成发现这两头野猪一大一小，像是母子，大的长得青面獠牙，彪悍凶猛；小的长得肥头大耳，倒也可爱。两头野猪正头尾相顾，与两条大狗对峙着。林成当下就愣了。他从事猎事多年，这种场面还是第一次见到。两头野猪严阵以待，两条大狗束手无策。林成看罢，又突然乐了，心想，这真是一场好戏，只可惜就我一个人在这里观看，太没意思了！要是十八盘村来上一半人，或者至少陈元、犟睁眼、葛掌柜、敖敖、六指、捞鱼鹳等人在场，亲眼见证我把这两头野猪生擒活拿，那该多么风光啊！亲眼见证我在捕猎过程中叱咤风云的形象，那该多么刺激啊！或者让刘黑丑给编一段书，在甘陶河流域山南川北一百单八村说一说，我林成不也就像关羽关云长那样过五关斩六将名垂青史了吗？

可是，现在怎么办呢？林成看得出来，那两头野猪已经有些不耐烦了，蹄子在地上捣腾着，刨起一团团烟尘。那头大的要是自己突围不成问题，但它决意要保护自己的孩子不受伤害，要领着它一起突围。然而，黑令白令也不是吃干饭的，见野猪在刨土，像要逃跑，便拼命地吠着，把住每一个关口。林成眉头一皱，计上心来。他根据目前双方实力分析，如果从二者当中擒其一则得其一，如果二者皆擒则二者皆失。于是，林成果断决定放弃那头小的，专擒那头大的。林成再看，只见那头大野猪身壮腿粗，颈部的鬃毛有半尺多长，像一垄野草，此时正两眼怒睁，四蹄咆哮，伺机逃脱。林成一不做二不休，抄起三股钢叉一个猛步跨出去，朝那头大野猪刺去，只听扑哧一声，正中其软肋。可把那野猪疼坏了，嗷的一声就地蹿起五尺多高，险些将林成扑倒。那黑令白令见主人上了手，便合力扑上去，将其掀翻在地，死死摁住。那头小野猪趁机跳下地垄逃命去了。

得胜将军似的林成抬头看看，见天色已白，知道天快要亮了，就在心里偷偷地乐。他今天本来是去寻找高长英的，结果，搂草打兔子，捎带着捕获了一头大野猪，这就使得他更加踌躇满志得意扬扬，竟然把高何两家的盛大婚事因为高长英的离家出走造成的尴尬局面和因此可能带来的严重后果抛到了九霄云外。

正当林成收拾停当刚站起身来，却发现远处的树林里探出三个人头。林成的眼睛好使，一眼就认出了葛掌柜的脸盘。葛掌柜长着一副磨盘柿子脸，说方不方，说圆不圆，他自己就说他的脸长得不成方圆，没有规矩。林成在心里警惕起来，心想，这大清早的，葛掌柜领人到这西平台桑树林做什么？那两个人一个戴着礼帽，一个戴着眼镜，不像是本地人。他把东西放下，朝葛掌柜等人走去。

葛掌柜早就认出是林成了，知道绕也绕不过去，干脆就迎上去，笑嘻嘻地对林成说:"林成兄弟,又在这儿戕獾呢,戕着没有啊?"

林成一脸严肃,问道:"葛掌柜,这大清早的,又是一地露水,你要去做什么?"

葛掌柜说:"这不是嘛,昨天从河西来了两个朋友,在我家里住了一宿,今天一早就想走,我去送送他们。"

林成眨眨眼睛,说:"不对吧,葛掌柜!去河西,走卧龙潭;去岭东,走十八盘;去白城口,走龙凤山,这你又不是不知道,为什么放着大道不走,却要走这桑树林呢?"

说着,林成就来到那两个陌生人面前,冲戴礼帽的问:"你是哪村的?"

还没等戴礼帽的说话,那戴眼镜的抢先说:"他是哑巴,不会说话。"

那哑巴随即咿咿呀呀嘟嘟噜噜来了几句,林成一个字也没听明白。

葛掌柜见林成还要问,忙过来截住,说:"林成兄弟,他的确是哑巴。"

林成不依不饶,问那戴眼镜的说:"你说,你是哪村的?"

戴眼镜的看看葛掌柜,说:"我是白城口的。虽然我没见过你,可你的名声在我们那里大得很哩!不说是妇孺皆知吧,至少有一半人知道你的名字,还知道你的枪法好,说你是神枪手。"

林成也不听这个人的吹捧,仍疑惑地问:"白城口的!我经常去白城口赶集,怎么没见过你呀?你姓什么?在哪条街上住?"

葛掌柜对林成说:"兄弟呀,白城口那么大的地方,那么多的人,你认得过来呀?再说了,这个兄弟常年在外地,你去一次两次见不着,就是去十次八次,你也见不着他呀!快别问了,我们走!"说罢,三个人匆匆忙忙朝龙凤山方向去了。

三个人刚走,从桑树林背后又蹿出一个大活人来。林成一看,却是敖敖。林成责怪道:"敖敖,你来干什么?又吓了我一跳。看把我熬的,一夜都没合眼,你也不知道来帮帮我。"

敖敖说:"林成叔,你熬了一夜,戕住一只猪獾,就不错了。我熬了一夜,什么也没得到,落了个两手空。"

林成得意地说:"敖敖,你过来看看我戕住了什么!"

敖敖过来一看，吓了一跳，指着地上的野猪说："林成叔，林成叔……"

林成急了，说："敖敖，你说什么呢？那不是林成叔，是大野猪。"

敖敖笑笑，说："林成叔，你把野猪戗住了，我盯的'野猪'却跑了。"

林成知道敖敖说的是刚才那三个人，却故意说："就跑了一头小的。"

敖敖正经地说："林成叔，你看刚才那两个人像不像好人？"

林成摇摇头，说："不像，贼眉鼠眼的，怕是传说中要来咱十八盘村开矿的人吧。"

敖敖挠挠头，说："怕的就是这个。葛掌柜前两天在村里散布说东平台西平台是铜矿，龙凤山是铁矿，杀虎尖是金矿。这两天他又带人来这里转悠，肯定是黄鼠狼给鸡拜年——没安好心。"

林成说："敖敖，我跟你想的一样，咱别在这儿瞎议论了，回去找你爹，让他拿主意吧！哎，对了，咱俩把野猪抬回去，等我杀好了，给你家弄过去一半。"

敖敖说："不要，不要。"

林成说："什么不要不要，见面分一半嘛。"

## 雨 5

彻夜未眠的高德显突然做出一个决定，他要辞掉捞鱼鹳，理由是：高长英的出走与捞鱼鹳不无关系。高德显这一决定的出台，让高家所有的人都感到意外。刘凤阁对高德显说："德显，眼下正是用人之际，虽然知道了长英的下落，但还需要人去往回叫，龙凤山的谷物和水果需要往回运，你酝酿已久的大戏楼需要人手操持，在这个时候打发捞鱼鹳走，是不是有些不大妥当呀？再说了，捞鱼鹳来咱家这些天，我也没发现他有什么不对的地方。昨天的事，长英负气出走，甭说他捞鱼鹳一个用人，就是换个旁人也不敢去拦呀！"

高德显听到这儿，咔咔地在鞋帮上磕着烟斗，说："这事我已经决定了，现在你就让他走。你要是认为他干得不错，就多给他几个工钱。"

刘凤阁一听高德显这么说，也就不再坚持，出门来找捞鱼鹳。

捞鱼鹳可怜巴巴地立在银杏树下，树皮一样的双手拘束地不知放在什么地方才好，微不足道的身子蜷缩在不大合身的衣裳里面，好像一直在瑟瑟发抖。他听见有人朝他走来，身子不由得一紧，险些倒下去，低着头不作声。

刘凤阁对捞鱼鹳说："捞鱼鹳，你都听说了吧？老爷子今天发脾气，不是因为你做错了什么，是因为昨天高长英不辞而别，搅了场面，挫了他的面子，于是就迁怒于你。我知道你委屈，可是没办法。这样，你先走两天，以后一有机会，我再派人去把你找回来，怎么样？"

刘凤阁劝说了半天，捞鱼鹳还立在原地不动。刘凤阁就让柳细腰来劝。刘凤阁知道，在这座深宅大院里头，只有柳细腰和捞鱼鹳两个用人。这两个人还挺投脾气，茶余饭后各自忙完自己的活计，就凑在一起说话聊天。别看捞鱼鹳平时不说话，可与柳细腰在一起的时候，话就没完，而且对柳细腰是言听计从，柳细腰说什么就是什么。柳细腰对捞鱼鹳说："傻哥哥，你愣在这儿做什么？老爷子的脾气你也不是不知道，甭说在这个家里他说一不二，就是在十八盘村，也是说一不二。他说出的话泼出的水，还怎么往回收？你还是先走吧。我知道太太对你好，你心里也清楚，兴许以后还有机会再来高家做活。"

捞鱼鹳看看柳细腰，大红夹袄还穿在身上，衬托着圆圆的脸蛋，更加好看了。要是以前，俩人肯定要多说一会儿话，可是现在，捞鱼鹳一点情绪也没有了，说："以后？怕是没有以后了！"

柳细腰说："傻哥哥，怎么会没有？说不定明天老爷就会改变主意，让我去把你叫回来呢！"

捞鱼鹳说："你，你知道我今天走了会到哪里去吗？"

柳细腰眨眨水灵灵的眼睛，自信地说："我知道，是龙凤山。"

捞鱼鹳摇摇头说："龙凤山是高家的地方。再说，龙凤山那么大，也没我的家。"

柳细腰说："滴水岩响马洞不是你的家吗？"

捞鱼鹳摸着自己的脑袋，说："你怎么知道，是谁告诉你的？"

柳细腰俏皮地笑笑，露出白生生的细牙，说："你啊，还能有谁？"

捞鱼鹳这才挪动脚步，来到后院的马圈收拾东西。这排马圈是三间平房，两间用来喂马,共有四个料槽,能同时喂十几匹马。另一间用来存放农具,里面有一盘大炕。捞鱼鹳一到高家,刘凤阁就让他睡在这里。平时这里基本不喂马,高家的马都在龙凤山上。偶尔有亲戚留宿,车马都放在这里。捞鱼鹳第一眼就看见了他的老柚木钵碗,那是他的命根子。今天,捞鱼鹳把它捧在手上,细心地打量着,打量来打量去,就落下了眼泪。他流着泪用一块布把碗包起来,又流着泪把碗揣进怀里。他决定,这屋里别的东西他一样也不拿,像刘凤阁给他的衣服呀被褥呀洗脸盆呀,全部原封不动地留在屋里。他听刘黑丑说书说过关羽关云长封金挂印的故事。虽然自己不能与关云长相比,高德显也不是曹操,但他还是决定一样东西也不拿走。

当捞鱼鹳空着手走到高家的大门口的时候,刘凤阁已经在那里等他了。此时,街巷里没有人,也没有动静,只有秋风舒畅地在他们身边穿行,制造出一丝又一丝的凉意。刘凤阁说:"捞鱼鹳,快把你的钵碗拿出来,装上这东西,还是那句话,能吃的就吃,不能吃的就放起来,兴许日后遇上荒年能用得着。"

捞鱼鹳伸手从怀里往外掏钵碗,眼里噙着泪花,一句话也说不出来。

刘凤阁又说:"记住,千万不要恨老爷子,你恨他就等于恨我,记住没?"

捞鱼鹳一边点头,一边偷偷抹眼泪。一抬头,他猛然发现刘凤阁的眼角也湿汪汪的。捞鱼鹳从怀里掏出了那只豁了牙的钵碗,刘凤阁把碗拿在手上,转身去厨房捞了一碗饺子,还提了一小布袋东西出来,一起塞进捞鱼鹳的手里,只说了"你走吧"三个字,就转身回屋去了。

捞鱼鹳本能地把刘凤阁递给他的饺子和小布袋紧紧地揣进怀里,回头想再看一眼刘凤阁和柳细腰,却没看见人影儿,就踉踉跄跄地走出了这座高大雄壮的大门楼,走出了十八盘村的大街,来到了卧龙潭中央的龙脊之上。这时,他已经从懵懂中清醒过来,知道了刘凤阁的心思,明白了自己应该做的事情。于是,他麻利地吃掉了那碗白生生的饺子,轻轻地捏了一把那个小布袋,知道里面是高德显吃剩下的饺子边儿,心情就沉重了许多。捞鱼鹳决定回到龙凤山滴水岩下的那个山洞,那曾经是他最为理想的栖身之地,也是他目前惟一可去的地方。前一阵子,犟睁眼听人说龙凤山上有一个山洞,是练功的好地方,但寻了几次也没有寻见。他就向林成打听,林成就把他领进了一个敞口的山洞里。

犟睁眼摇摇头说:"不是这儿。这儿哪是呀!"林成说:"那你去问捞鱼鹳好了。"犟睁眼果然问捞鱼鹳,捞鱼鹳说:"没听说。没见过。不知道。"犟睁眼乘兴而来,败兴而归。捞鱼鹳见犟睁眼走远了,才挠着头皮说:"那里早成了我的家,岂能告诉你!"其实,林成也知道响马洞这个地方,但他一直把那里当成是千年狐狸洞。

捞鱼鹳想起的这个山洞,相传是一个响马洞。这是龙凤山背后一条刀削斧劈似的峡谷,沿峡谷拾级而上,转过峰就是壁立千仞的悬崖,站在这个当口,可以体会到"一夫当关,万夫莫开"的意境。乍一看,到了这儿,脚下已经没了路,但仔细往下一看,却有几级台阶,从台阶上下来,又有一个小小的平台,再转过身,便是一个豁然敞开的洞府。一缕阳光射进去,正好照在一盘自然天成的石板炕上。沿着木梯下去,就是宽广的天地。东北角有一注清泉,涓涓细流,盈盈在耳。龙凤山滴水岩,是不是因此得名,不得而知。在西南西北方向还有两个洞口,每个洞口又都支有木梯,下面是深不见底的洞穴。据说,明朝末年,天下大乱,响马横行。太行山上的许多财主老爷家都蓄养兵丁,这些人中有成了事的,就拉起一干人马占山为王,当了响马,表面上以打家劫舍杀富济贫号令天下,实际上干的是烧杀抢掠强取豪夺的勾当。类似十八盘这样的山地,山高皇帝远,林深贼子多,更是响马横行的天地。后来,世道太平了,这些响马洞也就无人问津了。一个偶然的机会,捞鱼鹳发现了这个山洞,他就把这里当成了他自己的家园。第一次刘凤阁给他的那碗饺子边儿,就被捞鱼鹳晾在了响马洞里的石板上,不知道过了这些日子还有没有。想到这儿,捞鱼鹳不由得加快了脚步。

捞鱼鹳悻悻地回到他的洞府,看看晾在石板上的饺子边还在,数了数,二十八个,一个也不少。他过去担心这个响马洞里藏有蛇鼠精怪之类的东西,现在看来什么都没有,捞鱼鹳放了心。他今天没事,就从洞里出来,沿着天梯,过了鬼门关,登上了山顶,他的眼前顿时豁然一亮,偌大的一座山垴上面,原来是平展展的天地。他过去只听人们说,龙凤山上有响马洞,有点将台,有校兵场,果然不假。他还听说那响马洞里还有两个洞,一个通往元氏的封龙山封龙书院,另一个通往十八盘上的海瑞祠大殿。捞鱼鹳对这些传说不予理会,他看见一轮秋阳悬在高空,又感觉到秋风在身边荡漾,身心就要融化在这风清草绿日明气爽的山顶之上了。高长英突然离开洞房不辞而别,高德显脸上那阴阴沉沉的神态,刘凤阁脸上那双明明朗朗的眼睛,何灵芝脸上那清清凌凌的泪水,以及高长命和柳细腰的表情,都在捞鱼鹳这个苦命的孩子心上打下了烙印。然而现在,这些烙印正在随风飘散。

捞鱼鹳今天完成了一项重要的工程。他割了一捆紫荆条子,编了一只篮子,把刘凤阁上次给他的二十八个饺子边儿一一拾了进去,挂在岩石之上,又把刚才拿回来的饺子边儿晾开,过了一下数,五十二个,摆在石板上,便倒头睡下了。

## 雨 6

何玉棠突然出现在高家的大门口,让高德显感到十分意外。他从银杏树下的太师椅上站起来,紧往屋里让何玉棠,何玉棠站在原地没动,说:"亲家老兄,不进屋了,我来就跟你说一句话,'火龙盘山灯'今天晚上还要点,一连点三天。"说罢,何玉棠转身离开了高家的大门楼。

何玉棠刚走,老窦就进来了。高德显一见老窦,又从椅子上站了起来,示意让老窦坐下,老窦也不坐,只说他刚到海瑞祠走了一趟如何如何,脸上却一点表情也没有,身旁的孩子们都被他吓跑了。

老窦走后,刘凤阁对高德显说:"德显,等灵芝回了门,我就回一趟南佐镇,把长英叫回来。"刚说到这儿,黑牛闯进来说:"姐姐,对长英还说叫呀请呀的,干脆让我去拿绳子把他绑回来算了。"

高德显看看刘黑牛,没说话,刘凤阁说:"牛子,家里的事已经够乱了,你就不要耍小孩子脾气,再给我添乱了,好不好?一会儿吃了晚饭,你去听咱哥说书吧。等他说罢书,咱姊妹三个说说话。"

这天晚上,何家的"火龙盘山灯"又一次亮了起来,人们吃罢饭,不急于到海瑞祠听书,而是沿着盘道去数大灶,有的一直数到了盘云寨顶。刘黑丑在海瑞祠继续开书场,说的是《三国演义》的第二十五回"关公降汉不降曹"。刘黑丑老远就看见自己的弟弟也来到书场,情绪一下就振奋起来,拿起一把戒尺，在桌子上啪啪啪拍了三下，镇住了台下的嘈杂之声。

刘黑丑借着明亮的灯光看看院里的人群，见一个个脸色不如以前那么自然放松，好像受到了高家婚礼事件的干扰。刘黑丑到底有两下子，三言两语就把这事给绕过去了，他说："各位，能不能都高兴一点啊？这两天是什么日子，难道你们都忘了吗？是咱十八盘村自盘古开天地以来规模最大场面最热闹的一次婚礼呀！你们每个人不都去坐席了吗？快别把喜庆欢乐掖着藏着了，都把它们拿出来，放到脸上，让我看看，不然我可就没情绪说书了！"

林成站起来附和道："黑丑说得对，我们大家没有理由不高兴呀！我们有一百个理由高兴呀！八路军打下了南佐镇，长英当上了平东独立营营长，长英娶灵芝为妻，三十亩坪的'八卦黄河阵'，盘云寨上的'火龙盘山灯'，哪一桩哪一件不值得我们庆贺？还有，我今天早晨戕住了一头大野猪，也是历史上没有过的，不也值得庆贺吗？所以，我提议，让黑丑再领着咱唱唱歌，好不好？"

经林成这么一鼓动，书场上的气氛顿时活跃起来。

刘黑丑说："各位老少爷们儿，那首歌我已经教了不少遍了，谁能给我唱唱？"

台下又一次静了下来。刘黑丑看看林成，说："林成，我刚才听你说话一套一套的，挺能鼓舞人心的，你能不能唱一遍，给我听听？"

林成也不害羞，站起来说："我唱不全，但能唱后几句。对不起各位，我就唱了啊，唱不好也别笑话我，好不好？"

这时，犟睁眼打断林成的话，说："好什么好！你能唱后几句，我全会唱。前晌我在苍岩山碰见秦司令员了，他问我十八盘村的人们白天干什么，黑夜干什么。我对司令员说，白天有干这的有干那的，黑夜全部听刘黑丑说书，还学唱歌曲。秦司令员一听高兴了，问我学唱了什么歌曲，我就给他唱了几句，可把秦司令员乐坏了，一个劲儿夸我唱得好。"

刘黑丑说："那好，你就给我们唱唱。"

卷毛鹰说："我来给他伴奏。"

书场上的气氛又一次活跃起来，丝毫不像刚刚发生过什么不愉快的事情。

十八盘村被清雅的月辉浸泡着，眼看就要泡酥了。

人们唱罢歌，刘黑丑才开始说书：话说曹操得知当今国舅董承与人串通谋害于他，就想下令废了汉献帝，另选太子立之。谋士程昱谏道："如今天下诸侯未平，就行废立之事，必然会引起兵端，须小心才是。"曹操听其言，只将国舅董承等五人和其全家老小处斩，死者共计七百余人。曹操仍怒气未消，佩剑入宫，来杀董贵妃。当晚皇帝恰在伏皇后处，见曹操带剑入宫，面有怒容，大惊失色。曹操问："董承谋反，陛下知道吗？"皇帝说："朕实不知。"曹操命武士擒来董妃。皇帝告诉曹操："贵妃已有五月身孕，望丞相怜之。"曹操说："如果不是老天识破他们的阴谋，我早已被害。岂能留下此女子，为我后患！"伏皇后对曹操说："将其贬入冷宫，等分娩了再杀不迟。"曹操不允，说："你们想留此逆种，为母报仇乎？"董妃乞求道："乞全尸而死。"曹操下令取来白练，将其勒死于宫门之外。按下内宫之事不说，再说曹操担心刘备成事，对谋士们说："刘备乃人杰也，今若不击，待其羽翼既成，急难图矣！"于是，曹操提兵来攻徐州。双方交战，曹操取了小沛，陈登献了徐州，刘备兄弟三人失散异地，关云长保护刘备妻小死守下邳。曹操请来谋士商议取下邳。荀彧说："云长死守下邳，如果不速取，恐怕要被袁绍所取。"曹操说："我素爱云长武艺人才，想得之为我所用，不如派人前去劝降。"郭嘉说："云长义气深重，必不肯降。"这时，帐下站起一人，说："我与关公有一面之交，愿往说之。"众人一看，是大将张辽。程昱对曹操说："云长有万人不敌之功，非智谋不能取之。我有一计，必使关公走投无路，然后让张辽去说，他必归丞相。"曹操依之。当即命令徐州降兵数十人回下邳投降关公。关公以为旧部，留而不疑。第二天，夏侯惇领兵五千来搦战，辱骂关公。关公大怒，引三千精兵出城与之交战。战约十合，惇拨马便回，关公追赶约二十里，恐下邳有失，提兵便回。只听一声炮响，徐晃、许褚分左右两路截住去路。关公夺路而走，两边伏兵排下硬弩百张，箭如飞蝗。关公不得过，勒兵再回，与徐晃、许褚交战。战至日晚，仍无路可归，只好退到一座土山之上，权且休整。曹操大兵早已将此山团团围住。关公在山上遥望下邳城中火光冲天，心急如焚。原来是那些诈降之兵偷开城门，引曹兵入城。曹操让兵卒到处举火，以惑关公之心。关公连夜几番冲下山来，皆被乱箭射回。好不容易等到天亮，正想整顿军马下山再战，忽见一人跑上山来，乃曹操部将张辽。张辽弃刀下马，与关公叙礼。关公问："文远莫非来说关某下山投降乎？"张辽说："非也。昔日蒙兄救弟，今日弟怎能不来救兄？"关公说："文远将助我？"张辽又说："亦非也。"关公说："你既不劝我投降，也不帮助于我，来此何干？"张辽说："玄德不知存亡，翼德未知生死。昨夜曹公已破下邳，军民尽无伤害，差人护卫玄德家眷，不许惊扰。如此相待，弟特来报兄。"关公怒道："我听此言，像是劝我降曹。我今天虽然身处绝境，但视死如归。你当速去，我立即下山迎战。"张辽闻听大笑，说："兄出此言岂不为天下笑乎？"关公说："我仗忠义而死，怎么会被天下人耻笑呢？"张辽也不着急，说："兄长如果今天去死，其罪有三。"关公问："你且说我有哪三罪？"张辽说："当初刘玄德与兄等结义之时，誓同生死；今天玄德方败，而兄即战死，岂不负当年之盟誓乎？其罪一也。刘玄德以家眷托付于兄，兄今战死，二夫人无所依赖，岂不有负兄长依托之重乎？其罪二也。兄武艺超群，兼通经史，不思共与玄德匡扶汉室，则想赴汤蹈火，以成匹夫之勇，其罪三也。兄有此三罪，弟不得不告。"关公沉吟许久，说："你说我有三罪，想让我如何？"张辽说："今天四面都是曹公之兵，兄如果不降，则必死；徒死无益，倒不如且降曹公，等打听到玄德音信，即往投之。一者可以保二夫人，二者不背桃园之约，三者可留有用之身。有此三便，请兄三思。"关公对张辽说："弟既有三便，我也有三约。如果丞相能从，我立即卸甲；如若不允，我宁受三罪而死。"张辽一听，觉得有望，说："丞相宽洪大量，何所不容。愿闻三事。"关公说："一者，我与刘皇叔设誓，共扶汉室，我今只降汉帝，不降曹操；二者，二嫂处请给皇叔俸禄养赡，一应上下人等，皆不许到门；三者，一旦知道刘皇叔去向，不管千里万里，立即辞去。三者缺一，断不肯降。望急急回报曹操。"张辽允诺，立即上山回见曹操，先说降汉不降曹之事。曹操闻听大笑，说："我为汉相，汉就是我，我就是汉也。我愿从此三事。"张辽回告关公，关公说："虽然如此，暂请丞相退军，容我进城见二嫂，然后投降。"张辽再报曹操。操立即传令退军三十里。荀彧说："不可，恐有诈。"曹操说："云长义士，必不失信。"于是率军退出下邳。

关公入城见过二嫂，细说遭遇。甘夫人说："昨日曹军入城，我等皆以为必死，谁想毫发未动，一军不敢入门来扰。你要降了曹操，只怕日后他不容你去寻找皇叔。"关公说："嫂嫂放心，关某自有主张。"关公告辞二位嫂嫂，引数十骑来见曹操。曹操出辕门迎接。关公下马入拜，说："败兵之将，深荷不杀之恩。"曹操说："素慕云长忠义，今日幸得相见，足慰平生之望。"二人深谈多时。次日，曹操班师回许昌。路遇一馆驿，曹操欲乱其君臣之礼，让关公与二嫂共处一室。关公乃秉烛立于户外，自夜达旦，毫无倦色。曹操见关公如此，愈加敬佩。到了许昌，曹操拨出一府让关公居住。关公分一宅为两院，门内让其二嫂居住，自己住外宅。关公自到许昌，曹操待其甚厚，三日一小宴，五日一大宴。又送美女十人，关公尽送入内门，令侍二嫂。曹操闻之，又叹服关公不已。一天，曹操见关公所穿绿锦战袍已旧，取异锦作战袍相赠。关公受之，穿于衣底，仍用旧袍罩之。曹操笑道："云长为何如此之俭乎？"关公说："某非俭也。旧袍乃刘皇叔所赐，某穿之如见兄面，不敢以丞相之新赐而忘兄长之旧赐。"曹操叹道："云长乃真义士也！"曹操虽然嘴里称羡，心却不悦。曹操见关公马瘦，令左右备一马来。那马身如火炭，状甚雄伟。曹操指指马说："公识此马否？"关公说："莫非吕布所骑赤兔马乎？"曹操说："正是。"关公再拜称谢。曹操有些不高兴，说："我累送美女金帛，公未尝下拜。今日赠马，你却喜而再拜。为何贱人而贵畜呢？"关公说："我知道此马日行千里夜行八百，今幸得之，若知兄长下落，可一日见面矣！"曹操愕然而悔。

　　刘黑丑说罢书，跟兄弟黑牛一起来到高家和刘凤阁聊天，三个人一夜未睡。凤阁劝说黑牛少跟日本人来往，怕他担上汉奸的罪名。黑牛却对姐姐提出一个要求，说："姐姐，我有两件事求你。一，你得回去看看咱娘，她整天趴在织布机上咔咔地织布。有一天我回去，见她手里分明没有梭子，还一个劲儿地拉那机杼。我去叫她，她却不停手。你说，娘是不是病了？"

　　刘凤阁一听，心就直往下坠，但她镇静地说："你说第二件事。"

　　刘黑牛说："姐，你得先答应我。"

　　刘凤阁知道弟弟又在卖乖，就说："牛子，现在你说什么，我都答应。"

　　刘黑牛说："我要娶柳细腰。"

刘凤阁和哥哥黑丑对视了一下，乐了，说："好啊，我没意见，但得问问人家细腰同不同意。"

三个人的目光一起集中到了柳细腰的身上，柳细腰双手把脸一捂，跑到屋外去了。

## 火 7

沿十八盘盘道蜿蜒上升的"火龙盘山灯"果真就点了三天三夜，创造了太行山上十八盘村历史上绝无仅有的夜间奇观，不仅延续了高何两家联姻的喜庆气氛，而且还体现了何玉棠在乱局之中敢做中流砥柱的气概和胸怀。

在高长英莫名其妙地不辞而别，搅乱了一盘盛大的婚局的情况下；在高家陷入一片混乱，历来追求体面和光彩的高德显陷入尴尬境地的情况下；在十八盘村那些投靠高德显的人们正六神无主的情况下；在何家部分亲戚认为何家与高家联姻是一个错误的选择，主张借机向高家发难，从而挽回何家面子的情况下，何玉棠作为一家之主，任凭风来雨去，任凭危言耸听，方寸不乱，稳如泰山。何玉棠决定，何家的大门楼上照样张灯结彩挑红挂绿，何家大院里照样大宴亲朋猜拳行令，十八盘盘道上下照样人来人往喜气洋洋，九十九座"火龙盘山灯"照样火焰升腾气象万千。

连日来，因预测准了高长英去向的犟睁眼，更坚定了信念，更扬起了风帆。他的心思并没有受到高长英婚礼风波的影响和冲击，反而更加沉迷于他的隐身术的修炼，几乎到了痴迷和癫狂的程度。据说，神奇的《奇门遁甲》一书里面有此仙术，修炼者必须在长达七七四十九天的时间里不屈不挠风雨无阻平心静气地去做一件事，那就是每天半夜在一座新坟前静坐一个时辰，不厌其烦地默念几句咒语，遵守各种清规戒律。具体戒什么，怎么个戒法，犟睁眼却避而不谈秘而不宣。他告诉人们的，只是那些令人向往的鼓舞人心的催人奋进的虚无缥缈的憧憬。有一回，犟睁眼在卧龙潭中央的青石上看卷毛鹰和六指下"狼看羊"，卷毛鹰问他："什么叫隐身术？"他就说："你们真是孤陋寡闻啊！没有听过刘黑丑说的《西游记》吗？孙悟空和二郎神都会隐身术，所以，他们都在天上做官。孙悟空如果不会此术，他怎么能保唐僧去西天取经呢？"翠睁眼认为，仅凭能说会道能掐会算以及玩弄一些小把戏小伎俩在人前人后混事，最终成不了大气候，最终不会干成大事业，最终不可能在十八盘村乃至甘陶河流域一百单八村出人头地。要想让人仰视，要想让人服气，要想让人瞧得起，要想让人拿你当块干粮，就必须修炼一种奇妙之术，就必须掌握一门独一无二的绝技，就必须有说一不二的资本，令人叹为观止，令人顶礼膜拜，令人心悦诚服，令人哑口无言。只有这样，才能在十八盘村站稳脚跟，才能成为一个顶天立地的男子汉。翠睁眼由此还认定，只有这样，说出的话才有分量，摆出的道才有人走，做出的事才有人服气，即使是日本人打到十八盘来也不怕。看人家南佐镇的刘黑牛，不就是一个臭铁匠吗？可是，人家凭一门好手艺，照样在日本人那里吃香。将来，不管是共产党执掌天下，还是国民党执掌天下，我翠睁眼凭真本事吃饭终归没有问题。于是，翠睁眼重新开始了去年修炼锁山法时的那套做法，素衣素食，昼伏夜出，正在他选择修炼地的时候，恰好河西李家垴死了一个寡妇，埋在离十八盘村不远的麻地沟。翠睁眼喜出望外，自叹："天助我也！"这个河套里的新坟便成了他理想的修炼之地。翠睁眼还汲取了前年修炼百步穿杨术时功亏一篑的深刻教训，把出村和回村的时间及路线计算得精确无误，以免再次前功尽弃，耽误了自己的前程。

这天黎明，翠睁眼从麻地沟新坟里打坐了一夜回来，刚走到卧龙潭就听见了第一声鸡鸣。他看看何玉棠家的"火龙盘山灯"还红扑扑地冒着火焰，就连家也没回，径直来到何玉棠家，对正在面对一棵大白杨练臂力的何玉棠说："玉棠哥，我昨天夜里在练功的时候听到天鼓响了，兴许是你点这'火龙盘山灯'感动天庭啦。"

何玉棠看看两只裤脚都湿漉漉的翠睁眼，不无爱怜地说："兄弟，你又辛苦了一夜，刚回来呀？"

翠睁眼发自内心地尊重何玉棠的为人，并且十分钦佩他貌似儒雅却臂力惊人。何玉棠能把任何一棵大白杨树推得大摇大摆，能把打谷场上的碌碡举在空中，让人目瞪口呆。但他前几年一直追随高德显，认为高德显是天下惟一，是十八盘村的老大。通过高长英的婚事，翠睁眼看出了高家的破绽，觉得要想在十八盘村乃至甘陶河流域山南川北一百单八村有一个能够施展自己才华的舞台，光靠高德显一个人是不可能的，也是十分危险的。于是，他今天一早来见何玉棠，说的每一句话都十分谦逊，十分真诚。他笑笑说："不辛苦！辛苦什么？为了长本事，怕辛苦怎么行？"

何玉棠从犟睁眼的脸上看出了异样的表情，从他的口气中听出了异样的味道。何玉棠一直认为，犟睁眼是高德显的人，怎么今天一早就跑过来同自己说这些话呢？什么天鼓天庭的，纯粹是见风使舵罢了。何玉棠停下手来，看看手足无措的犟睁眼，进一步试探道："兄弟，我听说八月十六那场大雨之后，高德显在三十亩坪坐了好长时间，什么话也没说，是不是那样？"

犟睁眼说："是吧，我也听说了，心里觉得奇怪，要是以往遇上这样的事，他可饶不了给他出谋划策的人，总要挑出这样那样的毛病来。这回可好，他什么话也没说，只一个人呆呆地在三十亩坪坐了半夜，好像知道了这是天意。唉，怨谁去呢？谁让他儿子做出这种混账事来呢？玉棠哥，咱灵芝怎么样？"

何玉棠说："灵芝挺好的，不用担心。"

犟睁眼说："玉棠哥，你家点的这'火龙盘山灯'实在太有气势了，谁看了都说好，不像高德显的'八卦黄河阵'，一场大雨全泡了汤。"

何敖敖不知从哪儿冒了出来，接过他的话说："犟睁眼，你快拉倒吧！在背地儿里说别人的坏话不太光明磊落吧！再说了，前两天高长英从南佐镇打了胜仗回来，你和林成一唱一和地，你说你那天听见南佐镇响了一声大炮，断定是高长英放的。林成说他也听见了那声响，并且比你还能吹牛，比你还能拍马屁，硬说那一声是高长英在南佐镇的东门点的炸药包。看你们两个，一个比一个能耐，一个比一个精明，一个比一个能吹。今天你又说听见天鼓响了，真是吹牛吹到天上去了。"

何玉棠忙制止说："敖敖，你瞎说什么？怎么跟你叔说话呢？没大没小的！"

犟睁眼说："没什么，没什么，玉棠哥，我回去了，我回去了。"

就在何灵芝结婚三天回门当天的卯时三刻，十八盘第八盘盘道的外环上"咚咚咚"放了三声大炮，由平定城著名风水先生甄畚世主持的何家大牌坊奠基仪式正式开始。何玉棠决定，此番在盘道上修建大牌坊，第一不断交通，第二不请戏班唱戏，第三不白用人，凡是愿意来工地干活的，除了管吃饭外，还支付工钱。所以，奠基仪式虽然搞得简朴，但还是挤满了前来看热闹的人。

奠基仪式在甄畚世的主持下正有条不紊地进行。在震耳欲聋的鼓乐声中，先是几个小伙子奋力掀起盘道中央的一块大青石，接着挖出一个五尺见方的穴位，然后，甄畚世跳进坑内用笤帚在四个角上扫了又扫，并洒上红土和白灰，又斩开一只公鸡的大红冠子，把鸡血洒了一遍，最后命人将一块刻有陈元老师写的"何家大牌坊"字样的方形青石基座安放其中，上面缠着红绸子，让何玉棠、刘黑丑、陈元等人分别执锹为基石培土。接下来就是鼓乐齐鸣，鞭炮震天。

在十八盘盘道上修建一座大牌坊，是何玉棠的父亲老何头的夙愿之一。他与赞皇县许亭镇的老杜家的交情不浅，与晚清太师杜南棠杜翰林的学子杜鹏举更是莫逆之交。杜鹏举自幼饱读诗书，三岁通读《诗经》，五岁倒背《论语》，八岁能解唐诗宋词，十岁默写白居易的《长恨歌》，十五岁把王羲之的《兰亭序》临摹得惟妙惟肖，十八岁被举荐参加乡试一举夺得头名。但后来由于时局动荡，内战此起彼伏，杜鹏举徒有满腹经纶，却未能求取功名，在赞皇城开办了一座私塾，开始了他的文学讲习生涯，成为当地享有盛誉的开明人士。在杜鹏举的私塾里，既有富人的孩子，也有穷人的子弟，还有女孩子。老何头的两个儿子都在杜鹏举的私塾里念过书。到了何玉棠的儿女读书的时候，杜鹏举年事已高，但他的学堂里仍然学子如云。何玉棠先后把霓霓、敖敖和两个女儿送去上学。霓霓学成之后又去太原深造，被政府录用，成了教员，业余时间为别人誊抄剧本，后来自己改写和移植剧目，成为山西河北等地小有名气的剧作家，好多戏曲名角慕名找到霓霓，要求为其量身写戏，井陉南关的小杜梨就是其中的一个。敖敖却自幼顽劣，不屑读书，终于半途而废，成了何玉棠的一块心病。老何头上了岁数之后，曾经多次敦促何玉棠想尽一切办法让敖敖读书，说不读书之人犹如河畔之柳，长至中年就从树干内部开始腐烂，缺乏后劲而碌碌无为终其一生。直到现在，何玉棠才真正体悟到父亲天天让他推白杨树的一片苦心，才真正体悟到父亲坚持要在盘道上修建大牌坊的深刻用心。

何玉棠知道，他的父亲每一次到赞皇城办事，总要绕道去看一看建在许亭村村口的杜家大牌坊。这座用花岗岩石砌成的大牌坊，在老何头的心目中占据了重要的位置。它掩映在一片深邃而广袤的翠柏林中，每当紫气东来朝阳升起，每当落日余晖播撒河川，这座大牌坊都沉浸在氤氲雾霭之中，让人肃然起敬。在老何头的眼里，这座牌坊上的每一块石头已经不再是原来意义上的石头，每一块琉璃瓦已经不再是原来意义上的琉璃瓦，椽檐上的兽形鸟状已经不再是原来意义上的飞禽走兽，仿佛都承载着浩浩荡荡的皇恩，融进了博大精深源远流长的文化。老何头说不清楚他为什么一见到这座大牌坊就激动不已，只知道不是所有人都配得上这样的大牌坊，只有做出过大事业、取得过大成就的人才配。所以，老何头举家迁到十八盘之后，就盘算着有朝一日光景发达了，有朝一日儿女们有大出息了，有朝一日何家的势力压住高家了，就一定要在自家的大门前修一座大牌坊。为此，他曾几次把修建大牌坊所需的物资一一准备停当，并请来风水先生择良辰选吉日准备破土奠基，却在朋友们的劝说下未能实施。其中的一条理由是，人家杜翰林修牌坊是皇帝所赐，况且人家杜南棠官至四品，是清廷要员，皇上的老师，你老何头是干什么的？不就是开了几顷荒地种了几洼桑树吗？不就是刚刚开始做蚕丝生意赚了点银子吗？不就是判断你的儿子何玉棠将来能在十八盘村成就大事业，能与高德显一比高下吗？听了这话，老何头才把修牌坊的计划放下。但他临终时说给儿子何玉棠的三句话中，第一句就是修建何家大牌坊，还把一张画在黄布上的图案交给了何玉棠。前几年，何玉棠还真没把修牌坊的事放在心上，总认为自己的羽翼还没有丰满起来，自己的智慧还没有达到一定的高度，自己的财富还没有在高德显之上。可是现在，霓霓在太原有自己的事业，敖敖也已经长大成人，妙芝已经嫁给了赞皇城的富商，灵芝也已经嫁到高家，尽管在女儿的婚礼上发生了出人意料而且难以启齿的事情，但他觉得眼下时机已经成熟，不能再沉默下去了，他觉得自己可以脱颖而出一跃千里了。同时，何玉棠更加清醒地意识到，现在已经是为父亲圆梦的时候了。何玉棠心想，我要用修建何家大牌坊这件事情进一步确立老何家在十八盘村乃至甘陶河流域山南川北一百单八村的核心地位，进一步向人们宣示何家日益增强的经济实力，进一步加大对高德显的心理压力。目前最主要的，还是要为女儿何灵芝撑腰壮胆，让高家的每一个人在任何时候任何情况下都不敢小瞧她，包括高长英也要尊重她正视她保护她，为她今后的人生道路奠定更加坚实的基础，为她将来出人头地增加更大的砝码。

现在，经过何玉棠重新审定的何家大牌坊的草图，规模宏大，面目一新，正门设计高一丈八尺、宽两丈四尺，两边儿的侧门分别高一丈五尺、宽五尺，全部采用椴木和白杨木，而且雕梁画栋，飞檐翘角，气势非凡。

## 火 8

何家这三声大炮几乎把高德显的心给震碎了。但是，这对于高德显来说，似乎又是意料之中的事情。高德显早就料到何玉棠会来这一手。此前，高德显为了阻止何玉棠修建大牌坊，一直处心积虑地思索对策，曾经抛出十八盘盘道是一条龙脉，不能修建任何建筑物的理论，宣扬任何人不能擅自在上面修房盖屋，不能擅自在上面铺砖动瓦，不能在盘道两侧开山挖土打洞造窑，不能以任何借口更改其走向等等，否则，将会给十八盘村的子孙带来劫难。现在看来，上述种种阻止，在何玉棠那里非但没起作用，反而由于自己的儿子高长英在婚礼上的盲动行为，大大加速了何玉棠修建大牌坊的进程。想到这儿，高德显的整个身子就呆滞在无可奈何之中。高德显本来是一个宁折不弯的人，是一个眼里揉不进沙子的人，但现在只能打掉牙往自己肚子里咽了。

高德显颓丧地坐在院子中央银杏树下的椅子上，脸色灰灰的，气脉沉沉的，只有那缕从硕大无朋的烟斗里滋滋冒出的白烟沿着他瘦削的酷似布满苔藓的顽石的面颊攀升着缭绕着，直至消散在一团浓绿之中。

刘凤阁今天一大早就在哥哥刘黑丑和用人柳细腰的陪同下去南佐镇见高长英。他们三个人为了不引人注目，没有乘坐事先准备好的马匹，而是沿十八盘上了盘云寨，又沿小路赶奔南佐镇。在太阳快要落山的时候，他们来到了独立营营部大院门前。刘凤阁见站岗的正是那天到十八盘村报信的那两个警卫员，只对他们笑了笑，抬脚就要上台阶，却被拦住了。其中一个警卫员也认出了她，说："大娘，请您在这儿等一下，我先进去报告一声。"说罢，转身进了大院。刘凤阁把黑丑先打发回去，留下柳细腰在这儿一起等信儿。

这串大院是南佐镇大财主王大满家的,刘凤阁小时候常来这儿与王家大小姐王月儿玩耍。刘凤阁出嫁的头一年,王月儿嫁给了国民党驻岭西十三支队的一个军官。后来,十三支队往北撤,王月儿就跟着丈夫走了,从此两个人再也没有见过面。八路军包围了南佐镇之后,王大满花了不少银子打点日本人井上岩,被准许离开南佐镇。然而,满腹蛇蝎心肠的井上岩担心王大满往外透露南佐镇的军事机密,说是将王大满及其家眷护送到安全地方,却在暗中指使汉奸王大水派人追杀王大满一家,置之死地而后快。从此以后,王大满就没了音讯,南佐镇的人们谁也说不出日本人把他们一家送到什么地方去了。

警卫员进去好半天了也不见出来。刘凤阁就跟另外一个警卫员说话,问他是哪儿的老家,家里还有什么人,今年多大岁数了等等。刘凤阁问来问去,那个当兵的只是支支吾吾,一会儿脸上的汗珠就淌了下来,不停地朝院子里张望。他望一眼深深的院子,又扭回头看看刘凤阁,脸上的汗珠子直往下淌,沿着下巴滴在衣衫上,但却不敢抬手去擦。刘凤阁见了,扯下自己的毛巾上去给警卫员擦汗,那警卫员忙说:"大娘,不用,不用。"

刘凤阁说:"什么不用?不用什么?"说罢,把那条崭新的毛巾往警卫员的肩上一搭,说:"孩子,送给你了,热了自己擦汗。"

那警卫员又说:"大娘,不用,不用。"

刘凤阁说:"孩子,你怎么只会说不用不用呢?大娘给你,不能说那个不字!听见没?"

回去报告营长的那位警卫员正肃立在高长英办公室外等话。他已经喊了三次报告了,屋子里却一点动静也没有。他隔着门缝往里一瞅,见高营长正立在地图前抽烟。警卫员就觉得有些奇怪了,心想,以前从来没见过营长抽烟。他在打娘子关的时候养成了嚼草根嚼树枝的习惯,在打白勺关的时候养成了手里攥石子的习惯,在打南佐镇的时候养成了跺脚的习惯。在艰苦卓绝的战斗中,只见过他嚼草根嚼树枝攥石子,可没见过他抽烟。今天高营长这是怎么了?怎么就突然抽上烟了呢?

警卫员又喊了一声报告,屋里的高长英才咳嗽了一声,问道:"什么事?"

警卫员急忙说:"报告营长,十八盘村来人了,说要见你,是不是让她们进来？"

高长英断然拒绝道："不见！不见！告诉她们，这里马上就要打仗了，让她们赶紧离开！"

警卫员怯懦地说："高营长，我不敢说。"

高长英训道："不敢，不敢，你是吃稀饭的？"

警卫员说："不是，不是，来的不是别人，是大娘。"

高长英顿了一下，接着，有力地说："管他大娘小娘，一律不见！"

警卫员也停顿了一下，说："高营长，还是见一面吧，她们走了一天的路了。"

高长英急了，说："走了一天就非得见吗？别说是她，就是亲爹来了也不见！"

警卫员又要说话，刚说了一个"见"字，高长英就在屋里急得咚咚地跺起了脚，吼道："见，见，见你娘去！"

警卫员这回真害了怕。他跟了营长多年，不怕他瞪眼，不怕他吼叫，就怕他跺脚。打南佐镇的时候，三天三夜拿不下东门，营长急红了眼睛，警卫员见他拔起一棵草根塞进嘴里，又呸呸地往外吐土渣子，忙从旁边的核桃树上折了一枝往营长手里递。营长指了指自己的嘴，示意警卫员直接给他放进嘴里。一会儿，营长吼道："石子，石子！"警卫员又赶紧捡了两粒石子递上去。这时，营长嘴里嚼着木棍，手里嘎嘎地攥着石头子，眼睛死盯着东门。总攻的信号弹升空以后，营长见士兵们都跃了起来，立即吐掉嘴里的木棍，一边跺着脚，一边命令司号员：等三分钟再给我吹冲锋号！这时，警卫员看见，营长只跺了几下脚，就在地上跺出了一个大坑。今天营长一跺脚，把警卫员吓出了一身冷汗，不敢再言语，低着头从院里走出来，对刘凤阁说了路上想出的一句话："大娘，高营长正在开会讲话，部署打豆妪大炮楼的战斗任务，不能出来，您改日再来吧。"

刘凤阁不甘心，央求道："小同志，麻烦你再进去通报一声，说我大老远来一趟不容易，就让你们营长出来一下，我见他一面，说句话就走，好不好？"

警卫员为难地说："这……"

站在门外的警卫员问:"营长跺脚了吗?"

"跺了,跺了!"

门外的警卫员说:"跺了,那就完了。大娘,你还是改日再来吧。"

刘凤阁莫名其妙地看着这两个警卫员,说:"你们说什么呢?"

从门里出来的警卫员说:"大娘,您是不知道,我们营长不论办什么事情,只要一跺脚,就算决定了,任何人再说他也不会改变了。"

刘凤阁这才点点头,说:"那你们两个一定把我的话捎给他,说我明天一早再来。"

刘凤阁刚走到街口,就碰上了哥哥刘黑丑。黑丑问:"凤阁,怎么样?见到长英了吗?"

刘凤阁摇摇头,情绪很低落,神情也很沮丧,说:"没见到,警卫员说他正在开会,准备打豆妪大炮楼。"

刘黑丑说:"凤阁,依我看,高长英是故意躲着不见,他觉得见了你也没什么话可说,你说是不是?"

刘凤阁说:"我觉得不像你说的那样,他不是故意的。我想,长英他真的是病了。我已经跟两个警卫员说好了,明天一早我再去找他。走,咱现在去东关找牛子。"

刘黑丑说:"凤阁,我刚从东关过来,人们说牛子去昔阳野头办事了,今天天黑才能回来。"

刘凤阁一听,就在心里敲起了小鼓。她早就听说黑牛和日本人井上岩打得火热,担心他为日本人做事时间长了,被人诬陷,被人猜测,被人误解,把他当成汉奸,当成卖国贼,遭世人唾弃。她对黑丑说:"哥,等晚上见了牛子,咱俩再跟他好好谈谈。"

刘黑丑淡淡地笑笑,说:"凤阁,你是不是又听到什么关于牛子的风言风语了?"

刘凤阁说:"可不是!人们都说他与那个日本人井上岩经常在一起,又和野头的山岛有来往,我担心他真的当了汉奸卖国贼,给咱刘家的祖宗丢脸!"

刘黑丑说:"凤阁,你放心,牛子的为人你还不知道吗?别看他外表长得粗拉，内心可有数呢。"

刘凤阁说："反正人们都在议论他，我听说之后这心里就不踏实，咱爹的事他也不上心。"

刘黑丑说："那好吧，天黑见到他，咱好好跟他谈谈。"

黄昏，刘黑丑和刘凤阁兄妹俩回到他们的老宅，见院子里落满了银杏叶子，甬道两侧长满了杂草，昔日干净整洁的宅院显得有些荒凉和杂乱。刘凤阁突然问道："哥，咱娘呢？她怎么样？她在哪个屋子？"

刘黑丑冷静地说："在后院呢。幸好，高长英打南佐镇的时候没有受到惊吓，近来咱娘老说她眼睛疼。"

听到这儿，刘凤阁的心就疼了起来。

自从刘凤阁嫁给十八盘村的高德显之后，她和母亲见面的机会就少了许多，偏又赶上这兵荒马乱的年月，爹又神秘失踪，每个人的心里都在受着一份煎熬。本来母亲就不同意刘凤阁嫁到十八盘村去给人家续弦，可是又拗不过她，只好什么也不说。刘凤阁知道，虽然娘什么也不说，却一直在心里压抑着郁闷着担忧着。刘凤阁想着想着，不由得加快了步伐。

当刘凤阁急切而又轻轻地推开后院的大门，当刘凤阁迈着急促而又轻盈的步伐穿过长长的甬道，当刘凤阁听到从屋子里传出的"唰啦——铿，唰啦——铿"的织布声，她的眼泪就团团地在眼睛里生成，然后像决堤一样，奔涌着咆哮着跌宕着扑向了她的脸庞。

自从父亲失踪之后，母亲就让人把织布机搬进了正房的大厅，除了吃饭和睡觉，她总是不停地织布，"唰啦——铿，唰啦——铿"的声音让人心碎让人不安让人无奈。母亲成了这台织布机的伴侣，成了它的影子，成了它的组成部分。南佐镇的老姐妹们来劝她：现在人们都穿洋布穿绸缎了，你织这些粗布还有什么用呢？给小孩子当尿布恐怕也嫌太粗了呀！她却不听，仍旧在织布机上劳作。今天，当刘凤阁风尘仆仆地回到南佐镇，回到这座曾经养育她二十余载的大院，回到她朝思暮想日夜牵挂的母亲身边的时候，她首先看到的是母亲那张挂满忧郁和伤心而且苍老灰暗的面庞。接着，她看到的是母亲那双粗糙而纤细、干瘦而灵巧的双手。继而，她看到的是母亲那尊高贵而雍容却又风烛残年的身躯。刘凤阁再也忍不住心中酸楚的大潮,喊了一声"娘",便扑了过去,扑通一声跪在母亲的面前,呜呜地哭了起来。

跟在刘凤阁身后的柳细腰也掩不住伤心,把脸背了过去。

刘黑丑走了过来,把母亲的手从机杼上摘开,放在刘凤阁的头上,央求道:"娘,凤阁回来了,你就下来到炕上坐着,你们娘俩说说话,好不好?"

这时,凤阁娘才俯下身子,用手捧住凤阁的脸,声音颤颤地问:"凤阁啊,你是不是早就听到娘的织布声了?"

刘凤阁哽咽着说:"嗯,娘,昨天夜里就听到了。"

凤阁娘用手揩着凤阁脸上的泪痕,说:"娘也是一夜没合眼啊!"说着,凤阁娘从织布机上下来,让凤阁和柳细腰搀到里屋的炕上。

柳细腰机灵,忙去找来毛巾,用水浸湿,来给刘凤阁和老太太擦脸。

# 火 9

刘黑牛这会儿正和日本人井上岩骑着快马飞奔在九龙关下的黄沙岭盘道上。前天,井上岩在豆妞大炮楼上给刘黑牛捎信,让他陪着一起去一趟野头镇,说是要做一笔骡马生意。刘黑牛一听,就知道这话里头有事,便应承下来。等见到井上岩才知道,是十八盘村的高长命暗中与日本人联系,要卖五十匹马驹。此前,刘黑牛只知道高长命嗜好赌博,借了朋友不少外债,就连他老父亲高德显的朋友他也找借口去骗。这次卖马是不是他暗中操作,得了钱用来还债呢?刘黑牛心想,真是不虚此行啊!他通过这件事,进一步印证了井上岩打算重建骑兵连的计划是真实的。他的骑兵让高长英打散之后,从南佐镇溃退出来,他就想把剩下的马匹转移到野头镇,在那里重新组建一支骑兵部队,准备对独立营进行反击。刘黑牛正在想方设法怎么把这一消息告诉哥哥刘黑丑,没想到,他的哥哥和姐姐已经在南佐镇家里等着他说话呢。

天傍黑的时候,刘黑牛回到了南佐镇。姐弟三人一见面,还没说几句话,气氛就紧张起来。

刘黑牛又提出要娶柳细腰为妻。刘凤阁把柳细腰支去做饭,对黑牛说:"牛子,柳细腰这孩子,人长得不错,也算得上标致,机灵又懂事,还能吃苦,针线活做得也好,可就是没念过书,我想给你物色一个念过书的女孩子。"

刘黑牛说:"姐,古人讲,女子无才便是德。女人读书有什么用?还不是长大了嫁男人,生儿育女,烧火做饭,打狗喂鸡。"

刘凤阁说:"牛子,你没念过多少书,不懂得读书的好处。"

刘黑牛说:"姐,我虽然念书不多,但我打铁打得好啊!能把南佐镇方圆左近的铁匠们镇住,你到处打听打听,人们谁敢说我刘黑牛的不是!谁敢说我刘黑牛没本事!就连日本人也不敢小瞧我一眼!哥,你说是不是?"

刘黑丑说:"牛子,今天咱是在家里说话,当着娘的面,说这些狂话有什么用?少说两句吧。我听你姐说得在理,娶媳妇成家立业,是人生大事,哪能当儿戏!"

刘黑牛说:"娘,哥,姐,我没拿这事当儿戏,我可是认真的。娘,你说呢?我已经二十出头了,别人像我这么大,早就当爹了。你倒是说话呀,娘!"

母亲拿开黑牛放在她肩膀上的大手,说:"牛子,你的婚事就由你姐姐和你哥哥来操办,我老了,该歇歇心了。"

刘黑牛过来央求凤阁,说:"姐,好姐姐,你就答应我吧,我不嫌她没文化,我娶了她,一定好好待她。"

刘凤阁看看站在自己面前黑塔一样的憨憨的弟弟,本想一口应承下来,但她却说:"你的事过两天再说吧。眼下最要紧的是,怎么才能见到长英,怎么才能说服他跟我回去和灵芝圆房。"

刘黑牛在这时突然笑了,说:"姐,我看那高长英不欠别的,就欠揍!你让咱哥说,你是不是对他太仁义了?要是我能做主,就让日本人来对付他。"

刘黑丑见弟弟不说正经的了,就白了他一眼,说:"牛子,你姐说的才是正经事,你有办法吗?"

刘黑牛向刘黑丑做了一个鬼脸,答非所问地说:"姐姐要是不答应我娶柳细腰,我就是有办法也不说。"

刘凤阁一听黑牛这么说,觉得他好像有办法,就又问:"牛子,你快说,有什么办法?"

刘黑牛冲姐姐笑笑，问："姐，你答应我了？"

刘凤阁在弟弟的肩膀上捣了一拳，说："好，我答应你。那你快说，我怎么才能见到高长英？"

刘黑牛说："我让日本人拿枪炮来请他，他能不出来吗？"

刘凤阁一听，心又悬了起来。关于黑牛和日本人的关系非同一般的传闻，一直让刘凤阁头痛，她觉得眼前的这个弟弟一下子变得陌生了。

刘凤阁对黑牛说："牛子，你要这样跟姐说话，我就不用你帮忙了，你的媳妇也自己找去。我见高长英是我们家的事，用不着你去搬日本人。我再说一遍，你以后少跟日本人来往，避免外人说三道四，背上汉奸这个骂名。"

刘黑丑坐在母亲的身旁，见这姐弟俩斗嘴，不由得笑了。

刘黑牛把头摇了三摇晃了三晃，说："没事，姐，那个日本人井上岩人还不错，下了战马，放下战刀，跟普通人没什么两样，他和我在一起的时候无话不说，说他们国家的事，说他们家的家事，有时说着说着就哭了，他一哭就要酒喝要肉吃。"说到这儿，黑牛拿眼睛扫了一下哥哥刘黑丑，然后又继续说，"对了，哥，他不知从哪儿听说你能倒背《三国演义》，要与你交朋友呢。"

刘黑丑说："是吗？这倒是个好机会。"

刘黑牛说："哥，你酒量大，改天我找个机会，让你也会会那个井上岩，先拿酒与他决一胜负。"

刘黑丑赶紧说："牛子，你快拉倒吧，你赔进去是一个，再把你哥赔进去就是一双。"

刘凤阁说："牛子，我看你的胆子是越来越大了。想想你自己都多大了，咱娘还得靠你来伺候呢。再这样玩儿下去，恐怕连脑袋都得搬家。"

刘黑牛说："姐，你真就相信那些谣传呀？"

刘凤阁说："我倒是一万个不相信。但是，这岭东岭西山南川北甘陶河上下哪个不知哪个不晓呀！"

刘黑牛说："姐，你身边真正危险的人物不是我，而是……"刘黑牛说到这儿突然停了下来，用他那双大眼睛盯着刘凤阁。

刘凤阁见黑牛闪烁其词，话里有话，追问道："牛子，你说，是谁？"

刘黑牛说:"让我哥告诉你。"

刘凤阁看看哥哥刘黑丑,问:"哥,你知道呀?"

刘黑丑说:"牛子说的一定是长命。"

刘凤阁一听释然了,笑笑说:"哪能呢?长命是个残疾孩子,他危险什么?"

刘黑牛说:"姐,反正你得注意他。还有那个高长英,我看他是真病了,不然怎么会做出这等事来呢!"

刘凤阁说:"长英有病你说对了,他肯定是受了什么刺激,不然,他不会那样不计后果的。我明天再去见他,他会跟我说明原因的。"

刘黑牛说:"姐,长英那里我帮你想想办法,但长命你一定要多加注意,别看他年龄不大,又是个残疾人,可他的心野着呢!"

刘凤阁还想说什么,却见刘黑丑说:"凤阁,你和咱娘也早点休息吧,我和牛子出去一下,咱有话晚上再说。对了,告诉细腰,晚饭多弄几个菜,咱一家人好不容易聚齐一回,也好让我们哥俩喝两杯。"

老太太半天没说话,这时才说:"我也要喝。"她这一句话,把包括柳细腰在内的所有人都给逗乐了。

第二天一早,刘凤阁又来到独立营营部,见大门口没了那匹铁乌骓,也没了那两个警卫员,就知道高长英不在,知道这一趟肯定是白来了。不过,她也从弟弟刘黑牛那里摸清了高长英的心思,他现在什么也不顾了,只一门心思打日本,打豆妮大炮楼,等打下豆妮大炮楼,打下豆妮火车站,再去打高邑临城。刘凤阁心想,高长英作为一个军人,不打仗做什么?不杀敌做什么?回去这样给何灵芝说,也算是一个理由吧。

刘凤阁心里这样宽慰着自己,但还是叹了一路的气。等回到十八盘村,等进了豪华阔绰的高家大院,不知怎的,突然就觉得长命这孩子靠不住了。

这天夜里,刘黑丑在书场上说的是《三国演义》第二十七回美髯公千里走单骑,汉寿侯五关斩六将。刘黑丑说道:你道那关云长挂印封金,从曹操那里出来,摆在他面前的是一条阳关大道吗?不是,那正是山水险恶跋涉急,单骑独走虎狼关。那曹操见关公执意要去寻找大哥刘玄德,心里大为不悦,心想,好吧，你小子不给我曹操面子，我就让你走得不痛快不舒服，我给你安排下重重关卡，要是过得去，就算你小子有本事有能耐。要是过不去，嘿嘿，就休怪我曹某人不讲义气了。可见曹操真乃世之奸雄。为什么呢？有一例足以说明：他见留不住关公，便命人送去金银财宝锦袍貂裘，并且亲自前往送行，但惟独一样东西不送。有人问了，这会是什么东西呢？是一纸文凭，也就是今天人们常说的通行证。在当时天下大乱群雄割据的形势下，你从甲地到乙地，过关入市，没有通行证是万万不可以的。曹操就是没送给关公通行证。这才叫留而不留，送而不送也。也才引出今天要说的这段书。就在关公辞别曹操之际，杜远把刘玄德的两位夫人劫掠上山，交给山大王廖化。廖化一听是大汉刘皇叔的夫人，又是关云长护驾，就想送还山下。谁知那杜远出言不逊，被廖化斩杀。廖化提杜远人头来见关羽，说明原委，令关羽感动。那廖化想跟随关公到河北，被关公婉言谢绝。后来，此人最终还是跟了关云长，一起辅佐刘玄德，成为一名叱咤风云的大将。这天，关公一行来到东岭关，把关将领姓孔名秀，出关来迎，关公下马施礼。孔秀问道："将军要到哪里？"关公答道："我辞别曹丞相，特往河北寻找兄长。"孔秀说："河北袁绍，正是我家丞相的对头，将军此去，一定有丞相的文凭吧！"关公说："对不起，因为走得慌忙急迫，不曾讨得文凭，还望将军给予通融。"孔秀说："将军既然没有文凭，那就等我差人禀报曹丞相，才能让你过去。"关公说："等你禀报回来，岂不误了我的行程！"孔秀正色道："法度所拘，不得不如此！"关公又说："如此看来，将军是不让我们过关了？"孔秀说："你要过关，必须留下老小为人质。"关公一听，勃然大怒，举刀就杀孔秀。孔秀大声断喝："关公，你敢从我这儿过去吗？"关公让车仗退在一边，自己纵马提刀，直取孔秀。两马相交，只一个回合，钢刀起处，孔秀尸横马下。守关军士见状，四散奔逃。关公说："我杀孔秀是迫不得已，与你们无关。请你们转告丞相，就说孔秀欲加害于我，所以我把他杀了。"军士一听，纷纷跪于马前。这是关公过的第一关，斩的第一将。接下来，他们一行来到洛阳。洛阳太守韩福急忙聚众商议。韩福说："关公乃勇猛之将，颜良、文丑就死在他的刀下。今天不可力敌，只须设计擒之。"牙将孟坦上前献计，说："先用鹿角拦住关口，待他到时，我引兵与他交锋，然后佯败，诱他来追，你可用暗箭射之。如果射中坠马，我们把他擒住送往许都，献于丞相，必得重赏。"众人依计而行。那韩福见关公到来，站在城头问道："来者何人？"关公在马上欠身说道："我乃汉寿侯关某，敢借过路！"韩福问："可有丞相文凭？"关公说："因事忙不曾讨得。"韩福说："我奉丞相钧命，镇守此关，专一盘诘来往奸细，如果没有文凭，就是逃窜。"关公闻听怒道："刚才东岭关孔秀，也是尔等说法，已经被我斩杀，你也想寻死吗？"韩福对部将说："谁去给我擒之？"孟坦出马来战关公，战不三合，孟坦拨马便走，不想关公赤兔马快，早已赶上，手起刀落，孟坦被砍成两段。韩福见状，尽力放了一箭，正中关公左臂。关公用嘴拔出箭镞，血流不止，飞马直取韩福，韩福急走不及，关公举起青龙偃月刀，连头带肩，斩于马下。接下来，关公过汜水关，斩了守将卞喜。再过荥阳，痛斩王植。又过黄河渡口，斩守将秦琪。至此，关公过得五关斩得六将，有诗为证：挂印封金辞汉相，寻兄遥望远途还。马骑赤兔行千里，刀偃青龙出五关。说到这儿。刘黑丑宣布：今晚书场到此结束。

# 风 7

第二天，刘凤阁和柳细腰在去何玉棠家的路上恰巧碰上了捞鱼鹳，见捞鱼鹳身后跟着四五个衣衫褴褛的孩子，问道："捞鱼鹳，你这是要到哪儿去，怎么领了这么多孩子？"

捞鱼鹳羞涩地支吾道："我刚从宁晋赵县回来，路上在一座破庙里碰上了这些个孩子。他们有的管我叫大哥，有的管我叫干爹，趴在地上给我磕头，非让我带他们走。大姐，我这个人心软，平时连只蚂蚁也不往死里踩，何况是一群跟我一样命苦的孩子，我就决定把他们收下了。"

听罢捞鱼鹳这话，刘凤阁心里暗自吃惊，心想，这捞鱼鹳才离开高家几天，好像个子长高了许多，胆子也大了许多，她不由得为捞鱼鹳和这群孩子担起心来，于是，叹了一口气，说："唉，捞鱼鹳，我怎么说你好呢！你连自己的肚子都填不饱，怎么能养得活这些个孩子！"

捞鱼鹳说："大姐，这你放心，有我的，就有他们的，有我一碗汤，他们每人就能喝一口；有我一块干粮，他们每人就能吃一嘴。这些孩子都没了父母兄弟，我不能扔下他们不管。"

柳细腰在一旁不屑地说："哎哟嗬，捞鱼鹳大哥，瞧把你能的！这才几天不见，你可是长大本事了啊！听你的口气，你比财主还气粗呢！"

刘凤阁用胳膊碰了一下柳细腰，说："捞鱼鹳，你到村里等我一下，我去何家说句话就回去，我有话对你说。"

捞鱼鹳的脸上露出茫然之色，心想，大姐呀，你今天最好不要给我饺子边儿了，要是让这些孩子见着个影儿，保准一个也剩不下。

柳细腰见捞鱼鹳一时愣了，就对他说："捞鱼鹳大哥，你还愣着干什么？快等着去吧！"说罢，挽起刘凤阁的胳膊走了。

刘凤阁步态款款地来到何玉棠家大庭院里，却没有像上次那样爽朗地笑，这让何玉棠家上上下下的人们都觉得意外，就连那些躲在暗处的猫也静静地注视着这美丽动人的一主一仆。人们都感觉今天的天气跟阴了似的沉闷压抑。

何灵芝好像知道刘凤阁这会儿要来，脆生生地叫了一声"娘"，就像彩蝶一般从正房的屋檐下扑过来，轻轻地扑进了刘凤阁的怀里，仿佛扑进了一个色彩斑斓的梦境。

刘凤阁轻轻地把灵芝拥住。

她拥住了一团正在燃烧的火焰。

她拥住了一棵正在茁壮成长的青苗。

她拥住了一根缀满奇异幻想的藤蔓。

时间在此骤然停顿，景色在此瞬间定格，在场的人谁也说不出话来，只有卷毛鹰的喇叭声在远处的天地间激越飞翔。

柳细腰站在何灵芝的身后，双手托住了从她脑后缓慢垂落下来的黑发。

这捧乌黑乌黑的头发呀，你给你的主人增添了多少姿色多少魅力多少风采啊！

王默宜也从屋子里走出来，院子里发生的一切情形，全部收在了她的眼里，她依稀觉得，眼前与其说是三个女人的簇拥，倒不如说是三朵色彩妖艳的花的簇拥。刹那间，王默宜的眼睛里涌来一阵大潮，几近哽咽地说："灵芝，快扶你娘进屋里说话。"

刘凤阁在何灵芝和柳细腰两个人的搀扶下缓步上了台阶,人们看到的是刘凤阁那张浸染着生动泪光的脸庞。

王默宜把刘凤阁迎进客厅,又让到里屋的炕沿儿上坐下,才问道:"妹子,昨天才听说你去南佐镇了,怎么样?见到长英了吗?"

刘凤阁摇摇头,说:"姐姐,南佐镇外围的战事很紧张,听说独立营要打豆妪大炮楼,长英他带着侦察排出去了,我们没见到他。可他把话捎给我了,说等独立营打下豆妪大炮楼和豆妪火车站就回来。"

何灵芝听到刘凤阁说的话,转身扑进王默宜的怀里,嗓音颤颤地说:"娘,我怕听到他的这句话。"

王默宜说:"孩子,别怕,也许这回是真的。记得你还没出阁的时候,你爹就说过,长英他是军人,打仗是他的天职。养兵千日,用兵一时,现在就到了用兵的时候。"

刘凤阁往王默宜跟前挪了挪身子,说:"灵芝,你放心,长英他会回来的。我记得,我好像向你保证过几次了,对吧?"

何灵芝抬起头来,说:"娘,我没有怪你!"

王默宜强作笑颜,说:"灵芝,这就对了,你娘她也不愿意看到这样的事情。"

刘凤阁说:"其实都是我不好。遇上这样的时局,我应该把事情想得复杂些才对。但是,姐姐,灵芝,既然事情已经走到了这一步,我们就该静下心来好好想想下一步该怎么走。"

何灵芝站起身来,冲着王默宜和刘凤阁说:"娘,娘,我等他,哪怕等一辈子!"

何灵芝一句话石破天惊穿云透雾,却没有使大家的心情轻松起来,反而让在场的每一个人的心都向上悬浮,屋子里的气氛又一次变得凝重而艰涩,令人窒息。

刘凤阁再也忍不住,一下拉住何灵芝的手,泣声说道:"灵芝,好闺女,你让娘的心好疼啊!"说到这儿,刘凤阁第一次当着众人的面扑簌簌掉下了眼泪。

189

一只大黑猫不知从什么地方钻出来,轻盈地跳到锅台上,又轻盈地跳到炕沿儿上,一副慵懒娇媚的样子,踱着步来到王默宜的身后,伸了伸细长而优美的腰肢,然后卧下,将长长的尾巴收在腹下,闭上了倦怠的眼睛。

敖敖从院里闯进来,说有几个戴礼帽的人从东平台下来,现在又上了龙凤山。王默宜见敖敖也不看看屋里坐的是什么人,不高兴地说:"敖敖,你都说些什么呀?东一榔头西一棒子的。有事到后院找你爹说去。"

敖敖不屑地看了刘凤阁一眼,没说话出去了。

何玉棠和刘黑丑正在后院的亭子里坐着,见敖敖悻悻的样子,问道:"敖敖,外面出了什么事?"

敖敖如此这般讲述了一番。开始,何玉棠并没有十分在意,刘黑丑说:"老兄,我建议你在这段时间里还是要多加注意。据我了解到的情况,最近,日本人因连连丢城失地,屡战屡败,已经是恼羞成怒,气急败坏,扬言要对八路军根据地进行毁灭性报复。可是,他们并没有马上采取行动,原因是他们的弹药粮草补给线早被我八路军切断,并牢牢控制。井上岩几次想把它打通,都没能成功。这就从根本上动摇了他们在甘陶河流域存在的基础。前两天我回南佐镇,听我兄弟黑牛说,从南佐镇逃到豆妪大炮楼的井上岩又放出风来,说要买五十到一百匹马驹,重建骑兵营,这是一。二,出于战争需要,日本人极有可能在太行山的腹地兴建兵工厂。但他们究竟会不会在咱十八盘村附近开采矿石,会不会认为东平台和西平台以及河西的龙凤山等地埋有矿石,还得好好观察。"

何玉棠说:"老弟,这一阵子,我这心也不踏实,好像有一种不祥的预感,总也挥之不去。"

刘黑丑说:"玉棠兄,我也有同感,就连凤阁和德显也这样说。据我观察,葛掌柜好像知道得更多。我找时间跟葛掌柜聊聊,摸摸那些人的底细。"

何玉棠一听葛掌柜的名字,身子也不由自主地颤了一下,额头上顿时渗出了一层细细的汗渍,半天才说:"前一阵子,葛掌柜领着几个人来十八盘村转悠,说要在甘陶河卧龙潭上修一座浮桥,原料人家自备,只让十八盘村出一些人力,高德显站出来坚决反对。我还纳闷儿呢,心想,咱眼前这条甘陶河这么宽,一到雨季就断道,人畜来往极不方便,要是在上面修一座桥,哪怕是浮桥也好，便于人畜行走和车辆通行，也是件好事。可就是没注意那几个人的来历，也没有考虑几个外地人为什么如此热衷于在十八盘村前的河道上修桥。唉，我这人的脑子，怎么一下子就变得不够使唤了呢！"

刘黑丑说："问题就在这儿，葛掌柜认识的那几个人我也觉得面生，林成说还有个哑巴，更令人生疑。"

何玉棠说："兄弟，你是不是怀疑他们与日本人有关？"

刘黑丑说："我也说不准，等见了黑牛，好好跟他合计合计。"

何玉棠说："兄弟，你是不是要开始编席子了？"

刘黑丑说："是啊，今年的苇子长得好，秆粗节长，使着顺手，肯定砸不了我的手艺。一会儿我先去葛掌柜家一趟，问问他家编不编席。"

二人来到前院，刘黑丑见凤阁在这儿，问道："凤阁，长命这两天在做些什么？"

凤阁说："他没做什么吧，只听说他在筹划大戏楼的事。"

黑丑又问："他没跟你说起龙凤山马场的事？"

凤阁说："长命没说，德显倒是说了一句，说有一批马驹不能老养着了，需要更换品种，怎么了？"

黑丑说："凤阁，这事你可得拿一拿主意了。我听说长命要卖一批马驹，正在到处找买主呢。德显他知道不知道？"

凤阁说："哎哟，这我可得回去问问他。"说罢她起身要走，对在场的人说，"你们歇着吧，我们先回去了。"

众人都起身送刘凤阁，刘黑丑悄声对凤阁说："凤阁，这事你得策略地问，别太贸然了。德显这阵子心里乱，你要多操些心。"

凤阁说："哥，你也要多替我担着点。"

刘黑丑点点头，说："凤阁，咱兄弟牛子，你不要担心，他已经是这个了。"说着，他用右手比画了一个八字给凤阁看。刘黑丑接着说："他在南佐镇以铁匠身份作掩护，可以搞到日本人的情报。日本人重建骑兵营的消息就是他送出来的，还有长命在龙凤山的一举一动，他好像也知道。你现在的主要任务，一是做好德显的工作，密切注视高长命的动向；二是宣传动员村里的妇女为八路军做鞋。"

刘凤阁见哥哥一脸严肃,就点点头,迈出了何家的大门。

何灵芝在大门口对刘凤阁说:"娘,我要跟你回去。"

凤阁止住脚步,不依地说:"孩子,你守着你娘多住些日子吧,过几天,等我把家里的事安排好了,就让细腰过来接你回去。"

何灵芝拉着细腰的手说:"妹妹,你可别忘了。"

柳细腰说:"放心吧,嫂子,我哪敢忘呢!"

送走刘凤阁,何玉棠立即决定,找几个人在一起就外人老在十八盘村活动一事商议对策,他让敖敖去把陈元、林成、瞿睁眼、卷毛鹰等人都叫来,同时让厨房准备酒菜。最近一个时期以来,为了筹备女儿灵芝的婚礼,为了筹备何家大牌坊的奠基仪式,为了支撑所面临的越来越紧张越来越复杂的局面,何玉棠的身边经常有人来出谋划策,对此他一直心存感激,想趁此机会犒劳他们一下。

何玉棠觉得,在这些人当中,陈元和林成二人尤其值得敬重。陈元是十八盘村的大秀才,何玉棠敬重文化胜过他的生命,所以对陈元老师就格外敬重,无私慷慨地资助陈元老师在海瑞祠开办学堂,而且还十分关心陈元老师的生活,多次劝他把家眷儿女接来一起住,却被陈元婉言拒绝了。陈元老师对何玉棠说,你资助我在此教书办学,习练书法,我就得感激你一辈子,如果再把家眷接来,我无以报答,会有愧终生的。何玉棠只好依了他,逢年过节时,何玉棠总是多给陈元一些物品和钱,让他回去与家人团聚。在何玉棠心里,林成虽然是个草莽英雄,性情耿直,快言快语,常常使人难堪,但他只凭一身绝技吃饭,心里绝无阴影和尘埃。林成为人,常常把锋芒露在外边,把正直和敦厚藏在内心。为此,何玉棠就觉得与林成格外投缘。

陈元等人到齐以后,由敖敖先把刚才的见闻说了一遍,别人还没说话,林成就开了腔,他说:"我有个感觉,不知道对不对。"

何玉棠说:"林成,你快说吧,什么时候学会绕圈子了。"

林成看了看在场的人,接着说:"根据我的观察和判断,有人要在咱十八盘村开矿。开的还不是铁矿,而是铜矿,幕后的指使者,很有可能是日本人。"

林成一语既出，四座皆惊。一直蹲在地上的卷毛鹰大声咳嗽了一声，让在场的人都吃了一惊。

　　别人不知道其中原因，陈元老师知道。平时，卷毛鹰最听不惯林成说话，有一回，林成说他能用老枪装一粒铁砂打掉一粒葡萄，卷毛鹰非但不信，反而坚决地说："林成，我敢跟你打赌！如果你打准了，我自愿敲掉一颗门牙。"

　　林成一听，顿时来了兴致，觉得这个买卖可以做，一粒铁砂换卷毛鹰一颗门牙，说到哪儿去，也是一件开心的事情。想到这儿，林成就找陈元老师等人现场作证。他当着众人的面，果真就在老枪里装了一粒铁砂，找高德显家的葡萄架，瞄准了一粒紫葡萄。看见林成胸有成竹必胜无疑的神态，卷毛鹰的心里发虚，心想，没准儿林成这小子运气好呢，他干这勾当已经十几年了，在暗地里是不是专门练过这项射击术？卷毛鹰转念又一想：不能，林成他毕竟不是神仙，只兴他百发百中，就不兴他万一失手呀！卷毛鹰想到这儿，把心一横，就算你林成十拿九稳百发百中，果真把最下边的那一粒葡萄打下来了，我不就是赔上一颗牙吗？林成正要瞄准，卷毛鹰说："林成，你等一下，咱得把丑话说到前头，你要是打不准怎么办？"林成把枪放下来，斜着眼睛看了卷毛鹰一眼，说："老兄，没有我怎么办的事，只有你敲门牙的事。"卷毛鹰坚决地说："林成，那不行！你要是打不下来，就把这枪给我当烧火棍子用。"林成在心里乐了，痛快地说："行！不过你可要算计好了，到底要敲哪颗门牙！"卷毛鹰挥挥手，说："打，现在就打！"林成说："打就打，怎么了？你是不是不服气呀？你是不是牙根痒痒了呀？这样吧，再退一步，我也不把那粒葡萄打下来了，只在上面穿个洞，你看如何？"卷毛鹰一听，知道林成是在羞辱自己，也挺了挺腰杆儿，说："怎么！你想增加难度，是不是打算赚我两颗门牙呢？"林成说："不是，可不是！一颗就足够了，哈哈，一颗足够！"结果这一回，林成输在了卷毛鹰的手上，他那一枪非但没有打下来那颗紫葡萄，就连一片叶子也没打下来。卷毛鹰一看，兴奋了，说："林成，你还有什么可说的？陈老师在这儿见证着你呢！"林成把脖子一拧，说："卷毛鹰，我说什么，你让我说什么？"卷毛鹰说："你敲不了我的门牙，就把你手里的那老枪给我当烧火棍子用！"林成在鼻腔里哼了一声，扭头走了。今天，林成又一口断定那几个人是在东平台和西平台考察铜矿,所以,卷毛鹰就听不下去了。

何玉棠见林成和卷毛鹰两个人又要顶嘴,就打断说:"你们两个之间有什么话下来再说,先说咱下一步该怎么办。"

陈元说:"我看这事并不像林成说的那么简单,也不像黑丑说的那样复杂。就算是日本人想在咱十八盘村开矿办工厂,也得看看他们顾得上顾不上。我听说,目前,日本人井上岩丢了南佐镇,带着所剩残余躲进了豆姬大炮楼不敢出来,他的上级正要追究他的责任呢。井上岩现在的主要任务是保命,哪还有心思开矿办工厂!"

刘黑丑说:"我分析这还是有可能的。日本人见侵略中国不能够速胜,就必须考虑长期作战的准备。目前,我军对日军作战已经由战略相持阶段开始转向战略进攻阶段,他们已经到了穷途末路,他们的势力已经是日薄西山,他们的小命已经是秋后的蚂蚱。就拿打南佐镇的八路军来说,他们的任务就不是防守,而是进攻。但是越这样,日本人越是要做最后的挣扎,与我抗日军民争夺物资。我听说日本人自从占领了东三省以后,就开始大量掠夺那里的煤、矿石和木材,然后一船一船地运送回日本国,有的当时用不着,就填到了海里,等将来再挖出来给狗日的子孙们用。"

卷毛鹰惊奇地问道:"真有这事?"

刘黑丑说:"可不是真的呗!那狗日的日本国是个弹丸之地,四面都是大海,没有什么资源,所以才和咱中国打仗。打仗不是他们的最终目的,奴役咱中国人,掠夺咱的资源才是狗日的的根本目的!"

陈元老师说:"我听黑丑这么一说,这可是一件大事,不知道高家对此事有什么看法。"

陈元老师一提起高德显,林成说话了,他把前两天在西平台桑树林里碰上葛掌柜等人如何如何,回来立即向高德显汇报,高德显面无表情一言不发等情况说了一遍,最后下结论道:"我看出来了,高家现在什么心思也没有了,现在与其去联合高德显,不如去找高长英,去联合八路军一起干。"

半天没有说话的犟睁眼从门旮旯儿后头站了起来,借着从门外射进来的一束强光,人们发现犟睁眼的神态明显苍老了许多,脸上的皱纹多了,头顶的头发白了，身上的动作慢了，嘴里的话少了。

犟睁眼在鞋帮上磕了磕烟斗，又拍了拍裤脚，才慢吞吞地说道："我说句话，可能不大好听，你们都不要往心里去。咱这十八盘村三沟四梁五面坡，不管是高家的东平台，还是何家的西平台，都是咱一村人的命根子，凭什么随随便便让外人拿了去！即便是甘陶河里的一滴水，即便是卧龙潭边的一根草，也不能落到外人的手里，更何况是小日本儿。可是，话又说回来，单凭咱们在座的这几个人，单凭咱老何家的实力，要想阻止日本人的行动，可能就是力不从心。刚才我为什么一直不说话呀？就是觉得林成说得有道理。"

犟睁眼停了一下，看了看在场的人，继续说："我们不能光在这十八盘村窝着了，是不是，黑丑大哥？也不能光在咱何家的地盘上窝着了，是不是玉棠哥？我们应该和高家联合起来，最好与高长英联合起来，共同对付那些狗日的日本人。"

犟睁眼刚说到这儿，敖敖噌地一下蹿起来，蹦到犟睁眼跟前，挥起老拳就要砸犟睁眼的天灵盖，却被刘黑丑拦了个正着。刘黑丑说："敖敖，你这是要做什么？"

敖敖说："做什么，什么也不做，就是要砸开犟睁眼的脑袋。"

犟睁眼仗着人多，也不怕敖敖在这儿撒野，把脖子伸得老长，用手指着脑袋，说："给，敖敖，我把它送给你，砸吧砸吧，砸开看看我犟睁眼的脑子是什么成色！"

敖敖急得一蹿老高，嚷道："你们谁也别拦我，我今天非让犟睁眼的脑袋开了瓢。他凭什么与高家穿一条裤子？凭什么与高家沆瀣一气？凭什么长高家的志气，灭何家的威风？老高家算什么东西！他们家已经把我的姐姐坑苦了，知道不知道？他们家已经不把老何家的人放在眼里了，知道不知道？他们在十八盘村已经见不得人了，知道不知道？"

就在敖敖大声咆哮的时候，何玉棠早把巴掌结结实实地甩在了他的脸上，吼道："畜生！你一个毛孩子家，在这儿瞎嚷嚷什么！"这一巴掌甩得可真不轻，只见敖敖"嗷"的一声从屋里蹿到了院子里，蹲在地上哇哇地哭了起来。

人们议论来议论去，天都快黑了，也没商量出个结果来，只好让敖敖、林成、卷毛鹰等人继续监视那几个人的动向，如果发现他们再有新的动作，就立即把他们拿下，问出个所以然来再做主张。

人们散了之后，何玉棠对刘黑丑说："兄弟，依我看，你还是应该去一趟黄北坪，找找秦司令员，把咱村这两天发生的大小事都给他说说，让他帮着咱拿拿主意。"

刘黑丑说："我这就去。"

何玉棠说："等明天一早再走也不迟。"

刘黑丑说："走夜路我已经习惯了。"

# 风 8

老何家正在热闹着，葛掌柜一家也在忙一件大事，那就是选良辰择吉日为六指完婚。

六指这小子自打发生了偷玉米的事件之后，一下子长大了不少。他觉得自己站着不比别人低多少，躺倒不比别人短多少，都快二十岁的人了，还没有离开过十八盘村，还没到外面闯荡过世界，还整天待在这个小小的十八盘村，待在萎靡不振的爹和爱占小便宜的娘身边，能有什么大出息呢？在十八盘村，老的他不羡慕高德显何玉棠，年轻的他不羡慕何敖敖高长命，就羡慕高长英一个人。在他的心目中，高长英是一座高大的山峰，是一条奔腾的大河。他不认为高长英那天在婚礼上不辞而别有什么不妥之处，倒觉得高长英这样做才像个当兵的，才像个八路军营长，才像个男子汉。三天之后，他就跑到了南佐镇八路军独立营营部找高长英。高长英开始以为是家里派人来往回绑他的，闭门不见，后来一听说是六指一个人，就见了。六指见了高长英，开门见山地表示了要当兵的意愿，说愿意跟着高长英一起打日本。高长英乐了，说："六指，我决定收下你了，不过你得回去跟你爹你娘说一声，就说八路军独立营营长亲口答应收下你了，但还需要征得家长的同意和支持。"六指说："长英哥，我可不敢跟他们说，一说准坏事。"长英说："六指，你不要担心，我给你写一张纸条带回去给你爹娘看，他们保证二话不说，就同意让你来当兵了。"六指的腰杆子顿时硬了起来，说："长英哥，你快写，在天黑之前我还得赶回十八盘呢。"

结果，六指一说要去南佐镇当兵，差点把葛掌柜的鼻子给气歪了，立即决定给他完婚，企望凭着婚姻这条绳索将儿子的心给牢牢拴住。葛掌柜咬着牙，心想，你小子才断奶几天，就长出息了！看我把媳妇给你娶进门，你不恋十八盘可以，不恋这个家可以，不恋老爹老娘也可以，可总不能不恋你的新媳妇吧！

这天夜里，葛掌柜和老婆齐氏两个人躺在宽敞的炕上议到了一个话题，就是关于给六指完婚的良辰吉日让谁来确定。在葛掌柜看来，这可是一个十分重要的话题。其实，他们两个都指望着犟睁眼，但谁也不想先提到这个名字。因为发生了偷玉米事件，葛掌柜和齐氏都觉得十万分地对不住犟睁眼。但是现在到了最为紧要的关头，不找他，又能去找谁呢？同行是冤家，找平定城的风水先生甄畬世不合适，找昔阳城的风水先生贾定桩也不合适，如果找了这两个人中的任何一个，必定得罪姐夫犟睁眼。最终还是齐氏先说了话。她对行将入睡的葛掌柜说："哎，我说当家的，你大老爷们儿的脸面值钱，我这老婆娘的脸面不值钱，明天我去求咱姐夫一回，让他给咱择一个良辰吉日，保证让咱儿子将来长大出息干大事业，再生个大胖孙子，也好给咱葛家顶门立户。"

其实，葛掌柜也是这个主意，听老婆齐氏这么一说，正好就坡下驴，说："这好，这好，明天一早你就去，你要是胆小，我就陪你去！"

齐氏用胳膊顶了一下葛掌柜的腰，说："不用。我说不下来，你再去。"

葛掌柜说："那就全看老婆你的面子了。"

次日一早，犟睁眼刚从河西麻地沟修炼回来，正在院里换衣服，齐氏就进了犟睁眼的院子，怯生生地说："姐夫，你是不是又熬了一夜？我姐姐呢？还没睡醒呀！"

犟睁眼一看是内弟媳妇来了，说："这大清早的，你来有事吗？"

齐氏说："姐夫，其实也没什么事，就是昨天夜里我和六指他爹商量，想让你给看一个好日子。"

犟睁眼愣了一下，问："看好日子？看好日子做什么？"

齐氏见犟睁眼没生气，胆子也渐渐大了起来，说："哎呀，姐夫，你是真不知道呀，还是在装大蒜头！该给咱六指完婚了。"

犟睁眼"噢"了一声，嘴里虽然没说别的，心里却在想：六指这两天打着闹着要去当兵，肯定是葛掌柜想出了这主意，抓紧时间给六指完了婚，也好拴住六指的心。他看了看齐氏，不假思索地说："近的有九月初一，远的有腊月二十，就照这两天准备吧。"

齐氏高兴地说："那就选最近的吧。姐夫，你要有空，就去和六指他爹一块合计合计六指的婚事。"

犟睁眼说："我后晌去吧。"

六指的婚礼就定在了九月初一。这天一大早，去岭南接亲的轿子刚刚走，盘云寨上的那块云彩就越来越大越来越浓越来越黑，不一会儿居然淅淅沥沥地下起了雨。葛掌柜就急了，问犟睁眼说："姐夫，这日子是咋看的？"犟睁眼眯缝着眼睛看看葛掌柜，不急不慌地说："你急什么？到时候保证让你的儿子儿媳干干巴巴地拜天地！"

结果真应验了犟睁眼的话，将近中午的时候，嗖嗖地刮了一阵风，雨过天晴，太阳红艳艳地挂在中天，街巷里的雨水也随风而去，不一会儿就没了踪影。人们都夸赞犟睁眼是"活神仙"。犟睁眼说："你们谁也用不着夸我，我心里有数。"

林成说："犟睁眼，你心里有什么数？"

犟睁眼说："我当然有数了，有文曲星在此，你们还有什么可担心的！"

犟睁眼说的文曲星，就是刘黑丑。刘黑丑早年在保定二师念了几年书，又秘密加入了地下党。为了便于开展工作，组织上让他到白洋淀学了一门手艺，那就是编席当席匠。刘黑丑记性好，有过目不忘之能，再长的书，他只要看一遍，就能从头至尾说下来。所以，刘黑丑的正业是编席，副业是说书。在那艰苦卓绝动荡不安风雨飘摇的年代，有了这样的本事，就保证能吃遍天下不受穷。

在六指的婚礼上，刘黑丑对何玉棠说："秦司令员同意在甘陶河上修建浮桥，但地点不是卧龙潭，而是神河湾。"

何玉堂说："看来，秦司令员已经了如指掌了。"

刘黑丑说："葛掌柜三番五次声称十八盘有铜矿以及要在甘陶河卧龙潭上修建浮桥，我认为这绝不是一个孤立的事件，不是一个偶然的事件，也不是葛掌柜的几个朋友所要做的事情，一定与当前正在进行的中日战争有关，一定与垂死挣扎的日本人有关，一定与那些卖身投靠日本人当了汉奸的人有关。秦司令员没说别的，只让我注意葛掌柜的一举一动。"

何玉棠说："秦司令员可能是在将计就计，我们一定要全力配合，一会儿我就去找德显，把这些情况给他说说。"

这一天，陈元老师同时收到了两份大红请帖，一份是赞皇城鹏举书院请他参加书法笔会，一份是井陉城南关完小请他去讲学。截至目前，陈元的书法虽然已经自成一体，具备了相当的功力，但没有得到外界的认可，到底叫个什么体呢？自北魏以降，历代皆有书法才俊，而且体系流派众多，书法家浩若繁星，璀璨夺目。自己的书体到底怎样命名，倒让陈元老师费了不少的心思。

现在，陈元老师习练书法已经到了痴迷的程度。刚才，林成来海瑞祠闲坐，见陈元正端着一盘清水在那里出神，不解地问："陈老师，你这是在做什么？"

陈元见是林成来了，就把盘子放下，说："做什么？我是在向你学习哩！"

林成更疑惑了，问道："怎么向我学习？"

陈元说："这盘清水就好比一张宣纸，可以在上面写出千般字体，画出万般锦绣，就好像你在茅房演习打猎呀！"

林成用右手啪啪地拍了拍自己的脑门子，哈哈地笑了，笑罢才说："开眼，开眼，我今天真算是开眼了。陈老师，你能不能在盘子里头写两个字让我看看？"

陈元欣然应允，重新端起那盘水来，右手拿起一支毛笔，在盘子里的水里写起字来。陈元先写了一个龙字，问："林成，认得这个字不？"林成摇摇脑袋，说："不认得，你能不能再写一遍？"陈元又写了一遍，让林成看，林成说："陈老师，我不知道你写的是什么。"

陈元知道林成不识几个字，所以也不生他的气，说："告诉你林成，我在水中写了一个龙字，龙，你知道不？就是卧龙潭的龙字。"

林成好像明白了似的，一个劲儿地点头。

陈元接着说："这个龙字有多种写法，有立龙、卧龙、飞龙、潜龙，还有醉龙、睡龙、醒龙等等。正好昨天夜里我写了几个龙字，准备拿去井陉南关参加一个笔会，不妨先请你指教指教。"说着，陈元回屋取出几张大字，铺在青石地上，四周用石子压住，说："林成，请给我指点指点。"

林成说："陈老师，这不是折杀我嘛，我又不认识几个字，我能指点你什么！不过，陈老师，你快成书法界高人了，你刚才虽然是把龙字写在了水中，实际上你是把龙字写在了你的心中，旁人什么也没看见，你却看得清清楚楚真真切切。也就是说，你想让它飞它就飞，想让它卧它就卧，想让它潜它就潜，想让它睡它就睡，是不是？"

陈元听林成这么一说，居然瞪大了眼睛看着站在自己面前的林成，激动得说不出一句话。他这一怔，倒把林成看毛了。林成说："陈老师，你这是怎么了？"

陈元这才说话："哎呀，林成，林成兄弟！我以前还一直认为你是一个大老粗，光会拿枪打猎呢，原来你竟然看到了书法的最高境界，真的就说到我的心里去了。哎，我算是枉读了那么多的书。如此看来，我在这十八盘村教书，怕是要误人子弟的！"

林成听着陈元话里有话，忙说："哪里，哪里，陈老师，你慢慢练你的功吧，我不打搅了，不打搅了。"

直到林成走出去老远，陈元还站在原地望着，心想："这十八盘村，可真是藏龙卧虎之地啊！上次何玉堂用'盈虚'替换何家大牌坊长联里的'流变'，就让人很佩服。现在，连林成这样的猎人竟然也能悟出写字作画的理论，还能用非常浅白的话说出深奥的道理，真是不简单！"

这天夜里，刘黑丑照常在海瑞祠的大院里说书。因天气渐渐变冷，来听书的人要求到大殿里去说，刘黑丑欣然同意。这座大殿是海瑞祠的正殿，外面高大雄伟、气势威严，里面雕梁画栋、精巧玲珑。陈元老师除了给学生在这里上课外，别人一律不让进来。今天人们坐在大殿里听刘黑丑说书，心里更增加了一层神圣的感觉。

书已说到《三国演义》第二十九回，说到孙策临终前嘱咐孙权的一句名言，叫作："倘内事不决，可问张昭；外事不决，可问周瑜。"话说建安四年，江东孙策独霸一方，兵精粮足，各地太守望风而降，声势大振。曹操得知，遂以曹仁之女许配孙策幼弟孙匡，两家联了姻。在旧社会，联姻通婚是解决矛盾纠纷的最佳手段之一。国与国之间，民族与民族之间，甚至家族与家族之间，经常用联姻的形式化干戈为玉帛。其实，当时孙策想出任朝廷大司马一职，被曹操拒绝。于是孙策记恨于曹操，常有偷袭许都之心。吴郡太守许贡看出了端倪，暗中派人去给曹操送信。信中说：孙策骁勇，与项羽相似。朝廷应该表示出对他的宠爱，召其回京任职，不可让他长期镇守江东，以绝后患。不料，送信人被东吴守军所获，押解给了孙策。孙策看罢书信大怒，先斩其使，后诱请许贡议事，许贡被斩。有一天，孙策引军在西山打猎，赶起一只大鹿，孙策纵马急追。忽见树林里有三人持枪带弓而立。孙策勒马问道："你们是何人？"对方答道："我们是许贡家客，特来为主人报仇！"孙策一听，拨马想走，三人中钻出一人挺枪向孙策左腿便刺。孙策大惊，急忙取剑，结果剑刃落地，只留剑鞘在手。对面又有一人早已搭箭在弦，一剑射中孙策面颊。孙策拔出敌箭，取弓回射放箭之人，那人应弦而倒。另外两人举枪朝孙策刺来，正在危急时刻，程普引数人赶到，将许贡家客砍为肉泥，救回孙策。却说孙策带伤而回，派人去请华佗来医。不想华佗去了中原，只留徒弟在东吴。徒弟诊后说，箭头有药，毒已入骨，须静养百日，方可无忧。如果怒气冲激，其疮难治。孙策不听，一心想攻打曹操。说来也巧了，这天有人来报，说袁绍派陈震来吴，想结东吴为外应，一起攻打曹操。孙策大喜，下令请诸将会于城楼之上，宴请陈震。饮酒期间，见诸将交头接耳，继而纷纷下楼。孙策奇怪，问是什么原因。左右报告：有神仙从楼下经过。孙策起身凭栏观之，果见一人，身披鹤氅，手执藜杖，立于当路，百姓皆烧香磕头而拜。孙策怒道："是何方妖人，快把他给我擒来！"左右报告：此人姓于，名吉，寓居东方，往来吴会，普施符水，救人万病，无有不验。当世呼为神仙，未可轻渎。孙策一听，更加恼火，下令速速去擒，违者立斩！左右不敢违抗，下楼把于吉拥至楼上。孙策喝叱道："狂道怎敢煽惑人心？"于吉说："贫道乃琅琊宫道士，顺帝时曾入山采药，得神书于阳曲泉水上，号曰《太平青领道》，凡百余卷，皆治人疾病之术。贫道得之，惟务代天宣化，普救万人，未曾取人毫厘之物，安得煽惑人心？"孙策说："你毫不取人，衣食从何而来？分明是黄巾张角之流，如果不诛，必为后患！"遂命左右推出斩之。张昭谏道："于道人在江东数十年，并无过犯，不可杀害。"孙策说:"我杀此等妖人,就好像杀猪狗。"众官见状,苦苦相劝,孙策才罢,下令将其囚于狱中。第二天,谋士吕范来谏,说于道人能祈风祷雨,今年正好天旱,不妨令其祈雨以赎罪责。孙策允之,命从狱中取出于吉,开其枷锁,令其登坛祈雨。于吉领命,沐浴更衣,取绳自缚于烈日之下。

说到这儿,刘黑丑停了下来,问听书的人们,大家说这于道人到底能不能祈来雨?众人都不作声,惟独睪睁眼在一个角落里高声喊道:"能!"他这一喊,把到场的人都给逗乐了。

刘黑丑接着说道:百姓闻听于道人已登坛祈雨,纷纷前来观看,一时间人山人海,填街塞巷,水泄不通。于吉对众人说:"我求三尺甘霖,以救万民,但终不免一死。"众人说:"若有灵验,主公必然敬服。"于吉说:"气数至此,恐不能逃。"孙策下令,如果午时无雨,立即烧死妖道,并命人在坛下堆积干柴伺候。快到午时,狂风骤起,阴云渐合。孙策说,天时已近午时,天空虽有阴云,但并无甘雨,正是妖人也。遂命人将于吉抬上柴堆,四下举火,火焰随风而起。就在这时,忽见黑烟一道,直冲空中。又一声响雷,大雨如注。顷刻之间,街市成河,溪涧皆满,足有三尺甘雨。人们再看,那于吉道人仰卧在柴堆之上,大喝一声,云收雨住,复见太阳。在场各色人等共扶于吉走下柴堆,解去绳索,膜拜称谢。谁知那孙策叱责道:"晴雨乃天地之定数,妖人偶乘其便,你等何得如此惑乱!"众官再谏,孙策不听,令武士将于吉斩头落地。只见一道青气升起,投东北而去。结果就在这天夜里,风雨交加,天明才停。人们发现于吉尸首没了。孙策得知大怒,扬言杀死守尸军士,忽见一人从堂前缓步而来,正是于吉,孙策拔剑斩之,突然昏倒在地,左右急忙救起,半晌才醒。这时,孙策的卧室内阴风骤起,灯灭而复明。灯影之下,见于吉立于床前,孙策大喝:我平生誓诛妖妄,以靖天下!你既为阴鬼,为何还敢接近于我!遂取剑掷之。谁知于吉之影此起彼落,如此反复数次,孙策大叫一声,金疮迸裂,昏绝于地。苏醒之后,召见张昭及弟弟孙权,嘱张昭道:天下方乱,以吴越之众,三江之固,大有可为。你等要好好辅佐孙权。接着,取印绶交给孙权,说:"如果举江东之众,决机于两阵之间,与天下争衡,你不如我;举贤任能,使各方尽力以保江东,我不如你。你要念父兄创业之艰难,善自图之。"又告诉其母："儿天年已尽，不能侍奉慈母。今天我将印绶大权交与我弟，希望母亲朝夕训之。父兄旧人，慎勿轻怠。"母亲哭道："恐怕你弟年幼，不能担此重任，这该怎么办？"孙策对孙权说："内事不决问张昭，外事不决问周瑜。"言罢，气绝身亡。这才引出孙权任用张昭、周瑜、鲁肃等世之英才，北拒曹操，西联刘备，形成天下三足鼎立之势。

书场散了多时，犟睁眼才从海瑞祠大殿走出来，脸上挂满泪痕，自言自语道：可怜于道人，可怜于道人！

## 风 9

高长命已经三天没有回家了。

前天，高长命临走的时候对柳细腰说："细腰，我上山去了，雪花梨快该卸了，得有人盯着。"

柳细腰心想，这么大的事情，你跟我说管什么用？于是，柳细腰就冲高长命笑笑，说："长命哥，这事你跟我说没用，我是丫鬟拿钥匙，当家不做主。"

高长命惨笑一下，说："细腰，你看你，我只是跟你说一声，又没让你做主。你是不是把自己看得太重了？"

柳细腰说："没有啊！我来高家这些年了，知道该做什么，也知道不该做什么。"

高长命在柳细腰面前讨了个没趣儿，说："那是，那是，近朱者赤嘛！"

自从刘黑牛当着姐姐刘凤阁的面说出要娶柳细腰为妻的话那天起，这个俊俏伶俐的姑娘的心就变成了一块麻田。

刘凤阁看出来了：柳细腰早就有了嫁人之意，但又担心失去高家这个依靠。柳细腰对刘黑牛也有好感，但又担心他当了汉奸。她在内心矛盾着、煎熬着、憔悴着，多次想对捞鱼鹳说，又觉得难以启齿。

这天柳细腰来后院取菜，让刘凤阁看见了。刘凤阁说："细腰，没事多到你嫂子屋里坐坐，和她说说话。"

没等柳细腰说话，何灵芝就从屋里出来，走到柳细腰的身边，挽起她的一只胳膊肘儿,说:"娘,你别老是放心不下我,以后多给我指派点活,让我和细腰妹妹一起做,我就不闷得慌了。妹妹,你说是不是?"

何灵芝挽着柳细腰靠在了刘凤阁身上,三个女人笑成了光辉灿烂的一簇花。

过了一天,何灵芝听罢柳细腰的真情表述之后,给她出了一个大胆的主意:让她认刘凤阁为干娘,这样,一切矛盾就都化解了。

果然这一天,刘凤阁问起柳细腰和黑牛的事,柳细腰对刘凤阁说:"有件事你得先答应我。"

刘凤阁先是一愣,接着又看见柳细腰的脸红了,眼睛里含满了羞涩,就痛快地说:"我答应!"

刘凤阁的话音还没落下,柳细腰突然叫了一声"干娘",就跪在了她的面前。刘凤阁这才意识到,她已经落入了柳细腰的圈套之中,半天没说出话来。

高德显慢腾腾地走过来,问道:"你们俩这是做什么呢?"

柳细腰抢先说:"老爷,我要做你们的干闺女!"

高德显一听,笑了,说:"凤阁啊,你就答应了吧,难得细腰有这份孝心。"

刘凤阁见高德显是这态度,就弯腰拉起柳细腰,说:"起来吧!"

柳细腰仰起头说:"干娘,你还没答应呢!"

刘凤阁说:"哎,我答应你。"

柳细腰云雀一样从地上跳跃起来,扑进刘凤阁的怀里。

刘凤阁看看高德显,见他脸上浮现出少有的笑容,就把柳细腰轻轻推开,走到高德显身边,说:"德显,眼下这关系好像乱套了。"

其实,高长命近来一些异常举动已经在高德显和刘凤阁的心里引发了阵阵局促和不安。在刘凤阁去南佐镇找高长英的时候,黑丑和黑牛兄弟俩就对她明说了,希望她今后要格外注意高长命的一举一动,说最大的危险不在别处,而在高家;最大的危险不是别人,而是高长命。开始,刘凤阁对这话还真没有往心里去,觉得高长命是残疾人,是一个十七八岁的孩子,能在高家乃至十八盘村掀起多大的浪头来呢?自从刘凤阁嫁到十八盘村高家以来,觉得有两个人最为可怜,一个是高德显已故的妻子,另一个是高长命。高德显的前妻与高德显相守相伴的时期，正是高家初创时期，高德显在风里雨里山上山下河东河西不停地奔走，留下她一个人独自在家里支撑，把两个儿子拉扯成人，日子刚红火起来，光景刚富裕起来，自己却撒手西去，把这万贯家产和不谙世事的长命撒在了世上。天有不测风云，这高长命偏又得了小儿麻痹症，落下终身残疾。像他这样肢体残疾的孩子，要是智力不健全倒也罢了，而高长命却偏偏博闻强记而且又善于察言观色善于随机应变，他的内心是何等的苦闷和无奈啊！几年来，刘凤阁一直将高德显的两个孩子视为己出，尤其是对长命，处处给予呵护，从不高声跟他说话，从不拗他的言行，从而博得了高德显和众人的认可，认为她这个后娘怀有慈母之心仁爱之德，在十八盘村乃至甘陶河流域山南川北一百单八村也是有口皆碑。然而，现在看来，高长英和高长命兄弟两个并无领情之意，要么处处与家人作对，要么独自行事自作主张。刘凤阁心想，黑丑黑牛兄弟俩的话并不是危言耸听，并不是无中生有啊！

这时，刘凤阁突然觉得，现在的高家又多了两个可怜的人，一个是高德显，一个是何灵芝。刘凤阁知道，高德显生来性情要强，做什么事情都要做到出类拔萃，让人不可比较，不可超越。然而现在怎么样呢？何玉棠的势力已经迎头赶了上来，并且像一座大山横亘在高家前进的路上。更有甚者，因为高长英在婚礼上的无礼举动让高德显无脸见人，让高家威信扫地。眼下，假如高长命再做出什么肮脏勾当，一向斯文体面的高德显还怎么活在这个世界之上？而何灵芝新进高家大门，像是一脚踏进了火坑。作为一个女人，等待她的将是一个怎样的结局呢？刘凤阁想到这儿，就再也不敢往下想了。

刘凤阁看看高德显，见他的情绪还算平稳，就把自己在南佐镇的见闻，特别是黑丑黑牛兄弟俩对高长命的猜测和判断说了一遍。刘凤阁说："德显，他们说的不一定是事实，但你我还得多操心才是。"

高德显听罢，一下子瘫软在太师椅上，半天没有睁开眼睛。

刘凤阁见高德显的脸色一下变得煞白，脸也痛苦地扭曲着，又找话安慰说："德显，你看你，总是这样急。等长命回来问清楚再与他理论也不迟。"

高德显大声地咳嗽了两声，说："饺子，饺子，快去给我煮饺子！"

柳细腰在院子里大声应道："好了，好了，这就来！"

旋即，一盘热气腾腾的白面饺子被柳细腰用大条盘端了上来，上面还有两个小碟子两双筷子和两个汤碗。这是高家多年来的一个铁的规矩，高老夫人在世的时候，高德显一旦遇到什么大事急事难事伤心事高兴事，都要吃饺子。随着一个个饺子下肚，高德显的情绪便会慢慢趋于稳定，紧张的关节和皮肤便会逐渐松弛下来，散淡迷离的目光便会逐渐凝聚起来，与此同时，一个个绝妙的主意也就从他脑海里生成。自从高老夫人下世后，自从娶了刘凤阁之后，高德显的这个习惯虽然没有改变，但他在吃饺子的时候就不再吃边儿了，只把饺子的肚吞进嘴里，而把饺子的边儿扔在盘子里，如同河面上漂浮的肚皮朝上的死鱼。开始，刘凤阁对高德显的这种做法也不理解，甚至是厌恶，曾经设法说服他纠正他改变他，但后来她又认为这是一个人的生活习惯，还是不去改变它的好。所以，每天早晨起来，刘凤阁的第一个任务就是安排柳细腰去采什么菜包什么馅儿的饺子。在高家的厨房里可以没有别的干粮，惟独不能没有饺子。几年下来，刘凤阁对此没有发表一个字的评论。直到捞鱼鹳第一次上高家要饭的时候，刘凤阁才突发奇想，把那些攒了好几顿的饺子边儿一起送给了要饭的。

高德显吃罢饺子，从桌子上捡起了烟斗，先用专用的小勺子把拳头大小的红铜烟斗挖了又挖，又用专用的藤条把烟斗杆通了又通，才装上一锅新烟丝，用嘴叼住玉石烟嘴儿，腾出手来拿火镰打火。这年头，火柴都开始时兴了，高德显家也有成包成包的火柴，一盒一百根，拿在手上只需轻轻一擦，就能冒出一团蓝色的火苗，还伴有一股沁人心脾的磷香，既便捷又惬意。可是，高德显还是习惯用火镰打火。他不是用不起火柴，而是想传承一种习惯，沿袭一种文化，升华一种品位。他认为只有从火镰上取来的火种，才是真正的火种；他认为只有从火镰取火种点燃烟丝的过程，才使得抽烟独具韵味；他认为只有保持这种原始方式抽烟的人，才能保持生活的品位。等这一套程序结束之后，他才从椅子底下拿起长英从杀虎尖取下的柏木疙瘩放在膝盖上，一边用刻刀开始削刻，一边疑惑地问刘凤阁说："凤阁啊，你说长命要卖马，有根据吗？"

刘凤阁说："德显，我不敢说这是真的，我也不希望这是真的，但是现在，我有一种预感，总觉得这个孩子要给咱高家惹下一场大祸。"

高德显沉稳地说："何以见得？"

刘凤阁说:"德显,我听柳细腰说,长命他已经三天没有回家了啊!"

高德显一听,说:"凤阁,你怎么不早点说?"

刘凤阁说:"我也是刚刚知道,要不是柳细腰提醒我,我还想不到呢。"

高德显急切地说:"凤阁,你现在就派人去龙凤山把长命给我叫回来,我要亲自问问他,这几天到底干什么去了!"

刘凤阁见高德显急了,自己就沉住气,慢慢地说:"我去吧!"

高德显感到惊奇,说:"你去?家里没别人了吗?怎么还用你亲自去?"

刘凤阁无奈地说:"德显,家里哪还有人?前一阵子咱家一直雇着捞鱼鹳打杂,长英出走那天,你把人家给辞了不是!现在,咱家里除了你,只有我和柳细腰两个人了。"

高德显又开始了长时间的沉默,含在嘴里的烟斗嗞嗞地响着,一缕青烟袅袅地缠绕在高德显的面前。

刘凤阁看看高德显的神态,听听他的口气,揣摩他的心理,觉得现在的高德显是何等的可怜,何等的卑微,何等的无助啊!尤其是他那迷离恍惚的眼神,让刘凤阁的内心又一次紧张起来。她走上前去问道:"德显,你在想什么呢?"

高德显这才激灵一下,说:"噢,没想什么!对了,你还把捞鱼鹳请回来吧。那天我也是急火攻心,考虑不周,才做出那个决定的。等你见到捞鱼鹳,替我给他赔个不是。"

刘凤阁说:"德显,现在捞鱼鹳就在十八盘村。"

高德显说:"那你就快让柳细腰去把捞鱼鹳请回来吧。"

刘凤阁说:"这回请捞鱼鹳可不同上回了。"

高德显说:"怎么了?"

刘凤阁说:"捞鱼鹳从外地带回来四五个要饭的孩子。"

高德显不耐烦地摆摆手,说:"把他们一块儿叫回来,然后赶紧让捞鱼鹳去龙凤山叫长命。"

大约过了一个时辰,捞鱼鹳回来向刘凤阁报告说:"大姐,长命他根本就不在龙凤山上。我问那两个喂马的,一个说不知道去哪儿了,另一个说前天就去了九龙关。"

刘凤阁问:"那些马呢?"

捞鱼鹳说:"没看见,不知道。"

刘凤阁叹了一口气,指指捞鱼鹳说:"你呀!我让你去干什么了?你找不到长命,也该数数马还够不够数!你就等着挨训吧!"

工夫不大,一个在龙凤山喂马的人也从山上下来,对正在教训捞鱼鹳的刘凤阁说:"高长命一共赶走了六十匹马驹,我们说跟他一起去送,他不让。"

刘凤阁问:"就他一个人把马赶走了?"

那人说:"不是,还有几个人,我们都没见过。"

刘凤阁把脸一沉,说:"你们是干什么的?都是白吃饭的吗?高家花钱雇你们在龙凤山喂马,知道高家是谁做主吗?"

那人低着头,半天才说:"知道。可是,长命他说……"

刘凤阁说:"他怎么说?"

那人答道:"他说是你们同意的。"

刘凤阁说:"得了得了,你们怎么就不长脑子!他把马赶到哪儿去了?你们知道吗?"

那人说:"不知道。他们有人拿着枪看着我俩,不让出门。"

这时,高德显在屋里大声地咳嗽了几下,语气低沉地说:"凤阁,他们怎么会知道!你进屋来,扶我上炕躺一会儿。"

自此,高德显一下病倒在炕上,一天一宿水未喝一口,米未进一粒,就连话也不多说一句。刘凤阁和柳细腰陪着熬了一夜。到了第二天清早,刘凤阁让他起来坐坐,高德显往起一坐,大声地咳嗽了一声,竟然喷掉了一颗门牙。令高德显和刘凤阁感到奇怪的是,掉了一颗大门牙,却没见一滴血。刘凤阁把那颗牙用手绢包了起来,不无疑虑地说:"这是怎么回事?怎么回事啊!"

高德显说:"凤阁,不用担心。我想起来了,长英他爷爷开始掉门牙的那年也是五十岁。这是自然规律,不可怕!凤阁,你说是不是?"

刘凤阁正捧着包有高德显门牙的手绢出神,听高德显这一问,才急忙应道:"是啊,德显,这不怕。南佐镇李记镶牙店,号称京南第一牙店,等忙过了这一阵子,等把龙凤山上的梨卸回来,我陪你去南佐镇把牙镶上。"

高德显说："咱先说好，我可不要镶金牙！"

刘凤阁说："好，好，好，等你去看看再做决定。"刘凤阁嘴里说着，脸上笑着，暗自在心里做出一个重要决定：九九重阳节要为高德显举办五十寿辰，同时隆重举行高家大戏楼开工仪式，以此来冲一冲笼罩在高家的晦气。

## 雨 7

头一天晚上，高长英在南佐镇八路军独立营营部接见了刘黑牛。这是刘黑牛第二次到这个院子里来。自南佐战役打响之后，这座院落的主人王大满就让日本人护送出城，之后这个人便神秘"蒸发"了。别人不知道他的下落，刘黑牛却知道得一清二楚，但他一直守口如瓶。至于黑牛对高长英的态度，也产生了一些微妙的变化。自从和姐姐刘凤阁说出要娶柳细腰为妻以后，黑牛认为，十八盘村的高家和南佐镇的刘家就亲上连亲了，就是地地道道的一家人了。尽管高长英有些事情做得让人觉得不可思议，可是，连姐姐都不说什么，别人还能说什么呢？现在到处都在打仗，一切都在动荡之中，为了缓和与高长英的关系，刘黑牛决定单独拜会高长英，并给他带来了见面礼。

刘黑牛给高长英的见面礼是十个木箱子，里面装着一百把大刀片儿和五百把刺刀，还有制作手榴弹用的木柄等。长英用脚踢了一下，感觉是硬货，就把黑牛让进了屋里。刘黑牛落座之后，不先说话，而是开始仔细打量高长英，高长英也仔细打量这位拥有彪悍之躯的刘黑牛，仿佛是一对陌生人。

现在，两个人都想从对方身上找到谈论的话题。因为上次两人见面闹了个不欢而散，这一次就格外谨慎。在沉默了一会儿之后，还是黑牛先说话了，他说："长英，按理你还得叫我舅舅呢，是不是？不过，你现在是八路军独立营的营长，年龄又跟我差不多，就免了吧。以后见了面，你就叫我黑牛，我就叫你长英，不挺好吗？"

高长英笑笑说："行，上次我就看出你是个痛快人。就这样，你叫我长英，我叫你黑牛。不过，今天咱俩只谈打仗的事，别的免谈。"

话题从这里切入，一下拉近了两个人的距离。刘黑牛问："长英，你想不想打一仗？想不想挽回打南佐镇时丢掉的面子？"

高长英说："黑牛，你是说打豆妪大炮楼吗？"

刘黑牛摇摇头，说："不，不是豆妪大炮楼，而是九龙关。"

高长英看看刘黑牛，不解地问："九龙关？九龙关已经在我们的控制之下，还打什么？"

刘黑牛说："有的打。我听说有人要通过九龙关给野头镇的日本人送一批货，你要是感兴趣，我愿告诉你详情。"

高长英说："黑牛，我这人最近得了一个坏毛病，一听说'日本人'这三个字，眼睛唰地一下就亮了。你刚才说的是真的吗？"

刘黑牛说："这还能假？那天我哥和我姐来这儿找你，扑了个空。到东关找我，结果也扑了个空。你知道我去哪儿了吗？"

高长英摇摇头，说："不知道。"

刘黑牛往长英跟前靠靠，低声说道："我跟井上岩去了一趟野头镇，他们最近好像要有大动作。"刘黑牛说着说着，却停了下来，看看高长英的作战室，说，"长英，你这儿没水呀？"

高长英说："有，有。警卫员，快进来给客人倒水！"

刘黑牛忙摆摆手，说："不用，我自己来。"

高长英急切地说："黑牛，那你快说，他们会有什么动作？这几天我的手早痒痒坏了！"

刘黑牛向高长英透露的是一个重要情报：日本人井上岩买了一批马驹到野头镇，要在那里重新组建一支骑兵。高长英据此情报，第二天就在九龙关附近的丛林里布下了口袋阵。

地处甘陶河中游的九龙关，因山势起伏蜿蜒，纵横交错，酷似巨龙潜飞之形而得其名，是太行山上重要的关隘之一，也是连接西北黄土高原和华北平原的重要通道。从这里遥望十八盘村的龙凤山、盘云寨和杀虎尖，仿佛三根擎天柱，根基茁壮，气势挺拔。缠绵悠长的甘陶河在通过九龙关的时候，陡然跳下一道悬崖，形成甘陶河上第一道大瀑布和第一个深水潭，然后，河水继续蜿蜒西去，绕过白城口，才进入十八盘宽阔而平坦的河套。

九龙关左边的白城口是一个商贾云集的重地，地处井陉元氏赞皇昔阳两省四县交界地带。阎锡山统治山西的早期，曾派兵把守九龙关，并把原有的道路拓宽到五尺，能够通行马车，成为连接晋冀两省的一条重要运输线。当地的官员为了讨好阎老西，让他题写了"九龙关"三个大字，并把它镌刻在九龙关右侧的万丈红崖之上。

高长英把独立营的三连放在了黄沙岭上。三连是高长英手上的一张王牌，连长李大个儿是一名骁勇善战的干将。高长英一参军就是三连三排三班的战士，后来当班长是三连三排三班长，当排长是三连三排长，当连长是三连长。所以，现在的三连实际上就是他的拳头，与其说是一个连，不如说是一个加强连。高长英给这个连配备了最先进的武器，最得力的干部，同时也给他们最艰巨的任务。高长英把独立营二连放在了鸡冠岭下。鸡冠岭和黄沙岭比肩而立，遥相呼应，两地之间，攻可以相互打援，退可以相互接应。高长英把工兵排提前派上去，在黄沙岭的盘道上埋了八十多颗地雷。有这三保险，高长英就把心放下了，心想："狗日的井上岩，这回我定叫你有来无回，死无葬身之地！"

眼看日头向西沉了，天上的云彩一下子聚了起来，聚成了山一样的块垒。人们见了都觉得奇怪，都九月天了，莫非还要打雷下雨不成？不会了吧？肯定不会了！绝对不会再打八月初一那样的炸雷了，绝对不会再下八月初一那样的豪雨了。

高长英命令部队在九龙关两侧的树林里吃干粮，他自己一个人来到河边儿，抓起一把黑泥攥了又攥，然后把手放进河水里，再慢慢把手松开，手里的泥团立刻就被滔滔而去的河水瓦解得一干二净了。

当高长英蓦然抬起头的时候，恰巧看见了警卫员小罗那双布满血丝的眼睛。高长英的全身激灵了一下，指着小罗大声吼道："你，你，快给我闭上眼睛！闭上！听见没有？"

小罗被吓了一跳，委屈地立在那里一动也不敢动。

高长英继续吼道："你，说你呢，为什么还要看我？为什么不听我的命令？为什么不闭上你的眼睛？"

小罗战战兢兢地说："营长，我做错了什么？你为什么让我闭上眼睛？"

高长英说:"为什么?你还要让我给你解释吗?"

这时,另外一个战士跑过来对高长英说:"营长,你不要冲他发火了,昨天黄昏他接到信儿,说他娘死了,可是,部队就要出发了,他不能回去为他娘送殡,夜里一直在哭,把眼睛给哭红了。"

高长英听到这儿,脸色顿时平静下来,往前迈了一步,拉住小罗的手说:"对不起,我错怪你了。现在你就走,回去给你娘送殡!"

小罗拒绝道:"不行,营长,大战在即,我怎能回家去呢?"

高长英说:"你娘去世,是你现在最大的事,比打仗的事还要大。小罗,战场上天塌下来,有我和这么多弟兄顶着,你赶紧给我回去!"

小罗坚决地说:"不,营长,还是打仗的事要紧,我不离开部队!"

高长英看看小罗,停了一下,然后用手拍拍他的肩膀,说:"你呀,今天是成心不执行我的命令,是不是?我这儿有几块银圆,是我当兵时从家里带出来的,这些年我都没舍得花,现在你拿去,买件新衣裳回去给老人家穿上。"

小罗还要推辞,只见高长英早背过脸去了。旁边的战士对小罗说:"你看看,营长不高兴了,你要再推辞,营长又要跺脚了!"

高长英的胸中涌动起一阵澎湃大潮。他想起了距离此地仅有十里之遥的十八盘村,想起了故去的亲生母亲,想起了年近半百的父亲,想起了父亲新娶的女人刘凤阁,想起了富甲一方的高家大院和美丽富饶的东平台西平台,最后,他大脑中的影像定格在了何灵芝那双红肿的瞳仁上。

八月十六那天,高长英纵马一气奔上了盘云寨,感觉到那匹战马的四肢在剧烈地颤抖,频频向后仰头,两只耳朵刮到了他的胸脯。高长英从马背上跳下来,才发现自己的胯下已经湿了一大片,马脖子上的鬃毛也都打成了绺。高长英心疼地拍拍马头,说:"伙计,没办法,咱还得快走,一会儿就走不掉了。"他没有回头看一眼十八盘村,不再理会家里已经发生和将要发生的事情,因为从何灵芝眼睛里射出的那束红光,让他想起了南佐镇东门外的那面坡,那面血染的高坡,那轮血色的朝阳。

部队在九龙关两侧的树林和石砬子里埋伏着,黑云在他们的头顶聚集起来,又向四处扩散,阵容强大地压向山谷,压向丛林,压向九龙关。只一会儿工夫，天空就黑了下来，似乎要把这里的空气拧碎。山涧里的甘陶河银链白绢似的哗哗地流淌着。一条蜿蜒崎岖的道路绕山抱水而来，全部淹没在浓绿的森林里。尽管景色如此壮美，高长英却根本无暇理会，只是担心一会儿是不是又要打雷下雨。

果然，不多时，从远处的云层深处滚来一串沉闷的雷声。高长英在他认为的最佳的前沿指挥所里，目不转睛地盯着黄沙岭盘道入口的一个拐点。他想起了儿时站在盘云寨上往山下滚炮石的情景。他们几个伙伴奋力将一块块巨石移到崖畔，排成一溜儿，然后一块一块地往山下推，比赛看谁的石块蹦得高滚得远。那巨石轰隆轰隆地往山涧里跌落，在山坡上颠一下，就发出一声巨响，就溅起一团浓烟，就荡平一片草木。它们就是古书里说的滚木礌石，硕大无朋，力大无比，所向披靡。现在，高长英忽然离奇地想象，那时假如山下有日本鬼子，有狗日的井上岩，那翻滚而下的炮石，定会让狗日的在瞬间身首异处、尸横遍野。

雷声响过之后，西天的云端就裂开了一道口子。高长英看得清清楚楚，那里已经拉开了一场倾盆大雨的序幕，便立即传下话去，说就要下雨了，命令各连各排提高警惕，防止敌人趁着雨幕掩护漏网而去。

高长英的命令刚传达下去，滂沱的大雨在山风的裹挟下呼啸而至，九龙关下的黄沙岭顿时笼罩在一片银白色的雨幕之中，在此盘结迂回的甘陶河也敞着胸怀承接着这场秋后甘霖。

高长英躲在一块岩石下面，眼睛却密切地注视着大路上的动静。目前，这条大道左右的广大地区都是拉锯区，白天基本上是日伪军控制，晚上则全部归共产党八路军掌握。所以，这条路上很少有老百姓走动，偶尔有一两匹快马飞驰而过，或者有一两辆牛车吱呀前行。

豪雨哗哗地下着，这声音和着高长英手中怀表咔咔挺进的声音，一起击打着高长英的心弦。

这是南佐镇战役之后，高长英第一次打伏击，他的心一直处于亢奋状态，但他并不觉得这会是一场恶仗。他在八月十六离开十八盘村，离开红色洋溢的洞房后的这段时间里，大概只想起何灵芝三次，而每一次都超不过三秒钟。在他心目中，打仗是第一位的，老婆可以不要，但仗不可以不打，除非日本人缴械投降。他认定的下一个目标是端掉豆妪大炮楼，拿下与豆妪大炮楼毗邻的豆妪火车站，活捉井上岩。没想到狗日的井上岩又要与野头镇的山岛搞联合，重新组建骑兵连，真是岂有此理！看来，与井上岩的决战提前了，就要在眼前的九龙关下进行了。

想到这儿，高长英的脸上呈现出一丝笑意。他的这丝笑意，倒让他身边的人们感到惊奇。连日来，高营长的脸上好像从来没有挂过笑容。后来，人们猜到原因了，原来这一带是高长英的福地，他当排长的时候在离这儿不远的白勺关打过一次胜仗；当连长的时候，又在此处南面的大碾坊高地上阻击过一支日伪军，缴获了一大批物资弹药。今天，已经当了营长的高长英能不能再次在这儿创造奇迹，人们在他的脸上找到了答案。

雨下了大约半个多时辰，却没有停下来的意思。高长英的眼睛累了，让副营长赵贵喜盯着。打南佐镇的时候，赵贵喜是二连连长，高长英是三连连长。赵贵喜负责攻打西门，队伍虽然损失不大，但是推进缓慢，最后一个进入南佐镇。高长英带领三连攻打东门，东门是井上岩重点防范的地区，工事坚固，弹药充足，又把一些老百姓拉在城墙上，充当人体盾牌，阻挡八路军的进攻。虽然高长英下令让他的司号员推迟三分钟吹冲锋号，但战士们在他的带领下前赴后继，终于第一个打开了城门，为解放南佐镇立下了头功。所以，上级任命高长英当独立营营长。高长英上任后，二连连长赵贵喜调到了营部当副营长。

副营长赵贵喜接过望远镜，说："营长，你坐下歇会儿吧！一会儿小日本儿来了，用不着你亲自出马，我去就行了。"

高长英也不搭话，重新要过望远镜。这时，人们发现，高营长有些不耐烦了，不时地用手枪的枪筒往上顶帽檐儿。警卫员早为他准备好了两块圆圆的鹅卵石和两根树枝，准备等他开始跺脚的时候递上去。

雨仍哗哗地下着，雷声却渐渐远去。这时，高长英开始怀疑刘黑牛情报的准确性，自言自语地嘟囔道："娘的，莫非是在耍笑我？不像啊！不会啊！"

高长英在岩石下面不大的地方来回踱步。这雨就一直下到了深夜，树林里嗖嗖地刮起了冷风。高长英让传他的命令，说任何人都不许懈怠不许睡觉，防止像上次在南佐镇外围那样让井上岩出其不意地杀出骑兵、马踏连营的事件再次发生。

就在高长英的话刚刚传达下去不一会儿，侦察员小石蛋跑来报告："营长，有情况！"

高长英警觉地问："在哪儿？"

小石蛋说："鸡冠岭上！"

高长英愣了一下，赵贵喜也愣了。赵贵喜一把揪过小石蛋，急切地说："你有没有搞错？怎么会在鸡冠岭？"

小石蛋说："是二连连长让我来报告的。营长，你快拿主意啊！"

高长英格外镇静，好像早就料到一样，问："多少人？"

小石蛋说："雨太大，看不清。"

高长英说："看清了再来报告！"

小石蛋刚走，又跑来一个侦察员报告："营长，二连在鸡冠岭下让开了一条通道，日本人赶着一群马正朝这边来，二连连长请示，打还是不打？"

高长英说："多少人？多少马？"

侦察员说："二十多个人，六十多匹马。"

高长英和赵贵喜对视了一下，说："回去告诉二连连长，让他把敌人放过来，交给三连李大个儿解决，快去！"

副营长赵贵喜乐了，说："营长，你真够意思。"

高长英严肃地说："赵贵喜，你给我听好了，你先带人占领制高点，一会儿敌人出现了，进了你的包围圈再开火，但只许打人，不许打马，听见没有？"

结果，这一仗很轻松地就打了下来，独立营未失一兵一卒，一举缴获了六十匹马驹和一批枪支弹药，还俘虏了四个伪军伤兵。遗憾的是，井上岩没有参加这次行动。

高长英立即组织部队返回南佐镇，在这个风雨交加的深夜，他又一次路过十八盘村。十八盘村的人们只以为夜里下了一场大雨，根本没想到还过了一夜兵。

## 雨 8

第二天一早，高长命刚进家门就被高德显囚禁在高家祠堂里。高德显让人把他的太师椅搬到祠堂门前的石阶上，挡住了进出祠堂的通道，并吩咐下去，把他的水壶烟斗痰盂以及祖训家谱戒尺等物都统统拿来，他泰山一般坐在椅子上，开始一遍又一遍地让高长命背祖训。高家的祖训是一段三字经，一共九十九个字，有"尊父母，循孝道，知廉耻，戒淫欲，生意场，讲诚信，交朋友，义为先"等内容。

到了吃午饭的时候，刘凤阁让柳细腰端来两大盘饺子。高德显见了，对柳细腰说："留下一盘给我，把那盘端走。"

柳细腰说："是干娘让端两盘的，有长命哥一盘。"

高德显说："我说过了，把那盘端走，不然我就拿它喂狗！"

柳细腰不敢说话，忙去报告刘凤阁，说："老爷真生气了，不让放下这盘子，说硬留下他就拿去喂狗，你快去劝劝吧！"

刘凤阁说："给我吧，我去。"

高德显见刘凤阁又把饺子端了回来，还没等凤阁说话，就抢先说："凤阁，你心疼他，就不怕我伤心？"

刘凤阁说："不怕，你是他的亲爹，我是他娘，你不心疼他，我还心疼呢。"

高德显说："你是不知道，这小子把咱们高家祖宗的面子丢尽了，把我和你的面子丢尽了，把咱十八盘村的面子丢尽了呀！他是想让我早点去死！"

高德显说着话，用大烟斗梆梆地敲着眼前的方桌，震得桌子上的碟子筷子和瓷碗突突乱跳。

刘凤阁说："德显，凡事都得有个起因，你得让长命说话，他要是不说话，你怎么劝导他？怎么引导他？怎么教训他？怎么震慑他？"

高德显说："那我不管，就让他在祖宗面前跪着反省！"

刘凤阁说："德显，他已经两顿没吃东西了，等让他吃完了饭，你再问他话也不迟啊！"

高德显说:"凤阁,你就不要劝我了,我心里不糊涂!你快把那盘饺子端走。就算喂了狗,也不让他吃。饿死他,我心里才干净!"

刘凤阁见劝不动高德显,就把盘了放在一边,对屋里的高长命说:"长命,你这孩子也是,这么大的事,怎么就不跟你爹说一声呢?"

高长命说:"一人做事一人当,给我动家法吧。"

高德显说:"凤阁,你瞧瞧,都什么时候了,他还嘴硬!"

刘凤阁说:"长命,快给你爹说句软话,也好让你起来吃饭!"

高长命不理刘凤阁说:"爹,动家法吧。"

高德显说:"好,那你就还继续给我跪着!"

高长命说:"我不是给你下跪,而是给我死去的娘下跪!"

高德显对刘凤阁说:"凤阁,你听听,这是懂事的孩子说的话吗?他都知道用他死去的娘来戳我的心了!"

高长命这一跪就是整整一天一夜。刘凤阁找来陈元、林成、犟睁眼、捞鱼鹳等人强行把高德显抬回房中,高德显虽然没有挣扎,但放下一句狠话:"谁要是私自让长命站起来,谁要是私自让长命吃饭,谁就给我离开这个家!"

高长英刚回到南佐镇八路军独立营营部,就有情报员向他报告:"说刚刚在九龙关缴获的马驹,不是日本人的战马,而是刚从十八盘龙凤山买来的。"

高长英一百二十个不相信,说:"你说什么,什么十八盘?什么龙凤山?什么是从十八盘龙凤山买来的?"

情报员说:"昨天夜里缴获的那批马是日本人井上岩从十八盘龙凤山买的。"

高长英啪地拍了一下桌子,骂道:"混蛋!你再说,我就枪毙了你!"高长英说着话,右手早摸到了腰间。

情报员委屈地站在那里看着高长英,副营长赵贵喜从门外进来,说:"营长,别生气,他说的对,有人看见这批马就是在十八盘卧龙潭西边的峡谷里交接的,我们从俘虏身上搜到了一张交接单。"

高长英急切地问:"交接单?快拿来我看看!"工夫不大,文书拿着文件夹进来,递给高长英一样东西。高长英看罢多时才说:"这怎么可能呢?你们有没有搞错？嗯？这怎么可能呢！"

高长命在一个旭日东升的早晨从高家祠堂里走了出来，阳光一下裹紧了他。依照刘凤阁的安排，他给高德显写下了一份悔过书，跪在高德显的面前，双手递了上去。高德显还想说些什么，高长命说了一句话，让高德显的心软了下来。高长命说："爹，咱家的大戏楼该动工了。"

高德显看看跪在面前的儿子，说："孩子，起来说话。"

刘凤阁说："德显，长命说得对。我早就谋划好了，在九九重阳节这天，在给你庆祝五十大寿的同时，隆重举行高家大戏楼的开工仪式，请井陉城南关小杜梨戏班来唱几天戏，往起烘一烘咱家的人气！"

高德显一听，脸上露出久违的笑意，同意九九重阳节这天为他祝寿，并举行高家大戏楼开工仪式。他要通过这个重要的仪式达到三个目的：一是要扭转高家的颓势，振作高家人的精神；二是要转移人们对高长英和何灵芝婚事风波的注意力；三是要扼制高长命私自卖马给日本人这一事件的传播。

这天夜里，高德显在海瑞祠的书场上宣布了这个消息，大有雄心犹在重整河山的气概。恰好，刘黑丑今天说到了曹操曹孟德在长江之上横槊赋诗一节。

却说刘备三顾茅庐请诸葛孔明出山，诸葛亮从此登上历史舞台，为刘备赢得三分天下鞠躬尽瘁死而后已，策划了许多惊天地泣鬼神的事件。而曹操知道诸葛亮大名，是听其谋臣徐庶所言。当时，刘备在新野屯兵，每日操演不息。曹操命夏侯惇为都督，领兵十万到博望城监视新野刘备。荀彧谏道："刘备乃世之枭雄，今更有诸葛亮为军师，切不可轻敌。"夏侯惇不屑地说："刘备，鼠辈耳！我必擒之。"徐庶说："将军不要轻视刘备，他得诸葛亮为辅，如虎生翼矣！"曹操问道："诸葛亮何许人也？"徐庶说："诸葛亮，道号卧龙先生。此人有经天纬地之才，出鬼入神之计，真当世之奇才，非可小觑。"曹操又问："亮比你如何？"徐庶说："庶怎敢比亮？庶如萤火之光，亮乃皓月之明也。"众将听后皆不服。曹操说："既然你们都不服诸葛，那就早传捷报，以慰我心。"结果，诸葛亮在博望城初次用兵，就火烧夏侯惇。后来又说服刘备放弃新野小县，赚取荆州，并且很快立稳脚跟，成为曹操的心腹大患。更有甚者，诸葛亮借东吴孙权之力来破曹操之兵，才演绎出诸葛亮舌战群儒、草船借箭等家喻户晓人人皆知的英雄故事。话说建安十三年冬十一月十五日，长江之上，天气晴明，平风静浪，对岸无敌。曹操下令置酒设乐于大船之上，他要趁此月明风清之际会见诸位将领。这时，天色向晚，东山月上，皎皎如同白昼。长江一带，如横素练。曹操坐在大船之上，左右侍者数百人，皆穿锦衣绣袄，荷戈执戟。文武百官，依次而坐。此时，曹操见南屏山色如画，东视柴桑之境，西观夏口之江，南望樊山，北觑乌林，四顾空阔，不免心中欢喜，对大家说："我自起兵以来，为国家除凶去害，誓愿扫清四海，削平天下；所未得者江南也！今天，我拥有百万雄师，更赖诸公用命，何患大功不成呢？待收复江南之后，天下无事，我与大家共享富贵，以乐太平。"文武百官起身称谢，说："我等愿尽全力，争取早奏凯歌。"曹操闻听大喜，命左右开始行酒痛饮。饮至半夜，曹操酒酣，遥指南岸说："周瑜、鲁肃，不识天时！今幸有投降之人，为彼心腹之患，此天助我也！"荀攸在一旁劝道："丞相勿说，恐有泄漏。"曹操大笑，说："座上诸公与近侍左右，皆是我心腹之人，我说了又能怎样？"他接着指着夏口说："刘备、孔明，你们以蝼蚁之力，想撼泰山，这是何等愚蠢之举啊！"说罢，曹操看看左右，说："我今五十四岁，如果能得江南，窃有所喜。昔日乔公与我至好，我知道他有二女，皆有国色。后不料被孙策、周瑜所娶。我今天新筑铜雀台于漳河之上，如得江南，当娶二乔，置之台上，以娱暮年，我愿足矣！"曹操说罢，开怀大笑。这场景后来被唐人杜牧作诗言道：折戟沉沙铁未销，自将磨洗认前朝。东风不与周郎便，铜雀春深锁二乔。曹操正谈笑间，忽然听到乌鸦往南飞鸣而去，问道："此鸦为何夜鸣？"左右答道："鸦见月明，疑是天晓，所以离树而鸣。"曹操一听，又大笑一阵。于是，取槊立于船头之上，以酒奠于江中，说："我持此槊，破黄巾，擒吕布，灭袁术，收袁绍，深入塞北，直抵辽东，纵横天下，没有辜负大丈夫之志。今天，对此美景良辰，多有慷慨，我来作歌，尔等和之。"众人附和。曹操唱道：对酒当歌，人生几何？譬如朝露，去日苦多。慨当以慷，忧思难忘。何以解忧？惟有杜康。青青子衿，悠悠我心。但为君故，沉吟至今。呦呦鹿鸣，食野之苹。我有嘉宾，鼓瑟吹笙。皎皎如月，何时可辍？忧从中来，不可断绝！越陌度阡，枉用相存。契阔谈䜩，心念旧恩。月明星稀，乌鹊南飞。绕树三匝，何枝可依？

山不厌高,水不厌深。周公吐哺,天下归心。曹操歌罢,众人欢呼。忽然有一人站起,大声说道:"值此大敌当前,将士用命之际,丞相何故出此不吉之言?"曹操一看,是扬州刺史刘馥,便问有何不吉。刘馥说:"月明星稀,乌鹊南飞;绕树三匝,无枝可依,乃不吉之言。"曹操大怒,说:"你竟敢在此败坏我的兴致!"举手一槊,刺死刘馥。次日酒醒,懊悔不已。

刘黑丑一字不漏地背完曹操的《短歌行》,令人惊叹咂舌,佩服至极。

九九重阳节这天,艳阳高照,秋风宜人。十八盘村又一次沉浸在欢乐祥和的气氛之中。在刘凤阁的策划和组织下,高德显五十大寿和高家大戏楼开工仪式操办得隆重、热烈、体面、喜庆,甘陶河流域山南川北一百单八村的头面人物几乎悉数到场,大礼相赠。高家大院前后三进式院落高朋满座,人声鼎沸,喜气洋洋。高家大戏楼工地彩旗招展,夯声阵阵,热闹非凡。八月十六日以来笼罩在高家大院乃至整个十八盘村的阴云晦气冲得一干二净。酒席直至黄昏才散。

然而,树欲静而风不止。就在这天夜里,从井陉南关请来助兴的戏班子刚唱罢夜戏,主角小杜梨就被一伙不明身份的人掳了去。

高德显听说之后,又一次病倒在炕上。刘凤阁派出许多人去寻找小杜梨,当天夜里却没有得到丝毫线索。第二天中午,从河西回来的捞鱼鹳,给刘凤阁带回一个喜忧参半的消息,喜的是他找到了小杜梨的下落,忧的是得让高家拿重金去赎。

高德显躺在炕上,急切地问:"人在哪儿?"

捞鱼鹳说:"不远,就在昔阳的大碾坊。"

高德显摸摸脑袋,疑惑地说:"昔阳的大碾坊?我怎么一点儿印象也没有呢?"

刘凤阁在一旁说:"德显,你怎么忘了?长英在那里打过仗!"

高德显拍拍脑门,噢了一声,说:"想起来了,想起来了,是一座大山包。"

捞鱼鹳说:"只有几户人家。"

高德显问:"知道是哪伙强人把小杜梨抢去的吗?"

捞鱼鹳说:"这还不知道。我也在纳闷儿呢,以前我去那里要饭的时候,只有房子没有人,总也要不着吃的。这回却不同了,村子里不仅有了人,还有了枪和狗。听一个放羊的说，前几天突然来了不少人，就在那儿住下了，还不让生人进村，就连他的羊群也不让进村了。我就猜想，这伙人肯定有来头。"

高德显听捞鱼鹳这么一说，更是云里雾里的，说："他们要多少钱？"

捞鱼鹳说："一千块大洋。"

高德显骂道："娘的，被人讹上了！"

捞鱼鹳说："给我传话的那个人说，少了这个数，绝不放人！"

高德显看看刘凤阁，似问非问道："一千块大洋！为了一个戏子，值吗？"

刘凤阁毫不犹豫地说："值！德显，你想啊，戏班是咱请来的，那小杜梨可是井陉县最有名的角儿，在太行山上无人不知无人不晓。再说，戏子也是人呀！如果咱不把小杜梨找回来，人家家人知道了，再来朝咱要人，那麻烦可就大了！"

高德显听刘凤阁说得有理，不住地点头。捞鱼鹳在一旁说："我怕伤了小杜梨，昨天夜里没敢下手。"

刘凤阁说："捞鱼鹳，你做得对，硬去往回抢人，非出人命不可。"

高德显说："这么办吧，咱给他钱，我要亲自去！"

刚说到这儿，黑牛来了。刘凤阁把刚才的事说了一遍，黑牛听罢乐了，说："得了，肯定是王大满干的。"

高德显看看刘黑牛，疑惑地问："怎么会是王大满？他不是让日本人送出南佐镇了吗？"

刘黑牛说："姐夫，你是有所不知，井上岩前脚把他送出南佐镇，后脚就开始追杀，想置之死地而后快！"

高德显问："为什么？"

刘黑牛说："井上岩说留着他终究是个祸害。"

刘凤阁问道："王大满为什么要劫小杜梨呢？"

没等刘黑牛说话，高德显长叹一口气说："王大满早就嫉恨上我了！"

刘黑牛摇摇头说："姐夫，他嫉恨你是次要的，主要是因为长英打下了南佐镇，用他家的宅子做了八路军独立营营部。"

高德显的脸色又沉了下来，音调低沉地问："那怎么办呢？"

刘黑牛大声地笑了笑，说："姐，姐夫，你们谁也不用发愁，一会儿我和捞鱼鹳两个人带着钱去就把事办了。"

高德显疑惑地看看刘黑牛，说："你们两个能行？听捞鱼鹳说，那伙人手里有枪。"

刘黑牛摆出绿林好汉的架势，说："姐夫，别说他们手里有枪，就是有炮，你也不用担心。"

刘凤阁说："牛子，你敢肯定是王大满干的？"

刘黑牛说："姐，我不敢说百分之百是他，但在岭东岭西岭南岭北，在甘陶河流域山南川北一百单八村，能干出这种绑票勾当来的人还不多。这是秃子头上的虱子明摆着的。别看王大满平时斯斯文文的样子，肚子里装的是一副狼子心肠。况且他在南佐镇与日本人勾搭最多，与井上岩也有交情，这我心里有数。我猜测井上岩是怕他泄露军事秘密，想杀人灭口。"

高德显听了之后，神情有些激动，一边让柳细腰赶快去包饺子，办菜温酒，一边问："黑牛，你有什么办法对付他？"

刘黑牛没说别的，只让他等信儿。

第二天上午，王大满正在昔阳县的大碾坊做着一桩以戏子换金钱的美梦。

八月初，王大满得知八路军要打南佐镇的消息之后，就迫不及待地找到日本人井上岩寻求保护。这几年，王大满与井上岩的关系处得不错，日本人刚一进驻南佐镇的时候，从当地几位有钱人那里掠夺了不少物资和银圆，其中就有王大满的。开始，王大满也不情愿给，但后来见日本人不再敌视他，还时时处处给予保护，所以也就放心了，与日本人走得越来越近。眼看快打仗了，井上岩知道南佐镇守不住，早在暗中找好了退路，就是退到豆姬大炮楼上，等待时机进行反扑。井上岩见王大满来寻求保护，就看在以往交情的分上，派人把王大满一家送出了城。送走他们之后，井上岩才想起王大满等人很可能掌握着南佐镇重要的军事秘密，万一泄露给八路军，南佐镇必破无疑。于是他就指使当地的汉奸王大水连夜去追杀王大满等人，要求不留一个活口。

谁知，这王大水和王大满是南佐镇王家未出五服的堂兄弟，从小一起光屁股长大，虽说王大水已经成了铁杆汉奸，死心塌地要为日本人卖命，但与王大满毕竟是一个家族的兄弟,打断骨头还连着筋呢。王大水找到王大满说:"哥,你们不能在这儿住了,赶快另搬地方吧,搬得越远越好,从今往后,不管南佐镇发生什么事情,你都不能回来。"

王大满还没来得及问到底为什么,王大水就风风火火地走了。王大满也不敢怠慢,收拾了简单的行李,逃到了赞皇县的一个小山村。他们还没有站稳脚跟,就有人来骚扰,这才翻过了九龙关,进入山西昔阳境内,天明的时候就爬上了海拔两千多米高的大碾坊,把原来的三两家住户撵跑了,在这儿做起了山大王。可是,住惯了城镇的财主王大满哪能耐得住这穷乡僻壤的寂寞光景,就把一肚子怨气发到八路军头上,继而又发到十八盘村高德显的头上。因为,是高德显的儿子高长英带兵攻打的南佐镇,并且占据了他的一串大宅院。王大满心想:要是不给高德显点儿颜色看看,他们就不知道我王大满是干什么吃的!正好他听说高德显要盖大戏楼奠基,请了井陉南关有名的戏子小杜梨给他唱戏,于是,王大满就派人去把小杜梨掳到了大碾坊。他本想纳小杜梨为小妾,没想到他的这一念头点燃了夫人心中的妒火,偷偷地把王大满绑架小杜梨的事传了出去,才被捞鱼鹳等人探听了去。

正想着,王大满听见有人汇报说十八盘村来人了,他也不问清楚来的是什么人,就传出话来,说要与来人重新谈判。他的一个手下建议说:"老爷,再谈怕是要另生枝节的,我见来的那个人可不是善茬儿,长得很有派头,块头也足,我好像在哪儿见过他。"

王大满说:"什么来者不善,善者不来。小子,我看你是被人家倒腾怕了。来人有什么了不起的?反正小杜梨还在咱的手上,我只一句话,死活不放人,他再有派头,再有块头,又能把我王大满怎么样?他们要是逼急了我,哼,我就撕了票,看他高德显这场戏如何收场!"

那个手下的还想说什么,被王大满拦住,说:"你啥也别说了,快去告诉十八盘村来的那两个人,我有话跟他们重新谈。"

刘黑牛看看来人,心里就猜了个八九不离十,这大碾坊里住着的肯定是从南佐镇逃出来的王大满。刘黑牛在心里得意地说:好啊,王大满,你倒是会见风使舵,见八路军要占领南佐镇了,自己的生意做不下去了,就投靠了日本人，让日本人把你护送出南佐镇，找了这样一个僻静的山寨当起了山大王。哼，你今天犯在了我刘黑牛的手上，也算你倒霉。

想到这儿，刘黑牛对来人说："不谈，谈什么？没什么好谈的！请你回去转告你们老爷，他要的条件我都答应，还要谈什么？现在要他做的事只有一件，那就是让他把小杜梨领出来还给我，我一手领人一手交钱，从此往后，我们井水不犯河水，他当他的山大王，我做我的老百姓，快去吧！"那人又探头探脑地看了一阵，也不敢再说别的，转身回去了。

捞鱼鹳第一次领略了刘黑牛的厉害，说："黑牛叔，你真厉害！看样子，要是光我一个人来，人领不回来不说，没准儿让人把钱抢了去，还得反悔不认账。"

刘黑牛说："他敢！我还没给他通报我的姓名呢，这伙笨蛋！"

工夫不大，从大碾坊的树林里出来一伙骑马的人，正中央是一位长者，看上去好像有五十岁上下，他手搭凉篷往外面瞧看。他这一看不要紧，一见对面站着的是南佐镇赫赫有名的刘黑牛刘铁匠，便急忙滚鞍下马，一路小跑来到刘黑牛跟前，躬身施礼，说："哎呀呀，你看看，我这老眼昏花的样子，不知是刘铁匠到此，有失远迎，失敬，失敬！"

刘黑牛一见真的是南佐镇的大财主王大满，哈哈地笑了，说："王大满，果然是你呀！看来，我真的没有猜错。"

王大满说："怎么？刘铁匠早就知道我在这儿？"

刘黑牛摆摆手说："不，不是，不知道。可我一直认为你不会走远，这不，才离开南佐镇五十多里地，就是这山高了一些，地方偏僻了一些。这也好，山高皇帝远嘛，住在这人迹罕至的地方，没有人世的烦恼，你近来心宽体胖了吧？"

王大满说："哎呀呀，刘铁匠，你快别挖苦我了，我现在都成丧家之犬了，偌大的一个南佐镇没有我王大满的立足之地了呀！"

刘黑牛说："哪儿会呢？现在日本人让八路军赶出了南佐镇，依照八路军的宣传，咱南佐镇已经解放了，叫作什么敌后抗日根据地了，你也可以放心地回去了呀！"

王大满摆摆手说："得了，得了，刘铁匠，我早就听说了，八路军打下南佐镇之后，留下一个营的兵力驻防那里，我家的大院子也做了他们八路军独立营的营部，我回去往哪儿去住呀？再说了，共产党八路军的政府一直把我当成了通敌的汉奸，我现在回南佐镇就等于自投罗网，让人家逮住轻则坐牢重则杀头呀！"

刘黑牛说："不会吧，你在南佐镇也算得上一个有头有脸的人物，既有钱又有势，今天蒙此小难算得了什么呢？日后回到南佐镇，往大街上一走，照样风光，照样体面！"

王大满摇摇头，无奈地说："难啰！哎，刘铁匠，现在该说咱的正事了。井陉南关的戏子小杜梨确实在我的手上，但我现在不能马上让你把她带走。"

刘黑牛问："为什么？你反悔了？"

王大满说："不是我反悔，刘铁匠，这件事好像与你无关。"

刘黑牛挺了挺身板儿，说："王大满，你说错了。我来问你，你是从哪儿把小杜梨抢到手的？"

王大满说："刘铁匠，不瞒你说，我是从十八盘村把小杜梨接上山的。"

刘黑牛说："这就对了，告诉你王大满，小杜梨的事就是我刘铁匠的事！"

王大满看了一眼刘黑牛，一边往自己的马跟前走一边问："怎么讲？"

刘黑牛说："王大满，如果你老人家不健忘的话，你应该知道，我姐刘凤阁是当今十八盘村高德显的夫人，你从高家抢了人，怎能说与我没有关系呢？王大满，你今天就给我说句痛快话，小杜梨你是放还是不放？"

王大满支吾道："这……"

刘黑牛说："看来你王大满是欺我刘黑牛人少势单，那就一会儿再见吧！捞鱼鹳，咱们走！"说罢，转身就要走。

王大满一看阵势不好，忙叫住刘黑牛说："哎，我说刘铁匠，你生气了？"

刘黑牛站住，扭回头来，看着王大满，说："你王大满不生气，我生什么气？我生谁的气？只是我没时间跟你在这儿磨牙斗嘴。我得赶快回去，豆妪大炮楼上的井上岩等着我商量事呢。"

王大满问道："他找你有什么事商量？"

刘黑牛从容地说："除了你的事，还能有什么事？"

王大满一听，急切地问道："我的事？我的什么事？"

225

这时，刘黑牛一看王大满急了，自己倒沉住了气，找了一块石头坐下，拿眼睛斜视着王大满，说："王大满，你这人也太小气了吧，我和捞鱼鹳来到你的大碾坊半天了，也不说让我们进去歇歇脚喝口水，就让我们在这儿干晒着呀？甭说咱都是南佐镇的人，就是遇上一个外人，也该让一让啊！"

捞鱼鹳也说："就是，你还当南佐镇的大财主呢，真是太小家子气了，我看你也快完蛋了！"

王大满这才觉得，高德显派刘黑牛来大碾坊要人是选对人了。昨天他还猜测，高德显要么亲自来，要么就会派席匠刘黑丑来。因为刘黑丑办什么事都稳稳当当圆圆滑滑滴水不漏。王大满万万没有想到来的却是刘黑丑的弟弟刘黑牛。这刘黑牛在南佐镇可是个不大不小的人物，他打铁打得好，出自他手的大刀片儿，把日本人井上岩的战刀连削三截，而刀刃丝毫未卷，从此威名大振，就连日本人都敬他三分。

想到这儿，王大满的额头浸出了一层白毛汗。他脸上赔起了笑，对刘黑牛说："刘铁匠，这样吧，你现在就把小杜梨领回去吧，这几天，我可没让小杜梨受一点委屈。你回去告诉高德显高老爷，就说我王大满多有得罪了。"

刘黑牛说："王大满，你可要想好了，别我们前脚走，你就在后边放冷枪。"

王大满说："哎呀，哎呀，刘铁匠呀，你看这事闹的，真是大水冲了龙王庙，一家人不认一家人了，请你千万别生气，在这儿稍等片刻，我叫他们回去把小杜梨领出来，我要亲自把人交到你的手上才放心！"说罢，他怒斥手下的人说，"你们还愣着做什么，还不快去把小杜梨请出来！"

刘黑牛不屑看王大满一眼，而是仔细打量眼前这座山寨。山寨不大，几座石头砌成的屋子掩映在一片树林之中。眼下是深秋了，一阵秋风吹过，有几片树叶在空中飘着舞着。透过这片树林，就是远处的天际。天上的云朵宁静不移，偶尔传来一声雁鸣，为这天地更增添了一份苍凉高远的意境。

一会儿，有人把小杜梨带到了刘黑牛的身边，王大满说："刘铁匠，你把人领回去吧。你给高老爷捎个信儿，让他别记恨我就是了。"

刘黑牛在心里笑笑，看看王大满，又看看捞鱼鹳，说："那好吧，既然你老人家这么痛快，我也就不客气了,话我一定给你捎到,咱后会有期！"说罢，拉起小杜梨的手下山去了。王大满白忙活了一场,叹了口气,跌坐在椅子上。

## 水 3

对于林成来说,一个捕猎季节的开始或结束,都是针对狐狸进行的。今年的这个季节似乎来得比以往更晚一些。一般情况下,在甘陶河封河以后和开河之前,是林成针对狐狸展开捕猎行动的最佳时机。在这长达半年之久的战役中,林成图的不仅仅是斩获,而更多的是为了展示自己的才艺。而今年,九月都快过去了,还在打雷下雨,一场莫名其妙的秋雨使甘陶河的河水再次涨了起来。甘陶河从白勺关奔涌而出,经过三回六转,泱泱汤汤,蔚为壮观。河水一涨,让大河两岸的人们重新撑起了木船。但不论是划船的还是坐船的,心里都惶惶然不知所以。

此前,林成曾经与狐狸有过多次血与火的博弈。林成的体会是,只要用心尽力,就能天下无敌。人们都说林成身上长着虎骨豹胆,任何动物见了都怵他三分,林成却认为这都是人们的吹捧之辞。他只坚持一条,那就是只要自己认准的事情,就一直做下去,哪怕是一次又一次的失败也不要紧,终究会有成功的那一天。在十八盘村,林成有狐狸皮大氅,有蛇皮腰带,有虎皮褥子,别人谁有?没有啊!就连高德显、何玉棠这样的头面人物也没有。林成认为,这就是有本事的象征,这就是有能耐的体现,这就是让人佩服的资本。除此之外,说什么也没有用。

这一回,林成记起了祖传秘方,用三天的时间炮制了一百枚大红枣,盛在一个专用的瓷罐里。他选择了一个静静的黄昏,用筷子从瓷罐里夹出了三十枚大红枣,放在一个更加细致的瓷器里,让捞鱼鹳用船把他渡过卧龙潭,便独自一个人上了龙凤山。捞鱼鹳问他这么晚了上山做什么,林成一脸的严肃,说:"捞鱼鹳,你还问这个?我是做什么的,你又不是不知道。"

捞鱼鹳说:"你是做什么的,我怎么会知道!再说,天都黑了,你一个人上山,鬼才知道你去做什么呢。"

林成一想,捞鱼鹳说的不是没有一点道理,他一个要饭的,一个外来户,怎么会知道我林成在十八盘村的根底儿呢？于是，林成就在心里笑笑，不再搭理捞鱼鹳，转身走了。捞鱼鹳望着林成的背影一直消失在夜幕中，才摇了摇头，起身掉转船头回了十八盘村。

这时，天色已经彻底暗了下来，卧龙潭水像墨汁一样反射着幽蓝的光，吞没了捞鱼鹳和捞鱼鹳的大船。连日来，高家用了不少人在龙凤山卸梨，梨卸下来没地方存放，就在马场临时搭起了席棚，金黄色的雪花梨堆成了一座座小山。捞鱼鹳心想，今年高家的事办一件砸一件，惟独东平台的五谷和龙凤山的水果是大好收成，眼看着又是一个五谷丰登仓廪盈实的年景。然而，包括捞鱼鹳在内的高家所有人都高兴不起来。远的不说，仅仅是戏子小杜梨被人抢掳一事，又一次让高德显和刘凤阁陷入了尴尬境地。这不，刘黑牛让捞鱼鹳今夜陪他去昔阳大碾坊往回要人，也不知是凶是吉。捞鱼鹳突然觉得，在这个世界上，不仅穷人活得累，就连高德显这样富甲一方的财主，照样活得挺累。

林成今天的目的地是龙凤山滴水岩。前一阵子，林成在滴水岩附近发现了一个狐狸群，据他目测，这个狐狸群大大小小不下五十只，其皮毛也是形形色色，有浅灰的，有深灰的，有淡黄的，有暗红的，更有洁白的。林成知道，人活百岁不多见，狐狸千年始成精。他以前听说过这样一则故事：说是一个猎人在荒郊野外追起了一只白狐，那白狐跑着跑着突然停下来蹲在地上玩石子，它把石子抛在空中，然后用嘴接住，放在前爪上，再抛起来。那猎人觉得狐狸分明是在小瞧他轻视他忽略他，便一枪打过去，想让那狐狸粉身碎骨。然而，他明明看见那狐狸被击中，掉到了石头下边，可猎人跑过去，却看见一位白胡子老头坐在那里翻腾衣裳。猎人问道："老人家，你看见一只狐狸掉到这儿了吗？"老头说："没有啊！"那猎人又问："老人家，你在这儿做什么呢？"老头说："寻虱子呢。"后来人们传说，那个白胡子老头，就是狐狸变的，他要寻的虱子，其实就是那枪子。

林成听了这样的故事并不以为然，他认为，凡是害人的东西，都必须格杀勿论。他突然觉得刘黑丑前年冬天说的那部《聊斋志异》，情节荒唐，人物虚妄，主观臆造，惑人心志。那些狐狸精蜘蛛精还有屈死鬼的所作所为，都是子虚乌有，都是想入非非，都让人笑掉大牙。为此，林成和翚睁眼还唇枪舌剑地辩论过多次，一直辩论到昏天黑地。因为犟睁眼就希望有朝一日在龙凤山在盘云寨在杀虎尖上与某个狐仙幽会一回，也弄出点花花事来，但最终还是没有。可是，犟睁眼仍不死心，他专门就此事问过刘黑丑，这有没有可能？刘黑丑笑而不答。刘黑丑不是不回答，而是不能回答。鉴于刘黑丑的表情，犟睁眼还在坚信，一切皆有可能。

最近，林成发现这群狐狸经常诡秘地出现在东平台西平台和村子周围的许多地方。更有甚者，前天晚上，林成家的鸡窝被盗，两只正在下蛋的母鸡，一只死在了窝里，一只不知去向。林成根据留在现场的蛛丝马迹分析判断，得出一个结论：这起案子不是黄鼬干的，而是狐狸所为。于是，林成就决定治一治这群害人精。

林成一路上放置了三十枚大红枣，当夜就在龙凤山高家的一座马厩的草料堆里蜷缩下来。他想在第二天一早顺原路返回卧龙潭，依次将剩在路上的大红枣收回，防止人和其他动物误食以致死命。第二天，令他心惊肉跳心潮澎湃兴奋不已兴高采烈的情景出现了：他发现最早放置在离甘陶河卧龙潭不远处的那两枚大红枣不见了。林成的第一反应是，他的头皮一阵发紧，心想，坏事了，莫非让捞鱼鹳吃了？然而，他眨眼又一想，捞鱼鹳昨天并没有跟他上山，那时天早已经黑了，捞鱼鹳即使上得山来，也绝不可能发现脚下有大红枣。林成这才转忧为喜，禁不住咯咯地笑出声来，心想，都说狐狸狡猾，哼，狗屁！人们平时是怎么说的？狐狸再狡猾也斗不过好猎手啊！

林成立即开始在卧龙潭附近展开搜寻。他知道，这回配制的药饵是剧毒，叫作低头吃抬头死，人吃了走不出五步，牲口吃了十步就死，狐狸要是吃了一定会死在百步之内。然而，林成在附近的山崖坡地和河边草丛找了半天，别说是狐狸了，就连一根狐狸毛也没看见。林成就觉得有些蹊跷有些怪异了。上次他用此方腌制了五只柿子，结果一下子在白勺关附近的山崖上药死了五只狐狸，他用这五只狐狸的皮缝了一件狐狸皮大氅，在十八盘村十足地风光了一把。在那段时间里，林成似乎不再是林成，他简直就是神仙，就是天下第一，就是独一无二。林成的老婆马音音在十八盘村也着实地露了一阵子脸，她也觉得自己不再是马音音，不再是林成的老婆，而是天仙，是天下第一夫人，在十八盘村独一无二。眼前的事让林成百思不得其解，他自言自语道："这回是怎么了？怎么就不灵了呢？怎么就失手了呢？莫非少放了哪一味配料？"林成掰着手指头一二三四地数了一遍，没有啊！莫非自己记错数了？不可能呀！他出门的时候还认真地数了一遍呢。那么，这到底怎么了呀？见鬼了吗？

林成想来想去，没有想出个所以然来。庆幸的是，也没有发现其他死亡的动物。于是，林成长叹了一口气说："唉，如此看来，只有今晚再试了。"

这天晚上，林成又沿此小路放置了三十枚大红枣，同样在第二天早晨去收，结果在滴水岩响马洞附近又少了两枚。林成就更加惊奇了，昨天少了前两枚，今天少了后两枚，这是怎么回事呢？林成顾不上多想，急忙在响马洞附近寻找，结果还是一无所获。

事到如今，林成的胆子就有些小了，一个人坐在滴水岩下的大石板上寻思，莫非真的遇上狐狸精了？不会呀！他这回配制的药经过反复的实验，光老鼠就毒死了六只呢，怎么在狐狸身上就一点作用也没有呢？

林成尽管胆小，但还是不服气，到了第三天的黄昏，林成刚走到滴水岩下面的一个弯道上，正在放第二十九枚红枣时，忽然听见头顶有人在说话。林成的头发根立刻就倒立起来。他蹲下身子一动也不敢动，屏息静听，听到了一句话："快看，他又来了。"

林成拍了拍自己的耳朵，从耳底发出雄浑的回响。没问题啊！听风听雨，还是那样的清晰，还是那样的明白啊！怎么在这荒郊野外会有人说话呢？

林成站起身来，紧走两步，登高一望，只见龙凤山上的旷野起伏蜿蜒，茫茫然一片孤寂。近处是高德显家的梨树林牧马场，远处是何玉棠家的桑树林红土地，低处是澎湃而去的甘陶河，高处则是繁星点点的苍穹。此时此刻，林成立在天地的中央，却失去了往日的英雄气概，心在怦怦狂跳，腿在瑟瑟发抖，目光在六神无主地投射，脑袋也在不由自主地膨胀和飘移。

忽然，林成又清晰地听见了一句："喂，你们看，是他。"

林成这时放心了。他断定不远处有人发现了自己。于是，他就把身板挺了挺，放开喉咙呐喊道："谁呀？我是林成！"

林成的喊声在龙凤山上回荡着，飘升着，弥散着，直到消失殆尽，也没有得到任何回应。

林成刚想再喊，忽又听见一声话语："是吧，是他！"

林成又往高处走了走，大声呼喊："哎，你们在哪儿？我是林成！"喊罢，林成就朝四下瞭望。秋风从林成的面颊上刮过，有一缕浓郁的梨香乘风而来，撩拨着他的心脾。林成踮起脚尖朝四下看，仍然是高德显家的梨树林、牧马场，还有旷野、风声、苍穹、繁星。这时，林成又听见话语声："喂，喂，看什么看？说你呢！"

林成觉得这声音就在自己跟前，又朝四下看看，却什么也没有，只有嗖嗖的冷风扑棱棱刮过，摆弄着他的衣袖和裤脚。这时，林成才有点儿害怕了。开始还以为是给高德显家看山喂马的人呢，后来觉得不像是，因为声音挺嫩的。但林成毕竟是拿枪的人，跺一下脚，咳嗽一声，就天不怕地不怕了，就天下老子数第一了。他借着淡淡的星光再次环顾四野，似乎远处的荒丘开始缓缓地起伏移动，梨树上黄澄澄的雪花梨开始放射光芒。

一阵风飘来，又隐约送来这样的声音："走了，走了，别理他！"

林成这才真的害了怕，顺着脊背唰唰地淌下了冷汗。林成举起枪，朝天放了一枪，刺耳的声响在高原上回荡。在枪声的回荡中，林成急急忙忙地奔下龙凤山，蹚过甘陶河，穿过三十亩坪，回到自家的茅草屋，躺在土坯炕上，竟然一宿没合上眼睛。他一合上眼睛，就听见那稚嫩的声音，就看见那移动的荒丘，就看见那梨树上的光芒。

老婆马音音发现了林成这异常举动，问他怎么了。他才心有余悸地说："我今天药狐不成，怕是遇上狐狸精了。"

马音音面无表情地说："林成，你去当兵吧！"

林成看了马音音一眼，没理她，他认为老婆是在说胡话。

马音音又说："林成，你这一辈子打打杀杀的，杀了无数不会说话的生灵，就是没杀过人。你要是当了兵，手里有了机关枪，就能杀人。杀人比杀猪獾过瘾啊！"

林成一听老婆这么说，觉得她是在羞辱他诅咒他嘲笑他。于是，林成怒道："放你娘的狗屁！"

## 水 4

刘黑牛和捞鱼鹳刚走,柳细腰就哭啼着去找刘凤阁,说她这辈子不嫁男人,就在高家当用人,哪儿也不去了!

刘凤阁不解地问:"细腰,你今天这是怎么了?是不是黑牛欺负你了?"

柳细腰只是掉眼泪,不说话。

刘凤阁心里明白,自从她嫁到高家,柳细腰就一直侍候她,尽管柳细腰是高德显前夫人的贴身丫头,但刘凤阁一点也不嫌弃。而柳细腰也没有因为前后两个夫人的脾气秉性文化修养以及生活习惯的不同而感到无所适从,很快就适应过来,一是因为她聪明伶俐心眼儿开朗眼皮儿活泛手脚灵便;二是因为她善于动脑,把主人交办的每一件事情都做得天衣无缝无可挑剔;更主要的是因为刘凤阁知书达理善解人意,她不以自己的生活习性来改造高家的人和环境。刘凤阁常说,高家好比一辆车,自己只是一个坐车的人。因此,几年下来,她这个后娘在高家扎扎实实地站稳了脚跟,不仅成了高德显的主心骨,还博得了包括柳细腰、捞鱼鹳等人在内的所有人的尊敬和信任,甚至是折服。

刘凤阁对高家任何人的心思都了如指掌,但她万万没有想到,柳细腰会在这个时候突然说出不嫁人之类的话。自从兄弟刘黑牛说出要娶柳细腰为妻的话之后,刘凤阁还没顾得上探察柳细腰的心思。她见柳细腰和从前一样整天乐呵呵的,就把这事给放下了。今天,既然柳细腰自己说出来了,刘凤阁觉得这事也应该说道说道了。她把柳细腰拉到身边,说:"哎哟,你说说,这倒是为什么呀?难道你又相中其他男人,不喜欢我家黑牛了?"

柳细腰摇摇头,把脸扭到一旁抹泪。

刘凤阁笑盈盈地说:"那就怪了,不是相中别的男人,又不是不喜欢黑牛,怎么他刚一走,你就说不嫁人了呢?"

柳细腰把脸扭过来,对刘凤阁说:"昨天黑夜我做了一个梦,梦见有人来咱家给我提亲,你哭了,我就觉得是你舍不得让我出嫁,干娘,是这样吗?"

刘凤阁一听,释然地笑了,说:"你真是一个傻孩子!闹了半天是为了个梦呀！好了，那就改天再说。细腰，明天一早，咱俩去何家把灵芝接回来，然后你就过去伺候她。"

第二天，刘凤阁和柳细腰把何灵芝接回了高家。刚把灵芝安顿好，捞鱼鹳就从门外跑了进来，差点儿把刘凤阁撞倒，说："大姐，从盘云寨上下来几个人，是当兵的。"

刘凤阁问："骑马没有？"

捞鱼鹳说："没骑马，但有枪。"

刘凤阁说："废话，当兵的哪个没有枪！走，领我去看看。"

他们刚走到门口，却见迎面站着几个八路。其中那个大个子，好像在哪儿见过。刘凤阁的大脑急速地转了一圈，对了，想起来了，是他！但没等她张嘴说话，只听那大个子说："大姐，我要是没猜错的话，你就是刘凤阁。"

刘凤阁也胸有成竹地说："我要是没猜错的话，您就是秦司令员。"

旁边一位当兵的说："你猜对了，他就是我们的司令员。"

刘凤阁上前一把拉住秦司令员的手，说："哎呀呀，司令员，可把您给盼来了！快进屋里说话！"

秦司令员爽朗地笑笑，对身边的人们说："怎么样？是我找到的吧？"说着话，他们一行就进了高家大院。

刘凤阁一边安排捞鱼鹳去高家大戏楼工地叫高德显，一边安排柳细腰沏茶倒水包饺子，说："司令员，您这是从哪儿来呀？怎么也不提前捎个信儿来。"

秦司令员在院中央的石桌旁坐下，把身上的盒子枪摘下来放在石桌上，问道："大姐，家里有烟吗？"

刘凤阁说："只有旱烟。"

秦司令员说："对，对，我要的就是旱烟，北方的旱烟抽着来劲！"

刘凤阁说："司令员，您快别叫我大姐，叫我凤阁就行。"

秦司令员看看刘凤阁，说："不行，大姐，我这人不习惯喊别人的名字，在部队上喊职务喊惯了。大姐，我听说你们刚给我们独立营营长高长英娶了媳妇，能不能把营长的媳妇叫出来让我认识认识呀？"

刘凤阁这才恍然，对呀，高长英不跟我见面，我怎么就没想到去见他的

233

司令员呢？今天，秦司令员找上门来了，别管他们有什么事，我得把长英和灵芝的事给他说说。想到这儿，刘凤阁笑盈盈地对秦司令员说："司令员，这事您也听说了？"

秦司令员用手刷刷地卷着喇叭筒烟，说："我怎么会不知道呢？高长英在南佐战役中，带领三连第一个打开了东城门，第一个打到了城墙上去，为解放南佐镇立了头功，是我批准他回来完婚的。如果我没记错的话，是农历八月十六。可后来有人给我报告，说高长英当天晚上就回到了南佐镇，回到了独立营的作战室。我让他来黄北坪给我报告情况，他见了我只是傻笑，就是不说婚礼的事。我把他逼急了，他就给我要任务。大姐，那天家里到底出了什么事？"

刘凤阁说："司令员，真是不好意思，我们的家事也让您费心了。"

刘凤阁刚说到这儿，高德显从门外进来，刘凤阁迎上去，说："德显，你看谁来了？是秦司令员。"

高德显紧走两步，上前握住秦司令员的手，话还没说出口，眼泪就溢了出来。

何灵芝也从后院过来，见院子里来了这么多生人，不敢说话，径直来到刘凤阁的身边。刘凤阁拉起何灵芝的手，往秦司令员跟前推推，说："司令员，她就是你要见的人，何灵芝。"

秦司令员说："灵芝？是灵芝草的那个灵芝吗？"

刘凤阁说："是，就是灵芝草的灵芝。"

秦司令员上下打量着灵芝，说："灵芝，我刚才到你家去了，你父母说你在婆家，我们就来了。我知道你们的事之后，把高长英狠批了一顿，差点派人把他押送回来。独立营刚打了一次伏击战，虽然胜了，但我还是责令长英给我写了检讨书。灵芝，长英他对不住你呀！今天，我替高长英在这儿给你道歉了！"说着，秦司令员向何灵芝深深地躬下身子。

高德显忙上前去搀秦司令员，说："哎呀，司令员，您这不是折她的寿吗？"

何灵芝也说："司令员，这我可不敢当。"

秦司令员对何灵芝说："灵芝，话又说回来，你也要理解我们八路军。长英他不仅是个当兵的，还是一个带兵打仗的，当营长要是跟一般人一样了，那就不正常了。再说，眼下战事正紧，对于军人来说，打仗才是第一任务啊！"

何灵芝说："司令员，这话不用您说，我懂。"说罢，何灵芝就把脸藏到刘凤阁身后了。

这时，高德显早已止住了哽咽，对秦司令员说："司令员，你快别叫他营长了，我听着别扭！长英这小子都快把我气死了！"

秦司令员停了一下，说："老哥，凡事都有一个起因。长英不是没规矩的人，他在部队上做事总是一板一眼中规中矩，所以，他才能从士兵一步步当上营长。老哥，在部队这几年，我比你了解他。"

高德显又拉住秦司令员的手，说："可是，司令员，到现在我也搞不明白他为什么突然从婚礼上跑了。"

秦司令员安慰道："老哥，以后慢慢会知道的。你身体还好吧？"

高德显扫了一眼刘凤阁，看到刘凤阁给了他一个十分自信的眼神，就说："还好。"

秦司令员拍拍高德显的手，说："老哥，这就好，把身体搞好，是最要紧的。长英那边你就放心，有我呢，我会想办法让他回来的。"

刘凤阁始终拉着何灵芝的手，心中忐忑地问："司令员，长英他是不是病了？"

秦司令员说："没有啊，八月十六之后，我见过他几次，他好好的，就是说话比以前少了。噢，对了，好像抽上了烟。请你们放心，他现在是独立营的营长，虽然是独立营，但同样是八路军的正规部队。在南佐镇外围的敌人还没有全部被消灭的情况下，独立营的作战任务很重，他当营长的，带那么多的人，面对那么强大的敌人，心理压力肯定会有的。不过，现在我们八路军已经开始了战略反攻，各部队之间展开协同作战，赶走日本鬼子的日子不会太远了。"秦司令员转身又对何灵芝说："灵芝，你有什么话要给长英带吗？"

何灵芝的脸唰地一下红了，低下头去摆弄她的秀发，一声不响。

刘凤阁捅捅何灵芝，说："灵芝，司令员跟你说话呢！"

何灵芝抬起头，对秦司令员说："司令员，你见了长英，告诉他，我生是他的人，死是他的鬼。让他一心一意带兵打仗，多杀日本鬼子，别往我灵芝脸上抹黑，别往十八盘村人的脸上抹黑！"

秦司令员说："灵芝，你放心，你这话我一定给长英带到。"

何灵芝突然又说："司令员，请您给长英捎点东西好吗？"

秦司令员笑笑说："好啊，你去拿吧！"

何灵芝当着众人的面，从怀里掏出剪刀，沿着右耳鬓剪下一绺头发，用手绢包上，递到秦司令员的手里。当她抬起头时，人们发现她的眼眶里全是泪水。何灵芝上牙咬着下嘴唇，二话没说，扭头朝后院跑去，在场的人全部愣住了。

听说秦司令员来了，十八盘村的人们从四面八方聚了过来，把高家大院挤得满满当当。林成和六指抢占的位置最好，一个在司令员左边，一个在司令员右边。秦司令员对大家说："乡亲们，不瞒大家说，我每一次来十八盘村都能受到感动。刚才大家都看到了，何灵芝剪下一绺头发，让我给长英带去，这说明了什么？说明灵芝姑娘有文化有涵养，说明灵芝姑娘深明大义，说明灵芝姑娘义重情长，她没有觉得高长英对不住自己，没有打心眼儿里恨长英。因为她知道现在是非常时期，她知道在甘陶河流域许多地方还在日本侵略者的占领之下，她知道只有全国人民团结起来，踊跃参军，壮大队伍，奋勇杀敌，才能把这伙强盗赶出中国去，才能在这太行山上，在这甘陶河畔享受太平日子。但是，我们也看到了灵芝姑娘眼睛里的泪水，透过这泪水，我们能够体会到她内心的痛苦。可是，她的痛苦不仅仅是她一个人的痛苦，还是我们大家的痛苦，还是我们整个中华民族的痛苦。我作为军人，心本来是铁打的，但刚才我的心疼了，我的心软了。这就更激起了我们抗日的信心和勇气。为了人民，为了更多像何灵芝这样的姑娘不再伤心不再痛苦，我们必须同仇敌忾，勠力同心，早日把日本强盗彻底消灭干净，还山川以清风朗月，还人民以安宁幸福！"

秦司令员的讲话被林成的一声高喊打断，只见林成在秦司令员的身边振臂高呼："参加八路军！支援八路军！打倒小日本儿！"

林成的喊声，一下调动起人们的情绪，随着刘黑丑大声附和着，一村人都跟着喊了起来。

秦司令员举手示意大家停下，继续说道："在这里我要告诉大家，日本鬼子嚣张的日子不会太长了。不过我们每个村庄，我们每个人，都还面临着很大的危险，随时随地都有遭到敌人袭击的可能，切不可掉以轻心，我们都要有做最艰苦战斗的准备，也要有牺牲生命的准备。"

林成又带头高呼了一阵口号。

秦司令员把话题一转，说："那天我在河西碰上咱十八盘村的一位老哥，问他人们晚上做什么，他说每天晚上听刘黑丑说书唱歌。我觉得好奇，问他听什么书唱什么歌。他说听《三国演义》，唱《在太行山上》。这很好嘛！以前我只知道刘黑丑是个编席匠，没想到他还是个说书匠。现在我提议，让刘黑丑再给大家唱一段他自编的《太行谣》，好不好？"

人们响应着欢呼着，整个十八盘村又激昂了一回。

这天夜里，秦司令员在高德显家的后院召开了一次秘密会议，议定在甘陶河上架设一座浮桥，要赶在河水封冻以前完工。另外还秘密发展了几个组织成员。

从此，何灵芝就像是变了一个人，不再扭捏，不再羞涩，不再失意和沮丧，给这座暮气沉沉的院落带来了阳光和欢乐。她提出要做的第一件事就是到厨房包饺子。她的这一要求让刘凤阁多少感到有些意外，但刘凤阁紧接着发现，何灵芝在提出这一要求之后，脸上再也没有了忧愁和烦闷，而是一脸的稚气和兴奋，两根长长的辫子一条搭在胸前，一条搭在身后，发梢都快拖到地上去了。她一边洗着手一边对刘凤阁说："娘，我在家的时候剁过馅儿擀过皮儿，就是两只手笨得包不好。"

刘凤阁说："那是包得少的过，包多了，自然就包好了。"

何灵芝说："我娘见我干活的样子笨，索性就不让我干，非等我不在家的时候，她自己一个人干。"

刘凤阁说："其实在这儿也用不着你下厨房，有我和柳细腰就够了。再说，你可别忘了，你还是咱高家的新媳妇呢。"

何灵芝说："新媳妇怎么了？新媳妇就不让干活了？多一个人不是多两只手吗？"

柳细腰插嘴道："那可不一定，有时候人多手稠了倒不出活了。"

何灵芝看看柳细腰，说："妹子，你是不是嫌弃我？"

柳细腰知道说走了嘴，忙改口说："不，不是，嫂子，我是说……"

刘凤阁接过话茬儿说："细腰也是好意。她看见你的辫子都快拖到地上去了，就想让你歇着去。"

何灵芝说："辫子可以盘起来嘛，娘，你说是不是？你快帮我把辫子盘起来吧！"

刘凤阁笑了，说："你看你，你来做活，还得让别人侍候你。"

何灵芝一听，咯咯地笑了。

刘凤阁和柳细腰见了，也随着笑了起来，快活的笑声填满了厨房，飞出了院子。

晚上，何灵芝不让柳细腰睡在她的房内。刘凤阁放心不下，说："孩子，还是我来陪你吧。"

何灵芝说："不用了，娘！"

刘凤阁叹了一口气，说："傻孩子，这样吧，我去前头安排一下，一会儿过来陪你睡。"

这天晚上，刘凤阁又和何灵芝睡在了一盘炕上。灯影下，两个人说了一会儿话，却谁也睡不着，刘凤阁说："灵芝，你带着针线活了吗？"

何灵芝说："带着呢。"

刘凤阁说："能不能拿出来让我看看。"

何灵芝说："算了吧，娘，我的针线活针脚太粗，看不得。"

刘凤阁说："怕什么，我一开始学做针线活的时候也是，横线缝不平，竖线缝不直，为此没少挨我娘数落。"

何灵芝说："我的命好，我娘从来不说我，所以，我老也进步不了。"灵芝说着话，和衣下地从柜子里取出了一只绣盘和一团彩线，快走到炕沿儿跟前的时候，又把东西藏到身后，说："真的，娘，你看了可不许笑话我。"

刘凤阁点点头，说："傻孩子，快给我，娘不笑话你就是了。"

刘凤阁接过绣盘一看，见是一幅鸳鸯戏水图，心就酸了，说："孩子，花绣得蛮好的，比我强。"

何灵芝说："娘，看你说的，我哪敢跟你比，我是闹着玩儿的。"

238

刘凤阁说:"闹着玩儿就绣得这么整齐干净,那要是认起真来还了得?"

何灵芝说:"娘,我做什么事情好像从来没有认真过,总是马马虎虎不当一回事,就是在听我干爹说书的时候认真,一个字也不落下。"

刘凤阁说:"他说的那些书我都看过,哪有那么吸引人!书上的情节和人物叫他来回一编,再添枝加叶一番,就热闹了。"

何灵芝说:"娘,我干爹也说,看景不如听景。"

刘凤阁说:"所以,你不要光听他说的那一套。"

两个人正说着话,一阵风从窗棂外吹进来,把灯影弄得斜里斜歪地晃了几下,灵芝忙用手护住。刘凤阁说:"睡吧,明天咱家要用不少人上山运梨,早晨起来得蒸馒头。"

何灵芝任性地说:"娘,我不困,您先睡,我再绣一会儿。"

头一声鸡鸣透过窗棂传了进来,刘凤阁说:"听听,鸡都叫了,快睡一会儿吧。"说罢,噗地一下,把灯给吹灭了。

灵芝哎哟哎哟地叫道:"娘,你怎么不说一声就把灯吹灭了?我还没盘头呢!"

刘凤阁这才想起灵芝的长头发,说:"哎呀,你看我这记性,把你这事给忘了。"说着,她摸着火柴,重新把灯点上,坐起来说:"灵芝,我来给你盘吧。"

何灵芝没说话,乖乖地靠在了刘凤阁的肩膀上,说:"娘,你真好!"

刘凤阁说:"好什么好,这两天还新鲜着呢。你这当媳妇的,迟早得厌烦了我这个当婆婆的。"

何灵芝说:"不会的,娘,别的我不敢向你保证,这个敢。"

刘凤阁说:"敢保证不跟我生气吗?"

何灵芝肯定地点点头,说:"娘,什么时候长英不回来,咱娘儿俩就在一起睡,好不好?"

刘凤阁的心好像被刀子剜了一下,手一松,刚盘好的头发又散落开来。

何灵芝问:"娘,你怎么了?"

刘凤阁说:"没怎么,好像是困了吧。"

何灵芝说:"不是的,娘,你是不想过来和我一起睡。"

刘凤阁扶起灵芝,说:"孩子,不是我不想过来,我来了,你爹他怎么办?"

何灵芝一听凤阁这么说,忙改口说:"娘,就三天,你就再陪我三天好不好?"

刘凤阁说:"孩子,我是逗你玩儿的。娘就依你,什么时候长英不回来,娘夜夜都过来陪你睡。可是,咱得先说好,等你熟悉了高家的环境,等你的翅膀硬了,等我老了,腰弯了,牙掉了,头发白了,你也不能嫌弃我。"

何灵芝一把搂紧了刘凤阁,说:"哎呀,娘,哪会呢!"

## 水 5

陈元从井陉南关回来,在何家大牌坊的施工现场,向十八盘村的人们宣布了一条重要消息,说他写的字体有名了。

犟睁眼凑上前来问道:"陈老师,你写的字叫什么体?"

陈元得意地说:"海底捞月!"

众人都还没有反应过来这海底捞月是什么东西呢,犟睁眼的心里就猛地颤了一下,自言自语地说出两个字来:"完了。"

没想到从犟睁眼的嘴唇上随便蹦出来的这两个含混不清的字音,让卷毛鹰悉数听了去,卷毛鹰追问道:"犟睁眼,什么完了?谁完了?"

犟睁眼这才意识到自己说走了嘴,但他马上镇静下来,回答道:"字!"

卷毛鹰不解地问:"什么字?"

犟睁眼反问道:"还有什么字?"

卷毛鹰又问:"谁的字?"

犟睁眼又反问道:"还有谁的字?"

陈元还沉浸在亢奋之中,没在意犟睁眼和卷毛鹰的对话内容,对何玉棠说:"何老兄,我这次去井陉南关可没白跑一趟,见到了几位书法高人,他们对我的大字给予了很高的评价,还说我的字有'力拔山兮气盖世'之气概。有一位姓吴的老先生看了半天也不说话,我向他请教,他只一个劲儿地点头,就是不说话。最后，五台山的明谒法师替我向吴老先生邀名，吴老先生才启口说道：就叫个'海底捞月'体吧。经吴老先生这一点拨，所有在场的人无不啧啧称奇。"

陈元老师越说越兴奋，何玉棠也跟着高兴起来，说："吴老先生是不是根据你字中的竖笔给取的名字？"

陈元老师说："那可不，他说我写的字中的每一竖笔都有千斤的力气，笔画虽收，但势犹未尽，字虽写完，而气仍在运行。"

何玉棠说："我虽然不懂得书法，总结不出什么道理来，但总觉得你写的字中的竖笔有力量，吴老先生不愧是行家，真是一语中的。"

陈元老师说："当下有一位老先生认为叫'海底捞月'不妥，建议叫作'滴水穿石'体，同样是说那些竖笔有穿岩凿石的力度。人们议论来议论去，还是一致觉得吴老先生说的'海底捞月'比较准确恰当，就定下来叫'海底捞月'了。"

何玉棠说："既然陈老师的字得到了书界高人的认可，我看是不是这样，咱在明年三月三海瑞祠庙会上给陈老师搞一个隆重的命名大会，把方圆左近的书法高人都请到十八盘来，一来给陈元老师的书法扬名，二来给咱十八盘村冲一冲晦气，你们说行不行？"众人一致附和着说好。

这时，刘黑丑走上前来对何玉棠说："玉棠兄，明年是不是晚了些？我建议就在今年把这事办了。"

何玉棠说："好啊，今年就今年，那就定在腊月初八。陈老师，你从现在就开始拉名单。"

陈元不好意思地说："何老弟、黑丑，这事又得让你们两个操心了。"

何玉棠说："陈老师，你就不要客气了，你的事就是我们大家的事。我想，命名大会会址就选在海瑞祠，费用由我承担。"人们听着这些议论，不住地向陈元老师投去羡慕的目光。

深秋的太阳向地面播撒着一缕又一缕散淡的光芒。这一缕一缕的光芒追随着那些飘离树干的叶子，让它们呈现出斑斓耀眼的色彩。

犟睁眼挤出人群，见林成一个人在盘道上裹足不前，而且一脸的恍惚，便上前询问道："林成哥，你这是怎么了？一副愁眉苦脸的样子，是不是遇上什么难办的事了？"

林成抄着手,看了犟睁眼一眼,叹道:"唉,倒也没遇到什么难事,就是三天了,我在龙凤山上放了毒红枣,每次都少两枚,却不见狐狸的尸首,我正为这事纳闷儿呢。"

犟睁眼说:"怪不得呢!哎,我说林成哥,我早就对你说过,你都把我的话当成耳旁风了。这人哪,做什么就得吃什么亏,你整天不是舞枪弄棒,就是用邪法毒药算计狼虫虎豹以及狐狸猪獾蟒蛇什么的,怕到头来是要吃它们的亏的。"

林成说:"犟睁眼,你是说我迟早得让狐狸精给害了?"

犟睁眼摆摆手说:"林成哥,我没那么说,这话可是你自己说的。"

林成说:"那你刚才说的话是什么意思?"

犟睁眼说:"没什么意思。陈元老师说他写的字体有名字了,有高人给他的字送了一个名字,叫作'海底捞月',他还在那里穷美呢。依我看,那高人不是看透了陈元的字,而是看透了他的命。"

林成听到这儿,立即警觉起来,眨了眨机灵的眼睛,问道:"犟睁眼,依你看,陈元老师这个人的命运会怎样?"

犟睁眼说:"其实那高人早告诉我们了。"

林成又问:"告诉我们什么了呀?"

犟睁眼说:"海底捞月呀!"

林成继续问:"海底捞月怎么了?"

犟睁眼说:"林成哥,你是在装傻吧!海底捞月,到头来还不就是一场空嘛!林成哥,你怎么聪明一世糊涂一时呢?"

林成故意装出愚讷的样子,说:"都一样,都一样啊!"

十八盘村的六指当上了高长英的警卫员。

今天,六指奉命回十八盘村给刘凤阁送信。心眼机灵的六指临行前拐到东关刘黑牛的铁匠铺,问有没有东西要捎。刘黑牛说:"我刚从十八盘回来,你去问问我娘。"六指就去问。老太太说:"你回去告诉凤阁,就说我想去十八盘村住一阵子,让她来接我。"六指说:"姥姥,您现在能跟我一起走吗?"

老太太摇摇头说:"我过两天才去呢。"

就这样,六指只给刘凤阁捎来了这个口信,关于高长英的消息却只字没有。六指正说要走,忽然被刘凤阁叫住。刘凤阁对六指说:"六指,你一当兵就当上了警卫员,可是不简单,快回去告诉你爹娘和媳妇一声吧!"

六指怕被新媳妇缠住,忙说:"那可不行,部队上有纪律,我这是执行任务,不是回家探亲。"

刘凤阁说:"哪能分那么清楚!就算是执行任务,路过自己的家门口了,还不能顺便进去看看?"

六指说:"可不是不能咋的!当兵的跟一般的老百姓就是不能一样了,我们必须说一是一,说二是二,不能马马虎虎拖泥带水的。"

刘凤阁说:"六指,你才当兵几天,就跟你们营长一样了?哎,六指,你们营长的那两个警卫员呢?"

六指说:"有一个还在,另一个前两天回去给他母亲送殡,还没回来,听说他不回部队了。"

刘凤阁问:"为什么?"

六指说:"他在家讨上了媳妇。"

刘凤阁摸摸六指的头,见湿漉漉的,心疼地说:"孩子,你不回家也行,那就在这儿吃了饭再走。"

六指牵着马的缰绳说:"那可不行,一吃饭就要耽误事!"

六指早已拿定主意,任凭谁留也不能答应。他刚要出高家的大门,却被高长命拦下了。

高长命说:"六指,你走我不拦着,但这匹马你得留下。"

六指急了,说:"长命哥,你为什么要扣我的马?"

高长命说:"为什么?我这就告诉你,这匹马是我们高家的,是我哥前两天从九龙关打劫去的,多的我不敢去要,这一匹让我看见了,你就得给我留下!"

六指不给,长命就来牵马。六指岂敢放这匹战马,在战场上,马匹和枪支都如同生命一样重要。他用马鞭指着高长命说:"长命哥,没有营长的命令,

243

我不能将它留给你！"

高长命说："六指，你少给我来这一套！你知道你们营长是谁吗？"

六指说："知道，他是我们营长啊！"

高长命说："错了，他是我哥。你回去跟我哥说，就说是我硬把马给留下了！"

眼看六指就要急出泪来了，只听院里有人咳嗽一声，发出了苍老的声音："混账东西，你又在这儿滋什么事呢？"

众人一看，是高德显拄着拐杖立在大门口，正怒视着高长命。

刘凤阁说："德显，你来得正好，看这事该怎么办？"

高德显冲着长命说："长命，你爹我还没死呢，在高家还轮不上你小子说话呢！快让六指走！"

六指哪还能走得了！在高家门前的老槐树下早已聚集起上百号人，把道路堵了个严严实实。犟睁眼和老婆葛氏，林成和马音音，葛掌柜和老婆齐氏，还有六指刚过门的穿红夹袄的小媳妇等等，六指的脑袋嗡地一下就大了。他索性也不走了，动作麻利地跳到一块大石头上，挺了挺腰板儿，大声说道："爹，娘，媳妇，还有乡亲们，我今天是奉命到十八盘村执行任务，不是回家探亲。现在我的任务完成了，得马上回南佐镇跟高营长报告。今天我就不能回家去了，在这儿也算见着面了，请大家散开吧，我在这儿求求你们了！"

六指的话音刚落，他的小媳妇就从人群里挤了过来，从六指手里接过马的缰绳，对六指说："六指，上马，我送你出村！"

人们这才让开一条路。在村口，小媳妇把缰绳递到六指手上，六指飞身上马，嗒嗒嗒地上了十八盘盘道。

高德显听说凤阁娘要来十八盘，就让刘凤阁赶紧准备。刘凤阁对高德显说："德显，我等的不是这个信儿，而是关于长英的消息！"

高德显叹道："唉，这小子的心怎么一下子就野了呢？"

刘凤阁说："要是不打仗就好了。"

高德显问："灵芝知道了吗？"

刘凤阁说:"我还没跟她说呢,我怕跟她说了,又惹她伤心。"

高德显自言自语地说:"长英他为什么不提战马的事呢?他不提就算没事了吗?"

刘凤阁探询道:"德显,长英缴获的那六十匹马驹,你打算怎么办?"

高德显说:"怎么办?你说呢?依着我,他就得一匹不少地给咱送回来呀!八路军宣传的可是不拿群众一针一线的呀!"

刘凤阁说:"德显,这恐怕不好去说吧!依我看,干脆顺水推舟,不要了,你写信告诉长英,就说咱支援抗日了。"

高德显一听,便沉静下来。

高德显正和刘凤阁在屋里说话,刘黑丑从外边走进来。高德显说:"黑丑,你来得正好,快给我拿拿主意。"

刘凤阁从椅子上站起来让刘黑丑坐,刘黑丑没坐,笑着问:"德显,你让我给你拿什么主意?我能拿你什么主意?"

高德显说:"你说长英他从九龙关截获的那批战马就这么不明不白地拉倒啦?他是不是在搞清楚那些马的来路之后,应该给咱一个说法呢?"

刘黑丑在椅子上坐下,没先正面回答高德显的问话,而是说:"德显,让我先抽你一锅烟。"

高德显把大烟斗往怀里撤了撤,说:"不行,你得先给我拿主意!"

刘黑丑说:"德显,看来我今天在你这儿是讨不出一锅烟抽了。"

高德显问:"怎么讲?"

刘黑丑说:"这不明摆着的嘛!我先要烟抽,你不肯给,等我给你拿了主意,你就更不给了。"

高德显把手一挥,说:"得,黑丑,用不着你给我拿主意了,你们的心思我全明白了。"

刘黑丑嘿嘿一乐,说:"德显,你明白什么了?我看你是什么也没明白。"他趁高德显刚装好一锅烟丝之际,把烟斗一把抢了过来。刘凤阁在一旁见了,说:"看你们两个,都还像小孩子。"

刘黑丑一边抽着烟一边严肃地说:"哎,德显,咱说正经的,你是不是想让长英把在九龙关缴获的那批战马给送回来呀？"

高德显说："那是自然！我觉得这样做不过分。"

刘黑丑使劲抽了一口烟，从嘴里喷出一大团浓烟，说："德显，我说一句话，你别嫌不好听，你的想法压根儿就不该提出来，那是不可能的！"

高德显嗫嗫嘴，说："依着你，我高德显就得眼睁睁吃了这次亏？"

刘黑丑说："德显，其实你并没有吃亏呀！你好好想想，那批马前两天在龙凤山上，归高长命管，是咱高家的财产，现在，那批马在南佐镇八路军独立营的手里，归高长英管，他们兄弟两个都是你的儿子，放在哪头不都一样啊？"

高德显立即反驳说："黑丑，你别胳膊肘往外拐，拿这话来蒙我。他们两个都是我的儿子，这没错，但现在，长英是部队上的人，他凭什么占有我自家的财产？"

刘黑丑也反驳道："德显，长英那不叫占有你自家的财产，而是从日本人手上缴获的战利品，理应归公的。再说了，打仗期间，一切都得服从战争需要。那批马甭说是长英他们从九龙关缴获的日本人的，就是他们派人亲自到龙凤山去牵一批马，你也不能拦着吧？"

刘黑丑见高德显不说话了，就接着说："德显，我看这事就算了吧。八路军手里掌握着长命通敌的证据，要是他们认真追究起来，把这事交给地方政府来处理，政府随便给长命定个什么罪，那咱家可就在这甘陶河流域山南川北一百单八村出大名了，你好好掂量掂量，是不是这个道理！"

刘凤阁在一旁插话道："长命早把卖马的那笔钱拿出来了。依我看，这钱咱一分一文也不动，就是怕以后说不清楚。"

刘黑丑问："一共有多少钱？"

刘凤阁说："一千八百块。"

刘黑丑庆幸地说："这就好。要是他与日本人交易成了，我们更亏得慌。"

这时，高德显对刘黑丑说："黑丑，快把烟斗还给我吧！"

刘黑丑把烟斗在鞋帮上磕了磕，递给高德显，说："德显，你看我这屁股沉的，我本来是想叫你去大戏楼工地看看的，没想到在这儿管起闲事来了。走，德显，我看戏楼的地基多少有点儿问题。"

高德显说："不会吧，有贾先生在那儿，能有什么问题呢？"

刘黑丑说："去看看再说吧。"

二人说着话，就走到了高家大戏楼的工地，正赶上敖敖咆哮着要阻止施工。刘黑丑上前问敖敖为什么来这儿胡闹，敖敖也不理睬刘黑丑，直冲贾定桩说事。敖敖问贾先生说："昔阳姓贾的，你拿了高德显多少银子，让大戏楼的东北角直冲我家的大门，我家的两囤蚕茧让雨水给泡了，肯定是你在这上面做了手脚的。"

贾定桩只是一介书生，文弱至极，像有一阵轻风吹在他身上就会立刻倒下去一样。他今天听敖敖这么一说，心里也没了底，觉得自己是外乡人，在这赫赫有名的十八盘村万一冒犯了谁，可不得了。他正想找话反驳敖敖，见高德显来了，便立刻打起了精神，指着敖敖的鼻子说："你是干什么的？你懂个屁呀！你见我做什么手脚了？你说我在哪儿做手脚了？你知道吗？男人说话可要负责任的，计后果的，知道不知道！"

敖敖把脖子一拧，说："贾定桩，你别跟我来这一套！你也不问问我是谁，竟敢这呀那呀地教训我，哼，我今天既然来了，就不打算走了，你们高家人多势众怎么啦？我看你们能把我怎么样！你们要是再敢动一砖一瓦，就别怪我何敖敖不懂事了。"

敖敖说着话，一屁股坐在了地上不动了。高德显一见这阵势，心又无序地跳动起来。从前，他不怕何家的人，现在他怕了。自从高长英离家出走后，自从大雨冲了"八卦黄河阵"后，高德显在人前就像是没了腰似的再也站不直了，尤其是在何玉棠和敖敖等人的面前。眼看这事不好收场了，刘黑丑走到敖敖跟前耳语了几句，敖敖这才停止了闹腾。

# 火 10

天黑的时候，高长英从屋里出来，迎面被一群人拦住。高长英还以为是十八盘村的人呢，定睛一看，喊了一声"司令员"，就奔人群中的那个大个子去了。

秦司令员用手势制止住高长英，说："你给我站住！离我远点说话。"说罢，上前一步抓住高长英的胸襟,说:"你小子今天给我说实话,你到底在发什么神经?人家何灵芝哪一点配不上你这个当兵的?你把人家一个人扔在洞房里就心安理得?你一个人拍马跑了,让你父母的脸往哪儿搁?高长英,我告诉你,要不是大敌当前,我非把你撤了不可!"

高长英刚想说话,又被秦司令员截住,说:"高长英,我命令你在半个月之内回去看看何灵芝,过年之前把家里的事给我弄清了,不然,我就让人去十八盘村把何灵芝请到你的营部来!"

高长英请求道:"司令员,留下来吃饭吧,好不好?上次你到南佐镇吃早饭没能吃上驴肉火烧和羊杂汤,今天一定能吃上。"

秦司令员摆摆手,说:"高长英,你别给我套近乎。上次虽然没吃上,但你们给我拿下了南佐镇,我心里高兴。这次你做的事,让我很没面子。"秦司令员一边说,一边让警卫员把从十八盘村捎来的东西递给高长英。

高长英问:"司令员,这是什么东西?"

秦司令员说:"你自己打开看看!"

高长英把大包放到鼻子下一闻,闻到了烟叶味儿,说:"谢谢司令员赐烟。"

秦司令员让他打开看看里面的小包,高长英说:"司令员,等你跟我回去后,我再看也不迟吧?"

秦司令员说:"高长英,那就迟了,现在就看!"

高长英无奈,只好当着众人的面打开了洁白的手帕,见是一绺乌黑发亮的头发,一下刺痛了他的心,眼睛直勾勾地发起呆来。

秦司令员见到了火候,说:"高长英,我告诉你,那包烟叶是你母亲亲手给你包的,那绺头发是何灵芝当着我的面从她的鬓角上铰下来的。你知道她对我说了一句什么话吗?"

高长英低着头说:"司令员,我知道,她一定骂我了。"

秦司令员在高长英的肩头狠狠地擂了一拳,说:"我的高营长,你错了,你低估了灵芝姑娘的智慧和水平,你辜负了人家对你的一片痴情。灵芝姑娘一句埋怨的话也没有,甚至没掉一滴眼泪,她只让我告诉你,她生是你的人,死是你的鬼,让你一心一意带兵打仗,多杀日本鬼子,别往她的脸上抹黑,别往十八盘村人的脸上抹黑。娶这样深明大义的痴情女子做媳妇，是你祖宗八辈修来的福分呀！高长英，你怎么就不珍惜，随随便便就扔掉了呢？你说，你到底是为什么呀？"

高长英把小手帕装进上衣口袋，拉住秦司令员的衣袖，说："司令员，你今天该说的说了，该打的打了，现在该回去吃饭了吧？"

秦司令员说："高长英，我今天可没给你戴帽子。你知道你犯了哪条纪律了吗？"

高长英装傻充愣，说："不知道。"

秦司令员说："你破坏了抗日军民关系，损坏了八路军的形象，这还不够严重吗？所以，你的饭我就不吃了，驴肉和羊杂汤你自己留着吧！"说罢，转身就走，任凭高长英怎么拦怎么留，最终还是没留下。

秦司令员纵马绝尘而去。

望着秦司令员一行骑马远去扬起的烟尘，高长英的心竟然平静了下来。这回他没有像攻打南佐镇时听到秦司令员要进城吃早饭的命令那样紧张。刚才，秦司令员给他下了一道弹性较大的命令，半个月之内回一趟十八盘村，年底前把家里的事处理好，太容易了呀！再说，目前局势是这样，五天之后会是怎样呢？十天之后又会是怎样呢？高长英把一直攥在手里的两枚石子装进衣服口袋，让随行的副营长赵贵喜通知排长以上干部到营部开会。

高长英在南佐镇独立营营部召开排以上干部大会，做攻打豆妪大炮楼的战前动员讲话。他把他的左脚踩在院中央的一块大青石上，身子向左倾斜着，但看上去仍是山岳一般坚强有力。他的右手没有拿别的东西，只握着一枚大烟斗。烟斗里没有烟丝，他也从来不准备盛烟丝的荷包和火镰火柴之类。他虽然手不离烟斗，却一般不去抽，也总不放下，老是在手里握着，说话时，拿烟斗的右手不停地在胸前或头顶挥着动着。人们不解，但谁也不敢去问。

高长英说："同志们，上级首长已经同意我们打豆妪大炮楼了！哎，你们先不要高兴，我今天把你们找来，是想给你们泼一泼冷水。"

副营长赵贵喜说："怎么？营长，你让我通知大家来开会的时候，可是说要下达战斗命令的，怎么说变就变成泼冷水了？"

一连连长姚大愣说:"营长,战士们的士气正旺,仗还没开始打,你先给我们头上泼一瓢冷水,这是什么意思?"

三连连长李大个儿也说:"营长,大愣说得对,现在是鼓士气的时候,不是泼冷水的时候。"

二连连长刘海往前挤了挤,慢条斯理地说:"营长,我们连自从打下南佐镇以后,就一直没有动过枪炮。上次在九龙关打埋伏,你也没让我们连伸手,战士们差点剥了我的皮。刚才听说我要来开会,有几个排长班长非要吵吵着跟我来,怕我一个人要不回任务来,所以,我连他们也带来了,你看着办吧。"

高长英举着大烟斗在空中挥挥,说:"同志们的心情我理解,你们当连长的,你们当排长的,还有那些当班长的,特别是战士们,都想在战斗中杀敌立功,因为我当兵也是从战士当起的。可是,这回打豆妞大炮楼不同于打南佐镇,也不同于在九龙关打埋伏。你们想一想,打南佐镇的时候,我们有上级首长坚强有力的指挥,我们有兄弟部队的紧密配合,我们有当地老百姓的大力支持,况且我们只负责一个方面的进攻任务,我们打好了,全局就胜利了,我们打不好,还有兄弟部队的支援,最终的胜利肯定还是属于我们的。前两天,我们在九龙关打埋伏没费吹灰之力,是因为我们事先获得了准确的情报,又及时调动了部队,加上我们选择了一个有利的地形和一个有利的时机,更有老天爷的帮忙,我们才大获全胜。你们说说,我分析得有没有道理?"

会场的人们一个个听得不住地点头。

高长英看看席地而坐的连长排长们,接着说:"而打豆妞大炮楼的形势却大大地不同于以往了。我研究了好几天,觉得狗日的豆妞大炮楼不好对付。一则,豆妞大炮楼居高临下,视野开阔,又凭借豆妞火车站这道天然屏障,无论从东南西北哪个方向看,都有一二百米的缓冲带,没有任何障碍物可作掩护,所以,不利于我们对大炮楼实施偷袭。二则,豆妞大炮楼构筑坚实,火力强大,而且供给充足,日本人井上岩肯定会誓死坚守,负隅顽抗,挽回丢在南佐镇和九龙关的面子,所以,不利于我们实施强攻。三则,长期以来,盘踞在豆妞火车站和豆妞大炮楼里的敌人经常对周边地区进行"扫荡",对老百姓进行镇压,尤其是躲在那座高高的炮楼里的日伪军,有事没事就朝路上的行人和牲畜打枪,已经在人们的心理上造成了巨大的震慑，所以，不利于我们做好群众支援工作。四则，我们的老百姓已经忍受了长达七年之久的凌辱，七年之久的压迫，现在虽然到了翻身解放的时候，但还是害怕强大的敌人，担心引火烧身，担心家破人亡，担心血本无归。"

一连连长姚大愣听到这儿，从地上站了起来，看看高营长，急切地说："营长，五则你就不要再细说了。要照你这么一说，那豆妪大炮楼咱干脆就别打了，有你这一则二则三则四则，让我们还怎么给战士们做工作？让我们拿什么去给战士们鼓舞士气？让我们想什么办法去拔掉这颗钉子？"

姚大愣这么一说，会场上的气氛顿时紧张起来。高长英把身子也站直了，脸色也沉了下来。副营长赵贵喜一看局势不好，就站起身来高声对姚大愣说："大愣，你着什么急嘛！你听营长把话说完嘛！我听营长的分析是有道理的嘛，战前不把困难估计充分，不把步骤安排好，打起仗来怎么会有章法，怎么保证取得胜利嘛！"

赵贵喜一连说了几个"嘛"，会场立刻安静了下来，姚大愣也坐了回去，高长英的脸色也平静了许多。赵贵喜看看高长英，说："营长你接着说。"

高长英继续说道："同志们，我刚才说的话，猛一听是有点儿长敌人的威风，但我丝毫没有灭我们自己志气的意思。副营长刚才说的，其实就是我的基本想法。这两天，我围绕这些客观因素做文章，反复地琢磨来琢磨去，就是要想一个万全之策，一举拿下豆妪大炮楼。我想来想去，觉得这一仗就好比是虎口拔牙，困难不小啊！我今天在这儿要提醒大家的，就是千万不能轻敌。打南佐镇时我们费了不少周折，也付出了沉重代价，是什么原因呢？我认为只有一条，那就是轻敌：对敌人的力量估计不足，对我们的力量估计过高，对井上岩这个人没有分析透彻，对南佐镇的工事估计不足，对我们的作战能力估计不足。狗日的井上岩放出骑兵，马踏我们三连阵地，砍伤我们十几个弟兄，就是我们轻敌的表现。井上岩这狗日的，就像狐狸和兔子一样狡诈。他早就放出风来，说要死守豆妪大炮楼，与大炮楼共存亡，却天天在豆妪火车站待着，随时准备溜之大吉。所以，这一回上级把豆妪大炮楼这块硬骨头交给了我们独立营，说明什么呢？就一条，就是对我们独立营的信任，所以，我们必须打好这一仗，不辜负上级和老百姓的信任。大家说，是不是这样呢？"

二连连长刘海站起来说："营长，既然上级已经批准我们打豆妞大炮楼了，我们就应该马上组织行动，不能再贻误战机呀！你就下命令吧，这一仗我们保证打不孬！"

高长英冲刘海摆摆手里的烟斗，说："刘海，你说这话我信。我先说说我的想法，大家讨论讨论，然后再做决定。我想要拿下豆妞大炮楼，是不是可以分三步走。第一步，对其实施封锁和围困。这一步很难做到，主要是因为有豆妞火车站的缘故，只要铁路不断，狗日的井上岩就可以源源不断地得到补给。我们要想尽一切办法，不让井上岩得到武器、粮食和水，也就是说，要对进出大炮楼的所有人员进行射杀，火力不见得有多猛烈，但必须要准确，要有杀伤力。这一步由你们二连来组织实施。第二步，要彻底搞清楚豆妞大炮楼和周边地区的火力部署，想方设法瓦解敌人的阵营，消磨他们的斗志。这一步由工兵连负责。第三步是组织战术进攻，由一连负责实施，下来以后我们再细商量怎么打。总之，打豆妞大炮楼是一个整体战，不管进行哪一步，不管你负责哪一项战斗任务，心里都要装着全局，任何人都不能冒险盲动，没有百分之百的把握不能行动，就是十拿九稳也不行，都听见没有！"

三连长李大个儿接茬儿大声吼道："没有！"

高长英愣了一下，问："李大个儿，你怎么回事？吃了炸药了？"

李大个儿瞪大眼睛看着高长英，说："营长，怎么没我们三连的任务？我回去怎么跟战士们交代？"

高长英见李大个儿急了，自己就把性子按住，说："我给你留着更艰巨的任务呢。"

李大个儿摸摸脑袋，问："什么任务？"

高长英指指他的脑袋，说："你自己动动脑筋，看能不能找到你的任务。"

李大个儿央求道："营长，你就别卖关子了，快告诉我，你让我们三连赴汤蹈火，我保证不眨眼睛！"

高长英说："李大个儿，你给我听好了，你的任务是佯攻豆妞火车站，牵制敌人不能增援大炮楼。"

李大个儿一听，咧开大嘴笑了，说："营长，这还差不多。"

人们听到这儿，都觉得高营长说得有道理，但不是十分过瘾。尤其是二连连长刘海在背地念叨：以往跟着高长英打仗，总是说干就干，说什么时候开拔就什么时候开拔，说什么时候宿营就什么时候宿营，说打防御就打防御，说打进攻就打进攻，从来不像今天这样磨磨叽叽拖泥带水，先搞个一则二则三则，后又分了个一步二步三步，唉！

高长英做了这样的部署之后，让人们散去，他带着副营长赵贵喜和三连连长李大个儿趁着夜幕的掩护出去了。

就在这天黄昏，刘黑牛让徒弟大黑去南街烟酒铺买了两桶枣木杠酒的酒头原浆，说他要去豆姬大炮楼和井上岩喝酒。大黑担心师傅的安危，说："师傅，我陪你去。"

刘黑牛说："大黑，你陪我去可以，但你必须给我装哑巴，一句话也不能说。"

大黑点点头，说："师傅放心，装哑巴我会，不管他们问我什么话，我都咿咿呀呀地比画。"

刘黑牛问："你比画什么？"

大黑说："比画抡大锤吧。"

刘黑牛高兴地说："好，好，你就比画抡大锤。"

晚上，刘黑牛和大黑师徒二人取道豆姬火车站站台上了豆姬大炮楼。现在，通往大炮楼的所有道路全部被封锁了，只留下火车站站台一条通道。从火车站站台到大炮楼也就五百米左右的距离，却设了四道岗哨，每个岗哨都有牵着狼狗的日本兵把守。刘黑牛手里有井上岩开的路条，曾经来过多次，这些日本兵和狼狗对他似曾相识。大黑是头一次，日本兵和狼狗觉得陌生，眼睛里直往外放射阴光，围着他转个不停，吓得他两腿直打战。

经过日本兵的三盘四问，二人才上了大炮楼。井上岩没想到刘黑牛深夜来造访，尤其还带着一个生人。刘黑牛佯装微醉，往桌子上一坐，说："太君，他是我的徒弟，是个哑巴。"

井上岩疑惑地说:"哑巴?你们中国匠人选择徒弟,怎么会选择哑巴?"

刘黑牛说:"太君,你是有所不知,用哑巴的好处太多了,其中最大的好处,就是他不会表达,这就意味着他不会把手艺传授给别人,你说是不是?"

井上岩还想试探,大黑就给他比画抢大锤,跟着节奏,嘴里咿咿呀呀地喊着。

刘黑牛示意大黑停下,说:"太君,你真不够朋友,多长时间了,也不请我喝酒。今天我带来点儿好酒,咱俩来个一醉方休。"

井上岩说:"刘铁匠,今天不比了,你已经喝了酒,起点不一样。改天咱俩都不喝酒,站在一个起跑线上再比,如何?"

刘黑牛说:"不行,我来一趟不容易,得把这酒喝了!"

井上岩摆摆手,说:"刘铁匠,这样吧,改天咱搞一次赛马会,赛完马再赛喝酒,你看如何?"

刘黑牛见井上岩眼里射出挑衅的光束,就应了下来,说:"好,好,时间你定,地点我定,怎么样?"

井上岩摇摇头,说:"不,时间我定,地点也我定。"

刘黑牛说:"也罢,就听太君的。"

# 火 11

犟睁眼在去往苍岩山的檀树林里发现了一堆新鲜的而且可疑的粪便,又在不远处看到两个碗大的蹄印。犟睁眼的第一反应是,林成又有事可干了。犟睁眼随后马上意识到,刚刚从这儿走过去的肯定是一只庞然大物,也是他迄今为止见到的最大个儿的蹄印。他分析,不是花斑虎,就是金钱豹。什么叫虎在深山,不鸣自威啊!犟睁眼号称是十八盘村最大胆的人之一,此时此刻,他的后背也冒出了一串串汗珠子。犟睁眼没敢再往檀树林里走,而是一路飞奔回到村里,直接奔林成家而来,把他的发现告诉了林成。

林成听了犟睁眼绘声绘色的描述,开始还不以为然,忚斜着眼睛盯着从犟睁眼额头上迸出的那几粒晶莹透亮的豆瓣汗。看了多时,林成才说:"犟睁眼，你有没有看错呀？你看到的会不会是一堆牛粪啊？"

犟睁眼摇着脑袋摆着手说："不，不会，绝不会！"还没等林成说话，犟睁眼又补充说："不，不是，绝不是！"

林成说："不是什么？"

犟睁眼说："林成哥，不是牛粪！牛粪我认识。"

林成说："你见过的牛粪是什么样子的？"

犟睁眼说："牛是吃草的，粪便里头哪会有猪毛？"

林成一听犟睁眼这么说，眼珠子在眼眶里滴溜溜转了一百二十个圈儿，提示犟睁眼继续说下去。

犟睁眼说："林成哥，我什么时候哄骗过你？我见的那堆粪里有猪毛，还有白生生的骨头渣儿。你要是不信，现在我就领着你打上灯笼去看现场。"

林成见犟睁眼今天说话信誓旦旦的样子，不免有些信了。他摸了摸自己的脑门子，说："犟睁眼，这可就怪了呀！你说那是老虎，可这方圆左近偌大的山地，甘陶河流域山南川北一百单八村，我哪儿没到过，却从来没听说过有什么老虎，更没有见过老虎的蹄印和粪便。金钱豹我倒见过，却没注意过它的粪便。狼见的更多，而狼的粪便都是野核桃一样大小不等的硬蛋蛋，里面也有猪毛什么的。这样吧，明天一早，我跟你去现场看一看。"

犟睁眼说："林成哥，为什么要等到明天一早？"

林成说："根据我的经验，任何大的动物都是昼伏夜出的，只有老豹是中午前后才出来活动，我想老虎也是这样。听说过武松打虎的故事吗？那武松就是邻近傍晚时在景阳冈上碰上老虎的。所以，明天一早去，才不会有危险。"

同一天，一个相貌俊俏的少妇来到南佐镇八路军独立营营部，推门要进，被警卫员六指拦住。六指说："这位大姐，你到这儿有什么事？"

少妇说："你是问我吗？"

六指说："这儿又没有旁的什么人，我不问你问谁去？"

少妇说："哼！有什么事？这儿是我的家，没事就不让进去了？"

六指一看那少妇的脸色沉了下来，也严肃起来，啪地一下，给少妇打了一个敬礼,说:"大姐,对不起,这里是八路军独立营营部,没有营长的命令,谁也不准进去。"

少妇神色激动地指了指六指的鼻梁,愤怒地说:"你有没有搞错呀?这儿是我的家,怎么住上当兵的了?我爹呢?我娘呢?"

六指听少妇说到这儿,也不便再拦,说:"你爹娘是谁我不知道,你告诉我你叫什么名字,我进去向首长通报一声,再给你回话,你看行不行?"

少妇说:"真是奇怪了,我才走了半年多,世道咋就变了?我叫王月儿,你快去通报,我要回家!"

工夫不大,六指从院子里走出来,见少妇正在打量周围的环境,神色有些紧张。六指说:"王月儿大姐,我们首长让我告诉你,这串院子在一个多月前就做了八路军独立营营部,大院的主人听说是让日本人送出了南佐镇,去向不明。他请你进去说话。"

王月儿一听,愣了半天才说:"小兄弟,你刚才说什么?你说我的爹娘让日本人送出了南佐镇?至今去向不明?你们也都不知道吗?"

六指一边听一边点头,领着王月儿进了院子。王月儿问六指道:"小兄弟,你们首长是谁?"

六指说:"你要问我们首长是谁,我要是告诉了你,可别吓你一跳。"

王月儿说:"怎么,他不会是一只老虎吧?"

六指说:"哪能呢!要说我们首长,可厉害啦!他当八路军才三年多就当上了独立营营长。前年打娘子关的时候他还是战士,胜利之后被提拔为班长。去年打九龙关时立了功,被提拔为排长。今年打南佐镇的时候他还是连长,胜利之后立即被提拔为营长。日本人一听我们营长的名字,吓得都尿裤子;日本人的战马一听到我们营长喊杀,吓得都往地上趴。"

这时,高长英从屋里出来,笑笑说:"六指,你要把我吹到天上去是不是?我哪有那么厉害?你就是王家大小姐吧?"

王月儿上前一步说:"首长,我是半年前才离开南佐镇的,那时候还没听说八路军要打南佐镇呢。怎么这么快你们就把日本人赶跑了?你们真的不知道我爹娘的下落吗?"

高长英从北房的台阶上下来,对王月儿说:"八月初五我们开始进攻南佐镇,一直打了三天才打开城门,见这座大宅院没人住,根据上级指示,我们独立营就进驻这里,这里就成了独立营的营部。"

王月儿看看高长英,忐忑不安地问:"日本人把我爹娘弄到哪儿去了?你们一点儿也不知道吗?"

高长英说:"据当地人说,你家的老人在我们发起进攻的前三天就搬走了,具体搬到哪儿去了,我们确实不知道。光听说是井上岩亲自派人护送他们出城的。"

王月儿听罢掩面哭了起来。

高长英说:"王月儿,你这是从哪儿来呀?"

王月儿没有回答高长英的问话,说:"我能不能冒昧地问一句?"

高长英说:"可以呀!"

王月儿问:"你是不是十八盘村高德显的儿子?"

高长英回答道:"是呀,我叫高长英,你怎么会知道?"

王月儿用手帕擦了擦泪光莹莹的眼睛,说:"刚才这位小兄弟夸你的时候我就猜到是你了,你的名气大,不仅日本人知道,就连阎锡山的晋绥军也知道。我与你的后娘刘凤阁是亲同手足的姐妹,从小一起长大,又一起在赞皇城念书,后来,她嫁到了十八盘村你们高家,我也嫁了人,随丈夫到了京城。没想到——唉,不说这些了,凤阁她好吗?"

高长英支吾道:"好,她很好,听说前两天她还来过南佐镇呢。"

王月儿显然再次激动起来,说:"唉,既然现在我无家可归了,这就去十八盘找刘凤阁,她一定会收留我的。"

高长英说:"今天天气不早了,是不是明天一早我派人把你送到十八盘村?"

王月儿说:"那就太麻烦你们了。"

消息传开,南佐镇的人们这才知道,财主王大满的女儿王月儿又回来了。

这天,形容憔悴的高德显让人去叫何玉棠和刘黑丑等人过来议事,中心话题就是怎样对付葛掌柜领人勘察东平台西平台，以及在卧龙潭上架设浮桥的事。

高德显让刘凤阁吩咐柳细腰把前两天南方朋友送的茶叶沏上，再去厨房炒几个小菜，他自己去里屋取出一坛陈年枣木杠酒。看样子他心情不错，要跟何玉棠喝上两盅。

何玉棠一进大门就闻到了浓郁的酒香。他一见到高德显，就说："亲家老兄，我和黑丑又不是外人，你何必这样客气。"

高德显在脸上浅浅地笑了一下，说："亲家兄弟你多日不来了，我让凤阁她们少弄几个菜，咱边喝边聊。正好黑丑能喝两盅，你就陪陪他。"

刘黑丑说："咱先说事吧。一会儿喝多了，怕说走了板。"他先透露了这样一个消息，近来葛掌柜领着人在十八盘村到处转悠，放风说东平台西平台是铜矿，还说要在卧龙潭上架设浮桥等等，其实他幕后是有人的。这人就是日本人，就是井上岩。井上岩前不久在南佐镇吃了败仗，逃到豆妪大炮楼之后，名义上被降了职，实际上又得到了一个更重要的委任，那就是在太行山上发现并开采矿藏，筹建兵工厂。同时，井上岩还制定了进攻八路军设在井陉县苍岩山和赞皇县李家庄的两家兵工厂的计划。为了报复独立营，井上岩又把十八盘村作为首选攻击目标。

高德显听了之后，脸色又暗了下来。他从桌上摸起刚刚制成的柏木疙瘩烟斗开始抽烟，一口浓烟咽下去，导致了一阵剧烈的咳嗽。这枚烟斗是用高长英新婚前夜从杀虎尖顶的岩石缝里弄下来的柏木疙瘩削刻而成的，颜色呈褐红色，沉甸甸的，笨头笨脑的样子，一次能装一大把烟丝。伴随着高德显的咳嗽声，烟雾再一次缠绕住他的面颊，屋内的空气也随之陷入凝滞。

何玉棠看看坐在一旁的刘凤阁，说："凤阁，说说你的看法！"

刘凤阁过去在这样的场合向来不多言语，但自从当了十八盘村妇救会主任之后，各种场合她都发表自己的意见。她见何玉棠让她说，就站起身来为他们三个人倒水，一边倒一边说："我认为这件事单凭我们几家的力量，单凭我们一个村的力量，怕是不能顶住。但我们也不能老捂着盖着，应该马上去给区政府县政府报告，给秦司令员报告，请上级给咱拿主意才对。上次为修浮桥的事，我哥问过秦司令员，司令员同意，让我们抓紧备料，不能让日本人占了主动。"

何玉棠点头称是，说："是啊！你和我想到一起了。我们这儿离区政府远，离黄北坪司令部近，明天我就去找秦司令员汇报。"

高德显沉闷地叹了一口气，说："唉，那天秦司令员来，怎么就把这事给忘了个干净呢？"

刘黑丑对何玉棠说："还是我去吧。凤阁要是不说，我还想不到司令员呢。就连长英的事，我们也该早去找司令员，没想到，司令员早就知道了，还专为这事来了一趟十八盘村。"

刘凤阁说："哥，你要去黄北坪，顺便到南佐镇绕一下，看看长英这阵子怎么样！"

刘黑丑说："放心，我去黄北坪，必须经过独立营的防区。"

高德显突然说："黑丑，你去正好，回来时到白城口走走，替我看看雪花梨的行情。"

这一年，龙凤山的雪花梨又是个大年，整个一座山垴的梨树枝满桠沉，橙黄色的果实坠在上面，有的呆头呆脑，有的神气活现，微风一吹，金光闪烁，四野飘香。

林成和犟睁眼没心思欣赏这些景致，他们二人到现场走了一遭，证实了犟睁眼的猜测和判断是正确的，确认在卧龙潭以西的山地已经有了诸如老虎或金钱豹之类的大型动物的踪迹。这时，萌动于林成少年时代的一个愿望又开始蠢蠢欲动。在回十八盘的路上，一个大胆而且宏伟的捕猎计划在林成的心中酝酿生成。

自从毒杀狐狸失败之后，林成就自己劝说自己，人在这个世上做事，成功了千万不要自满自得，失败了千万不要气馁放弃，这条道路行不通了，再去寻找另一条路，绝对不能一条道走到黑，绝对不能在一棵树上吊死。大凡生活在世上的物种都有自己的生存法则和生命链条，都会按照自己的生存方式与其他物种发生关系，在发生关系的过程中，优者胜，劣者汰，弱肉强食，这是毫无疑问的道理。但是，林成还知道，自古有魔高一尺道高一丈之说，也就是说天外有天，人外有人，尺有所短，寸有所长。所以，无论成功与否，无论是费尽千辛万苦而终未尝胜果，还是天上掉下馅饼意外发财，都必须泰然处之、沉着冷静、外圆内方、秀外慧中。任何的得意忘形、骄傲自满、自暴自弃、因噎废食都是不足取的。

现在，林成已经从前两天斗狐狸失败的阴影中解脱出来，正以一种崭新的精神面貌投入到今天的新生活新事业之中，正以一种旺盛的战斗情绪投入到今天的新战斗新使命之中。

这天一早，林成蹲在大院西南角宽大阔绰的茅房之内，在面前的沙盘上开始排兵演阵。他用一根木棍勾勒出十八盘村四周几条大峡谷和几条大山梁的交叉垭口的轮廓。他在每一座垭口处都画了一座别致的小房屋，又在小房屋的旁边画了一个问号。林成一二三四地数了一遍，一共是十六座。这十六座小房子，就是林成将要精心打造的捕获老虎或金钱豹的机关，林成别出心裁地把它叫作"梦子"。在林成独具匠心的想象中，这种完全用巨石砌成的只有进口而没有出口的建筑物，就是老虎或者其他大型动物的坟墓。他要在这样的建筑物里面设置一个机关，一个致命的机关，再以鲜活的小动物做诱饵，引诱老虎或金钱豹入内。然而，老虎等一旦进入，一旦接触到那诱饵，身后的插板便会咔嚓一声落下来，断了来者的退路。到这个时候，任凭再凶悍再残忍再狡猾的动物也只有束手就擒引颈受戮了。

林成越想越来精神，越想越来兴致，越想越自鸣得意，越想越觉得胜券在握，仿佛他已经在每一道山梁的每一个垭口建起了"梦子"，已经在每一个"梦子"里头设置好了暗道机关，甚至他已经扼住了老虎咽喉。他不由自主地哼起了转"黄河阵"时唱的那首童谣："四四方方一座城，住着三百六十兵。天天夜里来操练，个个头上甩红缨。"这时，林成以前在听刘黑丑说《水浒传》中梁山好汉武松打虎那段书时油然而生的崇敬之情，竟然一下子随风而去荡然无存了。他在心里偷偷地嘿嘿一乐，心想，得了吧，刘黑丑，看你把那个武松说得神乎其神、盖世无双、天下无敌的样子，依我看，他根本就算不上什么英雄豪杰，充其量只是一个有勇无谋的草寇莽汉，甚至可以说是一个天大的傻瓜，一个天大的二百五，仗着几碗酒的力量，就敢独自一人过那景阳冈，就敢跟那斑斓猛虎打斗。哼，这叫什么？这叫酒壮厌人胆！假如打虎不成反被虎吃掉，岂不为后人所耻笑！那么今天，谁还知道他武松是何许人也？谁还知道他武松能吃几碗干饭？谁还知道他武松能坐第几把交椅？我林成则不然，我不与老虎发生正面冲突，我不与老虎真刀真枪去干，我不让老虎见我林成的庐山真面目。我要用我的智慧打败老虎，让它死而无憾；我要用我的谋略取胜于它，让它输得心服口服；我要用我的机关置它于死地，让它死无葬身之地。假如实现了这步棋，假如这件事被传扬出去，说不定在太行山岭东岭西岭南岭北，在甘陶河流域山南川北一百单八村，我林成就成了第一号人物，甚至还能赢得更大的荣誉呢！说不定平定、井陉、赞皇三县的县政府会联名颁发嘉奖令，对我这个小小的猎人给予隆重表彰呢！说不定哪一天上级派一顶大轿子来接我到县上接受什么委任呢！说不定将来也有一个叫什么施耐庵之类的大作家把我的事迹写到书里流传百世呢！

　　林成再一次在心里偷偷地乐了一回。他进而又想，还是刘黑丑刘席匠说得在理，如今这世道，仅仅靠一个人的力量和智慧是办不成什么惊天动地的大事业的，通过打日本这件事就能清清楚楚地看到这一点。日本人占领南佐镇多少年了，南佐镇和周边村庄被日本人杀死了多少人？他们抢走老百姓多少牲口？扒了老百姓多少粮仓？祸害了多少良家妇女？如果共产党不组织武装斗争，如果八路军不发兵打南佐镇，那南佐镇至今肯定还在日本人手里，南佐镇四邻八舍的老百姓至今肯定还在日本人的统治之下，看不到出头的日子。打老虎也一样，必须动员几个胆大的并且和自己是一条心的人一起干，得了利益是大家伙儿的，有了损失是我林成的。只有这样，对付老虎才有获胜的把握。不能像犟睁眼那样总是三更半夜独猫一样活动；不能像卷毛鹰那样天天饱吹饿唱，用破喇叭破嗓子在甘陶河边制造噪音；不能像捞鱼鹳那样穷困潦倒不谋大事；不能像葛掌柜那样居心叵测蝇营狗苟；不能像何敖敖那样毛手毛脚捅娄子；不能像高长命那样不知天高地厚，竟敢与虎谋皮，擅自跟日本人做交易，等等。林成现在只佩服刘凤阁和何玉棠。通过八月十六以来十八盘村发生的各种事件，他觉得这两个人的手段的确高人一筹。刘凤阁到底是一个怎样的女人啊！从八月初一那声炸雷到八月十六高长英出走，从高长命私自卖马到小杜梨失踪，从九月九重阳节高德显五十寿宴到高家大戏楼开工仪式，这一桩桩一件件棘手事，她都处理得平平稳稳，圆圆满满。莫非这就是刘黑丑说书说的运筹帷幄、登高望远、钟灵毓秀啊！何玉棠也是这样，他说我们每个中国人都是一捆黄栌柴，垛在一起点着就能把狗日的日本人烧成灰。他组织担架队支援八路军打南佐镇，他半夜去黄北坪给秦司令员送信，他在对待高德显的态度上表现出来的克制和镇静，简直令人惊讶，令人敬仰。莫非这就是刘黑丑说书说的韬略、气概、智慧啊！于是，林成做出了一个与此前相比简直判若两人的决定，就是要把自己的想法说给十八盘村的人们听，尤其要让刘凤阁和何玉棠给他参谋参谋，看看这个计划可行不可行。

## 风 10

这天，十八盘村的大多数男人接受了高德显的邀请，组成了两支运输队，任务就是往南佐镇和白城口送梨。去南佐镇的这一支队伍由林成带队，一共十八人，是给八路军独立营官兵送梨。这是刘凤阁最先提议，由高德显决定的。那天，他让刘黑丑打听今年雪花梨的行情，刘黑丑告诉他，由于战争的原因，各交通要道全部被封锁，赞皇城和白城口等几个大的市场，早已有名无市。所以，当刘凤阁提出把龙凤山的一部分雪花梨送到独立营去，也算为抗日做点贡献的时候，高德显竟然二话没说，同意了。高德显甚至想得更多更远，他想通过这一招，抵平上次何玉棠组织担架队去南佐镇支前一事。

今年，高德显家龙凤山上的千亩梨园获得了大丰收，一个个雪花梨长得出奇的大，每一个都在一斤以上，其中有一个巨大的，有人在树下称出的重量是五斤八两，比历史上的四斤八两整整多了一斤。高德显把这只大梨用红绸子包起来，放在高家祖宗祠堂的祭桌上供了起来，祈求列祖列宗的在天之灵来年再赐一个好年景。梨是丰收了，但销到哪儿去呢？高德显心里正在没谱的时候，刘黑丑说他一个朋友在白城口刚开了一家货栈，主营干鲜果品，价钱也基本谈妥了，有多少包销多少。这一消息让高德显近来一直愁眉不展的面容豁然开朗，人们在他的脸上终于看到了阳光般的笑容。他让刘凤阁放出话去，往白城口送一担梨给一块大洋，吃饭住宿等一切费用均由高家负责。消息传出，一下就来了六十多号人。高德显从中挑出了三十六个精壮汉子，说每人每担至少装一百斤梨，多装的另外还有赏赐。

葛掌柜报名参加了林成这一队。林成说："葛掌柜，你挑装得最满个头最大的一担先送到八路军独立营营部去，你儿子在那里站岗呢。"

葛掌柜说："那不行，别人也都得先送到营部，由人家自己去分，咱也不知道小孩子们一个人能分几个呀！"

林成想想，觉得也是，就叹了一口气，说："唉，但愿长英这孩子见到这梨能想起十八盘村，想起他的爹娘，想起新媳妇何灵芝来啊！"

去白城口的队伍由卷毛鹰带领。白城口是甘陶河流域的一个大镇子，自明朝初年开埠以来，群贤汇聚，商贾云集，市场繁荣，是晋冀两省交界处第一大商品集散地，同时还是通往山西太谷大同，以及察哈尔张家口和内蒙古等地的一条通衢大道。

重赏之下必有勇夫。卷毛鹰知道多挑就能多挣钱，于是就站出来带了这个头。他今天选了两只大号的荆条筐，一下就装了一百五十斤，令人赞羡不已。卷毛鹰在十八盘村号称大力士，与何玉棠的臂力有一拼，凡是肩扛背驮的力气活，总少不了他。上个月高德显为了准备在三十亩坪摆"八卦黄河阵"和盖高家大戏楼，请人在龙凤山上伐木，用刚伐倒的大白杨截成一丈五尺长的大梁，别的小伙子两个人抬一根，而卷毛鹰则自己扛一根，在崎岖的山路上悠然自得地走着，有时还唱一段信天游，什么哥哥呀妹妹呀，山梁呀山沟呀，你挥挥手呀我伤透心呀，挑逗着人们的精神，调剂着人们的情绪。可是有一条，卷毛鹰的饭量也出奇的大，有时大到让人瞠目结舌的地步。他干活一个人能顶两三个人，吃饭顶两三个人还不止，所以一般的人家雇不起他。有一次，葛掌柜专门雇卷毛鹰到河西的亲戚家吃了一顿饭，葛掌柜给卷毛鹰交代的任务就是把那家人给吃怕。卷毛鹰没有辜负葛掌柜的重托，真的就把那家人给吃怕了。

起因也是一顿饭的事儿。六指定亲那天，河西来了一干人马坐席，饭菜上了三番六遭，酒也喝下去七篓八罐，还没有一点儿散席的意思。有人将这一情况迅速报告给了葛掌柜，葛掌柜指示，只要客人不离席，就不能断菜，不能撤盘，不能断酒。宴席上别的客人都散了，惟独这一桌不散。人们就三三两两地凑过来看热闹。这一看不要紧，那几个人更来精神了，一边海吃海喝，一边大说大笑。十八盘村的人们这才知道什么叫吃饭！什么叫坐席！八个人围着桌子坐好，菜一上，端盘子的人还没有转过身去，呼啦一下，菜就光了。再上一盘，又呼啦一下没了踪影。这伙人从中午一直吃到天黑，一共吃了葛掌柜三斗白面三十斤猪肉八只白条鸡，最后还落下话把儿，说葛掌柜精于算计，老抠门儿，不舍得让亲戚吃饱肚子。这话一传十，十传百，差点搅黄了这门亲事。

　　葛掌柜就把这笔账记在了心里头，寻思着有朝一日得把这笔账抹平了。等到六指媳妇回门这天，葛掌柜就组织了一支队伍去赴宴，这支人马也是八个人。在这八个人当中就有卷毛鹰。卷毛鹰可不是一般的成员，他是葛掌柜图谋报那一箭之仇的秘密武器和撒手锏。河西的人们一看，十八盘村只来了八个人，料定他们几个人也翻不起大浪来，于是，打心眼儿里就蔑视了大意了轻敌了。卷毛鹰在路上就有交代，见我动筷子，你们就动筷子；见我端碗，你们就端碗；我吃几碗，你们也跟着吃几碗。刚开席的时候，席面上还是阳光普照风平浪静波澜不兴。每人只吃了一碗饸饹就要放筷子，陪酒的还在那里撺掇每人再吃一碗。人们见卷毛鹰放下了筷子，也都跟着放下了筷子。过了一会儿，酒菜上了，这八个人就在卷毛鹰的带领下掀起了第一个小高潮。他们把小酒盅集中起来，提议每人发一酒壶，直接用酒壶喝酒。这个要求当下遭到拒绝，卷毛鹰心里就有了气，心想，那好吧，我让你们小气，我让你们拿捏，用小酒盅喝酒照样也能把你们喝怕了。在卷毛鹰的组织和发动下，十八盘村的八条汉子用小酒杯发动大攻势，三推六转，五拼八合，没过多长时间，他们就把派来陪酒的两个人灌趴下一个。随后，卷毛鹰又跟其他人交代，下面吃菜要听从他的指挥，看他的眼色行事。结果，端盘子的端来一盘菜，谁也不去吃，让他再去端。端来第二盘放下，人们还是不去吃，让他再去端，直到端来七八盘子了，卷毛鹰这才率先端起一盘呼啦一下扫了个精光，别人也如法炮制，每人包一盘，把桌面上的菜吃了个一干二净。卷毛鹰让人把盘子摞起来，说："收拾收拾，腾腾地方，等着一会儿放蒸碗。"蒸碗上来以后，卷毛鹰见是半碗，就给陪酒的提出了严正抗议，说："你去问问厨子，是没东西往锅里放了，还是故意不让我们吃饱饭？就是汤汤水水，也应该把碗盛满呀！"那陪酒的知道遇上硬茬了，就在脸上赔起笑来，说："这位大哥，不是没东西放，更不是故意的，哪能让尊贵的客人大老远来吃汤汤水水呢！来，来，来，先喝酒。"卷毛鹰也不客气，阴着脸说："我们喝酒，你去催菜！"那人就又赔起笑来，说："大哥，我敬你一杯。"卷毛鹰说："换大碗，每人干一碗！"那人不好推辞，捏着鼻子干了一碗。结果当场坐到地上，哇哇地吐了一身。换了一个陪酒的上来，端起酒杯要敬卷毛鹰，卷毛鹰说："你先不要敬我酒，先去催菜！"那人觉得事态严重了，就去给主人报告。主人问他是不是喝醉了？喝醉了就别管他！没想到这句话顺风跑到卷毛鹰的耳朵里来了，这下卷毛鹰可不干了，一边举着酒杯，一边用筷子当当地敲碗边儿，骂骂咧咧地说："娘的，也不睁开狗眼看看，老子今天来干什么来了，老子是给你们开眼来了，老子是给你们长见识来了。你们这样对待十八盘村的亲戚，会有好果子吃吗？我卷毛鹰的口袋里没有好果子，不信你们就来试试！"他说一句，用拳头砸一下桌子。说罢，就又当当地敲碗边儿。主家一看，知道麻烦来了，但为时已晚，这八个人就是不再放筷子，一会儿要这，一会儿要那，一直吃翻了锅底儿，一直到那个半路赶来陪酒的汉子俯首称臣，说了认输的话，卷毛鹰才放下筷子，拍拍肚皮，说："哎，弟兄们，将就着吧，别把河西亲家吃穷了，走回咱十八盘村，半饱就够了。"

　　卷毛鹰光荣地完成了这一任务，为葛掌柜挽回了面子，从此名声大振。曾经有一个时期，卷毛鹰与高德显和何玉棠等人齐了名。人们一提起十八盘村的人名来，第一个是高德显，第二个是何玉棠，第三个就是卷毛鹰。在那个兵荒马乱的年月，在那个人们都在生死线上苦苦挣扎的年月，卷毛鹰能捞着这样吃大餐的机会也属千载难逢。但是，像卷毛鹰这样普普通通的中国农民，能够在那样子平淡无奇却又炮火连天水深火热的年代创造出笑料和谈资，更是难能可贵。

　　何玉棠出现在人群里，他挑了一副最重的担子，让人们感到惊奇。高德显过来劝道："兄弟，你就别去了，让年轻人去吧。"

　　何玉棠笑笑，说："放心，老兄，就我这身板儿，不比年轻人差！他们谁不服，可以过来跟我比。"

　　刘凤阁在一旁逗道："姐夫，也给你多拿两张烙饼？"

何玉棠说:"不用了,妹子,我可不是卷毛鹰!"一句话把大家给逗乐了。

人们起程的时候,刘凤阁特意嘱咐柳细腰多给卷毛鹰装了两张白面烙饼。林成见了,开玩笑说:"卷毛鹰,你是不是为了多吃那两张白面烙饼,才多装五十斤梨呀?"

卷毛鹰听了也不生气,笑呵呵地说:"林成,你馋是吧,那咱就换换,你挑我这一百五,我把这两张白面烙饼给你。"

林成说:"算了算了,我可不是那种夺人之美的人,还是你来吧!"

犟睁眼不在队伍当中,因为他的视野不够宽阔,那双眼睛像用席篾拉开的两条缝,走起路来总是东张西望,掌握不准方向。有一次从龙凤山练功回来过卧龙潭,一脚踩空,跌进了河里,幸好捞鱼鹳看见了,才把他从河里捞上来。今天,他见卷毛鹰挑得最多,就过来取笑,说:"卷毛鹰,干脆一边再加五十斤算了。"

卷毛鹰听了还不生气,说:"我成了二百五,除非让你的眼睛再睁大些才行啊!"

人们就在这样快乐的气氛中上了路。

运梨的队伍一路沿十八盘盘道而上,去往南佐镇;一路沿甘陶河左岸的大路前进,去往白城口。道路两侧山明水丽,风光旖旎,草木挺拔,秋菊飘香。人们你逗我一句,我逗你一句,气氛轻松而快乐。他们刚走到白勺关下的一片树林里,刘黑丑正要号令大家放下担子歇歇脚,却在前面不远的石碴子里蹿出几条蒙面莽汉,齐刷刷挡住了去路。挑头的大汉挥手喊道:"呔,此树是我栽,此路是我开,要想从此过,留下买路财!要是牙蹦半个不字,你们看,它要是不答应,你们就拿命来!"

这汉子当下在空中呼呼呼甩了甩大刀片儿,似乎有一夫当关万夫莫开的气概。顿时,这片树林就被紧张的气氛笼罩起来,人们没了说笑,没了言谈,甚至没了思想,只有僵持,只有对峙,只有等待。有几个人已经放下担子,抽出扁担准备自卫。然而这时,对峙双方都没有想到,从人群里走出一位头戴白羊肚手巾的汉子,不紧不慢地朝对面那伙人一步一步走去。这人就是说书匠刘黑丑。只见刘黑丑往前走一步,那人就往后退一步。刘黑丑走到第八步的时候,突然大声喊道:"王大水,你真是有眼无珠,不识泰山,在这里装什么大瓣儿蒜呢?还不赶紧过来给你爷爷跪下磕头!"

那个名叫王大水的蒙面人一边退一边问:"你,你是谁?你怎么知道我的名字?"

刘黑丑哈哈大笑着说:"王大水,你别逗了,快把你的破面具撕开吧!你怎么连我是谁都不认识了?小时候,咱们两个人一起上树掏鸟蛋,你被毒蛇咬了手指头,是我用嘴给你吸出了毒水,把你背了回家。怎么?今天你狗日的仗着日本人井上岩给你作靠山,竟敢不认你家爷爷了?竟敢做起这拦路抢劫的勾当了?告诉你,王大水,我不仅知道你的名字,而且还知道你今天是从哪里来,要到哪里去。不信,我这就给你说说听听?"

王大水听到这儿,心里一翻个儿,怎么我的行踪都让这刘黑丑掌握了?不行,千万不能让刘黑丑当着众人的面戳穿我的底细,于是,他把大刀片儿往地上一扔,冲刘黑丑抱拳道:"闹了半天,你还真是我爷爷。爷爷,这样吧,既然冲撞了你老人家的颜面,要打要罚由你定,孙子再也不敢了!"

刘黑丑见王大水服了软,扭头看看众人,说:"王大水,看来,你还算不上一个混蛋。好了,大路朝天,各走一边,你可要好自为之啊!"说罢,刘黑丑号令人们起身赶奔白城口。王大水一伙人也灰溜溜地往九龙关方向去了。

等走出去老远,惊魂甫定的人们才开始说说笑笑。有人埋怨刘黑丑道:"黑丑兄弟,今天这事都是你昨天晚上说的那段书引起的。"

刘黑丑笑笑说:"不会吧,这是哪儿跟哪儿的事儿呀?简直是风马牛不相及也!"

走在他身边的捞鱼鹳问道:"黑丑叔,什么叫风马牛不相及也?"

刘黑丑说:"就是说刚才的事与我昨天晚上说的那段书是两码事,哪儿跟哪儿也挨不上呀!"

捞鱼鹳说:"我说也是,那王大水虽然是铁杆儿汉奸,可他怎么能跟世之奸雄曹操相比呢?"

刘黑丑说:"是啊,我也不能跟关云长相提并论呀!"

人们踏着喧闹行进在甘陶河畔。

## 风 11

这时,何家大院一片宁静。

王默宜站在影壁墙后边的花畦旁,精心地从最粗壮的一棵山丹丹花上摘下十个罐子状的花籽放了起来。这是她嫁给何玉棠三十年来养成的一个习惯,每年的秋天她都要从花池子里的山丹丹花上往下摘花籽,等到来年的春天再把一罐一罐的山丹丹花籽播撒到东平台和西平台的地垄边上,夏至一过,地垄上的山丹丹花竞相开放,煞是好看。有信天游唱道:"山丹丹开花,那个六瓣瓣红,妹妹你生就是哥哥的人。采一把花心放在你手里头,妹妹你啥时候才跟我走!山丹丹开花,那个红个艳艳,想哥哥想得我吃不下饭。撅一根红线拴上你的脚,三年不见你也跑不了。"

目前,何玉棠家共有四绝:何首乌,白杨树,山丹丹花开八十头,外加狸猫遍地走。这在甘陶河流域山南川北一百单八村是绝无仅有的奇观,在整个太行山上也是绝无仅有的奇观。三十多年前,何玉棠的父亲领着何玉棠到十八盘村开创家业的初期,在甘陶河畔的沟沟汊汊广植杨柳,尤其是十八盘的第八盘何家宅院后边的"夏至泉"旁那片白杨林,现在都已经长成了参天大树。老何头让何玉棠每天挑水前推树练臂力功夫的那一棵白杨树更是挺拔英俊,像一个美男子屹立在天地之间,无论是在盘云寨,还是在龙凤山杀虎尖,都能看到这片白杨树和那棵茁壮的大白杨。何家盖大牌坊的时候,有人建议伐上几棵,何玉棠没舍得。稠密的白杨树林里筑有一层一叠的喜鹊窝,天一亮,无数的喜鹊叽叽喳喳鸣叫起来,有时一起飞向空中,形成遮天蔽日的阵容,十分壮观。何家的猫群更是一支浩浩荡荡的队伍。八月初一的那声炸雷让这群猫的首领玉犬受惊早产继而失踪之后,敖敖认为,这支庞大的猫群不可一日无君,便很快培养了一只黑猫作为首领,取名墨星。墨星也是这群猫中的元老,不仅个子长得彪悍,性情也十分凶猛,别说老鼠见了惟恐避之不及,就连林成的黑令和白令见了也会躲得老远。每天清晨,墨星领着它的庞大种群在山野里捕鼠觅食。黄昏时分,又是墨星在何家大院的围墙上来回踱步,守望着它的族类一个个归来，大有一呼百应君临天下的气概和威风。有一天傍晚，王默宜见院子里一只猫也没有，心里觉得奇怪，让敖敖到后山去找。不一会儿，敖敖大惊失色地跑回来报告，说一个狼群让猫给团团围住了，为首的就是他的墨星。人们上到房顶上往后山眺望，只见墨星把猫全部集中起来，分布在东平台和西平台下面的一个山坳里，围住了大约十多匹狼崽。狼的首领嗥叫一声，在狼群中掀起一阵嗥叫。而墨星的一声嘶鸣，却引起了满山遍野的嘶鸣，仿佛大地都在颤动。那狼就害怕了，任凭它们怎样嗥叫，猫群却没有丝毫的退缩和畏惧。眼看天就要黑了，猫和狼谁也没有撤退的迹象，最后还是何敖敖赶到，把右手食指和拇指放进嘴里吹了一声尖利的口哨，猫群才有秩序地退到了何家大院，那狼群也没有再敢往前走一步，而是退到了山林之中。

在何家四绝之中，何玉棠和王默宜尤其钟爱影壁墙前的那架何首乌和一畦山丹丹花。他跟随父亲来到十八盘村的头一年，亲手栽下一棵山丹丹花，这一年开了十朵小花，结了十个花罐，正好跟何玉棠的年龄一样。第二年却长出了一畦，其中有一棵长得粗壮挺拔，结出了十一个花骨朵，花蕾一个接一个绽放，共结了十一个花罐，又跟何玉棠的年龄一样，一家人都觉得好奇，就倍加珍爱它，施肥浇水，精心打理，年年长得茁壮优秀，株干也长到跟玉米秸一样粗细，花蕾也逐年递增，一直递增到现在的近五十朵，花期竟然长达两个月之久。每当山丹丹开花季节，何家大院蜂飞蝶舞，香气袭人。凡路过十八盘的人，都要借问路寻水之机到何家大院赏花。有一位赞皇的过客把这树山丹丹花奉为神灵，提出从它的脚下挖一棵小的走，何玉棠和王默宜慨然应允，并为其打包送行。

今天，王默宜面对这山丹丹花的一树花罐，却怎么也高兴不起来，还在偷偷地掉眼泪。正巧让回家探亲的妙芝看在了眼里。妙芝说："娘，你这是怎么了？一个人躲在这儿，我找你半天了！"

王默宜用手背掩住眼睛，还没说话，妙芝又说道："娘，你哭了？"

王默宜说："没有，刚才是让沙子迷了眼睛。"

妙芝搀住母亲，侧着头仔细打量母亲的脸，说："不对吧，娘，你肯定又在为灵芝的事伤心了，是不是？"

王默宜说："看你这孩子，娘的心事，你能猜得准？我真的是迷了眼。"

妙芝见母亲不承认是在想灵芝，就说："灵芝她又不是到了天涯海角，你再也见不着她的面了，这十八盘巴掌大的一个村子，想什么时候见面还不容易呀！再说了，几个月都过来了，我看灵芝也已经适应了，刚才我去看她的时候，见她正在厨房里学包饺子，和我姨又说又笑的，娘，你还有什么不放心的？"

王默宜说："唉，我说你这孩子，净瞎替娘操心，我是在感叹这草木易枯人生易老啊！"

妙芝说："娘，我发现你现在越来越多愁善感了。"

王默宜说："闺女，你看娘是不是老了？"

妙芝说："不，娘，你会永远年轻！"

这时，敖敖从大院外面的大牌坊工地上跑回来，见母亲和姐姐妙芝正在说话，就凑到母亲耳朵跟前小声说："娘，我有话告诉你。"

王默宜见敖敖吞吞吐吐的，便说："敖敖，她是你姐姐，又不是外人，有什么话不能让你姐姐听的？"

敖敖不理妙芝，说："娘，刚才我到高家大戏楼工地转悠，一个石匠直拉我的裤脚，我知道他有话对我说，问他有什么事，他让我今天晚上在卧龙潭边上的石料厂见面，你说我去还是不去？"

王默宜一听这话，立即就说："哎哟，我的儿子真是长大了，做事之前知道和人商量商量了。"

敖敖笑笑说："那是，看我是谁家的儿子！"

妙芝在一旁说："敖敖，你真是没羞，听不出来娘是在挖苦你呢！"

敖敖看看母亲，问："娘，不会吧？姐姐说你在挖苦我，是真的吗？"

王默宜说："真的。敖敖，你都这么大的人了，也该懂点儿事理了。现在你姐姐灵芝嫁到了高家，高何两家成了亲戚，你老这样一次次去高家闹腾，让人家怎么看待你的姐姐？让她在高家怎么说话？让人们怎么看待你爹？这事你不跟我说，我管不了，你既然跟我说了，我就不同意你去，他一个石匠找你会有什么话说！"

敖敖说："那我不管。当时我就不同意我姐姐灵芝嫁给那个高长英，现在她一个人在高家受起罪来了，活该！"

妙芝生气地说："敖敖，你怎么这样跟咱娘说话呢？你看着你姐姐在高家受罪心里觉得高兴是不是？"

敖敖说："姐姐，这是你说的，我可没那么说。"

妙芝逼问道："敖敖，那你刚才说谁活该呢？"

敖敖打岔说："我跟高家闹，主要是看不惯高家做的事！"

王默宜说："敖敖，这你就傻了不是？你不想想，你看不惯人家，你就去跟人家闹。如果有人看不惯你爹，看不惯咱家的人和事，也像你一样舞枪弄棒来咱家闹，你说说，咱这光景还怎么过？"

敖敖不服气地说："娘，我就是弄不明白，你和我爹为什么总是护着那个高德显？那个老头子可是阴着呢！他事事处处都盯着咱老何家，无论做什么都要压咱一头，好像咱来十八盘村比他晚些，就认为强龙不该压他这地头蛇。好在老天爷有眼，连着几个事都让高德显栽了面子丢了人，我这心里说不上有多痛快。不过，我还得告诉我爹，从今往后更得多加小心，以防高德显翻过盘来。"

王默宜看看妙芝，说："你瞧瞧，你瞧瞧，你这个弟弟，整天净动些什么歪心眼儿，哪儿还有一点儿正事！"

敖敖反驳说："娘，你说这话可就不对了，我可全是为了咱家的大事啊！"

妙芝说："没错，是大事！凡事你一掺和就大了。"

敖敖说："姐姐，我没工夫跟你在这儿斗嘴磨牙了。娘，给我拿点钱。"

王默宜问道："拿钱做什么？"

敖敖说："我有用！"

王默宜说："你有什么用？你又不抽烟不喝酒的。"

敖敖说："以前我不抽不喝，今天没准儿就得抽烟就得喝酒了。"

王默宜说："为什么？"

敖敖说："如果高家用的那个石匠给我提供了有用的情报，我就请他喝酒。"

王默宜说："你想让人家给你提供什么样的情报？你是不是逼人家了？"

敖敖说："娘，我没有逼他，是他主动找我的。"

王默宜无可奈何地说："你呀，在外边不惹出点儿什么乱子来，总是不

271

算一回。"

妙芝也说:"敖敖,你也老大不小了,也该为咱爹娘操点心了,别老在外边闲游闲逛惹是生非了好不好?别老让家里人给你擦屁股了,好不好?"

敖敖把手一挥,不屑地说:"得了得了,姐姐,你快别说了,你们当闺女的,熬到十八岁嫁了男人,就成了爹娘的心肝宝贝,没事了回家一趟,说些甜言蜜语,哄得爹娘高高兴兴。哪像我们做儿子的,整天在家守着老人,活不少干,话不少说,心没少操,可就是让父母看着心烦,今天嫌我不念书,明天嫌我不创业,后天就可能说我败家,反正是个不顺眼。"

王默宜说:"妙芝,你听见没有?我可没说他别的,他就给我扣了三顶帽子。"

敖敖一听,耍起了二皮脸,上去搂住母亲的脖子,说:"娘,你是我唯一的好亲娘。"

妙芝追问道:"爹呢?"

敖敖说:"爹也是我唯一的亲爹。姐姐,你放心,我已经知道怎样为这个家操心了。"说罢,一溜烟地跑没了影。

## 风 12

此时,高家大门口进来两个女人,一个花枝招展,一个老态龙钟,她们的身后站着给高长英当警卫员的六指。

高家所有人都愣住了。还是六指机灵,他健步如飞地来到刘凤阁跟前小声说了两句话,刘凤阁在眉宇间只迟疑了一下,便脱口叫道:"哎哟,娘,你怎么和王月儿一起来了?"

刘凤阁的话音还没完全落下,她们三个人就紧紧地拥抱在了一起。旁边的人们更加惊异了。半天,刘凤阁才问:"娘,是长英派六指把你们送来的吧?他还说了些什么?"

凤阁娘说:"本来是想等牛子回了镇上我再跟他一起来的,正好碰巧王月儿要来,长英就让这孩子送我们来了。"

六指说："是这样的。"

刘凤阁转身拉住王月儿的手，问："王月儿，你快告诉我，这些年你都去哪儿了？怎么连个音讯也没有？是不是到京城跟着如意郎君享清福去了？你真快把我想死了！"

刘凤阁说罢这话，推开王月儿，仔细看看，然后又伸出长长的胳膊把身材娇小的王月儿抱住了。

经刘凤阁这一抱，王月儿的杏核眼里扑簌簌掉下泪来，她声音颤颤地说："姐姐，你快别问了，我现在是一个走投无路失魂落魄的人。不怕姐姐你笑话，我现在混得可不如你好。"

刘凤阁见人们都用惊异的目光看着她们两个人，就拉起王月儿的手给大家介绍说："这就是我常给你们说起的南佐镇王家大小姐，我们两个从小一起长大，如同亲姐妹。"然后又挨个把高家所有的人一一介绍给了王月儿。

吃罢饭，刘凤阁把母亲安顿好，挽着王月儿到正房客厅见高德显。高德显看见王月儿进来，依然在太师椅上正襟危坐。刘凤阁和王月儿到室内闲叙了半天，刘凤阁才得知王月儿被那个国军军官给骗了。王月儿和国军军官在赞皇城认识，之后不久就同居并离开了南佐镇，说是要去天津老家正式完婚。谁知，到了天津静海县才知道，那人家里有妻室，并有一子一女。王月儿一气之下要离开静海，怎奈那人死活央求，于是她在静海住下了。后来不久，部队转移驻地，说是要一直往南开拔。在一个星夜，那人把王月儿一个人丢下，带着正房妻子和孩子们悄悄离开了静海，从此再无音讯。王月儿在静海县人生地不熟的，没法待下去，就一个人奔了天津，又辗转到了石门，这才回到了南佐镇。王月儿说："结果到家一看，家里住上了八路军，长英在那里当营长。我这才知道我的父亲和母亲早在一个多月以前就被日本人送出了南佐镇，至今也没人知道他们的下落。这不，我真的是走投无路了，才来找姐姐你的呀！"

王月儿说着说着，又潸然泪下，泣不成声。

刘凤阁安慰道："妹子，你先别着急，既然到姐姐这儿来了，你就把这儿当成你的家，我兴许能帮你找着他们的下落。"

说到这儿，王月儿好像真的把心放下了，站起身来，用手拢了拢波浪一样的乌发，脸上露出了灿烂的笑容，同时也露出了嘴唇里那两排洁白而细致的牙齿。刘凤阁以为她要在房间里转着看一看，可是没有，王月儿像个孩子似的说道："凤阁姐，姐夫看我的时候表情特别严肃，是我哪做得不好，还是他和我父亲有什么过节儿呀？"

刘凤阁见瞒不住，就把高长英带兵打下南佐镇当了独立营营长，独立营进驻王家大院，日本人把王大满送出南佐镇，又派人一而再、再而三地追杀，高家盖大戏楼请人唱戏，小杜梨被王大满绑架，刘黑牛和捞鱼鹳从昔阳大碾坊把小杜梨解救出来等情况一五一十地跟王月儿细说了一遍。

听到这儿，王月儿睁着两只水汪汪的大眼睛看着刘凤阁，疑惑地问："姐姐，是八路军打南佐镇，我爹怎么会恨高家呢？他一个生意人，怎么会去绑架一个唱戏的女子呢？不会，这里头一定有误会。"

刘凤阁也说："我想也是，但愿打仗的事和个人的事别牵扯到一起去。"

王月儿说："姐姐，我还是不能在你家多住，明天我就去昔阳大碾坊找我爹，问问他，为什么日本人单独把他和家人从南佐镇送出来？为什么他们又转移到大碾坊？为什么他要绑架戏子小杜梨？"

刘凤阁说："王月儿，眼下兵荒马乱的，你一个女人家独自出门行走该有多危险呀！不如我派人先去给你探探路，看看你的爹娘还在不在大碾坊，如果还在，约好日期，你再去，这样是不是稳妥一些？"

王月儿低头想想，觉得也是。眼下正在打仗，日本人盘踞在太行山东麓的广大地区，汉奸土匪绿林强人比比皆是，一个女人怎敢独自出门呢？想到这儿，王月儿这才勉强应承下来。

这时，刘凤阁才顾上仔细端详眼前的王月儿，见她面如桃花，眉似柳叶，细皮嫩肉，白里透红，惊讶地说："哎哟，妹子，你比没出阁的时候俊多了呀！"

王月儿说："姐姐，你快别寒碜我了。这几年我跟着那个死鬼东奔西走的，没过几天安稳日子，近来心情又不好，我的心早老了，要是早知道是这样，我宁肯不嫁人！"

这天晚上，刘凤阁把王月儿安排在前院的一间卧房内休息，自己又去陪何灵芝。一进门，她看见何灵芝趴在炕上抽泣，心就慌了，急忙上前问道："灵芝,你这是怎么了?"

何灵芝把身子翻过来,柔声细气地问:"娘,你怎么这么晚才来?"

刘凤阁把南佐镇王月儿来了的事说了一遍。何灵芝也不认真去听,说:"娘,我听说长英派六指把姥姥送来了,他没说别的吗?提没提到我?"

刘凤阁一听,心就猛地颤了几下,心想,傻孩子,你让我说什么好呢?什么也不说吧,灵芝把话说到这儿了;说吧,又不能照直去说。刘凤阁想来想去,觉得还是不能说。她俯下身子,把灵芝轻轻地扶起来,说:"孩子,你的头发又乱了,我给你拢一拢!"

何灵芝一听刘凤阁这么说,心里就明白了,她乖乖地把头依偎在刘凤阁的怀里。刘凤阁盘腿坐在炕沿儿上从针线筐里取出大齿梳子,先将何灵芝那散乱的长发一绺一绺地梳开,接着,将梳子衔在嘴里,腾出两只手来编辫子,然后,又将两条辫子盘起来。在这个漫长的过程中,何灵芝始终合着眼睛,一句话也不说,只有轻轻的均匀的鼻息。刘凤阁仔细看看,发现何灵芝的眼角还挂着两颗晶莹透亮的泪珠。

第二天,刘凤阁派人再赴昔阳大碾坊找王大满,王大满一听十八盘村又来人了,不知何意,拒绝接见。后来听说是给他送女儿的,才出来搭话。王大满问清原委之后,答应明天派人到山下接人。可就在这天的后半夜,大碾坊着了一把大火,一座山寨烧成了灰烬。

# 风 13

日本人井上岩在豆妃火车站周边地区加强了戒备。这天,井上岩让南佐镇的铁杆儿汉奸王大水给刘黑牛捎回话来,让他到豆妃大炮楼,顺便带一些酒去。刘黑牛正想搞清楚日军下一步的行动计划,搞清楚井上岩如何处置王大满等事,就又带着徒弟大黑提了两大壶枣木杠子酒,在天黑之前赶到了豆妃大炮楼。

刘黑牛进出豆妃大炮楼是自由的,因为他有井上岩亲自签发的特别通行证。在南佐和豆妃地区享有这种特权的人没几个,刘黑牛的通行证号是第一号。

但是最近,即使是刘黑牛这样的熟人,即使带着特别通行证,也要进行仔细检查。刘黑牛在大炮楼底下被拦住，站岗的两个伪军要求出示通行证。刘黑牛把手里的壶放下，出示了证件。那两个人还说要搜身，刘黑牛的心中就升起了一股无名火，这股火一下撞到了天灵盖上，上去啪啪打了那两个人几个耳光，骂道："瞎了你们的狗眼了，是不是？不认得老子是谁了，是不是？你们搜别人行，你们过来摸老子一下试试？"

其中的一个伪军捂着腮帮，委屈地说："铁匠老爷，这是上司的命令，你就是打死我们，我们也不敢违抗命令！"

刘黑牛提高嗓门说："怎么，还来劲是不是？来吧，搜吧！我倒要看看你们两个谁敢来摸你刘老爷一下！"

刘黑牛这一嚷嚷，炮楼上的井上岩听见了，探出脑袋冲下面八嘎八嘎地喊了两声，那两个伪军才把炮楼的门打开，让刘黑牛和大黑进去。

刘黑牛上了楼，问井上岩："我是来给你送酒的，怎么连我也信不过了？"

井上岩说："哪里，哪里，千万别误会。这一阵子我们观察到八路军独立营频繁调动部队，说不定哪一天，他们就要来打我的大炮楼，还是小心谨慎些才是！"

刘黑牛把头一甩，说："那不行，太君，你说，我是谁？我是你的朋友啊！我的通行证是你给签了字的！我的通行证是第一号！你不让我上大炮楼，这怎么也说不过去呀！"

井上岩一听，觉得刘黑牛到底是打铁的，他的手硬心硬骨头更硬。于是，他就吩咐人上酒。

刘黑牛说："今天上我的酒。"说着，刘黑牛让大黑啪啪地打开了酒坛子，顿时，豆妞大炮楼里溢满了枣酒香。

在二人喝酒的时候，刘黑牛有意提到了王大满，试探井上岩。井上岩却得意地笑笑说："现在王大满已经到天堂去了。"

刘黑牛说："不对吧，据我了解，你们烧的大碾坊是一座空寨子。"

井上岩一听，眼睛都直了，从椅子上霍地站起来，走到刘黑牛的跟前，弯下腰问："你的怎么的知道？"

刘黑牛坐在那里一动未动，说："你要是不信，现在就派人去看嘛！"

井上岩又问："你的说的可靠？"

刘黑牛点点头，说："绝对可靠。"

井上岩再问："那大碾坊没有人家？"

刘黑牛说："有啊，前两天我去过那里，还见到了王大满。"

井上岩的眼睛直勾勾地盯着刘黑牛，问："你的，在大碾坊的见过王大满？"

刘黑牛说："见过呀！他绑架了一个唱戏的女孩子，我受人之托去把那个女孩子解救出来了。"

井上岩不解地问："你说什么的干活？王大满还绑架过人？"

刘黑牛点点头说："千真万确。"

井上岩又八嘎八嘎地骂了一通，说："那你的怎么证明我烧的是一座空寨子呢？"

刘黑牛拍了拍井上岩的两条腿，笑笑说："王大满也长着两条腿呢。"

井上岩一听，勃然大怒，站起来在炮楼里不大的地方乱窜，嘴里八嘎八嘎地骂着，命人去把王大水叫来。工夫不大，王大水弯着腰进了大炮楼。还没等他站稳，井上岩也不问青红皂白，伸手啪啪地甩了王大水几个耳光，吼道："你的，王，王，王大水，你的良心大大的坏了！"

王大水挨了打挨了骂还不知道为什么呢，问："太君，你为什么发这么大的火呀？"

井上岩说："王大水，你的我来问你，你烧大碾坊的时候，寨子里有没有人？"

王大水说："有啊，我们侦察好了才下手的！"

井上岩又骂道："你的，胡说八道的干活！你们烧的是一座空寨子，那王大满早就跑了！"

王大水一听，脑袋嗡地一下大了，心想，这回可不是我给他送的信儿，上次放他们跑到大碾坊，就差点儿掉了脑袋，这回可是下了死手的，怎么会放了空呢？

井上岩指着王大水的脑袋，说："王大水，你的与那王大满是本家兄弟，我让你的执行我的命令，结果还是让他一次次逃过你的追捕，你的能说得清楚

· 277 ·

吗？我的还留着你的这个混蛋有什么用！来啊，把王大水拖下去喂狗！"

王大水扑通一下跪在井上岩的面前求饶："太君，太君，看在这些年我一直鞍前马后伺候您的分上，您就开开恩，留我一条狗命，给我几天时间，我提王大满的人头来见您。"

刘黑牛也说："先不要杀他，眼下正是用人之际，让他继续寻找王大满的下落，限他三天之内提王大满的人头来见，否则，死啦死啦的干活！"

井上岩踢了王大水一脚，说："八嘎，还不快滚！"

王大水从大炮楼上下来，才想起刚才为自己求情的是刘黑牛。在南佐镇以及附近地区王大水除了惧怕日本人外，就还惧怕两个人，一个是刘黑丑，一个是刘黑牛。在他的心目中，这兄弟两个可不能得罪，这兄弟两个可不能小瞧，这兄弟两个可不能不放在心上。

王大水逃走以后，二人重新落座，刘黑牛才提到高长英，井上岩一脸的看不起，说："高长英，小孩子，小孩子的干活！跟他打仗，没什么意思，不过瘾！"

刘黑牛说："没什么意思？你可要搞明白，是他把你从南佐镇里赶出来的。"

井上岩摇摇脑袋，抽抽腰里的战刀，说："我承认八路军厉害，但却看不起那个叫高长英的。听说他把新媳妇一个人扔到家里不管了，有这回事？"

刘黑牛点了点头，井上岩接着说："完了，这他就完了，一个军人如果连自己的老婆都不肯去管，还怎么去带兵打仗？"

刘黑牛对井上岩说："我也说一句不好听的话，你作为一个军人，不也是舍家撇业不远万里来中国打仗的吗？难道你也不是一个真正的军人？"

井上岩目不转睛地盯着刘黑牛，说："你的提的问题很好，但我可以告诉你，我们来你们这儿，是要建立'大东亚共荣圈'，你的明白？"

刘黑牛摇摇头，说："我不明白，但我始终认为，你们两个都是军人，除了各自的国家利益不同之外，其他方面应该是一样的吧！"

井上岩听刘黑牛说到这儿，噌地一下又从椅子上站起来，掏出手枪啪啪地朝外打了几枪，嘴里八嘎八嘎地吼了几声，说："一样！什么一样？统统的一样！我们都是零部件，一架机器上的零部件。高长英，我要与你决一死战！"

月 部

作者手迹

# 雪 1

初冬的一场大雪,彻底改变了十八盘村山川河流的模样。

在太行山的腹地,在甘陶河的中游,在卧龙潭及其十八盘的河套地区,历来有十月小阳春之说。每年的霜降前后,有大约一个月左右的晴好天气,天天都是风和日丽,暖意洋洋,尽管黄栌如燃,大雁南飞,落叶缤纷,秋声渐远,但一沟一洼的大红袍柿子仍灯笼般挂在树上。甘陶河沿河两岸的芦苇荡盎然勃发,繁芜茂密的苇秸顶着银白色的缨穗,在暖风中摇曳,像一块块白云在河套里漂泊。卧龙潭边的层层叠叠的菜园里的大白菜仍在茁壮地生长着,它们挤挤挨挨一言不发地拥在一起,誓要给主人把菜心裹得更加瓷实。尤其是高家大院和海瑞祠院里那两棵银杏树,叠翠流金,光彩耀眼。更为神奇的是,在这两棵大树的枝叶顶端又滋生出一簇一簇的新芽儿,阳光照在上面,闪着串串光芒,老远看去,恰似一树繁花。

谁知就在立冬的当天晚上,凝聚在盘云寨上的那疙瘩黑云竟然悄悄地向四周扩散开来,宽阔而宁静的卧龙潭上掀起了层层波澜,寒风裹挟着丝丝缕缕的凉意弥漫在峡谷之中。当人们刚刚睡下,空中就飘起了雪花。这雪花翩翩地舞着,静静地飘着,一直飘向大地的中央,一直飘到夜的深处,一直飘到田埂和屋脊隆起了白色的巨龙。直到林成被咔嚓咔嚓的声响惊醒,推开窗户往外瞧看,才发现外面下起了大雪。那咔嚓咔嚓的声音原来是院里的梧桐树的枝丫被积雪压断发出的巨响。

林成想拉开门到院子里看个究竟,没想到刚拉开门闩,门就自动开了,随即涌进一堆白雪,埋住了林成的膝盖。林成禁不住倒吸了一口凉气,朝屋外一看,才知道这场雪下疯了。

这时，天还不大亮，但皑皑白雪却晃得林成睁不开眼睛。林成心想，他长这么大，头场雪下得这么早这么大，还是头一回见到呢。他首先看到的场景是院里的那棵梧桐树被积雪压断了两个过梁横枝，搭建在上面的两个硕大的喜鹊窝也早已没了踪影。接着，林成发现南屋屋顶上一溜排开的四个玉米囤，像是顶着高高的白帽子的老人无言地蹲在那里，一肚子的慈悲。林成的目光跳过屋檐，就是千里甘陶河畔著名的东平台和西平台。此时此刻，林成眼中的东平台和西平台，像两只肥大而洁白的发面馒头，正供品似的摆放在天地之间。林成再往远处眺望，则是高大的盘云寨、杀虎尖和龙凤山，那里更是银装素裹，树挂玲珑，迷失在茫茫雪花之中。惟独那甘陶河正胸襟宽广地拥抱着这些轻盈乖巧的天外精灵。

林成收回目光，看见在通往茅房和大门口的两条甬道以及偌大的院子覆盖着没腰深的白雪。这时，林成的心头突然涌起了一阵莫名的幸福感，脸上立即洋溢出色彩丰富的笑容，心想，老虎啊，老虎，我林成可以趁着这冰天雪地去掌握你的行踪了啊！于是，林成折回身把仍在睡梦中的老婆马音音喊醒，说："快点起来点火，给我烙大饼！"

马音音在被窝里咕哝了两句："你又发什么神经！一大早烙什么大饼？"

林成说："别废话，让你烙你就烙！一会儿我要上山去！"

林成在家说话拥有绝对权威，马音音早就让林成整治得服服帖帖，没了一点自己的意志。马音音有时也要个脾气使个性子开个玩笑什么的，但一见林成要来硬的，一见林成要拍板，她就不再言语不再坚持不再任性，乖乖地照林成的盼咐去做。

林成说罢，拿起簸箕先把涌进屋里的雪扔到屋外，又一点点地向外开掘，半天工夫才开出两三步远，林成头上却有了汗珠。他扔下簸箕，从廊檐西侧的仓囤上取下木锨，在院子里掘出一条巷道，把街门打开。正在他继续往前掘进时，没想到一锨雪正好扣在一个毛茸茸的人身上。那人脚下一滑，踉跄跌倒，被无声地埋在了雪中。林成吓了一跳，大声叫道："什么东西？吓死我了！"

半天，才听见雪中有人说话："哎呀呀，林成哥，快把我拉起来！"

林成这才听出倒在雪中的是犟睁眼，一边上前去拉，一边逗着说："犟老弟，你这是去练功来着，还是去做贼来着？"

犟睁眼站起来，像狗熊一样抖了抖身上的雪，说："林成哥，我的好哥哥，看你说的，我是做贼的材料吗？你这一锨雪可把我害苦了，要是跌断了我的腰可咋办呢？"

林成听犟睁眼说话牙关有点儿发紧舌头有点儿发直，知道他是在风雪中赶路了，赶紧说："老弟，真对不起，下这么大的雪，你还坚持去麻地沟练功呀！"

犟睁眼说："昨天黄昏，我去的时候还没有下雪呢，刚在麻地沟坟地里坐下，就下开了，说走吧，这一趟就白来了，况且就剩三天时间我犟睁眼就大功告成了，我就下决心在那里坚持。可是，没想到这雪越下越大，不到一个时辰，雪就埋住了我的屁股，我怕把我埋在那里，就挪回来了，这不，刚说要到家了，又撞见了你，这下全完了！"

林成笑笑说："撞见我不要紧，我又不是寡妇，不会冲了你修炼来的功力吧？"

犟睁眼说："看你扣我这一头雪！这下完了，全完了！"

林成问道："你说什么完了？"

犟睁眼说："今年的大白菜全完了！"

林成说："没事吧，雪下得这么深，把白菜埋严实了，上不了冻。"

犟睁眼摇摇头，自言自语地说："我看悬乎！"

林成说："我敢跟你打赌，白菜没事，柿子黑枣也没事，龙凤山上的牛羊才悬乎呢！"

天一亮，从盘云寨的右翼竟然升起了红太阳。不到半天的工夫，屋顶上瓦棱上枝丫上以及山场阳坡的雪就化得所剩无几，街巷河汊水流汪汪，甘陶河的河水也因此暴涨了一尺多高，卧龙潭里的龙脊载着亘古的沧桑和纯净的阳光在波涛汹涌的大潮中遨游。

这是多么令人心旷神怡的景象啊！

这是多么令人惊心动魄的景象啊！

这是多么令人百感交集的景象啊！

这是多么令人精神抖擞的景象啊！

在这初冬丽日，在这封河挂桨的季节，在这兵荒马乱的年月，十八盘村的人们竟然有幸看到了这样的苍茫雪原，这样的壮丽景色，十八盘村的每一个人都为自己拥有如此绚丽多姿的河山而兴奋不已。

然而，这场大雪冻烂了高德显家放养在龙凤山上的数百只牛羊的蹄子。

刘凤阁把捞鱼鹳叫到跟前，派给他的任务是去把卧龙潭三十亩坪边上那几块地里的白菜抢运出来，码到地边儿的大石板上，用草苫子苫起来。捞鱼鹳踏着雪水来到地边一看傻了眼，白菜虽然完好无损，但地里却有一尺多深的积水，根本无法进去拔白菜，就跑回来向刘凤阁报告，说："大姐，那白菜没法弄，地里一尺多深的水，人一进去就陷住了，再说了，我看别人家也都没人去弄白菜。"

刘凤阁说："别人弄不弄白菜我不管，那是人家的事。今天你的事就是去弄白菜。人进不去，你就不会想想别的办法呀？"

捞鱼鹳说："那好吧，我这就去想办法。"

刘凤阁说："这就好，万一老天爷再突然变了脸，把白菜冻烂了，今年冬天咱这一大家子人吃什么呀？"

捞鱼鹳第二次来到地边儿上，见地里的白菜傻头傻脑的样子，用手摁摁，瓷瓷实实的，十分可爱。灿烂的阳光和充沛的水汽在连成片的菜地上交融着凝聚着弥漫着，在低空中孕育出一股清新而悠远的芳香。

捞鱼鹳到停靠在卧龙潭边的大船上找来几块木板，在木板的一头拴上绳子，穿进白菜垄里，自己踩上去，先把白菜从地里拔起来码在木板上，然后用力往外拉，一会儿就运出了一大批白菜。捞鱼鹳正干得起劲，葛掌柜和敖敖老远看见了，就跑过来站在一旁笑。葛掌柜指着浑身都是泥水的捞鱼鹳说："捞鱼鹳，你这人也是啊，地里这么深的水，亏你还能想出法子来。我说你着什么急呢？过一两天，等地里的水落下去再来拔白菜也不迟呀！你说是不是？"

敖敖见捞鱼鹳不说话，就挖苦道："要不说这世道真的是要变了，像捞鱼鹳这样的兄弟也变得如此聪明了，要饭知道找哪个高门槛儿去要，吃饭知道哪家的剩饭好吃，做活也知道哪家的活好做，你看看，你看看，今天这活做得多漂亮呀，你说呢，葛掌柜？"

葛掌柜搭腔道："可不是咋的！"

捞鱼鹳听着敖敖的话，犹如芒刺在背，但他的嘴却像装有把门的似的，任凭别人说什么怎么说，他都只记在心上，绝不表现出来，喜不形于色，怒不动于行。葛掌柜和敖敖见捞鱼鹳不理睬他们，也就悻悻地走了。工夫不大，捞鱼鹳就把三堰菜地里的白菜全部码在了地边儿的大石板上，搬来苦大船的草苫子苫好，才回家到厨房打水洗脚。

柳细腰见捞鱼鹳阴着脸不说话，就问："我的傻哥哥，你是不是累了？"

捞鱼鹳说："咱这当下人的，哪能说那个累字！"

柳细腰又问："那你为什么老是阴着脸？像谁该你二百块钱似的！"

捞鱼鹳说："刚才，敖敖的几句话把我的心说疼了。"

柳细腰问："敖敖又说你什么了？"

捞鱼鹳就把敖敖的原话说了一遍，最后捞鱼鹳说："我听敖敖不是在说我，是在说咱高家。"

柳细腰低声说："我听着也是，这敖敖算是跟咱作上对了。"

二人正说着，刘凤阁进来说："你们两个说什么悄悄话呢？"

柳细腰说："捞鱼鹳在拔白菜的时候，敖敖又挖苦他了。"

刘凤阁看看捞鱼鹳，说："现在咱高家正处在风口浪尖上，外人说三道四是正常的，不管你们谁听见了，也不要言语，更不能反驳，听见没有？"二人低沉地答应着了。

就在这天黄昏，十八盘村的人们大都还在吃晚饭，从甘陶河的河川到十八盘村的街巷再到各式各样的屋脊和高矮不齐的树梢就蹿起了白毛风。嗖嗖的，呜呜的，一阵紧似一阵，一阵冷似一阵。在人们的印象中，今年秋天已经刮过多次大风了，惟独这次刮得猛烈，刮得凶悍，蹿房檐走街巷跌跌撞撞，摔门板扑窗户肆无忌惮，有的人家早早糊上了窗户纸，却被狂风撕了个七零八落，让人后悔莫及。有的人家没有来得及糊窗户纸，忙用布单子捂窗户堵窟窿，一夜没有睡安生。等到第二天早晨再出门，人们看到的田塍山冈就变成了银白色的世界，地上的积水结成了冰，树上的雪水变成了冰挂，甘陶河除了卧龙潭之外，几乎成了一道蜿蜒的冰川。这种突如其来的洁白而肃静的景象，一下子让十八盘村的各色人等缩紧了脖子。

面对这一切，十八盘村的多数人都傻了眼。有机灵的，纷纷跑到河边的菜地里察看，发现长在地里的大白菜全部冻成了冰疙瘩。

葛掌柜站在自己的菜地上，大睁着眼睛无计可施，恨不得抽自己的嘴巴子，心想，昨天我见捞鱼鹳在地里拔白菜还觉得滑稽可笑呢，没想到就在这转眼之间，天气就变成了这样。如此看来，高家不是没有高人，就连马夫用人也精明到了这般地步，真是不得了！现在，葛掌柜服了，他隐隐约约地觉得，别看高德显现在正走着下坡路，说不定哪天一个鹞子翻身，就会再次称雄一方！

豌豆娘面对着白花花的菜地，眼泪在眼圈里忍了再忍，最后还是没忍住，扑簌簌地掉了下来。她心里一直苦着，老窦自从八月初一摔着了之后，精神总是恍恍惚惚的，三天里头得睡上两天半，剩下那半天也是傻乎乎地在家里呆坐着。他说话也少，走路也少，自己不说不动，还嫌儿子豌豆调皮，见了豌豆脸就沉了下来，害得豌豆不去亲近他，总往娘的怀里钻。豌豆娘摸着豌豆的头，心里就升起了一道亮闪闪的光芒。豌豆是她命根子，离开豌豆她宁肯去死。看着这孩子一天天长大，她的心就像是在空中飞翔一样惬意，让她做什么活都乐意，让她吃什么苦都没有怨言。为了给老窦治病，何家花了不少钱，豌豆娘暗自在心里头感激何玉棠一家人。

豌豆娘正在这里有一搭没一搭地瞎想，没注意有人来到她的身边，只看见一只顶着金黄色绒球的绣花鞋，扭头一看，是刘凤阁袅袅婷婷地立在她的身后，正含笑望着她。豌豆娘多少有些意外，神情很是不自在，忙说："哎哟，是大姐呀！我光顾愣神了，没听见你走路。"

刘凤阁说："大妹子，你在这儿愣什么神儿呢？"

豌豆娘佩服地说："大姐，你就是比别人想得多做得好，早早把白菜苦起来了，一棵也没冻着。"

刘凤阁笑笑说："其实我只比别人早了一步，我总觉得前一阵子的天气有些反常，担心这天说变就变，所以雪一化，我就让捞鱼鹳把白菜拔了出来。妹子，这样吧，赶明儿我让捞鱼鹳给你家送去两担先吃着。"

豌豆娘推辞说："不，不，可不要，你家人多，用项也大，不用惦记我们。"

刘凤阁拉起豌豆娘的手说："妹子，吃几棵白菜算什么惦记？刚才我看见老窦了，他的面色好像好多了。"

豌豆娘说："他总是时好时坏的。"

刘凤阁叹了叹气，说："走吧，这天又要起风了。"

犟睁眼披着一条麻袋站在自己的菜地里，两眼尽量往大里睁了睁，可是还只是睁开一小缝，而且从这两条窄窄的缝隙里滚出了几枚生硬而明媚的泪蛋蛋来。他恨自己这回大意了，竟然没有提前掐指计算一下，看看近日的天气有没有灾害。接着，犟睁眼看到高德显家的白菜全部整整齐齐地码在大石板上，用草苫苫着，便捶胸顿足地号啕起来，边号边说："天哪，你怎么会是这个样子呢？怎么能一天三变两天八转地让我们这些庄稼人无所适从呢？怎么能嫌贫爱富朝三暮四地让我们这些糠菜半年粮的穷人无所依靠呢？怎么能心狠手辣快刀斩麻地断绝我们的后路呢？我，犟睁眼，不是企图要成为盖世无双先知先觉的男人吗？不是企图要成为凭自己真本事吃饭的男人吗？不是企图要修炼成具有隐身术轻柔术锁山术算命术百步穿杨术飞檐走壁术等等绝活的男人吗？早着呢！差得远呢！刘黑丑在说书场上不止一次说过一个名叫屈原的人的话：'路漫漫其修远兮，吾将上下而求索。'我犟睁眼面对先人，简直狗屁不是啊！身处此时此刻，面对此情此景，犟睁眼觉得自己是何等的无地自容啊！是何等的自我否定啊！是何等的微不足道啊！"

面对这样的冰天雪地，敖敖也无话可说。王默宜让敖敖去拔白菜，他哪里还能拔得出来呢？敖敖去地里一拔，拔起一个冰疙瘩，往地边儿上一扔，骨碌碌滚出老远去，再拔一棵，又骨碌碌滚了老远，最后，敖敖抱着一棵白菜回到家里，往王默宜面前一放，说："娘，给你，就这！"

王默宜一看，心疼地叹了一口气，说："唉，今年冬天没菜吃了！"

敖敖说："娘，这不怪天不怪地，就怪我自己，昨天我和葛掌柜在甘陶河畔见捞鱼鹳从水地里往外拔白菜，还站在地边儿上嘲笑人家呢，要是早知如此，我还不如学着捞鱼鹳把咱家的白菜弄出来呢！"

王默宜说："儿子，你也有后悔的时候？"

敖敖说："我不是怕你着急上火嘛！"

王默宜说："我不上火，只要儿子你不给我和你爹添乱，我就知足了！"

敖敖见母亲高兴了，说："不过，娘，今年冬天就是咱家没有白菜吃，他高德显家的白菜吃不完，我也不稀罕，我看不起捞鱼鹳，更看不起高家的任何人！"

王默宜说："得了吧，敖敖，近来你爹和我合计着要把你送到太原去上学，三年之后给我们娶个城里的媳妇回来，再给我们生一个白白胖胖的孙子，我们这辈子也算有依有靠了。"

敖敖说："到太原上学我乐意，只是我得把与高家的官司打赢了再走。娘，白白胖胖的大孙子，就等着让我哥何霓霓给你生吧！"

王默宜说："你小小的年纪，与高家有什么官司可打？"

敖敖说："娘，不瞒你说，那天我去高家石料厂，那个石匠告诉我一个天大的秘密，说咱家雇佣的木匠有问题。我问他有什么问题，他说高家拿钱买通了给咱家做活的一个木匠，要他们为高家做什么事。"

王默宜不屑地说："儿子，这你大可不必操心，自从大牌坊开工的那天起，你爹从来没有离开过，那两个木匠又都是熟人介绍过来的，他们吃在咱家，住在咱家，还拿了咱家的工钱，怎么能替高家办事？"

敖敖说："娘，你还没有老，怎么就糊涂了呢？有一句古话，你没听说过吗？什么叫有钱能使鬼推磨？这就叫啊！我问他们背地儿里是谁指使，那石匠就不说话了。我瞪了他几眼，他还是什么也不说。"

王默宜说："你还是威胁人家了吧！"

敖敖说："像这样的人，不花言巧语地引诱他为我们做点事儿，还有什么用处！我问他，那木匠拿了高家的钱，会做出什么样的事情来？说出来我就给你钱！没想到那石匠说他不为钱。我问他不为钱为什么，他说他只是看不惯这种在背地里害人的事情。娘，我猜测这里面肯定有事！"

王默宜叹口气说："唉，有事你能怎样？"

敖敖见说不动母亲，就找到了甄畚世，把他从石匠那里打探到的消息说了一遍。这位资深的风水先生开始并不相信敖敖的话，后来觉得这件事情关系重大，还是决定到工地上细查一遍。然而，就在当天，那个石匠悄然离开了高家大戏楼的工地，从此没了下落。

## 雪 2

　　林成对这场大雪一日三变所造成的事态和景象并没有往心里去，他关注的焦点是找到老虎的行踪，并且在十八盘村四周的山峦上修建捕捉老虎的"梦子"，以创造出最为辉煌的捕猎业绩。果然，今天一早，林成在杀虎尖下边的一个山坳里发现了一行蹄印。

　　这是一行让林成心旌荡漾的蹄印啊！

　　这是一行让林成热血沸腾的蹄印啊！

　　这是一行让林成视死如归的蹄印啊！

　　林成似乎就要瘫在地上了，他的双膝一下跪在了深深的白雪之中，心在无规律地跳动着，血在无规律地涌动着，大脑在无规律地运转着。片刻之后，林成从雪地上站了起来，跟着这行印在雪地上的蹄印前行，从杀虎尖下边的鬼门关一直走到龙凤山后边的滴水岩，直到那蹄印消失在莽莽苍苍的森林之中，直到夜色从盘云寨上垂落下来，直到他的脊背上生出了片片芒刺儿，林成才停止了脚步。至此，林成终于发现了一个问题，老虎只走山梁不走山口，只走阴坡不走阳坡。这是为什么呢？林成百思不得其解。这时，多日来朦朦胧胧萦绕在林成脑际的包括给"梦子"选址等在内的宏大计划突然清晰起来，早先确定的"梦子"的地址都在山梁与山梁交接的垭口处，现在看来好像有点儿问题，老虎不去那里，它还怎么去钻你的"梦子"呢？于是，林成决定修改计划，把计划修建的所有"梦子"一律抬高三十步，建在山梁的阴面。

　　甄奋世到何家大牌坊工地转了一遭，发现了一个令甄奋世头皮发麻心惊肉跳的问题。何家雇佣的木匠在木材的使用上做了手脚，四根立柱中至少有两根被颠倒使用了，四根横梁中至少有三根被颠倒使用了，其他小件可能更多。这样做的直接后果别人不知道，甄奋世却是心如明镜。凭他几十年行走江湖的经验，觉得这木匠肯定是受人指使，是要置人于死地。他们采用这种极其隐蔽的谋术和卑劣手段，对何家下了死手。如果让这个阴谋继续实施下去，矗立在十八盘盘道上的这座富丽堂皇的何家大牌坊将成为一道凶门，直接威胁到的是何玉棠和王默宜二人的性命，他们中的某个人近期必定遭受双目失明之灾。

甄畚世把这件事告诉何玉棠的时候，何玉棠摇摇头，肯定地说："这不可能！老甄你说，这怎么可能呢？"

甄畚世坚持说："老兄，你应该相信我的眼力才对，我一根一根地拍了那柱子和横梁，发现木匠上油漆的时候先把两头给漆上了，这是我从未见到过的异常现象。"

何玉棠说："那又怎样？"

甄畚世说："我凭我的手感来判断，木头大都给反着用了，这是大忌讳啊！你应该相信我的判断。"

何玉棠说："得了，老甄啊，在别的事上我相信你，可这件事怕是你看走眼了。你是不是听信敖敖的话了？这小子，嘴上没毛，说话和办事怎么会靠得住！你放心，自从大牌坊开始兴建，每一个环节我都在场，包括伐木、奠基、下料、立柱、上梁等等，每道工序都不会有问题的。况且，那两个木匠是我的一个要好的朋友介绍过来的，他们不会做这种伤天害理的事情的！"

甄畚世苦苦央求道："老兄，你还是多加注意，牌坊一旦竣工，怕是要大祸临头的。"

何玉棠沉思了一下，说："你再让我想一想。"

这天晚上，刘黑丑在海瑞祠的书场上说的是《三国演义》中曹操大宴铜雀台，孔明三气周公瑾。十八盘村几乎所有的人都到场听书，就连老窦也早早赶到了。这是今年入冬以来，海瑞祠大殿第一次迎来这么多听书的人。

刘黑丑说道：曹操自赤壁兵败之后，常思报仇，只是怀疑孙权和刘备早已结盟，因此不敢轻易进兵。建安十五年春天，铜雀台宣告完工。曹操将文武大臣齐聚于邺郡，设宴庆贺。铜雀台正临漳河，中央是铜雀台，左边是玉龙台，右边是金凤台，各高十丈，上有二桥相通，千门万户，金碧辉煌。这天，曹操头戴嵌宝金冠，身穿绿锦罗袍，玉带珠履，凭高而坐。曹操在看罢列位武将的射箭表演之后，对文官们说："武将已经以骑射为乐，公等皆饱学之士，登此高台，为什么不吟诗作赋以纪一时之胜事呢？"当下有王郎、钟繇、王粲、陈琳等一班文官，竞相献诗。曹操一一览毕，笑道："诸公佳作，过誉甚矣。孤本愚陋，始举孝廉。后值天下大乱，筑精舍于谯东五十里，欲春夏读书，秋冬射猎，以等待天下清平，方出仕耳。没想到朝廷征孤为典军校尉，遂专为国家讨贼立功，图得死后有人给立碑一块，上写'汉故征西将军曹侯之墓'，平生愿足矣！念自讨董卓、剿黄巾以来，除袁术、破吕布、灭袁绍、定刘表，遂平天下。现在，孤身为宰相，人臣之贵已极，还有什么愿望呢？如果国家没有我这样一个人，正不知几人称帝，几人称王。我常念孔子称文王之至德，耿耿在心。你们大家肯定不知道我的心意。"众文官听到此处，都起身拜道："虽伊尹、周公不及丞相矣！"曹操听后大悦，正欲提笔作《铜雀台诗》，忽报东吴派华歆表奏刘备为荆州牧，孙权以妹嫁刘备，汉上九郡大半已属刘备。曹操闻听，手脚慌乱，投笔于地。程昱见状，问道："丞相在万军之中，矢石交攻之际，未尝动心，今闻刘备得了荆州，为什么如此失惊？"曹操长叹一声说道："刘备，人中之龙也！平生未尝得水，今得荆州，乃困龙入海矣！我怎能不动心呢？"程昱听罢笑笑，说："丞相可知华歆来意？"曹操说："不知道。"程昱说："丞相，孙权本来就忌讳刘备，想以兵攻之，又怕丞相乘虚而入，所以让华歆为大使，表荐刘备，一是为了安抚刘备，二是为了迷惑丞相你呀！"曹操点头称是，问有何妙计。程昱说："目前东吴所能依靠的人，周瑜也。丞相可以表奏周瑜为南郡太守，程普为江夏太守，留下华歆在朝重用，这样，周瑜必然会与刘备为敌。到那时，我们可乘其火并而图之。"曹操说："此言正合我意。"却说那周瑜小儿虽然领命南郡，但仍然上书吴侯，命令鲁肃去讨还荆州。早有使者报与刘备。刘备问孔明道："鲁肃此来何意？"孔明说："索要荆州。"刘备说："怎么回答？"孔明说："主公旁的不用说，只顾大哭。"刘备依计而行，与鲁肃说到关键时候，刘备痛哭起来，边哭边说明理由。怎奈那鲁肃也是宽仁长者，见刘备如此哀痛，只好应允。等他回到柴桑，见了周瑜，把事一说，那周瑜捶胸顿足，说："你又中诸葛亮诡计矣！当年刘备依靠刘表的时候，就有吞并荆州之意。今我有一计，可使诸葛亮不能逃脱。"鲁肃说："愿闻妙计。"周瑜说："你再去荆州一趟，告诉那刘备，说孙刘两家既已结亲，便是一家，如果你刘备不忍去取西川，我东吴起兵去取。待我取得西川，便可作为嫁妆给你，以换回荆州。"鲁肃说："西川路远，取之不易。都督此计，不可取也。"周瑜笑曰："你道我真个去取西川给他？我只是以此为名，赚取荆州而已。你想啊，我东吴军马去取西川，路过荆州，向刘备索要钱粮，他必然出城犒劳我军，到那时乘势杀之，夺取荆州，不费吹灰之力，一来可雪我心头之恨，二来也为足下解了祸。"鲁肃一听大喜，又奔荆州而来，刘备又与孔明商议对策。孔明说："我断那鲁肃并没有去见吴侯，只到柴桑见了周瑜。此番回来，肯定又要用计诱我。一会儿见了鲁肃，主公只听他说话，见我点头，你便满口应承。"果然，鲁肃一见刘备就说："吴侯称赞皇叔盛德，与诸将商议，起兵替皇叔收川。等取了西川，作为嫁妆，来换荆州。但军马经过，还望出些钱粮。"孔明听了，忙点头称是，说："难得吴侯好心。"刘备也说："这可都是您的功劳啊！"孔明说："雄师到时，我们当远接犒劳。"鲁肃暗喜，宴罢便回柴桑见周瑜。鲁肃走后，刘备问孔明："这是何意？"孔明大笑，说："周郎死期到了！这等计策，小孩子也瞒不过！"刘备又问如何，孔明说："此乃假途灭虢之计也。虚名收川，实取荆州，等主公出城劳军，乘势拿下，杀进城来，攻其无备，出其不意也。"刘备说："这可如何是好？"孔明说："主公尽管放心，只顾准备窝弓以擒猛虎，安排香饵以钓鳌鱼。到那时，周瑜即便不死，也九分无气。"周瑜听了鲁肃汇报，大笑道："原来孔明也中我一回妙计！"这时，周瑜箭疮已经愈合，身躯无事，便抽调水陆大军五万余人，奔荆州而来。他刚到荆州城外，见城上插两面白旗，并无一人之影。周瑜让人叫门，城上有人问是何人，东吴军士答道："是东吴周都督在此！"忽听一声梆子响，城头竖起无数刀枪。但见敌楼之上赵云高声喊道："都督此行，意欲何为？"周瑜说："吾是要替你的主人去取西川，你怎么不知道呢？"赵云说："我家军师已经识破都督假途灭虢之计，所以留下赵云在此等你。我家主公说，他与刘璋皆为汉室宗亲，怎能背义而取西川。如果东吴执意要取蜀，我宁肯披发入山，也不失信于天下。"周瑜听到此话，心里明白诸葛亮早已做好了准备，勒马便回，可他哪里还走得了，关公从江陵杀来，张飞从秭归杀来，黄忠从公安杀来，魏延从屠陵小路杀来，四路军马铺天盖地，喊声震天。周瑜见此，大喊一声，箭疮复裂，坠于马下。这正是：一着棋高难对敌，几番算定总成空。不知周郎性命如何，咱明天接着说。

何玉棠听罢书回到家里，竟然一夜没合上眼睛。他把发生木匠事件的前因后果反反复复地想了好几遍，总觉得这件事情有些蹊跷。难道真的是高德显暗中指使木匠干的吗？前些年，高何两家还没有正式联姻的时候，也曾经发生过几次摩擦，但都大事化小小事化了了，高德显毕竟还是有文化有修养的人，尤其是他的两个夫人，前者虽然没有文化，但贤惠善良平易近人，后者知书达礼圆润四方，还是妻子王默宜的姑表妹子，在何玉棠看来，这两个女人简直无可挑剔。为什么自从何高两家联姻以来，就如此疙疙瘩瘩越闹越僵了呢？就如此势不两立水火不容了呢？就如此冤家路窄雪上加霜了呢？

第二天，何玉棠把甄畚世、陈元和犟睁眼等人找到一起商议此事。甄畚世说："是不是先把木匠找来问一问？"

犟睁眼说："现在贸然去问木匠，怕是会打草惊蛇，万一那木匠逃之夭夭，我们得不到口供，掌握不了真实的情况，也不好直接去找高德显对证，反而会让人家抓住把柄。"

陈元摇摇头说："这事不大可能，万一你们两家当面锣对面鼓地对证起来，我们这边要是没了理怎么办？我看不如算了，以免再制造麻烦。现在高何两家的关系已经十分紧张了，就像一堆干柴，见火就着啊！"

犟睁眼说："我不同意陈老师的主张，这可是一个是非问题，我们不能不讲原则。我有一个主意不知道合适不合适。"

何玉棠说："合适不合适的，你得先说出来大家才能知道。"

犟睁眼说："我们找一个借口，从牌坊上取下一根梁来，放到水里试试，如果真的像甄先生说的那样，我们与高家就得把这事挑明了，就是撕破脸也要把这口气争回来！"

大家一致同意犟睁眼的意见，放出风去，说牌坊左侧的一根大梁斜了，需要重新上一下。这消息一传出，立即引起了高长命的警觉。本来他觉得已经大功告成了，这几天正在龙凤山上指挥着人们修建马厩和羊圈。这天黄昏，突然有人来报告，说何玉棠家的大牌坊要重新上梁。高长命一听，禁不住打了一个冷战，身上的汗毛全部立了起来，心想，莫非何玉棠看出什么破绽来了？不可能！他要是看出了什么破绽，为什么非要等到今天？但是，高长命还是立马返回十八盘村，他要看看何玉棠到底要做什么。

何玉棠以大牌坊即将举行落成典礼为由将两个木匠滞留在十八盘村。这天夜里，他又让王默宜弄了几个菜，去把木匠请来吃饭。木匠落座之后，何玉棠说："二位辛苦了，几个月来你们一直在工地上忙碌，风风雨雨的，我也一直没陪二位吃过饭，今天没事了，我把二位请来，咱们在一起吃顿便饭，也好聊聊天。"

木匠甲说："老叔您太客气了，我们都是做体力活的，能与您坐在一起吃饭，真是三生有幸啊！"

木匠乙也附和道："是啊，老叔，我们哥俩走南闯北做了这么多年的木匠，还没遇到过像您这样的好人呢，多给我们工钱不说，还时常犒劳我们，让我们不知说什么才好。"

这位木匠一说到工钱，倒把何玉棠提醒了。他端起一杯酒来，对二位说："既然你们说到了工钱，我觉得咱开始谈的价格有些低了，我已经吩咐下去了，明天再给二位补点钱，也算我的一点儿心意。"

木匠甲一听何玉棠这么说，立即警觉起来，端酒杯的手微微地颤抖了一下，说："不，不！老叔，您给我们的工钱已经高出平常的价格不少了，我们不能再拿了。"

何玉棠说："不能不拿，你们谁要是不拿，就是瞧不起我何玉棠。"

两个人还想说什么，被何玉棠制止住。何玉棠接着说："不过，我今天听人说，大牌坊北边的一根大梁好像有点儿歪，不知道他们是怎么看出来的，明天一早，还得麻烦二位去看看，如果是，怕还得修理修理才是，你们说呢？"

何玉棠在说这些话的时候，拿眼盯住了木匠甲，发现他的脸色一下变了，额头上也浸出了一层细密的汗珠。但那木匠马上镇静下来，说："老叔，我们两个敢给你保证，大牌坊不会出现任何问题，如果有一点儿问题，我们如数把工钱退回。不过，既然有人在大牌坊上发现了纰漏，还是把它修正过来为好，免得人们产生怀疑和误会。"

何玉棠说："那好，明天吃罢早饭，咱就去查看。"

听说何家大牌坊出了问题，今天一早要返工重修，工地上来了不少人。查看的结果是令人痛心的，大牌坊北面的第一根横梁向西北方向斜了半寸。在场的人听到这一报告无不大吃一惊。怎么会发生这样的事情呢？简直太不可思议了呀！

木匠从大牌坊上下来，呆呆地立在那里不再言语。

敖敖过来问："这是怎么回事？"

那木匠说："不是我们故意的，肯定有人在上面做了手脚。"

敖敖一听急了，吼道："做手脚的不是别人，正是你们两个！别以为你们一个个都是鬼头，别以为你们做事就神不知鬼不觉，别以为你们能瞒天瞒地也能瞒过我们，老实说吧，除了给上歪了大梁，还有什么问题？"那木匠不再承认其他。

刘黑丑说："这样吧，大梁既然上歪了，那就把它卸下来，重新换一根上去，好不好？"

何玉棠对那两个木匠说："那只好这样了，还烦请你们二位上去把那根大梁卸下来吧。"

木匠说："老叔，其实根本用不着往下卸，在上头校正一下就可以了。"

敖敖生硬地说："那不行！这座牌坊可是要流传百世的呀，怎么能这样敷衍了事呢！你们上不上，你们要是不上，我可上去了啊！"

刘黑丑拦住敖敖，说："敖敖，你不要莽撞，解铃还要系铃人嘛，还是让木匠先生上去吧！"

就在众目睽睽之下，两个木匠把大牌坊上的大梁卸了下来。这时，一个重要的人物出现了，他就是高德显。他来到众人中间，朝四下看了看，然后缓慢地转向何玉棠，不冷不热地问："怎么了，亲家兄弟？你们这是怎么了？我听人说，高家有人拿钱买通了木匠，在你这大牌坊上做了手脚，如此看来，你已经相信了这话，是不是啊？"

何玉棠决定与高德显摊牌。何玉棠说："亲家兄，我也是听说，开始也不相信，但是，今天早上经过查看，发现大牌坊这根大梁上歪了，两个木匠兄弟上去测量的，刚刚才把它卸下来。你来得正好，我们商量商量这事该怎么办！"

高德显说:"有什么好商量的?莫非何老弟真的怀疑到我的头上了?"

何玉棠说:"不是我非要怀疑你,现在的问题是,一,他们在上梁的时候把大梁上歪了;二,他们有可能把木头的大头和小头颠倒用了。兄弟我认为有必要把这件事的来龙去脉弄清楚,以免留下后患,德显兄以为如何?"

高德显的情绪显然有些激动,他拍着胸脯说:"如果有这种事情,我就把高字上边那一点抠掉!"

何玉棠说:"那好吧,现在咱就去卧龙潭里做试验,如果这根大梁有人故意把大头作了小头,我认为这事就严重了。"

高德显说:"行,事到如今,为了洗清我们高家的名声,就请到卧龙潭试水。"

众人刚要抬着木头往卧龙潭去,却被两个木匠拦住了,他们扑通跪倒在何玉棠的面前,痛哭流涕地说:"老叔,别去试了,有人指使我们把大牌坊上所有的木头全部颠倒使用了,我们真是糊涂呀!我们真是该死呀!"

两位木匠这样一说,众人的目光一下都集中在了高德显的身上。何玉棠对两位木匠说:"有话起来说吧,到底是谁指使你们这样干的?"

两位木匠扭头看看高德显,低声说:"我们不敢起来,更不敢说。"

高德显已经从中看出了名堂,走到木匠跟前说:"事已至此,你们还有什么话不敢说出口呢?是不是我们高家真的有人指使你们了?"

木匠还不说,高德显急了,在地上猛地跺了一下脚,说:"快说!"

木匠这才说出了真相,是高长命花钱收买了他们,借木匠之手将贾定桩的阴险计谋实施在何家大牌坊的建筑中,即横梁大头朝南,立柱大头朝上,只是那木匠尚存一丝良心,没有全部照办,只将其中的部分材料颠倒使用了。众人听到这儿,唏嘘声四起,几乎所有的目光又一次集中在了高德显的身上。

高德显怔在那里半天,然后木然地走回了家。高德显再一次在众人面前丢了人,回到家便病倒在炕上,然后猛地咳嗽了几声,结果又喷出了一颗门牙。当高德显得知是自己的儿子高长命暗中与昔阳县风水先生贾定桩密谋对何玉棠下了死手之后,他认定,从今往后,高德显这个名字就不再值钱了,高德显就没有颜面在十八盘村以及甘陶河流域山南川北一百单八村的人前人后露面了,高德显从此就风光不再体面不再威风不再了,高德显从此就不再高大巍峨一言九鼎了。同时，高德显还认定，别人不会去指责高长命，因为他还是一个孩子，更何况还有残疾，而自己这个做家长的无疑就会成为众矢之的，成为矛盾的焦点。

这时，高德显已经分明地感觉到自己的心早已死了，身体犹如一个摇摇欲坠的空壳，说不定哪天就会轰然倒下，成为一块令人嫌弃的朽木，或者骤然消失，成为人们记忆中的一缕青烟。那么，高家几代人经过几十年苦心经营积累起来的万贯家财怎么办呢？如花似玉的刘凤阁会怎样呢？年轻貌美的何灵芝会怎样呢？想着想着，高德显就不敢再往下想了。

这天黄昏，高德显让刘凤阁把家里的人都叫到跟前，商量让何灵芝当家的事。结果遭到了高长命的坚决反对。高长命说："我哥这一走三个多月也没个信，将来何灵芝还是不是咱高家的人，谁能说得准呢？如果把这么大个家交给她，你们都放心吗？即便你们两个放心，我还不放心呢！"

高德显挥起手将大烟斗朝高长命砸了过去，骂道："畜生！好你个畜生！当初你娘生下你的时候怎么就没把你放进尿罐里淹死呢！天哪，我这是造下什么孽了呀！"

高长命把身子一闪躲开了烟斗，随即扑通一声跪在了刘凤阁的面前，央求道："娘，你给评评这个理，我爹他今天说的这叫什么话！"

刘凤阁把高长命扶起来，说："孩子，站起来说话。长命呀，不是我非要站在你爹的立场上说话，你近来一而再再而三地办一些让咱高家失理的事，办一些让你爹和我嘴里没舌头的事，你还让我怎么给你评理呢？前一阵子，你自作主张卖给日本人马匹，现在你又与人合谋加害何家。这么大的两宗事情，你但凡跟我们说一声，也不至于闹到今天这个地步。孩子，你知道你这种行为叫什么吗？说你个大逆不道，恐怕不算冤枉吧？"

刘凤阁见高长命不说话，就继续说："如今好了，长命，你捅下的这个马蜂窝可不小啊！何家如果追究起来寸步不让的话，你让你爹和我怎么去和人家开口对话！"

高长命说："娘，大丈夫一人做事一人当，就是天塌下来，全由我来承担。"

刘凤阁说："孩子，我怕你担不起来，你还嫩了点儿！依我看，你就同意你爹的主张，让你嫂子把这个家当起来，也许能够缓解一下目前高何两家的紧张关系，否则，高何两家在十八盘村继续相处下去，会有什么样的结果，你心里应该是明白的呀！"

这时，何灵芝站起来，用手搀住刘凤阁，说："爹，娘，这个家我可不能当。要是让我说出理由，我想至少有三条：我刚进咱高家的门，连家里有几间房子几匹牲口都说不清楚，我怎么当家？这是一。长英他至今不回家，也不往家里写信，肯定我在待人接物上有不周全的地方，我的心里一直不安生，怎么会当好这个家？这是二。我自己身上有多大的本事，我自己心里清楚，从小到大没操过心，没吃过苦，柴米油盐缝补浆洗的事都一窍不通，根本就不是当家的材料。这是三。有这三条，爹，娘，你们还是饶了我吧。在高家我可以学着做活，可千万别让我操心做主，我求求你们了，行不行？"

高德显说："灵芝啊，自从你嫁到高家，长英那浑小子就一去不回，我这心里一直觉得对不起你。你娘知道，我为这事常常一夜一夜地睡不好觉。你看长命这孩子，又出损招加害于何家，我这心里就觉得对不起你的爹娘。刚才我就和你娘商量，决定把这个家交给你来管，你就不用再推辞了。"

何灵芝说："爹，娘，我还是那句话，这个家我当不了，你们非要让我当，就等于把我架到火上去烤。爹刚才说的，不怨你们，也不怨长英和长命，也许是我不好呢。说实在的，我能进到高家做媳妇，也算是三生有幸了。娘，你说是不是？"灵芝一边说，一边用力摇晃着刘凤阁的胳膊。

刘凤阁说："孩子，这事就这么定了。等雪化了，我陪你去一趟南佐镇。"

灵芝没有再言语，眼圈一热，差点儿掉出泪来。

就在当天黄昏，刘凤阁和何灵芝两个人去厕所，刘凤阁把灯笼放在灯笼架上，为何灵芝捧着长长的辫子，不经意间，她在这丛油黑油黑的头发中发现了一根银白色的发丝，便惊奇地说："哎哟，我的孩子，你怎么长出白头发了？"

何灵芝说："不会吧，娘，你一定是看花眼了。"

刘凤阁说了这话又觉得后悔，忙掩饰说："是吗？也许是娘看花眼了。"

刘凤阁和何灵芝回到屋里，灵芝把双手放在嘴边哈气，刘凤阁也禁不住打了一个冷战，说："日子过得真快，又到了生火取暖的季节了。"

两个人刚躺进被窝里，何灵芝突然对刘凤阁提出了一个问题，倒让刘凤阁不知说什么好了。灵芝说："娘，你到高家三年多了，为什么没有开怀生育？你不想要孩子吗？"

刘凤阁把脸扭到一边，半天没说话。何灵芝这才意识到自己说走了嘴，忙把一只手伸进刘凤阁的被子里，说："娘，真对不起，这不是做儿女的该问的问题，你打我吧！"灵芝说着话，找到了刘凤阁的一只手，并把这只手放在了自己的脸上。

刘凤阁把身子扭向灵芝，叹了一口气，说："孩子，娘不怪你，我以后再慢慢说给你听好不好？"

何灵芝借着朦朦胧胧的月光，仔细打量着刘凤阁的脸庞，情不自禁地说："娘，你真好！"

## 雪 3

鸡叫头遍的时候，刘凤阁就从睡梦中醒来，看看窗外细腻如水的月光，再看看熟睡中仙子一般恬静的何灵芝，突然牵挂起了高长英。这一阵子，每当她闲下来，每当她看见何灵芝的身影，每当她一个人独处的时候，脑子里就会浮现出高长英的影子。她越想回避，越想放弃，高长英的影像就越清晰，越强烈。这时，刘凤阁隐隐约约地觉得，高家的衰落，从八月十六日高长英离家出走那一刻就悄然开始了。

刘凤阁悄悄地从屋里出来，月光把她苗条的身影映在地上，长长的脖颈，细细的腰肢，苗条的双腿，款款的步态，就连那飘逸头发和圆圆的臀，也都映照得清清楚楚。她想去个茅房，但不知道为什么，她觉得脚步比以往沉重了许多。昨夜何灵芝问她嫁到高家三年多了为什么没有开怀生育，刘凤阁只有敷衍，只有搪塞，只有缄默。

这是一个多么敏感的话题啊！

这是一个多么现实的话题啊！

这是一个多么复杂而尖锐的话题啊！

然而，就是这样一个话题，不仅没引起刘凤阁任何的不高兴，反而使她觉得，这是何灵芝亲近自己的一种表现。她决定找个时间好好跟灵芝谈谈，也好互相走进对方的灵魂深处。

刘凤阁没有先去茅房，而是先去开大门。这是刘凤阁嫁到高家后一直保持的习惯，她起床后做的第一件事就是开大门。在十八盘村，只有高家的这座大门早晨开得最早，晚上关得最晚。这两扇高大的朱红色的大门，在十八盘村极具象征意义，凸显着这座院落的主人在人们心中的地位和尊严。它的开启，透出一股勃然向上的生气。它的关闭，则意味着平安吉祥。这两扇大门白天是不允许关闭的，只有在极其恶劣的天气情况下才能例外，一旦稍有好转，必须立即打开。细心的人还注意到一个细微的变化，高德显的前夫人在世时，高家大门楼上醒目地挂着一个木牌，上面刻着一条狗，提醒过往行人注意，这个院子的主人养着护家犬，进入须先敲门。而刘凤阁嫁过来之后，就把狗送到了龙凤山上，但木牌仍挂在门楼上，只是在狗的身上打了一个叉，说明此院无狗。这一变化虽然细小，但给人的感觉却有明显差异，前者是警示是拒绝是关闭，而后者则是提示是纳迎是开启。

刘凤阁刚刚拉开门闩，嘎吱吱打开大门，就看见一个人披着一身寒霜蹲在门洞里，她被吓了一跳，仔细一看，原来是林成，他旁边放着一只篮子，篮子里盛着一大块肉，她急忙问道："林成，你这是要做什么去？"

林成从地上站了起来，看看刘凤阁，又指指地上的篮子，说："大姐，没吓着你吧！我听说大娘来了，就弄了点獾肉过来，是腌好的，给大娘和德显哥补补身子。"

刘凤阁说："林成，你是不是早就来了？为什么不敲门？"

林成说："大姐，我刚说在这儿抽袋烟，你就开门来了。"

刘凤阁说："林成，你听我说，我这儿什么都不缺，你快把它拿回去炼獾油吧，你大娘吃了一辈子素，老了更不吃肉，再说，德显的身子还用不着补呢。"

林成又看看刘凤阁，说："大姐，你说这话，可就见外了，就小看兄弟了。告诉你吧大姐，我家里的獾油多的是，有好几桶在那里放着呢，一年一年也用不着，也卖不上好价钱。我准备过两天雇人把这些獾油送到南佐镇长英那里去，可以为战士们疗伤，大姐你说好不好？"

刘凤阁刚想说话，忽见林成把脸凑过来说："大姐，今天我还要告诉你一件事。那天去南佐镇送梨，一个朋友告诉我，大爷的确是被井上岩的人抓住送到野头镇被山岛一虫给活埋的。说被埋那天，日本人把五十多号人用铁丝穿着锁骨，赶到野头镇的后垴，路上别人在哭爹喊娘，惟独大爷不哭不喊，一脸愤怒，脸色都发紫了。"

林成见刘凤阁把脸背了过去，就停了下来，站在一旁哈气搓手。

刘凤阁扭头看看林成，说："兄弟，你接着说。"

林成说："大姐，我这个朋友还知道大爷被埋在哪个坑里。这两天我想去野头镇看个究竟，趁狗日的日本人不注意，把大爷的尸骨偷回来。"

刘凤阁不无担心地问："林成，就你一个人去？"

林成说："大姐，你别为我担心，野头镇我常去，朋友也多。"林成刚说到这儿，见凤阁娘从院里朝这边走过来，就给刘凤阁示意，刘凤阁扭回头看见娘出来了，就埋怨道："娘，大清早的，你起来做什么？"

凤阁娘说："我听见有人说话，说你爹，说野头镇，我就躺不住了。"

林成赶紧过来打岔，说："大娘，您还认识我不？"

凤阁娘打量一下林成，说："认识，你叫林成，你媳妇长得俊，叫马音音，对不对？"

林成惊讶地说："大娘，您的记性真好！"

凤阁娘说："好什么呀，老了！"

林成说："大娘，您一点也不显老，上次我去的时候，您还在织布机上织布呢。这不，我听说您来了，就给您弄了点獾肉，但刚知道您老人家不吃肉，唉！"

凤阁娘慨叹道："难得啊！"说罢，转身就往回走。

刘凤阁扶住娘的胳膊，说："娘，你再回去躺会儿吧。"

看着凤阁娘的背影，刘凤阁和林成对视了一下，谁也笑不出来。

林成见刘凤阁的面色有些犹豫，就说："大姐，我心里有数，你放心就是。"

话音还没有完全落下，林成就丢下篮子匆匆走了。

目送林成走了之后，刘凤阁回到屋里，看见高德显已经在太师椅上坐着了，就走到高德显的身边，说："德显，你怎么也起这么早？"

高德显轻轻咳嗽了一声，把硕大的烟斗摸在了手上，问道："刚才是谁在门口说话？"

刘凤阁说："是林成，他弄过来一块腌好的獾肉，说是给娘和你补身子的。"

高德显沉吟了一下，说："林成很难得。"

刘凤阁说："刚才咱娘也这么说。"

高德显说："凤阁啊，近来咱高家正走着背字，许多人都躲开了，只有林成跟咱走得近。我听说他要修建"梦子"，专门逮金钱豹和老虎。咱这太行山上有老虎和金钱豹了？"

刘凤阁说："谁知道呢！林成说有，大概就有吧。他那双眼睛他那只鼻子他那两只耳朵和他那身手，没人不服的。咱这山上还真说不定有了大动物呢，那天我去玉棠家，听默宜姐说，她家的猫还围住过一群狼呢。"

高德显说："是吗？林成准得瞎忙乎一场。"

刘凤阁不解地问："为什么？"

高德显说："一物降一物的道理，你知道不知道？这太行山上如果有了金钱豹，肯定不会再有狼。如果有了老虎，肯定不会再有金钱豹。"

刘凤阁不同意高德显的观点，说："那可不一定。没准儿狼在南山，虎在北坡呢。这回啊，我看林成能得逞。"

高德显摇了半天的头，才说："凤阁啊，我看林成也不容易，咱帮不上他的忙，你给他拿点钱去，也算表示一点心意。"

刘凤阁转了个话题对高德显说："林成说他的一个朋友知道我爹是被井上岩抓走送到野头镇山岛那里的，而且还知道被活埋在哪个万人坑里，他想找机会去把尸骨偷回来。"

高德显一听脸色就变了，警觉地对刘凤阁说："凤阁，你快去告诉林成，现在千万别去捅这个马蜂窝。独立营刚刚截获了日本人的马，打破了井上岩和山岛一虫重新组建骑兵连的计划，那马虽然是咱家的，可是日本人是花了大价钱的，井上岩和山岛一虫肯定会伺机报复的。如果他再到野头镇闹出点事来，岂不是火上浇油乱上添乱吗？"

刘凤阁一边点头同意，一边为高德显装旱烟丝，仍不无惆怅地说："德显，听说长英他们要打豆姬大炮楼，他这回不会有什么危险吧？"

高德显不作声，只一个劲儿地抽烟。

刘凤阁说："德显，不知道为什么，这几天我这右眼皮老是嘣嘣地跳。"

高德显咳嗽了几声，说："你和灵芝是不是又说了一夜的话？"

刘凤阁说："没有啊，德显，昨天黄昏的时候，我和灵芝去厕所，见她头上有了一根白头发，她还说我看花眼了，回屋我们就睡下了。"

高德显看看刘凤阁，说："她再没提起何家大牌坊的事？"

刘凤阁说："没有。我看灵芝这孩子心里有数。"

高德显说："我也看出来了，灵芝是个有心计的孩子。高何两家之间出了这么大的事，发生了这么大的摩擦，这孩子什么也不说，什么也不表现，好像这事那事都与她无关。我这心里就觉得纳闷儿，晚上躺在炕上睡不着，我在心里就琢磨，恐怕不因为别的，就两条，一是因为她刚到咱家做媳妇，二是因为人家这孩子有教养。唉，现在回过头来看，我对两个儿子的教育完全失败了。"

刘凤阁说："德显，话不能这么说，事情也不能这么简单地看。现在的时局也跟以前大不一样了，我看还是不以一时一事的成败来论的好。"

高德显又剧烈地咳嗽起来，刘凤阁站在他的身后轻轻地为他捶着背。过了多时，等高德显的咳嗽缓了下来，刘凤阁才说："德显，你还是把烟戒了吧，看你近来老是咳嗽，痰也多。"

高德显摇摇头，说："不是抽烟的过！"

刘凤阁说："怎么不是？自从八月十六长英在婚礼上出走之后，你手里的烟斗几乎就没有放下过，后院那两麻袋旱烟已经叫你抽了一半多，还说不是！"

高德显稍稍顿了一下，说："凤阁，这些天你在后院陪灵芝睡，我自己晚上睡不着觉，老是琢磨一个问题，你说，为什么老天爷近来总是跟我高德显过不去？难道我在前世造下什么孽了？"

刘凤阁说:"德显,怎么会呢?想当初,你从祖上继承下来多少家产,现在发展到了多少家产,世人是有目共睹的,高家的发达,全凭你一个人的苦心经营,你是凭真本事吃饭,从来没有坑害过什么人,眼前才发生这么点不顺心的事,你怎么就与前世一起联想呢?"

高德显说:"凤阁啊,不瞒你说,当初长英闹着去当兵,是为了给你这个后娘闹脸色,可你还千方百计地阻拦他,怕他到前线打仗有个三长两短的,不好向他死去的娘交代,不好去堵人们的七嘴八舌。但是,你听我说个不字了吗?没有!我就不说不让他去当兵。为什么呢?我有我的考虑,也完全是为了他的前程和事业。他不是闹着要去吗?我就让他去!我实指望长英当几年兵,能在部队上有所建树,做个一官半职,也好将来有朝一日衣锦还乡光宗耀祖,把我们高家三代人积聚起来的家业再继承下去,让他们这辈子和他们的后代继续在这甘陶河流域山南川北一百单八村出人头地,继续在生意场上称雄一方,继续在人们面前一言九鼎。可是,我万万没有想到,自从打下南佐镇,长英虽然官升一级当了独立营营长,但他就像变了一个人似的,不论做什么都像丢了魂儿。婚礼上他一拍屁股走了,更是把我的老脸给挂了起来。接着是长命又火上浇油,一而再再而三地给我闯祸惹乱子。凤阁你说,我在十八盘村还怎么见人?我在这太行山上,在这甘陶河流域,在十八盘村,还怎么扬眉吐气?还怎么一言九鼎?我在生意场上还怎么一呼百应?怎么得心应手啊?唉!"

刘凤阁看看高德显布满皱纹的脸,见他两腮上的颧骨更加突出了,眼睛周围的肉皮也愈趋松懈,刘凤阁当下就大吃了一惊。这才几个月的光景,他的精气神儿仿佛完全垮了下来,一天一天地蜷缩在屋里不出来,一夜一夜地躺在炕上翻来覆去睡不着觉,整日整日地沉默不语,如果长此以往,那还了得!这种情形,别说是一个上了年纪的人,就是年轻人也受不了。刘凤阁最担心的,不单单是高德显日渐消瘦的脸庞,也不单单是他恍恍惚惚的神态,还有他前一阵子莫名其妙地掉的那两颗门牙,刘凤阁觉得后者倒是应该引起十二分的关注。刘凤阁知道,如果一个人的精神支柱垮了,那么他的肉体也就随即垮了。今天,刘凤阁所担心的局面终于在瞬间出现了。当刘凤阁看到从高德显的眼睛里弥散出那缕暗淡无光的眼神的时候,她的心就像被刀子狠狠地剜了一下,突然从大脑的深处跃出了一个可怕而离奇的感觉，她眼前这位男人仿佛即刻就要垮塌就要消失就要泯灭就要随风而去。

刘凤阁镇静了一下，说："德显，刚才你说的话，我听着倒像是你的心里话，但我觉得不像是你的脾气。咱家近来是出了一些不遂心愿的事情，但是，我觉得怨不得你，也怨不得长英和长命，要怨就怨日本人。你想想看，日本人如果不打咱中国，不打到南佐镇来，咱的光景该是多么安生自在呢！可是，自从来了日本人，人们的日子不就全乱套了吗？日子乱些并不可怕，可怕的是人心都乱了！"

高德显看看刘凤阁，见刘凤阁的脸色镇静自如，就问："人心怎么乱了？"

刘凤阁说："德显，别人咱不说，你单看咱长英在部队上打日本人，打仗打到现在，一仗比一仗激烈，一仗比一仗残酷，他的心早就打野了打疯了！要是不野不疯，怎么会在婚礼上扔下灵芝跑了呢？怎么会三番五次地去找就是不回心转意呢？怎么会抽上烟喝起酒六亲不认了呢？再说长命，要不是受到环境的影响，他小小年纪怎么就敢瞒着你我去跟日本人做骡马生意呢？怎么就敢使用那样卑劣的手段与何家作对呢？还有我的兄弟黑牛，在南佐镇与日本人井上岩来来往往，打得火热，给日本人打刀片儿捻枪子，他的铁匠铺都快成了日本人的兵工厂了，让南佐镇的人们说三道四，骂他是汉奸，那天我说了他几句，他还满不在乎，说他绝不会做对不住自己良心的事情，硬让我放宽心，我这心能放得下放得宽吗？你说，他的心是不是也野了？可是，话又说回来，他们都是咱的孩子，都是咱的亲人，他们当中哪个变坏了，咱也心疼不是？现在，我最担心的不是别人，而是长英，担心他在打豆姬大炮楼的时候吃了日本人的亏。"

刘凤阁见德显不说话，接着说："还有那个葛掌柜，不知道从哪儿冒出那么多亲戚，那么多表兄弟，三天两头带人来东平台西平台转悠，说要开矿建厂，还说要架桥修路，依我看，他们这些人压根儿就对咱十八盘村没安什么好心。"

高德显听刘凤阁说完，才慢腾腾地说："凤阁啊，我也早就看出来了，葛掌柜的那些亲戚朋友都是虚的，都与日本人有关，不是井上岩，就是山岛一虫。他们看中的是咱高家的东平台和何家的西平台，说不定日本人真的要在十八盘附近的山地开矿办兵工厂呢。为什么我早就反对,而且旗帜鲜明地反对?唉,可惜何玉棠反应迟钝了许多啊!"

高德显叹了一口气,没再说下去。

刘凤阁说:"德显,你想想,如果这一切是真的,你能扛得住吗?"

高德显咬了咬牙关,在瘦削的脸上拱起两块难得的肌肉。他把手里的大烟斗挥了挥,说:"扛不住也得扛啊!这十八盘村的一山一水一草一木都倾注着高家的心血,都浸泡在咱的汗水里呀!你说,我能不着急吗?我能坐视不管吗?我能不想方设法加以抵制吗?"

刘凤阁说:"行了,德显,越是在这样的时候,你我的心越是不能慌,不能乱,尤其是你,你是一家之主,可一定要保持镇静和清醒,千万不能乱了方寸,你说是不是?"

高德显嗓音颤颤地说:"唉,凤阁啊,你瞧瞧我这样子,怕是要一病不起了!你没见我的门牙已经掉了两颗了呀!无缘无故啊!"

刘凤阁一听,心里又是一惊,忙安慰道:"德显,目前你就把里里外外的事全部放下来,有我和灵芝呢,天塌不下来。你就在家里静静地歇息一段时间,我让柳细腰在饭食上给你好好调理调理,慢慢会好起来的。等过了这段时间,我一定陪你去南佐镇把牙给镶上。"

高德显说:"静养也好,调理也好,镶牙也好,眼下都是小事,我的惟一大事就是去见长英一面,越快越好!"

刘凤阁说:"德显,等南佐镇周边地区的战事平息了再去比较稳妥。"

高德显说:"干吗非要等打完仗才去?我明天就要去!"高德显说着说着就抬高了嗓音,让刚进院的刘黑丑听了个正着。

刘黑丑一脚门外一脚门里,问道:"德显,你这是要去哪儿啊?"

刘凤阁见哥哥似从天降,喜出望外地说:"哥,你来得正是时候,快帮我劝劝德显,他非要去南佐镇找长英。眼下这炮火连天的,哪能去啊!"

这时,刘黑丑已经来到高德显的身边,说:"德显,你这个人在发什么神经?不知道南佐镇以及周边地区是战区呀!不知道长英的独立营正在准备攻打豆姬大炮楼呀!不知道县政府区政府正在号召人们行动起来支援前线呀!"

刘黑丑一连三个质问，丝毫不给高德显留面子。高德显低着头不说话。刘黑丑接着说："德显，我刚从黄北坪秦司令员那里绕道去了南佐镇，见了长英一面，他说八路军独立营已经接到上级命令，要他们早日端掉豆妯大炮楼，配合兄弟部队攻打豆妯火车站和野头镇。还说那个日本人井上岩扬言要打回南佐镇，活捉高长英呢。德显，你迟不去早不去，现在提出要去南佐镇，不是给长英添乱吗？"

　　刘凤阁也趁机劝道："就是，现在南佐镇这么危险，你就听我哥的吧。"

　　高德显还是不说话。刘黑丑又说："德显，日本人这次可是急了眼，那个叫井上岩的家伙，丢了南佐镇之后，差点让上司用战刀削了他的脑袋，后来他又丢了一批战马，两次败仗一次算账，结果被革去了兵权，什么少佐不让当了，让他坚守豆妯大炮楼，叫他戴罪立功。德显，你想想，他井上岩能善罢甘休吗？能不千方百计报复高长英吗？能不丧心病狂地残害当地的老百姓吗？黑牛跟我说，这些天井上岩听说独立营要打大炮楼，整天高兴得哈哈大笑，早就放出话来，说单凭独立营那些乌合之众，那点破烂装备，三个月也攻不破他的大炮楼！"

　　高德显听到这儿，摆摆手说："长英都给你说了些什么？"

　　刘黑丑说："长英也仰天大笑，说，那好啊，狗日的井上岩你等着，我高长英就是要给你点颜色看看，让你知道知道我高长英不是一般的军人，我独立营不是一般的八路军。井上岩，你一个手下败将，都死到临头了，还敢口出狂言，蔑视老子，我看你是活腻歪了！说罢，长英又笑了一回。从他的眼睛里，从他的脸色上，我看得出他并不轻松。他们正在全力准备这次战斗。长英说，别看豆妯大炮楼只是一座炮楼，但它像一颗钉子死死地钉在了铁路线上，易守难攻，不想点死招，怕是比打南佐镇还要困难。对了，德显，凤阁，这回我发现长英可瘦了不少。"

　　刘凤阁看了看窗外，示意刘黑丑压低声音说话，然后关切地问："哥，你说长英的脾气是不是完全变了，是不是变得喜怒无常了？"

　　刘黑丑说："听他手下的人说，长英抽烟抽得越来越凶了，有时候一夜一夜不睡觉。"

刘凤阁嘱咐刘黑丑说："哥，这话可不能跟灵芝说！"

刘黑丑笑笑说："凤阁，我知道。咱娘呢？"

刘凤阁说："在后院和灵芝说话呢。"

高德显早把脸沉下来，叹了一口气，说："我不担心别的，就担心长英真的打仗打疯了！"

刘黑丑说："没办法，仗还得打下去。日本人一天不投降，一天不从中国撤出去，我们就一天不能放下武器。不过，依我之见，日本人已经走到了穷途末路，别看他们现在打得凶，但那都是垂死挣扎，都是苟延残喘，都是秋后蚂蚱瓮中之鳖，不足为惧了。"

高德显觉得刘黑丑是又在说书，多少有点儿不信，问道："真的吗？"

刘黑丑认真地说："德显，凤阁，你们得做好思想准备，秦司令员让我给你们和玉棠带话，说他同意在甘陶河上修建浮桥，但不在卧龙潭，而是在距此不远的神河湾。那神河湾我常去，水面虽然不宽，但水流湍急，夏季水患不断，冬季冰凌冲天，与对面的丹色绝壁形成鲜明的对照。秦司令员说，他正组织人往神河湾运送修桥用的木料呢，还说再从九龙关修一条陆路到十八盘村。我见到司令员的时候，他正在地图上画红圈儿，还用红笔朝野头方向画了个箭头。我猜测，八路军可能要打野头镇。"

刘凤阁接过话茬说："但愿司令员别再让长英去打野头了，再打大仗，他真的要疯了。"

高德显说："不行，我真得去一趟南佐镇，看看长英这个浑小子到底怎么样了！"

刘凤阁说："德显，他怎么不了，就是脾气大了些。自古以来，哪个当兵的脾气不大呀！等长英他们打下豆姬大炮楼，南佐镇平安了，我陪你去好不好？再说了，咱娘也说在十八盘村住不惯，闹着要回南佐镇呢。"

刘黑丑也劝："德显，听凤阁的，等过一阵子再去吧。你现在去，长英正忙着打仗，哪有心思陪你说话。"

刘凤阁和刘黑丑两个人哄来哄去，总算稳住了高德显。然而，当刘黑丑一走，高德显又扯出一个话题来，对刘凤阁说："凤阁啊，你说现在我在十八盘村的处境，是不是应验了那句话？"

刘凤阁问是哪句话，高德显说："墙倒众人推！"

刘凤阁说："哪会呢！德显，你就放宽心。这几天你是不出门，外面像是什么事情也没发生，人们议论的都是打日本的事！"

高德显说："凤阁啊，你净拿话来哄我，我虽然大门不出二门不迈，但我心里什么都清楚，我有一种预感，人们都在背地里戳我的脊梁骨，就连逃亡在外的王大满也敢骑在我头上拉屎了！凤阁啊，你是不是可怜那个叫王月儿的女人了？"

刘凤阁说："德显，王月儿虽然生在财主家，可我觉得她是个苦命的孩子，后来嫁了个男人还靠不住，让人给骗了，现在落了个无家可归走投无路的地步，又遇上这兵荒马乱的年月，咱不收留她，让她上哪儿去呢？"

高德显说："我不怕她在咱家住，也不怕她在咱家吃，怕的是留下她会引狼入室，给咱家招来什么祸害。"

刘凤阁说："你是说日本人？"

高德显点点头说："王大满一家被迫离开南佐镇，落了个背井离乡走投无路的下场。日本人怕他泄露军机，一次一次地追杀他。听说火烧大碾坊之后，王大满还没死，这是又一次躲过了日本人的追杀。你想想看，王大满不敢去恨日本人，肯定会迁怒于我，因为我的儿子是八路军，而且是八路军独立营营长，是他带兵打开南佐镇的城门赶跑了日本人。反过来说，王大满现在没实力去对付八路军的独立营，也不敢去找长英的麻烦，还不把所有的怨气和仇恨都记到我的头上！他绑架小杜梨就是很歹毒的一招。说不定等他稳定下来，还会想出更加歹毒的法子来对付我呢！还有那个日本人井上岩，先丢了南佐镇，后来又丢了战马，他岂肯善罢甘休？他们对付不了八路军，势必要对咱这样的手无寸铁的老百姓下毒手。"

刘凤阁说："不会的，德显，现在日本人被独立营包围在豆姬火车站和大炮楼里头，一旦长英他们打下了大炮楼，他们就没有立足之地了，你还有什么可担心的呢？"

高德显把身子完全靠在了椅子上，说："唉！远处的担心不着，近处的麻烦不断啊！"

刘凤阁说："德显，你是说何玉棠吗？"

高德显没有回答，眯着眼睛说："看来，我已经彻底输给何玉棠了。"

刘凤阁说："德显，你这不是自寻烦恼吗？高何两家原来是姑表亲戚，现在是儿女亲家，有什么恩恩怨怨不能化解呢？有什么疙疙瘩瘩的事不能解开呢？再说了，近来的几桩事，责任都在咱高家。解铃还须系铃人。你现在最该办的一件事，就是去一趟老何家。你一出面，我想什么问题都会迎刃而解的。"

高德显看看刘凤阁，觉得她说的在理，说："你去给我准备点东西，我一会儿就去找何玉棠坐坐。"

刘凤阁见高德显的脸上露出了笑意，高兴地说："哎，德显，你这样就对了，我这就去准备东西，一会儿我陪你过去。"

两个人的谈话，直到柳细腰送来早饭才告结束。

一轮红日静静地攀上了东厢房的房脊，把一束洁净的光芒均匀地洒在了庭前的石板上。这是高德显最近一个时期以来见到的惟——个阳光明媚的早晨。虽然是冬天，他却觉得阳光在暖融融地与他接触着。他高兴地从椅子上站了起来，走到洗脸架跟前，动作麻利地把水撩在脸上，又哗哗地打了檀香皂，在手上和脸上制造出丰富多彩的泡沫，然后又撩起水来冲。刘凤阁站在一旁看着，心情也跟着豁亮起来。她发现盘踞在高德显身上的暮气竟然一扫而光，简直跟换了一个人似的。刘凤阁手里拿着一条毛巾，随时准备递上。

柳细腰把两盘热腾腾的饺子放在方桌上，走到刘凤阁的身旁，接过刘凤阁手里的毛巾，说："我来吧。"

高德显洗漱罢，一边擦着脸，一边问柳细腰："丫头，今天换了馅儿了吧？"

柳细腰惊奇地说："哎哟，老爷，你闻出来啦？"

高德显回到太师椅上坐下，说："怎么，还想瞒我？"

柳细腰忙说："老爷，不是瞒你，是想让你换换口味，怕你老吃白菜馅吃腻了，今天给你包的是萝卜羊肉馅饺子。"

刘凤阁在一旁坐下，说："冬天了，吃点羊肉，暖身子的。"

高德显看看刘凤阁和柳细腰，感叹道："唉，无缘无故啊！"

## 雪 4

何玉棠将何家大牌坊一拆到底，把所有的材料码在十八盘的盘道边上，跟刘黑丑商量道："兄弟，我想把这些东西送到神河湾修浮桥用，不知道秦司令员要不要。"

刘黑丑说："秦司令员肯定高兴，哪有不要之理？可怎么运过去呢？"

何玉棠说："我也正在为这事发愁呢。"

正在这时，一个声音从身后传过来："什么事让老弟如此发愁呀？"

何玉棠和刘黑丑同时回头一看，是高德显和刘凤阁二人迎着阳光相伴而来。

刘黑丑抢先说："凤阁，德显，怎么我前脚离开，你们后脚就跟着来了？"

何玉棠从刘凤阁手里接过一只篮子，却冲高德显说："老兄，是什么风把您的大驾给吹来了？"

高德显笑笑说："老弟，你看我目前的身板儿，还用得着风吹吗？"

刘凤阁说："你们刚才在说什么呢？"

刘黑丑用手拍拍身旁的木头，说："玉棠想把这些木头送到神河湾，让秦司令员他们修浮桥用，正发愁怎么运过去呢！"

高德显毫不迟疑地说："让捞鱼鹳用船送过去不就行了？老弟，你不用发愁了。"

何玉棠高兴地说："老兄真是个痛快人，有你这句话，我就放心了。走，快回家坐坐去。"

独立营打豆妪大炮楼的第一步行动在一个漆黑的夜晚开始了。

现在的豆妪大炮楼和豆妪火车站都控制在日本人的手里，大炮楼由井上岩把守，火车站由龟田部村驻防，他们两个的上级指挥官是驻扎在野头镇的山岛一虫。去年的时候，井上岩驻防南佐镇，龟田驻防火车站和大炮楼。井上岩丢了南佐镇之后，就被龟田看不起了，但不得已他还是听命把大炮楼让给了井上岩，眼睁睁地让出了一块肥肉。对此，龟田一直耿耿于怀。

高长英从刘黑牛那里得知，龟田向来与井上岩不合，他认为这是一个可以利用的机会。本来大炮楼和火车站之间是唇齿相依唇亡齿寒的关系，但是如果两个人要是不配合，自己跟自己搞摩擦，就有可乘之机。高长英分析，只要打掉火车站，再打炮楼就易如反掌。或者先打掉大炮楼，拔了这颗钉在铁路线上的钉子，火车站就等于成了聋子和瞎子。所以，高长英制定了两套作战方案，第一套是先打火车站，第二套是先打大炮楼。结果，上级下达的作战命令，是让独立营执行第二套方案，先打大炮楼。这正合高长英和独立营全体官兵的心意。因为高长英清清楚楚地意识到，上级不会把攻打豆妮火车站的任务交给独立营的，因为从全局看，现在切断京汉铁路的时机尚不成熟。最重要的一条是，秦司令员十分了解高长英的脾气秉性，知道他能打硬仗，能啃硬骨头。他把新媳妇扔在家里不管，一个人跑回南佐镇八路军独立营营部，为什么？就是为了急于拿下豆妮大炮楼，活捉或者消灭井上岩，为打南佐镇时阵亡的将士们报仇。在这个时候，如果再不给他点硬任务，怕是要生出什么意外枝节，毁了这条能征善战的硬汉子。

为了确保这次战役的成功，秦司令员特意派出一支精锐的工兵，已经在战役打响之前进入了战区。对于这一点，司令员没有对独立营明说，只给营长高长英写了一道手令，上面只有八个字："切忌强攻，智取为上。"

高长英心里明白，这是首长对自己的信任。豆妮大炮楼的位置比豆妮火车站还重要十倍。他对着司令员这八个字整整琢磨了一天一夜，又召开了排长以上干部会进行专门研究。会上有人认为，司令员多虑了，过于谨慎了，过于不相信独立营了，要是发起强攻，一袋烟的工夫准能结束战斗，再搂草打兔子，顺便拿下豆妮火车站，活捉井上岩和龟田。

高长英双手握着一条皮带，右手握着皮带扣，左手握着另一端，不停地在地图前踱来踱去，屋子里的气氛开始有些紧张。

过了一会儿，高长英停住脚步，看了看一屋子的人，说："同志们，你们想想看，我们打南佐镇的时候，上级给咱的是什么命令，你们还记得不？"

人们答道："记得！"

高长英提高嗓门儿说:"嗯,记得就好,那在一张二指宽的纸条,上面只写了一句话,是限咱在八月初八早晨打开南佐镇的东门,首长要到南佐镇吃早饭。这回不一样了,这回司令员没有给咱下达强攻的命令,也没有给咱限定时间表,那么就等于给了咱更多的作战时间,同时也给了咱更大的战术想象空间。所以,我们要不折不扣地执行上级的命令,一,不强攻炮楼;二,我们每一个人都要开动脑筋,智取炮楼。但是,我理解司令员的意图,他不是让我们无限期地等下去,我们必须在最短的时间内打下大炮楼,要干净利索地消灭井上岩,为在南佐镇死去的那么多弟兄报仇。"

　　这时,有人从墙角站了起来,像是有话要说的样子。果然那人说道:"营长,原先你可不是这样的啊,原先你是快刀斩乱麻的主啊,现在你怎么变得婆婆妈妈了呀!古人云,将在外,君命有所不受。依我看,今天晚上就派一支工兵摸上去,把炮楼给端了,也好让咱独立营的弟兄睡上几天囫囵觉。"

　　高长英看看那人,见是三连连长李大个儿。这李大个儿,只是叫了个"大个儿",其实他的身材并不高大,充其量算个平常人,但是,他的脾气大,性子急,嗓门儿高,像一把干柴,见火就着,曾经在高长英的手下当过班长、排长,深受高长英的喜爱。

　　高长英等李大个儿把话说完了,才说:"李大个儿,你说的不错,要按我的脾气我的打法,根本犯不上跟井上岩斗什么心眼儿,更犯不上跟他绕弯子,还得明告诉他什么时候去打,说今天黑夜打,那就绝不等到明天早晨,告诉他;要打他的后腰,那就绝不打他的前胸。可是,现在的形势发生了变化,我们面对的不是一个开阔的阵地,也不是一道坚固的城墙,而是一座大炮楼。这座炮楼貌似很孤立,上面的人最多也不超过一个排,但是,他们的武器装备精良,守军训练有素,加上给养充足,夜间照明设备先进,又有豆妪火车站做靠山,易守难攻。再说那个井上岩,已经做困兽斗,准备凭借这座炮楼要与我独立营决一死战,要与我高长英决一雌雄。我判断,无论我们怎样打,他井上岩绝不会主动放弃大炮楼,也绝不会主动出战。他就是要死守,与那大炮楼共存亡。所以,我们独立营不能轻敌,首先是你们中的每一个人不能轻敌。你们回去跟所有战士们说,就说我说了,我们面对豆妪大炮楼,不是我们不敢打,不是我们不敢硬拼，不是我们没有办法去消灭那一小撮敌人，而是我们为了顾全大局，是在执行上级的命令，重要的是最大限度地保存我们自己的实力，最大限度地去消灭凶残的敌人。"

就在这天夜里，顺着南佐镇北面的河川下来一股大水，一下就灌到了豆妲大炮楼及豆妲火车站的南边，在大炮楼西南方向形成了一道冰川。哨兵把这一消息报告给高长英，随后又有人报告，说司令员派来了一支工兵支援这次行动，可把高长英乐坏了，不仅脸上露出了久违的笑容，还让大厨破例做了几道菜犒劳这十几位弟兄。

高长英问一个工兵说："兄弟，你说这仗该怎么打？"

那个工兵说："我们来时，司令员有交代，到了南佐镇，就听高营长的指挥。"

高长英一听更乐了。第二天，他就把打豆妲大炮楼的计划如此这般地调整了一下。这正是万事俱备，只欠东风。

这天半夜，高长英突然离开独立营营部，骑了一匹快马奔南佐镇东关而去。

鸡叫的时候，三连连长李大个儿见高长英屋里还亮着灯，过来敲门，屋里却没有动静。李大个儿问六指，六指压低声音，说："就在屋里睡觉呢，我给他准备了洗脚水才出来的。"

其实这时，高长英正在刘黑牛的铁匠铺里抡大锤。抡大锤是铁匠铺里的小伙计干的活。像刘黑牛这样的大把式只拿一只小锤，在铁砧子上叮叮当当地指挥，小锤点到哪里，大锤就砸向哪里。小锤点几下，大锤就砸几下，一点也不能含糊。按照铁匠的行规，到铁匠铺学徒的人一般都要经过三年的磨砺，头一年拉风箱，第二年抡大锤，第三年淬钢锋。拉风箱能认得火候，抡大锤能锻炼筋骨，然后才能一步步掌握打铁的本领，才能成为铁匠，才能成为把式，才能成为出类拔萃的人物。

这天，刘黑牛见高长英突然造访铁匠铺，既在意料之外，又在意料之中。连日来，南佐镇的百姓都传遍了，说独立营要打豆妲大炮楼，还说独立营营长高长英亲自带人去把南佐镇上游的一条河流改了道，一夜之间就用水把大炮楼给封了个严严实实，第二天一早，那水全结成了冰，白晃晃的，明镜一般鲜亮，炮楼上的日本人一个也出不去了。刘黑牛知道，高长英已经做好打大炮楼的准备了。他就在心里暗自发笑，心想，高长英放着高人不来请教，自己在那里含着烟斗瞎琢磨，怕是不好使。

刘黑牛正想到这儿，高长英来了。高长英脸上挂着少有的笑容对刘黑牛说："黑牛，今天晚上，让我来给你抡大锤！"

刘黑牛也笑笑，风趣地说："好啊，不怕尿裤子，你就抡。"

高长英说："黑牛，你太小瞧我了，来吧，在哪个台上？"

刘黑牛找了一个大台，让伙计取来一块生铁坯子放在炭火上，用瓦盖住，对高长英说："你是一次学成，还是以后常来学？"

高长英说："一次成。"

刘黑牛说："那好，你就先拉风箱吧。"

拉风箱这活好干，高长英小时候可没少拉风箱。有一年腊月二十五，高家杀了一头猪，高长英的母亲拉着他的手来到后宅的厨房里，指指那口大锅问："长英，想不想啃骨头？"长英说："想。"母亲说："那好，你就在这儿给我烧火吧。"那天下午他一直在拉风箱，干裂的黄栌劈柴在大灶里燃烧起来，火苗从微黄到鲜亮到火红再到炽白，发出噼噼啪啪的响声，溅出一串又一串金星。那锅里面先是冒出丝丝热气，后来就热气腾腾，再后来就香味扑鼻。他看看在一边忙乎的母亲，问道："娘，骨头软了吗？"母亲摇摇头，说："早着呢。"他见母亲不让他停下，就继续咣咣地拉风箱。高长英至今还记得，那天他最先获得母亲的奖励。母亲从锅里捞出一块大骨头，对他说："长英，你自己啃这一块。"那是他有生以来吃得最香的一次，也是他最后一次吃娘做的东西。

高长英在风箱前坐了下来，刚一握住风箱的拉柄，就觉得这玩意儿不如枪杆子好使。还没拉几下，他头上的汗珠就滚了下来。刘黑牛走过来对高长英说："行了，长英，使劲拉呀，等把这块铁坯烧红，你得出几身汗。"

于是，高长英就加大了力度，把风箱拉得呼呼直响。

刘黑牛左手握着长柄钳子，夹住铁坯在炭火上翻了翻，然后用瓦口盖上。

长英使劲拉了一阵，每拉一下，瓦口四周就往上蹿一股火苗，并且发出嗞嗞的声音。长英感觉后背上开始冒汗了，才见铁坯泛红。

刘黑牛说："长英，你先停下，我们给你演示一下，你再上手。"

刘黑牛师徒二人叮叮当当就在砧子上操练起来。只见刘黑牛左手掌钳，从瓦口下面夹出铁坯，放在砧子上，右手执锤，在烧红的铁坯上打点，每点一下，大黑就抡起大锤砸一下。黑牛点到哪里，大黑就砸向哪里，只听得铁匠铺里一会儿叮当叮当，一会儿叮叮当当，一段钢铁奏鸣曲把高长英听得心旷神怡。炉灶旁铁花飞溅，流光溢彩，一幅钢铁锻造图把高长英看得眼花缭乱。

等铁坯黑了，刘黑牛手中的小锤在砧耳上点了几下，大黑才停了下来。黑牛把铁坯放到炭火上，重新盖上瓦口。对高长英说："长英，一会儿你就抡大锤吧。"

说着，刘黑牛把高长英拽起来，自己坐下来拉风箱，而让他的徒弟大黑掌小锤指挥。高长英在一堆大锤里面挑了一把大个的提在手上，心想，这有什么呀，要抡就抡大的。他问刘黑牛说："黑牛，咱今天打什么兵器？"

刘黑牛说："一会儿你就知道了，开始吧！"

徒弟大黑不好意思地走到台前，看看高长英，把一块厚厚的围布系在高长英腰上，说："一会儿我的小锤点哪儿，你的大锤就砸哪儿，我不停下来，你就不停地砸，明白吗？"

高长英点点头，用眼睛示意大黑开始。

大黑又看看刘黑牛，两个人会意地笑笑，然后他右手拿起了小锤，左手握住长柄铁钳，从瓦口下面钳出那块烧红了的铁坯放在砧子上，举起小锤在上面轻轻点了一下，高长英的大锤就重重地落在了上面。

俗话说，出手便知有没有。高长英这一锤下去，刘黑牛就打心眼儿里服了气，心想，高长英还真有点儿灵性，干什么都能干到点子上。这时，高长英在大黑的指挥下，已经完成了第一波击打。只见大黑手中的小锤在砧耳上停了下来，高长英才把大锤放下。大黑左手中的钳子钳着那暗下来的铁坯放进火炉，用瓦口盖上，刘黑牛呼呼地拉起了风箱。他一边拉一边问高长英："长英，怎么样？"

高长英笑笑，用袖子擦擦额头的汗，说："我该问你，我这一波打得怎么样？"

刘黑牛夸赞道："不错，长英，你以前是不是打过铁？"

高长英拄着大铁锤说："没有，没有，抡这玩意儿，我还是头一回。不过我在平定城见过打铁的场面。"

刘黑牛释然，说："怪不得呢！"这时，大黑又将铁坯钳在了砧子上，右手举起了小锤。高长英像一名战士也举起了大锤。第二波击打下来，高长英发现那块铁坯已经被捶打成一尺多长的铁具。他正猜测要打成什么家伙呢，只见刘黑牛站起来接过小伙计手中的小锤，对高长英说："长英，你再辛苦辛苦，一会儿你的任务就完成了。"说着，刘黑牛用长钳把铁坯从瓦下面取在砧子上，然后用小锤引导着高长英的大锤，叮叮当当地砸个不停，在砧子周围溅起一串串七彩铁花。高长英再看，刚才那块铁坯已经成了一把大刀片儿的形状，心中暗喜：莫非刘黑牛要为我打造一把大刀？

刘黑牛把大刀的雏形放到炉火上用瓦盖好，对小伙计说："加火！"接着对高长英说："长英，我听说你已经做好攻打大炮楼的准备，你能不能跟我说说？"

高长英一边擦汗一边说："黑牛，我想如此这般。"他把黑牛拽到一边，在大黑咣当咣当的风箱声中，说出了自己的三种想法：一，佯攻豆姬火车站，调虎离山；二，瓦解汉奸王大水，从内部攻破；三，用火炮等重武器配合强攻取之。

刘黑牛听罢，沉思了片刻，说："长英，咱先给刀片儿裹刃。"

说着，刘黑牛又把铁坯夹到砧子上，指挥高长英打了一轮。停下以后，他才对高长英说："我建议你用第二个方案比较稳妥，也比较现实。井上岩这个人我太了解了，你要是给他来硬的，他偏拿硬的来对付你。你要是跟他斗智，给他来软的，他倒优柔寡断了。这段时间以来他的表现怎么样？你应该能够判断出来他的心态。他自从丢失了南佐镇退到大炮楼之后，甚至那批战马被劫，没有对你的独立营组织一次反击吧？没有对周边地区组织一次'大扫荡'吧？"

高长英说："可是他企图长期坚守豆姬大炮楼，企图重建骑兵连，企图在十八盘村兴建兵工厂，企图与野头镇的山岛一虫联手消灭我独立营。"

刘黑牛说:"井上岩组建骑兵连的梦想已经彻底破灭了,他与山岛一虫联手消灭你们独立营也不容易,在十八盘村兴建兵工厂倒是应该注意。不过,你放心,他是一朝被蛇咬十年怕井绳,现在办什么事都瞻前顾后的,你可以趁机从内部瓦解,一举取之,再立战功。"

二人谈兴正浓,忽听大黑喊道:"师傅,该裹刃了!"

刘黑牛回头来到砧子旁边,高长英正要举大锤,刘黑牛说:"长英,你在一边歇会儿,让大黑来!"

大黑从高长英手中接过大锤,刘黑牛从炉中钳出铁坯放在砧子上,师徒二人便在砧子上击打起来。高长英注意到,这回,刘黑牛手中的小锤一声重一声轻,而大黑手中的大锤则是一声轻一声重,正好相反,小锤重了大锤则轻,小锤轻了大锤则重。师徒二人的锤声一会儿紧似下冰雹,一会儿缓似落雨丝;一会儿轰轰烈烈地动山摇,一会儿点点滴滴润物无声;一会铿铿锵锵穿心裂肺,一会儿叮叮当当如闻天籁。高长英觉得大锤小锤在砧子与刀片儿之上错落有致的击打声,类似于刘晔老师教他背诵唐诗韵律,平平仄仄平平仄,仄仄平平仄仄平,令人如醉如痴。高长英正看得入迷,就听刘黑牛命令道:"长英,把门口那盆水端过来!"高长英领命而为,从门口端来一盆清水,放在炉旁。工夫不大,他看见刘黑牛已经把那把大刀整理成型,又放进炉火中用慢火煅烧。趁此间歇,刘黑牛对高长英说:"长英,我说句话,你可能不大愿意听。"

高长英坐在一堆炭块上看看刘黑牛,说:"黑牛,看你说的,话还没出口,怎么知道我不愿意听呢?"

刘黑牛说:"长英,你们独立营应该撤出南佐镇。"

高长英霍地一下站了起来,用眼睛逼住刘黑牛的眼睛,狠狠地问:"为什么?"

刘黑牛往后退了一步,却被高长英用手钳住肩膀。刘黑牛发现,高长英的眼睛里在往外喷火。

高长英又追问道:"你说,为什么?"

刘黑牛把高长英的手从自己的肩膀上摘开,这才慢慢地说:"原因你应该知道,南佐镇是一座孤城,一没有依托,二没有纵深,一旦遭到攻击,必然重蹈井上岩的覆辙。长英，你想想是不是？"

高长英说："等我拿下大炮楼和火车站，不就有了依托？不就有了纵深？"

这时，大黑又喊道："师傅，该淬火了！"

刘黑牛离开高长英，过来用长钳掀起瓦口看看，觉得还不到火候，就把炉火四围捅了捅，说："再加火！"转脸对高长英说，"长英，你认为的依托，现在都在日本人手里，你竟然天天能在南佐镇里睡得着觉！就冲这一点，我算服你了！"

高长英听刘黑牛这么一说，脊梁之上不由得冒出一层冷汗。还没等他说话，刘黑牛说："长英，你先过来看我如何淬火！"说着，他用长钳把烧得火红的大刀片儿拦腰夹住，形成九十度直角，来到水盆跟前，猛地放进去，只听吱啦一声，从水中蹿起一团青烟。高长英发现，刘黑牛迅速将刀片抽出，然后又迅速放进去，反复弄了三次，接着又将刀片放到炉火上去烧。在这个短暂的过程中，刘黑牛的眼睛始终盯着那股青烟，而不是手上的刀片儿。

高长英问："黑牛，怎么还要烧？"

刘黑牛说："还没淬刃呢？大黑，加猛火！"

高长英说："黑牛，你说我该撤到哪儿呢？城里的百姓由谁来保护呢？井上岩该如何看待我们独立营呢？"

刘黑牛一听高长英问这，笑了，说："长英，告诉你，打仗跟打铁的意思差不多。刚才我在淬火的时候，只看青烟不看刀片儿，为什么呢？我从那股青烟里能看到火候，看到时机，看到成色，从而决定下一步的行动计划。你带兵打仗也该如此。你们堂堂一个独立营，眼睛别光盯着豆妞大炮楼，为端炮楼而端炮楼，为打火车站而打火车站，为守南佐镇而守南佐镇，你们也要到外围去寻找战机，把敌人也调动起来，就是你刚才说的调虎离山，在运动中伺机消灭他们。这样比起强攻来，要省事得多，要主动得多。长英，你听明白了吗？"

高长英听着黑牛这话觉得耳熟，但又想不起来是秦司令员说的，还是哪位首长说的，他正琢磨这刘黑牛一个铁匠怎么会知道这些道理呢，猛听刘黑牛问他话，忙说："啊，啊，听明白了。"

刘黑牛疑惑地问："长英，你真的听明白了？那你同意撤离南佐镇了？

想好往哪儿撤了？"

高长英说："还没有。不过我觉得你说的不是没有道理。"

刘黑牛说："几个月来，你们独立营坚守南佐镇，井上岩控制豆妯大炮楼，龟田盘踞豆妯火车站，表面看维持了不战不和的局面，实际上暴露了你们各方战术指挥上的种种失误和胆怯，贻误了许多战机。长英，你不会不知道吧？"

高长英看看刘黑牛，越发觉得他不像是铁匠，倒像是一个身经百战的军事指挥员。他过去对刘黑牛的种种猜忌和不屑，顿时消失得无影无踪，觉得自己主观了官僚了，觉得自己肤浅了浮躁了，觉得自己渺小了猥琐了。从现在开始，必须重新认识这个人，必须把这个人拢在自己的身边，必须把自己的心放在他的心上。由此高长英想到了刘凤阁，想起了这位年轻貌美的后娘的为人处世之道，觉得她更是一个不可轻视的人物。

刘黑牛见高长英不说话，就半开玩笑半认真地说："长英，依我看，你是白当独立营营长了，干脆让给我当算了。现在，驻防高邑、临城的日本宪兵突然调走了两个营，力量正弱，你们独立营何不乘虚而入，打下高邑县城和临近的临城县城，作为独立营在太行山山前平原的一个根据地，对于扩大队伍、壮大势力、震慑敌人极为有利，并且与赞皇县城、八路军黄北坪司令部以及九龙关、娘子关等解放区连成一片，把井上岩和山岛一虫彻底分割开来，让他们不能相互支援，到那个时候，你还怕他一个井上岩吗？你还发愁端不掉豆妯大炮楼吗？你还发愁打不掉那个豆妯火车站吗？说不定，秦司令员还要提拔你当团长呢！"

高长英摸摸大光头，眼睛睁得老大，从里往外喷射着精光，情不自禁地挥起老拳，重重地砸在刘黑牛的肩膀上，先嘿嘿嘿哈哈哈呀呀呀地大笑了三声，然后才佩服地说："黑牛，以前我小瞧你了，认为你只是一个打铁的匠人，没想到你胸中的韬略胜我十倍呢！这样，你别当铁匠了，跟我一起干吧！"

刘黑牛也嘿嘿嘿哈哈哈呀呀呀地大笑了三声，说："高营长，你给我发多少军饷呀？"

就在高长英发愣的一刹那，刘黑牛上前一步把高长英紧紧地抱住了。

恰巧这时，大黑又在喊师傅，刘黑牛才想起那大刀该淬刃了，忙推开高长英，来到炉火旁，用长钳夹住刀片，在水中吱溜吱溜地晃了几下，便淬出了一道雪白的钢刃。他把这把大刀片儿放在砧子上，对高长英说："上次我与井上岩打赌，一夜就打了一把大刀，今天也是，而且你也为它出了力，我看这把刀比上次送给井上岩的那把要强十倍，你拿去吧，说不定你在哪儿遇上狗日的井上岩，就用这把刀砍下他的狗头，以报国仇，以雪国耻。"

高长英说："黑牛，你还没给我开刃呢！"

刘黑牛说："长英，别急，哪道工序我也不会落下。"

当高长英披着黎明的寒星骑马回到独立营营部，看见副营长赵贵喜把一连连长姚大愣、二连连长刘海、三连连长李大个儿和警卫班的战士们齐刷刷地集合在院子里，赵贵喜正在给警卫班训话："你们是怎么搞的！十号人怎么就看不住一个人呢？怎么就把咱营长给搞丢了呢？你们是来干什么的？是来吃干饭的吗？你们的眼睛是干什么的？是尿尿用的吗？你们的耳朵是干什么的？是扇风用的吗？尤其是你六指，罪责难逃，我让你形影不离地跟着高营长，吃饭睡觉都必须在营长身边，现在营长丢了，你却说不知道，简直欠收拾！我现在就把话撂到这儿，要是高营长有个三长两短，你自己就把脑袋割下来给我！现在，你们都给我听好了，听我的命令，统统去给我找营长，天亮之前必须给我找回人来！我最后跟你们说，明天早上，我活要见人，死要见尸！"

赵贵喜的话音刚落，高长英大步流星地走了进来。顿时，院子里的所有人都惊呆了。高长英手里提着一把雪亮耀眼的大刀片儿，黎明的曙光从上面划过，发出刺眼的光芒。

李大个儿迅速做出反应，健步来到高长英跟前，打了个立正和敬礼，说："营长，你可回来了！我们正集合队伍准备去找你呢！"

高长英说："你们怎么集合的还怎么解散，一会儿把排以上干部集合到我这儿来。"说罢，他转身进了屋。

六指还没等赵贵喜宣布解散，就跟高长英进了屋。他一进屋便哇的一声哭了起来。

高长英也不理他，先把煤油灯点上，自己坐下来解裹腿，自己提壶倒水，自己装烟斗点烟。

六指哭了一阵，才哽咽地央求道："营长，你以后再出门可不能不吱声了啊，你就是不带我去，也要让我知道你去了什么地方。今天你要再晚回来一会儿，我就得自己抹脖子了！"

高长英看看六指，见他单薄的身子还在发抖，再看他的棉裤，像是湿了半截，说："六指，你过来让我看看，是不是尿裤子了？"

六指听营长这么一说，才觉得裤裆里冰凉冰凉的，一边往营长跟前挪，一边又哭了起来，说："营长，我没出息，是尿裤子了！你是没听见，副营长的话吓死人了！"

高长英笑笑说："小伙子，副营长的话再吓人，能比得上敌人的枪炮声吗？你要是让他的话吓出了尿，那以后还敢上战场吗？"

六指忙打了个立正，说："敢！只要跟着营长，我就天不怕地不怕。"

就在这个黎明，高长英做出了一个看似轻松实则沉重的决定。他要在独立营挑选二十个能说会道而且有一定酒量的战士，化装成普通百姓，听从铁匠刘黑牛的调遣，混迹于南佐镇、白城口、元氏城等街巷市井，学打铁，做生意，有朝一日，去完成特殊的战斗任务。

## 火 12

十八盘村又是一个金灿灿的黎明。

犟睁眼从麻地沟的坟地里出来，完成了七七四十九天的修炼，如果能够平安顺利地回到家中，如果路上不再遇到任何麻烦，那么，他就修炼成了一种"隐身之术"，只要将一件长衫穿在身上，走在人群当中，或者闹市之上，任何人都发现不了他的身影。这是犟睁眼朝思暮想的法术啊！这是犟睁眼日积月累的成功啊！这是犟睁眼出类拔萃的象征啊！

这时，犟睁眼正飘飘欲仙地走在崎岖的山路上。犟睁眼凭着自己的感觉，觉得在他的身前身后熙熙攘攘地游动着无数的精灵，有的飞过来撞击他的头颅，有的伸手牵动他的衣服，有的上来捂他的眼睛，有的在他脚下使绊，还有的干脆要把他推到悬崖下面，让他粉身碎骨，让他永久消失，让他不再有向往。然而，所有这些都没有阻挡犟睁眼前进的脚步。他绝不回头，目光一直向前，而且看到了胜利的曙光。犟睁眼坚信，一个人只要心中的希望之灯不灭，就一定能够找到亮亮堂堂的前程。

果然就在这一刻，犟睁眼听到了第一声鸡鸣。随着这一声鸡鸣，他看到铺在脚下的是一条宽阔平坦的阳关大道，上面没有坎坷，没有荆棘，没有障碍，他要一直走下去，走到众人中间去，立在十八盘村的中央，趾高气扬地对包括高德显何玉棠在内的所有人宣布：现在站在你们面前的犟睁眼，已经不再是原来的犟睁眼，不再是只拥有一些雕虫小技的犟睁眼，不再是那个受人嘲弄无足轻重的犟睁眼，而是一个全新的犟睁眼，一个身怀绝技的犟睁眼，一个无人匹敌的犟睁眼。因为我掌握着盖世无双的"隐身术"，我可以来无影去无踪，可以一会儿在天上一会儿在地下，可以出入任何场所而不被人发现，就是日本人也拿我没办法。从今往后，十八盘村乃至甘陶河流域山南川北一百单八村胆敢有人小看我，我就可以用各种办法来整治他消灭他。如果路遇不平事，我就可以挺身而出拔刀相助，以解万民之忧。

一阵山风吹来，带来了高亢激越的唢呐声，一下子把犟睁眼给惊醒了。这一下他可醒了个透透彻彻明明白白。犟睁眼发现，眼前并没有阳关大道，只有弯弯曲曲的石子路通向卧龙潭。卧龙潭上浮着一层薄薄的轻雾，透过这层轻雾，潭水中央的那条龙脊清晰可见。卧龙潭边是错落有致的十八盘村，一座座房屋掩映在山坳和树木之中，仍在宁静安详地酣睡。高大雄壮的盘云寨和杀虎尖，以及广博苍茫的龙凤山，早已挑开云层，镶上乳白色的光环。

这是犟睁眼经常看到的美景啊！他比十八盘村的任何人都熟悉这些景色。可是今天，这些沉浸在宁静中的景色和他刚才那满脑袋的憧憬，一下被那唢呐声毁灭了。

犟睁眼急忙在一块大石头后面潜伏下来，探头朝前望去，只见从十八盘村的村口走出两个人，一个身穿白衫，一个身穿皂袍。犟睁眼老远就看出来了，那个穿皂袍的是卷毛鹰，那个穿白衫的是卷毛鹰刚从山西讨来的秃头寡妇王氏。王氏挎着一只篮子，卷毛鹰吹着唢呐，一前一后正朝卧龙潭走来。

犟睁眼看明白之后，就在心里骂开了：杂种！秃子！你们这两个挨千刀的，是成心想跟我犟睁眼过不去啊！怎么偏偏在这个时候出村呢？你们是上坟呀，还是寻死呀？这下完了，我在这七七四十九天的期盼中，我在这风风雨雨的煎熬中，我在这辛辛苦苦的奔波中修炼而成的"隐身术"又被这杂种和秃子给冲毁了。唉！我就在这儿等着，等你们两个一到，我非搬起石头朝你们的狗头砸去不可！

犟睁眼在石头后面潜伏着，真的就将两块大石头搬到了身边。可是没想到，那卷毛鹰和王氏还没走到三十亩坪就又折身回去了，犟睁眼的眼前又恢复了空旷，恢复了宁静，恢复了祥和。犟睁眼就在心里犯疑：刚才听到的是卷毛鹰的唢呐声吗？刚才见到的是卷毛鹰和他的老婆王氏吗？莫非是自己求胜心切了？莫非是自己心有余悸了？莫非是自己疑神疑鬼了？莫非是自己一朝被蛇咬十年怕井绳了？

犟睁眼使劲拍拍自己的面颊，觉得有些木，木中夹带着疼，疼中弥漫着木。他又摸摸怀中的那件长衫，软绵绵的还在。这就是他的"隐身衣"！这就是他的武器啊！这就是他将来安身立命出人头地决胜千里的法宝啊！兴许这还是他的全部财富！可以抵得过林成的那杆老枪，可以抵得过卷毛鹰的那支唢呐，甚至可以抵得过高德显的龙凤山，可以抵得过何玉棠的西平台！

犟睁眼再一次抬眼望去，晨曦已经覆盖了十八盘村的全部山水，一切还是像以往那样生动而美丽，一切还是像以往那样平静而安详，一切还是像以往那样亲近而高远。最早的一缕炊烟还是在高家大院升起，最早的一个出行者还是林成。鸡鸣还是那样此起彼伏，狗吠还是那样杂乱无章。犟睁眼觉得，刚才发生的那一幕，分明是一场虚惊，分明是一段梦魇，分明是自己无中生有。想着想着，犟睁眼就把心放下了。他站起身来，抖擞了一下筋骨，把一身寒霜抖落在了甘陶河西岸，甩开大步穿过卧龙潭，穿过三十亩坪，穿过十八盘村的街巷，直到回到家中，反手将大门闩上，别说碰到一个女人，就连一只母猫母狗的影子也没碰上。这时，犟睁眼才着实把心放下，来到东屋扑通一下跪在了神龛前面，双手合十，口中念念有词地祈祷起来。

吃罢早饭，犟睁眼在街上碰见卷毛鹰，问道："兄弟，这么早你要到哪儿去？"

卷毛鹰说："哪儿也不去。明天是腊八，何玉棠要在海瑞祠办大会，我去找大会总管，正忙着呢。"

犟睁眼又问："何玉棠要办什么大会？谁是总管？"

卷毛鹰见犟睁眼一脸倦容，便答非所问转移话题说："老犟，你是不是刚从麻地沟修炼回来？"

犟睁眼一听，心就被惊着了，忙问："卷毛鹰，你怎么知道的？"

卷毛鹰说："我怎么知道的你别管，你说，到昨天晚上，你是不是一共去了七七四十九天？"

犟睁眼嘴里无言以对，只喷喷地发声，两只手一个劲儿地揉搓，眼光慌乱地在卷毛鹰的身上扫来扫去。他急切地想知道，鸡叫头遍的时候，是不是卷毛鹰和他的秃头老婆王氏一起出了村？可是，又想不好怎样去问。这该死的卷毛鹰啊！该死的！

卷毛鹰突然问道："犟睁眼，你说什么？你说谁该死？"

犟睁眼感觉自己骂出了声，忙遮掩道："没有啊，我什么也没说！"

卷毛鹰临走，不无心疼地说："唉，看把你熬成什么样了！"

犟睁眼的心里又没了底。他让老婆葛氏抽空去问问卷毛鹰的老婆，今天凌晨，他们两口子到底出门没出门？

其实到现在，对于犟睁眼来说，今天早晨卷毛鹰和他老婆出没出过村，已经不是一个重要问题了。重要的是，他在十八盘村已经沦落到了边缘，沦落成了一个无足轻重的人，沦落成了一个无关痛痒的人。这些年来，由于他痴迷于修炼法术，幻想成为太行山上的一位神通广大的仙人，渴望超越常人既不食人间烟火却又令万人敬仰，简直到了不能自拔不能自持的地步。一部《奇门遁甲》他倒背如流，一部《诸葛神算》他背诵大半，一部《封神演义》他翻烂了书角。虽然前番修炼的"百步穿杨""锁山天功""点石成金术"等等，都功败垂成功亏一篑，但他并没有灰心，并没有放弃，而是加倍努力，潜心修炼"隐身术"，下一步他还打算修炼"炼丹术""还阳术"等等。可是，自从八月十六高长英从婚礼上出走，大雨冲了高家苦心经营的"八卦黄河阵"，高德显家的重大活动就不再请他参加了。自从何家大牌坊出事之后，何玉棠家的大事小情也几乎不用他了。就连何玉棠组织担架队去南佐镇支前，高德显组织人马往南佐镇送梨等等，也都没有他的事。包括高家大戏楼什么时候完工，过年时还摆不摆"八卦黄河阵"，何家大牌坊是不是重新修建，腊八日何玉棠为陈元老师办书法大会请谁当总管，正月还点不点"火龙盘山灯"等等，也没人提前让他知道了。这就说明了一个问题，说明他在十八盘村的地位已经岌岌可危了。犟睁眼心想，假如长期这样下去，我生命的意义还从何体现呢？我人生的价值还怎样提升呢？我崇高的理想还怎样实现呢？

想到这儿，犟睁眼决定，一定要想办法从边缘回到中心，从下降回到上升，从倒退转向前进。怎么办呢？与人打交道！只有与人打交道，才能获得信息，才能找到渠道，才能发现问题。只有与人打交道，才能显示自己的本领，才能展示自己的韬略，才能实现自己的理想。"锁山法""锁"给谁看呢？"百步穿杨""穿"给谁看呢？"隐身术""隐"给谁看呢？"点石成金""点"给谁看呢？都是人啊！

就在当天，犟睁眼接受了林成的邀请，和好几个人一起到龙凤山的一个山梁上修建"梦子"。犟睁眼一连从沟底往山梁上抬了三块大石板，两块作了墙壁，一块作了顶盖儿。仅一个上午，人们就在龙凤山上修成了两座"梦子"。林成对大家说："今天晚上大伙都到我家去，我已经吩咐马音音炖了一只猪獾，咱哥几个好好喝几盅，反正快过年了，大伙在这一年都很辛苦，过兵打仗的，大喜大悲的，闹得人心惶惶，到明年还保不准发生什么大事呢！"

犟睁眼说："林成哥，这酒是得喝，不过我听你刚才说的话多少有些泄气。打仗是当兵的事，受苦是咱百姓的事，明年会发生什么事鬼才知道。眼下这'梦子'修好了，你得把它支上啊，说不定今天晚上就能梦住一只金钱豹或者花斑虎呢！"

林成说："当然，当然得支上！我已经在这个地方踅摸了几个月了，大的物件我不敢妄说，小的物件我也不稀罕，至少梦一只狼我还是有把握的。"

犟睁眼说："林成哥，照你这么说，今天晚上的酒更得喝了，你的酒要是不够，我那里还有一坛枣木杠子，我去时拿上咱把它喝了！"

林成摆摆手，说："不用，不用！凤阁大姐早让柳细腰和捞鱼鹳把下酒菜送到我家了，马音音正在给咱筛酒呢，到了我那里你们只管敞开肚皮喝，枣木杠子管够。不过,我得把话说在前头,有朝一日,假如我真的梦住了花斑虎,你们只能去开开眼,顶多吃两嘴肉,别的东西就别琢磨了啊。"

犟睁眼说:"那虎皮和虎骨给谁呢?"

林成说:"我早就想好了,虎皮送给高长英,同时送他一把太师椅,把虎皮往上一搭,他的中军大帐才够威风够气派呢!要让日本人井上岩看见,准得吓尿了裤子。你们没听刘黑丑说书时说呀,那水泊梁山的大哥宋江,坐的头把交椅上铺的就是老虎皮;《三国演义》中的曹操走到哪儿也带着他那虎皮椅子,就在他兵败赤壁,被东吴火烧战船仓皇逃命时,还在大喊'我的椅子,我的椅子'呢!"

众人一听,都差点乐翻了。

犟睁眼又问:"林成哥,那虎骨呢?"

林成不紧不慢地说:"虎骨给赵本初。前一阵子,我见他给老窦开药方,上面有一味药是虎骨,可是,豌豆娘跑了好几个地方都抓不到这味药。后来,赵本初把虎骨改成了龙骨,所谓龙骨,据说是古代恐龙、大象、犀牛等大动物的骨骼化石,中医可入药,有镇静、收敛作用。赵本初还说,这龙骨还有可能是善于飞翔的鸟类的胸骨。不管怎么说,鸟骨怎么能比得上虎骨呢?"

众人这回都没笑出来,因为老窦自打八月初一从核桃树上掉下来摔迷糊了之后,至今不见好转,每天晨昏颠倒,无所事事,好端端一个大男人,现如今是面黄肌瘦形容枯槁,谁见了都惧怕他三分。要是给老窦吃上虎骨,能治好他的病,也算林成积了大德。

就在这时,林成用手制止了众人的言语,迅速端起了他那支老枪。别人还不知道发生了什么事,只听"嘭"的一声巨响,百步之外的草丛里就冒起了一簇白烟。林成让犟睁眼跑一趟,说那里有两只大兔子的腿被打断了,拿回来正好当支"梦子"用的引子。

犟睁眼一溜烟儿地跑过去,工夫不大,果然就提回两只草灰色兔子,而且都是断了前腿,还龇牙咧嘴地作困兽斗。犟睁眼对林成说:"林成哥,把它弄死吧,免得它半夜跑了。"

林成制止说:"不,就要活的,它晚上吱吱乱叫,说不定就能引来猎物。"

说着，林成把这两只兔子的后腿用铁丝拴住，分别吊在两个"梦子"里头作为引子。他用一根绳子把鲜活的引子和插板联在一起，再设好机关，单等动物进到"梦子"里，一碰那引子，身后的插板就咔嚓一声落下，纵然有三头六臂，也插翅难逃。林成当场给人们演示了三回，见万无一失了，才和众人一起下了山。

入夜，一弯新月在盘云寨顶生成，恰似一弯银钩镶嵌在苍穹之上。寒风把它射出的光芒揉搓得细腻而光滑，播洒在十八盘村的山冈和河床，使得四周大山的轮廓更加清晰，使得泱泱大河的线条更加流畅，使得甘陶河畔的十八盘村更加迷人。

然而，此时此刻，南佐镇独立营的高长英和豆妃大炮楼上的井上岩同时做出了注定要改变战局的决定。高长英决定把独立营撤离南佐镇，在十八盘村的龙凤山和苍岩山、佃户营一线运动作战，伺机用调虎离山或引蛇出洞的办法消灭井上岩和山岛一虫。而井上岩却先下手为强，就在这天晚上用探照灯的强光造成一个暗光区，悄悄地把两个排的日伪军拉出了大炮楼，秘密地潜入大山，向十八盘村方向移动了。

刘黑牛见大炮楼上的探照灯亮得邪乎，猜测井上岩要有行动，就让大黑二黑赶奔十八盘村找姐姐刘凤阁和哥哥刘黑丑，让他们提高警惕，提防日本人搞偷袭。

晚饭之后，海瑞祠大殿的汽灯再一次被点燃，把这座空旷的屋宇照得如同白昼。人们从屋外进来，竟然被照得睁不开眼睛。刘黑丑在说书之前，把他到黄北坪见秦司令员的事和南佐镇的战事简单说了一遍，告诉大家，秦司令员决定要在甘陶河神河湾架设浮桥，还要在太行山上开发矿山，警惕日本人及其走狗在中国掠夺资源，祸害人民。如果发现此类事件，一定要马上报告政府，也可以向他直接报告。刘黑丑刚说到这儿，葛掌柜就从人群中溜走了。

刘黑丑今天没有提议让大家唱歌，而是讲了两段故事。头一段讲的是在太行山有人发现了一个白毛仙姑，原来是一个农家姑娘为了躲避地主老财的陷害逃进深山老林，以采野果和到庙里拿供品为生，由人变成了鬼。八路军来了，打倒了地主，人民群众翻身做主，由鬼变回了人。有人把这个故事编成了歌剧，叫作《白毛女》，在延安演出后很成功，中央首长都看了。第二段讲的是太行山上有一个放牛的孩子，名叫王二小，才十二三岁，他为了掩护八路军的后方机关和老百姓，把日本人引进了八路军的包围圈。日本人发现上了当之后，把王二小挑在枪尖，摔死在山涧的大石头上。有人为此写了一首歌，名字就叫《歌唱二小放牛郎》。

刘黑丑说："以后有时间，我会教唱这首歌的。今天我要给大家说一段《空城计》。"

话说兵家胜败的原因，有异而同者，也有同而异者。前面说到大将徐晃不听王平之谏，而背水以为阵；下面将说马谡不听王平之谏，而依山以为营。一山一水，互为不同，而必败之势则同。黄忠屯兵于山，而能斩夏侯渊；马谡也屯兵于山，而不能退司马懿。山与山相同，而一胜一败之势而异。马谡之所以兵败街亭，因为他只熟记兵法成语，什么"置之死地而后生"，什么"凭高视下，势如破竹"等等。孰知坐论则是，起行则非；读书虽多，至用则误。所以，善用人者不以言，善用兵者不在书。却说曹操死后，其子曹睿入主朝廷，御驾亲征，任命司马懿为骠骑大将军、平西都督之职，孔明闻听，面色大惊。参军马谡说："曹睿何足道哉！丞相为何惊讶？"孔明说："我不惧怕曹睿，只司马懿一人乃心头之患。"当时，孔明在祁山寨中，忽有细作来报，司马懿倍道而行，已到新城，杀了孟达，命张郃为先锋，引兵出关，来拒我师。孔明大惊，说："孟达谋反之事做得不密，死固当然。今司马懿出关，必取街亭，断我咽喉之路。谁敢引兵去守街亭？"言未毕，马谡说："我愿往！"孔明说："街亭虽小，干系重大。你虽然深通谋略，怎奈此地没有城郭，又没有险阻，守之极难！"马谡说："丞相不要担心，我自幼熟读兵书，颇知兵法，难道连一个小小的街亭也守不住吗？"孔明说："司马懿不是等闲之辈，更有先锋张郃，乃魏之名将，我担心你不能敌之。"马谡说："休道司马懿、张郃，就是曹睿亲自来，有何惧哉！若有闪失，乞斩全家。"孔明说："军中无戏言！"马谡说："愿立军令状！"

刘黑丑说到这儿，停下来喝了一口水，说："我们平常两个人打赌，是不是好说空口无凭，立字为证呀？这句话大概就是从这儿来的。这是民间的说法，到了部队，就得说军中无戏言，要立军令状了。在两军对垒的生死时刻，立军令状，就等于掉脑袋，你们信不信？你看，还真有不信的，咱继续往下说。"

孔明和马谡立下军令状，拨给他两万五千精兵和一员大将王平，令二人共守街亭。临行前，孔明对王平说："我知道你平生谨慎，特以此重任相托，你可要小心从事，下寨必当要道之处，防范贼兵偷过。安营之后，画一张四至八道地理图给我。凡事商议停当而行，切不可轻敌。如果所守无危，你等则立下取长安第一功也。"却说马谡、王平二人来到街亭，看了地势，马谡笑道："丞相多心了，量此山僻之处，魏兵如何敢于进犯？"王平说："虽然魏兵不敢来，可就此五路总口下寨，令军士伐木筑栅，以图久计。"马谡大摇其头，说："当道岂是下寨之地？此处侧边一山，四面皆不相连，而且树木极广，此乃天赐之险也！立刻就山屯军。"王平谏道："参军差矣。如果屯兵当道，筑起城垣，贼兵纵有十万，不能偷过。反之，如果放弃此要路，屯兵于山上，如果魏兵骤至，四面围定，将有什么办法守之？"马谡笑道："你真是女人之见！兵法说得好：凭高视下，势如破竹。如果魏兵到来，我定叫他片甲不回！"王平环顾四周，说："我经常跟随丞相排兵布阵，每到之处，丞相尽意指教。我看此山，乃是绝地，如果魏兵断我汲水之道，军士不战自乱。"马谡说："你不要胡说！孙子说：置之死地而后生。如果魏兵断我汲水之道，我军岂不死战！可以以一当十，以十当百也。我素读兵书，丞相有事还常来问我，你为何如此这般阻挠于我呢？"王平见劝不住，说："如果参军想在山上下寨，可分兵与我，在西山下一小寨，形成掎角之势，可以相互接应。"马谡不允，王平正想辞去，忽报魏兵到，马谡对王平说："你既然不听我的命令，给你五千兵，自己去下寨，等我破了魏兵，到丞相面前，你可是分不得功！"王平引兵离山十里下寨，画成图本，星夜驰禀丞相。却说司马懿在城中，令次子司马昭前去探路：如果街亭有兵把守，则按兵不动。司马昭奉命探了一遍，回报说："街亭有兵把守。"司马懿慨叹道："诸葛亮真乃神人，我自愧不如！"司马昭笑道："父亲为何自堕志气，我料街亭易取！"司马懿问："你怎么敢说如此大话？"司马昭说："我亲眼看见，街亭当道并无寨栅，蜀军皆屯于山上，所以我知道街亭易取！"司马懿闻听大喜："如果蜀军真的屯在山上，乃苍天让我成功矣！"司马懿又打听到守街亭的是蜀将马良之弟马谡，大笑道："徒有虚名，庸才耳！孔明用这等人物，怎么能不误大事呢？"于是，从容调遣部队，一拥而进，团团把山围定，先断了蜀军汲水道路，单等蜀军自乱，乘势击之。次日天明，马谡在山上看时，只见魏兵漫山遍野，旌旗队伍，十分严整。蜀兵见了，闻风丧胆，不敢下山。马谡尽情摇旗督战，却无一人敢动。马谡大怒，自杀二将。将士见了，只好下山冲击魏兵。怎奈魏兵阵脚严谨，岿然不动。蜀兵都又退到山上。马谡见事不好，命令将士死守寨门，等待外应。王平见魏兵到，引五千兵杀来，却被魏兵杀退。马谡见状，料定守不住街亭，便驱动大军下山奔逃。司马懿放条大路，让过马谡，轻易取了街亭。却说孔明收到王平报来地形图本，看罢拍案大惊，说："马谡无知，坑陷我军矣！"左右问道："丞相为何失惊？"孔明说："我看此图本，马谡占山为寨，失却要路，假如魏兵大至，四面合围，切断汲水道路，不须二日，我军自乱。如果街亭有失，我们到哪儿安身呢？"正说话间，有人来报："街亭、列柳城等地，全部失了！"孔明跺脚长叹："唉，大势已去，我之过也！"忙调动人马，准备撤退。忽然有飞马来报：司马懿率十五万大军，望西城蜂拥而来！当时，孔明身边别无大将，只有一班文官和两千余兵士。众人听到这个消息，都惊慌失措。孔明登高一望，果然尘头大起，魏兵分两路杀来。孔明传令：将旌旗全部藏匿起来，诸军各守城铺，不许随意走动，不许高声言语。大门四开，每一门只用二十军士，扮作百姓，洒扫街道。魏兵到时，不许擅动。纪律讲明之后，孔明身披鹤氅，头戴纶巾，领两个小童，携琴一张，在城头敌楼前，凭栏而坐，焚香操琴，无事一样。这时，司马懿前军已到城下，但见如此模样，皆不敢进，飞报司马懿。司马懿不信，亲自来看，果然如此，大疑。于是，命令后军作前军，前军作后军，望北山路而退。其子司马昭不解，司马懿说："孔明平生谨慎，不曾弄险。今大开城门，必有埋伏。我军若进，必中其计。"孔明见魏兵远去，拊掌大笑，说："司马懿料我生平谨慎，必不弄险，疑有埋伏，所以退兵。我行此险，也是不得已而为之。"众人听罢，惊服道："丞相之机，神鬼莫测。"后人有诗赞道："瑶琴三尺胜雄师，诸葛西城退敌时。十五万人回马处，世人指点到今疑。"要想知道诸葛孔明怎样处置那马谡，咱明天接着说。

## 火 13

　　腊月初八这天，十八盘村的海瑞祠成了人的海洋，从甘陶河流域山南川北一百单八村以及井陉城平定城元氏城赞皇城等地赶来的各色人等不下千人之众，以书法绘画习练者居多。其中不乏名流才俊，社会贤达，学界大儒，商界巨贾。有平定城的书法前辈吴老先生，也就是把陈元老师的字体命名为"海底捞月"体的吴启明；有五台山的明谒法师；有赞皇许亭人士杜鹏举；还有当地著名儒商杜潼梓，也就是何玉棠的大女婿等等。特别让人们感到意外和兴奋的是曾经在海瑞祠当过私塾先生，为高长英等人启蒙的刘晔也不请自到，为这次盛会增添了不少的光彩。

　　何玉棠把这次文人聚会称之为"太行山十八盘诗书会友暨陈元老师书体命名大会"。大会的会标由陈元老师亲笔书写，悬挂在海瑞祠大门外牌楼的门额之上，红底金字，字字千钧，横起遒劲，竖落挺拔，意蕴苍老，气势不俗。海瑞祠大殿飞檐翘角上彩旗飘扬，牌楼里边的旗杆顶端大旗招展，巨大的银杏树上裹红缠绿，海瑞祠外面的十八盘盘道标语四处，各家各户洒扫门庭，一派节日盛景。

　　林成被何玉棠任命为大会总管。这让包括高德显刘黑丑在内的所有人有所不解。林成是个玩家，在方圆左近无人不知无人不晓，让他耍枪弄棒对付动物是把好手，可是让他待人接物安排人事还是第一次。奇怪的是，林成并没有推辞，他欣欣然接受了这一"职务"，认为这是何玉棠对他认识的一个大转折，是何玉棠看重他尊重他信任他提携他的一个重要标志，也是何玉棠传递给众人的一个重要信号：他海纳百川，他胸怀宽广，他大人不计小人过，他宰相肚里能撑船，他善于团结持不同政见的人为我所用，而使自己永远立于不败之地。因为此前很长一段时间，很多人认为，林成是高德显的人，对高德显言听计从百依百顺，处处维护高德显的利益，而对何家的人和事一般只是漠然置之不闻不问。自从八月十六高长英在婚礼上不辞而别，自从大雨冲了高德显设在三十亩坪的"八卦黄河阵"，自从高长命背着家人与日本人做骡马生意，自从高家有人在何家大牌坊上做手脚，自从南佐镇战役之后八路军与日本人形成了相持局面、胜负形势扑朔迷离之后，林成就跟十八盘村的许多人一样，慢慢地改变了处世原则，改变了生活态度，甚至改变了脾气性格。

　　林成到底还是个精明人，他认为自己在十八盘村重要人物举办的重要活动上出头露面的机会来了，所以早晨起来，就让老婆马音音给他收拾行头，把他那件只有在过年的时候才穿的狐狸皮大衣，那顶在井陉南关花大价钱买来的大檐黑色礼帽，那条蟒蛇皮做的腰带，那双在赞皇城用猪獾油换来的翻毛皮鞋，一一从柜子里拿出来穿戴在身上，才从他家的大门里出来，精神抖擞地朝何玉棠家走去。他希望能在大街上碰见几个人，像犟睁眼、卷毛鹰、捞鱼鹳、葛掌柜、老窦等，希望他的装束能引起这些人的关注，希望人们发现他对何玉棠请他做大会总管的态度，是重视，而不是懈怠；是真诚，而不是敷衍；是振作，而不是萎靡；是专一，而不是旁骛。可惜，腊月初八的清晨，太阳还在盘云寨的东边的云层里面藏着，从甘陶河卧龙潭上刮起来的寒风把西平台上的桑树林和盘云寨盘道两侧的森林吹得像轰轰烈烈的队伍在行进。这寒风同时也作用于林成，他觉得这风像锥子一样往他的骨头缝里钻，还没走多少步，林成就觉得身上的大衣不挡风了。

　　林成在心里琢磨，要想出色地完成这次任务，务必牢牢抓住三个重要人物为他所用，一个是与何玉棠有莫逆之交的刘黑丑，一个是何玉棠的儿子敖敖，一个是长年在何玉棠家务工的卷毛鹰。林成进了何家大院，第一件事就是找何玉棠借这三个人，何玉棠痛快地答应了。林成在第一时间拿到了前来十八盘出席大会的人员名单，在刘黑丑的指导下把这些人分成了三六九等，安排了开会的席位和吃饭的餐位。另外，他还在海瑞祠外面的广场上安排了几个大灶，有熬粥的，有煮面的，除了特邀的人员，其他所有与会人员和闲杂人等一律吃大灶。

　　林成还特意组织了两支乐队，一支是以卷毛鹰为首的唢呐吹奏队，一支是以犟睁眼为首的锣鼓击打队，两支乐队分别以悠扬的旋律和欢快的鼓点，共同在海瑞祠的周边营造出红火热闹的节日氛围。不到中午的时候，从盘云寨、龙凤山和杀虎尖三个不同方向来了三支带有响器的队伍，第一支是高德显请来的井陉南关小杜梨晋剧团和拉花表演剧社，第二支是井陉的河北梆子剧社，第三支是南佐镇平阳丝弦剧团。这三支队伍分别在海瑞祠周边安营扎寨，更为大会增添了喜庆气氛。十八盘村的人们没见过这样的阵势，抱着惊喜和好奇东看看西瞅瞅，不知所措。从外地赶来的书法家绘画家一下就沉浸在热烈的浓郁的醇香的原始的文化氛围之中。

上午九点，大会正式开始。大会主席台上一字排开，从左往右坐着高德显、刘黑丑、杜鹏举、明谒法师、刘晔、吴启明、杜潼梓、陈元、何玉棠等。

大会由刘黑丑主持。刘黑丑在主持大会之前，先作了自我介绍，声称他早年毕业于保定二师，在北平闹过学潮，后来到白洋淀学了一门手艺，以编席为生，以说书糊口，混迹于穷乡僻壤，与普通百姓为伍。然后他说道："承蒙大会主办者何玉棠大哥的厚爱，今天在此主持这样的盛会，感到万分荣幸。"

接着他一一介绍了来宾，又热情洋溢地说道："各位书法大家，各位绘画大师，各位长辈，各位朋友，今天，由于大家的光临，古老纯朴的十八盘村变得青春洋溢，千年古刹海瑞祠变得生机勃勃，寒冬腊月变得温暖如春，炮火连天的年月变得静谧安详。'太行山十八盘诗书会友暨陈元老师书体命名大会'现在开始。首先请大会的倡导者和主办者何玉棠致欢迎词。"

何玉棠从椅子上站了起来，朝台上坐的各位鞠了一躬，又朝台下的人群鞠了一躬，说："各位请原谅，我这个人是个大老粗，干粗活使力气还行，要论讲话，那差远了。不过，今天我还是得说几句感谢的话。今天这个大会是我张罗起来的，各位一听说咱十八盘海瑞祠要开诗书会友大会，并且要给陈元老师的书体命名，都放下自己手头的事，冒着严寒，甚至冒着日本人的炮火，从井陉城平定城赞皇城元氏城等地赶来参加，我能不高兴吗？说实在的，这不是我一个人的光荣，而是十八盘人的光荣，是整个十八盘村的光荣。大家知道，自从今年八月初一打了那一声炸雷下了那一场大雨之后，咱十八盘村就接连不断地出事，而且出的都是大事，都是让人摸不着底儿的大事。同时，八路军独立营和日本人在南佐镇周围的拉锯战还僵持不下，八路军独立营进攻受阻，输赢不定。日本人龟缩在豆妞大炮楼，不敢轻举妄动，反而搞得人心惶惶。这不，眼看就要过年了，我就是想通过举办这样一次盛会，把方圆左近的文化名人请来，讨论讨论写字绘画的事，为陈元老师的书体命了名。借此机会，也请大家给我们出出主意，怎么才能让我们每个人的精神振作起来？怎么才能冲走半年多一直笼罩在十八盘村上空的晦气？怎样动员更多的人和八路军心想一处共同对付日本人。我还是那句话，我们每个人都是一捆黄栌柴，放在一起点着，就能把日本人烧成灰！好了，我就不多说了，留下时间让各位来说。"

刘黑丑站起来继续主持，他看了看陈元老师，还没说话，陈元老师就站了起来，刘黑丑示意陈元老师先坐下，等他点名的时候再说。刘黑丑说："这样吧，下边的发言就从最远处来的往下排，咱先请从五台山赶来的明谒法师讲话。"

还没等明谒法师站起来，却被另一个人抢了先。人们一看，却是刘晔老师。一九三一年，日本人占领东三省之后，刘晔突然宣布辞去海瑞祠教书先生一职，离开十八盘村，一去就是十三个年头，连半点音讯都没有。今天他又突然出现在十八盘村的人们面前，真不知道他有什么话要说。人们的情绪一下子紧张起来，等着听这位闯荡四方的高人讲话。

刘晔彬彬有礼地环顾了一下会场，用手捋了捋银白胡子，高声朗气地说："各位父老，各位朋友，我看出来了，大家对我今天的出现感到意外。所以，我就抢先说话，以解大家心头之虑。其实啊，大家不必拿我当外人，十三年前，我就在这海瑞祠教书。我是咱十八盘村地地道道的村民。那有人就问了，你为什么教书教得好好的，突然就走了呢？你们是有所不知啊！我的家乡在东北，那一年东北被日本人占领了，我怎么能够放心得下年迈的父母和手足兄弟！怎么能够放心得下我的家乡啊！那里有肥沃的黑土地，那里盛产大豆玉米和高粱。可是现在，我们是家不像家，国不像国啊！为什么呢？因为我们的敌人还在，我们的人民还挣扎在日本军国主义的铁蹄之下，我们的国家还在遭受异族的侵略和压榨。但是，我们的民众大多数还没有觉醒，甚至还有人相信日本人的宣传，真的希望能够实现'大东亚共荣'呢。于是，我决定回来，回到这太行山来，回到咱十八盘村来，回到我的老本行来，哪怕是浴血奋战，哪怕是流血牺牲，我也不再离开！"

刘晔老师刚说到这儿，五台山的明谒法师起身说道："阿弥陀佛，刚才这位先生说得好啊！按理说，我是一个出家之人，一不该谈论国事长短，二不该谈论是非黑白，三不该谈论七情六欲。但是，现在是国难当头啊！我是中国人，我是中国男人，同时，我还是太行山人，是太行山上的男人，我有责任有义务挺身而出担当国难，有责任有义务为国效力。话又说回来，一个出家人，如何担当国难？如何为国效力？我觉得今天到十八盘村来，参加这样一个盛会，表面看是一个文化人的聚会，实际上应该成为一次宣传抗日的大会。所以，我觉得，我们每一个人的行动，就是担当，就是效力！阿弥陀佛，对不起！我是不是说得太多了？"

明谒法师还没坐下，吴启明先生就站了起来，他向左右看了一眼，含蓄地说："各位，刚才听了两位的讲话，老朽很受启发。但是，我想今天的大会不应该朝这个方向开下去。我们来十八盘，是来以诗会友的，是给陈元老师的书体命名的，并不是来讨论抗日的。今天在座的各位，充其量是一介书生，除我之外，虽然都是才高八斗、学富五车，但手无缚鸡之力，怎么去为国家效力呢？下面我们还是来谈谈作诗作画写字的事吧！"

经吴启明这一提议，杜鹏举站起来说："我同意吴老先生的提议，我们文人的使命就是传经布道，教书育人，而非执干戈于疆场。刚才我进门的时候，见牌楼上挂着大幅会标，如果我没猜错的话，肯定是出自陈元老师之手。此前我只是有所耳闻，今天亲眼得见，果然是出手不凡啊！可见这十八盘村真是一块藏龙卧虎之地，要不然，海瑞先生怎么会在此留下这么多的传奇故事呢？有十八盘盘道的青石上所刻的对联为证：'青石青云鉴青史，青衣青丝映青天。'我提议，一会儿请吴启明老师把这副对联书写下来，珍藏于这海瑞祠，以传后世。"

杜潼梓说："还有陈元老师为何家大牌坊编撰的长联也应该写下来。"

这时，刘黑丑站起身来向台上诸位点了一下头，说："各位，请稍稍静一下。刚才我听了几位的发言，很受启发，也有了不吐不快的感觉，所以也想借此机会说两句。我今天更加深切地感觉到了什么叫国家兴亡，匹夫有责；什么叫国难当头，家无宁日。现在，日本人在咱十八盘村东边五十里占着豆姬大炮楼和豆姬火车站，在咱十八盘村南边五十里的野头镇设有日本宪兵司令部，在白城口秘密修建仓库，囤积了大量军火和粮草，还要在十八盘村的东平台西平台和龙凤山开矿建兵工厂，准备长期侵占我们太行山地区，长期侵占中国。我们每天晚上躺在炕上，都能听见隆隆的炮声。每当我们站到盘云寨上，都能看到日本人烧起的熊熊火光。每时每刻，我们的同胞都在遭受日本人的蹂躏和屠杀，我们的士兵都在流血牺牲。五台山的明谒法师说得好，作为中国人，尤其是中国男人，绝不能袖手旁观，绝不能麻木不仁，绝不能置日本人在我们身边杀人放火于不顾而言其他。我今天还要告诉大家，现在，全国抗战的形势已经发生了翻天覆地的变化，中国共产党领导的八路军正在向山东、河南、东北等地进军，日本鬼子的日子不会太长了。只要我们全体人民团结起来，心想一处，一只手攥成拳头，十条胳膊挽成长龙，还愁狗日的日本鬼子不完蛋吗？"

一直沉默不语的高德显也从椅子上站了起来，人们还以为他要讲话，没想到，高德显来到刘晔老师面前，恭恭敬敬地鞠了一躬，抬起头来一把拉住刘晔老师的手，双眼盯着刘晔老师的脸庞，半天才说："犬子长英辜负您了呀！"话没说完，高德显早已老泪横流。

刘晔老师忙起身还礼，惊讶道："长英他不是早就当上八路军独立营的营长了呀！我正为他感到骄傲，感到光荣呢！你何言辜负二字！"

高德显表情无奈地说："老师你有所不知，长英他的确辜负了你的教诲。这话说起来就长了，这里也不是场合，等散了会，如果不嫌弃，请刘老师到我府上小叙。我先告辞！"

吴启明又起身说道："今天这次大会开到这儿，已经违背了原来的宗旨，一帮文人墨客在此谈论国事，简直有些不可思议。"

吴启明这样一说，台底下的人声就有些嘈杂，明谒法师觉得脸上有些挂不住，他看了看吴老先生，说："吴老先生，请您少安毋躁。你看见没有，刚才退场的这位，就是甘陶河流域山南川北一百单八村有名的乡绅高德显，他的儿子高长英就是秦司令员手下赫赫有名的独立营营长，现在正在南佐镇打仗。他的亲家就是这位何玉棠何先生。据我所知，高德显之子高长英在迎娶何玉棠之女何灵芝的当天就返回了前线，这种精神实在了不起。要不是在抗日的紧要关头，要不是他的父母以及乡亲们正面临着日本鬼子的威胁，要不是他身上背负着一个民族驱逐外寇的重任，他能这样做吗？吴老，你想想看，在这样的时候，我们能谈得好艺术吗？能谈得下去艺术吗？"

吴启明说:"那好,继续谈论抗日吧,你们就是谈到天黑,能谈出个什么结果来呢?"

这时,杜潼梓站起来,恭敬地向各位鞠了一躬,说:"对不起,刚才听了各位长辈的讨论,晚辈也想说几句。我年幼才学不足,不喜欢背书写字,才继承了祖上的产业,做一点小本生意。前几年还不错,我的生意一直做到了山西太谷大同,做到了察哈尔蔚县张家口,做到了东北长春哈尔滨,蚕茧棉花布匹皮货样样红火。但自从日本人打过卢沟桥,占领了京汉京浦线和各大交通要道,我们这些做生意的就没好日子过了。除了躲避战乱之苦,还得应付苛捐杂税,更对家人的生命财产安全提心吊胆。现在,我们做生意的到了一起,大家谈论的不再是生意,而是战争;不再是生财之道,而是躲避战事。有的干脆偃旗息鼓关张歇业,有的罢市抗议另谋生路,有的等待观望仰天长叹。我本来也打算回家务农,守上老婆孩子和几十亩薄田过日子,可是,日本人就在我们的眼皮底下驻扎着,日本人的战刀就在我们的脖子上架着,我们的土地让这些强盗豺狼肆意践踏着。好在八路军打过来了,独立团打到了南佐镇,把日本人的嚣张气焰打了下去,可是,他们并没有撤走,仍然盘踞在豆姬大炮楼和豆姬火车站,我们的心还是放不下去,我们的日子还是过不安稳。所以,我就想,为了今后生意人可以好好做生意,读书人可以好好读书,庄稼人可以好好种庄稼,我们就应该抱成一个团儿,该抛弃的就把它抛弃,该夺取的就舍命去夺取。今天,当着我爹娘和各位长辈的面,我杜潼梓表个态,从现在起,我要为抗日做事,为八路军做事,做不成蚕丝生意就做药品,没有车辆就人背肩扛,拿不了枪,就像我干爹那样去宣传去鼓动,争取早一天把日本人赶出去,让咱老百姓过上安稳日子。"

杜潼梓说罢,拿眼睛看了看何玉棠,见何玉棠为他竖起了大拇指,就放心地坐了下去。

刘黑丑继续主持,他朝大家挥挥手,说:"今天的大会开到这儿,其实人们早已经看清楚了,也都听明白了,当前摆在我们每个人面前的事就一个,那就是抗日。早先有人对我说过,抗日是当兵的事,是政府的事,是国家的事,与我们农民、学生、商人和教书匠没有关系,这话本身也没有什么大错,但是不全对。大家都听到了，刚才给大家讲话的有教书的，有做买卖的，还有五台山的法师，他们都是走南闯北的人，都是见过大世面的人，都是学富五车、才高八斗的人，从他们的嘴里喊出的抗日口号，真是太令人感动了。"

说到这儿，刘黑丑看了看在座的吴启明，把话锋一转说："话又说回来了，我们喊抗日，不是让大家下午就去抗日，也不是让大家都去参加八路军，都去南佐镇打井上岩，都去野头镇去打山岛一虫，而是让大家警惕起来，不再像从前那样麻木，不再像从前那样不往心里去。的确，今天这个大会的主题是何玉棠特意为陈元老师举办的一次笔会，请来了各位书法界的名人大家，为陈元老师的字会会诊，提出意见和建议，然后命名宣扬，也好让陈元老师的字名扬太行。下面就请陈元老师讲话！"

刚才人们只顾听人们说抗日的事了，没人注意今天大会的主角陈元老师。他今天打扮一新，红光满面，精神矍铄，上身穿紫红缎面上衣，上绣福字图案，是他为六十大寿准备的衣服。腊月的阳光照在陈元老师的身上，发出了花团锦簇般的暖意。陈元老师站起身来，先向前来参加大会的嘉宾深深地鞠了一躬，又向来为大会捧场的人们深深地鞠了一躬，然后从怀里掏出一份事先准备好的讲稿，宣读起来："各位远道而来的老师，各位书法界的朋友，我陈元承蒙各位的厚爱，今天能有机会站在这里发言，首先对大家的到来表示最热烈的欢迎和最真挚的敬意！向大家对我的书体不吝赐教表示由衷的感谢！我要特别感谢的是何玉棠和高德显两位先生。自从我到十八盘村教书的头一天起，我就得到了二位先生的关心和支持，在这十多年的时间里，他们几乎天天都要到海瑞祠来看我，无私地供给我生活用品和教书用品，让我一个人在此能够安心教书育人，他们对我的书作也给予了极大的鼓励和帮助。我们十八盘是一个人杰地灵才俊辈出的地方，有着几百年历史的海瑞祠就是见证。我能够在这里教书，真是三生有幸。今天又有这么多人来参加大会，我更是受宠若惊激动无比。我一定不辜负朋友们对我的期望，活一天就写一天字，就教一天书，就为咱十八盘村出一天力。可惜呀！刚才听刘晔老师说，现在我们是国将不国，家将不家，这都是日本人在作孽呀！都是日本人不让我们过安稳日子。如果有用着得着我的地方，黑丑兄弟，你一定盼咐我一声。别看我已年近花甲，但是为了抗日，就是拼尽这老把骨头也在所不惜！"

刘黑丑见陈元老师的情绪有些激动，就满口答应下来，说："刚才陈老师表达了他对召开这次大会感谢和他对目前战争的看法，作为一个文人，他有广博的知识，令人羡慕；作为一个朋友，他有广阔的胸怀，倍受尊敬；作为一个男人，他还有这样的铮铮铁骨，更令人钦佩。大家说，是不是？"

台上台下齐声喊是，一下把会场气氛推向了高潮。

下面就是自由发言，讨论的话题先是书法，后是艺术，后来再一次转到了战争。有人向何玉棠提出了质询："听说令爱嫁给了本村的一个当兵的，婚礼还没有进行完，新郎官就骑马跑了，这到底是战争造成的，还是有别的什么隐情呢？"

会场的气氛由此急转直下。

给何玉棠提问题的不是别人，正是吴启明吴老先生。还没等何玉棠说话，刘黑丑立即出面解围。他对吴启明说："吴老先生，您刚才提出的这个问题，其实也是好多人都想知道的。何玉棠的女儿何灵芝嫁给高德显的儿子高长英，可以说在甘陶河流域山南川北一百单八村无人不知无人不晓。而在婚礼上发生的事情，也众所周知。但问题是，到目前，高何两家的婚姻还是美满婚姻。至于婚礼上发生的意外情况究竟是什么原因造成的，我想也是不问自明。大家想一想，高长英如果不是个当兵的，不在独立营当营长，这样的事情会不会发生呢？如果他们的婚礼在和平的年月里举行，这样的事情会不会发生呢？"

刘黑丑刚说到这儿，吴启明就站起身来说："好了，刘先生，你的话我完全听明白了，还是战争造成了高何两家联姻的悲剧。但是事情过去快半年了，问题解决了吗？所以我说，即便这事是战争造成的，战争也解决不了。战争不是万能的，我们最好的办法就是远离战争，甚至不过问战争。"

何玉棠从椅子上站了起来，看了看吴启明，稳重地说："首先我十分感谢吴老先生对我的家事的关心。我别的不想多说，就只纠正吴老师一句口误，高何两家的联姻不是悲剧，而是喜事。尤其在炮声隆隆的今天，我们敢于为儿女办喜事，本身就是对战争的一种态度，说明我们不把狗日的日本人放在眼里，说明我们在追求幸福美满的生活。至于这事是不是战争造成的，我看不重要，重要的是我们两家都在为打赢这场战争付出心血，甚至生命。高德显老兄这会儿不在场，我相信，他要是在这儿，他说得一定比我还好，因为他的儿子高长英正率领独立营战斗在抗日前线。高长英的亲人，包括他的新婚妻子，也就是我的女儿灵芝，乃至全体十八盘村的人们，都在为高长英祈福，希望他带领八路军战士们英勇杀敌，多立战功！您说，我们在这样的时候，怎么能够偏安一隅，不为抗日操心呢？"

"说得好啊！"一句洪亮的话语从人群外的盘道上传过来，人们一看，从十八盘盘道上下来几个人，走在前面的正是秦司令员。这位身材魁梧的南国汉子双手背在身后，腰间露着明晃晃的盒子枪把，眉宇间释放着一股英气。

刘黑丑和何玉棠二人忙跑过来把秦司令员拥进了会场。秦司令员问："玉棠，黑丑，你们两个是在组织庙会，还是在宣传抗日呀？"

何玉棠说："司令员，今天是腊八，我们搞的既不是庙会，也不是纯粹在宣传抗日，而是为陈元老师组织了一次书法笔会，从太行山甘陶河流域以及十八盘村方圆左近请了一些书法大家前来，以诗书会友，并为陈元老师的书体命名，叫作'太行山十八盘诗书会友暨陈元老师书体命名大会'。人们先谈论的是书法，是写字，后来不知为什么就扯到抗日上来了。司令员，乘此机会，你给大家讲讲前线的抗日形势吧！"

秦司令员看看会场上的人们，说："不忙，不忙，你们总得先让我认识认识书法界的朋友吧！"

这时，刘黑丑才恍然想起，还没有给秦司令员介绍客人，便紧走两步，把秦司令员引领到前台，一一把客人介绍了一遍。秦司令员同每个人都握过了手，才说："大家请坐吧！我一介武夫，不懂什么艺术，更不懂什么书法，毛笔字还不如勤务员写得好。可是，我肩上担负着一项光荣而艰巨的任务，那就是为老百姓打天下，为受苦人扛长工，把日本鬼子从中国的土地上赶出去，让全中国人民都过上安稳日子，让我们的子孙后代都能进学堂，都能写好字，将来都成为书法家。"

秦司令员刚说到这儿，就被一阵热烈的掌声打断了。刘黑丑示意让大家安静，并说："请大家继续听司令员讲话。"

秦司令员清了清嗓子,继续说道:"我不是在这里唱高调,而是说的心里话。我们共产党领导的八路军是干什么的?八路军是一支什么样的队伍?大家可能通过各种方式和渠道都看到了,八路军是地地道道的劳苦大众的军队,我们住着老百姓的房子,吃着老百姓给的小米,穿着老百姓织的粗布,跟老百姓骨头连着骨头,心连着心哪!我们如果不为老百姓去打仗去杀敌去谋幸福,就不配叫共产党,不配叫八路军。可以说,八路军里的指战员都像咱十八盘村的高长英那样英勇善战,八路军里的战士都像咱十八盘村的六指那样不怕牺牲,上了战场个个都是好样的。目前,在太平洋战场,在欧洲战场,德意日法西斯正在节节败退。在亚洲战场,苏联红军节节胜利。在中国各个战场,日本鬼子都在作最后的垂死挣扎,想跟我们八路军作最后一搏。我相信,用不了多长时间,他们要么缴械投降滚出中国去,要么葬身于人民战争的汪洋大海,再没有第三条道路可走!"

又是一阵掌声响起,与苍茫森林里的涛声汇在一起,滚向远方。阳光暖暖的,风也变得柔顺了,会场上的气氛也活跃起来。

刘凤阁来了,身后是高德显。这夫妇二人,一个端庄靓丽,一个老成持重。秦司令员见了,忙走过来拉住高德显的手,说:"老哥,你最近的身体怎么样?"

高德显摆摆手,没回答自己的身体情况,而是看了看秦司令员身后的几个后生,问道:"长英没跟您回来呀?"

秦司令员的心往下一沉,拍拍高德显的肩头,说:"他有任务,我没让他回来。怎么,又想儿子了?"

高德显从秦司令员的手里抽出自己的手,摇着脑袋,嘴唇嚅动了半天,也没说出话来。

刘凤阁对秦司令员说:"司令员,德显刚从这儿回去,听说您来了,他就又匆忙跑了过来,这一阵子,他的心情总是不好。"

秦司令员对刘凤阁说:"大姐,这就需要你这个妇女主任做工作了。"

刘凤阁说:"我说他一万句也顶不上您一句。您一会儿可要替我好好劝劝他。他刚才就非要去南佐镇找长英呢!"

秦司令员爽朗地笑了说："凤阁啊，你这话还在理，我对他说一句，他还真不敢听半句。不过，长英他们独立营真有任务，等他们打完这一仗，我亲自把他给你们送回来，怎么样？"

秦司令员说到这儿，看到何玉棠和刘黑丑等人都在身后站着，不好意思地说："哎呀，真对不起，我这一来把你们的大会给搅了，把客人们也晾起来了。不多说了，我去看看那边唱什么戏呢。"说罢，他就和刘凤阁等人一起离开了海瑞祠。

下面的议程就是笔会，几位书家画家在海瑞祠的大殿里写字作画，留下墨宝。五台山的明谒法师为海瑞祠书写了一副竖联："青石青云鉴青史，青衣青丝映青天。"吴启明先生书写了陈元老师的长联："盘云寨山高林深火龙灯九转回肠承接日月光影，甘陶河水长波远黄河阵八卦阴阳演绎乾坤盈虚。"他们两个还分别题写了陈元老师的书体名，明谒法师题的是"月照沧海"。吴启明先生题的是"海底探月"。

陈元老师第一个发现吴老先生改了一个字，刚想问个究竟，只见吴老先生捋着银白胡子，笑容可掬地说："陈老师，我经过深思熟虑，决定改变我的初衷，把'捞'字变成'探'字，原因有三：第一，捞字的目的性太强，而探则更多体现在过程中，比如结构，你的字还需要继续磨合；第二，捞字的功利性太强，而探则更多体现在探索上，比如布局，你写的字与字之间还需要重新调整；第三，捞字隐含着私欲，而探字正好与你从事的事业相吻合。这也是我今天参加这个大会的一点心得，请大家不要见笑。"

吴老先生一席话，把在场的人们的心说得热乎乎的。刘黑丑对陈元说："陈老师，你还不快点过来感谢吴老先生对你的指点！"

陈元走到吴老先生跟前，激动地说："谢谢吴老的指点，今后我会继续努力，争取把字写得更好，一定不辜负您的教诲。"

吴老先生说："我期待着。"

应高德显和何玉棠之邀，吴老先生和明谒法师还为高家大戏楼和何家大牌坊题写了匾额。吴老先生说："我来为高家大戏楼题字，戏楼虽小，却能装得下乾坤，就叫'乾坤台'吧！"说罢提笔写下了"乾坤台"三个遒劲大字。

明谒法师为吴老先生鼓罢掌，提笔沉思了片刻，吟诵道："门楣行日月，山川有光辉。依我看，何家大牌坊就叫'日月门'吧。"说着，在宣纸上写下了"日月门"三个大篆字。在场的人无不鼓掌欢呼。

就在这时，六指跑到葛掌柜跟前，说："爹，我娘呢？"

葛掌柜见六指越来越机灵，心里暗自高兴，但在表面上却很镇静，说："你这孩子，怎么不先问我好不好，倒先问你娘！"

六指说："爹，我看你好好的样子，还用问吗？我娘她为什么没来？"

葛掌柜说："你娘她不喜欢看热闹。"

六指说："不对呀，我没当兵前，我娘少看哪个热闹啦？每年转'黄河阵'也没少了她，怎么现在就不喜欢热闹了呢？"

葛掌柜往地上一蹲，说："那我怎么知道！你一会儿回家自己问吧！哎，对了，秦司令员什么时候走？"

六指说："你不告诉我我娘在哪儿，我也不告诉你我们什么时候走！不过，爹，你以后少跟我的那些舅舅们来往，我看他们鬼鬼祟祟的，不像是好人！"

葛掌柜站起来，把六指拉到一边，压低声音说："儿子，你少管老子的事。我过的桥比你走的路都长，我吃的盐比你吃的小米都多。这才当了几天的兵，就敢教训爹了！"

六指说："爹，我不是教训你，而是提醒你，免得你以后后悔。"

葛掌柜不服气地说："我不后悔，就怕你这个当兵的后悔。"

六指还想说什么，远远地看见秦司令员要走，就急忙赶去了。

十八盘村腊月初八的大会刚一结束，从四面八方赶来助兴的剧团剧社就开始上演竞赛高潮。小杜梨今天把她的拉花表演拿了出来，二十四个人从三十亩坪一直扭到盘云寨的半山腰，小杜梨的一曲《蜡梅花》唱得荡气回肠，把十八盘村人的魂魄都勾走了。还有一些人纷纷朝井陉河北梆子剧社和南佐镇平阳丝弦剧团搭的戏台下聚拢。

今天的十八盘村，几乎家家户户都有客人。高德显把刘晔先生请到自己家里，待为上宾。刘晔见如花似玉的灵芝上前来叫他大伯，忙起身称谢。等灵芝转身走了后，他才问身旁的高德显说："这就是长英的媳妇吧？"

高德显叹了一口气，说："先生有所不知，长英这孩子不给我争气呀！"

刘晔说："高先生是指他在婚礼上不辞而别的事吧？"

高德显没说话，刘凤阁说："是啊，自从出了那事，德显就觉得抬不起头来，身体状况也大不如从前了。刚才见秦司令员时的情形您都见到了，真是让您见笑了。"

刘晔老师看看高德显，安慰道："高先生，这件事我倒不这么看。长英打小聪明灵动，不是死板教条的人。这几年他在部队的表现，我也有所耳闻，他很受首长的器重，打一个胜仗提拔一次，这才几年时间，就当上了营长。军人的性格大概都是这样吧，战争的严酷以及死亡的考验，注定要给他造成巨大的心理压力，也可能让他做出一些让常人难以想象难以理解的事来。不过我以为，一切都会随着战争形势的好转而好起来的。"

高德显声音低沉地叹道："无缘无故啊！"

刘凤阁过来劝道："德显，刘老师大老远来了，你们说点高兴的事，我去给你们准备饭去。"

## 火 14

就在十八盘村海瑞祠高朋满座人声鼎沸的时候，高长英已经命令李大个儿率领独立营三连开赴甘陶河上游的神河湾，任务是修建一座浮桥，打通连接南北岸的交通线。

有情报称，驻野头镇的山岛一虫和驻豆妪大炮楼的井上岩等人，近日抓住了一批同情支持八路军和共产党的村干部，定于今天将他们押解到野头镇集中关押，并要在年前进行秘密处决。同时，他们为了阻止八路军在甘陶河上的神河湾修建浮桥，多次派出日伪军前来骚扰，导致工程无法正常进行。平东区政府得到这些情报之后，立即飞报秦司令员，请求部队支援。秦司令员就把这一任务交给了独立营。

神河湾是甘陶河上最大的一个弯道，弯度几近三百度。造成这样的弯度的原因，是在河的西岸矗立着一座山峰，名叫帽山垴。帽山垴面对甘陶河，背靠龙凤山，山体高大，山顶是一片开阔的原野，老远望去，恰似一位长者头戴着帽子在河边打盹儿。

天傍黑的时候，部队到达指定位置，在一片树林里休息待命。上弦月，弯如钩，把一条大河的轮廓勾勒得清晰如画。河面上洁白的是冰，黝黑的是孤石。弯道中间有一块巨大的青石，高长英小时候会瞒着家人，拉上几个伙伴，说是到龙凤山上放马，却偷偷跑到神河湾耍水，玩累了就爬到大青石上躺着。有时，他们会看见乌龟从水里钻出头来，也想到青石上来晒太阳，他们也不避让，反而扑进水里去捉，却一个也捉不着。

高长英带着三连连长李大个儿等人摸开了山脚下一户人家的柴门，想打探点关于野头镇日军的消息。高长英对这一带的山形地貌太熟悉了，就连这些人家的小孩也都熟悉。他们来的这家也姓高，高长英之前认识他家一个和他年龄相仿的男孩，名叫水货，意思就是生在水边长在水边，将来也要死在水边。高长英和高水货曾经在神河湾的最深处比赛过潜泳，结果是高长英败北。为此，高水货就看不起高长英。十几年不见了，高长英也不知道高水货现在干什么。

高长英等人刚进院子，就听见房顶上有人大声地问道："什么人？你们是干什么的？"

高长英抬头一看，见房顶上立着一位老汉，手里攥着一条扁担。高长英心想，连年的战争让人们都警觉起来了啊！他赶忙说："大爷，你别怕，我们是过路的，想在这儿借个火用用。"

那老汉仍警惕地说："借火？借火怎么还拿着枪？我看你们不像是过路的，像是当兵的。"

高长英说："大爷你真是好眼力，我们是独立营的。"

老汉仍不下来，反而疑惑地说："独立营？哪个独立营？"

高长英机敏地说："山那边。"

老汉又问："山哪边？"

高长英也警惕起来，心想：看来，对这个老汉不能说实话。山南边是野头镇，是日本人占领区，驻着不少日伪军。山北边是十八盘村，是南佐镇，是解放区，是独立营的控制区。这一带的老百姓有的给日本人做活，有的给八路军做活，情况十分复杂。想到这儿，高长英就想扯别的话题，说："大爷，我们整天在山里转悠，今天在山这边，明天在山那边，没个准儿。要是我没猜错的话，你有个儿子叫水货，他现在在哪儿？"

房上的老汉一听这话，气势软了下来，说："你们等着。"说罢，他就从房上下来，仔细看看高长英和李大个儿等人，说："我早就看出来了，你们是这个！"

老汉用左手比画了一下，拉起高长英的手说："走，进屋烤烤火去！"

屋里的灶膛里的木炭红红地燃烧着，让这间不大的房子充满了暖意。

几个人坐下之后，高长英又问："大爷，你儿子呢？"

老汉没有正面回答，反问道："你怎么知道他？"

高长英说："我和他曾经在下面的神河湾里比赛过潜泳，我老输给他。"

老汉叹了口气，说："唉，我没他这个儿子！孩子，你是哪个村的，说话口音怎么听着这么近？"

高长英说："大爷，我是十八盘村的。"

老汉把脸往长英跟前凑凑，仔细打量了一番才说："孩子，你爹是高德显，你岳父是何玉棠？你是南佐镇八路军独立营营长高长英？"

高长英说："是啊！大爷，你认识他们？"

老汉说："只要是吃甘陶河水的，没有不知道十八盘村的，没有不知道他们两个人的！今天，十八盘村的海瑞祠过庙会，听说从井陉城平定城赞皇城元氏城来了不少人，三里五乡的人们都去了。刚才还回来几个人，说庙会可热闹了，问我为什么不去呢！"

高长英说："是啊，大爷，你为什么不去？"

老汉说："我这心里头不干净啊！"

众人没说话，老汉又说："你刚才问我的儿子水货，我没脸回答你。这小子不务正业啊！他小时候就吊儿郎当，没念过一天书，夏天在神河湾的水里打鱼摸虾，冬天在神河湾的冰上凿洞叉鱼喂鳖。日本人一来，他就跑到了野头镇，先是当伙夫，后来也说是当了兵，好长时间不回来一次，唉，跟着日本人干，干不出什么名堂，还净挨骂，我这老脸都让他给丢尽了呀！"

高长英问："大爷，水货当了伪军？"

老汉说："上次他回来，我问过他，他什么也不说，只说长官对他不错，要提拔他当排长。"

高长英说："那好啊，当兵的哪个不盼着立功提拔呀！不过，大爷，等水货再回来，你好好劝劝他，千万别再给日本人当走狗了！"

老汉说："孩子，你是好样的，在打南佐镇时立下了大功，我们都听说了。怎么？又要去打仗？"

高长英说："不是，大爷，我们是来神河湾架浮桥的。走到这儿，看见这座房子，我突然想起了水货，就来看看他。"

老汉点点头说："到底是仁义之家的后代！孩子，万一有一天，你和水货在战场上见了面，你可要手下留情，我老汉就他这么一根独苗呀！"

高长英说："大爷，你放心，我会的。"

老汉扑通一下跪在了高长英面前，说："谢天谢地，我今天可算遇到菩萨了啊！"

高长英忙把老汉扶起来，说："大爷，可别这样。我说过了，见到水货，我会劝他回来看你的。"

高长英等人刚要走，就听见外面有格斗声。原来，留在外面的六指发现有两个人从远处的树林里出来朝这边走来，六指喊了口令，对方不搭腔，径直来到六指跟前，被六指拦住，那人二话不说就跟六指打在一起。他们见从屋里出来几个人，抽身便跑，被六指和李大个儿摁住一个，另一个却逃之夭夭。

经审讯，他们是受水货的指派到神河湾一带探听八路军独立营的动向的，水货让他们办完事后去看一眼他的家人。高长英分析，这可能与这次日伪军押解重要人物到野头镇有关。可见这次的情报是可靠的，高长英决定立即派人去向秦司令员报告，请示下一步行动计划。

高长英告别老汉出来，带着这个伪军刚回到神河湾对岸的树林不久，路上就飞来一匹快马直奔小树林而来。六指上前接应，原来是秦司令员派来的情报员。情报员把一张纸条递给高长英，回头上马飞奔而去。

高长英打开纸条一看，心里乐了，让六指马上把李大个儿叫过来。他对李大个儿说:"李大个儿,明天天亮之前你把三连带到帽山垴上,完成对神河湾沿岸旱路的封锁。有问题吗?"

李大个儿也在心里乐,心想,这次跟着营长出来算是沾上光了,这叫什么?这叫近水楼台先得月,看来明天一早就有仗可打了。听营长这么一问,他急忙答道:"报告营长,没问题,保证完成任务!"

高长英又与李大个儿一起商议,立即命令一连和二连分别占领左翼的龙凤山和右翼的杀虎尖,形成对帽山垴的策应之势。

高长英拉李大个儿在一片草丛中坐下来,说:"李大个儿,听说你们井陉南关有一个戏班子,主角名叫小杜梨,经常到我们老家唱戏,有这事吗?"

李大个儿说:"营长,我出来当兵好几年了,家里的事情知道得不多,但戏班子是有,小杜梨也有,她还是我的堂妹呢,不仅人长得俊,嗓子也是顶好的。"

高长英说:"我家老爷子,一辈子就爱看戏,方圆左近几个县有名的戏班子都到十八盘村唱过戏,小杜梨去得最多。为此,我爹还要在村里建造最好的戏楼,都谋划好几年了。"

李大个儿说:"营长,老爷子爱好什么你就由着他。不然到头来你会后悔莫及。我爹在世的时候,思谋着弄一副柏木棺材来安葬他,我对他说,爹,这好办呀,咱李家大坟里那么多柏树,你看上哪一棵,我就把它打倒,截成棺材板,将来给你用。他只摇摇头,说以后再说。后来我就当了兵,第二年他就死了,也没来得及做柏木棺材,他带着遗憾走了,我带着遗憾活着。营长,你说这又是何苦呢?"

高长英突然说:"李大个儿,你说起棺材板了,我想起来前两天我弟弟长命找我,说他最近倒腾了一笔生意,好像是什么鸟柏,柏木板上有自然形成的花鸟图形,极为罕见,极其珍贵,还说要给我家老爷子预备一副棺材板呢。"

李大个儿说:"这好啊!难得长命有这份孝心。"

月亮隐到了山后,天上是茂密的星的丛林。在这些星星当中,有大的,有小的,大的如豆,小的似米;有明亮一点儿的,有暗淡一点儿的,明的如灯,暗的似烛。风儿吹起来,它们的光芒就在风中摇曳。风儿一静,它们的光芒就在苍穹海一样的幕布上停泊。

半夜时分,李大个儿命令部队开始向帽山垴进发,高长英带一个警卫班在原地坐镇指挥。

六指发现那个伪军鬼鬼祟祟的,像是要伺机逃跑,就对高长英说:"营长,一会儿战斗打响之后,就把他结果了算了,带着他也是个累赘。"

高长英说:"不行,八路军不杀俘虏,你要记住,这是纪律。你把他带过来,我再问问他是哪个村的,他要是想回家,就把他放了。"

原来,这个伪军是南佐镇人,名叫王跟跑。跟跑,跟跑,跟人当小跑。他先是跟着王大满当小跑,在昔阳大碾坊被人打散之后,不敢回家,就流落到了野头镇,不得已跟着高水货干了。今天他被高水货派到神河湾,就是探听八路军独立营的消息。王跟跑一听说是被高长英的人抓住了,特别害怕,心想,这下没命了。因为他知道高长英的厉害。南佐镇的日军多么厉害?南佐镇的城墙多么坚固?井上岩的气焰多么嚣张?这些对高长英来说都不在话下!还有豆妪大炮楼和豆妪火车站,也不在高长英的话下!今天落到高长英手里,肯定死路一条。六指带他来见高长英,他吓得不敢抬头。高长英告诉他说:"兄弟,只要你今后不再跟着日本人干,不再当汉奸,不祸害老百姓,我今天就放你回去。南佐镇已经被我们八路军从日本人手里解放出来,你回去后可以种地,可以做生意,我们还给你发路费。你要是愿意跟着我干,愿意当八路军,我现在就发给你枪,怎么样?"

王跟跑的眼睛里放射出疑惑的光,说:"高营长,你刚才说的可是真的?"

高长英肯定地说:"我们八路军什么时候蒙骗过人?"

王跟跑说:"高营长,我愿意当八路,愿意跟着你干,你就收下我吧!"

高长英拍拍王跟跑的肩膀,说:"好吧,王跟跑,以后你就跟着六指吧,不过,可不能光当小跑,还要争取立功啊!"

王跟跑恨不得趴到地上给高长英磕头,六指过来对他说:"王跟跑,以后在营长面前,不能再这样点头哈腰的,要挺直脊梁,说话前要打立正喊报告。"

王跟跑又哈腰对六指说"是",六指严肃地说:"是什么是?给我站直了说话!"

王跟跑说:"你得让我慢慢来,一转眼怎么能学得会!哎,什么时候给我发枪啊?"

六指瞪他一眼,说:"三天之后。"

王跟跑说:"为什么是三天之后?刚才营长说现在就发的。"

六指说:"刚才营长还说让你跟着我呢!既然跟着我,就得听我的。我说三天就三天!"

二人正说着,高长英说:"注意,山上有情况!"

山上的情况是,李大个儿率领的三连在接近山顶的时候,忽然听到顶上有人说话,说:"快看,上来了,上来了!"

李大个儿立即命令三连停止前进。

李大个儿和一排排长合计了一下,又往前摸了几步,朝山上喊话:"山上有人吗?"

山上有人搭话道:"有啊!你们是几连的?"

李大个儿说:"你们呢?"

上面答道:"我们是独立营的。"

李大个儿说:"让你们营长来说话!"

上面的人蛮横地说:"凭什么?叫你们的营长来说话!"

李大个儿心想,少跟他们废话,管你们是哪个独立营的呢,天亮之前我们就得上到山顶去。

李大个儿又一想,不行,得搞清楚先期到达山顶的到底是哪一部分的,不然的话,吃亏就在眼前。于是又让司号员向上喊话:"你们到底是几连的?"

上面有人说:"几连的都有,等你们上来,我们就换防了。"

司号员向连长李大个儿请示:"连长,怎么办?"

李大个儿说:"还怎么办?上!"

三连近百人开始前进。就在他们接近山顶的时候,上面的机关枪嗒嗒地响了起来,一条条火舌朝下扫射,伴随着手榴弹的爆炸声,三连战士一片一片地倒下去。

一处处山火燃烧起来,迅速连成了一片,一个山洼顿时成为火海,映红了东方的天际。

李大个儿被机枪压在一块岩石下面。李大个儿对一排长说:"我们上当了!你快找个人下去给营长报告,我组织人冲上去,占领帽山垴!"

一排排长说:"连长,你快撤,我带人冲上去!"

李大个儿急了,说:"撤?往哪儿撤?你我现在只有一条路,就是上!"

高长英把山上的情况看得一清二楚,他知道三连遭到了伏击,命令一个战士火速通知龙凤山的一连从帽山垴的后山打过去,消灭事先占领帽山垴的敌人。六指说:"营长,我去叫杀虎尖的二连吧!"

高长英说:"现在还用不着二连,你去告诉李大个儿,天亮之前拿不下帽山垴,就别回来见我!"

帽山垴下的火光越来越强,突然,从山头上开始往下滚炮石,巨大的石头轰隆隆地从山坡上滚下来,把火苗溅得老高。高长英在心里骂道:这些杂种,竟然会用这种方式来对付八路军!

一阵炮石过后,山上恢复了平静。三连连长李大个儿已经在前一波冲锋中负了重伤,他的肚子被炸开了一道口子,肠子流了出来,又被他用手塞了回去。这时,他隐隐约约听见山上有人在笑,说:"三连,你们想上来?扯淡!就是高长英在,他也上不来!"

李大个儿喊司号员,六指对他说:"连长,司号员已经牺牲了。"

李大个儿就让六指清点人数,六指说:"连长,还有十三个,其中有两个伤员。"

李大个儿心里觉得窝囊,他从来没打过这样的仗,心想:照这样打下去,怕是完不成任务了。他让六指回去报告营长,让营长放心,只要有他李大个儿在,就一定能拿下帽山垴!然后他挣扎着站起来,开始组织最后的冲锋。

冲锋又被压了下来。

上面的人高喊:"投降吧!举起枪往上走,我们保证不再开枪!"

李大个儿骂道:"娘的,老子是那样的人吗?"

上面的人也骂:"蠢猪,不怕死,你就再往上冲!"

李大个儿高喊:"你等着,老子来了!"

这一回，就李大个儿一个人捂着肚子往上爬，上面的人竟然没有开枪射击，而是让李大个儿爬上了帽山垴，他在一块岩石上艰难地站了起来。

李大个儿的肚子上又流出了鲜红的肠子，他眼前是黑压压的一片敌人，一个个面目惊恐。李大个儿在敌人的惊恐之中壮烈地倒了下去。

李大个儿执行这次任务的结果是全连覆没。

高长英的独立营第一次吃了败仗，损失了一个连，三连连长李大个儿也壮烈牺牲。

高长英和六指等人见帽山垴的枪声停了下来，知道这一仗结束了，六指一把抓住王跟跑的衣领，吼道："说！是不是你小子把伪军领到帽山垴上的？不说，我就崩了你！"

王跟跑扑通一声跪到高长英面前，说："营长，你饶了我，我还有情报没告诉你呢！"

六指说："营长，你别再轻信这小子了！"

高长英指指王跟跑，说："你说，什么情报？快站起来告诉我！"

王跟跑战战兢兢地从地上爬起来，看看高长英，说："日本人放出的押解犯人的情报是假的，转移白城口的粮草才是真的。"

六指大声斥责道："什么？你敢打保票吗？"

王跟跑说："我以性命担保！"

高长英半天没说话。突然，从帽山垴的后方响起了密集的枪声，与喊杀声交织在一起。一连从后面包抄掩杀过来，把帽山垴上的伪军消灭了多半，活捉了伪连长高水货。

帽山垴下死一样地寂静，太阳从东方升起，染红了岩石上的土壤。

高长英一把抓住王跟跑的脖子，像拎小鸡一样拎在手上，吼道："小子，他们要把粮草转移到什么地方？"

王跟跑说："不知道。"

六指说："你胡说！"

高长英问："什么时候？"

王跟跑摇摇头："不知道。"

高长英猛地一把推开王跟跑，嘴里大声骂道："娘的！混蛋！你这个混蛋误了我的大事！"末了，一屁股坐在了地上。

六指发现，他递到高营长手里的几枚石子已经成了粉末。

## 火 15

腊月初八"太行山十八盘诗书会友暨陈元老师书体命名大会"刚一结束，南佐镇东街铁匠铺的刘黑牛突然出现在十八盘村，这让高德显和刘凤阁感到十分意外。这些天一直感觉身体不适的何灵芝也从后院来到前院，与柳细腰手挽手，想从刘黑牛的口中探听一点关于高长英的消息。

然而，结果令人失望。刘黑牛此番来十八盘村的目的，是要请人吃饭，准确地说，是要在十八盘村挑选八到十个能喝酒的汉子，准备腊月二十三这天与豆妪大炮楼的鬼子搞一次赛酒会。

此语一出，四座皆惊。

刘晔老师两眼炯炯放光，手捋银髯，一言不发，只注视着眼前这条大汉。

刘凤阁疑惑地看着刘黑牛，不解地问："牛子，你怎么有一出没一出的，平白无故地跟日本人赛什么酒？"

刘黑牛笑笑，说："姐，我跟他们约好了，你就放心吧。"

刘凤阁说："我能放心吗？这都快过年了，你跟那日本人井上岩有交情，他不伤害你，可是咱村的汉子们要是去了，万一有个好歹，你让我和你姐夫还怎么做人？"

高德显用一个手势示意刘凤阁不要再说什么，他似乎明白了刘黑牛的意思，说："牛子不会无缘无故的。"转脸问刘黑牛，"你想找多少人？我帮你合计合计。"

刘凤阁看看高德显，不再言语，来到何灵芝和柳细腰身边，悄声说："让他们说话，咱包饺子去。"

刘黑牛说："姐夫，我原先跟我哥商量过，十八盘村能去几个就去几个，不勉强。"

二人正说着，刘黑丑从外面进来，见刘黑牛也在，就说："牛子，上午你怎么不来？"

刘黑牛还没说话，高德显先说道："真是说曹操曹操就到。黑丑，你来得正好，快给我拿拿主意。"

刘黑丑笑了，说："德显，我刚进门，你们说了些什么，我也不知道，你让我拿什么主意？"

高德显说："让黑牛跟你说。"

刘黑牛对刘黑丑说："哥，还是上次我跟你说的那件事，想在十八盘村选几个人去豆妪大炮楼。"

刘黑丑恍然，说："德显，黑牛想出这个点子，我倒觉得很有意思，这叫醉翁之意不在酒。"

半天没有发言的刘晔老师突然说道："醉翁之意不在酒，好啊！不过，事先你们可要想得周密，不要疏忽大意，误了大局。"

刘黑丑说："刘晔老师说得对，项庄舞剑，他手中的剑是把双刃剑，既能伤人，也能伤己啊。我们一定要把事情想得周全，思想上做好最坏的打算，手段上争取做到出其不意，效果上实现全胜。"

刘黑牛声高气壮地说："想得周密自然重要，但出手要快似乎更重要些。大家放心，我自有安排。"

这天黄昏，高家大院前院以及东西两厢摆下了六桌酒席，十八盘村的男人几乎悉数到场，包括老窦和陈元老师。陈元老师穿着他那身绣有福字图案的紫红色绸料上衣，往人群中一站，格外引人注目。然而，他们不知道高德显要打什么主意，也不知道刘凤阁要表现怎样的风采，更不知道刘黑丑兄弟两个为何到场。甚至连何玉棠也不知道这是一场什么性质的酒会。

这真是一个在特殊时期特殊环境中举行的特殊聚会，开场没有祝酒词，席间没有行酒令，只有推杯换盏，觥筹交错，各展风采。人们不曾忘记，就在这同一个地点，八月十六中午那场酒席突然就演变成了一场风波，那场景史无前例，那震惊刻骨铭心，至今仍历历在目，令人记忆犹新。

刘黑牛担负着特殊使命，他没有在一个固定的席位上坐着，而是每个席位都要走到，每个人都要碰一碗。刘黑牛对卷毛鹰的酒量早有耳闻，知道他曾率人去河西替葛掌柜挽回了面子。所以，刘黑牛在卷毛鹰跟前坐了下来，说："卷毛哥，你喝酒的大名简直是如雷贯耳，今天我特地从南佐镇赶来，向你讨教一个问题：你是怎么把河西那家人给打败的？怎样才能在酒桌上称王称霸？是不是人们常说的那样，人有多大胆，就有多大量？是不是老子英雄儿好汉？"

卷毛鹰怎么会知道他为什么能喝酒呢？他怎么能从喝酒的实践上升为喝酒的理论呢？他一个放羊汉，每天的营生就是举鞭投石组织羊群，再就是到了腊月酿造枣木杠子酒的时候出苦力甩大夯，罢了喝几大碗酒，然后回羊圈睡个自然醒。没想到去了一趟河西，酒没喝多少，却喝出了名堂，三里五乡的人们都对他有了印象。今天，刘黑牛当着众人的面如此抬举他恭维他，真让他诚惶诚恐不知所措。他说："黑牛啊，快别说了，我是个大老粗，那次去河西喝酒，好比是瞎猫碰上了死老鼠，草包遇上了软蛋，并不是我卷毛鹰能喝酒，是河西没有高人，你今天抬举错人了。"

刘黑牛摇摇头说："哪能呢？我这人干别的不行，看人还有两下子。你没听人说吗？没有金刚钻，不揽瓷器活。你就别客气了，有什么绝招就亮一亮，让我等也开开眼，长长见识嘛，大家说对不对？"

这一桌人齐声响应，场面上就出现了一次热闹景象。

卷毛鹰说："黑牛，你让我说话，真是为难我，你让我喝酒，这没说的，我先跟你喝一碗，再跟大家喝一碗，你看行不行？"

犟睁眼站起来说："不行！卷毛鹰，谁不知道你是窗户眼吹喇叭——名声在外啊。你跟黑牛先喝一碗，再跟我们每个人喝一碗，大家同意不？"

人们又齐声喊好，这一桌就掀起了高潮。在众目睽睽之下，卷毛鹰与刘黑牛等人一一碰了一碗，竟然酒兴勃发，又到另外几桌敬了酒，才从腰间取下喇叭，步态稳健地离开席面，在高家大院中央的银杏树下吹起了《小放牛》。

刘黑牛正与几个壮汉碰杯，柳细腰端来一盆大锅菜，顺便在刘黑牛的脚上踩了一下，悄声说："我在后院等你。"

一会儿，刘黑牛就跟了过来。二人刚见面，刘黑牛就一把将柳细腰搂在了怀里，说："细腰，你等着我，明天我们还会在一起。"

柳细腰颤着声音说:"就今晚。"

刘黑牛说:"不行,一会儿我们还有事。"

柳细腰说:"我想你。"

刘黑牛往紧里抱抱柳细腰,说:"想也得等明天。"

柳细腰把脸扭向一边,不言语了。

刘黑牛说:"细腰,去煮饺子吧。"

柳细腰抬脸对刘黑牛说:"明天不许变!"

刘黑牛说:"不变!"

这时,敖敖在前院里突然叫道:"葛掌柜怎么没来?"

对啊,人们这才发现,葛掌柜不在现场。葛掌柜哪儿去了呢?高德显叫道:"捞鱼鹳,你请葛掌柜了吗?"

捞鱼鹳跑过来报告说:"我去请了,他不在家,我告诉他老婆了。"

高德显问:"他老婆没说葛掌柜去哪儿了吗?"

捞鱼鹳摇摇头说:"她什么也没说。"

林成在一旁插话说:"我刚才还看见他了,一转眼就不见了,我再去问问他老婆。"

何玉棠说:"林成,太晚了,还是先别去问了吧,等明天一早再说。"

接下来,酒场上就是此起彼伏的喝酒高潮。这次酒会之后,刘黑牛在心目中排出了一个名单,打头的是卷毛鹰。人们散去的时候,刘黑丑兄弟两个把这几个人叫到一起,让他们跟家里人说好,随时有可能出发,具体去办什么事,到哪儿去办事,只有上了路才知道。刘黑丑又指定林成为这次行动的联络员。

半夜时分,天空之上,弦月西沉,星光灿烂,风寒透骨,热闹嘈杂了一整天的十八盘村又一次归于寂静。

十八盘村的几条汉子正在准备去做一件注定要让日本人震惊、让高长英汗颜的大事。

就在这天的后半夜里,白城口一家货栈的门店突然起火。那真是:火借风势起烈焰,风助火头过长街。白城口东西走向的骡马大道北侧半个街面迅速被烈火包围。

起火的这家货栈名叫侯记草料行，临街是个门脸，只有三间房子，有两个伙计在此坐堂值守，与往来客商洽谈业务，打理生意。房间后墙有一扇小门，门口上方写着"闲人止步"四个大字。从房间的后门出去，经过一条长廊，是一排平房，大约有七八间之多。平房里住着不少人，院子里还养着不少狗。这些人整天也不出门，却在院子里舞枪弄棒习练武术。平房的后面，则是一片开阔的梯次上升的空地，与山体连在了一起，上面依次垛着草垛和粮仓，一个挨着一个，有大一点儿的，也有小一点儿的，有青草垛，也有干草垛，真有点儿大商行的气魄。

据当地人说，侯记草料行是山西平定城下关一个名叫侯魁元的财主开办的。他的草料生意做得很大，大到什么地步，谁也说不清。只知道往西至少到太原西安，往东至少到济南青岛，往北至少到北京天津。日本人占领太行山以来，他的草料大多供给了阎锡山的晋绥军和孙殿英的第十二军，八路军也与他有少量生意上的来往。白城口这个侯记草料行只是侯魁元的一个分店，更像是一个大仓库，里面囤积的草料一般情况下不会动用。

最近一个时期，特别是入冬以来，这家货栈的生意突然红火起来，雇用了许多人员和车马，白天出草，夜间进料，已经持续了两个多月。更为异常的是，在侯记草料行临街的门店里坐堂值守的那两个伙计也换了人，来了十几个陌生人在房间里外来回晃荡，有拿枪的，有牵狗的，一个个表情严肃神色乖张，把四邻八舍的商户搞得莫名其妙。

被烈火逼醒的人们蜂拥来到街上，惊慌失措，不知所以。街北面的人家立即展开自救，有好事者马上出面组织救火。

在救火的队伍中，出现了十八盘村十条汉子的身影。冲在最前面的是林成和敖敖。林成穿着一件厚厚的棉袄，来到一个燃了一半的草垛跟前，见干草下面苫着的不是草料，而是麻袋，从一些烧糊的麻袋片里流出了白花花的颗粒，爆出嘎巴巴的声响。林成用手指捏了一点儿放进嘴里嘎巴一咬，咸的，是盐！林成高兴得差点儿笑出声来。林成在心里骂道：狗日的日本人，你们把盐都囤在这里，害得我们老百姓一年一年买不到盐吃。这下好了，一会儿扛一麻袋回去，就够吃一阵子的。这时，林成感觉到自己腰间的东西开始剧烈地蠕动，就跑到刘黑牛跟前，低声说："黑牛，该出手了吧？"

刘黑牛点点头，说："放出来吧，让它们显显威风！"

林成在侯记草料行的后院火场上把裹在腰间的一条布袋解下，放开口，迅即从中蹿出两条花蟒蛇。这两条花蟒蛇猛地见到火光，一下把身子甩开，竟有一丈多长，一条向东窜去，一条向西窜去，它们的身上放射出耀眼的鳞光，一闪一闪的，让人眼花缭乱，更让人胆战心寒。

这时，林成站到高处，振臂一呼："哎呀！不得了了！大火烧出蟒蛇精了！"

慌乱中的人们听到喊声，觉得惊奇，心想，在这寒冬腊月，怎么会有蟒蛇呢？

林成连喊带叫，从高处跑了下来。人们定睛一看，果然就在火场上看见了那两条东突西闯的大蟒蛇，鳞光耀眼，寒光四射。于是，人们大叫着，四散奔逃，竟然忘记了扑火。有离得远一点儿的，干脆站在火光之中看景致。

林成跑到刘黑牛跟前，小声问道："兄弟，下一步怎么办？"

刘黑牛回头看看哥哥刘黑丑，对林成说："你把蟒蛇引到平房那边去，那些日本人不出来，我们怎么下手？"

林成口打呼哨，就朝平房跑去。只见那两条大蟒蛇载着一溜火光就冲到了那排平房前边，在那里把守的十几个日本兵一下慌了神，叽里呱啦嚷着抱成了一团。刘黑牛刘黑丑敖敖捞鱼鹳卷毛鹰等人随后赶到，手起刀落，结果了这些人的性命，一个也没有跑脱。

刘黑牛拿大刀咔嚓一下劈开平房的大锁，站在门口大声喊道："弟兄们，不要扑火了，快来往外面的大车上扛盐。这里是日本人开设的秘密盐店，囤积了大量食盐，害得我们老百姓到处买不到盐吃。今天我们把它砸开了，大家随便扛。不过，扛多了也没用，这盐可不能当粮食吃啊！"

经刘黑牛这一鼓动，再没有一个人救火了，都跑来从平房里往停在外面的大车上扛麻袋。

林成说："你们大家辛苦，我得把我的宝贝收起来。"说着，他打了一声口哨，那两条蟒蛇就回到了他的身边。林成赶紧把它们收到布袋里头，重新缠在腰间。

刘黑丑说:"林成,你就不要扛麻袋了,照顾好你的宝贝,它们今天可给咱立了大功!"

林成乐了,对刘黑丑说:"黑丑大哥,你说说,什么叫养兵千日,用兵一时?这就叫啊!是不是?"

刘黑丑说:"那当然是啊!我听说你养了上百条这样的大花蟒蛇,我怎么一回也没见过?要不是你今天把它们亮出来,我还不相信呢!"

林成突然谦逊起来,说:"我家是养了几条花蟒,但没那么多。今天我带来的这两条,是我豢养的众多蛇类中最好的,人们都说蛇要冬眠,其实不是,只要给它们合适的温度,它们就不冬眠了。而且它们一见火光就兴奋。它们一般不咬人,就是咬一下,也不会致人死命。我那些有毒的凶悍的,还舍不得往外带呢。"

刘黑牛问:"林成,你把它们养在什么地方了?你老婆马音音能让你把它们养在家里吗?"

林成一挺腰杆儿,说:"她敢说个'不'字!"

这时,敖敖跑过来,对刘黑丑说:"干爹,车都装满了,是不是让老百姓也都来扛?"

刘黑丑说:"你去让他们往家里扛,藏起来,不要让日本人搜查出来。"

工夫不大,侯记草料行里的麻袋被全部倒腾出去,有装上车的,有藏到各家各户的。刘黑牛对刘黑丑说:"哥,咱们该撤了!"

刘黑丑问:"弟兄们都出来了没有?"

敖敖说:"我再去喊一遍!你们先出去吧!"

刘黑牛说:"你快点儿啊!"

大街上排着十几辆马车,全部垛满了麻袋,小山似的。这时,风突然停了下来,火场上的火也慢慢熄灭了,只是白城口仍在一团团烟雾的笼罩之中。

敖敖背着一个人跑出来,喊道:"干爹,快来呀,葛掌柜不行了!"

刘黑丑一听,脑袋都大了,急切地问:"敖敖,你说什么?怎么会是葛掌柜?你肯定吗?"

敖敖心想,怎么会不是?我把人背过来了,是不是葛掌柜,你们自己看吧!紧说着,敖敖在人群里把葛掌柜放下,站直身子,长出了一口气,说:"狗日的,还挺沉!"

人们忙围拢过来,仔细一看,可不是嘛,葛掌柜的衣服被烧煳了,面目也被熏得漆黑,两眼紧闭,嘴却咧着,露着参差不齐的大板牙,两条胳膊紧紧抱着脑袋,已经不省人事。

刘黑丑试图把葛掌柜的手放下来,却没能成功,就一边大声叫葛掌柜,一边叫赵本初,说:"你快过来看看还有救没!"

赵本初从人群外面挤进来,用手摸了摸葛掌柜的腮帮子,说:"没事,还热着呢。"赵本初又用手指在葛掌柜的鼻子下试了试,说:"还出着气呢!"

这时,刘黑丑让人把葛掌柜抬到车上,说:"弟兄们,赶紧撤!"

前店后仓,大小几十个草垛和十几间平房,一夜之间化为灰烬。第二天,从白城口传出一条惊人的消息:昨天夜里有两条蛇精从天而降,口喷烈焰,上下翻飞,先燃着了侯记草料行的草垛和平房,后来又咬死了十几个日本人,还将仓库里的货物尽数搬走了。

有目击者称,他当时被浓烟呛醒,见窗外火光冲天,忙起身冲到大街上,只见街上站着许多人,整个大街北面的草房多半已经起火,有人喊:"这大火是从侯记草料行着起来的,那里草多,快去救火!"可是人们还是要保自家的房子,去侯记草料行救火的人不多。他说他提上水正往自家的房顶上泼,却看见了一条大蛇在侯记草料行的草垛里爬行,鳞光闪闪的。起先他还以为是看花了眼,大冬天的,怎么会有蛇出洞呢?可是,后来,他又看见一条大蛇在草料行的东边出现了。两条蛇一金一银,光芒四射,奔平房而去。然后工夫不大,风就停了,火也灭了,真是奇了!

这个目击者刚说到这儿,另有人出来说,他亲眼看见那蛇是从一个草垛下面爬出来的,是两条大蟒蛇,有一丈多长,碗口一样粗细,张着大嘴,在火场上咴咴叫着,见人就咬,十几个日本人就是被它们咬死的,吓死人了!

人们议论着,就集中在了侯记草料行的门前。这里虽然恢复了平静,但大火过后的房屋已经面目全非,大梁被烧断了,房顶塌了下来,土屑之中还残留着火星，空气中弥漫着呛人的烟味儿。一直神神秘秘的侯记草料行后院也都暴露出来。有好奇的，就走进去看热闹，只见草垛掩映中的平房整体向前倾覆，一个房顶的斜面矗立在人们眼前，后山上的草垛多半已经烧成了灰堆。昔日辉煌鼎盛的侯记草料行只剩下一片瓦砾，一片狼藉。

腊月的清晨，天含碎星，风寒刺骨，迫使人们裹紧衣袖，踟蹰而行。人们一个个面色铁青，一如河滩里的顽石，僵硬而艰涩。

人们看着，议论着，这火是怎么着起来的呢？那大蟒蛇是从哪儿钻出来的呢？那些平时在后院里舞枪弄棒的人哪儿去了呢？

有人突然高叫起来，说："快来看呀！这儿有个洞，肯定是蟒蛇精住的洞。"

人们围拢过去，果然在一个草垛旁看见了一个洞口，边缘光滑，深不见底，侧耳听听，是一阵阵隐隐远去的风声。于是，人们就断定昨天夜里的两条大蟒蛇就是从这里钻出来的，这就是蛇精洞，所以，谁也不敢在此多留，纷纷退了下来。有胆小的人一听说发现了蛇洞，早跑得没了影儿。

就在这时，突然有人发现了日本人的死尸，又是一阵惊呼号叫。日本人的死尸全部压在了倒塌的平房底下，有的露着脑袋，有的露着脚。围观的人们有的说他们是被蟒蛇咬死的，有的说是让人用刀砍死的，有的说是被房梁砸死的。他们在讨论这些的时候，全然没有感觉到危险和死亡正向他们走来。

一声清脆的枪声惊醒了这群人。

当他们回过头来，看到的是一群荷枪实弹的人正用枪对准他们的胸膛。当他们再回过头去寻路逃跑的时候，对面同样站着拿枪的人。

包围他们的人是从豆妞大炮楼撤出来的井上岩的一个小队。他们刚刚得到情报，八路军独立营正在向白城口集结，企图劫掠侯记草料行的货物。上级让他们务必尽快将这批物资转移到野头镇存放。山岛一虫已经派出一个连在神河湾接应。然而，当井上岩顺着甘陶河下来赶到白城口时，却看到了眼前的场景。

一共有二十八个人被围在了侯记草料行的破院子里。他们将被押往野头镇，罪名是抢劫军火和私通八路。

葛掌柜被剧烈的震动颠醒，发现自己躺在一辆疾速前行的马车上。他喊出的第一句话是:"快把我放下!你们是哪儿来的强盗?"

敖敖见葛掌柜缓过来了,扑过来在葛掌柜的胸脯上狠狠地捣了一拳,说:"葛掌柜,睁开你的狗眼,看看我们是谁!"

葛掌柜早听出是敖敖的声音,扭头又看见了刘黑丑、林成、卷毛鹰、捞鱼鹳等人。

这时刘黑牛才说:"葛掌柜,你别管我是哪村的,也别管我叫什么,我问你,你与白城口那个侯记草料行是什么关系?你怎么会在那里被烧成这个样子?"

葛掌柜腾地一下坐了起来,朝四下看了看,说:"怎么,我被烧了吗?不可能!我与那家侯记草料行什么关系也没有!我在家睡觉睡得好好的,怎么会在你们的车上?"

刘黑丑说:"葛掌柜,快别装了,你在干些什么,我心里都清楚,你心里也明白。现在我就告诉你,你所效力的那个侯记草料行已经被我们放火烧毁了,他们表面上是在做草料生意,实际上是在为日本人囤积食盐,祸害百姓。你在那里为他们当走狗已经不是一天两天了,你应该知道,你的所作所为,就是汉奸的所作所为。"

葛掌柜一听刘黑丑这么说,顿时急了眼,反驳说:"刘黑丑,你是有文化的人,可不能这样说话。我怎么是汉奸了?我儿子跟着高长英在南佐镇打日本,我是地地道道的抗日家属!告诉你们,我算是看清楚了,侯记草料行的那把火是你们点的,还抢了盐,这要是让日本人知道了,你们吃不了兜着走!"

刘黑丑听罢葛掌柜这番话,哈哈笑了,说:"葛掌柜,请你放心,我们能够兜得走,就怕你做下这事,你自己兜不住!"

葛掌柜的嘴顿时软了下来,说:"兄弟,谢谢你救了我!我可是什么也没干,只是在那里给他们看看大门什么的,你到秦司令员那里可什么也不要说,啊?"

刘黑丑说:"葛掌柜,要谢你就谢敖敖,要不是敖敖二次进火场,把你背出来,现在你早被烧成山药干了!"

敖敖说:"葛掌柜,你别来这一套,你犯下的事,可以让别人不说,但我得说,我这就到秦司令员那里告你的状,就说你是日本人的走狗,是中国人民的大汉奸，让秦司令员给我姐夫高长英写一张二指宽的纸条，把你的儿子六指开除回十八盘村，让你当不成抗属。我倒要看看你葛掌柜还能美到什么时候！"

葛掌柜不服，说："你凭什么说我是日本人的走狗？凭什么说我是大汉奸？凭什么让你姐夫高长英开除我儿子六指？凭什么不让我当抗属？你小小年纪，口气怎么这么大呢？我怎么听着你比你爹还厉害呢？你爹还不这样跟我说话呢！今天你倒教训起我来了！"

敖敖瞪了葛掌柜一眼，说："怎么啦？葛掌柜，你不服气是不是？你可以瞒天过海，可你在十八盘村干的哪一件事也没瞒过我何敖敖的眼睛。在甘陶河卧龙潭上修建浮桥的事，是不是你葛掌柜散布出来的？东平台、西平台、龙凤山以及杀虎尖都是铜矿，是不是你葛掌柜散布出来的？从九龙关往十八盘村修公路的事是不是你葛掌柜向外宣布的？岭南河西那些口音侉的、戴墨镜的、三条腿的人三番五次地来十八盘村转悠，是不是你葛掌柜串通来的？你老婆的花衣裳和你家那条大洋狗，是不是日本人送的？你说呀！你敢当着众人的面说个'不'字吗？这可不是大人小孩的问题，就连咱十八盘村的猫狗也都知道你葛掌柜这几年没干人事儿！"

敖敖这几句话，一下把葛掌柜给噎住了。刘黑丑对敖敖说："敖敖，你就少说两句吧。你既然救了葛掌柜，就别再把他噎死了！"

卷毛鹰对刘黑丑说："黑丑兄弟，你这是在教训敖敖，还是在鼓励敖敖？我怎么听着不对劲儿呀！"

刘黑丑看看葛掌柜，见他已经彻底从惊慌和恐怖中恢复过来，就对他说："葛掌柜，我不是给你吹牛，十八盘村的人没有我不了解的，没有我不知根知底儿的，就是对你不了解，不知根知底儿，尤其近一年多来，你的所作所为，你的言谈话语，你的人际交往，总让人摸不着头脑，总让人心生疑窦，总让人不生好感。按理说，不管是在甘陶河卧龙潭架桥，还是在十八盘村开矿，或者是在九龙关上修路，对十八盘村来说都是好事，对整个甘陶河流域山南川北一百单八村的老百姓来说也都是好事。可是，你为什么不找咱村的何玉棠商量呢？为什么不找咱村的高德显商量呢？为什么不找我商量呢？怎么就跟刚才敖敖说的那些侉子、瞎子、拐子黏糊在一起，怎么总在背地里嘀嘀咕咕，在黑夜里鬼鬼祟祟呢？"

葛掌柜一听刘黑丑也这样说他，干脆又躺下，嘴里嘟囔道："一个是干儿子，一个是干爹，说出话来都一个味儿！"

敖敖一听，不高兴了，在驾辕的骡子的屁股上猛抽了一鞭子，那骡子咴咴叫了一声，噗地一下蹿出去老远，差点把车上的人给甩下来，害得葛掌柜大声惨叫道："哎呀呀！疼死我了！黑丑兄弟，快看看我身上哪儿破了？"

刘黑牛接过话茬儿说："葛掌柜，你身上哪儿都没破，就是衣服给烧破了，回到十八盘村让你老婆给缝缝就好了，快别在这山路上大呼小叫了，招惹来日本人可怎么办？"

葛掌柜见不停车，就又喊道："快把车停下，让赵本初来给我看看病！"

刘黑丑让其他车先过去，把自己这辆车的牲口叫住，车停在了道边。

腊月的山野，空旷而萧瑟。远处的山峦起伏蜿蜒，山梁之上是一抹绚烂的晨光，山谷之中却是一团幽暗的阴影。山梁上突兀而起的岩石放射着坚硬的光芒，山脚下挺拔而上的树木展示着风的舞姿。一只苍鹰在低空盘旋，好像在跟踪猎物。有一阵风吹过，那鹰的双翼清晰可见。

赵本初从前边那辆车上下来，说："没事，我刚才看过了，葛掌柜死不了！"

没想到赵本初这句话让葛掌柜听见了，他又重新坐起来，冲赵本初大喊："赵本初，你滚！我不用你来给我看病！"

葛掌柜喊罢，又开始呻吟不止，说他的身子像散了架一样疼痛。

赵本初听葛掌柜这么说，扭头就走，被刘黑丑拦住了。刘黑丑说："还是去看看吧，可能他身上有烧伤的地方。"

赵本初扒到车上，撩开葛掌柜的破袄一看，果然也后背上有巴掌大一块肉皮被烧掉了。赵本初让刘黑丑看过之后，说："抹点獾油就好了，可是，我手上没带药，怎么办？"

刘黑丑突然想起了林成。在他的心目中，林成是一个粗中有细的男人，说不定出门时会带上獾油呢。于是他就喊林成的名字，见没人答应，就问左右的人："林成呢？"

敖敖说:"干爹,林成跟着前边的车走了。"

刘黑丑对敖敖说:"敖敖,你快去前面留住林成,我们马上去追他。"

刘黑丑驾驭的这辆车在白勺关附近追上了林成等人,林成一边往葛掌柜坐的车跟前走,一边说:"你看这事咋闹的,黑丑大哥,昨天夜里出门时走得急忘了带獾油了,就是带着,也不给狗日的葛掌柜抹!"

刘黑丑看看林成,见他的脸上是一副满不在乎无关痛痒的神情,不无埋怨地说:"林成,你要是忘了就说忘了,怎么说带了也不给他抹呢?"

林成冲刘黑丑挤挤眼,又拍拍腰间的口袋,刘黑丑知道了林成带着獾油呢,就对葛掌柜说:"葛掌柜,林成在这儿呢,让他回去拿点獾油来给你抹上,一会儿就好了。你再忍耐一下吧!"

葛掌柜又哎哟了半天,说:"等他拿来药,我就死了。对了,让林成回去拿药时记着把那大蟒蛇放下,我就是躲那蛇才被大火烧着的。"

众人一听,都笑了。

林成爬上车,对葛掌柜说:"葛掌柜,你怎么又陷害起兄弟来了?那两条蛇是从一个草垛下钻出来的,是千年蛇精,可不是我豢养的那些小蛇。你常在侯记草料行干活,就没听说过那里有蟒蛇精吗?"

葛掌柜见林成上了车,知道他身上缠着蟒蛇,就央求道:"林成大哥,我求求你,先把腰带捆紧了行不行?千万别让它们跑出来咬我,我可没干什么坏事。"

林成平时做事没个正形,现在却一板一眼地对葛掌柜说:"葛掌柜,你先给我保证,以后见了人,就说昨天夜里出现在侯记草料行的那两条蛇是蛇精显灵,不是我林成带去的。如果你还敢胡说八道,我现在就把它们掏出来绑到你的身上!"

这句话早把葛掌柜吓坏了,忙说:"林成爷爷,你快别说了,我早尿裤子了!"

林成一边给葛掌柜抹獾油,一边查看他说的是不是真的,看罢大叫道:"黑丑大哥,这狗日的果然尿了裤子,连底下的麻袋也湿了,这盐还能吃吗?"

刘黑丑说:"回去让他扛走那个麻袋不就行了?"

这群来自十八盘村的汉子，一个个灰头土脸的，在白勺关下的大路上嬉笑着，挑逗着，并不觉得自己干了一件惊天动地的大事。他们挺着太行山一样的脊梁，敞着高原一样的胸怀，做着自己愿意做的事情，与太行山的山川河流树木青草完全融在了一起，所以，他们心胸宽广，他们意志坚强，他们无所畏惧。

他们十个人驱动着四辆大马车离开白勺关，刚驶上通往九龙关的大道，就听见身后响起急促的马蹄声，紧接着又听见几声清脆的枪声。

第一个做出反应的是刘黑牛，他让人把马车赶到一个弯道里，对大家说："都不要慌，很有可能是独立营的人来了。"

捞鱼鹳吓得躲在马的肚皮底下，敖敖也在车厢旁边站定，不再言语。

刘黑牛的话音刚落，一匹战马就停在了他们的眼前。众人一看，骑马的不是别人，正是葛掌柜的儿子六指，一下把心都放了下来。

六指从马背上跳下来，来到刘黑丑和刘黑牛兄弟俩跟前，说："叔叔，你们是不是刚从白城口过来？"

刘黑丑点点头，还没来得及说话，六指又说："黑丑叔，你们快往前走，这里马上就要打仗了。"

刘黑丑问："六指，怎么回事？"

六指说："以后再说。我们营长让我告诉你们，日本人正在追捕昨天参与砸盐店的人，到处收缴被抢的货物，在白城口抓走了许多人，大部分商铺被他们放火烧了。你们要尽快离开，并且把这批物资运送到安全的地方，千万不要落到日本人手里。"

刘黑牛问："六指，你们不是去打帽山垴了吗？怎么会知道白城口盐店被砸了呢？帽山垴打下来了吗？"

六指摇摇头说："打败了，损失了一个连，营长正懊丧呢，侦察到井上岩带人去了白城口，就挥师东上，把日本人堵在了川口之内，现在井上岩正在组织突围呢，你们快走吧！再晚了怕是走不脱了。"

六指刚说罢，葛掌柜在车上说话了："六指，儿子，快过来让我看看你，独立营打了败仗，你没事吧？"

六指听出是父亲的声音，说："爹，你怎么在车上躺着？受伤了吗？"

敖敖说:"没受伤,是被烧伤了!"

六指关切地问:"爹,你怎么被烧着了?"

葛掌柜指指旁边的几个人,说:"是他们这伙人在侯记草料行放了一把火,就把我给烧着了。"

林成在一旁瞪着眼说:"葛掌柜,我刚才给你说什么来着?怎么转眼就忘了?"

六指又问他爹,说:"爹,你刚才怎么说他们一伙儿?难道你们不是一起去的白城口?"

敖敖对六指说:"六指,你爹去得比我们早,他早就在那个草料行做活了,要不是我在火场上发现了你爹,把他背了出来,你恐怕再也见不着他了。"

六指知道那个侯记草料行是日本人开的,脸上有些挂不住,说:"爹,我早就说过你,不要再和那些人来往,不要再做那些亲者痛仇者快的事情,结果你就是不听!这下好了,村里人都知道你给日本人干活了,把黑也给我抹到脸上了,哼!以后你要是再这样不听劝,我就不认你这个爹了!"

六指说罢,跨上战马顺原路返回了。

众人正要驱车前行,忽然发现林成脸色苍白,头冒虚汗,浑身哆嗦,牙关抖动,倒在地上。赵本初第一个跑过来,一摸林成的脉,对刘黑丑等人说:"不行了,林成的气虚得不行了!把他抬到车上吧!"

林成有气无力地说:"没事,我没事,就是觉得冷,是这两条蛇把我的体温耗尽了。"

刘黑丑说:"林成兄弟,你说怎么办?"

林成说:"帮我把它们解下来,扔了吧,反正它们已经出过力了。"

敖敖扑过来,动情地说:"林成叔,可不能把它们扔了,把布袋解下来,缠在我的腰上吧!"

林成意味深长地看看敖敖,问道:"敖敖,你不害怕它们了?"

敖敖绷绷脸,咬咬牙关,说:"林成叔,你不怕,我也不怕!"

林成受到了感动,轻轻地把自己身上的布袋解下来,绑在了敖敖年轻有力的腰间,并给他套上了一件大棉袄,说:"敖敖,别怕,它们已经睡着了。"

这时，在九龙关和白勺关交汇处的山川里响起了密集的枪声，十八盘村的这十条汉子急忙驱车上了路。

突然，刘黑牛对哥哥刘黑丑说："哥，我回去看看，一会儿就去追你们。你打算把这批东西放到什么地方？"

刘黑丑说："我想在村外找一个地方把它们藏起来，就是日本人来找，也让他们找不到。"

捞鱼鹳说："我有一个地方能藏下这些东西。"

刘黑丑问："在哪儿？"

捞鱼鹳说："在龙凤山滴水岩，那里有一个山洞，里面地方特别大。"

敖敖说："龙凤山上哪有什么山洞？我怎么一点也不知道？"

林成接口道："山洞是有一个，但是不在滴水岩，就是往山上运这些东西需要人手和工夫啊！"

刘黑丑说："只要安全，远点不怕。我们这些人谁也不许说出去，记住没？"

众人应着。这时，葛掌柜从车上跳下来，一瘸一拐地跟着人们往前走。刘黑丑问："葛掌柜，你怎么从车上下来了？"

葛掌柜面带羞愧地说："黑丑兄弟，一会儿到了家，我不能帮你们卸东西了，真不好意思！"

刘黑丑说："葛掌柜，你就回家歇着。但有一条，你可不许到外边瞎说乱侃在白城口发生的事！"

葛掌柜说："怎么会呢？这件事说出去，我的脸上也不光彩啊！"

## 火 16

十八盘村的十条汉子一夜未归。

他们在公元一九四四年腊月初八这个月黑风高的夜晚，拼死干了一件惊世骇俗的大事，这件事注定要改变他们的命运，注定要载入太行山甘陶河畔十八盘村村史，注定要载入中国人民同仇敌忾抗击日寇的恢宏历史。

当捞鱼鹳把湿漉漉的棉袄棉裤脱下来架在马圈料槽上烤着的时候，正巧何灵芝从门口经过，她从虚掩的门缝里看见一盆木炭烧得正旺，上面架着两件衣物，衣物之上升腾着缕缕热气，一股呛鼻的酸臭味儿，连同捞鱼鹳如雷的鼾声一起弥散在空气中，袭击着这个年轻美丽的女人。

何灵芝本想掩住鼻子走过去，但一股好奇之心油然而生，迫使她停下了脚步。她从来没遇到过这种情形。她印象中，捞鱼鹳特别怕火，怎么敢烤衣服呢？而且他在高家大院是起得最早睡得最晚的人，今天太阳都快出来了，他怎么还在酣睡呢？昨天爹娘派给他的腊月十五之前杀猪宰羊的事、烹炸蒸煮的事、上山拾干柴扒柏树叶的事、到许亭赶集采购年货的事等等，他怎么一点儿也不着急呢？何灵芝进而又想，自从她嫁到高家以来，还没跟捞鱼鹳开过一句玩笑、斗过一次嘴呢，今天她倒要逗逗他，让他睡不安生。她是高家的少主人，怕什么呢！

想到这儿，何灵芝在马圈的门外大声地咳嗽了一声，叫道："哎哟哟，怎么搞的！我的脚崴了！捞鱼鹳，快来呀！"喊罢，她扒着墙垛子往门缝里瞧。

何灵芝自编自演的这出戏，让柳细腰瞧了个正着。

柳细腰抱着一个包袱刚走到后院门口，正一脚门里一脚门外的当口，就听见了何灵芝这声喊。起先她心里一惊，正要跑过去搀扶何灵芝，但她看见何灵芝并没有蹲在地上，并且脸上一点儿痛苦的表情也没有，而是扶着墙头往马圈里看，她这才知道何灵芝是在跟捞鱼鹳闹着玩呢。于是，柳细腰就决定停下来看个究竟。

柳细腰也是一个婀娜女子，到高家当用人已经十来年了，虽然只是高家的一个用人，却拥有不可小觑的地位，拥有衣食无忧的光景，拥有事不关己从容自如的心态。她跟随高德显前夫人多年，与主人一样穿绫罗绸缎，吃山珍海味，行车马轿辇，俨然大家小姐气派。

自从刘凤阁嫁进来后，柳细腰更是随心所欲，无拘无束，与主人之间几乎没有尊卑之分贵贱之别，与刘凤阁亲同姐妹。阳光灿烂的刘凤阁和阔绰排场的高家大院，以及简约单纯的生活方式，造就了这个女人天真烂漫的性格，培养了她充满幻想的情怀，养育了她茁壮而优雅的身材。尤其是八月十六日何灵芝嫁到高家之后，虽然经历了电闪雷鸣风霜雨雪，但她的心里依然是阳光普照。

虽然处于战火纷飞的年代，不知命运将会怎样，但她依然无忧无虑兴高采烈。在高家，用不着她为什么事发愁，她的全部工作就是做饭洗衣打扫卫生。她的任何工作都是体面的工作，她的任何事务都是体面的事务，她的任何行动都是体面的行动。她是刘凤阁的影子，她也是高家的一个影子。透过这个影子，人们可以看到高家大院的人和事在表象上看不到的东西。她是刘凤阁的一个窗口，她也是高家的一个窗口。透过这个窗口，人们可以看到照耀在刘凤阁内心深处的那缕阳光，也可以看到凝聚在这个深宅大院的阴影。她还是刘凤阁的一双眼睛，她也是高家的一双眼睛。透过这双眼睛，刘凤阁和高德显可以洞察到十八盘村任何人的心态，也可以传递出高家每个人的喜怒哀乐。

当刘黑牛提出要娶柳细腰为妻之后，一下激活了柳细腰的青春之树，她的脸上经常泛起少女羞涩而幸福的红晕，她的心里经常涌起激昂澎湃的大潮。她只做了一个简单的思考，反正自己在这个世上已经没了亲人，十八盘村的高家就是自己的家，刘凤阁就是自己的家长甚至母亲，自己今后的命运就听刘凤阁的安排了。所以，头一天她大胆地向刘黑牛表白了自己的心声，甚至愿意以身相许。

这天，柳细腰看到的情形是，捞鱼鹳并没有立即跑出来，因为他要穿的衣服还在柳细腰的怀里抱着呢。刚才天蒙蒙亮的时候，柳细腰听到院里有动静，刚要披衣出门，却被刘凤阁拦住了。刘凤阁说："你睡，我去看看是谁。听脚步声，像是捞鱼鹳。"

柳细腰说："要是他，别理会，你再睡一会儿吧。"

刘凤阁已经坐起来，说："我该起了。这一宿我醒了好几次，你没听见吗？"

柳细腰说："听见了。你在想什么呢？"

刘凤阁揉揉眼睛，说："没想什么呀！前两天我和灵芝一起睡的时候，什么事也没有，总是一觉睡到天明。刚才醒来，我这眼皮还一直在跳。"

柳细腰也坐起身来，关切地问："哪只？"

刘凤阁指指右眼，说："这只。"

柳细腰低沉地说："都说右眼跳不好，我看不见得。你一定是上火了，才眼跳的。"

刘凤阁说着话,已经把衣服穿好,从炕上下来,一边穿鞋一边问:"你说我上什么火了?"

柳细腰裹着被子,半蹲在炕上,脸冲着刘凤阁,说:"这还用问呀,还不是替我嫂子操心!"

刘凤阁摇摇头,说:"细腰,不能说不是,但不全是,反正一下子也跟你说不清楚。"

柳细腰试探地问:"不会是为我和黑牛的事吧?"

刘凤阁突然激灵了一下,说:"鬼丫头,你怎么知道?"

柳细腰不无腼腆地说:"你不是早就说过,细腰是你肚子里的虫子吗!"

刘凤阁拿拳头在柳细腰的肩上轻轻砸了一下,说:"你这个小鬼头,我什么事也瞒不过你。对了,细腰,昨天晚上你把黑牛叫到后院都说什么了?"

柳细腰害羞地低下了头,说:"没说几句话,他就要走。"

刘凤阁说:"唉,看你们两个在一起,我的心一半是甜的,一半是苦的,你知道吗?"

柳细腰问:"为什么?"

刘凤阁说:"我觉得你配我们家黑牛有点儿委屈,看他那个土匪样,不讨女孩子喜欢。"

柳细腰说:"你头一次说这事,我只当是一句玩笑话,没往心里去。第二回说的时候,我还觉得委屈呢。"

刘凤阁问:"现在呢?"

柳细腰说:"现在不了。"

刘凤阁说:"通过撮合你们两个的事,使我想起了小杜梨唱的《红娘》了。"

柳细腰说:"真是不好意思,我倒像是那位大小姐的角色了。"

两个人说着话,刘凤阁已经把门闩拉开,看见院子里有一行湿漉漉的大脚印,一直通向了后院。

这时,柳细腰也跟了出来,透过银杏树枝,她看见天上的星星还密密麻麻的,一弯斜月向龙凤山沉去,知道天色还早,就开始生捞鱼鹳的气。她对刘凤阁说:"就是捞鱼鹳!我去问问他,这一大早,他去做什么了!"

刘凤阁自言自语地说："怕是一夜未归吧！"

柳细腰刚走到后院马圈门口，就看见从屋子里扔出了两件脏兮兮的棉袄棉裤，同时还扔出了一句话："拿去给我烤干！"

柳细腰感到惊奇，心想，捞鱼鹳怎么知道我跟着他呢？便故意问道："你命令谁呢？"

捞鱼鹳说："你说我命令谁？除了你，我还敢命令谁！"

柳细腰说："你怎么知道是我？"

捞鱼鹳自信地说："我后脑勺上长着眼睛呢，早就看见你了。"

柳细腰不屑地说："拉倒吧你，什么后眼前眼的，你自己烤，我走了！"

捞鱼鹳忙央求道："细腰，好妹妹，去给我找身干的衣服来穿。"

柳细腰说："想让我去找衣服可以，你得先告诉我，刚才做什么去了！"

捞鱼鹳说："出了一趟门，反正一两句话说不清楚，等拿来衣服再告诉你。"

柳细腰问："怎么把衣服都弄湿了？"

捞鱼鹳有些不耐烦了，说："找几件旧衣服给我送到马圈来。"

柳细腰说："你先架上火烤吧，天明我再给你找。"说罢转身走了。

说来也怪，捞鱼鹳刚才跟刘黑牛等人一起烧了侯记草料行之后，对火的恐惧突然间消失了。柳细腰不管，他只好自己去厨房取了一盆炭火，回到马圈把棉袄棉裤烤上了。这是怎样一盆温暖的炭火啊！捞鱼鹳仿佛又回到了有家有亲人的岁月。疲乏至极的捞鱼鹳头一挨炕就睡着了。

其实，柳细腰也只是逗逗捞鱼鹳，立马去取了旧衣服准备拿给他，却在门口看到了何灵芝演戏。

何灵芝见屋里没有动静，紧接着又叫道："捞鱼鹳，你快点呀！疼死我了！"

柳细腰见何灵芝一边叫一边用手拍打墙垛子，同时脚也在地上跺着，手腕上的玉镯子在与石头接触时发出清脆的声响，忍不住咯咯地笑出声来。

何灵芝听到门口的笑声，扭头一看，是柳细腰，就埋怨道："你这死丫头，笑什么笑？还不快去把捞鱼鹳给我叫醒，我有话问他！"

柳细腰颠着小步跑过来，对何灵芝说："嫂子，你崴了哪只脚了？快让我看看！"

何灵芝嗔道:"你先别管我,快进去看看捞鱼鹳是不是睡死了?"

这时,捞鱼鹳在屋里闷声闷气地说:"谁说我睡死了,啊?我快饿死了,倒是真的!这丫头,怎么还不把衣服拿来!"

捞鱼鹳说罢,裹上被子从炕上下来,走到料槽旁来摸他的棉袄棉裤,忽然从门缝处看见一片锦缎,知道这个人不是刘凤阁就是何灵芝,乖乖地蹑手蹑脚地回到炕上,把头蒙了起来。

柳细腰冲何灵芝笑笑,说:"嫂子,你在这儿等着,我进去撩了捞鱼鹳的被子,问问他,都什么时候了,还在这儿睡懒觉!"

何灵芝却没笑,对柳细腰说:"妹子,别装了,你是不是来给捞鱼鹳送衣服的?"

柳细腰把怀里的包袱往紧里抱抱,摇摇头说:"不是,不是!"

何灵芝逼住柳细腰,伸手去拽那包袱。柳细腰往后躲着,说:"嫂子,我承认,我承认。"

就在这个当口,刘凤阁从门外进来,问道:"细腰,你承认什么?犯了什么错了?"

何灵芝和柳细腰相互看看,又都吐吐舌头,挤挤眼睛,抱在一起不说话了。

刘凤阁看看这两个美人,不知道她们在捣什么鬼,就又提了提嗓门,问:"快说,你们两个在给我唱什么戏呢?"

何灵芝推开柳细腰,走到刘凤阁跟前,指指柳细腰,说:"娘,你问她!"

柳细腰红着脸,对婆媳俩说了早晨的经过,还把刚才何灵芝编瞎话的事告诉了刘凤阁。

刘凤阁的脸上不喜不恼,冲着屋里说:"捞鱼鹳,该起床了,老爷叫你问话呢!"转身又对何灵芝说:"灵芝,一会儿你到我屋来一下。"说罢,急匆匆地出了后院。

高德显一早就从刘黑丑的嘴里得知了村里十个人喝完酒就去了白城口,放火烧了侯记草料行,砸了日本人的盐店,还把抢来的盐运上了龙凤山,顿时就把脸沉了下来。高德显对任何事物的喜怒都表现在这张瘦削的脸上,有时用沉静掩饰喜悦,有时用沉静掩饰悲恸。但今天,他用这个沉静的脸色告诉刘黑丑等人：你们这下可给十八盘村惹下大祸害了。此时此刻，高德显的脸色在沉静中带着怒气，但他面对的是大舅子刘黑丑，不便发作。刘黑丑一走，他就让刘凤阁去叫捞鱼鹳。

捞鱼鹳不敢穿柳细腰给他拿来的衣服，把半湿不干的棉袄棉裤穿在身上，急忙来见高德显。

高德显坐在太师椅上，阴着脸色，眯着眼睛，叨着烟斗，一言不发。一团又一团的烟雾，把这个瘦小的老人笼罩起来，让人觉得深邃、遥远和迷茫。

捞鱼鹳在高德显面前站定，低声说："老爷，您叫我？"

高德显深深地吸了一口烟，一枚硕大的喉结在领口处上下移动了一次，一串含混不清的声音就飘进了捞鱼鹳的耳朵："昨天晚上你干什么去了？"

捞鱼鹳说："我和村里几个人去了一趟白城口。"

捞鱼鹳说到这儿，停下来用眼睛瞧高德显的脸色，仍是朦胧一片。

高德显从嘴唇上移开烟嘴儿，说："说呀！"

捞鱼鹳说："我们到了白城口，先在一家客店里烤火。有人说刚才光顾喝酒了，没吃上饭，跑了一路早饿了，后来就开始吃饭。"捞鱼鹳又停下，见高德显仍然眯着眼睛。

高德显又一次把烟斗从嘴唇上移开，说："说呀！"

捞鱼鹳接着说："我们每个人吃了三碗干饭，林成还要吃，不知是谁喊了一声起风了，我们就离开了客店。"

捞鱼鹳再次停下，发现高德显手里的烟斗没放在嘴上，而是悬在空中。他正在犹疑中，就听见高德显急切地说："说呀！"

捞鱼鹳说："我们出了客店来到街上，风大得很，站都站不稳。我跟他们来到侯记草料行。有人说天太冷，弄点火烤烤，后来我们就去点了侯记草料行的草垛。"捞鱼鹳又停了下来，等着高德显问话。

高德显的身子仍然一动不动，嘴里又说："说呀！"

捞鱼鹳接着说："后来，我们就砸开了盐店的门，把盐搬到门外的车上，运回来了。完了。"

高德显从椅子上站起身来，往捞鱼鹳跟前挪了一小步，说："没完，林成是不是放蛇咬人了？"

捞鱼鹳连着往后退了三步，说："老爷，我是后来才知道林成带着蟒蛇去了。也真是奇了，这寒冬腊月天，那两条蟒蛇在火场上左冲右突，可神气呢，把那些日本人吓得抱成一团，动也不敢动一下，刀从他们的头上劈下去，他们也不敢招架一下。要不是我亲眼所见，打死我也不相信。"

高德显把烟斗放到八仙桌上，继续催道："说呀！"

捞鱼鹳说："后来我们就回来了。"

高德显又问："那盐呢？"

捞鱼鹳看看站在一旁的刘凤阁，见刘凤阁把脸扭到了一边，就如实说道："运到龙凤山上了。"

高德显啪地拍了一下桌子，顺手抄起大烟斗朝捞鱼鹳砸过去，暗红色的柏木疙瘩烟斗在捞鱼鹳身上弹了一下掉到地上，当啷啷滚出去老远，烟斗里的烟灰也跟随着散落出一道明显的痕迹。他指着捞鱼鹳的鼻子，声音颤抖地说："捞鱼鹳，你是我高家的什么人？啊？谁叫你做这个主了！啊？龙凤山是高家的地盘，你知道不知道！"

刘凤阁走过来扶住因言语过激而摇晃的高德显，说："德显，他一个孩子家，跟着大人们出去，他能做什么主，一定是别人出的主意。"

捞鱼鹳把滚在远处的大烟斗捡在手上，捧到高德显面前，说："老爷，大姐，不是别人出的主意，是我出的，我知道龙凤山滴水岩后边有个山洞，别人都没去过，放东西很安全。"

高德显一把夺过烟斗，梆梆地敲了几下桌子，说："凤阁，你听听，你听见没有，他小小年纪，竟敢做大人的主，这不翻天了吗？你还成天护着他：做成点事，你说他心眼儿多，做事稳当；做不成事，你说他还小，没经验。如今他竟敢做这么大的主，要是捅了日本人这个马蜂窝，给咱十八盘村惹出麻烦来，这才叫引火烧身引狼入室呢！到时候只有找他说事了。哼，我看你这一回还怎么袒护他！"

刘凤阁不急不慌，说："德显，你听他把话说完。"

高德显不屑地看了刘凤阁一眼，说："他还有什么话要说吗？"

捞鱼鹳说:"老爷,我们往龙凤山响马洞藏盐,是按照长英哥的意思办的。我们在白勺关休息的时候,长英哥让六指送来急信,让我们一定要把这批物资保护好,千万不能再落到日本人手里。现在,长英哥正在白城口与井上岩打仗呢,不信,你就派人去问问他。"

捞鱼鹳一提到高长英,高德显不说话了。他重新坐回到太师椅上,装了一锅烟丝,慢慢地用火镰取火燃上,一张苍老的脸庞又一次被浓重的烟雾笼罩起来。

刘凤阁见高德显不再问下去,就摆手让捞鱼鹳出去。她对高德显说:"德显,为这事你也不必着这么大的急,天塌下来,有黑丑他们顶着呢,捞鱼鹳只是一个壮汉,干什么不得听大人的安排呀!再说了,他们去白城口砸了日本人的盐店,吸引了日本人的注意力,不也给咱长英缓解一些压力嘛!他们一群庄稼汉子能做下这样惊天动地的事,我也没想到呀!我听说了以后,这心里头也突突了半天。不过,我现在觉得,他们这样做,也给咱十八盘村人长了志气呀!好了,德显,你就消消气,找人来谋划一下大戏楼正月初五起戏的事吧。"

高德显仍然还有些生气,不阴不阳地说:"唱戏?哼,等着看戏吧!"

刘凤阁笑笑说:"德显,你这是什么话?有唱戏的,就有看戏的,有河道就一定有流水的时候。"

高德显半天没说话,突然拉住刘凤阁的手,问:"长命这两天做什么呢?"

刘凤阁意外地看看高德显,她惊讶地发现,高德显在提到高长命这个名字的时候,从眼睛里透露出来的神情是异样的紧张的惶恐的,他似乎已经发现高长命又在从事着危害高家声誉的勾当。自从发现高长命私自做主与日本人做骡马生意,收买并授意木匠在何家大牌坊上做手脚等等事件之后,高德显就对这个儿子失去了信心。由此,高德显更加觉得对不起早逝的夫人王氏。王氏临终前只留下两句话,一句是让高德显续弦,另一句是让高德显把两个孩子教育成才。如今,唉,两个儿子,一个置父母妻室于不顾,一头扎在独立营不回家,让人牵肠挂肚;一个不务正业游手好闲,让人忧心忡忡。高家发展成这样的局面,怎么能让王氏含笑九泉呢?

高德显今天突然想起了高长命,大概是因为两三天没有见到高长命的面了。

为了安慰高德显，刘凤阁的脸上露出鲜亮的笑容，说："德显，你大概是忘了，长命他前天就去了井陉南关，说是南方一个朋友让他代收的一批高粱秸，借井陉南关李家大坟存放一下。这孩子，尽琢磨这些杂七杂八的事。"

高德显低着的眼皮轻轻地往上抬了一下，说："凤阁，我这脊梁背上时常嗖嗖地冒凉气，我真担心他又给咱俩惹下什么祸端。"

刘凤阁说："我也觉得长命做的这件事有点儿玄乎。一个南方人收那么多高粱秸做什么用？收下之后为什么要借李家大坟来存放？这些都很蹊跷，等长命回来，你再仔细盘问盘问他。"

高德显又自言自语道："唉，无缘无故啊！"

何玉棠早就听说，高德显要赶在正月初五前盖成高家大戏楼"乾坤台"，已经给井陉南关小杜梨剧团下了定金，正月初五下午起戏。于是，何玉棠决定在腊月二十八举行何家大牌坊"日月门"的落成典礼。上一次大牌坊出事之后，何玉棠一直没有放下这一工程，重新买来上等的木料，重新请来有名的工匠，夜以继日地修建大牌坊，想务必在过年之前完工。同时，他还决定进一步修缮"火龙盘山灯"，在除夕之夜点燃，为十八盘村营造祥和热烈的气氛。至于何家大牌坊"日月门"的竣工典礼搞成什么样，搞多大规模，何玉棠的心里还没谱。他倒觉得应该搞得喜庆大方，请平定东关小桃红来与井陉南关小杜梨唱对台戏，也未尝不可。但到底怎么办，他要等到与刘黑丑商量之后再做决定。

在何玉棠看来，眼下的战局已经乱了，他似乎已经看不出中日两国之间这场战争将会出现一个怎样的结局。八路军独立营经南佐一役，将井上岩赶到了大炮楼，之后就一直没有更大的作为，连秦司令员对此也不太满意。高长英自从八月十六不辞而别之后，十八盘村除了葛掌柜的儿子六指去当了他的警卫员之外，其他任何人都别想见到他。听说独立营有两次路过十八盘村，但也都是在黑夜，事后人们才知道。怎样才能见到高长英呢？这个问题已经困扰何玉棠好长时间了。

这天清晨，何玉棠在"夏至泉"旁边练功回来，见刘黑丑和敖敖从门外一前一后进来，两个人都灰头土脸的，身上的棉袄棉裤都湿漉漉的，脸上也没了往日悠闲自在的表情，尤其是儿子敖敖，厚厚的棉袄裹在身上，腰间系一条红腰带，鼓鼓囊囊的，还呼哧呼哧喘着粗气。何玉棠的第一反应是，十八盘村又发生了什么事情，或者又要发生什么事情！

还没等何玉棠说话，刘黑丑先对敖敖说："敖敖，你先去找林成，把你腰里的东西给他放下，不然的话，时间一长，你也会受不了的！"

敖敖说："干爹，林成他根本就没回来。"

刘黑丑问："他去哪儿了？"

敖敖说："杀虎尖。"

刘黑丑追问："林成去杀虎尖做什么？"

敖敖说："还不是去看他的'梦子'！"

正说着，何玉棠和刘黑丑都发现敖敖的脸色变了，嘴唇也有些发紫。何玉棠赶紧问道："敖敖，你的脸色怎么这样？你去干什么了？是不是一夜没回来？"

敖敖摆摆手说："爹，没事儿，没事儿。"

刘黑丑对敖敖说："走，敖敖，我跟你去林成家！"

何玉棠走到敖敖身边，伸手去拉敖敖的衣服，说："你拿了林成什么东西？怎么都装在身上？"

刘黑丑对何玉棠说："玉棠兄，你别看了，是林成的蟒蛇！"

何玉棠顿时被吓了一跳，忙把手缩了回去，不解地说："你们用林成的蟒蛇做什么去了？"

有刘黑丑在，自然用不着敖敖说话。刘黑丑过来对着何玉棠的耳朵悄声说了几句，何玉棠才明白过来。他埋怨道："这么大的事，你们也不跟我说一声，要是我知道了，肯定也会去的。"

刘黑丑笑笑说："那是一定。可你毕竟上了些年纪，我们怕你走路费劲，才没跟你说的。"

何玉棠说："黑丑，你这是在小看我。别看我比你长几岁，可至今你还是掰不过我的手腕儿，要不服气，你我再掰一回试试！"

刘黑丑忙摆摆手，说："老兄，我服，我服！"

何玉棠说："敖敖，快去给林成把蟒蛇放下，时间长了，那蟒蛇会把你身上的热量耗尽的!"

刘黑丑也说:"刚才在白勺关,林成就受不了了,敖敖才替他背上的。敖敖,走,我陪你去林成家。"

林成的确没顾上回家,是林成的老婆马音音把敖敖身上盘着的两条蟒蛇卸了下来,放回到东厢房的里屋。马音音说,这是林成为这两条蟒蛇准备过冬的暖房,她也是第一次进来。刘黑丑和敖敖从来就没听说过,今日得见,大为惊奇,对林成陡生敬意。

此时此刻,林成正满怀期待地赶往杀虎尖。

腊月初八中午,林成忙完海瑞祠书法大会总管的各项工作,到灶上捡了一块鲜肉,就到杀虎尖把最大的一个"梦子"支上了。这一夜,林成先是在高德显家喝酒,后又到白城口侯记草料行耍蛇,可是没少折腾。但林成似乎一刻也没忘掉他的"梦子"。这段时间以来,林成的全部精力和心思全放在"梦子"上了。他要通过"梦子"来实现他的人生理想,实现他的生存意义,实现他的人格魅力。林成凭他的直觉感到,支在龙凤山、杀虎尖和东平台西平台上的几个"梦子",至少有两个引来了猎物,其中有个猎物可能是世人罕见的物件。林成希望通过这次成功,在这个来之不易的春节,为十八盘村乃至甘陶河流域山南川北一百单八村的人们增添一个有滋有味的话题。

所以,林成没有跟着人们回家,他从龙凤山上下来,在卧龙潭边告诉敖敖,说他要去看"梦子",让敖敖把两条蟒蛇放进暖房就行了,然后一个人沿西沟赶奔杀虎尖而来。

林成抬头看看杀虎尖,只见这座高大的山体仍静静地矗立在苍穹之下,矗立在甘陶河边,上面蒙着一层暗淡的星光。一弯上弦月安详地泊在西天,一抹淡蓝色的云彩也停滞在头顶。有风在山涧的冰面上呼呼地吹着,但林成并不觉得寒冷,只是有点儿口干舌燥。林成掀起一块冰碴,一边嚼着,一边赶路。

林成上到半山腰的时候,就隐隐约约听到杀虎尖上有一种凄惨的声音。林成拥有这个本事,别人看不到的东西,他能够看得到;别人听不到的声音,他能够听得到;别人品不出的味道,他能够品得出;别人不敢做的事情,他敢去做；别人做不成的事情，他能够做得成。这种绝无仅有的能力，这种敢为人先的精神，这种锲而不舍的品格，这种不怒自威的表情，这种胸有成竹的气象，让他周围的人们都能感觉和体会得到。什么叫有能耐？什么叫有内涵？什么叫有派头？这不就叫吗？这就叫啊！

自诩身负盖世无双绝无仅有的能力的林成，自诩有着凡事敢为人先敢拔头筹的勇气的林成，自诩拥有锲而不舍永不言弃的品格的林成，自诩处处呈现胸有成竹大气磅礴气象的林成，自诩有能耐有内涵有派头有气度的林成从这漫长的峡谷穿过，再攀上一道山梁，那个新建的"梦子"就在眼前了。

一缕晨曦悄然而至。"梦子"周围的荒草在风中起伏不定，杀虎尖那个动人的传说却在林成的心中沉淀着。林成心想，既然都说捞鱼鹳是杀虎尖的子民，那捞鱼鹳就不能是一般的人物。他能从那场大火的劫难中幸存下来，前程不敢说有多远大，但后福还是会有的。这从捞鱼鹳在高德显家的种种表现上露出了端倪。林成竟然在这个时候想起捞鱼鹳来，就连他自己也觉得不可思议莫名其妙。

林成正在想着捞鱼鹳，突然听见一声嚎叫。这个声音从构成"梦子"的石头缝里跳跃出来，顷刻间，让林成的情绪兴奋起来，让林成的血液咆哮起来，让林成的思绪飞翔起来，让林成的四肢舞蹈起来。他忘记了昨天白天的忙碌和劳累，忘记了昨天夜里的紧张和愉悦，忘记了他脚下的大山是太行山，忘记了山下的大河是甘陶河，忘记了河边的村庄是十八盘，甚至忘记了他的姓氏他的籍贯他的年龄他的性别以及他的职业他的老婆。他真想振臂高呼，真想破口大骂，真想就地打滚，真想把自己抛向空中，真想脱下裤子往远处尿尿！

林成在离"梦子"五步之遥的时候停下了脚步。他要判断一下进入"梦子"里头的究竟是怎样一个大傻瓜，怎样一个大笨蛋，怎样一个大蠢物。林成首先排除了狐狸，狐狸在走投无路的时候，总是在心里默默地祈祷，从来不会发出怒吼。林成接着排除了野猪，野猪如果遭此险境，无疑要凭借它的凶悍和强健设法逃生，况且野猪的吼叫声粗犷而低沉。林成最后排除了獐狍之类，这种草食动物是轻易不中猎人的圈套的。因为林成在"梦子"边缘看到的是梅花状的印痕，踏出这种印痕的大约只有老虎和豹子。所以，林成断定，"梦子"里头的动物非虎即豹。这就更加有力地支撑了林成兴高采烈、踌躇满志和忘乎所以的精神大厦。

　　林成心想，这可能是他有生以来捕获到的最庞大最凶猛最少见最有价值的猎物了。他要凭借这次成功，进一步巩固自己在十八盘村乃至甘陶河流域山南川北一百单八村的头号猎手地位，进一步赢得包括高德显、何玉棠、王默宜、刘凤阁、刘黑丑、刘黑牛以及村里其他人在内的所有人的尊重和敬佩，进一步振奋自己的精神，率先从一个时期以来笼罩在十八盘村所有人心上的阴霾里走出来，进一步凝聚起百倍于从前的力量，焕发出百倍于从前的斗志，去获得百倍于从前的光荣。

　　此时此刻，犹如脱兔在心脏扑扑乱跳的林成几乎就要崩溃了。他的眼睛像火炬一样放射着万丈热情，他的身体像一架机器隆隆地释放着巨大能量，他的意志像太行山一样高高隆起于大地中央。林成看看左边的盘云寨，有一团黑云在山顶盘亘着静止着酣睡着。林成看看右边的龙凤山，大片大片的白草在山体上铺陈着起伏着簇拥着。林成看看山脚下的甘陶河，弯弯地来，又弯弯地去，墨黑墨黑的卧龙潭被镶上了耀眼的银边儿，首饰一样鲜亮，蔚为壮观。林成用美好的心灵感受着想象着眼前的事物。他分明觉得，眼前所有这些景色，都在为他壮胆，为他撑腰，为他喝彩啊！

　　此时此刻，林成不但不感觉到孤立无援，反而觉得自己是在替天行道为民除害！林成并不觉得胆寒心虚，反而觉得自己是条顶天立地的汉子！林成并不认为自己年届四十而一事无成，反而认为从今天开始十八盘村人乃至甘陶河流域山南川北一百单八村的人们都将另眼看待他！

　　又是一声嚎叫，让林成从幻梦中惊醒。林成觉得这声音为什么这么耳熟呢？熟得这么真实，这么亲切，这么悦耳。他一步跨过去，扑到"梦子"上，又扶着坚硬的石头，转到"梦子"的另一端，从那个预备放枪的小孔望进去，看见里面确实是一个庞然大物，而且正抬着头给他传递乞求饶恕的眼神呢！

　　林成兴奋地高呼一声，仰面躺倒，眼睛里流出了两团幸福的热泪。

　　这两团幸福的热泪在林成的体内蕴藏了好长时间了啊！自从他从犟睁眼那里得知龙凤山上有了金钱豹之后，自从他亲眼看见雪地上那一行碗口大的蹄印之后，他就抱定一个信念，就是一定要捕获一个此前从未捕获过的大动物，以证实自己是名副其实的捕猎高手，而不是徒有虚名的玩家。他对别人称他是太行山上甘陶河畔最大的玩家的说法并不十分认同。他认为，玩家再大，也是玩呀！玩？多不好听的一个字啊！在许多人的印象中，玩，就是不务正业，就是游手好闲，就是无所事事。玩，不能创造财富，不能传宗接代，不能光宗耀祖。玩，能破财，能败家，能败兴。玩，等于自暴自弃，等于自枭其首，等于自食其果。林成决心要通过包括此次行动在内的一系列动作来树立良好的形象，取得更好的口碑，争取更大的荣光和胜利。

林成想到这儿，一个鲤鱼打挺，从地上奋然跃起，再次扒在洞口往里望去，结果这一回，让他失望地长叹一声，颓丧地往后倒退了三步，摇摇晃晃地坐到了地上。

林成心想，不对呀！虽然没有见到过真老虎真金钱豹，可是，刘黑丑在说景阳冈武松打虎那段书的时候，说那老虎头大如斗啊！怎么刚才看到的是一副小窄脸呢？难道看错了吗？嗯？难道真的看错了吗？不可能呀！我林成的眼睛是什么眼睛啊？虽然比不上孙悟空的火眼金睛，却也是十八盘村乃至甘陶河流域山南川北一百单八村有名的眼睛呀！

林成决定不再看了。他不怀疑自己这双眼睛，而怀疑进入"梦子"里头的动物到底是真的还是假的，是实的还是虚的。他要静下心来思考一下，搞清楚这到底是哪里出了问题。

这时的林成，把一切都抛到脑后去了，就连昨天夜里他在高德显家里大碗喝酒的事，沿甘陶河而上接连翻过白勺关九龙关黄沙岭的事，在白城口侯记草料行的大院里耍蟒蛇的事，还有亲身参与砸盐店的事，亲眼看见葛掌柜被火烧的事，以及往龙凤山上扛盐的事等等，全部忘了个一干二净。林成是个能够拿得起来放得下的汉子。然而眼前的现实与他的幻想相差十万八千里，让他无法清醒面对，无法欣然接受，无法拿得起来，无法放得下呀！

林成想来想去，觉得还是应该把事情的真相搞清楚。退一万步说，即便是梦住了一匹灰狼或者梦住了一只红狐，也比什么也梦不住强呀！这是其一。林成从事猎事几十年，还是第一次兵不血刃就捕到活的动物呢。听说外村有个猎手曾经用陷阱活捉了一匹狼，林成一百个不服气，心想，那个人用的是小人之法，而我用的是君子之法；他用的是体力，而我用的是智力。同样是猎手，谁的手艺高强，谁的手艺低下，差距就在于此啊！这是其二。把一匹大活狼或者一只千年红狐牵回去，往村口的老槐树上一拴，村里的人们一传十十传百都跑来看，包括高德显，包括何玉棠，都得向我竖大拇指，这是其三。有这三条，还不够吗？

够了，足够了！林成告诫自己说。不管"梦子"里头是什么东西，都是我林成的业绩，都是我林成的独到之处，都是我林成的出色表演。想到这儿，林成又趴回到洞口仔细观瞧，确认里面的动物的确是一匹野狼，而且是一匹刚刚产崽不久的母狼。

林成站起身来，冲四下广袤而冷峻的山地大声地笑了一阵，然后就下山回村宣布消息了。

葛掌柜被人送回家的时候，他的宅院大门紧闭二门紧锁。他的老婆齐氏已不知去向。齐氏与葛掌柜结婚大约二十年，在生了六指之后就再没有开怀生育过。秉承多子多福观念的葛掌柜数次要求齐氏再生孩子，却都被齐氏拒绝了，为此，葛掌柜十分生气，数次提出与齐氏离婚，然而，又数次让齐氏占了上风。齐氏闹到娘家去，让当家兄弟到十八盘村修理葛掌柜，要置葛掌柜于死地而后快。于是，吃尽苦头的葛掌柜，终于明白了一句话：好男不跟女斗。基于这个考虑，葛掌柜就掌握了一个原则：凡事都让齐氏一筹。久而久之，齐氏就不把葛掌柜放在眼里了。

其实，葛掌柜与日本人蝇营狗苟的那点儿事，十八盘村的大人小孩早就心知肚明了，只是没有一个人站出来与葛掌柜明说罢了。此番让十八盘村的人们在白城口侯记草料行的火场上把他救了出来，虽然人们什么也没说，但他心里却一直在敲小鼓，害怕有人指责他是汉奸。前一阵子，村里有人反对在卧龙潭上修建浮桥，议论葛掌柜给日本人通风报信，与日本人勾肩搭背，是汉奸行为。而葛掌柜却声称他是抗日家属，谁敢把他怎么样！他腰杆儿挺得比谁都直，说话的口气比谁的都粗，俨然不把十八盘村的人们放在眼里。

葛掌柜躺在冰凉的土炕上，屋子里早没了一点火星，他开始反省自己的所作所为。为什么说"要想人不知，除非己莫为"呢？直到现在，葛掌柜才明白，人活在世上，还是不做一点亏心事的好。他的身上被烧伤了多处，但自从抹上林成给的獾油之后，他已经感觉不到丝毫的疼痛了。他想着想着，竟然呼呼地睡了过去。

## 火 17

　　独立营一连在白城口把井上岩的一个排团团围住，围在了一个簸箕形的山坳里，这个山坳口小肚大，两道山梁光秃秃的，不易隐蔽，而且外侧都是悬崖峭壁，无路可走，后面更是壁立千仞的桃花垴，山口又让独立营重兵堵上了。嘿嘿，你狗日的井上岩就是长出一万条腿来也跑不掉了！高长英一看这阵势，就在心里乐开了花。帽山垴一役，让高长英丢尽了面子，竟让一股伪军吃掉了他一个连，这是他自带兵以来遭到的一次最严重的损失。当他组织兵力打到帽山垴上时，当他看到敌人是一群乌合之众时，当他面对的俘虏是神河湾顽劣之徒高水货时，他竟然一言未发。

　　高长英早就急红了眼睛，恨不得挥师而上，一举扫平野头镇，替死难的战士们报仇，尤其是三连连长李大个儿死得壮烈。这个从井陉南关入伍，与高长英同年出生同年参军的汉子，是高长英最好的兄弟，两个人曾经发誓要并肩作战生死与共，可是，现如今，李大个儿饮血而去，怎能不激起高长英胸中的愤怒和斗志？高长英从伪连长高水货口中得知，这回山岛一虫并没有出动，而是让豆妪大炮楼的井上岩先期前往白城口转运物资，并且把一批人犯押往野头镇，只派一支皇协军与井上岩协同作战。于是，高长英决定把独立营一连和二连的两个排调集过来，在白勺关和九龙关地区设伏，等待井上岩和山岛一虫上钩。

　　高长英没来得及掩埋死在帽山垴下的战友们，就奔了白城口。他委托附近的九龙关、王寨、松树岩等村的老百姓来为独立营处理后事。等到了九龙关，高长英又得到消息，说昨天夜里有一些不明身份的人放火烧了白城口侯记草料行，砸了日本人的盐店，还砍死了十几个日本兵。他这才意识到自己得到的是一份假情报，白白地损失了一个连的兄弟。现在，高长英又慢了半拍，让一伙身份不明的人抢先砸了盐店，又让日本人井上岩的人早到了一步，在白城口抓了二十多个被认定为是私通八路军的可疑分子，要押送到野头镇活埋。

高长英的心里有些窝火，他不知道砸盐店的是一伙什么人。据目击者说，简直是神兵天降，干净利索，而且没放一枪一炮，不失一兵一卒，就把草料行给烧了，就把盐店给砸了，就把全副武装的日本人给杀了，太不可思议了。然而马上，他的脸上还是绽开了一丝笑意，手里攥着石子，发出嘎嘎的声音，对身边的人们说："弟兄们，你们不是老找我要仗打吗？你们不是老嚷嚷要虎口拔牙吗？你们不是老想找井上岩和山岛一虫拼命吗？看见没有？现在机会来了！"

高长英说着话，用手指了指对面那个山口，说："你们都给我把眼睛睁大了看着，告诉你们，那儿就是我常给你们说的白城口，距离九龙关和十八盘也就几里地。井上岩今天一早就在白城口逮了我们二十几个老百姓，想把他们押到野头镇交给狗日的山岛一虫，说是要在大年初一早晨活埋。最可气的是，井上岩还把活埋人说成是'下饺子'。听说日本人已经在野头镇的后山上埋过两批人了，现在又想埋第三批，这还了得！简直翻了天了！他也不睁开眼睛看看，这是什么地方？这里是太行山呀！弟兄们，我们今天的任务，就是要把这批无辜的百姓从日本人手里夺回来，不能有任何的闪失。你们想啊，不管这伙人是些什么样的人，不管他们是不是被冤枉的，既然敢于去砸盐店，敢去放火烧日本人的草料行，那肯定都是好样的。我们独立营不能见死不救，不能袖手旁观，不能不闻不问。你们说，是不是？"

经高长英这一鼓动，战士们的情绪立即高涨起来。

一阵朔风吹过，九龙关和白勺关上的森林发出了雷鸣般的响声，就连白城口的石头也发出铮铮的哨声。

这时，一连连长姚大愣向高长英建议，这回我们不能在此守株待兔，一定要主动出击，给井上岩来点猛药。

高长英听着有道理，就按照这个思路做出了兵力部署。

那井上岩也不是吃素的，他听说白城口被独立营堵住了，也不惊慌，决心在此与独立营营长高长英会会面。于是，敌我双方就拼了死力气，要在此地决一雌雄。

战斗在黎明前打响。从白勺关到九龙关再到白城口，枪声连成了一片。井上岩此前在南佐镇尝到过高长英的厉害，后来又在九龙关遭到了高长英的伏击，这次他到白城口侯记草料行搬运食盐和草料，发现草料行被大火烧了，盐店被人砸了，物资被抢劫一空，料定又是独立营干的，没想到晚撤了一步，被独立营堵在了白城口里头。诡计多端的井上岩眼睛一转，就想出了一个计策，一边派人到野头镇搬兵，一边按兵不动，消耗高长英的意志。他把他的队伍拉到了一个山沟，派重兵守住山口，安了三挺机关枪。同时让人把二十多个百姓用铁丝穿透锁骨，紧紧连在了一起，赶进了一个岩洞里。

高长英暗自松了口气，二十多个老百姓在那个岩洞里十分安全，枪炮打不着，石头也砸不着，心想，井上岩，你就在那里待着别动啊，反正快过年了，爷爷我今天给你预备点好点心吃。

高长英让一连大部和二连把守白城口，他自己把一连一排拉到了九龙关上的桃花垴。临行前，高长英嘱咐姚大愣和刘海，说："你们两个见我从山头上往下发起攻击，你们就开始阻击逃窜之敌，不能让井上岩的一兵一卒从你们眼皮底下溜走！"

姚大愣说："请营长放心，保证完成任务！"

高长英带领一连一排从后面摸上了桃花垴，命令战士们哗啦啦掀掉了一座尼姑庵，把石头搬到了崖畔。他又让战士们把附近山崖上的石头撬起来，大的有碾盘那么大，小的也像锅台一般。这时人们才发现，井上岩的部队就在桃花垴的脚下，他们都以为这些石头是做掩体用的，却没猜到营长的真实意图。

高长英坐在石头上，啪啪地拍了拍手上的土，把一排排长猛子叫到身边，说："猛子，我来考考你，你说我要用这些石头做什么！"

猛子是城里人，长这么大从来没见到过石头，怎么会知道石头的用处呢？高长英问罢多时，猛子直在那里摇头。

高长英笑笑，说："我要用这些石头给井上岩当点心吃！"

他这一说，人们更不明白了。高长英说："我们小时候，在山野里疯玩儿，有这样一种玩法,叫作滚炮石,我想大概就是刘黑丑说《杨家将》时说到的滚木礌石。人们把石头放在悬崖边上,奋力往下一推,那石头就轰隆隆朝山下滚去。几个人比赛,看谁的石头蹦得高,看谁的石头滚得远,看谁的石头闹出的动静大。咱今天就来一个比赛,看谁的石头砸死的日本人多,看谁能把狗日的井上岩拍死在大石头底下,好不好?"

战士们一听,乐了,说:"好啊,长这么大,还是头一回见这种玩法呢!"

高长英突然把脸沉了下来,说:"这不叫玩!这叫打仗!知道吗?我今天就是要给狗日的井上岩来点儿新鲜的,让狗日的也尝尝古书上说的'滚木礌石'的厉害!"

说罢,高长英把人们叫到跟前,如此这般地交代了一番,又抬头看了看日头,说:"快晌午了,咱开始给狗日的井上岩送点心吧!"

高长英站在桃花垴的山顶,抬头看看苍穹,一轮日头悬在上面,泼洒着冷清寡淡的白光,脚下的山川在这白光的作用下变得轻浮和苍白,像一片片鸽子的羽毛。高长英低头看看山下,曾经鲜花烂漫的山冈,曾经泉水淙淙的河川,现在却遭受着一伙来自日本的混蛋的肆无忌惮的践踏,已经变得满目疮痍,疼痛而无语。不知不觉中,高长英就咬紧了牙关,攥紧了拳头,瞅准了山沟里那群钢盔上闪烁着贼光的混蛋。

高长英掏出怀表看看,已是午后三点,这个时间是当地出殡起丧埋死人的时间。于是,高长英下令对山脚下的井上岩发起了特殊而致命的攻击。

轰轰隆隆的第一波巨石从山顶倾泻而下,山脚下顿时黄烟滚滚,血色升腾,迅速弥漫了四周的山川。

高长英站在桃花垴看着,心里有说不出的畅快、说不出的惬意、说不出的舒坦。接着,他让一排排长猛子又放了一波巨石,便站在悬崖边上哈哈大笑,开心地骂道:"狗日的井上岩,井上岩狗日的,你来太行山多年了,今天是头一回吃上这样的点心吧?老子亏待你了!"

猛子站在高长英身后,也咧着嘴在一旁笑,说:"营长,我真服了你了!井上岩从这儿经过,你是怎么知道的?给他用这滚木礌石当点心吃,你是怎么想出来的?"

高长英看看猛子，指指山下，说："咱先看热闹。"

猛子看了一会儿，接着说："营长，我知道了，你小时候跟人打架，肯定用过这一招是不是？"

高长英不理睬猛子，继续站在悬崖边上开心地骂："井上岩，爷爷亏待你了！爷爷给你的点心，准备少了，准备晚了，风吹硬了，太阳晒黑了，你狗日的是不是没吃够啊！你狗日的是不是嫌硬啊！"

这时，山中的尘烟已经散去大半，高长英看见山下仍有人在奔跑逃窜，就下令放第三波巨石，说："不要让一个日本人跑了，尤其是狗日的井上岩，今天非把他砸成肉饼不可！放！放！接着往下放石头！"

随着巨石滚落的声音越来越远，山下的烟尘也随风飘散，山口的轮廓已经显现出来，猛子在高长英的身边提醒道："营长，我们该下山取井上岩的人头了。"

高长英这才止住骂，命令一连集合队伍，迅速下山收拾战场。他断定这一仗是全歼全胜，没留下一个活口，没留下一点遗憾。然而，当他见到负责封锁山口的姚大愣和刘海时，当他知道井上岩被几个日本伤兵扶上马救走了的消息之后，一下就怒了，冲姚大愣和刘海发起火来："姚大愣，刘海，你们两个是酒囊饭袋呀？是稀松草包呀？两个连的兵力，怎么就守不住一个小小的布袋口子呢！怎么还让人把狗日的井上岩救走了呢！你们怎么还有脸站在这儿跟我说话呢！"

姚大愣抹了一把脸上的灰尘说："营长，你骂得好！可是，你是不知道，从山头上滚下来的石头，一蹦几尺高甚至十几尺高，在山坡上颠几下就到了山口，有的跳过山梁砸到对面的山上，我一看那阵势，就让部队离山口远一点，没想到狗日的井上岩事先就在山口的悬崖下留了几匹马，浓烟还没散去，他就被人扶上马跑了。营长，你处分我吧！"

刘海在一旁不作声，只把眼镜摘下来用手指头去擦。

高长英跺着脚继续吼道："姚大愣，你别跟我说这说那，我在山上看得比你清楚，比你过瘾！不过，我告诉你，我们用滚木礌石，不是闹着玩儿的，不是来过瘾的，而是为了消灭敌人的。还有你刘海，我让你们两个封锁山口，是信任你们，是相信你们有能力有办法堵截狗日的井上岩，没想到你们是酒囊饭袋，是稀松草包，竟让几个日本伤兵在你们的眼皮子底下逃之夭夭了！好，大愣，你刚才不是请求处分吗？我现在就撤了你！刘海你没说话，我现在也撤了你！"

副营长赵贵喜过来劝道："营长，你不要太激动，撤不撤姚大愣和刘海，等打扫完战场回南佐镇再说，这里不是久留之地。"说着，给六指使了个眼色，几个人过来把高长英推走了。

高长英扭头对副营长赵贵喜说："贵喜，你给我记着，回去开会研究，把他们两个撤掉！"

赵贵喜说："营长，现在正是用人之际，不能说撤就撤。再说，姚大愣和刘海一贯表现不错，不仅作战勇敢，而且点子也多，带兵打仗有两下子。营长，你不是挺信得过他们两个的吗？"

高长英气呼呼地还想说什么，有人来报告，有一个伪军伤号说，他们被从桃花垴放下来的滚木礌石砸得丢盔弃甲、魂飞魄散，井上岩被砸伤了一条腿，在浓烈尘烟和震耳欲聋的轰鸣中连滚带爬地逃到沟口，被几个伤兵拖上一匹战马，仓皇逃窜了。

副营长赵贵喜说："少啰唆这些，其他呢？"

接着有人报告说，这一仗一共砸死砸伤日伪军四十五人，成功解救了井上岩在白城口绑架的二十多名老百姓。可惜的是，日本人的枪炮大都砸坏了，只剩下两挺机关枪和一些手雷。

高长英说："这没什么可惜的，把他们的人和武器都砸烂才解气呢！可惜的是让狗日的井上岩跑了！"

赵贵喜对高长英说："营长，虽然这次我们缴获的战利品不多，但总算报了帽山垴损兵折将的一箭之仇，你说是不是？"

高长英听到这话，又哈哈大笑起来，说："让弟兄们把那些半截子枪半截子炮和砸匾的钢盔统统收拾回去，送到刘黑牛的铁匠铺里，让他给咱捻子弹，造地雷！"

高长英胜利回师南佐镇，刚到独立营营部，就接到上级命令，从独立营抽调两个连，明天傍晚赶赴神河湾，配合兄弟部队完成对野头镇日军的包围。高长英把送信的士兵送走后，对副营长赵贵喜说："不知道司令员是怎么想的，为什么不让我们先打井上岩？为什么不派兄弟部队来配合我们打豆妪大炮楼和豆妪火车站？为什么又让我们去配合别人打野头镇？"

赵贵喜想了想说："我想司令员可能是要集中兵力打大仗，对日军据点各个击破，最终彻底消灭。"

高长英说："打仗就应该这样。明天我就去找司令员，请求让咱独立营去打野头镇，正好让姚大愣和刘海打先锋，让他们戴罪立功，你说行不行？"

赵贵喜说："行啊，一切听营长安排。"

高长英说："一连一排长猛子这回跟我在桃花垴过了瘾，没放一枪一炮，就决定了战场的胜负，算是让他白捡了一功。一会儿其他排长们就该来找我要活干了！"

正说着，二连连长刘海带着他的几个排长闯了进来，嚷嚷道："营长，我的三个排长和工兵排长不干了，说你偏袒一连一排，让猛子露了脸，你再不给他们仗打，我还没等你撤职就被他们吃了！"

高长英和赵贵喜互相看看，笑了，说："说曹操曹操就到。刘海，你来得正好，明天就有任务，你回去准备，不得有误！"

# 火 18

老窦让人意外地出现在十八盘村的大街上。

老窦的出现，让许多人毛骨悚然。自从八月初一那声惊雷响过之后，老窦似乎就在人们的视野中消失了。然而，世界上有些东西是消失不了的。事物一旦存在，就永远存在。事物一旦消失，却并非就此消失。有的东西看上去消失了，但反而更加坚定地存在着，存在于人们的心里，存在于人们的言谈之中，甚至存在于人们的意念中梦境里。老窦就是这样。一个活生生的后生，因为一声雷，突然就成了一个另类的存在。有人说他前世作了孽今世遭雷劈，是报应。有人说他装病，讹老何家的钱财，是耍赖。有人说他是逃避征兵，故意在家装病。还有人说他当了无常,每天晚上去替阎王爷办差拿小鬼。不管是哪一种说法,都叫人对老窦产生了恐惧、惊悚和怀疑。就连他的家人豌豆娘和豌豆也在给人们的心理制造着拒绝和疏远。

沉默寡言面黄肌瘦的老窦沿十八盘往下走,路过海瑞祠,他没往里看一眼。路过何玉棠的家门,他没有停留,而径直来到何家大牌坊工地。在那里干活的人们没人跟他说话,他也不介意,找了一个地方坐下来,看木匠拉大锯。人们忍不住看他,只看见他在那里呆坐傻笑,浑身上下往外渗透着神秘和未知。

何玉棠见了,过来与老窦并肩坐下,用手摸摸老窦的棉袄,关切地问:"老窦,今天咋出来了?风这么大,当心冻着!"

老窦点点头,两只手揣在肥大的棉袄袖筒里,说:"有太阳,冻不着。"

何玉棠说:"吃了赵本初的草药,我看你的面色好多了。"

老窦又点点头,说:"事过去,总会好。"

何玉棠说:"老窦,你要是觉得身上有劲儿,就到工地来打个杂什么的,也和村里人说说话儿,解解闷儿。"

老窦说:"只能挑水烧火。"

何玉棠高兴地说:"好,好,那就挑水烧火。"

看着老窦挑着水桶踌躇前行摇摇欲坠的背影,何玉棠的内心又茫茫如雾,默默地感慨道:"人的生命怎么就如此脆弱如此无奈啊!"

十八盘村的年味儿渐渐地浓厚起来。卷毛鹰受何玉棠的委托,在羊群里挑选了十几只大羊,准备宰杀。今年何玉堂心里又多了一份惦记,灵芝嫁到了高家,高家虽然也是一个豪门大户,龙凤山牛羊成群,东平台五谷丰登,但按照乡俗,闺女出嫁头一年还是要杀猪宰羊,准备丰盛的年货和礼物,用来请客和还礼。他又让敖敖到白城口大集上去采购,签下年货的订单。经何家这一带动,整个十八盘村就有了过年的氛围。在高家大戏楼"乾坤台"的工地上,在何家大牌坊"日月门"的工地上,人们议论纷纷,高德显今年还搞不搞"八卦黄河阵"?"乾坤台"能不能赶在正月初五以前完工?到底请哪一家戏班来为"乾坤台"搞祭台仪式,是井陉南关的小杜梨戏班,还是井陉河北梆子剧社,还是南佐镇平阳丝弦剧社?听说腊月初八那天,井陉口河北梆子剧社的杨老板和南佐镇平阳丝弦剧社的杜老板都给高德显表达了这个意思，目前就等高德显一句话。何玉棠还点不点"火龙盘山灯"？还请不请平定小桃红来与小杜梨打擂台？"日月门"还能不能在十八盘的盘道上重新矗立起来？

犟睁眼说："依我看，这些都不会再搞了，有八月十六高长英婚礼上那一场风波还不够让高德显和何玉棠两家人伤心吗？还不够让十八盘村人乃至甘陶河流域山南川北一百单八村的人们扫兴吗？"

人们听着犟睁眼的话，脊梁骨上直冒凉风。正在这时，有人看见林成从卧龙潭那边过来，手里牵着一样东西，不是他的黑令，也不是他的白令，就停下手上的活等他过来看稀罕。

工夫不大，林成就来到了"日月门"工地。他把手里牵的猎物往一根木桩上一拴，说："有长眼的吗？先给我弄一碗水来。"

敖敖不知道林成牵来的是什么东西，跑过去倒了一碗热水递到林成面前，说："林成叔，你牵来的是猫呀还是犬呀？"

林成一猛气把水喝下去，用袖子抹了一把嘴，说："敖敖，你把眼睛睁大了，我告诉你，他不是猫也不是犬，你看清楚了，它是一匹刚下了崽的母狼。"

犟睁眼嘴里发出一阵啧啧的声响，之后他对林成说："林成哥，你在十八盘村四周的山上建了八个'梦子'，兴师动众了半天，就梦着一匹母狼呀！太不划算了吧？"

林成没有理会犟睁眼，而是重新把母狼牵在手上，来到众人中间，说："你们都看清楚了吧，这是一匹刚下了崽的母狼。我费了九牛二虎之力，花了七七四十九天的工夫，今天总算有了收获，梦住了一匹大灰狼。昨天我发现它在'梦子'里头之后，猜测它是杀虎尖背坡狼窝的成员，我跟着蹄印找了去，老远看见一个山洞，洞口站着七八匹狼，都在仰着脖子嚎叫，嗓子都变音了。所以，我决定不去起'梦子'，回家做了一夜的思想斗争，是放，还是杀？放了它，它的幼崽就能活下来。杀了它，就等于杀了它的全家。天还不亮，我把装满了火药和铁砂的老枪伸进了'梦子'，却听见它一声哀婉的嚎叫，我的手就软了，慢慢地把枪抽出来，顺着枪眼往里一瞧，你们知道我看见的是什么吗？你们肯定不知道，是它的两行眼泪。我的心就软了，我立即决定把它放了，放它回狼窝去，因为那些幼崽还等着它回去喂奶呢。"

犟睁眼早不耐烦了，摆摆手说："得了，林成哥，你不在杀虎尖把它放了，还牵回来做什么？是不是跟我们炫耀你的能耐来了？"

林成也不介意，说："就算是吧。我林成做一回成一回，不像某些人，做一回败一回。"

犟睁眼一听急了，把手里的铁锨一扔，冲林成喊道："林成，你揭谁的短呢？"

林成说："谁认就是谁。"

眼看两个人就要打在一处，刘黑丑过来拦住，说："你们两个闹什么闹！还嫌咱十八盘村不乱吗？林成，我们都听明白了，你是想把这匹母狼放了，让它回杀虎尖喂狼崽，那就赶紧把绳子解开放它走吧！"

林成见有人过来打圆场，就借坡下驴，去把拴在母狼脖子上的绳子解开了，顺手在母狼的屁股上抽了一下，说："算你命大，有这么多人保护你，还不快跑！"

人们再看，那只母狼把腰一哈，两串憋得鼓鼓的奶子几乎就擦着了地面，三步两顾地沿着三十亩坪的地垄跑了。

正午的太阳，圆圆地静止在天上。地上没有风，远处的甘陶河也静静地流淌着。

林成哈哈一笑，说："得，我就在这儿干活吧！"

何敖敖凑过来对林成说："林成叔，今天的太阳是不是从西边儿出来了？"

林成对敖敖说："敖敖，快别逗了，告诉我，刚才你们在说什么呢？"

敖敖说："刚才犟睁眼预测，说今年我们家的大牌坊盖不起来，不搞'火龙盘山灯'了，还说高家的大戏楼也盖不起来，'八卦黄河阵'也摆不起来，更不请小杜梨剧团来唱戏了。"

林成反驳说："犟睁眼，你错了。谁认为犟睁眼说得对就错了。我敢肯定地告诉你们，高家今年一定还要搞'八卦黄河阵'，'乾坤台'一定会赶在正月初五起戏前完工，一定还会请井陉南关小杜梨戏班来唱戏。何家今年一定还要点'火龙盘山灯'，一定还要请平定小桃红来与小杜梨打擂台，"日月门"

也一定还能在十八盘的盘道上矗立起来！谁要是不信，就跟我打赌。"

葛掌柜向着犟睁眼，说："林成，我看不见得。现在仗打得这么凶，说不定哪一天就打到咱十八盘村来了，说不定哪一天上级来道命令，所有能扛得动枪的男人统统去当兵，看还有谁来给高家盖'乾坤台'？还有谁来给何家造'日月门'？"

何敖敖一听急了，说："葛掌柜，你这人怎么净说丧气话呀！你是不是又从你那些狐朋狗友嘴里听到什么风声了？"

林成乘势说："对呀，葛掌柜身上的烧伤是不是好了？你可千万不能好了伤疤忘了疼啊！"

经过这几个月风雨的洗礼，除了他们几个能说会道的汉子之外，十八盘村的其他人好像没有了争执和辩论的欲望，只有静静地等待和期盼。


秦司令员在十八盘盘道上下来的时候，刘凤阁、柳细腰和何灵芝三个人刚从何玉棠家出来，她们听到急促的马蹄声之后就躲在弯道旁让路，本想低头让他们过去，却让秦司令员认了出来。就在她三个的身边，马蹄突然停下，秦司令员从马背上跳了下来，二话不说来到刘凤阁跟前，说："大姐，你这是要去哪儿呀？"

刘凤阁抬头一看，见是秦司令员，脸腾地一下红了，上前拉住司令员的手，说："哎呀呀，是司令员呀，我还以为是谁呢！怪不得早晨起来我家银杏树上的喜鹊就叫个不停呢，原来真的就来了贵人。"

秦司令员笑笑说："是吗？我是贵人吗？"

刘凤阁说："那可不！司令员走到哪里，哪里的天就会晴。"

秦司令员说："大姐，你可真会说话。你们这是干什么去呀？"

刘凤阁把何灵芝和柳细腰往起一拢，说："司令员，我们去帮豌豆娘磨豆腐去。灵芝、细腰，快叫司令员呀！"

柳细腰为灵芝挽着头发，二人齐声叫道："司令员好！"

刘凤阁问："司令员，是哪股风把您给吹来了？"

秦司令员说："大姐，你不会不知道，腊月初八晚上，咱十八盘村有人组织干了一件大事，我一听说，就马不停蹄地赶过来了，我要在十八盘村开一个表彰大会，给所有到白城口砸盐店的兄弟戴红花，然后为他们牵马游街。"

刘凤阁把手从秦司令员的手里拿了回来，说："司令员，我还以为什么大事呢，就这点区区小事还用出动您秦司令员的大驾呀！"

秦司令员认真地说："大姐，话可不要这样说，你知道你们刘家的两个兄弟刘黑丑刘黑牛率领十八盘村的林成敖敖捞鱼鹳等人干了一件什么样的事吗？他们干的这件事是我们八路军早该干却没有干的事，是高长英的独立营早该干却没有干的事，是平定县政府井陉县政府早该干却没有干的事。这件事灭了日本人的威风，长了我们抗日军民的志气，你说我这个当司令员的，能不感动吗？能不高兴吗？能不来向他们这群英雄汉子表达敬意吗？"

说罢，秦司令员好像有意识地看了何灵芝一眼，说："如果我没记错的话，你就是高长英的媳妇何灵芝。"

何灵芝一时没有反应过来，脸一下红了。

柳细腰捏了一把何灵芝的胳膊，灵芝才接话茬儿说："司令员，您的记性真好！"

秦司令员说："我不仅记住了你的名字，还记住了给你挽头发的柳细腰，记住了她给我包的饺子。"

刘凤阁笑笑说："司令员，她们两个都不会说话，您可别见外。"

秦司令员对刘凤阁说："大姐，你看我像跟咱十八盘村见外的人吗？我这人有一就说一有二就说二，昨天我听说十八盘村的汉子砸了日本人设在白城口的盐店，一黑夜没合眼。真是不得了啊！大姐，我告诉你，这事如果让首长知道了，一定会发嘉奖令来的！"

刘凤阁说："司令员，咱别在这大野地里站着了，快去家里坐吧！"

秦司令员说："好。大姐，你先去告诉黑丑，就说我来了，让他把村里的那几个人找来，我有话对他们说。"

刘凤阁知道司令员说的那几个人是哥哥刘黑丑在十八盘村秘密发展的组织成员，说道："司令员放心，我这就去，灵芝、细腰，你们快领司令员回家去，看看厨房里的饺子还够不够！"

说罢，刘凤阁重新返回何玉棠家，把秦司令员来了的事告诉了哥哥刘黑丑和姐夫何玉棠。

工夫不大，在高德显家大戏楼"乾坤台"工地做活的人，在何玉棠家大牌坊"日月门"工地做活的人，在各自家里忙着置办年货的人，包括在家伺候病人的豌豆娘，包括六指的小媳妇儿，包括林成的老婆马音音，还包括从十八盘路过的人，全部集中在了十八盘村的老槐树底下。

捞鱼鹳、林成、何敖敖等人扛来几捆黄栌干柴，放在人群中央的空地上，用火点着，不一会儿，一笼大火就熊熊燃烧起来。

开始的时候，人们还以为又要扩兵，没想到是秦司令员来了，把大家叫在一起，一块唠一唠。所以，人们就像听刘黑丑说书一样，心里充满了期待。

刘黑丑见人来得差不多了，就对秦司令员说："开始吧。"秦司令员点了点头。刘黑丑就站到一块大石板上，说："各位父老乡亲，大家静一静，秦司令员今天专程从黄北坪赶来，对大家有话要说，请大家鼓掌欢迎！"

秦司令员往大石板上一站，面带红光，声音洪亮地说："兄弟姐妹们，我今天为什么要来咱十八盘，可能你们大多数人都不知道。现在，我就打开天窗说亮话，是咱十八盘村的汉子们在腊月初八晚上做了一件惊天动地的大事，这件事把我给感动了，我必须放下别的仗不去打，专门带人来十八盘村走一趟，一是看看这些兄弟，看看你们是不是长了三头六臂，看看你们是不是天兵天将，居然一夜之间砸了日本人设在白城口的盐店，烧了他们的草料场，还杀死了十几名日军。这样的壮举，我到太行山以后第一次听说。现在，我以八路军太行一分区司令员的身份，请昨天晚上到过白城口，参加了砸盐店和烧草料场的兄弟们站到前头来，让我看一看，好不好？"

秦司令员的话说罢多时，却没有一个人站出来。秦司令员看看高德显，又看看何玉棠，问道："怎么回事啊？为什么没人往外站呀？是怕我把你们带到部队上吗？"

秦司令员一边说着话，一边拿眼睛在人群里踅摸，最后停在了刘黑丑身上。他对刘黑丑说："黑丑，别让我费劲了，你去一个一个把他们找出来，我这里把大红花都准备好了，我要亲手给他们戴上，还要给他们牵马游街。"

这时，林成从人群里站了起来，把两只手揣在袖筒子里，看看秦司令员，说："司令员，我们不是怕被您带走，我们不是想让您给戴大红花，我们不是想让您亲自牵马游街，只是这事让我们几个赶上了，就搂草打兔子，顺便把那伙日本人给收拾了，算不上什么壮举。"

秦司令员走过来一把挽起林成的胳膊，说："林成，我没叫错吧？你就叫林成吧？我一猜就知道你是林成！听说你豢养着一窝蟒蛇呢，能不能让我去参观参观？"

林成一下不知道说什么好了，一脸的尴尬，秦司令员见了，把话头一转，说："林成，不去参观也罢，你快跟我到前边来吧！"

司令员今天真的是激动了，一连叫了几个林成，紧说着，就把林成拉到了前边，接着说："大家都要向林成学习。别再耽误时间了，还有谁，都快站到这儿来。说实在的，我就一会儿的工夫，天一黑，我还得赶回黄北坪去呢。"

刘黑丑到人群中把敖敖、卷毛鹰、捞鱼鹳、赵本初等人一个个拉了出来。

秦司令员哈哈笑了一阵，说："这就对了，只少了一个刘黑牛。你们每个人都说说，当时是怎么想的，见到日本人害不害怕？"

卷毛鹰首先发言："司令员，那天晚上，黑牛兄弟只说让我们喝酒，没说让我们去白城口。他要是说明去干什么，我可能就不去了。可是，到了白城口，听刘黑丑刘黑牛兄弟俩一说，干就干，怕个屁！后来，我一见草料场着了火，就跟着刘黑丑刘黑牛等人冲了进去，就什么也不怕了。"

接下来敖敖说道："当时我什么也没想，只想去看看草料场是什么样，没想到日本人把盐藏在那里，这才知道我们老百姓为什么吃不上盐了。"敖敖正说着话，一眼看见了葛掌柜，把话题一转，说，"司令员，还有人里通外国，帮日本人做事，你管不管？"

秦司令员认真地说："管啊！是咱十八盘村人吗？"

葛掌柜一听敖敖是在说他，就主动走过来，站在秦司令员面前，面带愧色地说："司令员，我是一时糊涂才做了见不得人的事，要不是他们去砸盐店，要不是他们去烧草料场，我还要糊涂下去呢。要不是敖敖从火场里把我背出来，我早就被烧成肉干了。"

秦司令员问道："你是葛掌柜吧？你是十八盘村人吧？你是太行山人吧？高长英的警卫员六指是你儿子吧？我说呀，你要是个男子汉，就不要再给咱十八盘村丢脸了！就不要再给咱太行山丢脸了！就不要再给八路军战士六指丢脸了！"

葛掌柜满面羞愧地说："司令员，昨天晚上我一个人躺在炕上，翻来覆去睡不着，就想我这个人不怎么样。八路军对我一家不薄呀！让我儿子六指当了独立营营长高长英的警卫员，还让我享受抗日家属的待遇。十八盘村的每个人对我都不错呀！高德显、何玉棠不用说，陈元老师、赵本初不用说，林成、卷毛鹰、敖敖对我都不错呀！包括犟睁眼、捞鱼鹳、柳细腰对我都不错呀！我怎么能做对不起你们的事呢？怎么能做对不起十八盘村的事呢？怎么能做不像男子汉的事呢？司令员，您批评我吧，我一定痛改前非重新做人，首先当好六指他爹，再就是当好十八盘村人，当好太行山人，不再给六指丢脸，不再给十八盘村丢脸，不再给司令员丢脸！"

秦司令员笑了，说："大家都听见了吧，今天谁也没让葛掌柜说话，是他自己站出来要说的。我首先表个态，只要葛掌柜按他说的做了，我们在场的每个人就不另眼待他，不小看他，就跟他团结在一起，一心一意地过日子，一心一意地打日本，一心一意地求幸福，大家说好不好？"

这时，秦司令员突然想起正事还没办，就重新回到大石板上，把手叉在腰间，说："就是你们几个庄稼汉子，干了一件惊天动地的事，这件事长了我们抗日军民的志气，灭了日本鬼子的威风！你们当时可能感觉不到这事件的重要性，就是现在，你们可能也不大清楚这件事的重要意义。其实我已经告诉你们了，你们替八路军做了一件大事，我要给你们每个人记上一功。你们为解放区的人民做了一件大事，我要为你们请功，让县政府为你们每家每户挂一块匾额。今天，我就先给你们每个人戴一朵大红花，给你们牵马游街，目的就是让人们看一看，凡是敢于站出来抗击日寇的人，凡是秘密和日伪军做斗争的人，凡是为抗日救国出钱出力的人，都是我们民族的英雄，都值得我们学习和敬佩！咱太行山上有这样的老百姓，有这样的青年人，用咱当地的土话说，还怕狗日的日本人吗？还愁小日本儿不早日完蛋吗？还愁我们八路军的队伍壮大不起来吗？还愁我们今后的日子红火不起来吗？"说到这儿，秦司令员看见了刘凤阁，便说道："大姐，我听说你的工作也做得十分出色，组织妇女同志为部队做了不少棉衣和军鞋，今天，你作为妇救会的积极分子也要戴大红花，也要骑马游街。"

这时，黄栌干柴燃起的大火烧得正旺，红彤彤的火焰照亮了天际。

秦司令员突然想起何玉棠的一句话，说："我记得上次我来十八盘村，何老兄跟我说过一句话，他说我们每个中国人都是一捆黄栌柴，垛在一起燃烧，就能把日本鬼子烧成灰。这话说得虽然很土，但有力量，有气概，有咱太行山人的骨气！何老兄今天也在场，我也要给你戴一朵大红花，为你上次组织担架队去南佐镇支前，更为你这句话！"

说着，秦司令员让人把十几朵大红花给刘黑丑等人戴在胸前，让这些人骑上马，随后又亲自把他的战马让林成骑上，由他牵着沿十八盘盘道走了一圈。

人群里不知是谁挑了一个头，一曲《太行谣》又唱了起来。歌声响彻十八盘村的上空，响彻太行山。

秦司令员从怀里掏出几张纸，递到刘黑丑手里，说："黑丑，这是你朝我要的歌谱，从今天开始，你就教十八盘村的人们唱吧。"

刘黑丑一看，是《歌唱二小放牛郎》，说："请司令员放心，我一定让这首歌唱响十八盘，唱响太行山。"

秦司令员见天色已晚，就把战士们集合起来，向高德显和何玉棠告别。临行前，他问刘黑丑："黑丑，今天你说《三国》到哪一回了？下回我也要来听啊！"说罢，领着十几个士兵沿甘陶河向东去了。

一直没有机会说话的高德显看看何玉棠，何玉棠也看看他，两个人的脸上露出了同样的笑容。何玉棠说："老兄，回去吧，天不早了。"

高德显说："不晚呢。司令员刚才说什么来着？兄弟你听见没有？"

何玉棠说："听见了啊！他给了黑丑一首新歌，让他教咱唱呢。"

高德显摇摇头说："不对，兄弟，你没记住，司令员说他要为去白城口的人请功，让县政府为他们每家每户挂一块匾额。"

何玉棠说："对啊！我要是当县长，也会这样做的。"

400

高德显不无担忧地说:"这样做是不是动静大了些?要是让日本人知道了,会不会来报复呢?"

何玉棠说:"老兄,你放心,有八路军独立营在,有司令员在,你就把心放到肚子里吧!"

## 火 19

高长英听说了腊月初八黑夜,白城口的草料行被烧,日本人的盐店被砸,十几个日本兵被杀,是刘黑丑刘黑牛兄弟两个领着十八盘村的几条汉子干的之后,就在独立营向神河湾转战途中临时停下来,在白城口的大街上,把独立营班长以上的干部召集在一起,劈头盖脸就是一顿臭骂。高长英把棉袄扣子解开,一条腿蹬在街边的一块大石头上,手里攥着的两块石子爆出嘎嘎的响声,伴随着凛冽的寒风刺进了人们的骨头缝。高长英说:"你们都听说了吧!昨天晚上,腊月初八黑夜,白城口的草料场被人烧了,日本人的盐店被人砸了,十几个日本兵被人杀了。知道是什么人干的吗?知道吗?不知道!那好,我现在就告诉你们,是刘黑丑刘黑牛兄弟两个领着十八盘村的几条汉子干的!人家不是独立营,手里没有枪炮,没有炸药,没有手榴弹,没有连长排长,更没有营长,却干成了独立营干不成的事,干得神不知鬼不觉,却惊天地泣鬼神。你们当中有谁敢站出来说,这事我也敢干,我也能干成!有吗?赵贵喜,你敢吗?姚大愣,你敢吗?刘海,你敢吗?六指,你敢吗?猛子,你敢吗?不是我把你们看扁了,你们不敢!你们没这个胆气,没这个韬略,没这个本事!包括我高长英在内,一个个都是孬种!说实话,咱独立营不如人家!人家不是吃这碗饭的,人家是种庄稼的,打铁的,打猎的,杀猪的,要把戏的,说书的,还有要饭的,可是,就是这些与土坷垃打交道的人,这些与狼虫虎豹打交道的人,这些挑货郎担的人,这些要把式卖艺走江湖的人,这些沿街乞讨饥寒交迫的人,经人一组织,就敢去烧白城口的草料场,就敢去砸日本人的盐店,就敢去杀日本宪兵。我再问一遍,你们服不服气?你们感不感动?你们脸红不脸红?"

副营长赵贵喜等一干人马面面相觑,在寒风中立着,不敢动弹。

高长英接着说:"你们听说了吗?秦司令员刚去了一趟十八盘村。你们知道秦司令员去干什么了吗?知道吗?不知道!那好,我现在就告诉你们。秦司令员带着十几个骑兵,带着事先做好的大红花,去给参加烧草料场砸盐店的人们开表彰大会了,还亲自给他们戴上大红花,亲自给他们牵马游街。你们说说,这是为什么?我们打下南佐镇,秦司令员为什么不表彰我们?我们截获了日本人的马匹粮草,秦司令员为什么不表彰我们?我们用滚木礌石砸了井上岩的部队,秦司令员为什么不表彰我们?因为我们是八路军独立营,因为我们手里有枪有炮有炸药有手榴弹,因为我们有组织有营长连长排长班长,是正规军。人家是什么?是农民。人家有什么?什么也没有啊!与人家比,你们应该服气!你们应该感动!你们应该脸红!"

副营长赵贵喜等一干人马仍然面面相觑,任寒风在身边刮着,一动不动地站着。

高长英也不看他们,继续说道:"我听说这件事之后,脸红了,感动了,服气了。说实在的,以前我不服他们,在八月十六我的婚礼上,我还不服他们,还觉得他们的安逸生活是咱当兵的流血牺牲换来的,还觉得咱这些当兵的肩上扛着保卫国家保卫人民的使命,还觉得穿着这身军装挎着这把手枪挺牛气的。其实我错了,我们都错了。真正的英雄是他们,而不是我们。要不,秦司令员怎么就专门去十八盘村表彰他们,给他们戴大红花,给他们牵马游街呢?"

在寒风中立了半天的副营长赵贵喜等一干人马,刚才还面面相觑,现在却低下了头。

高长英拿眼扫了一下身边的人,把目光落在了副营长赵贵喜身上,说:"老赵,你说,等我们完成神河湾的任务回到南佐镇,要是再拿不下豆妪大炮楼,再拿不下豆妪火车站,说不定哪一天,十八盘村或者其他什么村的老百姓就又替咱拿下了。要是到了那一天,哼,我敢说,秦司令员就该把咱撤职查办了,就该解散咱独立营了,就该让咱回家种地放牛了!"

赵贵喜把身子站直,对高长英说:"营长,你下命令吧!我们早就想跟井上岩决一雌雄了!"

姚大愣也站起来说:"营长,你刚才说得都对,但我觉得十八盘村的老百姓是瞎猫碰上死老鼠了，靠魔法和耍蟒蛇才得手的，没必要大惊小怪的。"

高长英看看姚大愣，说："姚大愣，你再说一遍我听听。什么叫瞎猫碰上死老鼠？什么叫大惊小怪？什么叫魔法蟒蛇？你太小瞧他们了。别人我不说，单说林成，他可不是一般的玩家，不是一般的猎人，他其实是一个智者，是一个凭脑筋干事的人。关键是他们有了组织，有了信仰。你们有能耐，你们有文化，你们手里有枪有炮，怎么就碰不上死老鼠？怎么就没办法一举拿下豆姬大炮楼，一举拿下豆姬火车站呢？"

二连连长刘海见高长英把姚大愣逼到了墙角，就过来解围说："营长，赵副营长说得对，你就下命令，给我们规定一个时间，拿下豆姬大炮楼，拿下豆姬火车站，我们要是完不成任务，你再训我们罚我们也不迟！"

高长英正想说话，有人来报，说从豆姬火车站通往豆姬大炮楼的路上的警戒全都撤了，不知道井上岩要干什么！

高长英一听，停止转动手里的石子，说："怎么会？怎么会呢！狗日的井上岩已经被我围住了，他怎么会撤掉警戒呢？难道他不怕我搞偷袭吗？姚大愣，刘海，你们说他井上岩在搞什么名堂呢？"

这几个人被高长英弄了一头雾水，还是副营长赵贵喜机灵，让六指去把独立营的一连二连集合起来，随时等待命令。

赵贵喜对高长英说："营长，井上岩是不是要放弃大炮楼，死守火车站呢？"

就在这时，高长英突然想起刘黑牛说的话，要想打豆姬大炮楼，必须离开大炮楼，要想办法调虎离山，在运动中打击和消耗敌人。他心想，狗日的井上岩莫非也想调虎离山，伺机吃掉我，故意给我摆迷魂阵呢？狗日的井上岩，你错了！高长英把手挥了挥，说："刘海，明天天亮之前，你带二连一排二排占领佃户营，牵制井上岩，给井上岩制造一种假象，认为独立营真的从南佐镇撤走了。"

刘海问："营长，你们撤到什么位置？"

高长英说："我们在龙凤山和南佐镇之间活动，伺机寻找战机，你看怎么样？"

刘海说:"依我看,醉翁之意不在酒,井上岩撤走警戒,肯定另有所图。"

高长英问:"是南佐镇吗?"

刘海又把眼镜摘下来,用手指头擦着镜片,说:"我分析,不知道对不对,井上岩的下一个目标不像是南佐镇,而是十八盘。"

高长英拍拍刘海的肩膀,哈哈地笑了,说:"自古道,英雄所见略同。你们大家都听着,狗日的井上岩这叫狗急跳墙,他要跳到我们的外围去,扩大他们的地盘,企图与野头镇的山岛一虫连成一片,祸害我们更多的老百姓。所以,我们不能让日本人牵着鼻子走,我们独立营要牵着狗日的的鼻子走。就按我刚才说的执行吧!"

井上岩的下一个目标真的就是十八盘村。

井上岩已经搞清楚白城口侯记草料行被烧、盐店被砸、他在白城口挨石头砸的真相。前者是十八盘村的一群村民所为,后者是独立营高长英所为,二者都与十八盘村有关。井上岩早就在心里窝上火了,不捣毁十八盘村,他就没好日子过;不消灭独立营,他就组织不成一次像样的战役。他作为一个日本的职业军人,近来在太行山地区,在甘陶河流域,不是走投无路,就是损兵折将,太有失颜面了!尤其是在白城口,井上岩第一次尝到了中国古书上所说的滚木礌石的袭击,要不是躲在一块岩石下面,他早就粉身碎骨了;要不是事先在山口留了几匹战马,他早就成了高长英的阶下囚了。一回想起来,井上岩的后背上就直冒凉风。他在心里骂着:高长英太缺德太张狂,不是真正军人的干活!高长英,我这回要偷袭十八盘村,直捣你的老巢,将你的父母老婆和一村人统统活捉,送到野头镇山岛一虫那里"下饺子",我看你高长英还敢张狂吗?

想到这儿,井上岩就佯装在豆姬火车站地区集结了一个加强营的兵力,造成死守大炮楼和火车站的假象。随后,他将一支部队秘密地派往苍岩山。结果,井上岩的这支先头部队在佃户营暴露了动机。

汉奸王大水一到佃户营就嗅到了一股奇异的香味儿,这香味儿不是来自山水花草,而是来自女人。前两天他听说王大满的女儿王月儿从天津回来了,独立营营长高长英派人把她先送到了十八盘村,后来又送到了大碾坊,再后来就不知道去向了。他今天好像有一种预感,这小小的佃户营,可能隐藏着大人物。于是,这家伙就没直接把人马带进村,而是截住了一个货郎,把人绑了,他自己乔装成货郎,挑着担子进了村。

因为火烧大碾坊烧了一个空寨子,没有置王大满于死地,井上岩在豆妮大炮楼上当着刘黑牛的面揍了王大水,王大水发誓要提着王大满的人头去见井上岩。今天,汉奸王大水就撞上了这个机会。他挑着货郎担在佃户营转了一遭,打探出王大满一家就在佃户营,而且王月儿也在。这下可把王大水高兴坏了,他当即带人包围了一串院子。

王大满从大碾坊奔逃出来以后,就一直住在佃户营。他不知道是什么人在暗中保护他,让他迅速离开大碾坊,幸运地躲过了一劫。他认为是女儿王月儿带来的好运,十多天来,王月儿三番五次来佃户营劝说爹爹王大满,说现在正在打仗,日本人才是真正的敌人,应该放弃对高德显的成见。王大满对高德显的嫉恨少了许多,表示要到十八盘村看望高德显。可是还没动身,就被王大水围在了佃户营。

月光照亮了山川。这是一年中最后一轮满月了。这轮满月高高地挂在空中,让寒风一遍一遍地擦拭着,使得水一样透亮的光线也充满了寒意。

王大水戴着面具趴在房顶上朝院子里喊话:"王大满,你已经被包围了,快出来向皇军投降吧!"

王大满一听就听出是王大水的声音,心想,这下糟了,又让这小子找到了!他先让黄老二送老婆和王月儿从北房的山墙小门拐到西屋,从后门出去进入羊圈,然后从后山逃跑,随后他把灯吹灭,爬进西屋的驴槽底下等待时机。

王月儿搀着娘刚进入羊圈,突然听见有人对她们说话:"快到这儿来,有人送你们出去!"

王月儿一看,不是别人,是十八盘村的捞鱼鹳,正犹豫间,捞鱼鹳说:"大姐,赶紧从这儿出村,村口有人接你们,沿山路去十八盘村。"

王月儿着急地说:"我爹还在院里呢!"

捞鱼鹳说:"大姐,别着急,我去救他!"说罢,他口打呼哨,羊群中跃起几个小孩子,跟着捞鱼鹳去了。

黄老二返身回来见没了王大满,就蹦到院里,冲王大水骂道:"王大水,你还是人不是人?怎么一点良心也没了?大哥怎么得罪你了,竟然三番五次地不让他们一家人安生!"

王大水一不做二不休,把面具撕了下来,冲黄老二喊道:"黄老二,你算什么东西,竟敢这样跟我说话!快把王大满叫出来,你们都还能落个囫囵尸首,不然的话,我把你们一个个崩了,扔到野地里喂狼!"

黄老二也豁出去了,骂道:"王大水,你的良心早让狼吃了!日本人是你的爹呀,还是你的爷爷呀?你给他们当走狗倒也罢了,还一个劲儿地祸害自家人,你不得好死!"

王大水冷笑一声,说:"黄老二,你死到临头了,还敢嘴硬!看我一会儿怎么收拾你!"

王月儿在村口让人把娘接走,自己返回家,一下就陷入了王大水的控制之中。

她家大门门闩咔嚓一下被撞断了,闯进来十几条汉子,一下把黄老二扑倒,码肩拢背捆了个结实。王大水也从房上下来,没有理睬黄老二,而对王月儿说:"侄女儿,两年不见,模样更俊了。怎么不跟着你那当军官的丈夫到处风光,却流落到这穷乡僻壤当起叫花子来了?"

王月儿哀求道:"大水叔,求求你放我们走吧!我爹娘都上了岁数,受不了这样的惊吓!"

王大水说:"王月儿,不是我不给你这个面子,是日本人不答应呀!井上岩逼着我追杀你爹,不提着他的人头去,我就得掉脑袋!弟兄们,给我搜,谁抓到王大满,赏十块大洋!"

黄老二被捆在地上,嘴里还骂着:"王大水,你这个混蛋,那井上岩放个屁你也听呀!你就丧尽天良地来杀害自己的亲戚呀!"

王月儿说:"大水叔,你只要放了我爹娘,我跟你去见日本人,怎么样?"

就在这时,房顶上突然有人喊道:"大姐,不要跟这些混蛋讲道理了,我来了,你快跑!"话音未落,一筐接一筐的羊粪石块砸了下来。混战中,捞鱼鹳把王月儿拉到了院外,说:"大姐,让这几个孩子带着你快跑吧,一会儿他们开了枪,我们谁也跑不出去了!"

王月儿说:"我爹不知怎样了!"

捞鱼鹳说:"我去救他!"

王月儿还想说什么,捞鱼鹳把她推到街口,身后枪声就响了起来。

捞鱼鹳哪能救得了王大满!他今天领着几个孩子是去南佐镇给刘黑牛送信的,他们没走盘云寨,而是抄近道走佃户营,正巧碰上王大水袭击王大满的事,就路见不平拔刀相助了。他正想带领几个孩子往前冲,却被人喝住了,他扭头一看,是林成和敖敖。

林成问捞鱼鹳说:"你们要去做什么?"

捞鱼鹳说:"王月儿的爹王大满被皇协军包围了,得去救!"

林成又问:"王大水多少人,你们多少人?王大水手里有枪,你们谁有?王大水杀人不眨眼,你们谁能?你们都躲开,我去捅捅这个马蜂窝!"

敖敖拍拍林成手里的老枪,不无担忧地说:"林成叔,你这家伙行吗?"

林成说:"敖敖,你和孩子们带着王月儿先走,我说的是捅马蜂窝,而不是干别的,只管捅不管打,就当是在这儿看热闹了。"

捞鱼鹳说:"林成叔,我也跟着你看热闹。"

林成拍拍捞鱼鹳的肩膀,说:"小伙子,好样的!我看得出来,你比六指强!"

林成和捞鱼鹳这一搅和,王大水的计划就被打乱了。王大水先被扣了一头羊粪,后又挨了石头砸,这才想起手里的枪。

王大水正要举手打枪,就听见嘭的一声,他身后的人就倒下两三个。原来是林成在房顶放了一枪,把王大水震得差点儿坐在地上,好一阵子耳朵什么也听不见,眼睛什么也看不见。

林成的火力一暴露,立即遭到了还击。他高兴地把枪撤回来准备重新装火药,一摸腰部,才知道糟了,来的时候没带装火药和铁砂的驴蹄子。林成一阵懊恼,无心再看热闹,就从后房檐跳下去跑了。

王大水命人冲上房顶抓人,但什么也没抓着,就在院子里展开了搜查。

王大满被人掀翻驴槽后抓住送到了王大水跟前,他也不正眼看王大水一眼，说："兄弟，算我倒霉，要杀要剐由你去，只求你放过你嫂子和你侄女王月儿。"

王大水说："大哥，别怪兄弟下手狠，井上岩拿枪顶着我的后脑勺呢。"

王月儿和她娘被敖敖和捞鱼鹳等人救到了十八盘。王月儿一见到刘凤阁，就又哭成了泪人，说："大姐，我爹被日本人抓去了，怎么办呢？"

刘凤阁不无埋怨地说："妹子，我说什么来着，叫你不要去佃户营，你非要去！别着急，你和大娘快进屋说话。"

刘凤阁把王月儿和她娘安排到后院的厢房里，又让捞鱼鹳生着炭火，才过来和高德显商量。

高德显抽罢一袋烟，在重新装烟丝的时候对刘凤阁说："凤阁，你看出来了没有，井上岩对王大满要下死手。虽然我和王大满在生意上有一些过节，但现在我不能袖手旁观。你这样安排，先把她们娘俩安顿好，再让捞鱼鹳去给黑牛送信，让他找长英商量商量，看有没有办法除掉王大水这个汉奸，因为只有这样才能解救王大满。"

刘凤阁说："我已经把她们安排在后院了，一会儿再让我娘过去陪她们说说话。"

这一阵子，凤阁娘在十八盘村住着安心了。因为刘凤阁让捞鱼鹳找人把闲置在龙凤山上的一架织布机和一台纺车抬下山，安放在东厢房里，又到白城口大集上买回了许多棉花。凤阁娘有了这两样东西，好像有了寄托和依靠，很少再嚷嚷回南佐镇，也不再逼他们姊妹三个找爹的下落，每天不是纺花就是织布，还收了何灵芝做徒弟，才半个多月的时间，灵芝已经学会了纺线。有灵芝整天姥姥长姥姥短地在跟前伺候，凤阁娘变得开朗了许多。今天听凤阁说王大满的老婆来了，先是一惊，后来就乐了，说："我去看看，我去看看。"

在白城口，得意忘形的王大水正押解着王大满等人招摇过市，又被十八盘村的林成缠住了。林成在佃户营没有过足瘾，因为没带着火药和铁砂，只好提前撤出。没想到在白城口又碰到了他们，林成岂能放过这个凑热闹的机会。于是，他往大街上一站，拦住了王大水一行。

林成把老枪斜挎在身上，腊月的朝阳照耀在上面，闪着刺眼的青光。王大水一行就站在了林成的对面。

林成用手一指王大水，大声喊道："呔，这位好汉，你可认识爷爷？"

王大水到底还是见过一些世面，不急不慌地往前走了两步，看看林成，又看看林成身上的老枪，说："如果我没猜错的话，你就是十八盘村的猎人林成。"

林成哈哈笑了，说："算你眼毒，还认识你爷爷。你们从哪儿来到哪儿去呀？"

王大水也哈哈笑了，说："林成，你也不先问问我是谁，就问这问那的，懂不懂黑道上的规矩呀？"

王大水身边的一个人悄声对王大水说："大哥，此人不大好斗，此地不能久留，少跟他废话，干了算了！"

王大水把手一摆，训斥道："着什么急，老子今天高兴，有工夫跟对面这位高手切磋，你们都到一边待着去！"说罢，他又往林成跟前迈了一步，说，"林成，难道你不想知道我是谁吗？"

林成又哈哈大笑一回，说："傻小子，爷爷早就知道你是谁，非得让我说出你狗日的名字呀！你不就是南佐镇大财主王大满的堂兄弟吗？你不就是日本人井上岩的大走狗吗？你不就是奉井上岩之命到处追杀你堂兄王大满的蹩脚杀手吗？"

王大水这下不再哈哈大笑，他以前只听说林成是个打猎的家伙，在甘陶河流域山南川北一百单八村小有名气，没想到这小子的胆量竟然如此之大，说话的口气竟然如此之大，摆出的架势竟然如此之大。于是，他问林成："你想干什么？"

林成见把王大水镇住了，干脆接着吓唬他，说："王大水，难道你不想知道爷爷近来干了点什么事吗？"

王大水摇摇头，说："我不想知道，咱们两个远日无仇近日无怨，历来井水不犯河水，今天也是大路朝天各走一边，你回你的十八盘，我去我的大炮楼，你看如何？"

409

林成听到这儿，心想，王大水，你太幼稚了，既然让爷爷撞上了，就得撞出点名堂来。于是，他说："王大水，爷爷今天告诉你一件事，你就得跪下给爷爷磕头。"

一听林成这么说，王大水又仰天大笑了一声，说："林成，我见过吹牛的，但没有见过你这样能吹的。我这人跪天跪地跪父母，还真没有给旁人下过跪。你快说，让我听听到底是什么事，让你一个穷打猎的如此津津乐道！"

林成见王大水一脸的不屑，就问道："王大水，你知道白城口侯记草料行是谁烧的吗？你知道白城口日本人的盐店是谁砸的吗？你知道刚才佃户营房顶上的那一枪是谁放的吗？"

王大水一听，神情就紧张起来。昨天临行前他才听井上岩说白城口的草料场和盐店让一伙不明身份的人给捣毁了，草料场着了一把大火，一座盐库的盐不翼而飞，还说有两条大蟒蛇咬死了十几个日本宪兵，当时井上岩的神色就有些慌张。这莫非是林成干的？刚才佃户营那一枪莫非也是林成放的？他用疑惑的目光注视着林成，注视着这位不起眼的汉子。

林成早看透王大水胆怯了，说："王大水，不用怀疑，也不用害怕，那都是你爷爷林成干的。那天我只在身上缠了两条大蟒蛇，就把白城口草料场搅了个天翻地覆。你说，你今天撞上了爷爷，还不赶紧下跪求饶？"

王大水一听，急忙往后倒退了好几步，说："林成，我警告你，不要再往前走，再走，我可就开枪了！"

林成说："王大水，看你的草包样，我今天没带蟒蛇来，别害怕！只要把你堂哥放了，我就放你过去。"

王大水一听说林成没带蟒蛇，枪也斜挎着，就想：我要立即拿下他，与王大满一起交给井上岩，肯定能拿到双份赏钱。于是，他趁机做了一个手势，呼啦一下拥上十几个人把林成摁住，五花大绑地捆在了路边的老槐树上。

经过这一番折腾，王大水虚惊一场，见排除了危险，就下令在旁边一家面馆吃饭。

也该着王大水倒霉，他们刚在这家饭店要了猪肉拉面，就有伙计过来推荐酒水，说他们店里自己酿造了几坛子枣木杠酒，快过年了，伙计们跟着东奔西跑的不容易，是不是喝上几碗？王大水今天心情很好，因为在佃户营大获全胜，半路又拿住了林成，回去交差不成问题，就命人搬来两坛酒，每人分了一大碗喝了起来。

谁知早有人将王大水的消息报告了独立营一连连长姚大愣，他们正从南佐镇向苍岩山和龙凤山转移。姚大愣把这一消息告诉了高长英，高长英一听，立即下令抓活的。

独立营一连没打一枪一炮就将喝得酩酊大醉的王大水等人拿住了，他们释放了王大满等人，又从老槐树上把林成解开了。众人一起来见高长英，高长英对林成说："林成叔啊，你的胆子太大了，单枪匹马就敢跟日伪军叫板！我算服了你了！"

林成说："长英，你要是看见我在白城口砸盐店时耍蟒蛇的情景，会更服我！"

高长英点点头，说："服，就连秦司令员也服你们。我听说他还专门去咱村给你们戴大红花，让你骑他的马游街了？"

林成嘿嘿一乐，说："是真的。不过，这回司令员不光让我们去白城口的人戴红花游街了，还让你老丈人何玉棠和你娘戴了大红花，也让他们骑马游街了！"

高长英没接林成的话茬儿，只羡慕地说："林成叔，你们真行！司令员还拿你们砸盐店的事来窝囊我们独立营，窝囊我高长英呢！"

林成脸上露出得意之色，高长英却一转话题，嘱咐说："林成叔，以后遇到今天这种事，要动动脑筋，千万不能盲目行动，一不小心就可能吃亏！"

林成不好意思地说："长英，我记住了。不过我今天也估计着呢，他王大水充其量是个汉奸，别看他手下人不少，却都是乌合之众，我知道他们见了好人都心虚。再说了，我是什么人？我在咱十八盘村好歹也是个带手艺的人，往太行山上一站也是个顶天立地的汉子。你说对不对？"

高长英笑笑说："好了，林成叔，你不能在这儿久留，说不定一会儿就要打仗了，赶紧回十八盘吧。"

林成说："长英，我不能马上走，要走也得等你审完了王大水。"

高长英拿林成没办法，就命人把王大水带来审问。不审不知道，一审吓一跳。原来，王大水此行是受井上岩的派遣，目的地不是佃户营，而是十八盘村，不是针对王大满策划行动，而是针对十八盘策划行动。具体行动计划，王大水却守口如瓶只字不提，声称打死也不说。

林成私下对高长英说："长英，我是不是先回十八盘告诉人们准备转移呀？"

高长英笑了，说："林成叔，不用了，井上岩的意图我们早就掌握了，今天不过是在王大水的口中得到了验证。你回村后什么也不要说，免得引起慌乱，让人们过年也过不安生。"

林成说："好吧。你对家里有话捎吗？"

高长英说："没别的，就这。"

林成把他的老枪重新斜挎在身上，用手摁了又摁，高兴地上了路。

# 火 20

十八盘村海瑞祠灯火通明，刘黑丑在书场上正说到《三国演义》第九十七回诸葛亮酝酿陈仓之战。刘黑丑说：东吴派特使给后主刘禅送信，想联合起兵伐魏，并说前日大破曹休之事，一是彰显自己的威风，二是互通和好之意。刘禅大喜，命人报知正在汉中前线的诸葛孔明。此时之孔明已非昔日之孔明，兵强马壮，粮草丰足，所用之物，一切完备，正要出师，听得此信，立即设宴犒赏诸将，商议伐魏之事。忽然一阵大风自东北角而起，把院里一棵苍松吹断，众人大惊。孔明随手占了一卦，说："此风主损一员大将！"人们不信，以为是丞相戏言。谁知果然不出诸葛亮所料，从门外闯进镇南将军赵云之子赵统、赵广。孔明大惊，把酒杯往地上一摔，叹道："子龙休矣！"赵统赵广见到孔明哭拜道："昨夜三更我父病重而死。"孔明捶胸顿足而哭，说："子龙身死，国家损一栋梁，去我一臂也！"众将这才信了，无不掩面哭泣。孔明让赵统赵广去成都报丧，后主刘禅闻听，放声大哭，说："朕昔年幼，非子龙则死于乱军之中矣！"遂下诏追赠大将军，谥顺平侯，葬于成都锦屏山。后人有诗赞道：

"常山有虎将,智勇匹关张。汉水功勋在,当阳姓字彰。两番扶幼主,一念答先皇。青史书忠烈,应流百世芳。"

刘黑丑说到这儿,故意停了下来,问道:"你们知道这个赵云赵子龙是哪里人吗?"台下有人说是真定常山人。刘黑丑拍案说道:"对了,赵子龙正是咱们河北老乡。书中第四十一回有他身背阿斗杀退曹兵的故事。这阿斗就是刘备刘皇叔之子刘禅,后来做了蜀国皇帝。当时两军混战,曹操在山上望见一员大将,所到之处,威不可当,急问左右那是谁,曹洪飞马下山大喊:军中战将可留姓名!赵云应声道:我乃常山赵子龙也!曹洪回报曹操,曹操感叹道:真乃虎将也!遂下令各处,凡赵云到,不许放冷箭,只要捉活的。结果这一仗,赵云一人怀抱后主,砍倒大旗两面,夺槊三条,杀死曹营名将五十余人。后人有诗相赠:'血染征袍透甲红,当阳谁敢与争锋!古来冲阵扶危主,只有常山赵子龙。'"

刘黑丑接着说道:就在这天,诸葛丞相派人将《出师表》送达后主。表中总结历史教训,分析敌我形势,一是当今陛下不如高帝,谋臣不如张良,反而幻想以长久之计取胜,坐定天下;二是刘繇、王朗之辈,偏安一隅,今岁不战,明年不征,会使孙权坐大,独霸江东;三是曹操智勇双全,殊绝于人,然而困于南阳,险于乌巢,危于祁连,几败北山,殆死潼关,然后才有稳定一时假象,何况我等才弱,岂想不奋发图强而定天下;四是曹操五攻昌霸不下,四越巢湖不成,任用李服而李服图之,委任夏侯而夏侯败亡,先帝在世时总是称赞曹操的才能,曹操还有这样的失误,况且臣等,有何本领而使每仗必胜?五是臣已届中年,然而丧赵云、阳群、马玉等大将,数年之内,所纠四方精锐之师,已损失三分之二之多,还怎么能克敌制胜!六是如今民穷兵疲,战事不息,而成败未定,则想以一州之地与曹贼持久对峙。纵观天下事,成败利钝,不可预料,臣愿鞠躬尽瘁,死而后已。

后主刘禅看罢甚喜,随即敕令孔明出师伐魏。孔明受命,起三十万精兵,命令魏延总督前部先锋,径奔陈仓道口而来。

刘黑丑把书本一合,说:"欲知胜负如何,咱明天接着说。"

腊月三十的黎明，苍穹如画，晨星如豆。寒风在盘云寨、龙凤山、杀虎尖以及远处更为高大的山体上自由散漫地舞蹈着，有时窃窃私语，有时互相嘲讽，有时寂静寥寥，有时动情高歌，有时蠢蠢欲动，有时大张旗鼓，有时旋律妩媚，有时却制造出雷霆万钧的声响。

　　对于十八盘村的人们来说，这是一年中的最后一天，也是最激动人心、撩人肝肠的时光了！

　　高德显家的三十亩坪突然变成了一个大工地，不到中午时分，"八卦黄河阵"已经初露端倪。由风水先生甄畚世担任总指挥的施工队伍比八月十六摆"八卦黄河阵"时多出十几个人，除林成、瞿睁眼等人之外，还有老窦、赵本初、葛掌柜三个人。

　　今天老窦的出现，让许多人感到意外。自从八月初一那声巨雷之后，老窦被人从核桃树下抬回家放到炕上到现在，他几乎就在人们的视野中消失了。前几天，他突然在何玉棠家的大牌坊工地上出现了，还主动提出去挑水，结果闹出不少笑话。头一回是挑回了两个半桶水，第二回却挑回了满满两桶沙子。别人问他怎么回事，他只是咧着嘴笑。他媳妇豌豆娘为他的身体东奔西忙，面庞消瘦了许多。倒是他的儿子豌豆，整天乐滋滋地成长，像地垄边的一株嫩草。豌豆开始学说话了，大人说什么，他也跟着说什么。

　　赵本初的出现，同样让人感到意外。赵本初在十八盘村算不上名人，顶多算是一个闲人。人们说他闲，主要是指他不从事农耕种植桑麻采摘之类的营生，东平台上有他一块好地，他却不知道是哪一块。西平台下的甘陶河卧龙潭边有他一棵白杨树，他也不知道是哪一棵。家里大小事情，先是由他父母掌管，后来是他妻儿掌管，号称看见油瓶倒了也不去扶。他戏称自己是一条"蛀虫"，一条蛀书虫。他每天或从《本草纲目》里进去，或从《七表八里脉诀》中出来，还有《黄帝内经》和《神农本草经》相伴，话里话外，之乎者也，文绉绉的。比如说到五脏六腑中的肺，他就会说："肺为五脏之华盖也。上以应天，解理万物，主行精气。法五行，应四时，知五味。气口之中，阴阳交会。中有五部，前后左右，各有所主。上下中央，分为九道，诊之则知病邪所在也！"就连饱学之士刘黑丑也不好与他沟通交流。有一次，在刘黑丑说书之前，赵本初问了一个问题，还真让刘黑丑伤了一番脑筋。赵本初问："我曾听你说过曹操命人杀死华佗一节，至今有一事不明于胸，你说曹操和华佗二人到底谁为病人谁为医生呀？"刘黑丑当即就说："那还用问吗？曹操为病人，华佗为医生呀！"赵本初大摇其头，说："此言差矣！依我之见，正好相反，华佗为病人，曹操为医生。"刘黑丑说："愿闻其详。"赵本初说："正好比秃子头上的虱子，明摆着。华佗明明知道曹操是世之奸雄，心胸辽阔却诡谲多疑，却视而不见，还公然要为其开颅医治风疾，岂不是其眼睛有病乎？华佗明明知道曹操是宁让我负天下人，而不让天下人负我之人，却充耳不闻，岂不是其耳朵有病乎？华佗明明知道曹操经常做出欲加之罪何患无辞的小人勾当，却心无防备，岂不是其心有病乎？所以，曹操还未让华佗为其开颅，就先将其投入牢狱，正是要为其治病也。"刘黑丑和众人听了赵本初这番高论，好像谁也找不到反驳的言辞，只好作罢。赵本初由此觉得，他不仅在十八盘村找不到知音，似乎在天南海北也找不到。他用他的中医理论，他用他的望闻问切，他用他的汤头歌诀，证明了他在十八盘村乃至甘陶河流域山南川北一百单八村是一个不可或缺的人物。

葛掌柜的出现，更让人们感到意外。葛掌柜自从被敖敖、林成等人从白城口救了回来，自从让他当兵的儿子六指严词告诫之后，自从让秦司令员谆谆教诲了之后，好像没了从前的神秘感，也不再领着陌生人在十八盘村的东平台西平台以及龙凤山转悠了，不再传言东平台西平台和龙凤山有什么铜矿金矿了，不再传说要在甘陶河卧龙潭上修建什么浮桥了，而是整天在家闭门思过。老婆齐氏看不起他，跑回娘家长住了。齐氏一走，六指的小媳妇也回了娘家，这使得他的院落冷冷清清。这不，都快过年了，老婆还不回来。眼瞅着别人家红火热闹，自己却形单影只，好不孤独。他听说高德显家又要在三十亩坪摆"八卦黄河阵"，便不请自到，来给高德显捧个人场，也好借此机会挽回一些面子，让人们感觉到他还是十八盘村的一个重要成员。葛掌柜还有一个重要的目的，就是想让刘凤阁出面去把老婆齐氏叫回来。因为他已经认识到刘凤阁在方圆左近村里的妇女中的影响力最大，说话最管用。

对于高德显和刘凤阁来说，老窦、赵本初、葛掌柜等人的出现，本身就具有特别重要的意义，干不干活，干多少活，活干得好不好，都已经不重要了。

现在，高家太需要人气的汇聚了，太需要精神的振奋了。

高德显和刘凤阁命人在家大锅煮肉，大坛装酒，摆下十多桌宴席，要大宴亲朋。他们两个没有商量，却好像心有灵犀，竟然想到了一起。他们这样做的目的，一是为了冲一冲半年来的晦气；二是为儿子高长英祈求战事顺利，身体平安；三是提一提高家的人气，企盼转过年便迎来一个红红火火的光景。

高德显把大年初一才该穿的衣服提前一天穿上，对刘凤阁说："你在家张罗着，我去三十亩坪和大戏楼工地转转。"

刘凤阁见高德显精神不错，也就喜盈盈地笑着说："让柳细腰把你送过去吧！"

高德显说："不用，眼看晌午了，你们抓紧把酒菜备好，我去把人们叫回来吃饭。"

刘凤阁说："听说老窦、本初和葛掌柜都在，好歹都把他们叫回来吧。"

高德显说："还有霓霓，他为小杜梨排戏，竟然废寝忘食、不分昼夜了，我也把他叫回来吧。"

刘凤阁答应着，又嘱咐道："路上慢点！"

就在高德显迈出家门的时候，何玉棠家的大牌坊工地上响起了鼓乐之声，同时鞭炮声也响成了一片。高德显手搭凉棚向上观看，只见何玉棠在十八盘第八盘道上建造的大牌坊"日月门"披红挂彩，不用问，他就知道这是何家在举行竣工庆典。

高德显下意识地用舌头舔了一下门牙，却是一个大大的豁口。高德显心上的疤痕又在隐隐作痛。他掉了这第二颗门牙，是因为儿子高长命高价收买了为何玉棠家做活的木匠，将大牌坊所用的木料几乎全部颠倒使用了。如果牌坊建成使用，将导致何家伤主，用心何其毒也！没想到事情在最后阶段败露了，高德显在一村人的面前栽了面子，被气得大病一场，吐了一口痰竟然喷掉了一颗门牙。这正应验了那两句俗语：打掉牙往自己肚子里咽，哑巴吃黄连有苦说不出。高德显实实在在地往肚子里咽了一回牙，实实在在地做了一回吃黄连的哑巴。

如今，何玉棠家的大牌坊"日月门"又赶在他的"乾坤台"之前竣工了。

同时，何玉棠沿十八盘建造的九十九座"火龙盘山灯"也都装上了木炭，即将在除夕之夜点燃，营造浓郁热烈而大气磅礴的节日气氛。仅仅在这半年时间内发生的几件事情上，高德显就看出了何玉棠的为人，体会到了何玉棠的胸襟，揣摩到了何玉棠的韬略，他已经从骨子里认定何玉棠是条真正的汉子了。

夜色初上时分，刘黑牛风风火火地来到十八盘村，先后见了三个人，一是闯进高家大院对柳细腰说了几句话，二是到后院看了娘一眼，三是给林成送来一口袋子弹，然后就奔河西而去。柳细腰给他煮了一碗饺子，刚盛到碗里，就看见他从大门口出去了。

刘凤阁看在眼里，喜在心上，正为野马一样的兄弟黑牛赶来过年感到高兴的时候，柳细腰却哭着进来找她了，说："是他硬不留下吃饭吗？"

刘凤阁说："不知道啊！我只见了他一个背影，你没跟他说好呀？"

柳细腰说："他只说忙，没说吃不吃。"

刘凤阁问："他人呢？"

柳细腰说："走了。"

刘凤阁问："去哪儿了？"

柳细腰指指河西方向，没说话，却掉起了眼泪。

刘凤阁说："黑牛准是有急事。"

柳细腰说："我都把饺子煮好了。"

刘凤阁说："你给后院的老太太们送过去吧。"

柳细腰说："就一碗，她们好几个人呢。"

刘凤阁说："先送过一碗去，一会儿不会再煮呀！"

柳细腰说："干娘，你可别笑话，我这一阵子光想着他了。"

这时，有人插话道："他，他是哪一个呀？"

刘凤阁见是何灵芝，就说："细腰想谁，你还不知道呀？"

柳细腰脸一红，把头扭过去就要走，被何灵芝拦住，笑盈盈地问："细腰，你说，他是哪一个？"

柳细腰拿拳头在何灵芝的肩上轻轻捣了一下，说："嫂子，你坏！"说罢，端着碗向后院跑去。

刘凤阁和何灵芝看着柳细腰袅袅婷婷的身影，都朗朗地笑出声来。

此时此刻，十八盘村浸泡在浓郁的过年气氛之中，十八盘村的所有人都被兴奋和幸福簇拥着。人们吃罢年夜饭，没像往年一样走家串户拜年守岁，而是向海瑞祠集合，听刘黑丑说《三国演义》。几个月来，十八盘村的人们的喜怒哀乐恩怨情仇就是在刘黑丑的书场上得以释放得以升华得以消解的！

然而，就在这个除夕之夜，井上岩为了报复独立营和十八盘村，带领着一个联队秘密取道盘云寨，潜入海瑞祠附近的丛林。井上岩经过缜密侦察，综合各方面的情况分析，断定十八盘村几乎所有人都集中到了海瑞祠。他在心里偷偷地乐，心想，高长英，今天晚上我偷袭十八盘村成功之后，就是你心理崩溃之时。你的心理防线一崩溃，独立营也就随之完蛋了。这些人我一个也不杀，统统送到野头镇交给山岛一虫去"下饺子"。哼，你就等着瞧吧！想到这儿，井上岩就命令一个战斗小组做好攻击海瑞祠的一切准备。

井上岩这天下午得到报告，说在佃户营苍岩山附近的山地发现了不少八路，像是从南佐镇撤出来的，但去向不明。井上岩问："有多少人？"情报人员说："大约二百人。"井上岩就摸不着头脑了。他想：高长英，你这是要做什么？眼看就要过年了，你竟然放弃南佐镇，好像还要组织大规模军事调动，莫非是想调虎离山，在运动中伺机消灭我的主力不成？然后趁火打劫去打我的豆姬大炮楼？或组织一次大的战斗，攻打豆姬火车站？井上岩在凛冽的寒风中禁不住打了一个冷战。他最近发现，高长英不再是打南佐镇时候的高长英了，不再是只图打仗痛快的土八路了，不再是有勇无谋有战无术的高长英了。几个月来，他一次次出其不意地打击日军，屡战屡胜。先是在九龙关截获马匹粮草，接着在白勺关堵截增援山岛一虫的日军，最近又在白城口用滚木礌石险些砸烂井上岩的人头，后来又在白城口没放一枪一炮活捉了王大水等十几个伪军，使井上岩剪除王大满的愿望化为泡影。所以，井上岩开始重新审视高长英和他的独立营，重新审视他的豆姬大炮楼所在的区域位置，重新审视日伪军目前所处的形势。一，战略优势已经向八路军方面倾斜，日军在华北节节败退，已经处于守势；二，八路军战术灵活，机动作战，大的战役虽然不多，但小的骚扰不断，根据地不断扩大；三，周围地区包括大城市石门已经失守，仅剩一条铁路线苦苦支撑，形势岌岌可危。井上岩在地图前站了半天，最后做出决定，放弃死守豆妪大炮楼，将他训练有素的精锐部队拉出来，以动制动，在南佐镇、豆妪火车站以及井陉、平定、昔阳、元氏、高邑、临城甚至更远的地区活动，依托太行山山地和山前平原与八路军周旋，以保存实力，等待决战时机。有人建议井上岩，乘南佐镇兵力空虚，重新夺回对南佐镇的控制权。井上岩听了以后大摇其头，说："不，不，你们的短见的干活，我要留着南佐镇这张牌，最后与八路军决一雌雄。"于是，井上岩突然把他的主力全部调往十八盘，企图乘人们高高兴兴过年之机，制造一起惊天动地的事件。

刘黑牛得到井上岩离开豆妪大炮楼的消息时，正在豆妪火车站与日本的龟田队长喝酒。他给这些日本人送来了活鸡十只、生猪两头、白面五袋、枣酒五桶。刘黑牛对龟田说："这些东西有井上岩一份。"龟田队长告诉了刘黑牛井上岩的行踪。刘黑牛借着一些酒劲，啪地一下拍翻了桌子，骂道："狗日的井上岩，老子平日对他不薄吧，三天一小请，五天一大请的，怎么就对我刘黑牛不放心呢？怎么有事竟然瞒天过海不说实话呢？怎么就背着我刘黑牛另走小道呢！"龟田队长平时也看不惯井上岩的为人，乘机给刘黑牛拱火，说："就是，就是，他就是这种人，你大人不计小人过，别跟他一般见识。"刘黑牛在心里说，你们都不是人，谁也别说谁！其实，刘黑牛已经猜出了井上岩离开大炮楼的真实意图，猜出了他下一步的行动计划。于是，他假装感激龟田队长，上去抱住他的肩膀，说："你是好人，这些东西都给你了，我走了。"说罢，他晃荡着身子离开了豆妪火车站。等离开日本人的视线之后，刘黑牛便离开通往南佐镇的大道，沿小路直奔十八盘村。他在心里骂道："狗日的井上岩，你玩的这一招儿，不就是项庄舞剑意在沛公吗？你占领十八盘村，不就是为了夺回在白城口损失的那点盐吗？你血洗十八盘村，不就是憎恨他们每个人都跟共产党八路军亲近，恨不得把他们斩尽杀绝而后快吗？不就是因为你的对手高长英恰巧是这个村子里的人吗？"刘黑牛骂到这儿，突然又放声大笑起来，笑得粗犷凛冽，笑得酣畅淋漓，笑得韵律皆无，笑得穿云破雾，笑得天上云彩翻滚地上鸟兽奔散，笑得大河上下冰冻三尺山水之间落木萧萧。

刘黑牛的行动只比井上岩快了一顿饭的工夫。

陈元老师在何玉棠家吃完年夜饭,对何玉棠和刘黑丑说:"你们再聊会儿,我先回海瑞祠。"

何玉棠让敖敖送陈元老师先走,顺便装一筐木炭送去,把海瑞祠大殿烧暖和点。敖敖多少有点儿不情愿,但还是去了。

刘黑丑问何霓霓:"霓霓,你为小杜梨写的戏怎么样了?能不能赶上正月初五上演?"

何霓霓看看刘黑丑,打保票说:"干爹,你放心,正月初五保证让您看上一出新的《四郎探母》。我就担心高家的大戏楼'乾坤台'届时能不能竣工。"

刘黑丑说:"霓霓,这就用不着你操心了,高家不比你着急吗?我下午去看了,德显说,他们的工匠正月初一也不歇工,誓要赶在初五起戏。他还担心你的戏排不出来呢。"

何霓霓说:"干爹,今天晚上,我真想去听您一场书,可是不行了,《四郎探母》已经排到了最后一场,有一段唱词还得再斟酌斟酌。"

刘黑丑说:"霓霓,我早就盼着你的这出新戏呢。等你的戏一上演,我的书场就关门。"

何霓霓有点儿害羞地说:"可别价,干爹,你这不得折煞我呀!"

何玉棠问霓霓:"小杜梨平时唱青衣,这回唱老旦佘太君行吗?"

何霓霓说:"应该没问题。小杜梨的音域很宽,戏路也宽,我跟她配过戏的。"

何玉棠说:"你是不是要演杨四郎?"

何霓霓说:"是,这出戏的角色一开始就是这样设计的。"

刘黑丑高兴地说:"那太好了,霓霓,这么多年,我还一直没看过你唱戏呢。"

何霓霓谦逊地说:"献丑,献丑。"

除夕夜,海瑞祠外的十八盘盘道,被"火龙盘山灯"装点得恰似一条巨龙腾空而起,雄壮恢宏。海瑞祠大殿内,汽灯高悬,炽光四射,人头攒动。十八盘村的男女老少,包括在高家大戏楼和"八卦黄河阵"工地上做活的外地工人全部到场,来听刘黑丑说《三国演义》,把偌大的海瑞祠大殿挤得水泄不通。

刘黑丑已经把《三国演义》这部大书说到一百零一回："出陇上诸葛妆神，奔剑阁张郃中计。"在说书之前，刘黑丑照例讲了一段抗日形势，说独立营最近搞了几次行动，每一次都获得了成功，先是在桃花垴用滚木礌石砸了井上岩，后来又活捉了井上岩的铁杆儿走狗王大水，解救了被王大水绑架的王大满一家和咱村的好汉林成。现在，独立营又奉命离开了南佐镇，迂回在龙凤山、苍岩山以及甘陶河流域，要与日本人展开决战。

说到这儿，刘黑丑停下，往下面看看，问道："哎，林成兄弟来了没有？"台子底下有人说，刚才见林成背着一口大锅上来了，不知道他又要玩什么花活。刘黑丑接着说："咱十八盘村历来名人辈出，最近这不又出了个林成，在秦司令员那里都挂上了号。为了砸盐店的事，秦司令员给他戴上大红花，让他骑着大马游街。在白城口，林成挺身拦截下荷枪实弹的王大水，无形中拖延了日伪军的行军速度，为独立营拿下王大水赢得了时间。一会儿林成来了，我倒要问问他，今天又要搞什么惊天动地的大行动。"

刘黑丑见人群中有些骚动，就大声地清了清嗓子，先领唱了一回《太行谣》，又教唱了一段《歌唱二小放牛郎》，把许多人的眼泪唱了出来。刘黑丑这才开始正本说书。

话说司马懿得知孔明再出祁山，兴兵伐魏，遂受魏主曹睿之命出师御敌。前军哨马来报：孔明率大军望祁山而来，前部先锋王平、张嶷，已经出陈仓，过剑阁，由散关奔斜谷去了。司马懿说，今天孔明长驱而入，必将偷割陇西小麦，以作军粮。我军可结营祁山，以防蜀军割麦。孔明来到祁山，见渭水之上有魏兵巡逻，又有前军回报，说司马懿已经屯兵陇上。孔明暗暗地吃了一惊，说："司马懿已经知道我来割麦，早有防备了。"孔明随即沐浴更衣，命人推过三辆四轮车，进行了一番装饰。当下命令姜维引一千军士护车，五百军擂鼓，埋伏在上邽之后。又命令马岱在左、魏延在右，各引一千军士护车，五百军擂鼓。第一辆车，用二十四人，穿黑衣，光脚丫，披头发，执剑仗，举皂幡，只在左右推车。三员大将受计，领兵推车而去。孔明又命令三万军士全部拿镰刀、驮绳，准备割麦。他自己精选二十四人，同样上述打扮，令关兴扮成天蓬元帅模样，步行于车前。孔明端坐车上，奔魏营而来。魏军探哨大惊，不知是人是鬼，火速报告司马懿。司马懿出营观看，只见孔明簪冠鹤氅，手摇羽扇，端坐在四轮子车上。左右二十四人，披发仗剑。前面一人，手执皂幡，恰似天神一般。司马懿笑笑说："这又是孔明作祟，不必大惊小怪！"于是拨出两千人马，吩咐道："你们快去，连人带车，尽情捉来！"魏兵领命，一拥而上。孔明见魏兵赶来，命令掉转车头，遥望蜀营缓缓而行。魏兵快马加鞭，死死追赶。却见阴风习习，冷雾四起，魏兵尽力追赶了一程，却追之不上，纷纷勒马而立，说："怪哉！我等急急赶了三十余里，只见在前，可就是追赶不上，这可怎么办呢？"孔明见追兵没上来，又命令推车过来。魏兵犹豫好长时间，又放马过来。孔明又掉转车头慢慢前行。魏兵又追赶了二十多里，还是追不上，全部傻了眼。孔明又叫回车，朝魏军倒行。魏兵正想再追，后面司马懿下令停止追击。正在这时，左翼战鼓大震，一彪人马杀来，只见蜀军队伍里二十四人推车，穿黑衣，光脚丫，披头发，执剑仗，举皂幡，车上端坐着孔明，簪冠鹤氅，手摇羽扇。司马懿惊呼："刚才那辆车上坐着孔明，追赶了五十里没追上，怎么这里又有孔明？"话音还没落下，右翼战鼓又鸣，一彪人马杀来，左右也有二十四人推车，穿黑衣，光脚丫，披头发，执剑仗，举皂幡，车上端坐着孔明，簪冠鹤氅，手摇羽扇。司马懿心中大疑，说："此乃神兵也！"于是命令退兵。忽然战鼓又响了起来，只见又有一彪人马杀奔而来，前面车上端坐孔明，也有二十四人推车。魏兵无不骇然，司马懿不知是人是鬼，更不知道蜀兵有多少人马，十分恐慌，急忙撤兵。这时，陇上小麦早让蜀兵割尽，运往卤城打晒去了。

　　刘黑丑刚说到这儿，犟睁眼从人群里站了起来，说："黑丑大哥，你知道诸葛亮用的这一招儿叫什么吗？"

　　刘黑丑说："书上有过交代，我没有记住。"

　　犟睁眼一拍双手，说："你没记住，那就好办了，我来告诉你吧。诸葛亮用的是《六甲天书》里的'缩地'之法。那诸葛亮善用奇门遁甲，能驱动六丁六甲之神，是这些神仙帮了诸葛亮的大忙，所以才蒙蔽了司马懿的眼睛。"

　　人们一听，知道是犟睁眼又要在人前卖弄，也不理他，只要求刘黑丑继续往下说书。

　　刘黑丑见天色还早，正想接着往下说，忽听门外风声骤起，便顺口说出一副对联：月黑风高防贼盗，日晴云淡想雨侵。他提醒人们，眼下正处于兵荒马乱的年月，又是年关，大家一定要提高警惕，没有大事尽量不要外出做营生，防止人身伤害和财产损失。

正在这时，门外传来一声尖叫，把人们吓了一跳。刘凤阁第一个推开门跑出去，喊道："柳细腰，是你吗？你怎么了？快来人呀！茅房着火啦！"

当人们从海瑞祠大殿冲出来时，西南角的茅房周围已经是一片火海，茅房后边的山坡上蹿起一丈多高的火焰，而且迅速向盘云寨蔓延。

刘黑丑在院中央高喊："大家不要慌，妇女儿童都回大殿待着，不要乱跑，男人们赶紧把大殿周围的柴草搬开，找工具救火，不要让大火烧了海瑞祠！"

何玉棠把高德显搀起来，说："老兄，你就别出去了，我去看看是不是盘道上的'火龙盘山灯'惹的事。"

高德显扒着海瑞祠大殿的门框朝盘云寨望去，大火已经漫了上去，一会儿扑上山梁，一会儿压向谷底，一会儿火焰冲天，一会儿浓烟滚滚，整个一座盘云寨变成了火场，犹如一根巨大的火柱在天地间燃烧。他的身子摇了摇，差点向后倒去，却被老窦扶住。高德显自言自语道："老天爷，这是怎么了？无缘无故啊！"

风越刮越猛，火越烧越烈。人们见狂风把火卷上了盘云寨，海瑞祠以下的村寨则安然无事，不知道这火是怎么着起来的，也不知道这场大火会给十八盘村带来怎样的后果，只是站在院子里默不作声，任凭狂风卷着大火在盘云寨上和两侧的山峦上燃烧。

盘云寨上风声雷动，森林里浓烟滚滚，让驻足在海瑞祠大院里的目击者们瑟瑟发抖。

刘凤阁在风中哭喊道："柳细腰，你在哪儿？快回来呀！"

一阵大风把刘凤阁的声音卷到了远方，与那呼呼的火焰融在了一起，凛冽而滚烫。

突然，从火场里滚出来两个黑影，面目黑漆漆的，看不清是人还是鬼，把在场的人吓了一跳。

刘凤阁找柳细腰心切，什么也不怕了，上去一把揪住其中一个，问："见到柳细腰了吗?"

半天,这人才开口说话:"大姐,你快松开手,给我弄口水喝,渴死我了!"

刘凤阁一听,听出是林成的声音。只见林成头上戴着一顶钢盔,左胳膊上还绑着一个人,一副烟熏火燎的样子。刘凤阁忙松开手,问:"林成兄弟,你这是去哪儿了?见到柳细腰了吗?"

林成咽了咽唾沫,说:"大姐,我先喝口水好不好?"

刘凤阁急了,说:"林成兄弟,你想急死我呀!我只求你给我说一句话,见到了还是没见到?我就回家给你煮饺子!"

刘黑丑挤到林成跟前,说:"林成,都什么时候了,你还顾得上要水喝!"

林成不理睬刘黑丑,还冲刘凤阁要水喝。陈元老师端着一大瓢水来到林成跟前,说:"林成,你快喝!喝完快说!"

林成用右手接过瓢,仰起脸往嘴里哗哗地倒了两股,然后将剩下的连水带瓢一下扣到他胳膊肘儿上绑着的那人头上,接着哈哈大笑起来,说:"狗日的,我还你一顶帽子,顺便也让你喝一口爷爷家的水!哈哈,狗日的,日本龟孙子,这口水好喝不好喝呀!"

人们一听,林成胳膊上绑着的这家伙是日本人,又紧张起来,纷纷往后退,就连刘黑丑也不再催促林成说话了。

海瑞祠大院及其四周的空气凝滞而艰涩。

这时,刘凤阁的心里什么都明白了,她预感到柳细腰是遭到日本人的袭击后才失踪的。刘凤阁的心一酸,就又喊道:"细腰啊,你这一出门,咋就不回头了呀?"

林成这才对刘凤阁说:"大姐,别喊了,细腰她被人掳走了。"

刘凤阁问:"林成,你快说,她在哪儿被人掳走的?他们是什么人?"

林成说:"日本人。"

刘凤阁说:"不可能,她出来上茅房,怎么会让日本人掳走?日本人在哪儿?"

林成踹了自己胳膊肘儿上绑着的日本人一脚,说:"这不嘛,就是他们狗日的把柳细腰绑走了!大姐,你来看,就在这茅房旁边。"

人们过去一看，见灯笼架子躺在茅房门口，旁边的地上还有碎玻璃片，人却没了影。刘凤阁哇的一声哭了，说："细腰啊，你上哪儿了呀！"

刘黑丑抓住林成的肩膀问："林成，你快说，你看见日本人了？"

林成说："看见了呀！他们早就把海瑞祠包围了。"

刘黑丑说："那你为什么不来报告？"

林成说："我脱不开身呀！"

刘黑丑又问："你干什么去了！怎么就脱不开身？"

林成这才说出他今天下午到现在的一段生死经历。他见到刘黑牛的时候刚过晌午。刘黑牛给了他一包子弹，并且让他在村子里多操点心。刘黑牛告诉他，说日本人井上岩对十八盘村早就恨上了，开始是因为八路军打南佐镇，后来得知独立营营长高长英是十八盘村人，就想迁怒于十八盘村，几次策划要来偷袭。再后来就对林成怀恨在心，说林成手里有枪，能百步穿杨，能百发百中，前不久在白城口聚众耍花活弄蟒蛇，砸了他们的盐店，又在佃户营搅了王大水的行动，让王大满得以逃脱，现在王大满一家人就在十八盘村住着，日本人能善罢甘休吗？他们已经扬言要在林成身上开刀，拿林成说事。

林成听到这儿，心里有些发毛，问刘黑牛怎么办，刘黑牛拍拍捧在他手里的子弹，说："有它呢，你怕什么！"

林成一想也是，我林成从小到大就不曾怕过谁，就连天上飞的地上跑的水里游的土里钻的见了我林成腿都抽筋心都发虚，更何况现在我林成手里有枪有子弹，还怕谁！

刘黑牛告诉林成，日本人可能趁人们过年搞偷袭，到各村抢粮食抢牲口，甚至杀人。

林成对刘黑牛说："黑牛，你放心，往年过小年过大年，我都不睡大觉，况且今年又这么乱，我会操心的。"果然，今天黑夜林成就没像往常一样去听刘黑丑说书，而是在十八盘村当起了警戒员。

林成的老婆马音音怕打仗，早就去岭南住娘家了，扬言什么时候不打仗了才回十八盘。其实，马音音是嫌林成不稀罕她，只摆弄火枪和宠物。林成也不计较，走你就走，留你就留。林成的生活从来不寂寞，他的全部精力和时间

425

都用在了猎事上。但自从在杀虎尖上梦住那只母狼并把它放生之后，林成的人生态度似乎就发生了一个重大的转折：从一味关注动物世界转到关心自己的命运上来了。他声称一个人来这世上走一遭，如果自己想活都活不安生，活不出快乐来，活不出尊严来，活不出刘黑丑经常说的什么意义来，那还有什么意思呢？那还有什么劲头呢？那还有什么前途呢？林成还在众人面前公开检讨过自己，说他以前光想在十八盘村干出惊天动地的事来，干出别人干不成的事来，让全村人敬仰，让甘陶河流域山南川北一百单八村全部顶礼膜拜，甚至让八路军另眼相看，如此等等做派算什么？那是耍个人英雄主义，那是卖弄小手艺小把戏小聪明，根本算不上英雄好汉，根本谈不上顶天立地，根本不能说自己大名鼎鼎。自从八路军打下南佐镇，自从高长英当上独立营营长，自从六指当上高长英的警卫员，林成就思谋着去当兵。但他担心自己岁数大了，人家会不要他，或者勉强当了兵再给人家干不好，白去吃干饭，对不起独立营营长高长英，对不起八路军，更对不起秦司令员。后来，林成又想：不去当兵也好，在村里为共产党八路军做事，为全村老百姓做事，更自由更灵活，甚至更主动。所以，林成才做出了几件让十八盘村人刮目相看的事：参加白城口火烧草料场和砸盐店的活动，搅乱王大水在佃户营的军事行动，并且在白城口成功阻止王大水，为独立营活捉王大水等伪军赢得了时间，等等，由此才得到秦司令员的赏识，才得到独立营营长高长英的奖赏，才在区里县里挂上号。现在，在林成看来，老婆马音音是小事，自己的猎事是小事，这串院子是小事，过年更是小事。于是，他先在自己的院子里支起大锅，把秋天捕获的一头猪獾放进去煮，把那支老枪和驴蹄药葫芦仔细擦了一遍，高高地挂在墙上，才出门在村里转悠。他从高德显家大戏楼"乾坤台"转到三十亩坪的"八卦黄河阵"，从何玉棠家的大牌坊"日月门"转到老窦家的柴门外，从海瑞祠的外墙边儿转到一盏"火龙盘山灯"旁。林成心里美滋滋的，觉得整个十八盘村都是他的。林成看见一村人都往海瑞祠大殿里涌，要听刘黑丑说书，忽然觉得有必要去解个小溲。然而，当他一离开海瑞祠汽灯射出的光线，就被人卡住脖子拖到了树林里。

　　林成到底是个人物。他心里明白，在这个时候，不可能有人跟他开玩笑，不可能有人跟他捉迷藏。他想起了刘黑牛下午的话，可能遭遇日本人了。林成立即稳住心态，心想，大不了就死在这个年三十的晚上，免得明天一早起来，见人就得作揖磕头说吉祥话。再说，就是死在日本人的手里，我林成也够本了。林成决定，在这寡不敌众的时候，在这不明真相的时候，在这千钧一发之际，千万不能挣扎，千万不能逞强，千万不能硬拼，只有顺从，只有软弱，只有装孙子，兴许才能找到回旋的余地，兴许才能找到保命的机会，兴许才能找到逃脱的路径。有了余地，有了机会，有了路径，就如同有青山在，还怕日后没柴烧？

林成刚想到这儿，他已经被带到一个人的面前。那人冲他笑笑，又竖起大拇指，说："你的，这个的干活！"

林成也冲他笑笑，也竖起大拇指，说："你的，这个的干活！"

那人往林成跟前凑凑，说："你的，林成的干活！"

林成也往他跟前凑凑，说："你的，井上岩的干活！"

那人哈哈地笑了。

林成哈哈地笑得更响。

井上岩突然把脸往下一拉，叽里咕噜说了一串日本话。有翻译官过来对林成说："林成，皇军说了，你林成是十八盘村第一好人，也是太行山上第一男子汉，现在皇军需要你这样的好人，他无意伤害你，让你不要害怕。"

林成的脸色也严肃起来，对翻译官说："你问问狗日的井上岩，他想让林成爷爷做什么？"

翻译官当场愣了一下，林成拿眼瞪他，说："就这么告诉狗日的！"

还没等翻译说话，井上岩就指着林成的鼻子说："你的，骂我？"

林成往后退了一步，摆摆手说："不敢，不敢，你是皇军，你让我做什么，就直说，我愿意效劳。"

井上岩又哈哈笑了起来，说："我让你把我们带到海瑞祠去。"

林成跟着笑笑，摇头晃脑地说："没问题了，太容易了，跟我走吧！"

林成在心里暗自乐了，心想：这就是不挣扎换来的余地，这就是不反抗换来的机会，这就是装孙子换来的路径。我林成立功的时候到了！这时，林成突然听见海瑞祠里飘来《歌唱二小放牛郎》的歌声。他想起了歌中唱的王二小，人家才是一个十几岁的孩子，为了掩护百姓和后方机关，就敢把日本鬼子领进我军伏击圈，我林成是一个堂堂正正的男子汉，把狗日的井上岩领到哪儿呢？海瑞祠能去吗？不能！坚决不能！一村人都在那里听刘黑丑说书呢。别处能去吗？也不能，坚决不能！去了见不着人和物，狗日的日本人不满意，我林成岂不是自己找死！

就在林成左右为难之际，他又听到了从三十亩坪卧龙潭边飘来的卷毛鹰的唢呐声。这卷毛鹰的悟性就是好，他听一两遍曲子，就能用喇叭吹出调来，真是邪了！林成在十八盘村里佩服的人不多，对卷毛鹰认同的地方也不多，但对卷毛鹰吹唢呐的技艺却有些佩服。刘黑丑才教了几遍《歌唱二小放牛郎》，他就把曲子完整地吹了下来，而且还像模像样，一点儿也不走调。

林成听到的正是这支曲子，他的腰杆顿时硬了起来，心想，这十八盘村并不止我林成一个人没去听刘黑丑说书，卷毛鹰也没去，说不定何敖敖、捞鱼鹳、犟睁眼也没去，有我们几个人就能跟狗日的日本人周旋一阵子。他在心里祈祷着，可别在这个时候散书场，等我把日本人引到三十亩坪，引到甘陶河边，甚至引上龙凤山，再想别的办法。于是，林成就在离海瑞祠还有一个盘道的地方停了下来，扭头对翻译官说："你告诉狗日的井上岩，下午，我在龙凤山上见到八路军的秦司令员了。"

翻译官又愣了一下，拿枪顶着林成的后腰，疑惑地问："什么？你说什么？"

林成指指远处的龙凤山，说："秦司令员就在十八盘村，现在不在龙凤山，就在海瑞祠。"

那翻译官跑到井上岩跟前叽里咕噜说了一番。林成发现，井上岩好像倒吸了一口凉气，警觉地朝四下看看，命令停止前进，做好战斗准备。

林成这时已经想好了，今天晚上死活得拉上一个垫背的。他瞅见那个翻译官瘦得像只蚂蚁，拎在手上不占多少分量，于是就凑上前去套近乎。谁知那个翻译官嫌林成脏，林成凑一凑，他躲一躲。林成问他冷不冷，他说问你自己去。林成问他想不想家，他说想你个屁。林成笑笑说："你小子来中国时间长了吧，连南佐话都会说了。"翻译官不理他，问井上岩怎么办。

正在这时，从海瑞祠大殿射出一束强光，从门里伸出一盏红灯笼，林成一看，认出来了，是高德显家的红灯笼，看那人走路的神态不像刘凤阁，而像柳细腰。林成把牙关一下就咬紧了，在心里说：这个死丫头，这个时候出来做什么呀？找死呀！林成看清楚了，那挑灯笼的人就是柳细腰，袅袅婷婷地朝茅房方向去了。井上岩把嘴附在两个日本兵的耳朵上低声说了几句话，那两个人就猫着腰摸了过去。林成知道他们是去抓柳细腰，就对翻译官说："快告诉井上岩，别去抓她，抓她有什么用？一个女孩子，一个女用人，十个也顶不上我林成一个！"

翻译官没听他的，也没给他翻译。山洞里却刮起一阵强劲的冷风。

林成急了，直接对井上岩说："八路军太行一分区的司令员就在海瑞祠里，你就不怕打草惊蛇吗？"

井上岩摁住林成的肩头，压低声音说："你的，林成，你的不明白，我就是要打草惊蛇！我就是要引蛇出洞！我就是要引火烧身，你管不着！"

井上岩咬牙切齿地说着，却不看林成，而是直勾勾地盯着那盏红灯笼。

海瑞祠背后的山野漆黑一团，死一样寂静，惟有那只红灯笼释放着生命的火焰。

林成眼睁睁地看着日本人像抓小鸡一样把柳细腰抓住了。他把眼睛一闭，心想，这下全完了，等死吧。没想到，只听柳细腰尖叫一声，扬手把灯笼往石头上一摔，啪嚓一声，灯笼就在地上溅起了一团火花，一下就燃着了旁边的草丛。一阵风卷过来，大火呼地一下就燃烧起来，并且迅速向山上蔓延。海瑞祠外围的盘云寨以及十八盘盘道顿时成了一片火海。

林成一看，心中大喜。老天爷啊！是不是你特意安排柳细腰出来放这把大火的呀？这把火就是冲狗日的日本人烧的呀！这不叫苍天有眼叫什么呀？柳细腰迟不出来早不出来，偏偏在起风的时候出来上茅房，这不叫苍天有眼叫什么呀？大风迟不刮早不刮，偏偏在柳细腰出来上茅房的时候猛刮起来，这不叫苍天有眼叫什么呀？

眨眼工夫，大火就烧到了林成和翻译官的身边。林成发现井上岩纵身跳到盘道中央，把战刀在空中挥了又挥，喊了又喊，然后骑上马朝村子的方向跑了。那翻译官也想跑，却让林成一把薅住，跟抓小鸡一样抓在自己的手里。

一阵风裹着一团火焰朝林成扑来，林成就势趴到地上，把那个日本翻译官摁在自己身下。翻译官想挣扎着掏枪，被林成夺下，掖进自己的怀里，命令道："龟孙子，给你爷爷老实点！你爹井上岩已经跑了，你爷爷还能保护你呢！"

大火在他们两个的头顶漫来漫去。林成也不害怕了，从容地从腰上解下一条绳子，麻利地就把他和翻译官的胳膊绑在了一起。

柳细腰从此失踪，生不见人死不见尸。

刘黑丑命令道："今天晚上谁也别回家，妇女儿童都回大殿，男人们谁都不许睡觉，都在这儿等着，林成，你的枪呢？"

林成拍拍自己的腰部，说："在这儿呢。是不是结果了这家伙？"

刘黑丑说："林成，不要盲动！就你手里有家伙，你一步也不能离开海瑞祠，不能离开这个日本人，留着他，兴许日后有用处。我这就去黄北坪给秦司令员报信。"

## 火 21

中国人沿袭了上千年的狂欢节，在十八盘村一夜之间演变成了生死关。

十八盘村的人们在惊悸中度过除夕之夜的后半夜。大年初一的黎明，人们没有互相拜年磕头，而是望着被大火烧得黑漆漆的盘云寨发呆。

正是这场大火，挽救了除柳细腰之外的一村人的性命。因为不知道柳细腰的生死，高家上上下下都在为这位灵巧而纯洁的姑娘祷告。

正是这场大火，挫败了井上岩偷袭十八盘村的阴谋。潜伏到海瑞祠周围的突击队，除了绑架柳细腰的两个人提前走大路幸免一死外，其他的全部葬身火海。井上岩不知道发生了什么情况，眼睁睁看着大火就要烧到山顶，急忙下令向龙凤山和杀虎尖之间的峡谷撤退。

太阳升起来的时候，捞鱼鹳跑回来，气喘吁吁地对高德显说："老爷，我在盘云寨上发现了两个被烧死的人。"

高德显看看捞鱼鹳，先是一惊，问："有没有柳细腰？"

捞鱼鹳摇摇头，说："看不清楚。"

高德显从椅子上站起来，对刘凤阁说："快让人去盘云寨找找，看有没有柳细腰。唉，无缘无故啊！"

人们在盘云寨的丛林里一共找到八具尸体，全是被大火烧焦的日本兵。一村人又被巨大而无边的恐惧包围起来，在为柳细腰的生死感到担忧的同时，又为柳细腰机智果敢地摔碎灯笼燃起这场大火感到庆幸，要不然，十八盘村三百多口人一个也过不了这个年。

高长英发现盘云寨冒起浓烟的时候，正在苍岩山桥楼殿外从大锅里往外捞肉，一块一块地分给他的士兵。他对身边的战士们说："弟兄们，今天是年三十，本来我们都可以在家里与亲人团聚，欢天喜地过大年，可是狗日的小日本儿不让咱回去，不让咱跟家里人一起吃年夜饭，不让咱安安生生过日子。那好，我们就在这座千年古刹过年，我们今天晚上照样吃上了肉，明天早晨我们照样想办法包饺子，说不定我们还会请人来给咱唱一台戏，一起放松放松，然后我们就杀回去端狗日的豆姬大炮楼，打狗日的豆姬火车站！大家说，好不好？"

高长英现在的心情不错，基本上从南佐镇战役以及八月十六婚礼之后的阴影中解脱出来了，主要是因为接连打了几个胜仗，虽然规模小了些，在帽山垴还造成不小的伤亡，但毕竟给了井上岩和山岛一虫以沉重打击，粉碎了他们两个建立"大皇军太行联队"和进行冬季"扫荡"的阴谋。秦司令员对高长英近期的表现十分满意，尤其是他率领独立营跳出南佐镇，对驻野头镇的山岛一虫和驻豆姬火车站附近的井上岩部队展开运动战，屡建奇功，他多次在八路军太行军区一分区的大会上给予表扬，并把独立营的战绩通报给县政府，县长派专人到南佐镇进行慰问，结果扑了个空。有人告诉他们，独立营转战到了苍岩山和龙凤山一带，县政府的人又辗转找到苍岩山，送来了三头肥猪和七八只山羊，还有小米白面布匹等慰问品。

高长英命人登上苍岩山山顶，仔细观察十八盘村方向到底发生了什么事情。

高长英猜测有三种可能：一是老何家点"火龙盘山灯"不慎引发山火；二是老高家大戏楼"乾坤台"落成，举行起戏祭台仪式，在戏台底下点大笼火；三是有人在自家院里烧柏树枝祈五福烤百病。

高长英很快就排除了第一种可能，因为他认定十八盘村盘云寨上的浓烟来自人们点大笼火或烧柏树枝。因为在太行山上，在甘陶河流域山南川北一百单八村，有在看戏的时候点大笼火和除夕深夜至大年初一黎明家家户户烧柏树枝驱邪祈福的习俗。起戏之前，村里的长者就组织人们上山打柴，一捆一捆地扛到戏台底下，码成一垛。戏台上打起头通锣鼓时，柴垛被点燃，先是丝丝火苗，再是浓烟升腾，后是熊熊燃烧，火光冲天。伴随着这锣鼓和火光，人们拿着板凳陆续来到戏台底下，把大笼火围住，有的扮成傀儡在人群中游走，有的拿着炮仗在外围燃放，有的扎在一堆嬉笑打骂磨牙斗嘴。刹那间，戏台底下就成了欢乐的海洋。

高长英朝十八盘方向望望，浓烟越来越大，已经将东方的云天遮蔽，他又觉得那烟冒得有点儿邪乎。他掏出怀表看看时辰，还不到午夜十二点，莫非人们提前开始烧柏树枝驱邪祈福了？高长英又觉得不大像。他回想小时候在家过年的情景，也比着看谁家起得早，看谁家的鞭炮放得多，看谁家的柏树枝烧得旺，可是也没记得村里有这么大的浓烟呀！说到柏树枝，高长英突然想起前不久弟弟高长命来南佐镇曾经说起过他为南方客商收购大量高粱玉米秸秆儿，放在井陉南关李家大坟的柏树林里的事，觉得有些蹊跷。

正在这时，有人跑来向他报告，说十八盘村的盘云寨一座山全着了火。高长英把一块骨头扔进锅里，把姚大愣叫到跟前如此这般交代了一番，派出一支精兵取道龙凤山快速向十八盘村前进，探明着火原因。同时，高长英命令部队吃罢年夜饭，分成若干分队，到附近村庄走访，宣传抗日形势，与老百姓搞联欢，消除老百姓对战争的恐惧心理，争取更多的青年参加八路军。

姚大愣把一连三个排分别派往三个方向，但目标只有一个，那就是十八盘村。他要带一排奔佃户营，高长英说："你把一排给我，你去龙凤山。另外，部队不要太分散，要随时准备集中起来打硬仗。"

高长英在去佃户营的路上与刘黑牛相遇了，两个人在马上面面相觑了好长时间，然后同时问道："干什么去？"

两个人又同时把目光转到盘云寨，盘云寨仍然被浓烟笼罩着。岭东的村庄已经放起了鞭炮，雄鸡也已经开始高唱。

刘黑牛说："十八盘这是怎么了？一年到头出了这么多大事奇事，现在又让日本人盯上了！"

高长英说："你是说这火与日本人有关？"

刘黑牛摇摇头说："我说不准，但我感觉着好像是与井上岩有关系。昨天我去豆姬火车站送年货，龟田队长说井上岩从豆姬大炮楼撤走了，连他也不知道去了什么地方。我估计井上岩多半要去十八盘，趁人们过大年的机会制造惨案，或者去夺回腊月初八被十八盘村人砸盐店抢去的盐和其他物资，以挽回面子。井上岩恨你们十八盘人可不是一天两天了。"

高长英说："莫非井上岩把十八盘村全放火烧了？"

刘黑牛说："不会。只要十八盘村的人们不激怒他，他也不会轻易对老百姓下手。他不像狗日的山岛一虫那样可恶，动不动就活埋人。井上岩在南佐镇待了这么多年，立在东门外广场上的'天灯杆'一次也没用过。"

高长英说："黑牛，话不能这么说，井上岩虽然看着文质彬彬，但在他的脑门上写着三个字，叫作：侵略者。他嘴里喊的是'大东亚共荣'，手里却举着屠刀。他们到处标榜来中国是为了和平，却使大半个中国陷入炮火和硝烟。"说到这儿，高长英用手指了指十八盘方向，又指了指盘云寨，激愤地说："没准这回井上岩在十八盘村开了杀戒呢。"

高长英和刘黑牛正说着话，六指跑来报告："营长，你快看，那边也着火了，好像是豆姬大炮楼！"

高长英问刘黑牛说："你看是吗？"

铁塔似的刘黑牛在马上一下乐弯了腰，说："不是才有鬼呢！好啊，我看你狗日的井上岩还到哪儿去立足！可是，这是谁干的呢？"

高长英说："刘海，肯定是刘海他们干的！"

刘黑牛问："谁是刘海？"

六指对刘黑牛说："是二连连长，营长在离开南佐镇之前让二连留守，我看刘海连长还有情绪呢。"

高长英制止说："六指，你瞎说什么！二连连长有情绪我怎么没看出来？"

六指挨了训，退到一边不说话了。刘黑牛笑笑说："长英，不要训六指。我要是你的手下，你让我留守，我也要闹情绪。当兵的不出击不打仗，光在家里守着，能守出什么名堂来呢？你听了我的建议对了吧，把独立营带出来，你的作战区域扩大了，视野开阔了，打起仗来也机动灵活了，是不是？"

高长英对刘黑牛说："咱俩别在这儿空谈了，你这是要到哪儿去？怎么就你一个人？"

刘黑牛在马上搓搓手，又搓搓脸，才感觉到冷，说："一天了，我还没停脚呢，先去豆妮火车站，后去了十八盘村，又去了黄北坪，活都干完了，现在回南佐镇吃饺子去。哎，对了，长英，过了年我就要娶媳妇了，你可要来吃我的喜糖喝我的喜酒呀！"

高长英说："好啊，不知道你要迎娶谁家的大小姐呀？"

刘黑牛笑笑说："到时候你就知道了。"说罢，他骑马一溜烟儿地跑下了山。

秦司令员在刘黑丑赶到黄北坪之前就发现了十八盘方向的浓烟。他听罢刘黑丑的汇报之后，觉得事情比预想的要复杂得多。他一开始只认为那是盘云寨上的一次山火，甚至认为是何玉棠垒的"火龙盘山灯"造成的。他判断井上岩遭遇火烧之后并不会死心，可能不会败回豆妮大炮楼，而要在十八盘村附近占据有利地形，与独立营在沿铁路以西到太行山腹地展开拉锯战。于是，司令员派骑兵连火速赶往十八盘村以西的龙凤山，一来保护十八盘村和附近村庄老百姓的生命安全，保护十八盘村的老百姓从白城口砸盐店夺取的食盐布匹；二来切断井上岩与山岛一虫的联系，争取在新的一个雨季到来之前给敌人以致命打击。随后，他和刘黑丑等人一起赶往十八盘村。

从黄北坪出发的骑兵连沿白勺关大道直插白城口，又取道黄沙岭从九龙关赶往十八盘。他们到达甘陶河卧龙潭边的时候，天还不亮，在他们头顶的龙凤山上就响起了枪声。经过侦察，是独立营一连与井上岩接上了火。原来，井上岩遭遇火烧之后，并没有顺原路返回，而是带着他的残兵败将从卧龙潭过河奔了龙凤山，与转移至此的姚大愣遭遇上了。

井上岩被姚大愣的火力压在了一座矮坡底下，无计可施，他就拿出了劫持的柳细腰作挡箭牌。

因为翻译官被林成滞留在了身边，没跟上来，生死不明，井上岩只好自己用生硬的汉语和姚大愣对话。

井上岩在矮坡下向上喊话："上面的八路听着，今天是你们中国人的节日，我首先代表大日本皇军向你们表示祝贺。你们听好了，我井上岩是从此经过，并且还带着一位漂亮的姑娘，名叫柳细腰，是十八盘村高家大院的用人，我今天不想跟你们交战，行个方便吧！"

姚大愣看看身边的士兵，压低声音说："高家大院，不就是咱营长的家吗？营长家的用人怎么会在井上岩的手上？是不是井上岩在十八盘村先杀人后放火了呢？"

有侦察员报告说："这火只烧了盘云寨，村子里头没着火，连离山最近的海瑞祠也安然无恙。"

姚大愣问："怎么办，弟兄们？"

猛子激动地说："连长，这还用问吗？狗日的撞到咱独立营的枪口上了，不打，太便宜狗日的了！"

姚大愣看看左右，又问："那柳细腰怎么办？"

众人面面相觑。

井上岩在山坡下凭借一道矮墙和一片梨树隐蔽着，一边指挥士兵支炮，一边喊道："你们是独立营的吧？高长英在吗？我要跟他对话！"

姚大愣朝下看看，看到日本人正在架炮，他知道这是日本人在山地战中常用的战术，也最具杀伤力，于是他命令机枪手随时准备，然后冲山下喊道："井上岩，狗日的听着，我们营长回家过年去了，有什么话就跟老子我说吧！"

井上岩说："请说话文明点，我们都是军人，迫不得已在战场上兵戎相见，如果不是在打仗，我们都可以做朋友。"

姚大愣笑笑说："井上岩，别你娘的假惺惺的，你们侵略中国，拿着屠刀肆意残害我们的兄弟姐妹，你让老子怎么对你们狗日的文明，嗯？"

井上岩说："我刚才已经说过，军人只能服从命令，实在是不得已。请你们让开一条路，让我们过去，咱可以井水不犯河水。怎么样，想好了没有？"

姚大愣说："井上岩，你休想！在我们的土地上，只要让老子碰上，就没你的好果子吃！给我机枪伺候！"

姚大愣的话音还没落下，就有一枚炮弹落在了一连的阵地上，轰的一声炸起一片烟尘。

姚大愣命令道："还等什么？打狗日的！"

一排机关枪打下去，压住了日军的进攻。

井上岩又喊道："我早就知道，你们的营长不在阵地上，你们现在是群龙无首，是散兵游勇，就凭你们手里的破武器，与我交手，你们是占不到什么便宜的。不过，今天是你们的节日，我真的不想跟你们硬拼。你们非要打，我井上岩愿意奉陪。"

姚大愣说："弟兄们，听见没有？狗日的井上岩想逃跑，营长不在，今天都听我的，这回绝对不能放走狗日的井上岩。"

战士们早着急了，说："连长，下命令吧，我们冲下去，活捉井上岩。"

姚大愣的头脑十分清醒，料定这一仗会不费吹灰之力，又赶上大年初一，他并不急着结束战斗，想着耗也要把狗日的井上岩耗尿了。于是他扯开嗓子喊道："井上岩，狗日的孙子，告诉你，此路是我开，此树是我栽，要想从此过，留下买路财！"

井上岩一时答不上话。旁边有人提醒姚大愣说："连长，我们是八路军，是独立营，不是劫道的。"

姚大愣说："我知道，我是在教训狗日的井上岩。"

井上岩刚反应过来，冲坡上喊："八路军的独立营，高长英的部下，怎么就是改不掉土匪习气呢？"说罢，井上岩下令，让人押着柳细腰沿矮墙向右侧山谷撤退，那边有一条隐蔽的小路通往河西的麻地沟。

姚大愣一听井上岩骂自己是土匪，火就往天灵盖上撞，骂道："井上岩，蠢猪！今天大过年的，你撞上老子，算你该死，算你命短！我正好拿你的人头回去请功。"

谁知井上岩听到这儿，哈哈笑了，说："你敢通名报姓吗？"

姚大愣也笑了，说："告诉你，井上岩，老子大名叫八路，小名叫大愣。"

井上岩说："八路也好，大愣也好，告诉你，高长英已经因为我升了官，你休想！"

姚大愣说："井上岩，今天，由不得你狗日的了！弟兄们，上刺刀！"

姚大愣的冲锋号还没吹响,就听见龙凤山下响起了冲锋号声。姚大愣乐了,说:"弟兄们,看见没有,那是我们的部队,我们的骑兵,肯定是秦司令员派来的,跟我一起冲啊!"

大年初一的黎明,在十八盘村龙凤山上的激战中,我军消灭了偷袭十八盘村的一股日军,只是又没有抓住井上岩,也没有救出被井上岩劫持的柳细腰。

高长英并不知道龙凤山上的战斗。他和刘黑牛在佃户营分手后,率领十几个战士迂回到了南佐镇。他判断对了,正是二连连长刘海趁豆妣大炮楼防守空虚,豆妣火车站的龟田队长闭门喝酒之机,在工兵的大力配合下,一举打掉了豆妣大炮楼,拔掉了铁路沿线的一个重要日军据点,彻底切断了井上岩的退路,也使豆妣火车站更加孤立无依。

当刘海得知营长回到南佐镇营部之后,立即赶回来报告战况。高长英罕见地跑过来为刘海牵马,脸上始终洋溢着微笑,这让刘海和二连的其他官兵觉得意外。

高长英对刘海说:"刘海,我今天要好好犒劳你和二连,你们拔掉了我们独立营的眼中钉肉中刺。你说吧,是吃饺子还是喝大酒?"

刘海把眼镜摘下来,用手指头慢腾腾地擦着,心里琢磨,今天的太阳是不是从西边出来了?此前他跟高长英较了好几年的劲,结果都输在高长英的手下。他们两个一年当的兵,又是同一年当的班长。打娘子关时,高长英率领一个尖刀班扫除了日本外围城防的两个工事,其中有一个暗堡,立功在先,被提拔当了班长,落下刘海一步。打白勺关时,高长英请缨在前,领命前往,大获全胜,被提拔为排长,而刘海刚被提拔为班长,还是落后了一步。打南佐镇时,高长英的连队虽然全军覆没,但他第一个打开东门,第一个打上南佐镇的城墙,为解放南佐镇立下了头功,被提拔为独立营营长,刘海则被任命为二连连长。直到这时,刘海才打心眼儿里觉得自己比不过高长英,但在高长英手下干总觉得别别扭扭,认为高长英不重用二连,不给二连硬仗打。这次独立营撤离南佐镇,又让二连留守当后备队,刘海心里很不痛快,心想,高长英就是偏向一连和三连,不把二连当回事,那好,我刘海就趁过年三十,日伪军放松警惕的有利时机,寻找井上岩用兵过程中的破绽,抓住战机,打一次漂亮仗给你高长英看看，让你高长英知道知道，我刘海不是吃干饭的，不是摆花瓶的，不是滥竽充数的。

大年三十晚上，刘海丝毫没有放松警惕，先后派出两拨人马，对豆姬大炮楼和豆姬火车站进行侦察。当他得知井上岩已经在下午带兵离开豆姬大炮楼的消息之后，就大胆决定先斩后奏，拿下大炮楼再说。

高长英拉着刘海的手，等着他回答，刘海却半天没说话，只是将眼镜的镜片擦了又擦。

高长英大声地问道："刘海，我问你话呢！"

刘海显然还沉浸在胜利后的喜悦之中，就连脸上的笑容也有些夸张和僵硬。他见营长急了，自己却不紧不慢地回答："喝大酒。"

高长英在刘海的肩上猛砸了一拳，说："我猜也是。"然后命令六指："六指，带人去把刘黑牛送来的那几坛子'闷倒驴'搬过来，我要跟二连连长好好喝喝。"

刘海说："营长，什么叫'闷倒驴'？"

高长英所说的"闷倒驴"，是当地老百姓用大枣或黑枣酿造的一种枣酒，也叫枣木杠子。由于这种枣酒的浓度高，酒性烈，一般的人喝一碗下去，一会儿就醉了。

酒倒好以后，没等高长英说话，二连连长刘海就把碗端了起来，憨憨地笑着对高长英说："来，营长，我先敬你一碗。"

高长英的脸色突然就在这一刻暗了下来。他端起碗，把脸扭向东方，正看见一轮红日升了起来，艳丽的光芒射过来，映红了高长英的眼睛。

就是这轮红日射来的光芒刺痛了高长英心上的伤疤。高长英想起了何灵芝那双红眼睛，想起了何灵芝穿戴的绣花鞋红夹袄红盖头，想起了八月十六早晨见到的红绣球红对联红灯笼红蜡烛，想起了八月初八早晨悬在南佐镇东门外的那轮红日，想起了红日照耀下的那面血染的高坡。他的精神支柱又一次轰然坍塌，扑通跪在地上，把那碗酒轻轻地洒下去。他身后的官兵也都把酒洒在自己的面前。

高长英和他的独立营二连，就是在这样的气氛中揭开了生命中新的一页。

秦司令员来到十八盘村的时候已经是大年初一的中午。一座盘云寨已经被大火烧得不像样子，以前郁郁葱葱的油松和杉木都被烧成灰烬，许多地方还冒着黑烟，裸露的岩石上的青苔也被烧得变了形。看得出来，秦司令员的心情格外沉重。

刘凤阁一见到秦司令员，就呜呜地哭了起来。秦司令员过来安慰道："大姐啊，我们都在为柳细腰惋惜，但同时又在为她竖大拇指，为她记大功！因为她的机敏，果断地把灯笼摔碎点起大火，才挽救了一村人的性命，让井上岩偷袭十八盘村的计划破产了。所以，你不要哭，我们大家都不要哭。我们要学会坚强地面对，因为战争还在继续。只要日本人一天不投降，我们就一天不放下武器，就免不了流血牺牲。话又说回来，细腰只是不知去向，我们会尽快找到她的下落的。"

听秦司令员这么一劝，刘凤阁的情绪慢慢好了起来，她把眼泪擦干，对秦司令员说："司令员，这些道理我都懂，只是猛不丁没了她，就好像少了一条胳膊少了一条腿一样。要是以往，她早就给您端来热水，或者煮好饺子了。"

刘凤阁正说着，何灵芝端着一碗水在她身后说："娘，我给司令员端来水了。"

看到此情此景，秦司令员的眼窝一热，嗓子也哽咽了。在场的人也都把脸背了过去。

正月初一的太阳，远远地照着十八盘村的山水街巷，照着这些步履沉重、内心彷徨的人们，再也不像往常那样充满暖意和诗情了。

秦司令员让刘黑丑把十八盘村的全村人和从龙凤山上撤下来的独立营一连，还有从黄北坪赶来参加战斗的骑兵都集合起来，说他有话要讲。

在开会之前，林成对秦司令员说："司令员，实在不好意思，当时我一着急，对狗日的井上岩说你在十八盘村，不在海瑞祠就在龙凤山，想把那狗日的吓唬住，谁知那小子不但不害怕，反而说他就是要打草惊蛇，就是要引蛇出洞，就是要引火烧身。结果真的就引来了一把火，把狗日的给烧了。司令员，我说你在十八盘村，不是泄密吧？"

秦司令员笑着说:"林成,你这样说,不叫泄密。你是想拿我来吓唬日本人是不是?"

林成傻傻地笑了,说:"我当时没了办法,就想到了司令员这张王牌,就打了出来。"

秦司令员说:"好啊,关键时刻能够想起我来,说明我在太行山上,在咱十八盘村还算有人缘。好了,现在言归正传。我今天赶过来,一是慰问一下大家,好端端的一个年,让日本人给搅和了,掳走了柳细腰不说,还把盘云寨烧成这个样子。二是对独立营一连提出表扬,你们在龙凤山上成功地阻击了溃逃的日军,吃掉其大部,只是让井上岩等少数几个人骑快马跑了,没有救出被劫持的柳细腰。不过,总体上还是一次成功的战斗。因为你们在营长不在的情况下,连排长们正确判断形势,敢于组织战斗,说明你们有了大局意识,有了战斗经验,有了战胜敌人的能力。等我见到你们的营长高长英一定好好表扬你们。第三,我在这里还是要对林成提出表扬。他在被日本人勒住脖子的情况下,沉着应战,不急不慌,一个人拖住了日本人的进攻,不然的话,十八盘村的男女老少一个也跑不掉。他在成功保护了自己的同时,还拉了一个垫背的,把一个日本翻译官抓住了,不对,是俘虏了,缴获一支长枪一支手枪!我刚才审问过了,那个日本人,不仅当翻译官,还当医生,还兼任井上岩的警卫员。这是了不得的战绩呀!假设从独立营抽出一名战士,就一定能够做到这一点吗?我看未必。所以,今天我当着十八盘村全体乡亲的面,当着独立营一连的面,要对林成兄弟进行表彰奖励。林成,你看我的马怎么样?上一次我只让你骑了骑,这一回就让你牵回去,平时没事就让它给你驮东西,有事你就骑着它办事,好不好啊?"

林成红着脸推辞说:"不行,不行,这可不行!司令员,你是八路军的分区司令员,天天行军打仗,不能一日没马骑呀!我只是个农民,只是个打枪的猎户,用不着骑马。司令员,有你这句话,我这心就暖和一辈子。司令员,我林成求你把刚才的话收回去吧!"

何玉棠过来对秦司令员说:"司令员,就听林成的吧。他在村里上山打猎,也确实用不着骑马。"

高德显也对秦司令员说:"司令员,日后林成要是用着骑马了,就到我家去牵。这马您还是骑走吧。"

秦司令员看看大家,又看看林成,笑了,说:"林成,你真的不要我的奖赏?"

林成说:"司令员,不是不要,我已经心领了。"

秦司令员说:"好吧,林成,等把日本鬼子赶跑了,中国不打仗了,我一定给你牵一匹马来,落实这次奖励。"

最后,秦司令员问林成愿不愿意跟他去当兵,林成憨厚地冲司令员笑笑说:"只要司令员不嫌我岁数大。"

秦司令员拍拍林成的肩膀,说:"林成兄弟,你回去跟你的家人商量商量,如果你本人愿意,家人同意,我就要你。"

林成说:"不用商量,在我们家,永远我说了算!"

现场响起一片掌声。当下过来几个年轻人把林成抬起来,一次次地抛向空中。

此时此刻,十八盘村的人们暂时脱离了惊悸和恐慌,重新回到了兴奋和昂扬。

秦司令员说:"今天下午,我要亲自去转'八卦黄河阵'!"

高德显激动地拉住秦司令员的手说:"司令员,你让我怎么谢你好呢!"

三十亩坪的"八卦黄河阵"还没彻底完工,彩旗、灯碗、丝带还没来得及摆放,只有三百六十根木桩和两座城门。高德显一听秦司令员要转"黄河阵",急忙让捞鱼鹳去把彩色丝带背到三十亩坪,在甄奋世先生的指导下缠在木桩上。

工夫不大,秦司令员在高德显、何玉棠、刘黑丑等一村人的陪同下来到三十亩坪,从西城门进入"黄河阵"。偌大一座"黄河阵",人山人海,却了无声息,只有陈元老师写在城门口的那副对联被风刮得哗哗作响,上联是:除夕夜苍天有眼赐天火烧退日本强盗,下联是:正月正司令多情转黄河振奋军民精神,横批是:打倒日本帝国主义。

秦司令员问刘黑丑说:"黑丑兄,你说这'八卦黄河阵'来自《封神演义》,神秘得很,我看也没什么呀!怎么姜子牙和杨戬等人就是破不了呢?"

刘黑丑说:"那个时候的'黄河阵'用于军事目的,大概不是现在这个样子,肯定有不少暗道机关,把敌人诱进来,有人在暗中操作,那简直是天罗地网。现在的转'黄河阵'是宋代以后流传于民间的祈福活动,自然就不那么神秘了。"

人们正转着"黄河阵",从十八盘盘道上跑来一匹快马,在三十亩坪边上停下。从马上下来一个人,递给警卫员一封信,警卫员立即挤进人群,把信件递到秦司令员手里。

秦司令员打开信件看了一眼,小声对高德显和何玉棠说:"两位老兄,你们接着转'黄河阵',我得赶紧去南佐镇一趟。"

高德显问:"司令员,有急事呀?"

秦司令员笑说:"是急事,但是是好事。"

何玉棠说:"敢问司令员,是什么好事?"

秦司令员说:"独立营二连把豆妪大炮楼给端了,长英派人来给我报喜,让我去给他们开表彰大会。"

高德显噢了一声,说:"该去,该去。"

人们簇拥着秦司令员出了"黄河阵",都有些依依不舍。秦司令员对高德显和刘凤阁说:"德显老兄,凤阁大姐,你们虽然什么也没说,但我看出来了,你们的心里仍放心不下长英。请你们放心,我这次见到他,一定给他下一道死命令,让他正月十五回十八盘村和你们团聚。"

秦司令员说着话,伸出一双大手握住高德显的手,眼睛却在人群里搜寻。还是何灵芝机灵,从刘凤阁身后上前一步来到秦司令员面前,用一双水灵灵的大眼睛看着司令员,刚说出"司令员"三个字,眼泪就扑簌簌流了下来,在白皙稚嫩的脸上留下一片鲜亮的光泽。

刘凤阁含在眼里的泪珠半天没掉下来。她把灵芝垂下的头扶起来,说:"孩子,别这样,当着这么多人的面,不能哭啊!"

何灵芝感觉盘在头顶的头发快要散开了,索性伸手拔掉银簪子,头发像瀑布一样泼下来。她用手把头发拢起来抱在胸前,对秦司令员说:"司令员,你只给长英捎带一句话,让他想办法去把柳细腰找回来。"

何灵芝这一句话,又把现场的气氛往下沉了许多。

刘凤阁再也坚持不住了，把头扭了过去，泪水止不住地往下流。

秦司令员说："孩子，请放心，我们会想办法尽快解救被日本人绑架和关押的所有老百姓的，包括咱村的柳细腰。乡亲们，残酷的现实就摆在我们面前，我们中国人如果不抱成一团，我们太行山人如果不抱成一团，我们十八盘村人如果不抱成一团，就要受日本侵略者的欺负，就要流血牺牲，就要家破人亡。大家说是不是？"

人群里响起一阵掌声。这掌声就是对司令员讲话的有力回应。

秦司令员说罢，又对身边的刘黑丑说："老刘啊，你说书的营生可不能停下来呀，要继续把《三国演义》说下去。"

刘黑丑说："请司令员放心，我会坚持的。"

何灵芝把刘凤阁搀住，说："娘，你听见了吗？司令员答应救柳细腰了，你快别哭了。"

王默宜也过来劝，说："凤阁，别伤心，有司令员在，有独立营在，柳细腰会找到的。"

刘凤阁一下抱住王默宜的肩头，叫了一声"姐"，就大声地哭了起来。

秦司令员刚走，空中就飘起了雪花。由盘云寨、杀虎尖和龙凤山支撑的苍穹之下的山川，随着雪花的飞舞，似乎也悬浮起来，东平台和西平台自然不必说，就连甘陶河上的卧龙潭也变得轻盈而虚幻。

一九四五年农历大年初一，对十八盘村的每一个人来说，都是漫长的，难熬的，痛苦的，刻骨铭心的。

高家后院又响起了凤阁娘的织布声。"唰啦——铿，唰啦——铿"，一声接着天，一声接着地，在人们的心上穿梭往来，编织着沉重和辛酸。

凤阁娘对柳细腰的失踪似乎有预感，她对凤阁说："这孩子长得太俊，像天上的仙女。"

刘凤阁听了娘这话，眼泪又忍不住掉下来，说："娘，我是怕那伙日本人把细腰给糟蹋了。"

凤阁娘停下梭子，看看女儿，说："孩子，过来，我给你擦擦脸。"

刘凤阁说："娘，不用。"

凤阁娘说："咋不用？看把这绣花领子弄污了。"说着，从自己大襟上摘下手帕给凤阁擦起脸来。

这时，高德显和刘黑丑从门外走进来，说要商量柳细腰的事如何告诉刘黑牛。

刘凤阁说："黑牛性子急，先别跟他说，免得再闹出什么事端。"

高德显摇摇头，说："不说也不是办法，总有一天他会知道的呀！"

刘凤阁说："走一步说一步吧！哥，你说呢？"

刘黑丑说："纸里包不住火，不跟黑牛说恐怕不行，说早了又怕他闹事。这样吧，我找个机会先给他点一下。黑牛的脾气我最清楚。"

刘凤阁说："哥，这事就交给你了。"

高德显又叹了一口气，说："唉，无缘无故啊！"

凤阁娘从织布机上下来，说："去弄点吃的吧，都一天了，你们还没吃饭呢，我也饿了。"

捞鱼鹳早在厨房里把火点着了，红红的火苗透过窗棂铺到院子的石径上，给刚刚飘落的雪花染上了颜色。何灵芝开始剁白菜调馅准备包饺子了。

刘凤阁又开始掉泪，说是自己没有保护好柳细腰，不该让她一个人出去上茅房。人们劝来劝去，总也不管用。刘凤阁说："我要硬不让她出去就好了。"

刘黑丑说："凤阁，她要是不出去上茅房，怎么会引着那把火？要是没有那把火，怎么能把日本人的阵脚打乱？日本人的阵脚不乱，怎么来保全十八盘村三百多口人的性命？"

高德显摇摇头，说："现在说这些都晚了，我们应该考虑怎么把柳细腰找回来。"

刘凤阁一听，就又落下泪来，说："去哪儿找啊！秦司令员说他已经审过林成逮住的那个日本翻译官了，那人什么也不说。"

刘黑丑说："根据我的判断，井上岩劫持着柳细腰肯定去了野头镇。"

何灵芝跑进来，说："爹，娘，干爹，我去野头镇找她。"

高德显断然地说："孩子，不要说傻话。"

## 雪 5

秦司令员一行带着林成俘虏的日本翻译官沿十八盘盘道翻过盘云寨赶往南佐镇。天地间没有一丝风，雪却越下越大，大片大片的雪花落在盘道上，落在被大火烧焦的山体上，落在疾行的马头上。

给独立营二连的庆功会开得简朴却热烈。这是自从打下南佐镇以来独立营赢得的第一次由秦司令员出席的庆功会。高长英本来指望着听到司令员的表扬，可是，秦司令员站在大伙房的台阶上，把棉袄袖子撸得老高，激动地说："同志们，我今天是来给独立营二连开庆功会的，可是这心里头就是高兴不起来。大家可能还不知道，就在昨天晚上，就在千家万户吃年夜饭的时候，就在咱们二连端豆姬大炮楼的时候，井上岩带着他的一股精锐部队跑到十八盘村，潜伏在海瑞祠外面，企图对我们八路军的堡垒村十八盘下毒手。当时，一村人都在那里听刘黑丑说《三国演义》，他们对外面日本人布下的埋伏一无所知，他们对悬在头顶的刀光剑影毫无察觉，他们对一出门就可能面对敌人的机关枪扫射的现实一无所知。这要是让日本人堵住门捂了麻雀，那十八盘村三百多口人一个都跑不出来。恰巧在这时，林成出现了，他被日本人抓了当'舌头'。那林成也不是白给的，他急中生智，说我秦司令员就在海瑞祠里呢。他本来是想吓唬吓唬井上岩，没想到井上岩大摇其头，并且哈哈大笑：八路军太行分区的司令员要是真的在这儿，几里地之外能不岗哨林立吗？门口能不戒备森严吗？日本人正想从林成身上榨油水，忽然从海瑞祠里出来一个人，这个人打着红灯笼要去茅房。那井上岩就让人摸上去，结果那人把灯笼往地上一摔，就燃起了一场大火，烧退了日本兵，但那个打灯笼的人却被日本人劫持走了。我讲这段话是什么意思呢？就是要让大家明白，像十八盘村那些手无寸铁的老百姓就生活在我们的眼皮底下，却每时每刻都面临着牺牲的危险，我们这些手里拿枪的人，一定要警惕起来，行动起来，千方百计地多消灭日本鬼子，只有把日本鬼子彻底从太行山从中国赶出去或消灭掉，我们才能松上一口气呀！"

会场上鸦雀无声，就连高长英也愣头愣脑地呆在那里，半天才问："司令员，后来呢?"

秦司令员说:"后来据林成说,眼看大火烧到眼前了,他就把一个日本人扑倒了,让他当了俘虏。那井上岩跳到盘道上被人救走了,十八盘村一村人保住了,那个打灯笼的人却没了踪影。"

高长英又问:"那个人是谁?"

秦司令员看看高长英,话到嘴边儿又咽了回去,怕他着急使性子,就转了话题,说:"长英,寻找这个人下落的任务就交给你们独立营,限你们在三天之内找到线索,尽快解救出来,当然也包括其他被日本人绑架的老百姓。"

高长英向秦司令员打立正敬军礼,说:"请司令员放心,独立营保证完成任务!"

秦司令员对高长英说:"长英啊,我还要交给你一个任务,不,是给你下一道命令:今年正月十五,你必须回十八盘村过!听见没有?"

高长英先是一愣,但马上就镇静下来,笑呵呵地答应着,一边给秦司令员递上两包旱烟叶,一边请示下一步是不是打豆妃火车站,说铁路线一旦被我军切断,就会牵制更多的敌人。

秦司令员摆摆手,说:"长英啊,你怎么满脑袋净是打仗呀?原来一个劲儿要求端豆妃大炮楼,现在豆妃大炮楼让刘海的二连端了,你就又琢磨打豆妃火车站。你以为豆妃火车站只是一座火车站呀!那铁路线可是日本人身上最敏感的神经线,你一捅它,日本天皇马上就会有反应,不信你去试试看!我告诉你,长英啊,现在还不到打豆妃火车站的时候。但是,不打豆妃火车站,并不等于没仗可打。你的眼界要放得更宽一些,你的脑筋要学得更活泛一些,你的腿要跑得更快一些。你现在必须追着井上岩打,如今他好比是丧家之犬,正惶惶不可终日呢,不能够给他一丝一毫喘息的机会和时间。长英,我说得对不对?"

高长英点点头,说:"谢谢司令员提醒,我光想扩大南佐镇的地盘了,没想那么远那么多。司令员,如果我没判断错的话,那井上岩现在已经和野头镇的山岛一虫兵合一处了。"

秦司令员拍拍高长英的肩膀,说:"我也是这么判断的。说说你下一步的想法。"

高长英把手中的两块石子顺手放在锅台上，用筷子画了一个圆圈，把石子圈住，说："司令员，这两块石子就好比井上岩和山岛一虫，这个圈就好比野头镇，我的想法是引蛇出洞，在运动中将其消灭。"

秦司令员再看看高长英，说："对呀，日本人跑不过我们，最近，你把井上岩拉练得晕头转向，乱了阵脚，看来是动了脑筋的。"

高长英谦虚地说："司令员，不是我动了脑筋，而是受到了高人指点。"

秦司令员惊奇地说："噢，高人是谁呀？能不能让我见识见识？"

高长英说："当然可以，不过他刚从我这儿走，一会儿我派人去把他叫来。"

秦司令员急了，说："到底是谁啊！"

高长英说："刘黑牛。"

秦司令员有些疑惑，说："刘黑牛？就是东街开铁匠铺的那个掌柜？"

高长英说："是他。不过司令员，你可不要小看这个人。从表面上看，刘黑牛是个粗人，长得五大三粗膀大腰圆，说话调门儿高挂脏字儿，可他心眼却细，凡事都想得细致周全滴水不漏。开始我还真没把他放在眼里，后来才发现他是个高人。"

秦司令员说："他是不是刘黑丑和刘凤阁的弟弟？"

高长英说："对呀，按理说，他还是我的长辈呢！"

秦司令员说："我听说他有三个过人之处：一是胆量过人，他敢跟日本人井上岩打赌；二是技艺过人，他打的刀片儿能斩断井上岩的战刀；三是酒量过人，他一个人能喝翻豆妮大炮楼上所有的日伪军。"

高长英点头称是，还把他跟刘黑牛学打铁的事说了一遍。

秦司令员说："那我真想见见他。"

高长英指派六指去叫刘黑牛，说："司令员，刘黑牛刚才跟我说，他马上就要结婚了，还说要请我去喝他的喜酒呢。"

秦司令员叹了一口气，说："先别去叫他了，他这喜酒怕是喝不上了。长英，实话告诉你吧，十八盘村被日本人劫走的那个人就是你们家的柳细腰。"

高长英急切地说："什么！是柳细腰？"

秦司令员点点头，沉重地说："是她。"

高长英说："司令员，你说是刘黑牛的喜酒喝不上了吗？这与柳细腰有什么关系吗？"

秦司令员问："你不知道？"

高长英回答："我不知道。"

秦司令员从锅台上拿起那两块石子塞进高长英手里，不无埋怨地说："长英啊长英，你让我怎么说你好呢！刘黑牛要娶柳细腰为妻，十八盘村的人们都知道，包括我这个司令员也早就听说了。唉，你这榆木脑袋，整天只知道行军打仗攥石子！"

片刻之后，高长英才说话："司令员，刘黑牛的喜酒咱还得喝，等我们打下野头镇，找到柳细腰，就立即给他们办喜事。"

秦司令员说："但愿如此吧！长英，听你的意思，柳细腰肯定是在野头镇了？"

高长英说："司令员，我不敢说百分之百，但敢说十有八九。那井上岩和山岛一虫早就扬言要组建'太行行动联队'，使野头镇到南佐镇这一广大地区连成一片，他们打十八盘村就是一个信号。他们的下一个目标，肯定是白城口，然后就是甘陶河神河湾。这样一来，就没有我们独立营的立足之地了。"

秦司令员拍拍高长英的肩膀，说："哎呀，哎呀呀，我的高营长，看来你真动脑筋了。你刚才的分析在逻辑上是成立的，所以，独立营一定不要把眼光只放在南佐地区，不要只盯着豆妪火车站，要看到整座太行山，看到甘陶河流域山南川北一百单八村，甚至还要看到铁路线以东的广大地区。只有这样，咱们才不至于被日本鬼子牵着鼻子走。长英啊，趁目前井上岩正无立足之地，你能不能想办法创造一个战机把他彻底消灭？我等着捷报。"

高长英向秦司令员保证说："请司令员放心，我们独立营保证完成任务，绝不给您丢脸！"

秦司令员又关切地问："长英，独立营的兵源补充得怎样了？"

高长英摇摇头，说："还没有完全补充到位。自从李大个儿和三连的战士们牺牲之后，三连始终没有形成战斗力。人少是一方面，主要是缺乏枪械。"

秦司令员笑笑，说："我知道，你小子又在惦记我的机关枪了。"

高长英觍着脸说："司令员，我惦记的不是机关枪，而是迫击炮。"

秦司令员毫不犹豫地说："好啊，明天你就派人去黄北坪拉去。"

高长英问："司令员，给我们几门呀？"

秦司令员说："三门。"

高长英央求说："给五门吧！"

秦司令员说："就三门！"

高长英早在心里偷着乐了，心想，明天我多派几个人去，见多少拉多少。

秦司令员早看出高长英心里的鬼，说："长英，先把三连的干部配齐，让他们想办法去！那个一连一排长怎样？"

高长英说："你是说猛子吧？我想让他先代理一段三连连长。"

秦司令员说："现在是非常时期，在用人问题上要再果断一些。我先给你独立营补充一个兵吧！"

高长英高兴地说："好啊，司令员能直接给我们补充兵源，那是我们独立营的福分啊！但就是少了点。"

秦司令员说："明天你派人去十八盘村接兵。"

高长英有些纳闷儿，问道："谁？"

秦司令员说："林成。"

八月十五云遮月，正月十五雪打灯，来年指定好年景。

从正月十五黎明开始，太行山上上下下前前后后，又被风雪笼罩起来，无论是平原上的村庄还是山上的村寨，都蜷缩着静止着凝固着，只有甘陶河卧龙潭边的十八盘村是另外一种景象。

雪依然下着，洁白而清新的雪片在山川里飘来飘去。然而，除了盘云寨上的云雾一直铺到海瑞祠之外，杀虎尖和龙凤山清晰可见，东平台和西平台清晰可见，甘陶河卧龙潭清晰可见，设在三十亩坪的"八卦黄河阵"、高家的大戏楼"乾坤台"和何家的大牌坊"日月门"清晰可见。到了中午时分，风停了，雪却越下越大，雪花不再是一片一片的样子，而是一团一团地挤在一起无法飘移，垂直着往地上砸，甚至能够听到它们制造出的声响。尽管如此，依然挡不住十八盘村人们的忙碌。孩子们都在忙着堆雪人，大人们有的在街巷里说笑，有的在大门前扫雪，有的在门洞里静坐，但更多的人是在等待一个美好时刻的到来。

就在今夜，高家的"乾坤台"要起戏，由井陉南关的小杜梨和何霓霓联袂演出《四郎探母》，这给人们带来了不小的惊奇。所以，一村人都充满了期待，有不少人把外村的亲戚朋友请了来，说是要一饱眼福。

遵照秦司令员的指示，高长英派独立营副营长赵贵喜和三连代理连长猛子到十八盘村接兵。他们骑马从盘云寨下来，刚走到海瑞祠门口，就被一条汉子拦住了。

拦住赵贵喜和猛子的不是别人，正是捞鱼鹳。起初，赵贵喜还向捞鱼鹳打听这个村是不是十八盘村，村里有没有一个叫林成的青年，林成家住在哪条街哪个门等等，可捞鱼鹳就是不回答，也不让两个人过去。猛子急了，对捞鱼鹳说："你这孩子怎么不讲道理，我们问你话，你不回答不说，还不让我们过去，你到底想干什么？"

捞鱼鹳说："我想当兵！"

赵贵喜一听乐了，说："小伙子，想当兵是好事啊！你哪村的？"

捞鱼鹳说："就这村的。"

猛子问："这是什么村？"

捞鱼鹳答道："十八盘村。"

猛子说："那我刚才问你，你为什么不说？"

赵贵喜摆手示意猛子不要发脾气，然后和蔼地问："小伙子，你是谁家的孩子？"

捞鱼鹳说："高家。"

赵贵喜上下打量了一番捞鱼鹳，疑惑地问："高家？不可能！我只听说高德显有两个儿子，一个叫高长英，是我们独立营的营长，一个叫高长命，没听说他还有儿子呀？"

捞鱼鹳说："我是刘凤阁的孩子。"

赵贵喜更加疑惑了，说："孩子，你可不要跟我们开玩笑啊！据我所知，人家刘凤阁嫁给十八盘村的高德显才三年多时间，哪来你这么大的孩子呢？"

捞鱼鹳再也对答不上，站在雪地里一个劲儿地挠头。

猛子问："你叫什么名字？"

捞鱼鹳回答："捞鱼鹳。"

猛子一听乐了，说："捞鱼鹳，你怎么用了一种水鸟的名字？"

捞鱼鹳闭嘴不答。

赵贵喜笑了，说："孩子，你怎么说话驴唇不对马嘴呀？高德显姓高，刘凤阁姓刘，你姓什么？捞？《百家姓》里头有你这个姓吗？"

捞鱼鹳急了，说："我就是刘凤阁的孩子！不信，我带你们去对证。"

赵贵喜又大笑了一回，说："那我们还真得去问问。孩子，你当兵，我们欢迎，但家长必须同意才行。"

猛子说："捞鱼鹳，快点在前边带路呀！"

三个人进村的时候早已成了雪人。

林成不知道今天有人来接他当兵走，还一个劲儿地在高家大戏楼底下忙着扫雪清场，准备点大笼火。他把平时积攒下来的柏树枝全部扛到戏台底下，企盼开戏之前把火点上，让冲天的火焰映红十八盘村的夜空，也好趁此机会赶一赶日本人给这片土地笼罩的恐怖气氛。

捞鱼鹳让赵贵喜和猛子在门口等着，他自己跑回家，坚定地向刘凤阁提出了要去当兵的请求。

刘凤阁怔怔地站在那里，看着眼前再熟悉不过的捞鱼鹳，好长时间没说出一句话来。她觉得震惊，如同听到一声惊雷，没想到捞鱼鹳会去当兵，没想到他在这个时候提出这个要求。她觉得意外，如同见到一个陌生人，没想到一个乞丐会生出这样的志向。她觉得心软，如同对捞鱼鹳做过什么错事，没想到他的口气是这样坚定，这样果断，这样不容置疑。

刘凤阁猛然间觉得捞鱼鹳长大了，不再是那个破衣烂衫的乞丐了，不再是那个穷困潦倒的流浪汉了，不再是那个扛长工打短工吃饱饭倒头就睡的孩子了。

刘凤阁的心又一次被揪了起来。自从去年八月初一响过那声惊雷以后，让刘凤阁揪心的事就一件接着一件。八月十六日高长英在婚礼上不辞而别，兄弟刘黑牛与日本人井上岩打赌，高长命拿龙凤山的马与日本人做交易，高长命买通木匠在何玉棠家大牌坊上做手脚被揭穿，井陉南关小杜梨在十八盘村被人绑架，黑丑黑牛兄弟二人领着十八盘村的林成等人星夜去白城口砸日本人的盐店，兄弟刘黑牛提出要娶柳细腰为妻，特别是除夕夜柳细腰失踪，如此等等。这一桩桩一件件事情接连不断地砸在刘凤阁的身上，让她几乎喘不过气来。兄弟刘黑牛提出娶柳细腰为妻，起初刘凤阁还真没往心里去，后来她发现黑牛是认真的，柳细腰也是认真的，她这才觉得有点儿舍不得。尽管柳细腰是嫁给自己的亲兄弟，但仍像是在摘心割肉。半个月来，她看不见柳细腰的婀娜身影，听不见柳细腰的朗朗笑声，一开始简直就要疯了，慢慢地就像是丢了魂儿似的，天天晚上不去关大门，天天早晨站在大门口向村外张望，看见个人影就想喊柳细腰的名字。今天捞鱼鹳突然提出要去当兵，还说让刘凤阁当他的家长，刘凤阁一是觉得惊讶，二是觉得舍不得，又像是在摘心割肉。虽然捞鱼鹳与高家没有什么关系，只是被刘凤阁和高德显收留的一个乞丐一个长工，可是几个月下来，捞鱼鹳和他们在一个院子里忙活，在一个锅里盛饭，又和柳细腰等人说说笑笑打打闹闹，自然就亲如一家人了。最近，捞鱼鹳跟着刘黑丑等人参与了砸盐店，在佃户营解救了王大满一家，更让刘凤阁高看一眼厚爱一层。

半天，刘凤阁才问道："为什么？"

捞鱼鹳一听，在心里就先乐了，但脸上表情却很沉重。说："大姐，不问为什么行不行？"

刘凤阁说："我想知道。"

捞鱼鹳说："我想去把柳细腰给你找回来。"

刘凤阁一听，眼泪又扑簌簌地涌了出来。

这一幕让高德显看见了，说："你们两个在这儿说什么呢？"

刘凤阁抹了一把泪，说："德显，捞鱼鹳刚才提出要去当兵，我问他为什么，他说要去把柳细腰找回来。"

高德显也愣了一下，似问非问地说："当兵和找柳细腰有什么联系吗？"

刘凤阁指指捞鱼鹳，对高德显说："你问他！"

没等高德显问，捞鱼鹳就说："老爷，柳细腰失踪十多天了，生死不明，我放心不下，想去找她，却不知道去哪儿找。我想来想去，先去当兵，兴许到了部队上会有办法找到她。你们就答应我吧！"捞鱼鹳说着话，通红的脸上也挂上了泪痕。

刘凤阁很快恢复了平静，对捞鱼鹳说："孩子，谢谢你有这种想法这种情义，像个男子汉。我们不能说不让你去当兵，这是你的自由。但是，眼下柳细腰下落不明，老爷子身体又糟，咱家里正缺人手，你是不是先不提当兵的事儿？"

捞鱼鹳抬头看看刘凤阁，激动地说："大姐，只要你不反对我去当兵，迟一天早一天都没事，我听你的。不过我一定要去找细腰，我发现你离不开她。"

刘凤阁的眼睛里又噙满泪花，没说出话来。

高德显站在一旁对刘凤阁说："凤阁，依我看，还是让捞鱼鹳当兵去吧。刚才你说得对，他有这个自由，我们不能干涉。可是话又说回来，即使我们同意他去当兵，可不知道部队上要不要呢！"

捞鱼鹳急切地说："要，要，只要你们同意，人家说了，一定要我。"

高德显问："你怎么知道的？"

刘凤阁下意识地朝大门外望望，说："谁跟你说了？你刚才见到谁了？"

捞鱼鹳说："等着，我去把他们叫回来。"说罢，一溜烟地跑了出去。

刘凤阁看到捞鱼鹳把飘落的雪花搅成了一团又一团的旋涡。

高德显又自言自语地说："无缘无故啊！"

刘凤阁说："没想到这孩子会有如此出息，他可不像是平白无故地说说，像是真的。"

工夫不大，捞鱼鹳就把独立营派来接兵的两个人领到了屋檐下。他对赵贵喜说："他们两位就是我的家长，你问问他们，让不让我去当兵？"

刘凤阁见这两个人的身上净是雪，就冲屋里喊："灵芝，快拿笤帚来！"

一句话提醒了捞鱼鹳，他说："不用灵芝，我去拿！"

赵贵喜忙说："不用，不用。"他一边用手给猛子拍打肩头上的雪，一边对高德显说:"大叔,如果我没猜错的话,您就是我们营长的父亲。"

高德显点点头,说:"二位是从南佐镇来的?"

猛子性子直率爽利,说:"是啊,他是独立营副营长赵贵喜,我是三连代理连长猛子,这次是来十八盘村接兵的。"

刘凤阁说:"都别在这儿站着了,快进屋里说话吧!"

赵贵喜在临进屋前对猛子说:"快把衣服脱下来抖抖。"

捞鱼鹳早从灵芝手里接过笤帚,给二人扫身上的雪。

刘凤阁对捞鱼鹳说:"捞鱼鹳,快去厨房里把木炭盆端过来。"

宾主落座之后,高德显才慢腾腾地说:"怠慢二位了,让你们在街上等了那么长时间。"

赵贵喜说:"哪里,哪里,我们刚才在盘道上碰见了这个孩子,他非要让我们带他去当兵,我说当兵是好事,但必须得让家长同意才行,这不,他就把我们领过来了。大叔,您不介意吧?"

高德显说:"岂敢,岂敢!你们大老远地来十八盘,我求之不得呢!但不知你们这回接的是谁?"

赵贵喜说:"林成,还是我们司令员推荐的呢,他在吗?"

高德显说:"在,在,刚才我看见他还在大戏楼底下忙乎呢。捞鱼鹳,你去把林成叫过来,就说部队首长接他来了。"

捞鱼鹳不情愿地说:"那我的事呢?"

高德显说:"先去把林成叫来再说你的事!"

赵贵喜说:"大叔,还是我们去吧,也好见见林成的家长。"

刘凤阁说:"不用去,你们就在家等着,他一会儿就来了,反正就他一个人。"

赵贵喜疑惑地问:"怎么?林成家就他自己一个人?"

高德显说:"不瞒你们说,林成也是个苦命的孩子,是十八盘一村人帮他娶了媳妇成了家。因为林成生性爱好打猎,爱好饲养宠物,胆子大,枪法好,又专心,可就是不讨老婆马音音的喜欢,马音音动不动就去住娘家,林成也不计较。最近这一阵子,特别是去白城口砸了盐店之后,林成一连干了几件惊天动地的事情,秦司令员就喜欢上了他,表扬过他好几次,问他愿不愿意当兵,他就满口答应下来,这几天正高兴着呢。"

正说着话,刘黑丑和何玉棠冒雪走进来。刘黑丑见过赵贵喜,说:"赵副营长,你们来十八盘村,也不提前打声招呼,我对你可有意见了。怎么,你们今天来,有什么公干呀?"

赵贵喜从椅子上站起来,握住刘黑丑的手说:"老兄,什么话也别说了,我们高营长接到上级指示,说要给独立营补充兵源,他让我们两个出来接兵,第一站就来到十八盘村。林成怎么还不来呀?"

恰在这时,林成从门外跑了进来,说:"我来了!"

何玉棠把林成身上的雪胡噜了一遍,说:"林成,快见过独立营的首长。"

林成见一屋子人,只有两个穿军装的,却不知道谁是首长,干脆向这两个人鞠了个躬,说:"不好意思,我不知道部队上是首长大还是司令员大。"

赵贵喜上前拉住林成的手,说:"林成兄弟,没想到你还会幽默。我们是高营长派来接你的,这大半天了,也见不到你的面,我们还以为要白跑一趟呢。"

林成笑了,说:"我知道了,你就是我的领导,不知你姓甚名谁?"

猛子也从椅子上站起来,对林成说:"林成,他是咱们独立营副营长赵贵喜同志,你赶紧回去收拾东西,一会儿就跟我们走。"

捞鱼鹳一听急了,说:"还有我呢!"

何玉棠对捞鱼鹳说:"捞鱼鹳,人家林成当兵是秦司令员钦点的,有你什么事?"

刘黑丑把何玉棠拉到一边儿,对赵贵喜说:"赵副营长,你们来十八盘村接兵,不能就这样不声不响地走,我们得搞一个隆重的仪式,让林成体体面面地离开十八盘村,体体面面地当上八路军。大家说是不是呀?"

刘凤阁说:"我都安排好了,卷毛鹰正在组织锣鼓队呢。"

刘凤阁的话音刚落,高德显家的大门口就响起了鼓乐之声。

高德显坐在太师椅上,始终没说话。这一情景让赵贵喜看在眼里。赵贵喜认为无论是林成的事还是捞鱼鹳的事,都有必要听取高德显的意见,如果他不表态,今天说什么也不能把林成接走。于是他对高德显说:"大叔,您表个态吧!"

高德显把手中硕大无朋的烟斗放在桌子上,把身子坐直了,说:"林成当兵是秦司令员上次来十八盘村说定的事,我赞成黑丑的意见,一定要搞一个欢送仪式,让林成体体面面地当兵去。凤阁,光让卷毛鹰组织鼓乐队是不够的,还要给林成戴上大红花,骑上高头大马,游街宣示。大家说怎么样?"

刘黑丑对刘凤阁说:"凤阁啊,你快去扯几丈红洋布,做个大绣球,一会儿给林成戴上。对了,赵副营长,你们给林成带来军服了没有?"

猛子说:"带来了,还是大号的呢。来,林成,我现在就给你穿上。"

林成兴高采烈地来到猛子跟前,让猛子把新军装穿在他身上,顿时他成了人群中的一大亮点。

犟睁眼喊道:"林成哥,站到门外边来让大家瞧瞧,你是真长出息了!"

林成也不害羞,从屋里出来,站在台阶上,把身板挺得直直的,说:"大家看我像不像当兵的?"

犟睁眼把眯缝眼使劲往大里睁了睁,说:"林成哥,别处看不出什么来,就是那罗圈儿腿碍事。"

何玉棠站在林成身边,看看犟睁眼,说:"犟睁眼,你是哪壶不开提哪壶,净给人扫兴。林成长罗圈儿腿怎么了?这么多年,你犟睁眼哪一回跑过林成了?你想说话,就说点喜庆的高兴的。"

林成也不生气,只冲人们傻笑,说:"我不怕大家笑话,以前穿肥大裤子,不显什么,刚才这位兄弟给我打上裹腿,就显出罗圈儿来了。不过这不要紧,只要能拿得起枪打得准敌人就行,只要能跋山涉水行军打仗不掉队就行。可惜的是,这么好的布料我还是头一回穿,觉得让我林成穿了有点儿浪费。"

刘凤阁说:"人凭衣裳马凭鞍。林成平时邋遢惯了,今天穿上军装,果真像是换了一个人,马音音要是在跟前那该多好。"

林成对刘凤阁说:"大姐,今天咱不提她好不好?我决定,把我林成的生日改在今天,从今天开始,我林成就变成了一个新的林成,你们也把我当成一个新的林成看。因为,我今天从这里出发,不是去打猎,不是去梦狼,也不是去耍蟒蛇，而是要去独立营当兵，要去上战场，要去打日本鬼子，这对我来说，就是新的征程新的事业。我不敢说我能在部队上干得多么好，但我会像以前打猎那样专心致志，绝不会给咱十八盘村丢脸，绝不给咱甘陶河丢脸，绝不给咱太行山丢脸！"

人群中爆发出一阵掌声。

赵贵喜鼓掌鼓得最响，说："乡亲们，我今天到十八盘村有四个没想到，一没想到咱十八盘村如此人杰地灵，山好水好人气好，出了八路军独立营营长高长英，还有一批像林成这样浑身是胆的年轻人，你们砸了日本人的盐店之后，秦司令员把我们训了一顿，让我们这些当兵的都觉得脸上无光无地自容。二没想到十八盘村村民的觉悟这么高，像林成这样的猎人说起话来都一套一套的，那有文化的人又会是怎样的呢？三没想到十八盘村的民风这样纯朴，林成一个人当兵，全村人觉得光荣，都来为他祝贺，为他送行。四没想到十八盘村的老百姓与我们八路军的关系如此之好，好得简直像一家人。由此来看，正如我们司令员所说，小日本儿在中国耀武扬威的日子不多了，他们已经是秋后的蚂蚱马上就要完蛋了！因为有这么好的人民支援我们，我们没有理由不拼死战斗！我代表高营长，代表独立营全体将士，向你们表示敬意。"说罢，赵贵喜向所有在场的人敬了一个军礼。

何玉棠对赵贵喜说："赵副营长，不瞒你说，这样的风气不光是十八盘村有，整个甘陶河流域山南川北一百单八村都这样，整个太行山都这样。你知道这样的好风气是怎么来的吗？是秦司令员和他领导的八路军带出来的呀！秦司令员每次来我们十八盘村，盘腿坐在炕上和我们聊天，跟我们挤在一起听刘黑丑说书，与我们抽一袋旱烟，与我们在一个锅里抡马勺，你说，我们还有什么理由不拿他当亲人呢？"

人们正说着话，何灵芝端着大条盘从厨房走出来，上面放着几碗刚出锅的饺子，腾腾地冒着热气。这位大家闺秀今天的穿着格外精致，脚上穿一双浅绿色绣花鞋，下身穿一条藏青色棉裤，上身穿一件蓝色印花布棉袄，头上是一盘乌黑发亮的头发，两支银簪子插在上面，闪着光芒，比空中飘着的雪花还耀眼夺目。

何灵芝的出现，让村里许多人的心咯噔了一下。过门整整五个月了，高长英也没回来看过她一眼，这一百五十多个漫漫长夜，她是怎样熬过来的呀！

刘凤阁让人们腾开一条道，对赵贵喜和猛子说："请你们二位回屋吃饭吧，还有林成，今天是正月十五，更是你的大喜日子，就同赵副营长他们一起吃吧。"

赵贵喜说："按规定，我们不能白在老百姓家里吃饭的。"

高德显咳嗽一声，说："怎么，难道你还要给我交钱吗？甭说你们是独立营的，是长英派你们来的，就是秦司令员来了，他也不能说这话！快回屋吃饭，吃完饭还要赶路呢。"

捞鱼鹳急了，扯着刘凤阁的衣服，说："大姐，我的事怎么办？"

刘凤阁看见捞鱼鹳的脸涨得通红，眼圈里饱含泪水，问："孩子，你真的要去当兵？"

捞鱼鹳回答得斩钉截铁："真的！"

刘凤阁又问："你当了兵真的要去找柳细腰？"

捞鱼鹳点点头说："真的！"

刘凤阁拍捞鱼鹳的肩头，眼里的泪花绽放开来，说："孩子，我答应你！"

刘凤阁往人前挤了挤，说："大家都看见了，刚才捞鱼鹳问我他的事怎么办，他的什么事呢？我现在就告诉大家，就在一刻钟之前，捞鱼鹳对我说，他要去当兵，还让我做他的家长。"

赵贵喜打断刘凤阁的话说："这是真的，我们在进十八盘村之前，就让捞鱼鹳拦下了，说他要去当兵。我问他是哪村的叫什么名字，他说是十八盘村的，叫捞鱼鹳。我又问他谁是家长，他说是刘凤阁。你看这孩子，胆子还真大，也机灵，没被我们吓唬住！"

刘凤阁说："捞鱼鹳给我出了一道难题，为什么呢？因为他只是我们高家雇佣的一个长工，我们除了给他派活，让他穿衣吃饭，保证他的人身安全之外，并没有其他权利和义务。但是，捞鱼鹳早已是一个孤苦伶仃的乞丐，是一个穷苦的孩子，他能有当兵的愿望，那就不得了。刚才他说他当了兵，第一件事就是要求去寻找柳细腰，这就更让我感动了。我不知道赵副营长和这位兄弟是什么意见，但我觉得捞鱼鹳是真诚的。我同意捞鱼鹳去当兵，并且同意做他的家长,把他送到独立营去。赵副营长,今天你们就把林成和捞鱼鹳都带走吧,我们给他们两个一起举行欢送仪式,好不好?"

这时,高德显家的屋里屋外早挤满了人,有的在院子外边挤不进来,头上肩膀上落满了雪花。

大门外又响起了鼓乐声,卷毛鹰把小杜梨戏班的乐队也给请来了,锣鼓铿锵,管弦悠扬,令人心潮澎湃。

赵贵喜也不急于回屋吃饭,他环顾着院子里的人们。他从乡亲们的脸上看到的全是真诚和信赖,内心早激动起来了。他与猛子耳语了几句之后,才用洪亮的声音说:"乡亲们,我们两个今天来,是受高营长的委托来接林成当兵去的,没想到半路又杀出个程咬金来,捞鱼鹳也闹着要去当兵。我们两个刚才商量了一下,决定带捞鱼鹳一起走,我想高营长一定会高兴的。所以,我提议,咱十八盘村和独立营结成对子,让我们同仇敌忾,紧密团结,并肩战斗,争取早日把日本鬼子赶出太行山,赶出中国!"

捞鱼鹳激动得说不出话来,眼泪却哗啦啦溢了一脸。

刘黑丑对聚集在高家大院的人们说:"大家都先回去吧,等独立营的同志们和林成、捞鱼鹳吃完饭走的时候再来送他们。"

刘黑丑说罢多时,没有一个人离开。瞿睁眼晃晃脑袋,阴阳怪气地说:"我要是提出去当兵的要求,不知道独立营的人批准不批准?"

人群中响起一阵哄笑。

人们刚笑罢,老窦突然说话了:"批准,批准,肯定批准,不信你就去试试!"

陈元老师对老窦说:"老窦,你可别激他!"

瞿睁眼笑笑说:"陈老师,我不怕别人激我,林成激了我半辈子了,今天人家穿上了军装,我还穿着破马褂呢。"

老窦说:"瞿睁眼,你是真人不露相,肚子里的货比咱村的任何人都多。"

瞿睁眼面色惭愧地说:"老窦,你快别窝囊你老哥了,我的心病我知道,这么多年了,我为了练功,比你们少睡了多少觉,比你们少吃了多少顿饭,比你们多跑了多少里路,比你们多穿了几双鞋,我自己心里最清楚。可是到头来怎样?一无所有啊!锁山法没练成,百步穿杨术没练成,隐身术也没练成,我没有修炼成仙人，没有修炼出仙风道骨，还是肉眼凡胎，还得吃五谷杂粮，还得穿布衣布鞋。用刘黑丑说书时常用的一句话说，这是为什么呢？又该怨谁去呢？昨天晚上我寻思了一夜，觉得都是狗日的日本鬼子闹的，都怨狗日的日本鬼子，狗日的要是不来打仗，咱十八盘村的日子一定还是从前那样安稳，人们怎么会听到南佐镇的枪炮声呢？怎么会一把火烧黑了盘云寨呢？怎么就没了柳细腰的身影呢？高长英怎么就一去不回头了呢？怎么……"

刘黑丑见犟睁眼还要没完没了地说下去，就上来制止说："犟睁眼，你怎么说起来没完了呢？"

犟睁眼一向十分尊重刘黑丑，今天却不管不顾了，继续说道："我说错了吗？没说错吧？自从去年八月初一打了那声雷，你们每个人都分析分析自己，你们都办成了哪件事？嗯！林成一心一意地要梦一只老虎，或者梦一只金钱豹，结果怎么样？只梦住一只母狼，还不忍心杀死，只好一放了之。咱刘黑牛兄弟怎么样？不能不说是一条硬汉子，结果呢？刚提出要娶柳细腰为妻，心里正做着美梦，却一下让日本鬼子给毁了，到现在还蒙在鼓里。像这样不顺心如意的事，我们每个人都有，不光我犟睁眼一个人。这就不是个人能力的问题了，是什么问题，反正我也说不清楚。"

刘黑丑上来把犟睁眼拉到一边，说："犟睁眼，你还有完没完？"

何玉棠也过来劝道："犟睁眼兄弟，今天你的话是有点儿多了！喝酒喝多了？"

葛氏早来到犟睁眼跟前想拉他走，听见何玉棠问他，就截住话说："喝稀粥喝多了，净胡说八道。"转脸对犟睁眼嗔道，"老头子，快别在这儿胡说八道丢人现眼了，咱回家去吧！"

犟睁眼本来就不是十分认劝的人，今天见这么多人上来劝他，尤其是自己的老婆当着众人的面说三道四，更让他脸上挂不住，越发来劲儿，先把老婆葛氏骂了一顿。

这时，赵贵喜、猛子和林成等人吃完饭从屋子里走出来，由高德显和刘凤阁陪同，犟睁眼这才不说话了。

在十八盘村的历史上，一九四五年农历正月十五，真是一个值得纪念的日子。不仅仅因为林成和捞鱼鹳当了兵，也不仅仅因为这场罕见的大雪改变了十八盘村山川河流的模样，还因为十八盘村的人们又经历了一场革命的洗礼，他们将以更加宽广的胸怀和更加热切的期盼，迎来一个个更加辉煌的日子。

人们一直把赵贵喜他们送上了盘云寨。

刘凤阁突然发现何灵芝手里提着一只盒子，问："灵芝，你手里拿的是什么？"

何灵芝说："是几碗饺子，我想让捞鱼鹳给长英带去尝尝。"

刘凤阁一把把何灵芝搂进怀里，哽咽着说："孩子，苦了你了！"

盘云寨上起了风，把笼罩多日的雾气一丝一缕地吹向了远方，伴随而来的是彻骨的寒意。

捞鱼鹳接过盛饺子的盒子，对何灵芝说："嫂子，你放心，我一定交到长英哥的手上。"

俗话说，阴天黑得早，络腮胡子不耐老。转眼之间，天色已经暗了下来。

雪还在无声无息地下着，它要用冰肌玉骨拥抱这可爱的山山水水。

林成和捞鱼鹳跟着赵贵喜和猛子兴高采烈地朝南佐镇方向去了，十八盘村的人们也相互搀扶着回了村。老远，人们就看见高家大戏楼"乾坤台"已经点起了汽灯，把一道山川照得如同白昼，杀虎尖、龙凤山已经迷失在风雪之中，卧龙潭却隐隐约约地静止在甘陶河上，射出一团近似于墨的光芒。

月圆之夜人不归，花香之地无和平。谁都能想象得到，此时此刻面对此情此景，刘凤阁思念柳细腰的心该有多苦啊！

何灵芝对刘凤阁说："娘，你怎么不说话？"

刘凤阁说："孩子，你想让我说什么？"

何灵芝说："娘，我今天调饺子馅儿的时候多放了二斤肉，你不会怪我吧？"

刘凤阁说："傻孩子，你的心思娘全知道，你多放进馅里的，是你的心头肉啊！"

何灵芝一把搂住刘凤阁的腰，悲喜交集地说："娘，今晚我想跟你一起睡。"

刘凤阁说："那你早点把炕烧上。"

高家大戏楼"乾坤台"开戏前的头通锣鼓已经敲了起来，令许多人连饭也来不及吃，就从四面八方汇集到了戏台底下的柴垛周围。

有人早已经把大笼火点着，先是火苗嗞嗞作响，再是火光升起，而后则是火焰腾空，锣鼓的欢快节奏把浓烈的节日气氛植入了人们的血液和心灵。

这一刻对于十八盘村来说，真是来之不易啊！

二通锣鼓响罢，刘黑丑出现在戏台的中央。他今天手里没有拿说书用的惊堂木，只把两只手揣在袖筒里，面对台下的父老乡亲们，未曾开言，泪已潸然。人们借着熊熊火光看清了刘黑丑的面容，心也就跟着沉了下来。

半天，刘黑丑才说："乡亲们，请原谅我的激动和脆弱。其实我们现在应该高高兴兴才对，我们应该兴致勃勃才对，我们应该放声高歌才对。为什么我们一个个愁眉不展呢？为什么我们一个个忧心忡忡呢？为什么我们一个个愁肠百结呢？因为我们的家园每时每刻都有可能被日本人占领，我们的亲人随时随地都有可能让日本人杀害，我们的财产一夜之间都有可能让日本人抢去。我在三个月前说这话，大家可能还不信，今天都信了吧？柳细腰不见了，林成说他亲眼看见柳细腰是让日本人掳走的，所以林成坚决要去当兵，放下他的猎枪，拿起三八大盖儿要去打日本。捞鱼鹳为什么非要去当兵？据他自己说，是去找柳细腰。大家说，什么是情义，什么是勇气，林成的举动就是啊！捞鱼鹳的举动就是啊！刚才我们全村人把独立营的同志和林成、捞鱼鹳送到盘云寨顶的举动就是啊！"

大笼火的火焰渐渐稳定下来，人们的情绪却被刘黑丑的讲话鼓舞起来，欢呼声响彻云霄。刘黑丑见台下坐满了人，就朝后台看看，见一切准备停当，说："在开戏之前，我再少啰唆几句。今天将要上演的是一出新戏，在咱这太行山上甘陶河流域山南川北一百单八村都没有唱过，戏是何玉堂的大儿子太原师范文科教员何霓霓改编的《四郎探母》。这出戏说的是宋朝杨家将一门忠勇，为国尽力，自从八虎闯幽州，金沙滩一役大败之后，大半丧亡，老令公第四子杨延辉被擒，失落番邦，改名木易，后被招为驸马，与铁镜公主成婚。这一天，杨四郎得知兄弟六郎杨延昭在前敌挂帅，母亲佘太君随营指挥调度，以为是天赐良机，打算回宋营探望母亲，又惟恐落个通敌嫌疑，所以忧心忡忡。公主见状，盘问再三，四郎不得已说出真情，得到公主同情，他立下誓言，绝不逗留不返。公主在拜会母亲之际，借口儿子要玩令箭，母亲允许，但要求天亮前必须还回。就这样，杨四郎星夜骑快马回宋营探母，留下一段千古佳话。"

高德显在戏台底下高声喊道："兄弟，少说两句，快让他们开戏吧！"

对于刘黑丑来说，在十八盘村，别人的话可以不听，高德显的话还是要听的。

刘黑丑向侧幕边的文武场点了一下头，示意可以开始了。刘黑丑最后说："让我们一起为小杜梨和何霓霓联袂上演的新戏《四郎探母》喝彩吧！"

正如刘黑丑所言，今晚要在"乾坤台"上演的是《四郎探母》，男主角是何玉棠的儿子何霓霓，女主角是井陉南关的小杜梨。人们只知道何霓霓在太原师范当文化教员，没想到他还能唱戏。人们只知道小杜梨擅长唱拉花，没想到今天还唱梆子腔。这就是人们心里充满期待的根源，这就是人们来不及吃饭就赶到这儿的根源。就在这期待中，就在大笼火的熊熊燃烧中，开戏的第三次锣鼓响了起来。

## 风 14

二月二，龙抬头。

井陉南关李家大坟的柏树林一夜之间被大风刮倒一大片。

这座古坟的后山叫长冈，是一座名副其实的山冈，它到底有多长，南关的人们谁也说不清楚。据说早些年，李家有一位长者，在一百零八岁下世之前，曾告诉他的后人，李家大坟的后山有一百零八里长，坟地里的柏树有一百零八棵。有人不相信，就跑到坟地里数，果然就数到了一百零八棵。后来又沿着山冈走，果然就走出了一百零八里路。这山冈蜿蜒起伏犹如一条巨龙，搭在太行山上，龙尾就扎在李家大坟前的河套里，龙头却翘在了十八盘村的龙凤山上。

太行山上的一条普普通通的山脉，竟然把井陉南关和十八盘村神秘地联系在了一起，竟然把十八盘村的高家和井陉南关的李家联系在了一起，竟然因为大风刮倒了李家大坟里的柏树，又一次把高德显一家推到了风口浪尖之上。

这天黄昏，井陉南关李家派人来找小杜梨，恰巧小杜梨正在何玉棠家吃饭。小杜梨见是堂哥李文秀，喜出望外地把李文秀介绍给了何玉棠一家人。何玉棠热情地把李文秀待为上宾，可是李文秀总是闷闷不乐，并且面带怒色。

饭后，小杜梨问："文秀哥，你这是怎么了？你来找我有什么事吗？"

李文秀说："妹妹，你总是常年在外面跑，家里发生了什么事情你也不管不问。"

小杜梨说："哥，我只是个唱戏的，能管家里什么事？"

李文秀声音低沉地说："不久前，县里派人来送信，说咱哥在帽山垴战斗中牺牲了，你没听说吗？"

小杜梨惊讶地说："没有啊！我光听说独立营在帽山垴牺牲了一个连，莫非是咱哥李大个儿的三连？"

李文秀点点头说："是他的三连，没有一个生还的。"

小杜梨的眼里噙着泪花，两只手只顾摆弄发梢。

李文秀说："妹妹，咱哥牺牲的事大，你管不了，这回的事你可得管管！"

小杜梨说："哥，这回是什么事？"

李文秀说："咱李家大坟里的柏树让人盗伐了！"

小杜梨惊讶地说："知道是什么人干的吗？盗了多少棵？"

李文秀说："知道。一共被盗走了十八棵。"

小杜梨说："抓到贼了吗？"

李文秀说："我们这次来十八盘村就是抓人的。"

小杜梨问："抓谁？"

李文秀说："高长命。"

小杜梨用手把嘴一捂，差点儿喊出声来，半天才问："怎么会呢？"

李文秀把事情的经过原原本本说了一遍。两年前，高长命领着一个南方商人来到井陉南关，向人打听长满柏树的大坟是谁家的，有人告诉他们那是李家大坟。他们就找到李文秀商议，说是借用大坟的柏树林存放一批高粱秸秆儿，过完年就运走。李文秀就没往心里去，痛痛快快地答应下来。那年秋后，井陉南关方圆左近的高粱秸全部被这个南方商人买下，并且全部堆放在李家大坟的柏树林里。几个月后，李文秀发现大坟里有的柏树枝叶不像从前那样浓绿了，还以为是天气干旱的缘故呢。可是一年过去了，仍不见南方来人运那高粱秸。李文秀刚想差人到十八盘村找高长命询问究竟，没想到一场大风把他给吹清醒了。这天早晨，有人向李文秀报告说，李家大坟的柏树倒了，李文秀到大坟一看，眼前的场景让他目瞪口呆，十八棵上百年的柏树被拦腰折断，折断的原因不是别的，而是离地一丈多高的树干早已被截空，只靠树皮和两边的人工支架支撑着，大风一刮，便倒下了。李文秀一下瘫坐在干枯的高粱秸上大哭起来。他哭罢多时，下决心到十八盘村找高长命兴师问罪，又怕来十八盘村人生地不熟吃了亏，这才想起先找妹妹小杜梨商议。

小杜梨悄声对李文秀说："哥，你知道这高长命是谁吗？"

李文秀说："我早就知道，他是十八盘村高德显的儿子啊！"

小杜梨说："可是，哥，你只知其一，不知其二，他还是独立营营长高长英的弟弟。你要抓高长命不难，难的是得要有充分的证据才行。哥，你怎么才能证明是高长命盗伐咱家的柏树呢？"

李文秀说："是他领着两个南方客商亲自找的我呀！他能不承认吗？"

小杜梨说："有可能他只是牵个线，也被蒙在鼓里呢。"

李文秀说："妹妹，反正咱李家大坟的柏树被人盗伐了，不管高长命是牵线的，还是去伐木的，我都要找他说事。就算他只是牵线的，这回也难脱干系！"

小杜梨见李文秀态度坚决，也觉得不好再阻拦，就说："哥，你今晚先在这儿住下，明天一早我领你去找高家的人。"

李文秀说："妹妹，你有这个态度我就放心了。我知道，一直以来，你经常到十八盘村唱戏，高德显一家待你不薄，但这件事与你无关，你就不要出面了，免得伤了你们之间的和气。"

小杜梨说："哥，就来了你一个人吗？"

李文秀伸出一个巴掌，示意来了五个人。

小杜梨问："他们人呢？"

李文秀说:"我怕走漏风声,让他们在村口等着呢。"

小杜梨说:"哎呀,哥,你怎么没叫人家一起来吃饭呀!玉棠伯伯一家人待人可好了!"

李文秀说:"不用了。妹妹,我先出去办事,如果办得顺利,就不来打搅了。"

小杜梨不无担心地说:"哥,见了高家的人,一定要先礼后兵。"

李文秀回头对小杜梨说:"妹妹放心,我明白。"说罢,急匆匆地消失在夜幕之中。

小杜梨的心突然紧绷起来,不知道今晚高家大院又会发生一次怎样的事变。

这天晚上,卷毛鹰的唢呐吹得比以往任何时候都洗练明快,比以往任何时候都悠扬动听,没有丝毫的悲伤痛苦,没有丝毫的忧郁彷徨,时而行云流水犹如日月经天地,时而高亢激越好似军马渡黄河,为海瑞祠刘黑丑的说书场吹响了前奏。

刘黑丑的《三国演义》说到了第一百零三回:"上方谷司马受困,五丈原诸葛禳星。"话说司马懿引兵攻打祁山,诸葛亮派魏延前去诱敌。司马懿见魏延一人杀来,军马又少,命令司马师在左,司马昭在右,父子三人一起追赶,魏延退入谷中。司马懿长驱直入,杀进山谷。忽见山上全是草房,房上堆满干柴,魏延却不见了。司马懿刚要起疑,只听得喊声大震,从山上一起丢下火把,烧断谷口,魏兵奔逃无路。山上火箭齐发,地雷爆响,火势冲天。司马懿惊得手足无措,下马抱着两个儿子哭道,我父子三人都死于此处了!正在这时,狂风大作,黑气漫空,一声霹雳响过,骤雨倾盆。再看满谷大火,全被浇灭,地雷不震,火器无功。司马懿大喜,说,天不灭我!不趁此时杀出,更待何时!随即引兵拼出一条血路,逃之夭夭。诸葛亮见此情景,长叹一声,说,谋事在人,成事在天,不可强求也!次日,司马懿对郭淮说,如果孔明依山而东扎营,我等危矣。如果他立足五丈原,我等平安无忧。有探马回报,诸葛亮屯兵五丈原,司马懿拍手称快,说此乃大魏皇帝之洪福也!但命人坚守不出。诸葛亮见司马懿每天高挂免战牌,便派人送妇人缟素衣服一箱,并修书一封,以刺激司马懿。那司马懿见了,心中大怒,但藏而不露,暗中派三路大军与东吴决战。孔明闻听,长叹一声,昏倒在地,半晌才醒。这天晚上,孔明扶病出帐,仰观天文,惊慌

466

于心，对姜维说，我危在旦夕矣！姜维说，丞相何出此言？孔明说，我见三台星中，客星倍明，主星幽隐，其光昏暗。天象如此，我命可知。姜维说，丞相为何不用祈禳之法挽救之？孔明说，今夜你引兵四十九人各执皂旗，穿皂衣，环绕帐外。我于帐中祈禳北斗。如果七日之内主灯不灭，我命可增一纪；如果灯灭，我必死无疑。时值八月中秋，银河耿耿，玉露零零，旌旗不动，刁斗无声。孔明在帐中拜道，亮生于乱世，甘老林泉。承蒙昭烈皇帝三顾之恩，托孤之重，不敢不竭犬马之劳云云。却说司马懿夜观天文，见将星失位，断言孔明不久便死。那孔明在帐中祈禳六日，见主灯明亮，心中甚喜。姜维入帐，见丞相披发仗剑，踏罡步斗，压镇将星。正在这时，魏延飞奔而来，报魏兵来袭。那魏延步急，竟将主灯扑灭。孔明把剑一扔，长叹一声说，死生有命，不可得而禳也！说罢，对姜维说，我本来想竭忠尽力，恢复中原，重兴汉室，奈何天意如此，让我危在旦夕。我平生所学，已著书二十四篇，共计十万四千一百一十二字，内有八务、七戒、六恐、五惧之法。我看遍众将，觉得无人可授，只有你可传我书。姜维哭拜而受。孔明又将杨仪唤入，密授锦囊，嘱咐道，我死之后，魏延必反，等他反时，你到阵前，打开此囊，那时自然就有斩魏延之人。一一吩咐完毕，见尚书李福来到帐前，说，我已经知道你的来意。李福说，我奉天子之命，问丞相百年之后，谁可继任？孔明说，我死之后，蒋公琰可以继任。李福又问，公琰之后呢？孔明说，费文伟可继之。李福又问，费文伟之后呢？孔明不答。人们一看，孔明已经死亡。这一夜，魏延梦见自己头上生出二角，心生疑惑，问行军司马赵直，赵直想了半天，说，此乃大吉兆，麒麟头上有角，苍龙头上有角，是变化飞腾之象也。魏延大喜，说，如果应了先生之言，必有重谢。其实，赵直分析角字之形，乃"刀"下"用"，头上有刀，主大凶。他明知是凶兆，但怕说明了惹祸，故以麒麟苍龙解之。日后不久，魏延因不受孔明重用，心生反意，把栈道烧掉，与杨仪等人对立起来。杨仪大惊，说，丞相在时，料定此人日久必反，谁想果然如此。今日他断我归路，应当奏明天子，以防魏延恶人先告状，诬告我们造反。果然那魏延早表奏后主，说杨仪自掌兵权，率众造反，劫丞相灵柩，想引敌人入境，所以我先烧断栈道，以兵防御。后主看罢，心生疑惑。吴太后说，听说先帝曾经说过，孔明早就识破魏延脑后有反骨，日后必反，但又怜其英勇，所以姑且留用。他今天奏杨仪造反，切不可轻信。时间不长，杨仪紧急奏报，说魏延不遵丞相遗言，自提本部人马，先入汉中，放火烧断栈道，劫丞相灵车，图谋不轨，变起仓促，所以飞章明奏。杨仪和魏延二人一边向后主奏表，一边在战场相见。姜维向杨仪问计，杨仪说，丞相临终，给我一个锦囊，嘱咐我等魏延造反，临阵对敌之时，方许拆开。姜维大喜，披挂上马，引三千军士，开了城门一起冲出，排成阵势。姜维挺枪立马于六旗之下，高声大骂：反贼魏延，丞相在时不曾亏待于你，今天为何造反？魏延横刀勒马，一脸得意之色，说，姜维，这不干你事，叫杨仪过来说话。杨仪立在门旗影里，拆开锦囊一看，心中暗喜，手指魏延笑笑，说，魏延，丞相在时，知道你久后必反，数次教我提防，今天果然应丞相之言。你敢在马上连叫三声'谁敢杀我'，那才是真大丈夫，我就献汉中城池给你。魏延大笑，说，杨仪匹夫听着，休道连叫三声，就是三万声，有何难哉！于是，魏延提刀按辔，在马上大叫道：谁敢杀我！话音刚落，身后一人厉声应道，我敢杀你！手起刀落，斩魏延于马下。你道这人是谁，却是大将马岱。有诗为证：诸葛先机识魏延，已知日后反西川。锦囊妙计人难料，却见成功在马前。

刘黑丑继续慢条斯理地说着他的《三国演义》。背靠盘云寨高大山体的高家大院在寒星的照耀下，显得格外朦胧而沧桑。后院的织布声仍在"唰啦——铿，唰啦——铿"地响着，凤阁娘对于发生在前院的种种事变似乎并不关心，她相信自己的儿女们在这样的乱世之中会掌握好命运和前途的，会一步一个脚印地找到失踪一年多的父亲的，会想方设法让这一方百姓平平安安躲过灾难的。所以，她从不停下自己手中的梭子，织布声从高家大院里传出来，传到十八盘上，传到甘陶河畔，传到人们的耳朵里，说明女儿刘凤阁还没乱了阵脚，十八盘村还没有乱了阵脚，太行山还没乱了阵脚。

然而今夜，挂在织布机上的灯突然被弹弓打灭了，一伙人闯了进来，说是要找高长命。

凤阁娘镇静地对这伙人说："先把灯给我点上！"

李文秀说："你先告诉我高长命现在在什么地方！"

凤阁娘坐在织布机上一动不动，说："我说过了，先把灯给我点上！"

李文秀过来取出火柴把油灯重新点上,他看见是一位老太太端坐在织布机前,一副不慌不忙的样子,就又问:"高长命在哪儿?"

凤阁娘指指前院,问道:"你们是从前院过来的吧?"

李文秀说:"是又怎样?"

凤阁娘说:"长命就住前院的东屋,要是不在,我就不知道他去哪儿了!你们是从哪儿来的?看起来像是有重要的事!"

李文秀说:"老太太,咱明人不说暗话,高长命领人盗伐了我们李家大坟的柏树。"

凤阁娘说:"是井陉南关的李家大坟吗?"

李文秀惊奇地问:"你怎么知道?"

凤阁娘看看站在面前的李文秀,说:"如果我没猜错的话,你哥哥叫李大个儿,对不对?"

李文秀更加惊奇地问:"你怎么知道?"

凤阁娘稳重地坐在织布机前,右手放在膝盖上,左手放在机杼上,对李文秀说:"孩子,都是你哥哥在南佐镇驻防的时候告诉我的。他说他小时候胆子最大,但是就怕李家大坟。我问他坟有什么可怕的,他说怕那片阴森森的柏树林。怎么?那柏树让长命领人给砍了?"

李文秀听罢凤阁娘这番话,火气立即消了大半,说:"老人家,不瞒你说,我们怀疑是他领人干的,今天是想找他问个明白,我们不是恶人。"

凤阁娘笑了,说:"孩子,你往这儿一站,我就看出来了。"

李文秀说:"老人家,你不是高家的人吧?"

凤阁娘笑笑说:"不像吗?"

李文秀疑惑了一会儿,说:"刚才你说我哥在南佐镇给你说过李家大坟的事,我猜你不是十八盘村的人。"

凤阁娘说:"孩子,你猜对了,我是来十八盘村走亲戚的。"

李文秀说:"走亲戚?"

凤阁娘从织布机前起身,摘下灯笼,往炕沿儿方向走着,说:"高家的女主人是我的闺女,你们要找的高长命,是她的——"

469

凤阁娘刚说到这儿，大门咣当一声开了，随后就听见了刘凤阁的声音："娘，你跟谁说话呢？"

李文秀等人要找地方藏身，凤阁娘说："你们不要怕，我闺女回来了。"接着，她高声对刘凤阁说，"井陉南关来了几个客人，等你们半天了。"

紧说着，刘凤阁就进了后院。他看见屋子里站着好几个生人，立即警觉起来，等她进了屋，见娘的脸上还像往常一样安详，就问："娘，他们是干什么的？"

凤阁娘指指李文秀，说："孩子，你问他。"

李文秀知道了这是高家主事的，就往前一站，说："啊，大姐，我们是来找高长命的，他去哪儿了？"

一听这伙人深更半夜是来找高长命的，刘凤阁的脑袋嗡地一下又大了起来。不知怎的，她的脑海里产生了一个强烈的预感：这回遇到的肯定不是好事！想到这儿，刘凤阁问刚才说话的人道："你，你们是从哪儿来的？有什么事就冲我刘凤阁说吧！"

凭借灯笼里发出的明亮光线，李文秀等人清楚地看见了刘凤阁脸上洋溢着的艳丽神采，强烈地感受到从她言谈举止中透露出的高贵气质。

刘凤阁觉得这事不是一句话两句话能说得完的，于是就把李文秀等人请到了捞鱼鹳的住处。捞鱼鹳临走时，把高家前院后院的所有屋子都打扫得干干净净，收拾得整整齐齐。

李文秀在刘凤阁面前不卑不亢地把事情的经过讲了一遍。

听罢多时，刘凤阁才觉得高长命这回闯下的祸端并不亚于前两次，要是让高德显知道了，还不知道会产生怎样的后果呢。

正说着，从前院传来高德显一阵剧烈的咳嗽声。刘凤阁对李文秀等人说："你们在这儿等着，我去去就来。"

高德显见后院几个屋都亮着灯，而且有男人说话声，就进了院。

高德显被刘凤阁迎住，他问："来客人了？"

刘凤阁说："是来找长命的。"

高德显警觉地说："找他！他人呢？"

刘凤阁搀住高德显，一边往回拦一边说："一天了，我也没见到他。我去找找看。"

高德显又问："他们是哪儿来的？"

刘凤阁说："井陉南关。"

高德显疑惑地说："井陉南关？找长命有什么事？"

刘凤阁说："他们没跟我说呢。"

高德显一边走一边自言自语："无缘无故啊！"

把高德显安顿好之后，刘凤阁去把哥哥刘黑丑找来商议对策。

刘黑丑说："纸里包不住火，白草裹不住马脚。这事迟早得让德显知道。"

刘凤阁不无忧虑地说："哥，德显的身体经不起再折腾了呀！头一回，长命把龙凤山的马卖给日本人，气得他掉了一颗门牙。第二回，长命唆使木匠在玉棠大牌坊上做手脚，气得他掉了第二颗门牙。这一回，德显要是知道了，准得被气死！"

刘黑丑叹了一口气，说："长命的胆子也太大了呀！他做事怎么会这样草率呢？说他还是个孩子吧，他做的事连大人也想不出来。说他长大了吧，每做一件事就给大人惹下一场祸！"

刘凤阁说："要命的是他从来不跟大人交流，自己琢磨好了，就一个人去做，也不考虑后果。我怀疑他心理有问题，可能是身体残疾导致的。"

刘黑丑说："这是有可能的，可是他毕竟还是个孩子。我去见见李文秀，问问他们要什么条件。"

在刘黑丑进来之前，李文秀等人已经商量了，认为此行抓人的目的已经达不到了。因为他们强烈地感觉到，高家人识大体顾大局，明白事理，并不知道此事，是高长命的个人行为，即使找到了他，即使他不否认事实，那被盗的柏树也不一定在他手里。再说，李文秀的哥哥李大个儿一当兵就在高长英的手下，倍受高长英重视，最后当上独立营的连长。可独立营的营长高长英，恰恰是高长命的哥哥。两家如果闹起来，势必影响方方面面的关系。如果不在十八盘村闹出事端，给高家留下体面，让他们自行解决，说不定还会得到一些赔偿。于是，他们决定给高长命留下一句话，就说因为柏树的事，井陉南关李家派人来找过他。

等刘黑丑和刘凤阁进来，厢房里的灯已经黑了，人早没了踪影。他们只在桌子上留了一张纸条，上面写着：高长命，你领人盗伐井陉南关李家大坟柏树的事不算完！

刘黑丑和刘凤阁兄妹二人面面相觑，人虽然走了，但他们的心却始终放不下来。

树欲静而风不止。

他们二人只顾在后院说话，小杜梨却径直进了大院，见到高德显就问："大叔，他们没把长命哥抓走吧？"

高德显本来就被刘凤阁支应了一头雾水，听小杜梨慌里慌张这么一说，就更加丈二和尚摸不着头脑了。高德显从桌子上摸起大烟斗，说："孩子，他们是谁呀？"

小杜梨说："井陉南关我哥他们呀！他们说长命哥领人盗伐了李家大坟的柏树，我想这不是真的。"

高德显僵在那里半天，没有声音，没有动作，甚至没有呼吸。这下可把小杜梨吓坏了，她叫道："大叔，大叔，你这是怎么了呀？"

小杜梨是什么嗓子？她的声音漫过银杏树枝，漫过廊檐瓦脊，清脆地跌落在后院里，跌落在刘黑丑和刘凤阁兄妹的耳朵里。当他们从后院奔到前院，从院子里奔到屋子里，看见高德显还呆坐在椅子上。

刘凤阁做出的第一个反应是让小杜梨快去把赵本初叫来！

刘黑丑说："她不认识路，我去吧！"

没想到就在这时，高德显咳嗽了一声，说："谁也别去，把我扶到炕上去。"

众人七手八脚地把高德显抬到炕上，刘凤阁盘腿坐在他的跟前，说："德显，刚才你是怎么了？看把小杜梨吓成了什么样子了！"

高德显说："凤阁，黑丑，你们不要瞒我了，长命在外头是不是又给咱闯下祸事了？"

刘凤阁见瞒不住了，看了刘黑丑一眼，说："德显，也不是什么大事。去年，长命受南方朋友所托，在井陉南关李家大坟里存放了一批高粱秸，一年过去了也不见有人来取，结果今年二月二刮大风，李家大坟里的柏树就倒了一片，人们才发现有十八棵大柏树的树干被人截走了。因为长命是联系人，所以南关就来了人找他，是想问问到底是怎么回事。刚才我跟他们说清楚了，长命不在家，等他回来就让他去南关解释。"

高德显眯着眼睛，说："后来呢？"

刘凤阁说："后来，他们就走了。德显，你知道来找长命的是谁吗？"

高德显说："小杜梨已经告诉了我，是她哥哥。"

刘凤阁说："这不假，那人叫李文秀，是独立营牺牲的那个三连连长李大个儿的亲弟弟。人家一听这关系，没提出任何要求就走了。德显，你可别生气。等我问清事情原委，咱再商量怎么办，好不好？"

小杜梨站在一旁不好意思地说："都是我不好，说话唐突了。大叔，我哥这次来，其实主要是看我的。"

高德显听罢，挣扎着要坐起来，刘凤阁没让，说："德显，你就躺着说吧！"

高德显还是坚持坐了起来，靠在被子上，脸上的神情倒也平和，但面色蜡黄，目光迟滞，恰似一缕夕照搁置在老街之上。

刘凤阁问："德显，喝口水吧？"

高德显摆摆手，说："其实你们都被骗了，只有我心里才清清楚楚明明白白。"

刘凤阁伸手摸摸高德显的额头，担心他是不是发烧了。

高德显说："我不是在说胡话。你们谁也不知道，一个月前，长命对我说，他的一个朋友送给他几块柏木板材，上面有神鸟的图案，他说给我挑了其中最上等的，等我百年之后做棺材用。我听了以后，觉得长命这一阵子好像长大了似的，说话办事开始往正道上走了，也开始琢磨怎样孝顺老人了。那天，他请人从龙凤山上搬回几块，我去看过，果然从纹理上能够看出花鸟的形状，最好的一块有七寸厚，是一副仙鹤图案的，长命说就用它给我做棺材。当时，我真的还以为长命是在孝顺我呢，我就忽略了问他这柏木的来历。你们说，我是不是真的老了啊？"

刘黑丑说："莫非李家大坟柏树失盗的事真的与长命有牵连？"

473

高德显说:"毋庸置疑!"

刘黑丑问:"德显,你说长命他都把柏木运到龙凤山了?"

高德显说:"我不知道龙凤山上有多少,他只请人扛回来五块,都放在'乾坤台'的阁楼上了。"

刘凤阁说:"德显,先别下结论,等长命回来,听听他怎么说。"

高德显往后一仰,从牙缝里挤出一句话来:"长命,好你个忤逆之子!"说罢,眼角滚出几枚豆大的泪珠。

从此,高德显一病不起。

## 风 15

刘凤阁一直担心刘黑牛得知柳细腰失踪的消息之后会有激烈的反应,要么提刀去杀日本人,要么消沉下去缄默不语。其实,他的这位兄弟出人意料地走了另外一条道。

那天,刘黑牛突然来找高长英,说他要搞一次行动,希望独立营能给予配合。高长英告诉他,除了打豆姬火车站,别的行动都可以配合。

刘黑牛疑惑地看着高长英,说:"长英,你没病吧?现在除了豆姬火车站,你还有什么仗可打呢?"

高长英把秦司令员说的那一套搬了出来,却没把刘黑牛说动。刘黑牛对高长英说:"长英,我琢磨好几天了,也去了火车站好几次,发现经常有运送弹药物资的火车从豆姬火车站经过,只要逮住一次机会炸它一家伙,那会产生什么影响啊!肯定比你在桃花垴滚炮石的动静大得多。"

高长英不服气,说:"你可别小看我那次行动,那在书上是有讲究的,叫滚木礌石,秦司令员都表扬我了。"

刘黑牛大摇其头,不屑地说:"长英,知道你玩儿的那一套叫什么吗?那叫小儿科,小玩儿闹!连日本人也看不起你这种伎俩。"

高长英哈哈大笑起来,说:"反正我让狗日的井上岩屁滚尿流丢盔弃甲了。"

刘黑牛说:"长英,你们是八路军的正规部队,虽然独立团独立营很多,但也应该组织发动几次正规的战役,一举把龟缩在野头镇等地的日伪军消灭干净,给包括我在内的太行山的老百姓开开眼解解恨!难道你不想早一天喝上我的喜酒吗?"

高长英说:"黑牛,不用着急,我马上就往神河湾集结,就要有大的行动了。"

刘黑牛说:"你们要去打野头了?"

高长英点点头。

刘黑牛急切地说:"你们一定要把柳细腰活着救出来!"

高长英又点了点头。

刘黑牛恳切地说:"长英,你给我留下一个人。"

高长英问:"谁?"

刘黑牛说:"林成。"

高长英连忙摆手说:"不行,不行!"

刘黑牛问:"为什么?他一个新兵蛋子,先别让他上前线好不好?"

高长英说:"为什么?我告诉你,林成可是秦司令员钦点的战士,我接收了他,是独立营的光荣。可是,秦司令员特别交代过,林成的编制在独立营,但他可以自由行动,可以接受特殊任务。我已经把他编进独立营三连三排三班,这两天去执行特殊任务了。"

刘黑牛问:"秦司令员给林成派了什么特殊任务?"

高长英说:"化装去了野头镇。"

刘黑牛沉默片刻,说:"我明白了,你是让林成去打听柳细腰的下落了。"

高长英说:"这只是其一。柳细腰这一去,可能凶多吉少,你可要有思想准备啊!"

刘黑牛起身告辞,说:"谢谢长英,后会有期。"

高长英一把拉住刘黑牛,说:"黑牛,给你换个人行不行?"

刘黑牛在门口站住,问:"换谁?"

高长英说:"捞鱼鹳。"

475

刘黑牛扭回头握住高长英的手，说："好，让他明天晚上到东关铁匠铺找我。"

林成化装前往野头镇，刚一走到神河湾就让一个人给绊住了脚。

二月的甘陶河，仍然覆盖在晶莹的冰雪之下。甘陶河在神河湾宽阔的河套里尽情地舒展着身躯，慵懒地享受着清淡的阳光。两岸高大山体上的山桃山杏树林正繁茂铺陈，孕育着一个灿烂的季节。尤其是南面的帽山垴，此时已经变成了光怪陆离的影子，在冰层之上匍匐着游移着坍塌着。

林成走在秦司令员亲自组织架设的浮桥上，阳光把他的影子投放到冰面上，与高大的山影相比，是那样的微不足道。他想起不久前独立营在帽山垴打仗三连全军覆没，禁不住打了一个冷战，不由得加快了脚步。

林成刚走到浮桥中央，忽然听见有人喊他的名字。林成觉得奇怪，在这甘陶河的上游，在这大河河套里，前不着村后不着店的，会有谁知道他的名字呢？林成停下脚步，朝远处张望。其实喊他的人就在浮桥底下。那人用一只锤子在冰面上梆梆地敲击着，让林成发现了他。这个人在神河湾捞了大半辈子河，拉了大半辈子河，人们都叫他河鬼，也正是在帽山垴伏击独立营三连的伪连长高水货的爹。

林成高声喊道："河鬼，你老还活着哪？你看你，都快成精了！"

河鬼像是从冰窟窿里蹦出来的熊，说："林成，托你的福，我还没活够呢！"

林成问："这大冷的天，你不在家安安生生待着，跑到河里干什么呢？"

河鬼从冰上站起来，手里提着一只大篮子，说："林成，我刚捞着两条大鱼，给你拿着去野头当礼物送吧！"

林成问："老河鬼，你怎么知道我要去野头镇送礼？"

河鬼笑着，像旋风一样跳上浮桥，往林成跟前一站，用狡黠的小眼睛盯着林成，说："你刚才不是说我快成精了吗？我不仅知道你要去哪里，还知道你去做什么。所以一大早我就在冰上凿了一个大窟窿，放进去这只篮子，回去吃了一顿饭，就捞着两条大鱼。正好你也到了，我就喊住了你。"

林成提起篮子，在手里掂了一下，说："河鬼，可惜了呀！你捞着的是两条母鱼，眼看就要产籽了。"

河鬼一听，皱纹包裹着的小眼睛里闪出更加狡黠的光，说："哎呀呀，林成，你才成精了呢！以前我只听说你眼睛毒，能看到十里以外的猎物，不论天上飞的地上跑的土里钻的，你一看就知道公母雌雄，没想到水里游的你也能认出公母来呀！"

林成得意地拍拍胸脯，说："河鬼，不是我林成跟你吹，也不是别人在吹我，这鱼就要产籽了，快把它们放回河里吧。"

河鬼摇摇头说："唉，林成，你可惜晚了，它们早已经死了。正好给你带上，也算我孝敬你了。"

林成说："我不带，带也没用，还是你留着享用吧。我现在是闲云野鹤，这回出来没有任何任务，不打猎不杀生不酗酒不谈生意，碰上老朋友就叙叙旧情，结识了新朋友就谈谈未来。"

河鬼摇摇头，说："我不信，林成，你这辈子当不了闲云野鹤，你这回去野头镇是有任务的，这个任务不是你们十八盘村人派给的，而是你的上级委派的。"

林成看看河鬼，不知道这个老家伙还知道些什么，只觉得此地不可久留，就想抽身告辞，说："算你眼毒，林成告辞！"

河鬼一把抓住林成的袖口，说："林成兄弟，老哥我想托你给打听个事，不知道你肯不肯赏这个脸。"

林成说："你说，什么事？"

河鬼在自己的脸上啪啪打了两巴掌，长叹了一口气，说："唉，也不怕林成兄弟笑话，为了我那不争气的儿子，我就卖一回这张老脸！"

林成问："河鬼，你儿子怎么了？犯王法了？"

河鬼这才一五一十地把儿子高水货怎样当皇协军，怎样当汉奸，怎样在帽山垴打死独立营一个连，又怎样让独立营活捉，交给地方政府关押，决定召开公审大会，处以死刑的事说了一遍。

林成说："你想怎样？"

河鬼恳求道："林成兄弟，我没有别的请求，只想请求政府让我去给儿子收尸。"

由于高水货跟着日本人在太行山上在甘陶河流域戕害百姓，作恶多端，罪大恶极，民怨沸腾，被独立营一连活捉之后，应地方要求，把他交由地方政府处置，传言高水货将会被处以极刑。对此，林成早有耳闻。可是，今天一听河鬼担心政府不让他去收尸，多少觉得意外，这还算请求吗？到时候去不就得了！看来这个老汉对八路军和政府的政策还不甚了解，所以心存疑虑。想到这儿，林成对河鬼说："好吧，河鬼，等我见了政府的人，帮你求求情。"

河鬼激动得快要哭出声来，说："把这鱼带上。"

林成说："老哥，你留着吧！"说罢，急匆匆地从浮桥上跨了过去。

## 风 16

连日来，野头镇的日军加强了警戒。

井上岩从南佐镇节节败退，特别是除夕夜在十八盘村被火烧退之后，如丧家之犬一般与山岛一虫兵合一处，企图与八路军独立营做最后一搏。从村前的河滩到后山的梯田，从野头大集到镇里的每条街道，布满了岗哨，每个路口都设置了路障，矗立在后山炮楼上的探照灯从黄昏一直闪到天明。然而奇怪的是，野头镇大集并没有被取消，只是从中心大街移到了村前的河滩，由逢一六全天改为逢一六半天。大集四周栽上木桩，木桩上拉上铁丝网，设东西两个出口。骡马市设在最西边的下风口，餐饮区设在东头上风口，中间几个区分别是日用杂货、布匹鞋帽、铁艺杂耍、桑麻柳条等等。

长期在日本人统治之下的人们没有其他的行动自由，只有到了集日才可以出来赶集上店走亲访友，采购日常生活用品。

林成今天混在赶集的人群里来到野头镇集市，在一个饭铺坐下歇脚。这家饭铺专卖拉面，铺面不大，名字却不小，叫太行面馆。饭铺迎面两根门柱上有一副对联分外抢眼，上联是：好山好水好卤好面好吃好喝，下联是：贵人贵客贵宾贵体贵买贵卖，横批是：好贵贵好。林成虽然识字不多，但他还是看明白了对联的意思，知道开这家饭馆的老板既有文化又有气魄，竟然在对联上一口气用了八个好字八个贵字，好字多用没什么，他就不怕一个"贵"字会拒人于千里之外吗？林成猜想，莫非面馆老板叫八贵？一打听，果然这家面馆在野头镇已经做了几十年的生意，老掌柜叫八贵，现在的小掌柜叫小八贵。林成觉得今天来得值，就要了一盘花生米和二两白干酒，外加两碗肉臊拉面。

太行面馆的生意的确最红火，开市不久，店里店外就坐满了吃饭的客人。林成发现，这些南来的北往的，说话南腔的北调的，个个行色匆匆，没有一个像林成那样在那里稳稳坐定的。林成觉得奇怪，这是怎么回事呢？莫非日本人要有什么行动了？不像呀！野头镇还是像平日那样平静，没有部队调动，没有军车出入，更没有枪炮声。春日的太阳高高地挂在天上，放射着发白的光线，在人们的身上制造出一丝一缕的暖意。

然而，就在这平静的时刻，突然从野头镇里冲出一队骑兵，将野头镇大集的骡马市围住，不由分说地带走了两个正在做交易的汉子。

这一幕让林成看了个清清楚楚明明白白，他下意识地抓住了腰间的枪把子。

太行面馆掌柜小八贵见林成在这里坐的时间太长了，而且两碗拉面也早已吃完，账也付过了，就过来赔着笑说："先生，不好意思，这地方不是久留之地，你一定还有贵干，我这就算是送客了，抱歉，抱歉！"

林成欠身从凳子上站起来，把一只破麻袋搭到肩上，对小八贵说："掌柜的，我想买一只猪崽，现在行情怎样？"

小八贵上一眼下一眼打量林成，疑惑地问："先生是想自己喂养还是替人捎带？"

林成说："是替人捎带。"

小八贵说："先生，你别嫌我话多，这年头，兵荒马乱的，最好不要给人捎带东西，买便宜了，他嫌货不好，买贵了，他嫌多花钱，路上不小心丢了或是让贼人抢了，你还得倒赔，费力不讨好。还有更可怕的，像刚才那两个买卖牲口的，不明不白地让人捉了去，明天就可能被'煮了饺子'。有的人命好，被日本人抓到后山挖大坑，一挖就是好几天，何苦呢！你说是不是？"

林成疑惑地问："掌柜的，什么叫'煮饺子'？"

小八贵一边压低嗓音，一边用手指指后山垴，说："就是在后山活埋人。"

林成倒吸了一口凉气，下意识地用袖子抹了一把额头上的汗，说："哎呀呀，活生生的一个人说埋就埋了？"

小八贵说："那可不！一旦落到日本人手里，不管男的女的，都得被'煮了饺子'。"

林成猛地想起柳细腰，趁小八贵谈兴正浓，就又小声打听道："掌柜的，我多问一句，不知你听没听说日本人前些天从十八盘村抓来一个女的？"

小八贵愣了一下，问："她是干什么的？"

林成说："一不是村干部，二不是八路军，是给大户人家当丫鬟的。"

小八贵说："听说了，那可是一个烈女子，一路上骂个不停，被人打得遍体鳞伤，连嘴都给撕破了。凡是落到日本人手里的，一个也跑不了，都用铁丝穿着锁骨，等着拉到后山'煮饺子'呢。先生要是没事的话，少来野头镇凑热闹。"

林成一听在理，就说："谢谢掌柜提醒，告辞！"

小八贵赔着笑送林成出了面馆，说："老哥，下次来野头镇办事，还来咱家吃面！"

林成说："一定，一定。"

林成从太行面馆出来，见太阳已经搁在了西山之上，野头镇大集也到了散集的时候，商户和顾客从东西两个方向朝外疏散。林成知道进不了野头镇中心，一天的行动几乎一无所获，就决定回十八盘村再作主张。

在卧龙潭西边，林成碰上了急匆匆赶路的赵本初。赵本初因为走得太急，没看清是林成，结果被林成一把薅住，骂道："赵本初，好你个家伙，我才离开十八盘村几天，你就不认识我了？"

赵本初挨了骂，觉得冤枉，但又不敢直接反驳，赶紧给林成赔不是，说："林成，对不起，我有急事，真的没看清是你老人家！"

林成不依不饶地说："你还嘴硬，有急事见了人就不打招呼啦？见了我连眼皮儿就不肯抬一下啦？"

赵本初说："林成，你冤枉我了，我急着要去给德显大哥配药，才没顾上看你的。"

林成这才不再骂下去,问:"你说什么?高德显病了?"

赵本初从林成的手里挣脱出来,说:"是啊,这回他病得可不轻,我得快走了。"

林成放走赵本初,急忙从河面摆的料石上蹦过去,跑回到十八盘村。路过自家大门口的时候,见大门敞开着,屋里有昏暗的灯光,屋顶的烟囱也冒着烟,知道是马音音回来了。但林成心里惦念着高德显,就没进自家的门,径直奔高家而来。

刘黑丑在大门口把林成拦住,问:"林成,你这是从哪儿赶回来的?怎么没穿军装?"

林成反问道:"怎么样?"

刘黑丑知道林成是在问高德显的病情,故意不作回答,继续问:"林成,长英现在在哪儿?"

林成心想,看来赵本初真的没有骗人,高德显的确病得不轻,要不然刘黑丑怎么上来就打听高长英的行踪呢?刘黑丑会不会让他去请高长英呢?

林成说:"刘黑丑,你先别拦我,我有要紧事要跟凤阁姐说。"

林成越急,刘黑丑越不急不慌,说:"林成,有什么要紧事?跟我说不一样吗?"

林成说:"不一样。"

刘黑丑说:"昨天晚上凤阁一夜没睡,现在刚睡下,你等一会儿再去找她吧。"

林成说:"那我还是跟你说吧。我刚从野头镇回来,听说井上岩和山岛一虫的太行行动联队要在野头镇搞什么'三月行动',柳细腰可能凶多吉少了。"

刘黑丑问:"什么是三月行动?你从哪儿听说的?"

林成说:"黑丑,你让我先进去喝口水行不行?"

刘黑丑说:"行,行,行!林成,我现在不能拿你像从前那样看待了,你这会儿虽然没穿八路军军装,可也是正规的独立营战士,况且还是秦司令员的大红人呢!"

林成把脖子一梗,说:"那是,我现在专门执行两个人的命令,一个是秦司令员，一个是高长英，连独立营副营长赵贵喜跟我说话也是客客气气的。"

刘黑丑从鼻子深处哼了一下，笑笑说："得了吧林成，你自己还真拿你当回事了。走，先去厨房给你弄点吃的再说。"

到了厨房，林成自己掀开锅盖拿了一个白面馍馍，啃了一大口。

刘黑丑见林成是这样一副吃相，忍俊不禁，说："林成，怎么饿成这个样子？八路军没给你路费盘缠吗？"

就在刘黑丑说话的时候，林成把嘴一抹，一个大馍就全进去了。林成又要去掀锅盖，被刘黑丑摁住了。刘黑丑说："林成，先说事，一会儿再吃。"

二人正说着，刘凤阁从屋里走出来，看见他们两个在厨房里说话，就站住了。林成一个箭步蹿到刘凤阁跟前，叫了一声大姐，眼泪哗地一下就流了出来。

林成这一哭，把刘凤阁弄得没了主张，往后倒退了两步，说："林成，你，你这是怎么了？"

林成抬起袖子抹了一把眼泪，说："大姐，我告诉你一句话，你可别过度伤心，柳细腰可能回不来了。"

刘凤阁上前一把抓住林成的胳膊，急切地问："林成，你快说，她在哪儿？"

林成说："在野头镇，日本人用铁丝穿着锁骨关在监狱里，谁也救不了！"

刘黑丑在旁边问："林成，你看见了？"

林成摇摇头，说："我没看见，但我听太行面馆的掌柜小八贵说，凡是让日本人捉住的人都得被'煮了饺子'。"

刘凤阁问："什么是'煮饺子'？"

林成说："就是拉到野头镇的后山活埋。"

刘凤阁的手从林成的胳膊上松开，捂住眼睛，呜呜地哭了起来。

刘黑丑说："林成，这是真的吗？"

林成见刘凤阁哭了，心里也没了底，说："我是听小八贵说的。不过，自从井上岩到了野头镇与山岛一虫兵合一处之后，加强了警戒，把野头镇大集搬到了村前的大河滩，闲杂人等一律不准进村。日本人说抓谁就抓谁，就在我吃饭的时候，从野头镇出来一队骑兵，包围了骡马市，逮走了两个正在交易的汉子。当时我就去腰里摸枪，小八贵好像看出来了，就劝我走。"

刘黑丑拍拍林成，说："林成，你真是个茶大胆儿，去野头镇赶集还带着枪，幸亏没出事。"

刘凤阁问："林成，你打算下一步怎么办？"

林成看看刘黑丑，说："我得回独立营向长英报告，不对，向高营长报告。"

刘黑丑说："好，你回独立营向长英报告，我去黄北坪找秦司令员，把你说的情况汇报一下。"

刘凤阁对林成说："林成，德显这回病得不轻，你见了长英一定要跟他说一声。唉，不过，他也不会听你的话。"

林成低下头，嘟囔着说："大姐，我要是不到独立营当兵，对长英说话敢硬气点，现在不一样了，我是普通战士，他是营长，只能他命令我，我不能去命令他了。"

刘黑丑说："你就给他把话捎到，回不回来，由他去。"

林成说："这我就没有压力了。"

刘凤阁问："正月十五灵芝让捞鱼鹳给带去的饺子，不知道他吃了没有？"

林成摇摇头，说："不知道。"

刘黑丑对凤阁说："他怎么会知道。得了，林成，你先回家看看，马音音回来了。"

林成说："顾不上回家了。"

刘黑丑说："那你就赶紧上路吧！"

刘凤阁说："林成，我再给你装几个馍馍路上吃。"

林成说："不急，我去看看德显大哥。"说罢，蹑手蹑脚地进了屋。

## 雨 9

惊蛰这天，十八盘村下了一天的小雨，把刘凤阁和王默宜的心情都给淋湿了。

上午，老窦在豌豆娘的陪伴下来看望高德显，进了高家大院，就让何灵芝看见了，立即去喊刘凤阁，说："娘，来人了。"

刘凤阁正在屋里伺候高德显的起居，扭头往院子一看，看见了豌豆娘。豌豆娘今天穿一件印花布衬衫，头也梳得光亮，手里提着一只篮子，很快就进了屋。

豌豆娘见刘凤阁迎了出来，忙说："大姐，你忙你的。我大哥好点了吧？"

刘凤阁说："好多了，让妹子你操心了。你拿这东西来做什么？"

豌豆娘说："大姐，不怕你笑话，我不会做什么稀罕的，只摊了几张豌豆面煎饼，给大哥尝尝鲜儿。"

刘凤阁说："看你客气的。还说不会做稀罕的，这豌豆面煎饼就稀罕，我一年一年的也不弄一回。"她把篮子接过来，撩开毛巾，立即闻到了一股清香，不禁说道，"大妹子，真香！"说罢，把篮子递给何灵芝，嘱咐说，"孩子，去把篮子腾一腾，装几个馍馍，一会儿让豌豆娘带走。"

豌豆娘说："大姐，我不要。这煎饼刚摊出来，我们就过来了，还热呢，让灵芝给大哥拿一张先吃吧。"

刘凤阁说："不急。"她见老窦站在门外，忙说："老窦，快进来呀！你在外边站着，像个外人。"

老窦从门槛外迈了进来，径直朝里屋走去。

豌豆娘说："大姐，你看他，也不知道跟你打个招呼。"

刘凤阁说："大妹子，哪有那么多的礼？我看老窦最近的气色好多了。"

豌豆娘说："过年以后，就有了起色。今天早晨，还是他提出要过来看看大哥的呢。"

刘凤阁说："他好了就好。豌豆呢？"

豌豆娘说："不知道跑哪儿去了。"

刘凤阁说："你该把他送到海瑞祠去上学。"

豌豆娘支吾道："穷人家的孩子，上学有什么用？"

刘凤阁说："大妹子，你这话我可不愿意听。穷人家的孩子为什么就不能上学呢？你要是不好意思去说，我去跟陈元老师说，把孩子上学的费用记在我这儿。"

豌豆娘说："大姐，你让我们一家怎么感谢你呢？"

刘凤阁说:"大妹子,你太见外了。"

正说着,老窦从里屋出来,脸上挂着僵硬的笑。

豌豆娘也朝刘凤阁笑了笑,说:"大姐,我们走了,有空再来陪你说话。"

刘凤阁和何灵芝把老窦和豌豆娘送到大门口,两个人相互挽着往回走。

何灵芝说:"娘,我看老窦的脸色阴沉沉的,心里可害怕呢。"

刘凤阁说:"孩子,不害怕,你见他少的过。"

何灵芝说:"娘,刚才我娘捎话来,说她下午来找你说话。"

刘凤阁问:"你娘没说有什么事?"

何灵芝说:"她没说。"

刘凤阁说:"孩子,你去后院告诉你姥姥,下午我和你娘去她屋说话。"

刘凤阁刚走到廊檐下,就听到高德显喊她。何灵芝要跟她一起进屋,刘凤阁把她支走了。

进了屋,刘凤阁见高德显还好好地躺在炕上。还没等刘凤阁说话,高德显就问:"凤阁,老窦走了?"

刘凤阁说:"我和灵芝刚把他们一家送走。"

高德显叹一口气,说:"无缘无故啊!"

刘凤阁明白高德显的心思,就劝道:"德显,别多想。这些年,咱对他们的资助虽然不像老何家多,但老窦和豌豆娘一直对咱很感激。知道你病了,就过来看看。对了,一会儿让灵芝热热豌豆娘给拿来的豌豆煎饼,你尝尝。"

高德显说:"老窦这一来,我就觉得我病得不轻。"

刘凤阁知道高德显的心理压力过大,就又劝道:"赵本初到白城口配药去了,一会儿就回来。你就静心养着,调理一段时间会见效的。"

高德显挪动了一下身子,说:"但愿如此吧!"

过了一会儿,高德显似问非问地说:"凤阁,长命莫非听到了什么风声,故意藏起来了?"

刘凤阁说:"很有可能在南佐镇长英那里。"

高德显摇摇头,说:"不大可能。为了龙凤山那批马的事,他哥儿俩早就闹翻了。"

刘凤阁说:"他们两个都在耍孩子脾气,怄上一阵子就又好了。"

高德显说:"凤阁,给我装一袋烟。"

刘凤阁拒绝道:"不行!德显,赵本初走时怎么跟你说的?千万不能再抽烟了!"

高德显说:"我知道,不是抽,而是闻!"

刘凤阁见拗不过他,就到外屋取来大烟斗装了一袋烟丝递到他的手里。

高德显把烟斗放在鼻子上只闻了一下,就又剧烈地咳嗽起来,本来瘦小的身子更加佝偻了。

刘凤阁把烟斗从他手里拿开,埋怨道:"你看看,不听话有什么好处?"

这天黄昏,高长英就从林成的嘴里得知了父亲病重的消息。当时,高长英的脸上毫无表情,问道:"林成,还有什么情况?"

林成就把在野头镇探听到的消息给高长英汇报了一遍。

高长英沉吟了片刻,说:"林成,你跟秦司令员报告过了吗?"

林成说:"我在十八盘村落了一下脚,见了刘黑丑,他让我回来向你报告,他去黄北坪向秦司令员报告。"

高长英啪地一下把手中的石子摔到地上,溅起一团火星,对林成吼道:"林成,你是干什么吃的?嗯!你现在是独立营的战士,是秦司令员的特别联络员,不是十八盘村的一般老百姓了,为什么有事不直接向秦司令员报告,为什么不先回来向我报告,而是先跟刘黑丑说呢?他刘黑丑有什么权力指派我的战士呢?他算老几呢?"

六指过来把石子从地上捡起来,对高长英说:"营长,林成刚来,还不懂当兵的规矩,你别怪他。你这一发火,看把他吓的,脸都白了。"

高长英也不理睬六指,继续吼道:"林成,派你去野头是执行任务去的,不是赶集上店的。完成任务后应该立即回部队,怎么能想上哪儿就上哪儿呢?"

高长英从六指手里把石子抢过去,攥出了嘎嘎的声音。

六指小声对林成说:"林成,赶紧给营长赔个不是,认个错吧!"

林成把一直低着的头抬起来,看着高长英,说:"营长,我错了,下次一定改正。"

高长英看看林成，见他一副可怜相，突然转了一个话题，问："林成，你在十八盘村还见到谁了？"

林成刚挨了训，不敢贸然回答，看看站在旁边的六指。

六指说："你看我干什么，营长问你话呢！"

高长英问："见到长命了吗？"

林成摇摇头，没说话。

高长英语气肯定地说："又是他把我爹气着了！"

六指和林成相互看看，不知道营长这话是什么意思。

高长英对林成说："林成，现在你就去黄北坪，把你在野头镇见到的听到的都详细报告给秦司令员，然后听司令员有什么指示，回来告诉我。记住，一定要赶在刘黑丑之前。"

林成说："营长，我从十八盘村出发的时候，刘黑丑也出发了，我怕是要落在他后头了。"

高长英对六指说："去给林成牵一匹快马来。"然后又对林成说，"你骑马去。快去快回，记住没有？"

林成感激地看着高长英，说："请营长放心，我一定快去快回。"

## 雨 10

王默宜迈进高家大门的时候，小雨刚刚停止，但已经是黄昏时分了。

这场春雨下得真有点儿奢侈，从早晨开始一直淅淅沥沥下到现在，几乎没有停歇片刻，像是要把一个冬天的风尘从这十八盘村彻底清除干净，特别是被除夕夜那场大火烧得黑漆漆的盘云寨，现在没有一丝雾气，看上去比昨天清新了许多。还有龙凤山和杀虎尖，虽然没有青枝绿叶，但也都清清朗朗地挺立在天地之间，与盘云寨一起形成三足鼎立之势，为天下名山太行山增添了无穷的魅力。东平台西平台更是晶莹剔透，一道道田垄，像女人的眉毛一样整洁干净。甘陶河虽然是枯水期，但仍是一道冰川，白天从冰面上化出一汪汪清水，晚上就又凝结为冰，老远看上去，整个一道河川，宛如一位冰肌玉骨的睡美人，让人心生亲近。惟独留下卧龙潭一潭静水，墨汁儿一般，老成持重，深邃莫测，冷酷无情，让人心生敬畏。

十八盘村心地善良的人们，多半都不敢议论这场绵绵春雨究竟是福还是祸，只有默默无语地等待时日。

王默宜被女儿何灵芝搀着来到后院，见了凤阁娘，叫了一声"大姑"就哽咽起来。

凤阁娘把王默宜揽住，说："孩子，你怎么又见瘦了？"

何灵芝递过来手帕，说："娘，你见一回姥姥掉一回泪，倒像是个孩子。"

王默宜一边擦泪一边说："你小孩子家，懂什么？"

这时，刘凤阁从门外进来，接过话茬儿说："姐，你还拿灵芝当孩子呢？"

凤阁娘说："不拿灵芝当孩子拿谁当孩子啊！"

何灵芝一把搀住刘凤阁说："娘说得对，你们都别拿我当小孩子看了，自从过门以来，我已经学会了分辨是非，学会了忍耐等待，学会了孝敬老人，姥姥，你给我说句公道话吧！"

王默宜嗔怪道："我看你是跟着你娘学会说话了。"

何灵芝又扑到王默宜怀里，撒娇道："娘，谢谢你的夸奖。你们说话吧，我去洗头了。"

刘凤阁说："灵芝，先去沏壶茶来，晚上我帮你洗。"

何灵芝说："不用，娘，我先把茶沏来，自己能洗。"说罢，仙子一样轻盈地飘了出去。

刘凤阁对王默宜说："姐，我娘说得对，你真是见瘦了，怎么回事？"

王默宜摸摸自己的脸，说："我没觉得怎样，就是不怎么想吃饭，活也懒得做。"

凤阁娘摸摸王默宜的脸蛋，说："默宜，你好像有什么心事？"

王默宜说："大姑，凤阁，不瞒你们说，这一阵子我总是整夜整夜睡不着觉，玉棠问我都想些什么，我不知道怎么对他说。他们男人家，想的都是些大事，我是净替别人操心。"

刘凤阁说："姐，你替谁操心了？"

王默宜说:"还能有谁?前一阵子是敖敖,现在又加上霓霓。"

刘凤阁啪地拍了一下王默宜的手,咯咯地笑了,说:"姐,你先别说话,我猜着你为什么睡不着觉了。"

凤阁娘看了女儿一眼,眼神里有一丝惊奇,说:"凤阁啊,你好像是你姐肚子里的蛔虫,猜着什么了?"

刘凤阁说:"娘,十有八九得让我猜中,不信,咱三个打赌。"

凤阁娘说:"凤阁啊,快别卖关子了,你说出来让我们听听。"

刘凤阁说:"娘,我姐今天来,是想请我当媒人,去给霓霓和敖敖说媳妇。这是其一。"

王默宜也用惊奇的目光看着刘凤阁,说:"那其二呢?"

刘凤阁转到王默宜身边,扒住王默宜的肩头,故意不说话,眼神皎洁,充满自信,唇红齿白,妩媚动人。

王默宜催促道:"凤阁,你快说话呀!"

刘凤阁不急不慌地说:"这其二嘛,自然是去说谁,对不对,姐?"

王默宜正想张嘴说话,却被刘凤阁用纤纤食指挡住嘴唇。刘凤阁说:"姐,你还让我猜。我要是一下猜中,你可得好好谢谢我。"

王默宜把刘凤阁的手从肩上拿下来,捧在自己手里,说:"你要是猜中了,你让我怎么谢,我再加十倍!"

刘凤阁笑笑,说:"姐,先拉钩!"

姐妹俩同时伸出右手小拇指拉在了一起。凤阁娘见了,脸上也溢出了笑容,说:"还说灵芝是小孩子呢,你们也都长不大。"

恰巧何灵芝端茶进来,见两个娘在拉钩,也朗朗地笑了,故意问姥姥,说:"姥姥,她们两个做什么呢?"

凤阁娘抿抿嘴,说:"她们俩在发誓拉钩呢!"

何灵芝放下茶,首先跑到王默宜跟前,伸手刮了她鼻子一下,说:"娘,你刚才还说我是小孩子呢,现在你就跟我娘拉钩上吊,真没羞!"

王默宜说:"是你娘先提出来的。"

两个人拉过钩,各自在整理各自的头发。

刘凤阁说:"姐,咱言归正传,我娘和灵芝都是证人。我说的这两个人,可能还不遂你的心愿,但倒也很般配。先说霓霓,他看上了小杜梨。再说敖敖,他想娶王月儿,是不是?"

王默宜一下就愣在了那里,眼睛直直地看着刘凤阁,半天才说:"凤阁,我准备十倍谢你吧!"

凤阁娘对王默宜说:"默宜,凤阁猜中了?"

王默宜点点头,对凤阁娘说:"大姑,你真说对了,凤阁就像是我肚子里的蛔虫,我的心事她全明白了。"

刘凤阁此时早已笑得前仰后合,说:"我得先喝口水,笑死我了。"

何灵芝端过一盏茶,说:"娘,我没听明白,什么小杜梨呀,王月儿呀,你们在说什么呢?"

刘凤阁止住笑,捧着茶对何灵芝说:"孩子,她两个十之八九得当了你的嫂子和弟妹,这成与不成,可就要看我的面子了。"

何灵芝对王默宜说:"娘,这是真的吗?"

王默宜抚摸着何灵芝的头发,说:"是真的。你娘可能早就看出来了,我还被蒙在鼓里呢。"

何灵芝问:"那我爹知道吗?"

王默宜说:"在这些事上,你爹比我更懵懂。"

凤阁娘把灵芝拉到自己怀里,说:"对待这事,懵懂比明白好。只要他们俩心甘情愿,当大人的就不要干涉。"

王默宜说:"大姑,你今天给定了调子,我就回去给凤阁筹备谢礼了。"

刘凤阁说:"姐,你先别高兴,我有一个想法不知道行不行。王月儿比敖敖大几岁,倒与霓霓般配,不如给他们哥儿俩换一换,就两全其美了。"

王默宜说:"凤阁,这样感情好!我也觉得敖敖和王月儿不合适。这样吧,既然你大包大揽了,就全靠你了。"

说罢,王默宜起身要走,却被刘凤阁拦住,说:"姐,吃完饭再走吧!"

王默宜说:"家里那几个和尚怎么办?"

刘凤阁说:"让他们随便!"

凤阁娘说:"让灵芝去把他们都叫过来,咱两家好长时间没在一起聚了。"

何灵芝高兴地跳了起来,说:"我这就去。"

王默宜说:"我还没同意呢!"

## 风 17

三月三,桃花艳。

早晨起来,豌豆缠着豌豆娘要去海瑞祠后边的十八盘上采桃花。

豌豆娘说:"孩子,哪有桃花呀?山桃树早被大火烧死了。"

老窦从屋里出来,朝十八盘一望,说:"豌豆娘,你快别埋怨孩子了,那里果真桃花开了,杏花也开了,你看,一簇一簇的,那么多,都连成片了!"

豌豆娘停下手里的活,朝海瑞祠方向的盘云寨上一看,真的就看见了一簇一簇的山桃花山杏花,红艳艳的是山桃花,粉嘟嘟的是山杏花,给印象中被大火烧得黑漆漆的盘云寨装点出了盎然生机。可是,她昨天去盘云寨拾干柴的时候什么也没看见,怎么一夜之间就花朵遍野了呢?

老窦拉起豌豆的手,说:"儿子,我陪你去采桃花。"

豌豆说:"爹,我要采花骨朵,回来插在瓶子里。"

老窦说:"好,好,摆在窗台上。"

豌豆娘望着丈夫和儿子远去的背影,又望望盘云寨上的花丛,不觉莞尔。

纯朴善良的豌豆娘哪里知道,这就是春风的力量啊!又一个崭新的春天就这样悄悄地来了,老窦、豌豆和豌豆娘的视野从此又揭开了新的一页。

秦司令员把林成、刘黑丑和侦察员等人提供的情报进行了综合分析,得出一个判断:井上岩和山岛一虫共同组建的太行行动联队要从野头镇突围,这就是所谓的"三月行动"。他们突围的方向有两个,一个是黄沙岭,先用重兵突破太行山八关之一的九龙关之后,迅速占领黄沙岭,然后沿太行山山前丘陵地带向临城、元氏等铁路沿线的县城转移;一个是龙凤山,从野头镇顺水而下,突破神河湾浮桥和卧龙潭等天险,攻占龙凤山,然后向豆妪火车站撤退。秦司令员分析，日本人从龙凤山方向突围的可能性最大。因为前者需要经过长途奔袭，险关众多，沟谷纵横，正面是八路军太行第一分区开辟的广大根据地，村庄稠密，群众基础较好，不易突破。而后者则只需攻占龙凤山，就可以进退自如：进可以一举拿下苍岩山、佃户营等地，居高临下，迅速占领跑马地，重新夺回南佐镇和豆妪大炮楼，与豆妪火车站之敌兵合一处；退可以以十八盘村为盘踞之地，据盘云寨、龙凤山和杀虎尖以及甘陶河之险，与八路军对抗。于是，秦司令员向独立营发出战斗命令，要求高长英立即沿佃户营、苍岩山和龙凤山等山地构筑坚固工事，同时组织发动群众，坚壁清野，宣传抗日，支援前线，动员适龄青年参军，壮大抗日队伍，不让日本太行行动联队的一兵一卒从这里过去。

秦司令员又将林成派往野头镇，让他通过野头镇太行面馆掌柜小八贵，购买苦瓜皮和山羊肉。林成得意地对秦司令员说："司令员，不就是采购苦瓜皮和山羊肉吗？不就是再去野头镇跑一趟吗？我去去就回。"

林成没想到，他这一遭，差点儿丢了性命不说，还让小八贵把高长英送他的那把盒子枪也给赚了去。

小八贵见林成来了，笑口即开，说："哎呀呀，老朋友，我早就知道你快该来了。"

林成进到面馆里坐下，问道："掌柜的，你真神，怎么知道我今天会来？"

小八贵说："先生，不是我神，而是树上的喜鹊告诉我的，它一早起来就叫个不停，我就猜测今天肯定会有贵人来。"

林成看看院子里那棵高大的杨树，说："我不信那喜鹊，就信一个人。"

小八贵问："谁？"

林成说："托我买东西的人。"

小八贵说："先生，只要你说出他要买的东西，我就知道托你的人是谁。"

林成一百个不信地看了小八贵一眼，差点从鼻子里哼出声来。

小八贵从林成的眼神里看出来了，说："先生不妨一试。"

林成自然要试的，但他故意绕圈子，说："掌柜的，我今天是第二次来你这太行面馆吃饭，你也不问问我是哪个村的，是做什么生意的，就敢夸海口呀？"

小八贵说:"先生,你真的小瞧我了。甭说你这已经是第二次了,其实上次你一进我的店门,我就知道你是哪个村的,是做什么生意的了。"

林成一百个不信地打量小八贵,又是摇头,又是摆手,轻蔑地问:"真的?"

小八贵说:"君子之言,岂敢戏之。"

林成说:"你先说我是哪村的!"

小八贵不假思索地说:"十八盘村的。"

林成先是一怔,继而又问:"说说我是干什么的!"

小八贵又不假思索地说:"打猎的。"

林成这才服了,说:"掌柜的,你怎么知道的?"

小八贵说:"怎么知道的并不重要,重要的是,像你这样大名鼎鼎的人,别人不知道你是谁可以,而我不知道则不可以。"

林成问:"就因为你是开饭馆的?"

小八贵看看林成,说:"不完全是。"

林成不再继续追问根由,说:"掌柜,我服你了。"

小八贵笑笑说:"服我就好。怎么,再来两碗肉臊拉面?"

林成点点头,说:"那是自然,多给上点肉臊子。"

小八贵说:"好嘞,你放心,一会儿就来。"

林成从衣袋里掏出一张黄表纸,递给小八贵,说:"我今天要买这两样东西。"

小八贵看过之后,半天没说话。

林成纳闷儿,问:"掌柜的,怎么了?在野头镇买不到这两样东西吗?"

小八贵摇摇头说:"货是有,不过先生得多在野头镇耽搁几天。"

林成问:"为什么?"

小八贵说:"我得找人给你炮制,怕是一天两天不行。"

林成极有耐心地说:"没事,掌柜的,只要能买到货,我等几天都行。"

小八贵说:"那就好。你先吃饭吧,我出去一下。"

林成的两碗肉臊拉面还没吃完,从门外进来两条大汉不由分说就将林成码肩拢背捆了起来,又被蒙上眼睛带进了野头镇。

林成虽然没来得及挣扎，但毕竟不是吃素的。他的信仰是留得青山在不怕没柴烧，有除夕夜在十八盘上与日本人那场生死搏杀垫底，林成没有丝毫的恐惧和惊慌，只大声骂道："狗日的小八贵，怎么就不让爷爷吃完拉面呀！"

此时此刻，林成虽然不敢认定这个小八贵是日本人的奸细，但他能感到这家伙跟自己肯定不是一伙儿的。

林成被带进了野头镇，编入了去后山挖大坑的队伍，一共五十个人，十个人一组，一组一天挖一个大坑，要求深一丈，长和宽各两丈。到了后山，林成等人才被摘了捂眼布。他发现整个一座后山，是一圪梁梯田，全是厚厚的白土层，比十八盘村的东平台西平台肥沃得多。日本人在每一块梯田上用白灰画出方块，让抓来的人们挖大坑。到这时候，林成才知道这大坑是用来活埋人的，就是小八贵说的"煮饺子"用的。林成猜测，这可能就是日本人井上岩和山岛一虫搞的所谓"三月行动"的第一步。

大坑挖到了第二天，林成看见日本人从野头镇拉出一群人，也是十个人一组，这些人都被铁丝穿着锁骨，被押着来到后山的一块地里，每个人发了一把铁锹，被迫挖大坑，说是为自己掘坟墓。

林成一眼就从这群人里认出了柳细腰。他的心就像是被刀子剜了一下，流出血来。就在林成的眼皮底下，就在黄昏降临的时候，柳细腰等人被日本人驱赶到大坑里，生生被活埋了。

这天晚上，林成从后窗逃了出来，找到小八贵，说："狗日的小掌柜，你当面一口一个先生叫我，可在背地里对我下毒手。你这两天可把我害苦了。"

小八贵说："先生，你冤枉我了。在你的命里注定有这一劫啊！上一次你在白城口独自一个人拦住汉奸王大水，结果被人五花大绑捆在老槐树上，要不是独立营及时赶到，你早就没命了。这一回要不是我从中周旋，要不是我买通看大门的提前把后窗户打开，要不是我用酒泡过的馍馍毒倒门口的狼狗，你怎么会这么快就逃出来呢！"

林成不接他的话茬儿，问："我的背包呢？"

小八贵说："先生，你的胆子可真大，竟然把家伙随便扔。多亏我发现得及时，才算没有出事。好了，你要的东西已经买齐，明天你就可以动身走了。"

林成说："把背包给你留下，家伙我拿走。"

小八贵说："先生你说反了，背包你拿走，家伙我留下。"

林成站起来，说："这怎么可能！我在路上万一用得着怎么办？"

小八贵说："先生放心，一路上我都安排好了，所有路口的检查站，只要见了这个包，一律放行。"

林成十万个不情愿，但也没再往下说，打开包来翻看。

小八贵说："把这块树皮交给让你捎东西的人，你的任务就算完成了。"

这个时候，林成才觉得小八贵又有点儿像自己人了。他站起身来对小八贵说："掌柜的，再给我上两碗肉臊拉面，多上点肉臊来！"

# 风 18

龙凤山战斗打响了。

战斗在雨夜进行。井上岩和山岛一虫的太行行动联队五百多人在黄昏之前全部集结在甘陶河卧龙潭边。十八盘村"乾坤台"的汽灯射出的刺眼光芒，戏台上欢快激昂的乐曲释放出的慷慨情绪，落在卧龙潭上的雨点造成的华丽波纹，丝毫没有引起日本人的兴趣。这支部队在井上岩的指挥下，一步一步地向龙凤山挺进。

高长英把他从黄北坪拉来的八门迫击炮全部支在了前沿阵地，他自己站在炮兵阵地上，手里攥着两枚石子，发出哗啦啦的声响。他对六指说："把司号员给我叫来！"

司号员就站在他的身边，说："营长，我在这儿呢。"

高长英对司号员说："一会儿听我的命令，吹不吹冲锋号我说了算！"

司号员说："营长，不用你说，我明白。"

高长英说："到时候我可能不说话，你也能明白吗？"

司号员说："能！"

司号员的话音还没有落下，独立营的阵地上就遭到了炮弹的袭击。一枚炮弹在离高长英一米多远的地方爆炸，掀起的尘土把高长英砸在了战壕里。

高长英掀开趴在自己身上的六指，一跃而起，站在战壕边上用望远镜瞭望，发现日本人已经开始冲锋。高长英记起了打南佐镇时用过的法宝，对司号员说："三分钟，你明白吗？"

司号员说："报告营长，我不明白。"

高长英说："推迟三分钟吹冲锋号，明白了吗？"

司号员说："明白！"

眼看着日本人就要冲上阵地了，三连连长猛子请求打炮，高长英这才命令炮兵开炮。

这炮一打就是三百发，轰轰地把阵地前沿的开阔地带掀翻了。

高长英高兴得手舞足蹈起来，喊道："吹冲锋号，活捉狗日的井上岩！"

独立营三个连的三百多名战士像猛虎下山，迅速扑向了日本人，形成了排山倒海摧枯拉朽之势，一下就把日本太行行动联队收入囊中，一个也没跑掉。

这一战役，独立营一共俘虏了八十多个日本人和一百多个伪军。高长英惦记着井上岩，问六指道："井上岩抓到没有？"

六指想站起来报告，却没能站起来。

高长英问："六指，你怎么了？怎么枪炮声还没停下来？"

赵贵喜上前报告说："营长，六指负伤了。"

高长英问："这是哪儿还在打着？"

赵贵喜说："营长，战斗早就结束了，哪儿都不打了。"

高长英摆摆手，说："不对，我听见枪炮声了！"

赵贵喜说："营长，你的耳朵是不是被炮震坏了？"

高长英说："不可能，不可能！你快告诉我，还有哪个阵地没拿下来？"

这时，有人把井上岩押了过来，说："营长，你看谁来了？"

井上岩与高长英面面相觑了片刻之后，把脸转向一边。

高长英命令道："井上岩，快让你的部队不要再打炮了！"

井上岩说："高长英，快让你的部队不要再打炮了！"

赵贵喜断定高长英和井上岩都受伤了，就决定派人把他们送到后方去。

高长英耳朵被大炮震聋了，别的声音一点也听不见，只有轰隆轰隆的枪炮声。遵照秦司令员的指示，他被强制送往黄北坪野战医院疗伤。

六指在掩护营长时负了伤，在黄北坪野战医院截掉了一条腿。媳妇挺着大肚子来看他，六指没有丝毫悲伤和痛苦，乐呵呵地说："我爹娘给我起错了名字，不应该叫我六指，这不，让老天爷给去了一条腿。"

媳妇对他说："六指，给孩子起个名字吧！"

六指稍加思索，说："就叫盘生，让他记住他是十八盘村人。"

霓霓迎娶王月儿和敖敖迎娶小杜梨的婚礼定在同一天举行，闹洞房时发生了械斗。原来王月儿前夫的部队在败退途中被打散了，他回乡后隐姓埋名地生活，得知了王月儿要嫁给十八盘村的何霓霓，便派人来搅闹。王月儿和何霓霓完婚后，二人去了太原。

刘黑牛和大黑二黑炸豆妪火车站候车楼没有得手，却炸掉了一列停在站内的火车，没想到这是一列军火专用车，爆炸声响了一个时辰。

原来，刘黑牛找高长英密谋打豆妪火车站没形成共识之后，他就和大黑二黑商议，借与日本人龟田喝酒之际下手，与日军同归于尽。

大黑不同意。刘黑牛问："怕死了？"

大黑说："师傅，我不是怕死，而是不能让你死。"

刘黑牛又问二黑："你呢？"

二黑说："我哥说得对，是不能让你死。"

刘黑牛说："我们既然已经确定了目标，就不能再前怕狼后怕虎。你们听我的，今天晚上采取行动。"

刘黑牛让大黑二黑在天黑之后先把伪装好的炸药包绑在身上，然后穿上肥大的棉袄，抬着一大坛子枣木杠子酒，大摇大摆地来到豆妪火车站。龟田的手下人进来报告，说："队长，刘黑牛来了，还带着两个穿棉袄的人。"

龟田命令："请他们在客厅等我。"

一见面，龟田就问："天气已经暖和了，他们怎么还穿棉袄？"

刘黑牛说："晚上天就冷了。让他们在外边等我吧。"

龟田摆摆手说："让他们一起喝两碗再出去不迟。"

三碗酒喝过之后，刘黑牛就对龟田说："太君，狗日的井上岩把你一个人扔在这儿,他却跑去跟山岛一虫混在一起。你说,他是不是胆小鬼?"

龟田看看大黑二黑两人,刘黑牛示意他们两个出去等他,嘱咐说:"不要走远啊,一会儿我喝醉了还得来背我回去呢。"

龟田说:"黑牛,我知道你以前和井上岩交情不浅,可是没想到他会这样对你,去十八盘村把你的未婚妻掳走了不说,据说还把她等同于共产党八路军,一起'煮了饺子'。你说,他是不是狼心狗肺?"

眼看天色暗了下来,刘黑牛对龟田说:"太君,把弟兄们都叫进来喝两碗吧。"

趁站台上的日本人进屋喝酒之际,大黑二黑分别把裹在棉衣里的炸药包塞在一列火车首尾两个车厢底部,又把导火索连接在铁轨上,只要火车一动,立即就会爆炸。

当大黑二黑把喝得酩酊大醉的龟田从刘黑牛身上搬开时,刘黑牛还佯装要喝,结果被二人架着离开了火车站。工夫不大,豆妭火车站传来剧烈的爆炸声。

独立营二连连长刘海到黄北坪战地医院向高长英报告,说:"豆妭火车站打起来了,会不会是秦司令员亲自带兵打的呢?"

高长英低头沉思了一会儿,说:"不可能。要是打豆妭火车站,司令员肯定会把任务交给独立营。况且我们向他申请过多次,他都没有批准,后来他命令我们到龙凤山打埋伏,防止井上岩和山岛一虫突围,他自己怎么会带兵打豆妭火车站呢?"

刘海说:"营长,豆妭火车站的确发生了战斗。你没听见枪炮声吗?你没看见那里升起的滚滚浓烟吗。"

高长英说:"没准是谁在放火呢。"

刘海摇着头,一连说了几个"这"字后,说:"这怎么会是放火呢!"

## 风 19

六月六,看谷秀。

八路军收复了野头镇。野头镇后山的梯田里,凡是庄稼长得黑油油的地方,都是日本人活埋中国人的地方。刘凤阁的爹刘融和刘黑牛的未婚妻柳细腰都被埋在这里。刘凤阁决定等收了这季谷子再来起坟。

秦司令员在豆妪火车站接受日本人龟田投降。

井陉县、平定县和赞皇县三县政府联合召开公审大会，公审王大水、高水货等一批汉奸。王大满因为后来积极配合八路军和县政府工作，被免于处分。

野头镇前川后冈金黄遍野，菊香扑鼻。起坟开始，一共在十八个大坑里起出二百余具尸体。凤阁娘认得丈夫刘融的鞋，刘凤阁一眼就认出了柳细腰身上穿的印花布褂子。刘黑牛从褂子兜里掏出一枚戒指，先在手上捧着，后就放进嘴里含着，眼睛直勾勾地看了一会儿，才把柳细腰抱了起来。已经病入膏肓的高德显嘱咐刘凤阁，用高长命从李家大坟弄来的柏木板做两口棺材，一口用来装殓刘融，一口用来装殓柳细腰。

一九四五年农历八月十三，高德显亡故。

八月十六，高德显出殡，十八盘村突降大雨。高德显的灵柩冒雨出村，被全村人送到三十亩坪坟上。

人们刚离开三十亩坪，有人回头，看见新坟前跪着一个人，遂向刘凤阁报告。何灵芝断定那是高长英，冒雨扑过去。

高长英终于叫了刘凤阁一声娘。风停雨驻，雾散云开。

后来，高长英和刘黑牛合铸了一口大钟，上面有八月初一、八月十六、七七、风雨、雷电、水火、日月等字样。人们把这口钟挂在了十八盘村的老槐树上……

# 后　记

　　2012年早春一个阳光明媚的上午，我从父亲的书房经过，父亲轻声叫住我，说："蕾，你看现在科技进步了就是好，我写的那么多字，这么一个小小的东西就都盛下了。如果搁在以前，这张书桌上得摆满了稿纸！"说着，他炫耀似的举起刚从电脑上拔下来的一个灰色的U盘。

　　父亲是一个热爱写作的人。从记事起，我几乎每晚睡觉前都能看到他桌头放着一沓稿纸，而他在伏案书写。有时候父亲会把刚写好的小诗念给我听，但更多时候我不知道他在写什么，只觉得那些字和上边勾画的道道很有趣、很神秘。等我逐渐长大些，认字多了，也自然而然地对文学产生了兴趣。我利用课余时间读父亲写的书，读他推荐给我的书，读书房里、图书馆里和书店里琳琅满目的书。那些文字像涓涓细流汇入我的生命，激励着我不断前行。

　　父亲是一个热爱生活的人。每年春天，几场春雨过后，他都会抽出周末的时间，陪我和妈妈到郊外踏青，挖野菜。假期，父亲还经常带着我们回井陉老家探望老人。爷爷是八路军老战士，经常给我们讲一些关于抗日战争的故事，邻居们也经常来我家聊天，聊本村的风土人情，聊邻村的逸闻趣事。我当时还小，只是听个一知半解，父亲却都能记下来，并把这些故事慢慢积累成了他文学创作的素材。

　　父亲一生笔耕不辍，利用业余时间先后创作出版了散文集《乡村情感》、长篇小说《攀岩世家》、诗集《张俊山短诗选》、报告文学《火凤凰》等作品。他最后的这部长篇小说《衣钵》是从2005年开始构思创作的，于2009年完成初稿，2010年完成第二稿，并选载于《长城》杂志。2011年父亲患病后，还坚持对书稿进行修改和完善。据母亲回忆，每天下班后吃完饭，父亲就开始写作，经常熬到半夜，母亲一般不愿意打扰他，只是端杯热水放到父亲案头，实在太晚了，才会劝他去睡。父亲患病后期，我看到他在书房改稿子时精神状态不错，心想这至少能让他凝神静气，说不定有助于他身体的康复。可没有想到分别来得如此突然，而父亲把他这部几近完成的作品托付给我的方式又是那么的轻描淡写。

2012年秋天，父亲的离开对我们家是一个沉重的打击，直到五年之后，2017年的夏天，家里的一切似乎才又步入了正轨，母亲也才鼓足勇气拿出父亲的书稿，对我说："蕾，这部长篇小说你爸呕心沥血花了七八年的时间才写完，咱们能不能给他出版了？"这时，我想起了父亲"托付"给我的U盘。

父亲在完成第二稿之后，曾经征求过封秋昌、郭宝亮、王立平、杨红莉、司敬雪、牛增印、孙秀昌等多位专家、老师的意见，并结合他们中肯的建议，在自己的纸质版书稿上进行了修改，然后再录入电脑。但他只录入了一半，我于2017年把剩下的一半也录入了电脑，小说就算定稿了。在这里，我和母亲向上述专家、老师表示诚挚的谢意，同时特别感谢郭宝亮老师在百忙之中为本书撰写序言。

父亲离世八年后，《衣钵》终于有幸在花山文艺出版社出版了，我和母亲衷心感谢张采鑫社长、郝建国总编辑和尹志秀、李鸥、陈淼老师为本书的编辑、校对、设计付出的辛劳。

父亲的生前好友王立岗、赵存进、李延青、杨金平、刘建东、查岭等也为这部小说的面世提供了诸多的帮助和支持，在此一并致以诚挚的谢意！

愿父亲的在天之灵得以慰藉！

张　蕾<br>2020年2月于石家庄